中国言实出版社

图书在版编目（CIP）数据

仗剑千山 . 第四部 / 王文翰著 . -- 北京：中国言实出版社，2019.7

ISBN 978-7-5171-3151-9

Ⅰ . ①仗… Ⅱ . ①王… Ⅲ . ①长篇小说—中国—当代 Ⅳ . ① I247.5

中国版本图书馆 CIP 数据核字（2019）第 115175 号

责任编辑：史会美　崔文婷
责任印制：佟贵兆
封面设计：淡晓库

出版发行　中国言实出版社
　　　　地　址：北京市朝阳区北苑路 180 号加利大厦 5 号楼 105 室
　　　　邮　编：100101
　　　　编辑部：北京市海淀区北太平庄路甲 1 号
　　　　邮　编：100088
　　　　电　话：64924853（总编室）　64924716（发行部）
　　　　网　址：www.zgyscbs.cn
　　　　E-mail：zgyscbs@263.net
经　销　新华书店
印　刷　北京温林源印刷有限公司
版　次　2019 年 9 月第 1 版　　2019 年 9 月第 1 次印刷
规　格　880 毫米 ×1230 毫米　1/16　28 印张
字　数　400 千字
定　价　49.80 元　　ISBN 978-7-5171-3151-9

目录 CONTENTS

第四部(上) 摩天暗窟

CONTENTS 目录

第四部（下） 技压釜山

第四部（上）

摩天暗窟

一百一十一　闯耿府水玲报信　觅敌踪兄妹斗凶

霍玉婵一下子全明白了，她是在守护着自己三人的飞马呀，这情景登时让霍玉婵感动得热泪盈眶。“多么好的姑娘啊！”她从心底里赞叹道。转念又想：“这么好的姑娘，我能为她做点什么呢？对了，别人的穴脉都打通了，唯独她还没有，我何不趁此机会将她全身的经脉打通，也算对她的回报吧。”于是脱下自己的外罩，走上前去为她轻轻披上。

吕无言没想到会有人来，开始被吓了一跳，待看清楚是霍玉婵后，忙道：“这怎么行？给了我，你会着凉的。”说什么也要把外罩还给霍玉婵。霍玉婵一把按住她的手，使她动弹不得，随即发起功来。吕无言就觉得一股灼热的气流从手上源源流入，霎时流遍了全身，四肢百骸都暖洋洋的，哪里还有一丝寒意？

霍玉婵道：“怎么样？你还担心我会着凉吗？”吕无言惊喜道：“你真行，有这么好的本事。”霍玉婵笑道：“既然瞧着好，想不想学？”吕无言道：“好妹妹，别逗我了，我哪里学得会？”

霍玉婵正色道：“我是当真的，哪个跟你开玩笑！再说你怎么知道自己比我大？”吕无言道：“你的真实长相我虽然看不见，但从声音上，还是能听出你比我小，不信咱们都报一下自己的年龄。”年龄一经报出，两人同为十六岁，可霍玉婵生日在后。吕无言笑道：“这回叫你妹妹，不屈了吧？”

霍玉婵搂着她的肩膀道：“我的好姐姐，你还没告诉我，你到底想学不想学？”吕无言道：“我就是想学，你们都是大忙人，又哪里有时间教我？”霍玉婵道：“只要你想学就好办，这飞马你也不用守了，咱们精神些，多留意点外面的动静就行。现在就去找个没人的屋子，我来教你，包你一学就会。”

吕无言将信将疑，把她带到自己的住处，这住处就在严小芸卧室的外间。两人先将炉火烧旺，然后霍玉婵让她脱去外衣只留内裤，在床上躺好，这才施展起雷音指，为她打通起经脉来。有了上两次给刘桂枝和江海凤疏通穴脉的经验，此次施行起来自是格外的顺利，将及一炷香时间，吕无言的所有经脉都已打通。霍玉婵待她穿上衣服，又趁热打铁把公孙大侠的内功心法给她讲了一遍。

吕无言虽未练过内功，但平时看惯了严小芸练功的情景，对提气、运力乃至习练内功的程序一点也不陌生，再加上她本人的悟性极高，此时互为参照印证，是以一点就透。比对气功一窍不通的冰儿三人和江大婶娘儿仨，强的何止一星半点，三十六句口诀更是一教就会。在霍玉婵的引领下，大小周天和全周天运行都是一气呵成，一蹴而就。

霍玉婵一拍她的肩膀，笑道：“好了，大功告成。想不到姐姐如此好天分，用经纬哥的话说，这便叫孺子可教也。”这时就听窗外有人道：“这是黄石公称赞张良的话，什么时候成了我说的？你们不在餐厅里喝酒，躲在这里做甚？”话音未落，房门一响，江海凤和刘桂枝早已一头闯进。

江大婶也紧跟其后，她见霍、吕二人无事，遂对窗外道：“她们都没事，你们也进来吧。”这下可好，呼啦啦进来一屋子，领头的自然是耿五爷。耿五爷道：“老半天没见你们的人影，谁想你们却在这里，成心要扫老夫的兴吗？”吕无言红着脸叫了声爹，便不知说什么好？

霍玉婵道：“瞧大叔说的，事情还没搞清楚，就乱加罪名。”说着便把事情的原委叙述了一遍，末了道：“对无言这样的好女孩，您不说表扬几句，反倒兴师问罪，是何道理？”吕无言赶紧一拽霍玉婵的衣襟，道：“好妹妹，快少说两句，我爹也是为咱们好。”

江海凤见吕无言倏忽间跟霍玉婵又搞得一团火热，心下好生忌妒，便抢白道：“自己不好好待在屋里，没来由地看什么飞马？

拉上一个玉婵姐不够，还害得大家都为你担心，这会儿又让玉婵姐少说两句，你自己倒成了局外人，羞也不羞？”江大婶道：“你这孩子怎么越来越不像话？瞅瞅你小姨心里都想着什么？不说跟她好好学学，发哪门子邪火？吃火药了咋的？”

耿五爷也道：“外孙女，不是外公说你，论乖巧懂事，你就是不如你小姨。别看我嘴上说得凶，那是在逗她们玩，其实我这心里高兴着呢。特别是玉婵大侄女能给无言打通经脉，这帮了我多大的忙。本来我还在为无言打通经脉的事发愁，这下可好，全解决了。说句掏心窝子的话，休说她质问我是跟我开玩笑，就是老大耳光打过来，我也绝不生气。如今咱们全身的穴脉都已被他们打通，这是多大的情分？可能你们还不知道，光靠咱们自己，就是苦练上一辈子，也不会达到如此境界。就拿我来说，从小练功又怎么样？费了九牛二虎之力，也堪堪才将奇经八脉勉强打通，再要把所有经脉都疏通开，想也别想。练武之人一生最大的梦想是什么？就是有朝一日能让武功登峰造极，而要实现这一梦想的先决条件，就是把自己的所有穴道都疏通开，让真气在经脉里随心所欲，畅行无阻。”

吕无言插话道：“爹，这么说我的穴脉已打开，可以跟您学武功了？”耿五爷道：“那还用说，下一步你们只要将内功练熟，多积攒些内力，再跟我习练些轻功和外功也就可以了。”吕无言道：“我也不图别的，只要再遇到像石猴子那样的坏蛋，不让他们欺负人就行了。”

耿五爷道：“这算什么？等你武功练成了，就跟着玉婵他们一块去行侠仗义，惩恶扬善。”江海凤着急道：“外公，我也要跟您加紧练功，练好了也跟他们一起去。”耿五爷笑道：“好，都一起去，谁也别落下。”

江海浪道：“可别算上我，我又没有什么心上人可追。”一句话说得江海凤和吕无言都脸红起来。霍玉婵本来还不理解江海凤何以会对吕无言抱有那么大的敌意，此时方明白是由争风吃醋而起，不禁将眼光瞟向了高经纬，刚巧与高经纬的目光碰了个正着。高经纬无奈地摇了摇头，霍玉婵却微微一笑。

江大婶于此事看得最清楚，知道高经纬与霍玉婵才是一对璧

人，自己女儿和吕无言都是一厢情愿，是注定不会有结果的。瞧女儿咄咄逼人的样子，闹不好就会使吕无言心存芥蒂，伤了自家人的和气。情之一事，最难揣摩，看起来像隔着一层窗户纸，可一旦捅破，她二人也未必相信，反倒会怪自己多事，说不定还以为自己有偏心，为今之计，切不可操之过急，只有找机会慢慢开导她们，关键还得靠她们自己醒悟。这样想着，立刻出来打圆场道："爹，这里已经没事，咱们也该回去重整杯盘了。"

耿五爷也是过来之人，对两个女子的心思哪能看不出来？他倒不知道高经纬已心有所属，只知道二女相争，势必会影响亲情，不禁暗暗着急，心道："怎生想个办法为她们化解才是？"于是大声道："谁说不是？就冲玉婵给无言打通穴脉这桩喜事，这酒也该痛痛快快喝它一场，这回咱们都把招子瞪大了，看谁还敢中途离场？至于飞马的事，安排丫鬟轮流值班好了。"

众人回到餐厅，江大婶表弟已让厨房将酒席换过，一顿饭直吃到深夜。耿五爷本以为众人都会吃得酩酊大醉，可除了江大婶表弟已不胜酒力，表现出明显的头重脚轻，站立不稳外，其余人，包括他自己都神志清醒，行动自如，只微微有些醺醺然。转念一想已明其理，因为众人之中唯独江大婶表弟没有打通穴脉，其余人则都是沾了穴脉打通的光。

耿五爷带着江大婶和吕无言赶紧张罗众人的住处，江大婶表弟不放心家里，非要回家去睡，高经纬和高至善决定送他回家。江大婶表弟大着舌头道："公子哥儿俩只管休息就是，我一个人回得去。"高经纬知道喝醉酒的人都喜欢逞能，故顺着他道："您当然回得去，我们不过是想借机认认您的家门，再来时好去您府上讨个酒喝。"江大婶表弟一听喝酒，忙不迭地道："你们可是贵客，寒舍欢迎之至，这就请随我来。"说是随他去，他还是离不开兄弟俩的搀扶，众人看了都暗暗发笑。

一行人送出门来，谁料大门一开，忽地闪进一个人影。众人定睛一瞧，就见是个年轻女子，高经纬三人和江大婶表弟一眼便认出是水玲姑娘。水玲不等众人开口，回身就将大门关上，然后又插上门闩。这才对江大婶表弟道："大叔，出事了，刚才有伙人闯进你家又砍又杀，大婶他们恐怕此时都已凶多吉少。"

江大婶表弟一听，酒已吓醒，心中一痛，便昏死了过去。耿五爷一摆手道：“屋中说话。”高经纬便背起江大婶表弟，一行人都去了厅里。高经纬把江大婶表弟往椅子上一放，江大婶娘儿仨便从旁呼叫起来。

高经纬和耿五爷忙问水玲是怎么回事？水玲道：“今晚我嫂子突然接到她爹中风的消息，哥哥一家四口都去了她娘家，剩下我和爹娘便早早睡下，睡梦中忽然被隔壁院子里的声音吵醒。我爹道：‘不好，你关大叔家打起来了，我得过去看看。’说完披上衣服就跑了过去。不大工夫，我爹浑身是血，跌跌撞撞地跑了回来，上气不接下气地对我道：‘你关大叔家来了土匪，逢人便杀，我不合在门口看了一眼，就被躲在门后的匪人砍了一刀。幸亏我跑得快，兜了一个大圈子甩掉追踪的土匪，这才跑回家中。也不知你关大叔在不在家？’我道：‘关大叔一定跟高公子他们去了耿五爷府，我这便到那里去报信。’可到了这里，我见大门紧闭，上前敲门又怕被土匪听见，正在没奈何处，刚好大门开了。”

高经纬沉吟道：“这伙人会是哪来的呢？是魏进财招来的，还是石猴子的余党？”耿五爷道：“我看都不像，我有一种预感，总觉得这伙人与倭寇有关，只是他们为何会盯上关霁家？倒有些令人费解。”高至善道：“管他是什么来路，咱们去看看不就知道了。”

霍玉婵道：“这个时候去看，只怕他们已撤离了那里。”水玲道：“临来时我留了个心眼，特地趴到院墙向关大叔家里张了张，虽然院里一片漆黑，可我依然听到屋子里有隐隐的脚步声和搬东西声，大门后岗哨手里的刀还不时闪着寒光，这些都表明他们还在。”

霍玉婵分析道：“他们之所以没有走，看来是要等关大叔回去。如果他们是倭寇的人，一定与追查金壳怀表的下落有关，可关大叔于这件事毫不知情，倭寇无论如何也不会怀疑到他的头上。而魏进财一伙一心想得到的是钱庄里的财宝，也没有那个精力去与关大叔过不去，因此这件事极有可能是石猴子一党，将同伙的覆灭迁怒在关大叔身上，借机寻仇报复。”

耿五爷道：“倘若这些人真是石猴子一党，就该知道你们的厉害，即使要报复也该等你们离开之后，现在便这般迫不及待下

手，不是以卵击石，自寻死路吗？照眼下形势看，这些人显然并不知情，只有倭寇的人马因未曾与你们交过手，才敢这般嚣张。”

高经纬道：“我也同意大叔的看法，因为刚才水玲姑娘也说了，她听到了屋子里有搬东西声，所以不排除这些人是在搜寻怀表。至于他们何以会将目标锁定在关大叔身上，或许有人向倭寇提供了假情报，借机嫁祸给关大叔也说不定。如果这些人真是倭寇，咱们绝不能等闲视之，他们可不同于一般的土匪，且不说他们有一种忍术相当厉害，就是使出几样新鲜武器也够咱们瞧的。”

耿五爷道：“经纬这话不错，东绪兄弟在船上之所以舍命去挡倭寇的飞刀，就因为这类飞刀是藏在倭寇袖中的一种机簧所发，力道既劲又疾，使人防不胜防。事后我在每个倭寇的左前臂上都搜出一只，因对其深恶痛绝，故将其都投入河中，讲述时也忘了提及。”

这时关霁也已苏醒过来，拿起一把腰刀就要回去拼命，被江大婶死死拽住，不由号啕大哭起来。高经纬走过去道：“关大叔，您要节哀，现在还不是哭的时候，您急于为家人报仇，这种心情我们都很理解，但绝不能蛮干。您想过没有，敌人专找您下手，这件事本身就有些离奇，所以我们不仅要揭开这个谜，还要计划周全了，力求将敌人一网打尽。”

水玲也道：“是啊，您这样哭，非但于事无补，说不定还会把敌人引来。”关霁是个深明事理的人，随即止住悲声，一个人暗暗地流泪。高经纬转身对耿五爷道：“大叔，我越想这事越不简单，假设这个嫁祸给关大叔的人存在，那么这个人不仅对关大叔恨之入骨，对倭寇追查朝鲜密使一事也了如指掌，符合这个条件的人必是石猴子一伙的核心人物。根据倭寇这次行动的时间推断，他们得到假情报也就是今天下午的事，而在这个期间逃脱的人也只有……”

耿五爷道：“你是说严小芸？不错，这件事也只有她做得出。你这一说倒提醒了我，当初救东绪兄弟的事，我自认做得天衣无缝，其实细想起来还是有好多破绽可寻，这贱人不可能一点没有察觉，这件事若真是她捣的鬼，她如何肯放过我？说不定背后隐藏着更大的阴谋。”

高经纬道："怕就怕倭寇在关大叔家里埋伏下更厉害的杀招等我们去上钩，为了避免不必要的牺牲，还是由我们三人骑飞马从空中迎敌为宜，必要时就将他们全歼在关大叔的家中。我们走后，您带大家就守在府里，最好能待在厅中，紧急关头还可转入地下。我们不回来，切不可轻举妄动，以防敌人另有一路人马来攻这里。"又对冰儿道："大哥，危急时刻别忘了用乌云煤精。"

耿五爷道："那也得去一个人给你们带路啊。"高经纬道："地方我们知道，不就是水玲姑娘家的隔壁吗？那里只有两个院子靠得最近，东边的一个便是关大叔家，我们都已记下了。"耿五爷这才想起三人曾到过水玲的家中。

高经纬三人来到院里，身形一晃，已跃上飞马，又一齐戴上夜视眼，翅膀一扇便朝村子中心飞去。耿五爷这边也赶紧让吕无言去通知那些丫鬟仆妇，就说大院有危险，她们可到前院和众人在一起，也可找地自行躲藏。一会儿吕无言独自回来道，那些丫鬟仆妇大概是觉得前院更不安全，因此都选择了自行躲避。

耿五爷道："这样也好。"随即插上门闩，灭掉灯火，又让江大婶等人都待在西侧壁画前，只留冰儿三人与自己守着门缝向外窥探。冰儿三人则把手伸到腰间，随时准备取出乌云煤精应急。

关霁家的院子里也是一排正房和两排厢房，所有房屋都漆黑一片，只门后有两个黑衣人持刀贴墙而立。兄妹仨拔出如意剑，纵马疾掠下去。高经纬和高至善两道剑光飞出，两个黑衣人尚来不及反应，就做了剑下之鬼。黑衣人嘭然倒地，高经纬怕响声传到屋内，忙用手朝三排房屋分别一点，自己随即飞向正房守在了门口，霍玉婵和高至善也将两排厢房的门口守住。

可三人等了半天，却不见有人出来，而且屋内异样的寂静，听不到一丝响动。高经纬示意霍玉婵和高至善留在马上，自己一个翻身，下得马来。走上去一脚踹开房门，身子往旁一闪，一股血腥气直刺鼻端。高经纬仗剑走入门内，屋里除了一个中年妇女和两个半大孩子的尸首，再就是翻得凌乱不堪的衣物家什，此外见不到一个敌人的影子。高经纬又进到两处厢房查看了一遍，除了发现一对年轻夫妻和一个幼童陈尸在屋内，也没能找到一个敌人。三人又在房前屋后和院子左近搜索了一番，仍然没有敌人的

行踪。

高至善道："莫非这一切，就是这两个家伙所为？"霍玉婵道："水玲明明讲到，门后的岗哨早就在这里，那么屋内的脚步声和搬东西声又是怎么回事？"高经纬道："这件血案无论从现场的迹象上，还是由目击者的讲述中，都能看出绝非两人所为。依我判断，这些人一定转移到了别的地方。"

高至善道："他们能不能撤走了？"高经纬摇摇头道："不会，那样的话，就不会留下这两个岗哨。按我的看法，他们最有可能去的地方不外乎两个，一个是钱庄，一个是耿府，而钱庄的可能性最大。"

高至善道："他们即便去钱庄也没用，那里铁桶般相似，他们只有空自着急的份。"霍玉婵道："他们若是严小芸引来，严小芸又了解钱庄的秘密，进到里面岂不易如反掌？另外这些人如果真是倭寇，耿大叔不是说了吗？他们再使出几样出奇制胜的法宝，也不是没有可能，这钱庄也就形同虚设。"

高经纬拍了一下自己的脑门道："我真够糊涂的，现成的两个贼人尸体，搜一搜不就能验明正身了吗？"霍玉婵和高至善也不无遗憾道："谁说不是？"三人走到黑衣人的尸身旁，就见两人手里都攥着一柄腰刀，刀身又窄又长，便跟耿五爷描述倭寇所使腰刀一模一样，只此一点，三人就可断定这些人必是倭寇无疑。接下来他们又在尸身的左臂上搜出一个发射飞刀的机簧，进一步验证了他们的倭寇身份。

兄弟俩各将一个机簧装入包裹内，然后三人骑上飞马腾空而起。三人对着耿府和钱庄方向放眼望去，耿府黑魆魆的不见异常，倒是钱庄的屋顶上，似乎有极弱的光线渗出。三人随即飞到钱庄的上空，终于发现这不易察觉的光线，正是由房顶入口处，瓦的缝隙中渗出来的，那些倭寇果然转移到了这里。

三人认真看过钱庄的外部，并无倭寇的踪迹，当下纵身到院子里，又由院子跃到屋顶外。三人小心翼翼挪开入口处的屋瓦，里面的光线大盛。三人轻轻站到顶棚上，正要蹑手蹑脚移动到洞口，突然从顶棚的深处蹿出一只老鼠，这老鼠从霍玉婵的眼前一跃而过，尾巴一甩差点碰到霍玉婵的鼻尖，只吓得她花容失色，

哎呀一声，声音一出马上后悔，忙用手去捂嘴巴，哪里来得及？

就听下面一阵呜里哇啦的怪叫，灯光随之熄灭，接着有个人影嗖地纵上了洞顶，盲人骑瞎马般抡起腰刀就是一阵乱砍。他看不见兄妹仨，兄妹仨看他却是一清二楚，就见这人也是一身黑衣短打扮，中等身材偏瘦，二十七八岁的年纪，脸上棱角分明，一双老鼠眼冒着凶光。

兄妹仨怎容他肆虐，高经纬一剑将他的腰刀击飞，霍玉婵和高至善两柄剑分从左右一齐插进他的胸膛，黑衣人狂嚎一声跌下洞去，两股血箭激射而出，倒像是下了一天血雨。

底下人发声喊，数把飞刀呼啸着直朝洞顶打来。瞧声势自是由机簧发出，只听叮叮当当一阵乱响，飞刀尽数被兄妹仨挡回。兄妹仨又挥动如意剑使出上古剑法，剑气闪着光焰径奔下面的敌人，但凡碰着躲避不及者，剑芒便穿体而过。

高经纬突然发现柜台后有火光一闪，忙将霍玉婵和高至善向后一拉。就听砰的一声，一颗枪弹紧擦高经纬的头盔射向屋顶，把个兄妹仨惊出一身冷汗。三人匍匐在天花板上，下面枪声大作，枪弹在洞口横飞，过了好一阵，乒乓声才停歇下来，只弄得到处都是乌烟瘴气的火药味。

高经纬将头慢慢探出洞口，除了地上有几具尸体，其余人都不见了踪影，高经纬缩回头，小声道："敌人都躲起来了，你们暂且待在这里，待我下去瞧瞧。"高至善一把拉住他道："敌人火器厉害，这样下去太危险，放着现成的冰精干啥不用？"说着便从包袱里取出冰精朝下抛去。眼见下面浓雾顿起，四周的铁墙也都结满坚冰，三人收起如意剑，又一齐拔出宝剑来。

高经纬方道："我不是没有想到冰精，只是想抓个活口，验证一下这使坏的人可是严小芸。"三人跳下洞口，先检查了一下柜台后，并无藏人，又到东西两间侧房瞅了瞅，也未见有人。回到大厅，霍玉婵一指柜台后的壁橱道："不用说敌人都去了地下，由此也可以断定严小芸就是咱们要找的坏蛋，因为只有她才可能将钱庄的秘密提供给倭寇。"

高至善道："秘密来源于严小芸这一点我信，可倭寇怎么知道屋顶有洞口？我们进出洞口时严小芸并不在现场啊。"高经纬道：

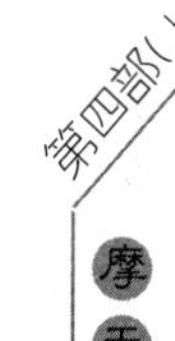

“还用她到现场？屋顶距地面就这么高，咱们又没把洞口堵上，只要她稍加留意，在下面很容易看到。”高至善恍然道：“既然如此，没准这恶女人也在下面。”霍玉婵道：“但愿如此，这次绝饶不了她。”

高经纬让他二人站在栅栏外，又将冰精往壁橱的旁边一放，正要去拨算盘珠，就听下面突然传来噌的一声，地面都跟着颤动了一下。高经纬道：“这一定是倭寇怕冷，升起了下面的铁门。”高至善道：“大哥何不把冰精贴在壁橱上，直接冻死这些狗日的？”

高经纬道：“别看这只壁橱是铁的，可洞口的盖板却是石头的，壁橱只有四个脚固定在盖板里，就是贴上去作用也不大。我本想等洞口一打开就将冰精扔下，现在我又担心万一洞口打开，敌人立即启动石阶通道里的机关怎么办？搞不好不但人下不去，冰精一旦投出，也很可能是肉包子打狗，有去无回。”

霍玉婵道：“何不像你们上次那样，从陷阱里将敌人冻毙。”高经纬道：“看来也只好这样了。”说着让霍玉婵守在壁橱旁，自己回身就去拉柜台下面的金属把手。先是一阵轧轧声，大厅门窗打开，接着一声响亮，院内陷阱塌落。兄弟俩拿起冰精三下两下就纵到陷阱中，冰精往窗口里一搁，待与里面的铁墙贴上后，两把宝剑也随之插入，哥儿俩这才松了一口气。

仰天望去，就见东北方向突然亮了起来。两人摘下夜视眼，才发觉这亮光是红色的，高经纬道：“不好，有地方着火。”两人当即跃到空中，发现火光正是来自耿府，着火的地方恰是那间大厅。两人吃惊不小，赶紧戴上夜视眼落回地面。

回到厅里把情况跟霍玉婵一说，霍玉婵道：“如果现在离开，那这边怎么办？”高经纬道：“为防下面有没冻透的地方，冰精暂时就留在这里。待我俩取回宝剑，你就把陷阱合上，而后关上门窗，咱们再一起从屋顶撤出。”三人立刻行动起来，一会儿工夫已跨上飞马，来到耿府上空。

就见耿府院里，有二十多个黑衣人正围在大厅的外面，其中半数人手里都平端着家伙，上面还闪着火星。高经纬道：“瞧架势，这些人手里端着的很像是火绳枪，只是枪身要短得多。说不

得只有用宝剑了，咱们分三路包抄过去，争取一出手便将敌人悉数歼灭。”

三人即刻远远绕开，按三个方位站定，高经纬宝剑朝天一举，三人便疾如闪电般向着燃烧的大厅掠去。等到敌人发现时，三人已来到近前，一股砭骨的寒气登时冻得这些黑衣人全身麻痹，动弹不得。兄妹仨连连挥动宝剑，蓝色剑芒源源不绝向黑衣人洒出，俄顷间黑衣人躺倒一片。

三人把马升到空中，然后跳将下来，逐一验过倒地的黑衣人，见无一个活口，这才放心。细细一端详他们手里握着的家伙，果然与火绳枪十分相似，但枪身却不及火绳枪一半长，一般人单手就可以举起来。

三人又转身去看大厅的火势，由于宝剑的作用火势略有减弱。高经纬将外罩、宝剑和包裹解下，往地上一放，对霍玉婵和高至善道:“你二人先守在外面，待我进去看看情况。”两人急忙道:“要救人咱们一块去。”高经纬笑道:“如果我猜得不错，大叔他们此刻早就到了地下。”说着撞开房门，一头钻进了厅里。

工夫不大，他带着一股烟气从里蹿出，嚷道:“果然不出预料，大厅里一个人都没有。”高至善道:“那他们就不能去了别处?”高经纬摇摇头道:“大叔最重言诺，怎会轻易离开？况且这里还有地下室，别处哪能比得上这里更安全?”

霍玉婵道:“那咱们赶紧想办法灭火呀。”高经纬边穿外罩，边道:“说的也是，厅里既然没有人，咱们就可放心地用宝剑灭火了。”他系好宝剑又将包裹背上，三人立马纵到空中骑上飞马。宝剑出鞘一扬，专拣火势密集的地方施展开了上古剑法，兄妹仨一出手便是最厉害的剑招，一记记星云飞渡、瀑布高悬、银河直泻……争相使出，刹那间剑光翻飞，冷气如潮，霹雳滚动。火势在这一连串的打击下，节节败退，最后终于偃旗息鼓，逃之夭夭。

此时的大厅房顶已化为灰烬，只剩下了四围的残垣断壁还在升腾着一股股袅袅的青烟，所幸的是那面绘有“凤箫声动”壁画的西墙尚自完好。火势一灭，大厅周围顿时有雾霾在聚集，三人赶紧将宝剑入鞘。

跃下马来，进到厅里一瞧，几乎所有东西都已付之一炬，那幅艳丽的壁画也变得烟熏火燎，失去了它原有的色彩。凭记忆，三人走到八仙桌的位置，这里也是一片灰烬。高至善叹道："这下完了，开暗门的孔雀翎都烧光了，咱们无法进去，里面的人又不知道外面的情况，这样耗下去什么时候是个头啊？"

霍玉婵道："谁说孔雀翎都烧光了？大叔既然知道这些倭寇有可能是严小芸引来的，这暗门开启的方法自然也瞒不过倭寇，怎么还会将孔雀翎留在外面？"高至善道："你是说大叔把孔雀翎都带到了下边？"话音未落，就见高经纬把食指往嘴唇上一竖道："嘘，你们快听，那边墙里有声音。"

三人一静下来，果然就听壁画那边的墙里隐隐有人喊道："玉婵说得没错，孔雀翎就是被我们带到了地下。"三人不约而同道："是大叔。"便一起跑到壁画前。高经纬喊道："大叔，敌人都死光了，您领着大家都出来吧。"耿五爷道："你们是不是使用了冰精？这里好冷啊。"三人这才发现耿五爷的声音有些发颤。

高经纬暗道："大叔一定是冻着了，我真该死，怎么把这茬给忘了？"于是赶紧喊道："大叔，真是对不起，一忙活，我将动用宝剑的事给忘了。您在里面稍等片刻，待我们把寒气驱走，您再出来。"说着便从包裹里取出琥珀王，霍玉婵和高至善也各自从包裹里取出乌云煤精。两块乌云煤精当即发出热来，大厅里一时间热气蒸腾，暖风鼓荡，就连外面也变得春天般温暖。

高经纬用拳头在壁画上敲了敲，三人又同声喊道："大叔，可以出来了。"随着喊声，暗门啪的一声弹开，又是一股恶臭从里蹿出，三人这才想起，里面来自耿五爷身上的污秽物还未来得及清除。接着耿五爷手举油灯在上面照亮，其余人等都顺着阶梯陆续走了出来。

一百一十二　引外敌严氏殒命　歼倭寇兄妹逞强

耿五爷见到兄妹仨的第一句话便道：“里面真该好好通通风，不然臭得不行，都是严小芸造的孽。”转眼就见满地都是灰烬，抬头又见屋顶漏了天，不由骂道：“这些该死的倭寇，老夫今生与你们势不两立。”

江大婶急切地问道：“表弟家里的情况怎样？”高经纬摇了摇头叹息道：“所有人都已遇难，情景惨不忍睹……”听他叙述完那里的所见，江大婶娘儿仨和水玲姑娘都放声大哭，众人也都跟着默默掉泪，关霁却两眼发直一声不吭。

耿五爷劝道：“大兄弟，你想哭就痛痛快快地哭个够，千万别憋在心里。”关霁牙关一咬道：“五爷，您放心，我还挺得住。高公子，我现在只想知道这帮兔崽子的下落，难道他们都到了这里？钱庄那边的枪声又是怎么回事？”高经纬又把钱庄里发生的事讲了一遍。

待问起耿五爷等人的遭遇时，耿五爷道：“你们走后我们就一直待在厅里，后来就听钱庄方向传来枪声，我们想，必是你们与敌人交上了手，正在为你们的安危担心。突然大门被撞开，一下子闯进二十多个身穿黑衣的家伙。这些家伙往院里一站，其中有个矮胖子把一柄长长的腰刀往大厅一指，这些人立刻成扇面朝大厅逼过来。

“我掏出一把丧门钉，就等他们靠近了，打开窗户便撒出去。这时大漠忽然凑过来，在我耳边低声道：‘师父，这些人手里拿的可能有火器，咱们不宜正面与之交锋。’我向外面一看，就见有好多黑衣人的手里都端着一个黑家伙，上面还闪着米粒大的火光，再联想到钱庄方向的枪声，愈发让我认定这黑家伙就是火器。

“我一想即便是冰儿他们使出乌云煤精，也挡不住敌人的枪弹，万一敌人一齐朝厅里射击，后果不堪设想，唯有躲到地下方称妥当。因此我抓起那根最短的孔雀翎，快步蹿到壁画前将暗门打开，无言立马带着众人走了下去，冰儿三人和我留在暗门前断后。这时敌人早已来到厅前，大概是怕厅内有埋伏，没有直接闯进，而是趴在门缝朝里谛听了一会儿。

“冰儿和大漠于是亮出了乌云煤精，桂枝忙把她的夜视眼给我戴上，转身也进了暗门。与此同时，有两个敌人突然踹开房门抢了进来，也许发现屋内太黑，两人一时呆立不动，随即便挥舞腰刀护住了头脸。冰儿和大漠挺起腰刀就想上前厮杀，我见敌人刀法诡异，神出鬼没，唯恐他们不敌，反受其害，当下一把将他们拦住，抖手就将一把丧门钉打向门口。我这边掩起朴刀正待合身扑上，就见敌人听风辨器，一阵叮叮当当已将一把丧门钉尽数打落，随即便退到了门外。

“我纵到窗前从窗缝里望出去，就见那两人跑到矮胖子面前，指着厅里比比画画嘀咕了一番，矮胖子又举起腰刀吱哇怪叫了一通，立刻有十余个人跨前一步，右手一抬平端起黑家伙一齐对准了厅里。我以为他们要开枪，赶紧掉头拉起冰儿和大漠便往暗门里跑。刚进到暗门里，就听厅内一阵噗噗乱响，似乎有物投进来，回身一看厅里已焰腾腾着起火来。

“我在暗门后按下开关，将暗门固定住，又到外面把孔雀翎拔下，带进洞里，这才再次按动开关，将暗门合上。这时冰儿和大漠已把乌云煤精收起，我们躲在夹壁墙里聆听外面的动静，明显感到外面的火势越烧越大，墙壁仿佛变成了火墙，让人感到酷热难耐，我们只好回到地下，这里倒是冷热宜人。

“大家正在猜测你们什么时候会回来，陡然外面有隐隐的雷声响起，逐渐里面开始冷了起来，而且颇有点冰冷刺骨。冰儿道：‘刚才还像在火炉里，一下子又掉进了冰窟中。’大漠道：‘不然就

有冰火两重天的说法了？'

“他们的话倒提醒了我，既然上面那么热，大家何必在下面挨冻？因此我便道：'谁要嫌这里冷，不妨往上面走走。'海浪人小反应得快，还没等别人动身，他已噔噔噔跑了上去，眨眼又咚咚咚跑了下来，小脸冻得跟胡萝卜似的，又搓手又跺脚，道：'都别上去了，上边比这里还冷，我看这冷就是从上面传下来的，一定是变天了，没准要下雪，我说适才怎么像是听到了打雷的声音。'一些人正要上去，见此情形都停下了脚步。

“海凤道：'净瞎说，没听说下雪天还打雷。'海浪道：'那刚才的雷声是怎么回事？难道你没听见？'大漠道：'莫非是经纬哥他们回来了？他们的雷音掌和剑法施展出来就有打雷的效果。'冰儿也道：'着哇，再有这么冷，也许是他们亮出了冰精所致。'

“海凤道：'那还等什么？咱们得赶紧出去，不然经纬哥他们找不到咱们会着急的。'秀莲道：'现在也只是猜想，你倒当真了。就是要出去也得把事情探明白，这样冒冒失失出去，就不怕落入敌人之手？'无言道：'另外上面都这么冷，出去岂不更冷？这些人如何受得了？怎生想个办法才是？'

“桂枝道：'咱们何不用内功驱寒？'我听他们说得有理，高兴道：'你们这番议论，真称得上是集思广益，我看不如这样：你们就以关兄弟为中心，围坐在一起，然后由冰儿领着，按经纬传授的方法反复习练三个周天的运行，必可做到驱寒保温，我一个人去到上面，待探明了外面的情况再通知你们。'大家遂坐成了一团，除关兄弟外每人嘴里都念念有词，倒好似在背诵什么口诀。不多时周边便有真气生成，一个个脸色都红润起来，关兄弟的额头竟渗出了细密的汗珠。于是我放心来到上面，上面当真寒冷无比，我坐下来一边练功，一边留心起外面的动静，随之便听到了你们的说话声。”

高经纬关切地问道：“大叔身体没什么妨碍吧？”耿五爷道：“通过刚才的一番练功，我才知道，自己的身体比以往任何时候都好，这穴脉一通，就是跟过去大不一样。”高经纬道：“听大叔适才说话声音发颤，还以为您冻着了。”耿五爷笑道：“哪里是冻着？还不是因为听到了你们的声音，心里一高兴，激动的。”

高经纬又道："再有他们背诵的口诀都是我胡诌的，怕在您面前班门弄斧，没好意思对您说，如果您不嫌弃，我就把来说给您。"耿五爷喜出望外道："能说给我，那敢情好。"高经纬当即将口诀给他背了一遍。耿五爷虽然用心记忆，但毕竟年事已高，哪能像年轻人，一两遍便记住。高经纬正要再复述下去，就听吕无言道："爹，这些待以后女儿背给您就是，眼下高公子还有多少大事要办，您就不要缠着他了。"耿五爷笑道："无言提醒得对，咱们还是办正事要紧。"

吕无言用孔雀翎往壁画上一插，再拔出时暗门已然合上。耿五爷解释道："暗门里还有一个开关，两下相互配合，当可使暗门开合自如。"高经纬三人也将琥珀王和乌云煤精收起。一行人随即来到厅外，也就看到了那些个倒毙在地的黑衣人。

关霁顿时火冒三丈，从地上拾起一把腰刀就要向黑衣人劈去。耿五爷一把将他拦下，道："大兄弟，且慢动手，等搜查过他们，再任由你处置。"高经纬道："大叔，我们也该走了，冰精还在钱庄的陷阱里搁着，时间长了恐怕不妥，一俟驱走那里的寒气，我们便接您过去。"

耿五爷惊诧道："难道你们刚才在这没使用冰精？那这寒冷又从何而来？"高经纬道："我们使用的是宝剑，这宝剑也能生寒，与冰精有异曲同工之妙，只是稍有逊色而已。"耿五爷道："我想起来了，在暗门后我曾听你提及'将动用宝剑的事给忘了'，当时还不明所以，却原来是这么一档子事。怪不得你们有宝剑也不用，平常总使如意剑，竟是为了这个。"

目送着兄妹仨骑上飞马离去，众人便着手对黑衣人的尸体进行搜查。耿五爷数了数黑衣人的尸体不多不少恰好二十个，每人都有一把又窄又长的腰刀，左臂都绑着一个发射飞刀的机簧，但手执火器的人却只有十个，这些人的腰间都缠着两到三条塞满枪弹的腰带，此外，还在个别人的腰间搜出几个拳头大，圆溜溜的东西，不知为何物。

特别在一个矮胖子身上还找到一张图纸，纸上绘的是一间屋子，左边墙壁上有一只开屏的孔雀，孔雀的尾羽处有个小圆圈，正中的墙壁前是张桌子，上面还摆了一只花瓶，一支孔雀翎从瓶

中飞出，一支箭头直指孔雀的尾羽。

耿五爷一眼便认出，这是张开启自家厅里暗门的示意图，不用说也知道是严小芸提供给敌人的，难怪敌人一进来就直奔大厅，却原来是盯上了自己的地下室。他越想越恨，狠狠朝地上呸了一口，骂道："这狼心狗肺的泼女人，真是十恶不赦。"于是他让吕无言将暗门打开，然后带着众人将搜出来的东西统统送进地下室。关霁则拿起腰刀，对着地上那些黑衣人的尸体开始了他的泄愤之举。

钱庄院里，由于冰精的缘故也起了漫天的大雾。兄妹仨让飞马停在空中，戴上夜视眼从房顶进到厅里，再打开屋门和陷阱取回冰精，然后拨动算盘珠启动金库入口。这次因为冰精停留时间过长，整个石阶通道都快成了一个冰洞，尤其下面新升起的铁门被厚厚的坚冰所包裹，简直就像一堵冰墙。

三人一商量，觉得里面的敌人万无生还的可能，于是决定先驱寒。三人依旧将琥珀王和乌云煤精取出，通道里登时酷热难当。三人回到厅里，趁机搜查了六个倭寇的尸体，搜出六把长长的腰刀、六个发射飞刀的机簧及六只短身的火绳枪，此外又搜出数条塞满枪弹的腰带和数个与弩弹大小形状都相当的圆家伙。

高经纬将火绳枪拿在手里，摆弄了一会儿，对其使用方法已是了如指掌，他给霍玉婵和高至善介绍道："这是一把单手使用的火绳枪，使用方法与一般的火绳枪相同，但由于枪身短，一个携带起来方便，再有装填枪弹也容易些，只是瞄起准来要困难点。"

他放下火绳枪，又拿起一个圆家伙先是瞧了瞧，再靠近耳边晃了晃，陡然想起耿五爷在描述起火时，曾言及敌人有物投进，心道："敌人投进之物莫非就是这东西，是用来引火的？"想到这，便对霍玉婵和高至善道："这半天寒冷也驱得差不多了，咱们且把东西收起来再说。"

三人下到通道里，把琥珀王和乌云煤精相继收好，此时的通道里不但冰霜杳无踪迹，而且四周变得异常干燥，墙壁摸上去还有些发烫。霍玉婵和高至善都把目光看向高经纬，似乎在问："下一步我们该做什么？"高经纬淡淡一笑道："咱们先上去，我有样东西给你们看。"

三人回到洞口，高经纬让他二人靠后，手一扬遂将那个圆家伙掷向洞中。就听噗的一声，洞中蹿起一股火苗，随之传来一阵难闻的硫磺味。高经纬道："这东西内藏火药，能专门用来放火，不用说，耿府大厅就是被它引着的。"霍玉婵和高至善待要进去灭火，高经纬道："不用费那个劲，里面没有可资燃烧的东西，等它自身耗完必然熄灭。"就像要验证他的话似的，洞里猛然亮了一下，跟着火光顿失。

三人进去一瞧，但见石级和墙壁上留下好大一片乌黑。高经纬面呈忧色道："两军交战，倘若使之偷袭对方的粮草辎重，岂不令对方无从抵挡？"高至善道："大哥不必担忧，这倭寇都是小股人马，大批人马也到不了这里，何来的两军交战？"高经纬道："兄弟不知，这倭寇不仅侵扰朝鲜，也经常在我国沿海地区为患。我想等这边的局势一定，腾出手来就去对付他们，也好对耿大叔的兄弟有个交代，因此对倭寇的狼子野心不得不防。"

霍玉婵道："大哥有点多虑了，对付倭寇，哪怕他千军万马，有咱们兄妹足矣，根本无须动用大批军队，因此也就不存在敌人偷袭粮草辎重的可能，倒是敌人的火器厉害，对咱们的威胁最大。"高经纬道："叫我放心不下的倒是门大人他们，倭寇如此嚣张，将来难免不与之开战，敌人一旦动用起这些东西，我们的人怎能不吃大亏？"

霍玉婵道："等再见到门大人时，咱们就把情况告诉他，让我们的人多加防备，对付倭寇多预备一些火枪、火炮倒不失为一种明智之举。"高经纬道："师妹之言甚善，回头咱们就将家里的钱财都给门大人送去，以供他们提早购买枪炮。"

三人来到金库入口的铁门前，这铁门虽然由地下升起，却与门框紧紧相贴不留一丝缝隙，要想打开只有用"旋转飞天"，或在上面开槽，或在上面打洞，但如此一来铁门就遭破坏，以后将无法再用。三人一计议，决定还是回去找耿五爷，看他是否另有打开铁门的办法，实在没辙再动用"旋转飞天"，那也要征得耿五爷的首肯。

三人回到上面，见院子里的浓雾业已散去，厅内外的气温也比使用冰精前暖和不少。三人先将外面的陷阱复原，又将大厅的

门窗闭合，再把地下洞口盖上，这才从屋顶跃出，旋踵间已骑上飞马回到耿府的院中。

这期间，耿五爷带着众人已将地下室里的污物清理干净，倭寇的尸体也移到了大门旁，只待天明后运出去掩埋。此时一见高经纬三人回来，众人立刻围了上去，并将搜出来的短身火绳枪和引火用的圆家伙拿给他们看。高经纬告诉他们圆家伙是用来放火的，又给他们讲了火绳枪的使用方法。

冰儿道："这下好了，再有敌人来犯，就可使火绳枪对付他们。"耿五爷道："经纬不是说了吗，这东西不易瞄准，就是要用也得先将它练熟了。"王大漠道："那咱们就每人带上一把，一有空闲便端起来练练。"

刘桂枝道："经纬哥，也该给这圆家伙起个名字，不然叫起来多不方便。"高经纬想了想道："这东西既然是用来引燃的，就叫它引火弹好了，钱庄那边还有不少。"提到钱庄，高经纬又将钱庄里的情况对耿五爷一干人讲了一遍，讲到铁门难以开启时，耿五爷眉毛一挑，笑道："不就是要进金库吗？小事一桩，你们跟我走好了。"

冰儿和江大婶众人被耿五爷安排留在府中，高经纬三人也不骑飞马，跟着耿五爷徒步向钱庄走去。四人进入钱庄院里，耿五爷领着兄妹仨绕过钱庄径直来到屋后。屋子与围墙间隔仅有一尺五六，宽度刚好可以容一个人通过。围墙为青砖所砌，虽不甚高，上面却插满了参差不齐的铁钉，地上一律铺着一尺五六寸见方的青石板砖。

耿五爷走到围墙的中间位置，面墙而立，让兄妹仨停在他的左身位，然后双腿微屈，两手分别在两块粘着细小白点的青砖墙上运力一按。就听啪的一声，他右身位的一块石板砖向上弹起，露出一个黑魆魆的洞口。高经纬掏出一个夜视眼给耿五爷戴上，耿五爷告诉兄妹仨，洞下壁上有个白色按钮可以开合洞口，便纵身跃下，兄妹仨也相继跳到里面。

洞下一人高方是第一级石阶，四人沿石阶一路向下，走在最后的高经纬找到壁上的白色按钮，将洞口关上。耿五爷一边走一边解释道："围墙之所以建得离屋子那么近，就是为了让人通行时感到不便，通行尚且困难，谁还有闲心去注意青砖上的白点，当然也就无从发现洞口的存在。再者，围墙上的两只开关必须两手同时使力，没有三五百斤的力气休想按得动，这也给洞口的开启平添了不少难度。在此之前，这里只有我一个人有这般力气，因此我才没有将这个洞口的秘密告诉任何人，幸好这样才未被严小芸一伙掌握。”

说着四人已走到了通道的尽头，这里稍微宽敞了些，可同时站下四个人。洞口就设在头顶，也是一块方石板，壁上依然有个白色的开关。耿五爷轻轻一摁，石板缓缓移开，露出一个二尺见方的洞口。耿五爷启动身形跃出洞口，兄妹仨也跟着飞身而出，三人定睛一看，这才发现他们立脚的地方竟是金库的外库大厅，眼前正是大厅的中心。

一只摞满银锭的货架已移向一边，高经纬见耿五爷走上前去，看架势是要把铁架推归原处，忙抢着在铁架上轻轻一拉，铁架便悄无声息地滑过来将洞口挡上。耿五爷颔首道：“真是天生神力。”高经纬也喟叹道：“这条地道实在是隐蔽至极。”耿五爷道：“不隐蔽哪行，事关钱庄的命脉，稍有不慎，就会给宵小之徒以可乘之机，就像石猴子、严小芸之流。”

这边方一提到严小芸，霍玉婵那边一指西侧墙壁道：“兀那不是严小芸吗？”三人一齐抬头看去。就见严小芸站在壁前，有两个黑衣人正围在暗门的钥匙孔旁，此时的暗门已打开了一道缝，三人也都僵立不动，显见已冻死多时。

四人走过去，耿五爷一脚将严小芸踹倒，骂道：“果然是你这贱人使的坏。”高经纬从黑衣人手上拿过几根带弹性、折得弯弯曲曲的金属丝和金属窄片，端详了片刻道：“看来，倭寇就是用这个打开的暗门。”

高至善道：“这倭寇也够厉害的，仅凭几根金属丝和金属片就能取代钥匙，可比土匪难对付。”耿五爷叹道：“倭寇就是非同一般，凶狠嗜杀不说，一旦招惹上，还阴魂不散，更可怕的是他们手里的新式武器，在在都能出人意表，就连开锁这件事，也能独出心裁，想出这般怪异的手段来。”高经纬道：“这帮家伙心地之歹毒，手段之残忍，尤胜土匪，下次再要遇到，务求全歼，绝不

能手软。”

四人查看了一遍整个地下大厅，共发现十四具黑衣人尸体，又搜出十四把腰刀、十四只火绳枪、十四个发射飞刀机簧、四十余条枪弹腰带和若干个引火弹，此外还有二十多条口袋，其中半数以上已盛满了银锭。多数黑衣人正在往口袋里装，就被冻毙在当地，还有两个家伙被冻毙在铁门旁的金属手柄前。

高经纬指着这两个家伙道："看来，上次敌人见咱们的剑招难以招架，还未等咱们往厅里投出冰精，便在枪弹的掩护下撤到了这里。本来想等咱们下来，再拉动机关，谁想冰精一出，虽有上面的盖板遮挡，却也寒气袭人。为了御寒，没奈何，他们才不得不将铁门升起。"说到这，他一拉左边的把手，铁门应声落下。

耿五爷道："这里权且这样，咱们现在就回去。"高经纬道："别的都好说，这些尸体实在不宜留在里面，还是趁早移出去为佳。"耿五爷道："只是你们也该回去少憩片刻了。"高经纬道："不瞒大叔说，以我们目前的功力，就是几天不睡觉，精力照样旺盛，倒是大叔病体方愈，应该好好休息才对。一会儿您只管在这里坐着，搬尸体的事，就交给我们兄妹好了。"

耿五爷道："我自从穴脉被你打通后，就跟换了一个人似的，不仅不知道累了，浑身总像有使不完的劲，特别是刚才在夹壁墙里，为御寒又行了几遍功，起来后，更觉得身轻体健，精神抖擞，哪里如你说的那般不济事？若不是适才我强行忍住，差一点就将严小芸撕成两半，不信，我就撕给你们看看。"

霍玉婵眉头一皱道："您可千万别这样，这恶女人五脏六腑一出来，此库房里还怎么待人？"想象着严小芸白花花的肠子和散发着恶臭的粪便流了一地的情景，她越思越恶心，居然呕了起来。高经纬拍着她的后背道："大叔也只是随便说说，你倒好，给根棒槌就当针。"耿五爷道："是啊，我也是嘴上发发狠，哪能真的这样做？"

高至善忽然神色一变，道："你们听，上面是什么声音？"四人一静下来，一阵隆隆的声音清晰入耳。霍玉婵道："好像是车轮的滚动声。"高经纬道："还有马蹄的践踏声，似乎有大车驶进院中，而且还不止一辆。"

耿五爷眉头一拧道:“这么晚怎还会有大车来?莫不是把这里当成了大车店?不能啊,赶车的人哪能连大车店和钱庄都分不清?莫不是倭寇来了接应?”高经纬道:“大叔说得没错,大车店就在旁边,他们如何能视而不见?看来极有可能是倭寇的后续人马。”

霍玉婵道:“管他来者何人,上去一看便知分晓。”高经纬道:“大叔还是留在这里,来人万一是倭寇,我们少不得要动用宝剑。”耿五爷点头道:“好,我就待在这里。”高经纬又道:“反正您也是待着,倒不如借机练练内功。”耿五爷笑道:“正该如此,也免得临上轿现扎耳朵眼。你们就放心去吧,不过迎敌时千万不能大意。”高经纬道:“是,我们一定小心从事。”

兄妹仨拾级而上,开、关洞口一气呵成,须臾间已来到上边厅里。三人到的恰是时候,就听外面有人敲门,嘴里还呜里哇啦地喊着什么。高经纬低声道:“来人果然是倭寇,他们还以为里面是自己人。如此一来,我倒明白了,他们的大车是来运库房里那些金银的。”

高至善小声道:“怎么办?”高经纬一指顶棚,示意从屋顶出去。三人站到棚顶方洞底下,正要纵身上去,就听屋顶瓦片一响,知道屋顶有人。高经纬把手一摆,立刻改变了主意,轻轻道:“放他进来,咱们给他来个以逸待劳。”

三人刚刚在柜台后藏好,来人已摸到洞口,从棚顶翩然而下,就见又是一个手持长腰刀的黑衣人。霍玉婵见来人只有一个,就对高经纬耳语道:“用不用抓活的?”高经纬道:“没有用,赶紧亮宝剑。”来人耳朵一竖,似乎听到了说话声,口中嘟囔了一句,就将左手伸进了腰间。这时兄妹仨已噌的一声拔出了宝剑,寒光闪动中,一股冷气登时充斥了整个大厅,来人只来得及啊了一声,便就此僵立不动。

三人走过去,高经纬将来人左手拽出,掌中握着的正是一个引火弹。来人手指僵硬,高经纬生怕一个不小心,将引火弹触发着,直到将来人四根手指掰折,才把引火弹取下。兄妹仨随之将宝剑收起,高至善又恐来人冻得不彻底,一会儿再缓过来,就想把来人的脖子拧断,不料来人的脖子脆得很,只轻轻一碰,脑袋

便已与脖子分了家。

三人盯住脖子一看，已是冻得冰棍一般。高经纬忙道："糟了。"高至善道："难道我把他的脑袋拧下来有什么不妥？"霍玉婵对高经纬道："开始我让你留活口，你说没用，现在又后悔了吧？"高经纬笑道："瞧你们俩说的，跟我想的风马牛不相及，敌人死就死了，有什么不妥？留这样的活口更是白费力气，倭寇都是些冥顽不化之徒，宁死也不会招供，再说即便他肯招供，谁又听得懂，这样的活口留他何用？"

霍玉婵道："这也不是，那也不是，那你是什么意思嘛？"高经纬道："我的意思是说外面的人马要糟，你们想想冰精是靠陷阱里的铁板将寒冷传导进去，才把金库里的敌人冻毙，如今这厅里的门窗也都是铁板，宝剑的寒气一经传出，外面的人马如何受得了？不信你们听听，外面哪还有一丝响动。"两人一听院里的确寂寂无声。

霍玉婵道："都是倭寇的人马，冻死活该。"高经纬道："赶车的人如果是雇来或抓来的老百姓呢，你也这么说？"霍玉婵道："这一点我倒没想到。"高至善急切道："不然我把门打开，咱们这就出去看看。"

高经纬道："看是一定要看的，但不能从门里出去，毕竟厅里的气温比外边更低，门窗一打开，院里岂不是雪上加霜，我看咱们还是走屋顶稳妥些。"两人都信服地点了点头，于是紧随高经纬由屋顶纵出。

三人站在瓦面上朝下一瞧，就见院子里总共停着三辆马车，车上都挂着气死风灯笼，另外车下还有三个手拿鞭子的车夫和一个紧身短打扮的黑衣人，此时所有人马都已瘫倒在地，不知是死是活。

一百一十三　捣贼窝车夫带路　补顶棚匕首显灵

三人踊身跳到院子里，就见黑衣人离门最近，高经纬走过去使手一探，此人已浑身冰凉，气若游丝，高至善不等高经纬发话，早伸出脚去在其脖子上轻轻一蹬，满拟似刚才那样将其脑袋踹下，谁料黑衣人颈项一抻老长，人虽毙命，脑袋却还连在脖腔上，高至善眼见黑衣人脑袋没有被蹬下，颇感诧异道："这人脖子倒挺结实。"霍玉婵笑道："哪里是他脖子结实？分明这人还没有被冻透，不然脖子也不会如此韧性十足。"

为了看清车夫的服色，兄妹仨特将夜视眼摘去。三个车夫都是普通百姓装束，离门稍近的一个冻得最重，后面的两个相对轻些。十二匹马状况最好，不过是四肢冻麻，站立不住，以至委顿在地。

兄妹仨将三个车夫搬到车上，然后取出琥珀王和乌云煤精，倏忽间院子里寒气四下散去，热浪纷至沓来。十二匹马嘶声欢叫，不待兄妹仨去扶，已自从地上爬起。三个赶车人也都相继苏醒过来。其中有一个患了严重的风寒，不仅全身烧得滚烫，还不时说着胡话，就听他断断续续说道："大爷们，请你们行行好……放了小人……小人家里还有老母在堂……工钱不敢奢望……只求早点回家……"另外两个虽不像他这般重，却也着了凉，鼻子不通气不说，脸上也泛起一片红潮，但有一样好处，头脑尚未糊涂。

高经纬问过才知他们都是长白山一带的农民，靠采参、打猎赚了点钱，置办起这几挂马车，趁冬季农闲，结伴出来给人拉拉

脚，挣点辛苦钱。不想半路上碰到这帮倭寇，被连人带车掳来，声称是雇他们去拉货，实际是带到这里一处院落关了起来。直到今天半夜，方有两个家伙将他们押出，让他们套上马车，说有货要运，并许诺拉完这批货，就发给他们工钱，放他们回家，随后便将他们带到了这里。

高经纬见他们说的都是实情，就与高至善商量，想发功为他们驱寒。两个车夫听了，连道不用，说他们身上都带着专治发烧的药，而且灵验得很，只需兄妹仨为他们弄来些白开水就行。高至善随即去饭馆取来一罐水和三只碗。水罐刚好有提梁，高经纬立刻将它置于乌云煤精上，同时把琥珀王向乌云煤精靠拢，乌云煤精发出炽热的光线，不移时已将水罐里的水烧开。

两个车夫只瞧得目不交睫，讶异不止，浑忘了自身还在发烧，高经纬忙给他们倒去三碗开水。他们将热水吹了吹，当下从怀中掏出三包黄色粉末，一包喂了病重的车夫，两包自己服下。只过了一盏茶工夫，药力已在三人体内行走开来。这药果如他们说的那样神奇无比，兄妹仨眼见他们脸上的红潮退去，就连那个病重的车夫也下得地来，行动如常，跟没事人一样。

原来车夫所在的屯子有个姓邬的世代行医的郎中，从祖辈那里继承了一种秘方，对治疗伤风发烧有奇效，到了他这一代，又将药材晾晒烘干，研磨成粉，配成药剂出售，当地村民家中大多都有储备，出门在外的人更要揣上几包，以作不时之需。

车夫说明原委，为了答谢兄妹仨的救命之恩，他们又拿出九包药粉，非要送给兄妹仨不可，兄妹仨盛情难却，只好收下。高经纬向他们亮明了身份，又把倭寇被歼的事告诉了他们。当问起倭寇的老巢时，据车夫们讲，就在河对岸一个村子的边上，是个独门大院，里面有好几排房子，看样子像个闲置的货栈仓库。目前那里还有两个留守人员和一名老妇带个幼童，如果兄妹仨要去，他们愿意带路，双方商定即刻出发。

兄妹仨收起琥珀王和乌云煤精，高经纬让霍玉婵回金库禀告耿五爷一声，以免他悬望，旋即便帮车夫们将大车赶出院子。高至善也不闲着，主动搜查了一遍门前的黑衣人，把搜出的腰刀、发射飞刀机簧和引火弹送进了大厅里，又找来三把普通腰刀，预备送给三个车夫。

这时就见霍玉婵和耿五爷从地下走出，原来耿五爷听了霍玉婵的禀告，说什么也要跟来。三人由棚顶跃出，一齐来到大门外。高经纬让耿五爷和车夫们彼此认识了一下，高至善也将腰刀分给了三个车夫。高经纬和耿五爷坐上了头辆大车，霍玉婵坐在第二辆，高至善上了第三辆押后，车夫们鞭子一甩，马车便飞快地向着河边码头驶去。

驶过冰冻的河面，又沿大路前行了四里多，不远处就是一座黑咕隆咚的村子。马车没有继续前行，而是拐上了田间一条小路，车夫往前面一指道："绕过这片树林便是。"

耿五爷低声道："我还以为是何处，却原来是这里。前边的村子叫望河屯，有六十余户村民，早年也曾归我管辖，后来乡里重新划分，说是隔河管理不易，遂将河这边两个村划给了邻乡。前边的院子我知道，本来是官绅人家建的一处乡间豪门大宅，偏偏子孙不争气，不擅经营不说，还整天花天酒地，挥金如土，偌大一片家业，不消几年便败得精光，这处宅子也落在一个姓卞的商人手里。基于这里水陆交通便利，他便将宅子改成了货栈仓库。也是他运气不佳，接连几次生意失利，消折了本钱不算，还负债累累，不得不将宅子变卖出去。自此几经易手，都无人在这待得长久，渐渐便闲置起来，此宅不吉利的说法也就传扬开了。人们都唯恐沾染上晦气，邻近的住户纷纷迁往别处，远一点的住户翻盖新居时，也向更远处靠拢，遂使此宅与村中隔出好大一片空地，不知怎么竟成了倭寇的据点。"

车夫听得入神，不禁使马车放慢了速度。高经纬道："不要停留，直接驶过去。"眼看一座高墙深院已来到面前，高经纬低低一声招呼，兄妹仨都抽出了如意剑，耿五爷也将朴刀握在手里。车夫挽起一个鞭花，冲着大门一抖，啪的一声脆响在空中炸裂开来。没等第二声鞭花响起，大门已吱扭一声朝两边分开，随即有两个黑衣人迎上前来。

高经纬不等对方发现，已打定主意先发制人，就见他身形一挫，呼的一声从黑衣人头顶一跃而过，截断了黑衣人的退路。黑衣人不明所以，下意识地回头望了望，耿五爷一挺朴刀也跳下了

马车，霍玉婵和高至善更是憋足了劲，来了个后发先至，一纵身已抢到了头里，反将耿五爷挡在了身后。

两个黑衣人倒也身手不弱，发觉不好，脚尖一点，飞身上了围墙，同时按动机簧，两把飞刀分别向高经纬和霍玉婵电射而出。两人不敢怠慢，如意剑一晃，一股剑气喷薄而出，光焰闪烁中直扑敌人飞刀。电光石火间两下相遇，一阵火花四溅，两柄飞刀砰然落地。剑气余势不衰，径奔两个黑衣人。

黑衣人晓得不妙，一个使出一招倒挂金钟，两脚勾住墙头整个身子垂掉下去，饶是他躲得快，帽子仍被剑气击飞，致使满头长发披散开来。高至善不给他喘息机会，跟着便是一式乱石穿云的剑招，直取他的项上人头。黑衣人再要躲闪，哪里来得及？只听噗的一声血光四射，黑衣人的首级已被剑气斩下。另一个黑衣人使出一招狮子滚绣球，身子一缩，一个前滚翻，避开剑气蹿下墙来。耿五爷暗运内力，朴刀一挥，一股刀光直袭敌人的面门，就在敌人的二目之间齐刷刷切开一道血口，脑浆迸出，黑衣人倒地身亡。四个人只一个照面，就用刀光、剑气干净利落地将敌人灭掉。

三个车夫平常见的都是些使枪弄棒的蛮力厮杀，所谓练武之人的真功夫也都是些花拳绣腿，实不相信世上还有如此高超的武功，只瞧得他们眼睛睁得老大，半晌说不出话来，几乎以为自己是在梦中，直到兄妹仨招呼他们进去，三人才恍过神来，赶紧驱车跟在后面。

车夫们将车停好，带着兄妹仨和耿五爷将所有房屋搜了个遍，再未发现一个敌人，只在一间屋子里找到一个老妇和一个幼童。这二人，兄妹仨和耿五爷都不陌生，一个是被辞退的管家老婆张氏，一个是严小芸的儿子小石猴子。

耿五爷冷笑道：“一听说倭寇窝里有个老妇和幼童，我一猜就是你们，果然不出所料。张氏，我来问你，老夫未追究你的罪过，而是放你一条生路，你为何不思悔改，反倒与严小芸搅在一起，继续为恶？别的不说，这私通倭寇一项罪名，你就逃脱不了。”高经纬也厉声道：“倭寇和严小芸业已伏诛，难道我们还杀不得你吗？”

张氏吓得浑身筛糠，两腿一软，跪倒叩头道："老爷您大慈大悲，看在这孩子孤苦伶仃需要人照料的分上，就再饶过奴婢这一回吧。"耿五爷道："要想活命，还不从实招来？"张氏颤抖着声音道："老爷，奴婢这也是出于无奈呀。"耿五爷道："怎么，你这做坏事还有理了？"张氏道："哪有什么理？奴婢不过是有不得已的苦衷而已。"耿五爷道："此话怎讲？"

张氏道："奴婢索性都说了吧，实不相瞒，奴婢也姓严，是小芸未出五服的姑姑。因不能生养，被丈夫休回家中，小芸见奴婢可怜，又见张泾没有家室，遂居中撮合，成就了我俩这门亲事。不久她又将张泾提拔成了管家，张泾感念她的提携之恩，奴婢也因为亲情，所以两人才替她做了不少昧良心的事。"

耿五爷顿足道："你们瞒得我好苦！那你们又如何到的这里？跟倭寇又是怎么回事？"张氏道："这处宅子因口碑不好，四里八乡无人敢要，石猴子与小芸一商量，便以极低的价格偷偷买下了它，原想一旦他们的奸情败露，老爷容不得他们，小芸和孩子也有个落脚之地。今年夏天，一伙倭寇来查找几个朝鲜人的下落，石猴子见他们出手阔绰，且又人数不多，就用计除掉了他们，夺了他们的钱财。

"与此同时小芸又发现老爷行踪诡秘，老爷叫两个丫鬟缝制毛毯口袋的事，也被她跟在后面瞧了个一清二楚，接着她又从小灶厨房下人的口里得知，老爷曾往外送过饮食，当时她还不知老爷葫芦里卖的什么药？

"后来石猴子又探得有倭寇人马来此活动，就想来个图财害命，故伎重演。不料接着便发现这伙人有四五十个之多，而且还有火器在手，实在招惹不得，而且又怕杀害倭寇的事被他们侦知，于是就主动和他们接触，与他们套近乎，以便稳住他们。为了掌握他们的动向，还主动示好，把这处宅子无偿提供给他们。

"一来二去，石猴子便了解到倭寇要找的朝鲜人是出使明朝的密使，而且还赍有一批价值连城的宝物，人到这里便没了踪影，倭寇有两拨人马也在这里不翼而飞。其中一拨人马死于石猴子之手，另一拨人马，联想起老爷当时的怪异举动，小芸和石猴子断定是被老爷所灭，朝鲜人和宝物也落在了老爷的手里，而毛

毯口袋很可能是朝鲜人已死，用来盛殓他们的。

“石猴子派人盯老爷的梢，果然发现了老爷常到一处地方祭奠。石猴子带人暗地将那里挖开，便看到了毛毯口袋和一具酷似朝鲜人的尸体。他们又把那里恢复成原状，至此更加验证了他们先前的推测。

“那时他们并没有想把老爷出卖给倭寇的意思，因为他们以为老爷一定把朝鲜人的宝物放进了钱庄，这钱庄也好，家业也罢，迟早还不是他们的囊中之物？但倘若把消息泄露给倭寇，杀了老爷倒没啥，一旦洗劫了钱庄，吃亏的还不是他们自己。再说石猴子打劫倭寇的事，老爷已心照不宣，万一把老爷逼急了，老爷反咬一口，把这事捅出去，岂不两败俱伤？

“石猴子说他有个舅舅，能耐大了去了，论武功比老爷尤胜一筹，况兼此人投靠了辽阳魏守备，而魏守备正辅佐完颜王爷攻城略地，光复大金，只打得官军一败涂地，望风而逃，眼见整个辽东半岛就将归大金国所有，到那时，他就让舅舅带兵过来，消灭这些倭寇还不是小菜一碟。

“其实，石猴子这个舅舅也不是亲的，有次石猴子带人出去剪径，刚好剪在了他舅舅的头上，被他舅舅打个稀里哗啦。他舅舅见石猴子人很机灵，是个可造之才，便有意收服。石猴子见对方武艺精湛，又有来头，也想投靠，双方一拍即合。为了表示亲近，两人遂以甥舅相称，石猴子也就有了这个舅舅。

“一切似乎都在他们的掌控之中，谁料风云突变，一夜之间老爷不仅结识了高公子兄妹，又认了耿秀莲为干闺女。小芸和石猴子都预感到继承老爷家产的希望恐怕要泡汤，刚巧石猴子的舅舅和魏守备就在他家，几人一商量，觉得迟则生变，必须先发制人，便趁高公子兄妹离开之际对老爷下了毒手。

“怎知人算不如天算，就在他们计划即将成功的时候，高公子兄妹又去而复返，不仅让他们的计划落了空，也让他们的人遭到了灭顶之灾。小芸对你们自是恨之入骨，特别是那个给你们通风报信的关霁，她更是要置其于死地而后快，几经琢磨她想到了要用倭寇来对付你们，于是便来到了这里。并对倭寇说她是石猴子的女人，现已探明是老爷杀了两拨倭寇，救出了朝鲜密使，而

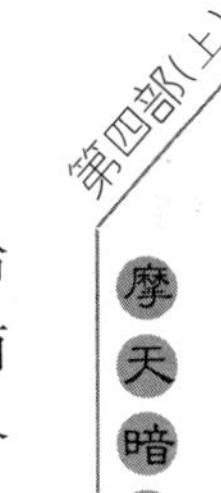

朝鲜密使也因伤重不治身亡，她又说了埋葬的地点。为了嫁祸给关霁，她又谎称这件事自始至终都是关霁和老爷两个人干的，而朝鲜密使的宝物很可能藏在三个地方：一个是关霁的家中；一个是钱庄的地下金库；还有一个是老爷府里的一处暗室。

“她还说钱庄中机关重重，凶险万分，必须由她亲自带路，方能破解，而老爷府里的暗室则相对要简单得多，安全得多。她给他们画了一张如何开启暗室的草图，一个矮胖的黑衣人大概是倭寇的头，听后一拍小芸的肩膀，道：‘你的顶好朋友的干活，耿府的钱财统统的归你。’小芸道：‘我也不在乎什么钱财，只求你们别放过这些坏人，为了帮你们查明事情真相，我男人已惨死在他们手中。’矮胖黑衣人拔出腰刀对空虚劈了一下，面露狰狞道：‘你的敌人也就是我们的敌人，让他们全都死了死了的。’

“奴婢虽然比小芸出去得晚，但一琢磨她除了这里能落脚，已无地可去，奴婢一路紧赶慢赶，终于赶上了她，这才一起到了这里。但她公然向倭寇告密，却是奴婢万万没有想到的。”

耿五爷听她情辞恳切，所言不虚，因此也不愿与她为难，就对她道：“目下倭寇虽已尽歼，谁知暗中有无眼线，你在这里进进出出，倘若被他们盯上，尽管你与此事无涉，盘问起来又怎说得清楚？弄不好便给自己惹来无穷祸患，倒不如趁着夜色，早点离开为是。我记得你会赶车，这院里刚好有一辆马车还带着轿厢，你套上马匹逃命去吧。”

这张氏别看奔五十岁的年纪，手脚却甚是灵便，出去不多时已将一辆马车套好，转身进来收拾起衣物银两，又套上一件老羊皮大衣，还戴上了一顶皮帽子，俨然就是一个瘦小的男人，足见此人的阅历丰富。她带着小石猴子给耿五爷磕了个头，又给兄妹仨施了一礼，便走了出去。众人有些不忍，纷纷拿起被褥、干粮、水罐送到了车上。张氏鞭子一抽，轻声叱道：“驾！”将马车稳稳地驶出大门，眨眼间已从众人的视线里消失。

适才在搜查的时候，兄妹仨和耿五爷曾留意到大门后第一排房子有个套间。外间炉火正旺，炕桌上有酒有肉，看情形两个留守的黑衣人先前就待在这里，里间的地上则堆着长长短短二十余只箱子，四人推测箱子里很可能有重要的物品。接下来一行人就

直奔这个屋子，点了点箱子数恰是二十只，其中有两只长木箱、两只短木箱、十只方木箱和六只方铁箱。

打开一瞧，就见两只长木箱里用油纸包着二十只崭新的火绳枪，两只短木箱里却是空的，只有一些凌乱的油纸。高经纬指着箱子道:“倭寇们手里的短身火绳枪就是由这里取出的。”十只方木箱有四只是空的，其余六只，一只里装的是引火弹，五只里满盛着火绳枪的枪弹，无论是引火弹还是枪弹，外围一律用油纸密密地包裹着。不用说，那四只空箱原来装的不是引火弹必是枪弹，另外六只方铁箱里则是各色金银珠宝。

四人让三个车夫选择一箱，车夫们只挑了一只装满银锭的。四人见三个车夫并不贪婪，在随后的搜查里，又在别处房间的柜子里找到一袋散碎银子，约有三百多两，也送给了他们。

接着一行人便把所有箱子，包括那些空的，都装上了来时的三辆马车。马厩里恰好还剩下四匹马，四人找来鞍辔给马套上，决定骑马回去。门口的两个倭寇尸体也被兄弟俩拖进了院里，他们也没忘取下尸身上的发射机簧，连同腰刀一起放到了车上，一行人这才推上大门。车夫驱车在前，四人乘马于后，迎着拂晓刺骨的寒风，快马加鞭向耿家湾驰来。

回到耿府大院，天已放亮，江大婶众人也是一夜没有合眼，早早便让丫鬟仆妇将早餐做好，此刻正聚集在前院的西厢房里，焦急地等待着耿五爷四人归来，一听到耿五爷叫门，都迫不及待地迎了上去。车马一进院，耿五爷交代完哪是车夫的东西，冰儿三人和吕无言便着手去卸车，关霁带着水玲和江海凤姐弟也忙着给马喂料饮水，江大婶则立刻把耿五爷四人和三个车夫领进餐厅。

吃过饭，耿五爷准备安排下处，以便让车夫们好好歇息一番。怎知车夫们乍脱樊笼，归心似箭，执意要走。耿五爷只好吩咐江大婶给他们带上充足的草料和干粮，怕他们路上冷，又每人给了一件皮袄，车夫们千恩万谢作别而去。

箱子等物品被临时卸在了西厢房里，耿五爷认为不妥，觉得还是暗室可靠些，众人就又七手八脚将东西搬到了大厅的地下室中。耿五爷打开箱子，给他们看了里面的火器和枪弹，并给他们讲了钱庄和望河屯宅子里倭寇覆灭的经过。而后众人回到上面，耿五爷留下仆妇看家，一行人便去了关霁家。

一切还是兄妹仨离开时的样子，两个黑衣人的尸体仍在大门后，房子里，关霁一家六个亲人的尸体也依原样躺在那里。关霁一见家里的惨状，又哭了个昏天黑地，江大婶娘儿仨也都哭得泣不成声。水玲忙将关霁扶到自家的屋里，百般抚慰。耿五爷告诉兄妹仨，正房里的三具尸体是关霁的妻子和一双儿女，厢房里的三具是关霁弟弟夫妇和孩子。

耿五爷正要打发丫鬟去叫村里的头面人物，这些人已闻讯赶来。据他们讲，夜里的枪声和大火让他们彻夜未眠，因为石猴子一伙的作乱，搞得他们惊魂未定，人人自危，故没有耿五爷发话，谁也不敢贸然走出家门，直到有人隔着门缝看见耿五爷一行到了这里，并设法告诉了他们，他们才奓着胆子寻到了关霁家。

耿五爷知道他们说话言不由衷，心道："这些人过去不是这个样子，谁不是一家有难，家家都来相帮。然而昨夜府里的大火，却无一人前来问津，往好里想，诚如他们所说，是被众多人的死吓破了胆，这才不敢轻举妄动；往坏处想，只怕这些人对自己已心生嫌隙。尽管他们自家无人丧生，但亲朋好友参与作乱，死于非命的不在少数，他们没准会因此迁怒于自己，是以才阳奉阴违，拿话搪塞。而观其态度的冷漠，后者的可能性最大，自己以后倒不得不防。"想罢，也不露声色，简单把严小芸引来倭寇一事说了一遍。

这些人听了无不大惊失色，耿五爷从他们脸上的表情可以看出，如果先前他们对石猴子作乱，还不以为意，这次是真的感到恐惧了。他们大概也知道倭寇的残暴更甚于土匪，一旦招惹上，将永无宁日，因此都埋怨起严小芸不该引狼入室，对耿五爷和兄妹仨歼灭倭寇之举，则认定是为民除害，流露出明显的赞扬神情。

耿五爷便顺水推舟，把置办棺木，搭建灵堂，掩埋倭寇尸体的事交给他们。水玲父母也过来忙前忙后，别的都好说，村子里一下子死了那么多人，这棺木倒成了抢手货，这些人不得不派人到周边村子采购。耿五爷留下江大婶众人在这里操持丧事，又让

丫鬟居中跑腿，自己则带着高经纬三人返回府里。

他把兄妹仨让到自己的房间坐下，房间已被人精心收拾过，显得十分整洁。霍玉婵道："大叔，我怎么瞧这些人有点阴阳怪气的？"高经纬也道："我也有同感，总觉得村子里的人跟大叔不但生分，而且离心离德，往后抵御土匪和倭寇，这些人恐怕指望不上。"耿五爷道："你们说得没错，我找你们来，就是为了商量这件事。"高至善道："不是还有另外三个村子吗？"耿五爷道："那些村子虽然比这里情况要好，但亲戚关系盘根错节，难免会受波及。"

霍玉婵道："若论亲戚关系，您既然是耿氏家族的族长，况兼排行第五，不要说同宗的人，就是兄弟子侄辈的人也少不了啊，怎么从没听您提起过？"耿五爷长叹了一声道："说来惭愧，我这支耿姓人，早在五六辈前就已是一脉单传，传到我父亲这一代，虽然一连生了五个儿子，但前四个在孩提时期便都夭折了，到头来还是剩下我一根独苗，同宗的人的确不少，却没有一个近支的。至于为什么选我当族长？还不是冲我的武功、声望和家产，不然这次遭难，也不会没有人站出来为我主持公道，反而都跟着石猴子、严小芸之流一块作乱了。"

高经纬思索了一会儿道："眼下最迫切的任务，就是将您身边的人尽快调教出来，在此之前一切活动全免。这期间，大家不妨都搬到钱庄里去住，白天回府里吃饭、处理日常事务，晚上就到钱庄里歇息、练功。同时在钱庄里储备下足够的粮食和清水，万一有大股敌人来攻，就可坚守在里面。我们每隔十天半月也会到这里巡视一遍，如有可能，我还会请门大人派出一支部队进驻到这里。只是钱庄顶棚的洞口需要用铁板堵上，怎么来堵，倒是一件伤脑筋的事。"

耿五爷沉吟了片刻，突然眼前一亮，道："我见你们施展剑术时威力极大，不知所发光焰能否将铁板熔化？"高经纬道："这一点倒没试过，钱庄里不是有块铁板吗？我们何不现在就拿它来一试？"

四人登时兴致勃勃来到钱庄大厅，这才想起倭寇的尸体还没有搬出去。四人下到金库里，严小芸及倭寇的十四具尸体都在，只是有些变味。四人赶紧将他们拖拽到上面，打开铁门连同厅里的七具和院里的一具，一起搬到大门外，回身又将铁门关上，这才来到那块方形铁板前站定。

高经纬抽出如意剑，运起内力，对着铁板就是一记彗星袭月的剑招，剑芒闪着白色光焰，在后来锯出的那道缝上嗞嗞作响，铁板眼见变红，就是没有熔化。霍玉婵和高至善也把如意剑拔出，对着铁板也是一招彗星袭月。裂缝终于在兄妹仨的三股剑力下慢慢有了熔化的迹象，却也仅仅局限于将表面浅浅一层弥合，兄妹仨无论如何催动内力，效果仅此而已，三人只好收手。

高经纬叹道：“倘若咱们用的是宝剑，结果也许会另当别论。”高至善道：“咱们腰间悬着的不就是宝剑吗？拔出来用就是了。”高经纬道：“不要忘了，咱们的宝剑可是沾了凉气的，用它发热，效果更会大打折扣，说不定连如意剑都不如。”

耿五爷道：“那要是一把宝贝匕首呢？”高经纬一下子想起耿五爷送给自己的那柄匕首，遂从腰间解下道：“您是说它？”耿五爷接过剑鞘，拔出匕首，晃了晃，道：“别小看这把匕首，它可是由著名的后羿剑改制的。相传后羿在得知嫦娥偷吃仙药，弃下他独自奔月后，异常恼怒，就想用神弓将月亮射下，又担心如此一来人们便没有了夜间照明，思维陷入极端矛盾之中。冷静下来的时候，深恐哪天冲动起来控制不住自己，把月亮真的射了下来，那可悔之晚矣，因此一狠心找来铸剑师，将神弓熔化，经过千锤百炼铸成了一把后羿剑。

“后羿剑后来被南宋昏君赵构所得，为了取悦于金国，就派奸相秦桧将它献给了金兀术。金兀术历来瞧不起汉人的东西，这把后羿剑自然也没放在眼里，听秦桧把这柄剑说得坚锐无比，神乎其神，不禁勃然大怒，当下让人搬来两块铁砧，稍稍离开，再将后羿剑置于其空当上，举起开山大斧，奋起神威，一斧下去，华光四射，铿锵有声，后羿剑遂折为两截。金兀术哈哈大笑道：‘这把狗屁宝剑，就像你们汉人一样，徒有外表，中看不中用，怎挡得住本王手里的大斧。’

“其后不知怎么，这两截断剑竟到了朝鲜国王手里，他如获至宝，立刻让铸剑师将它们改制成两把匕首，后来又被他赏赐给

了两个有功大臣。一个大臣在一次平叛中被叛军所杀，这把匕首便流落到了民间。十年前我刚好在抚顺城一家典当行遇到有人使它典当，于是用重金买下了它。你看，剑柄上还有后羿的字样，不知能否用来替代宝剑？”

高经纬一看剑柄，果然刻着后羿两个字，遂道：“匕首和宝剑手柄相同，只是长短有别，当不影响剑招的发挥。”说着一挺匕首对准铁板裂缝，剑招绵绵不绝发出。宝剑的威力岂是寻常利器可比？一上来就光芒大盛，气为之夺，烈焰吞吐中，裂缝处的铁板纷纷熔化。霍玉婵和高至善也一齐抡剑加入，这样一来声势更是大振，俄顷间一条裂缝已彻底熔化全部弥合，只表面略有下陷。

耿五爷欣然道：“大事成矣。”四人赶紧搬来桌椅放在棚顶洞口的下方，兄妹仨上到棚顶。耿五爷站到椅子上，单手托起铁板堵住洞口。兄妹仨更不怠慢，使开剑招，先将铁板的四个角弥合，然后让耿五爷撤到一边，这边便剑走龙蛇，将铁板的四条缝隙全部熔成一体。

高经纬盯着铁板表面留下的方形浅槽，深感美中不足，又回到厅里找来几根铁棍，往浅槽上一搁，三人随即施展剑招，把铁棍熔化填平浅槽。冷却后，打眼一瞧，就见铁板上现出几道清晰的印痕，使用所剩的铁棍在天棚上一敲，只听嘭嘭有声，浑若天成。

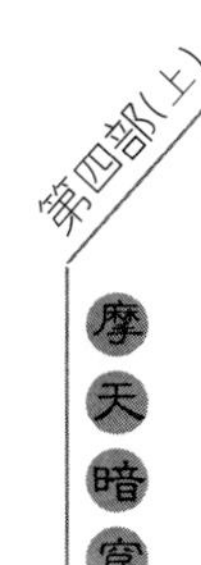

一百一十四　防内乱未雨绸缪　劫渔民陈尸江面

兄妹仨将屋顶的洞口使瓦片遮严，重新回到厅里。耿五爷看着补好的洞口道:“这效果太令人满意了，下一步，咱们是否去把府里那些箱子搬来?”高经纬道:“您只管在这里守着，搬箱子的事就交给我们好了。”

耿五爷道:“那我就不跟你们客气了，眼下要办的事太多，我看你们还是先去关霁家一趟，那边留下秀莲娘儿仨足矣，其余的人都撤回来吧。再有告诉秀莲娘儿仨，晚上还是回这边过夜，别忘了叫上关霁和水玲。”高经纬点头道:“还是大叔想得周全，就这么办。”

兄妹仨回到耿府，乘上飞马，一瞬间已来到关霁家。关霁已止住了哭声，此时正红肿着双眼和大家一道给死者更换新衣。高经纬将江大婶和冰儿等人叫过一边，把目前的打算和耿五爷的话都传达给了他们。这些人也意识到了形势的严峻，立刻遵照执行，只有冰儿有些不以为意。

霍玉婵驮起吕无言和刘桂枝，高经纬和高至善载上冰儿和王大漠，一个起落，七人便回到了耿府院里。吕无言取出孔雀翎将大厅的暗门打开，大家相继走进地下室。先动手将外面的火器枪弹和发射飞刀机簧装进空箱，再将箱子搬到上面院子里，而后高经纬三人往返三次，把所有箱子运抵钱庄大厅。

待把这些箱子送到地下金库，冰儿四人已在府里套上两挂马车，开始往钱庄运送起木板、木方、木匠工具、被褥和粮食等物品来，由于有了吕无言的指点，运输一项进行得有条不紊。耿五

爷这边四人也当即动手，用木材在大厅的两个侧间各搭起一个通铺。东侧间原有两张床铺，搬出一张给了西侧间，初步决定东侧间为女卧室，西侧间为男卧室。将及中午，一切准备就绪。

吕无言见众人无暇回去吃饭，便吩咐厨房将八个人的午饭用食盒盛好，随最后一趟车一起运到了钱庄。吕无言是个秀外慧中的女子，别看平日少言寡语，不苟言笑，其实心中有数，是个做大事的人，此时经管起耿府的事物，显得甚是周到。耿五爷看在眼里，喜在心上，暗暗庆幸这个女儿认对了。

八个人围坐在厅里共进了午餐，刚把餐具收拾进食盒，就见江大婶娘儿仨还有关霁和水玲，一齐从外涌进。关霁肩上还扛着一只铁箱，高经纬三人一眼认出是分给水玲的那只。

关霁将铁箱往地上一放，江大婶对高经纬道："你们一走，我便趁空把情况告诉了表弟。表弟跟水玲一说，水玲觉得铁箱放在家里也不安全，就想拿出一点贴补家用，其余的都寄存到钱庄里。不想搬动铁箱时，一个不小心，竟将铁箱摔在地上，金银珠宝散落一地不说，还在铁箱里摔出一个夹层来，更奇的是夹层里还有两个夜视眼。水玲过来一说，表弟立马要把东西给你们送过来，我怕他们路上有闪失，便带上孩子一路护送。"

高经纬打开箱子倒出里面的东西，就见箱子底已经裂开。取出上面一层薄铁板，露出下面两个叠得整整齐齐的夜视眼，大概是时间久远的缘故，夜视眼都紧贴在箱子底上。高经纬轻轻一揭，夜视眼完好无损地被揭下，他拿到暗处试戴了一下，清晰异常，和原来的效果一样。他接着又在铁箱的其他几个面上敲了敲，结果发现除了顶面，另外四个侧面也都声音发空，使如意剑沿边缘一撬，果然又撬出四个夹层，夹层里无一例外，也都有两个夜视眼在内。

高经纬笑道："我还正愁剩下的三个夜视眼不够分，这下好了，一下子又来了十个。"耿五爷道："我本打算在你们走的时候，把手里的夜视眼还给你们，看来也不用还了。"高经纬道："大叔，瞧您说的，那夜视眼本来就是送给您的，哪个要您来还？"

水玲道："真想不到石猴子还藏着这个。"关霁道："水玲，你还不知道，这箱子是表姐从井口村带来的，被石猴子从钱庄盗出

藏在了炕洞里，原来的那只被推到了后面。”便把一行人如何在炕洞里又找到一只铁箱的经过，原原本本告诉了她。

水玲难为情地看着江大婶道：“我当时真不知道这箱子是您的，我这就回去，把取出的东西给您拿回来。”说着转身就要回家。被江大婶一把拽住，笑道：“瞧你这火暴脾气，也不听明白了，这箱子我们本想将错就错，难道你还嫌自己吃亏了不成？”

江大婶一句开玩笑的话，惹得水玲连连摆手道：“我可不是那个意思，我是觉得自己压根就不该得。”高经纬道：“谁说不该得？别的不说，就冲你发现了这十个夜视眼，就该得的很。”

耿五爷道：“不但这箱该得，原来的那箱也归你。”水玲急道：“万万使不得。”耿五爷眼睛一瞪，嗔道：“怎么，连我说的话也做不得数？”众人都劝她快点答应，免得惹耿五爷生气。水玲只好红着脸对耿五爷深施一礼，道：“多谢五爷的美意，小女子这里拜领了。”耿五爷哈哈笑道：“就该如此。”

高经纬将十只夜视眼往耿五爷手里一递，道：“就请大叔发落。”耿五爷往回一推道：“有什么好发落的？你们带走就是。”高经纬道：“那我就替大叔做主了。”说着便给江大婶娘儿仨、吕无言、关霁和水玲每人发了一个。待要把剩下的四个交给耿五爷时，耿五爷拂然不悦道：“你要再不收起，我索性将身上的也还给你。”江大婶也过来劝道：“这东西还是带在你们身上有用，你们就不要推托了。”高经纬这才将夜视眼收入包裹内。

随后他便让所有人都把夜视眼戴上。在众人惊愕的目光中，他又走到柜台后拉下把手，将大厅门窗合上，接着又让高至善取出那块乌云煤精放在地上，用眼审视了片刻，又拔出匕首在上面比画了几下，便运起内力横七竖八切了下去，一会儿工夫，已将一块乌云煤精均匀地分成了七小块，接下来再拿出包袱里的铅皮，连同地下的一张，分割成七小张。

霍玉婵和高至善已明其意，三人各自将一张铅皮折过，挥动起如意剑便去让折缝熔化。铅皮自是比铁板容易熔化多了，倏忽间七只铅皮口袋已然做得。待冷却后，装上乌云煤精，除冰儿三人外，每人都发了一个，至此耿五爷一干人，也都有了乌云煤精护身。

高经纬沉吟道：“眼下防御已不在话下，但是做饭、如厕尚无法解决，如厕实在不行，还可多预备些马桶，大家只要忍着点臭味，还能将就。然而里面浑若铁桶，密不通风，又如何生火做饭？靠干粮一天半天还行，时间长了，总不能用生米充饥吧？可要生火，这烟道又该开在哪里呢？”

他脑筋飞快地旋转着，由地上想到了地下，想遍了上面的三个房间和下面的三个金库，忽然他想到了外面的陷阱，一下子有了主意。忙对耿五爷道：“咱们何不把炉灶和茅厕设在陷阱中？一般情况下，敌人也打不到那里，另外里面还可放置些水缸。”

高经纬这话提醒了耿五爷，他一拍高经纬的肩膀，道：“陷阱确是个好地方，你这一提，倒让我想起来了，我手头还有一样东西，你们跟我来。”说着一行人都来到了地下。耿五爷从珠宝库的一只楠木箱里，翻出一张发黄的图纸，交给高经纬。高经纬打开一看，上面画的倒像是陷阱的平面图。

耿五爷指着图纸道：“这里画的是地窖的构造图，钱庄的地方本是我家的祖宅，先人们为躲避战乱，建了一座地窖，就是现在的陷阱，里面水井、炉灶和茅厕一应俱全，还有一个地道直通大车店的马厩。后来我将此处改成了钱庄，地窖也就变成了陷阱，虽然上面都有一层青石板砖覆盖，但下面的井口、烟道、茅坑和地道都在。当时为了怕遗忘，我还特地让人绘制了这张图纸，只要根据上面的标注，揭开相应的石板砖，便可一一找到。”

高经纬听后极为高兴，没口子赞叹道：“太好了，如此一来，这里真的成了一座完美的地下堡垒。”一行人降下陷阱一侧的铁墙，推开石门步入陷阱。按照图纸的标注，烟道和水井相隔不远，都分布在东边侧壁与金库外墙的夹角上。

高经纬三人用如意剑将两块石板砖撬开，靠近金库外墙的是一眼直径不到两尺的圆形水井，井口离水面约有两丈高，井口下半尺余深的壁上嵌着一个拳头大的铁环，上面系着一条拇指粗的金属链，直通水下。

高经纬探出手去抓住锁链往上一提，一只金属水桶登时被拉出了水面。他两手交替一倒，三下两下便将一桶水拽到了井上。掬起一口尝了尝，但觉水质清洌甘美，不禁连声赞道：“好水。”

耿五爷从旁道："先祖见这水赛过泉水，便不惜工本，用黄金混以别的金属打制了这套锁链跟水桶，旨在保持水的清纯，平日家里人饮用，便从这里汲取，直到钱庄建成。你可摘去夜视眼，看看它的成色。"

高经纬掏出一枚发光宝石，取下夜视眼迎着光亮一瞧，就见锁链和水桶都闪着黄澄澄的光，黄金的纯度至少在六成以上，遂道："水是入口的东西，丝毫马虎不得，令先祖能有这样的胸襟，实在难得。"

烟道口则紧贴陷阱的东侧壁，一条成人臂粗的孔道垂直下去，旋即拐过一个直角，径自朝东侧壁钻进。据耿五爷讲，烟道的出口与饭馆的烟道是连在一起的，饭馆和大车店都是他祖上的基业，只有钱庄始于他手。

茅厕的入口就在西侧壁一端，一个婴儿头大的圆洞黑黝黝的深不见底，隐隐还有风声传来，不知是从未用过的缘故，抑或是时间太久的原因，里面闻不到一点异味。地道口距南侧壁很近，走向自是直指大车店。

关霁从小曾跟泥瓦匠学过徒，再加上他脑筋活，肯钻研，除了垒墙、盘炕、苫瓦十分在行外，还砌得一手好炉灶。饭馆掌柜之所以选中他当伙计，就是看中了他这一点，平日饭馆只要有房屋修缮和炉灶改动的活，都交给了他，村民们遇有这类事也都找他帮忙。这垒砌炉灶的活自然由他来做最合适，但耿五爷觉得人家正在治丧，这种时候让他来做，有些不近人情，因此就想劝他回去。

关霁郑重道："这件事我责无旁贷，我虽然没有读过书，不懂什么大道理，可我却明白这件事关乎大家的生死存亡。家人已然逝去，丧事再怎么操办，也不能让他们活转过来，理应以活人为重。"关霁的一番大义凛然的话，让在场众人无不动容，水玲更是感动得热泪盈眶。

众人当即行动开来，关霁和水玲回家去取泥瓦匠工具，吕无言与冰儿三人去府里拉青砖，江海风姐弟帮兄妹仨用厅里的余料搭建茅厕，剩下耿五爷和江大婶在大厅门口望风。

两人先到大门外四下瞧了瞧，不知什么时候村民已将倭寇的

尸体运走，此时的街上也变得空荡荡的，不见一个人影。两人回到厅里，耿五爷叹了口气道：“关霁为了咱们，竟招致了灭门之祸，这以后的日子让他怎么过？想起来就替他发愁。”

江大婶道：“有件事我正想对您说，上午在表弟家，水玲爹偷偷跟我讲，他见表弟现在就剩下孤身一人，怪可怜的，又兼他素常为人忠厚仗义，值得信赖，而水玲从小就与他合得来，如今又被石猴子糟蹋了一回，也不是什么处女之身，就想把水玲许配给他做续弦。但又不知道表弟心中咋想，就想让我给他透个话，如果他没有意见，便想请您当回月老，玉成此事，您看怎样？”

耿五爷嘴角一咧，笑道：“此事绝妙，怪道我见水玲这小妮子总是不离关霁左右，却原来早就倾心于他。一个是非分明，一个有情有义，真是天作之合，这个媒人我当定了。非但如此，等我内功练熟了，还要帮他们打通穴道，一发收过来当徒弟，给他来个好人有好报。”

耿五爷只道自己的所有经脉业已打通，只要假以时日，便可像高经纬兄妹仨那样替别人打通全身经脉，其实他哪里知道，自己无论如何也不会赶上兄妹仨的功力，当然更谈不上为别人打通全身经脉。后来他费了九牛二虎之力，才将两人的任督二脉打通，就这样，也使他们受益匪浅，武功大异于常人，这自然是后话。

江大婶道：“这事好是好，但表弟刚痛失亲人，正在极度悲伤之中，现在提及，似乎有些不合时宜。”耿五爷道：“你说的也是，那咱们就过些时日再说。”

江大婶由关霁身上，突然联想到眼前满头白发的耿五爷，心道：“爹也是快奔六十的人了，也跟表弟一样，弄得孑然一身，表弟好歹还有一个知冷知热的水玲，可爹却什么都没有，虽然认了两个干女儿，怎比得上枕边有个说知心话的伴儿。内心的落寞可想而知，这也能从他为表弟担心的话语里窥知一二。以后我倒要加倍留意，有合适的女人给爹介绍一个。”

这时冰儿等人已将青砖和一只铁锅拉回，吕无言还特地找出一袋糯米面，关霁和水玲也将泥瓦匠工具取来，高经纬五人的简易茅厕亦已搭成。关霁正要拿木柴生火，高经纬和霍玉婵早将琥珀王和乌云煤精掏出，陷阱里顿时春意盎然。耿五爷一干未见过琥珀王的人都目瞪口呆，惊奇不已，高经纬随即便把琥珀王的来历和功能述说了一遍。耿五爷称颂道：“想不到世上竟有如此神奇之物，偏偏又都被你们碰上，可见你们福泽深厚，非同一般，连我们也跟着沾光不少。”

众人将铁锅架在乌云煤精上面，里面添上水，吕无言又把糯米粉倒了进去，边搅拌，边加热，一会儿工夫就煮出一大锅糯米面糨糊。关霁拿过青砖，抹上糨糊，便砌开了炉灶。高经纬三人则到院外找来一块青石，回到陷阱里，剑、掌齐施，不多时便制成了一块一尺见方的石板，安到金库外墙的窗口里大小刚好合适，再把两根杠杆嵌入，自此将暗窗恢复。关霁也将炉灶砌成，生火一试烟道通畅，甚为好用。

高经纬见此间再无大事，便对耿五爷道：“大叔，我们已跟门大人约好，明日在安东会师，再不走，怕是要来不及了。”耿五爷这番与兄妹仨接触良多，虽只一天的时间，却共同经历了不少风风雨雨，依赖之感油然而生，一听三人就要离去，心中自是难以割舍，一霎时禁不住老泪纵横。

高经纬握着他的手道：“只要战事一平，我们就来看您。”耿五爷哽咽着道：“就是走，这琥珀王和乌云煤精也该带上才是。”高经纬道：“炉灶一时还干不了，东西就放在这里吧。”耿五爷道：“那怎么行？前方兵凶战危，一切殊难预料，你们带上，没准能派上用场，炉灶未干好办，我这便让他们生起火来。”

关霁不待吩咐，已将炉灶旁一堆柴薪点燃。耿五爷拾起琥珀王往高经纬胸前一塞。江大婶那边也把一桶水朝乌云煤精上缓缓浇去，热气蒸腾过后，陷阱里登时起了一阵大雾，江大婶将乌云煤精擦拭干净，交给了霍玉婵。众人一起来到上面院子里，因为钱庄目前离不开人，再加上还有好多东西需要归置，耿五爷让冰儿三人驾车，送高经纬三人去耿府，其余人便在门口与他们话别。

兄妹六人回到耿府大院，飞马依旧停在空中。冰儿见并无异常发生，终于忍耐不住道：“兄弟，这倭寇已消灭罄尽，李道楷和魏进财也望风而逃，那些家里死了人的也很平静，连哭声都很少

听到，想必他们也知道是死人咎由自取。再说这笔账要记也该记在石猴子和严小芸头上啊，干吗跟咱们过不去？咱们这样戒备森严，是不是有些小题大做了？”

高经纬道：“大哥，你是个直来直去的爽快人，对就是对，错就是错，怎知人心的险恶。这世上许多人都有个通病，就是喜欢护短，如果死的是外人，他们还能判断个是非曲直，可要轮到自家人，哪怕是做出十恶不赦之事，他们也认为情有可原，不要说杀死他们，就是有人碰他们一指头，这些人也要记恨你一辈子。别看这里表面风平浪静，暗中却隐藏着无数险滩激流，论凶险，实在不亚于面临万丈深渊。万一有倭寇来袭还好说，村民们也许能一致对外，倘若是魏进财和李道楷到了这里，那些家中死了人的村民，必然会站到他们一边，与我们为敌，因此你们一定要格外小心。即便将来武功学成了，也丝毫麻痹不得，到时你跟大叔说，府里的围墙要加高加厚，最好四个角都建上箭楼，再从外面招募些家丁。平日就驻守在里面，遇有风吹草动，就用弓箭和火器拒敌，当保无虞。”

王大漠也道：“害人之心不可有，防人之心不可无。经纬哥说得没错，这些人之所以不哭，的确有悖常理，这表明他们已对咱们恨之入骨，试问谁会当着仇人的面去哭？”冰儿汗颜道：“你们说得都对，是我把问题想简单了。我看，也不用从外面招人，到时我从部落里调过一些人就是。”

王大漠道：“村子里的人迟早是个祸根，要想永绝后患，就必须把他们驱逐走。”高经纬道：“他们世代居住在这里，想让他们离开，谈何容易？”霍玉婵道：“那我们就高价收购他们的房屋田产，看他们卖不卖？”高经纬道：“故土难离，这个办法恐怕行不通，我看还是静观其变，顺其自然，他们老老实实也就算了，一旦他们有所异动，就一竿子插到底，一个也不放过，到那时他们想不走也不行。这件事，还须听听大叔怎么说，看他有没有更好的主意。”

兄妹仨离开耿家湾，高经纬掏出地图，看了看安东城的位置，又辨别了一下方向，便朝着正南直飞安东。高经纬一路对照着地图，倒也不用下去问路，当途经凤凰山时，他指着下面

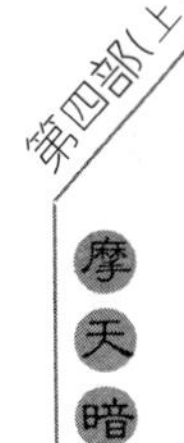

道："完颜罴的山寨和魏进财的老巢都在那里，回头咱们就来收拾他们。"

霍玉婵抿嘴一笑道："这次我从桂枝那里听来了一个笑话，真是笑死人了，你们想不想听？"高至善道："我猜一定是关于你们女孩子的。"霍玉婵道："恰恰相反，是关于你们男人的。"高至善道："又是哪个秃头男子娶了一个漂亮媳妇？"霍玉婵道："你说得虽然不对，但却与秃头有关。"

高经纬道："我还以为你要拿冰儿大哥的辫子说事。"霍玉婵道："还真让你蒙着了，说的就是冰儿大哥的辫子。桂枝告诉我，冰儿大哥的辫子，最初在路上并未让她太在意，况且他们一行人大多都戴着帽子，等到了部落一瞧，老老少少，大人小孩，只要是男人，无一例外，脑后都拖着一根辫子，更奇的是脑门还剃得精光。她问冰儿大哥，要么就全留着，要么就全剃去，干吗就只剃前边一点？冰儿总是笑而不答，脸上还一阵阵发红。后来她又去问冰儿的母亲，冰儿母亲告诉她，对于女真人男的何以要留辫子，她也不甚了了，只觉得那是祖先传下来的规矩，后辈必须凛遵执行，倒是冰儿大哥一问脸就红，其中另有原因。原来冰儿大哥自从留了辫子后，每隔个把月，便须到剃头匠那里剃一次头，剃去脑门上新长的头发，冰儿大哥嫌麻烦，好说歹说就是不愿去剃，还气急败坏地反问'剃它有什么用？'后来冰儿母亲就哄他说：'女孩子都喜欢聪明的男人，而聪明的男人脑门都光光的，所以要想娶上媳妇，脑门就不能留头发。'冰儿大哥听了，这才乖乖地去剃头，所以桂枝一问，他便不好意思起来。你们说可笑不可笑？"

高至善把嘴一撇道："我就说是哪个秃头娶了个漂亮媳妇，你还不认可，那你这说的又是什么？"霍玉婵道："冰儿大哥的脑门是剃光的，又不是真秃，跟你说的秃头是两码事，怎能混为一谈？"高至善强词夺理道："冰儿大哥现在是不秃，谁能保证他上了岁数还这样？说不定那时他头顶溜光彻亮，一根头发也不长，比秃子还秃。"霍玉婵也不服输道："到那时再说那时的，横竖现在他还没秃，就不能拿秃子对待。"

高经纬终于忍俊不禁道："冰儿大哥不在这里，你们就好好编

派他吧。不过你们的话倒启发了我，没准这女真人留辫子，还真跟秃头有关。”霍玉婵和高至善忙问究竟，高经纬道：“由女真人的留辫子，我想到了契丹人的发型。契丹人的发型，是头顶两侧和后脑分别有一圈。能不能契丹最早的头人便是个秃顶，自以为形象不佳，又从脑门和脑后各留一撮头发的孩童那里得到启示，因此便想出了这个怪异的发型，命令所有的男人都剃成这个样子，以掩盖自己秃顶的缺陷？或许女真人也是出于这个原因，只不过他的头人没有契丹头人秃得那般厉害，只需剃光脑门便可鱼目混珠。”

高至善道：“还是汉人秃顶的好，索性剃成光头，或者戴上帽子，只是女人要秃顶就麻烦了。”霍玉婵道：“也没什么麻烦的，弄个假发戴上就是。”高经纬道：“还有更简便的方法，男女秃顶者都可遁入空门，这样岂不一了百了。”高至善道：“要论出家，秃子最合适，除了摩顶受戒，便再不用剃头了。”高经纬道：“今天咱们都是玩笑话，是当不得真的，哪说哪了，以后在冰儿大哥面前，千万不要提起，免得让他难堪。”

说说笑笑里，目的地已近在咫尺。阳光普照的空中，刚好飘浮着几朵羊毛般的白云，三人各选了一朵，让飞马站上去。放眼一望，一条玉带似的鸭绿江和紧靠江边的安东古城，一齐映入视野。

就见冰冻的江面上，有两伙人正在相距不甚远的地方，用冰钎奋力凿着冰面，旁边还搁着渔网和绳索，看样子是要从冰下捕鱼。而安东城则显得异常雄伟壮观，高高的城墙和巍峨的门楼，与隔岸朝鲜的一座城池遥遥相对，门楼上“安东城”三个古朴的鎏金大字，迎着日光熠熠生辉，在在都显示着它的庄严跟悠久。一条护城河绕城而过，却是由江中引水，绕城后再流入江里，故城门外只有三座吊桥，临江的一面则是一个码头。

此时四座城门都已关闭，三座吊桥也都高高拽起，不要说城墙上没有一个人影，就连城内大街上也绝少行人，但令人不解的是，城头上却零零星星地插着几面大明的旗帜。

兄妹仨正在这犹疑不定的当口，就听河面传来一阵欢呼声。回眸一看，就见冰面上的两伙人，已打上来少半网的鱼，鲜活的鱼有大有小，在网里欢蹦乱跳，鱼鳞在太阳的照射下闪着银白色的光，不用说这些人都是渔夫。接着他们便纷纷拿出早已准备好的口袋，一边哼着民歌，一边往里装鱼。“听调子，很像是朝鲜人的阿里郎，我在一次庙会上，听一个朝鲜艺人唱过。”霍玉婵道。

忽然不远处的芦苇丛中响起一声号炮，不多时，便从江面的下游过来一伙手持大刀的家伙，有人背后还拖着雪橇。这些家伙在冰面上行走如飞，眨眼便跑到渔夫跟前。一部分人用刀逼住渔夫；一部分人抓起口袋就往雪橇上搬。几个渔夫试图用冰钎反抗，但他们哪里是持刀家伙的对手，一阵刀光飞舞，都被砍翻在地，鲜血顿时染红了冰面。

兄妹仨只看得怒火中烧，再也顾不得去观察城里的虚实，抽出如意剑，朝着江面俯冲而下。与此同时两座城池也都大门洞开，有兵丁从里涌出。冰面上的匪徒对城里的兵丁似乎并不在意，拉起满载的雪橇正想从容离去。兄妹仨的如意剑已游离出白色的光焰，当空挥洒下来，立刻有十余个匪徒倒地身亡，其余的匪徒丢下雪橇四散逃去。

三人驾起飞马随后就追，匪徒跑得再快，怎跑得过飞马？不移时，三十多个匪徒便都陈尸江面。陡然，芦苇丛里又响起一声号炮，而且伴有一道黑烟直冲云天。三人当即跃马飞了过去，剑光扫过芦苇，芦苇纷纷倒伏。

突然，有个人影脱兔般地从芦苇中钻出，三下两下便蹿到了冰面上。兄妹仨高声断喝，让他停下，他哪里肯听，越发没命地向下游奔去。

三人从他头顶掠过，他两手向上一抖，但闻噌噌噌三声，便各有一枚飞镖朝三人激射而来。三人听声辨器，回身就是一记斗转星移的剑招，剑气如潮，瞬间竖起一面光墙，飞镖刚一触上，旋即调转方向，一齐朝发镖人劲疾打来。发镖人躲闪不及，飞镖穿体而过，立刻在他身上留下三个透明的窟窿，三股血箭高高扬起。这贼人凭着惯性，又往前滑行了数步，这才一头栽倒。

一百一十五　安东城不攻自破　鸭绿江再启战端

兄妹仨回到渔夫所在的地方，这时两座城池里的人马也都赶到。高经纬心道："好奇怪，倘若安东城里出来的人马是敌人，为何见了我们也不跑，反倒主动送上门来？难道他们不知道我们的存在？真要是这样，就叫他们来得去不得。"

他这里正在暗自思量，就听来人堆里有个声音道："来者可是观风使高大人？"高经纬一惊，顺着声音瞧过去，就见发问的人是个身着蓝色长袍、年近四旬、皮肤白皙、长相斯文的中年男子，便道："不敢，学生正是高经纬，请问阁下又是何人？"中年人道："下官就是安东知府詹布衣。"说着，从背上解下包裹，取出一方知府大印递给高经纬，道："这是下官的印信，请大人过目。"

高经纬一看，上面果然刻着"安东知府正堂印"几个大字，忙把印信递还给詹知府，道："听说安东城已陷入敌人之手，莫非这是讹传？"詹知府道："此事千真万确，绝非讹传。当日凤凰山上的匪首完颜罴率众来攻，下官虽尽起城中军民，协助守备人马奋力抵御。怎奈贼人势大，又有武功高手相助，城门很快被攻破，守备大人战死，下官只好弃城，逃到对岸友邦的城里暂时栖身。直到今日上午，李将军的细作来报，说完颜罴的人马不知何故，已尽数撤回山寨，下官这才带人返回，这便是友邦的李将军。"说罢，一指对面人群里一个顶盔贯甲、气宇轩昂的骑马大汉。

这大汉抢前一步抱拳道："末将李东哲参见观风使大人，詹大人所说句句属实，末将可以作证。”高经纬赶忙抱拳还礼道：“李将军客气，学生得能一睹将军尊颜，真是荣幸之至。”他此时再无怀疑，遂解下观风使腰牌让詹知府验看。

詹知府摆了摆手道：“下官无须看，仅凭大人坐下飞马及刚才对水匪的出手，便可确定大人的身份。经略府关于设置观风使的行文下官早已收到，只知大人们所乘为飞马，不料武功也这般出类拔萃，让人大开眼界。”

高经纬道：“这些水匪是怎么回事？难道就任由他们这样猖狂？”詹知府道：“水匪如此明目张胆地过来抢劫，也是最近的事。鸭绿江下游原本有两座江心小岛，曾被水匪占据过，常出来做些打劫商船的勾当，后来下官便带领人马，一举捣毁了这两处巢穴。侥幸逃脱的水匪听说都逃到了江口附近的岛上，又啸聚起一哨人马重操旧业，暗中与倭寇还有来往。下官这里正处在多事之秋，自身都成了泥菩萨，哪还有精力对付他们？再说他们又投靠了倭寇，就是下官有这个能力，也不敢轻举妄动。”

李将军证实道：“事情一点也不假，这些人背后的确有倭寇撑腰。末将早已探明，这伙人就盘踞在距此百十余里远，江水入海口处的一座岛屿上，总共五十余人，由朝鲜人、汉人和女真人组成，其中以朝鲜人为主。开始，他们只在江上和近海的地方打劫些过往商船，大概对两座城池颇有顾忌，故从不涉足这边。自从安东沦陷后，他们便肆无忌惮起来，把一种来自倭寇叫冰屐的东西套在脚上，可以在冰面滑行如飞，利用这种速度优势，曾几次过来抢劫冰上捕鱼的渔民，渔民都叫苦不迭。末将就想出兵去端掉他们的老巢，又怕他们穿冰屐逃窜，因此暗地里设伏，打死一个要单的水匪，从他那里缴获一双冰屐，照样又仿制了一批。一试果然奔行甚速，十分好用，便秘密选出一队士兵练熟了，准备攻敌时用。”说到这，一伸手从马后摸出一双冰屐，交给高经纬。

高经纬拿在手里细一端详，就见这东西上面是一块鞋子般大的木板，下面固定了一条两寸多宽、一尺多长两边带刃的直立薄钢板，要用时，人只要将穿鞋的脚踏上去，再使牛筋或布带把鞋子与木板绑牢即可。

高经纬瞅着下面锋利的刃口道：“这东西两边带刃，倒很像是

一把锋利的短剑，只怕一般人穿上它难以站稳。”李将军道：“高大人说得对极了，一般人穿上它不要说滑行，的确站都站不住，所以若想掌握它，首先就必须学会站立，然后再练习走步，最终才能进入滑行。”

詹知府见冰屐如此有用，立刻下令，让手下人去将水匪脚上的冰屐悉数卸下，再分一半给李将军，剩下的一半带回去准备好好研究研究，手下人受命而去。李将军听了笑道：“詹大人只管全数拿去，不够的话末将这里还有。”

高经纬将冰屐递还给李将军，李将军接着适才的话题道：“其后，末将又有些犹豫了，唯恐一个不慎，惹恼了倭寇，给国家带来麻烦。倭寇本就对我国不怀好意，经常从海上袭扰我国沿海边境，近来又发展到攻城略地。我国势微，无力抵挡，只好用钱财与之讲和。万一他们因此挑起事端，来它个长驱直入，末将岂不成了国家的罪人？”

高经纬道：“李将军且请放心，此事自有我大明一力承担，说不得学生现在就去挑了他的老巢。”詹知府道：“高大人，我们眼下城池刚刚收复，还要防备完颜罴率兵打回来，实在不宜再开战端，一旦引来倭寇，势必造成我方腹背受敌。”

高经纬笑道：“詹大人多虑了，完颜罴已全军覆没，就连他本人也未能逃脱。学生此次就是为收复失地而来，门大人正领兵往这赶，估计最迟明日也能到达。”便把几座城池已拿下的情况，扼要地介绍了一下。

詹知府心道：“连李将军那么多人马都怕惹恼了倭寇，咱们何必引火烧身？”于是道：“以下官的愚见，打水匪的事，还是等门大人大军到来，从长计议的好。”高经纬如何不明白他的心意，笑道：“倭寇没有什么了不起，只要他们敢来，学生兄妹还正愁找不着他们。”

话音未落，就听远处一声炮响，一艘三桅大船从下游顺风驶来。众人一见都神色大变，詹知府道：“不好，恐怕那话来了。李将军，咱们赶紧各自撤回，高大人也请随下官到城里躲避。”也不等高经纬作答，便急匆匆带着手下人朝安东城里奔去。李将军朝兄妹仨一拱手道：“后会有期。”便也策马离开，那些渔民更是扔下渔具，一窝蜂跟在李将军后面往朝鲜城里撤。兄妹仨相视一笑，随即腾空而起。

大船驶至近前，突然停在水匪的尸体旁，接着从船舷放下一具软梯，直垂冰面，有两个人顺着软梯爬下。兄妹仨趁机也将来船看清，就见这船外观上同一般商船十分相似，由于吃水线以下都在冰面上，因此显得异常高大，且船底平直。从船后留下的两条长长的印痕上看，船底应装有类似雪橇金属板一类的东西。由这船，兄妹仨联想到了冰儿他们乘坐的风帆木筏，两者原理相同，应属同一类型的行驶用具。

这时，船上下来的两个人已验看完了冰面上的匪尸，两人重新回到船上，收起软梯，一声招呼大船随即启动，须臾已驶到两座城池的中间停住。两人又是一声招呼，大船两边的侧壁上，蓦地分别现出四个舷窗，舷窗里各有一个黑洞洞的炮口，对准了两岸的城池。

两人中的一位从甲板上抄起一个喇叭状的圆筒，放到口边先对着朝鲜一边的城池，叽里咕噜喊了一通，见城上无人回应，随之另一个家伙将圆筒接过去，同样往嘴边一放，冲着安东城又用汉话喊了起来，就听他喊道：“兀那城里的人听好了，是谁这般大胆，将我们的人杀死在江面？其中内情你们一定知道，赶快派人过来分说清楚，证明此事与尔等无关，不然的话，瞧见没有？我们的大炮可不是吃素的，只要我一声令下，管叫你们血肉横飞，玉石俱焚，现在给你们一炷香的时间，何去何从就看你们的了。”话音一落，两人将一根信香往船舷上一插，点燃了，双手一背，瞅着两座城池冷笑不止。

兄妹仨至此已断定这伙人必是倭寇无疑。高经纬让两人留在云头，一个人纵马飞了下去，来至近前大声道：“什么鸟人在此出言无状，大话吓人？冰上的贼子皆系本人所杀，尔等待要怎样？”

高经纬的话无异当头棒喝，只把两个家伙唬得浑身一哆嗦，猛地一抬头，就见一人一马停在空中，心头都不禁一惊。两人小声嘀咕了几句，其中一人转身进了船舱，另外一人打着哈哈道：“不知壮士大驾光临，真是失敬得很，有道是不看僧面看佛面，今天就冲壮士的面子，一切都好商量，不知壮士能否下来一叙？”

高经纬心不在焉地听他胡诌，却暗暗地戒备着周围的动静，特别是那个家伙进去的船舱。倏地，就见船舱里隐隐有火光一闪，高经纬即刻一拉马头高高跃起。幸亏他反应及时，间不容发之际，由船舱里涌出六个手持火绳枪的家伙，对着高经纬人马的方向就是一通猛射，枪弹在空中砰砰炸响。

高经纬早已脱离了枪弹的射程，霍玉婵和高至善都围了过来。高至善摩拳擦掌道：“倭寇好可恨，咱们就用末日之光送他们上西天。”高经纬踌躇了片刻，道：“大炮和火绳枪可都是好东西，毁了太可惜，不如缴获来交给守城的部队。”霍玉婵道：“那咱们就用冰精和宝剑。”高经纬道：“宝剑须靠近了使，敌人有火器，太危险，不如先把冰精投过去再说。”手一伸，就想跟高至善要过冰精，不料高至善已纵马飞向了大船。

下面的人不等高至善接近，又是一通疾射，由于距离过长，枪弹隔着老远便炸裂开来。高至善正好借机找到了枪弹的临界点，他让马在稍高的位置立住了脚。下面的人见枪弹够不到高至善，也停止了射击。高至善在倭寇的仰视下取出冰精，运起内力，瞅准甲板的中央投了下去。

倭寇们但见高至善手中寒光一闪，尚猜不透他的意图，冰精已带着致命的寒气从天而降，穿透甲板落到舱里。舱里舱外的敌人来不及做出反应，便悉数被冻僵，整个船体骤然包裹在浓雾之中。

兄妹仨戴上夜视眼，就见甲板上的人全都僵立不动，船舱里更是寂寂无声，于是拔出宝剑降落下去，待降到主桅的高度让马停在那里，三人随即纵身跳下。经查验，甲板上喊话的家伙和六个火枪手都已毙命，六支枪上的火绳也在雾气里熄灭。

三人试探着走进船舱，船舱就在船的中部偏前的位置，由前后两间舱室组成。前舱室为操控室，正前方有一个大舷窗，窗户上镶着一块透明的水晶，通过它，船前景物一目了然。舷窗下有个大舵轮，可随时改变船的航向。舵轮旁的船壁上，还分布着六个金属手柄，手柄上都有金属杠杆与之相连，杠杆的另一端，则由甲板通向船上的三个桅杆。试过才知，有的手柄可以旋动桅杆，从而改变风帆的朝向，有的能让风帆升起或落下。操纵室里只有一个人，此时也被冻得没有了气息。

后舱室主要是个阶梯间，这里通向下面的底舱，底舱又分上下两层。三人沿阶梯，小心翼翼来到上面一层底舱，迎面有四十多个荷枪实弹的人，就死在舱口，另一个在甲板上喊话的家伙也在其中。三人绕过这些尸体，发现还有十六个炮手，都殒命在各自的炮位上。

三人用眼打量了一下四周，就见这是一个统舱，中间有两列背向而立的枪架，上面还剩下五十多支火绳枪，枪架之间则摞着数十只木箱。冰精刚好将一只木箱碰翻，崭新的枪弹散落了一地，高至善忙把冰精收起。

三人的目光又不约而同转向船体的两侧，就见每边都摆着四门火炮，每门火炮旁，都是一个炮手紧握点火棒，另一个炮手躲在舷窗后向外窥探，离炮身不远的地上，还分别放着五发炮弹。大雾还不足以让点火棒熄灭，三人见点火棒上还有火光闪烁，便收起宝剑，快步过去将其一一熄掉。

高经纬注意到这火炮不同于一般的火炮，它的后面有一个活动的槽板，推上去，露出炮膛便可装填炮弹，拉下来，锁住机簧就能点火射击，这样就省却了从炮口装填炮弹的麻烦。船尾的位置还堆着四十余只大木箱，打开一瞧，里面都是一发发崭新的炮弹。

船首周遭的墙上固定着六尺多高的壁橱，里面放着干粮、烤肉和熏鱼片。壁橱的前面有张条桌，上面除了摊着一张鸭绿江流域的地图，还有两张城池图，分别是安东城和对岸的朝鲜城，图上对城池的防御、兵力部署、钱粮府库，都用红笔进行了标注。

三人又沿阶梯来到最下一层底舱，这层舱里中间是条纵形走廊，两侧分布着数十个房间。每个房间里都固定了四张双层床铺，上面铺盖被褥甚是齐整。两头的房间里还堆着麻袋、石块等物，只是不见一个人影。

霍玉婵看后道："这里之所以没有人，是因为还不到睡觉的时候。"高至善指着麻袋、石块道："这些麻袋倒也罢了，预备这么多石块有什么用？"高经纬道："一般大船为了保持稳定，都要备些压舱物，这些麻袋、石块必是用来压舱的。"

三人回到上层条桌前，高经纬瞅着地图道：“从两份地图分析，这伙倭寇早就对两座城池虎视眈眈，一定是得知了完颜罴的人马已经撤走，便来趁火打劫。这船来得如此迅捷，表明他们此前就在这附近。至于派出前面的那些人来抢劫渔民，说不定就是个阴谋，想以此诱使两座城池里的人马沿江来追，从而进入他们的伏击圈，好来个一网打尽，这样就能达到削弱城防力量的目的，进而攻占两座城池。不料被我们搅了局，他们又不明所以，只好过来兴师问罪。”

高至善道：“李将军说，这些人自从安东城沦陷后，就曾几次过来抢劫，难道这条船早就在这转悠了？”高经纬道：“我想这条船很可能是今天上午过来的，这从壁橱里的食品没有动用多少便可看出。以前过来的人只是一种试探，像今天这般，就在两座城池的眼皮底下公然抢劫杀人，又相当的从容不迫，一定是有备而来。”

霍玉婵笑道：“他们做梦也想不到计划好的事会泡汤，不但穿冰屐的人尽皆覆灭，就连发信号的人也未能幸免。当他们停船看到这一切时，内心的震惊一定无以复加。他们很可能认为，细作的情报不会有误，也就是说安东城一方战乱未平，自顾尚且不暇，哪有余裕对付他们？问题一定出在对面的朝鲜一方，一个是城里新添置了什么秘密武器；再一个就是城里来了意想不到的强援。所以在未弄清情况前，倭寇的两个头目，也就是那两个喊话的家伙，才没有贸然让舱里的人出来。虽然炮口同时指向双方，但对安东城不过是虚声恫吓，对朝鲜一方才是要动真格的，这由他们的喊话中一再敦促安东城一方，派人前去讲说明白也可听出。”

高至善嘻嘻一笑道：“李将军本来就担心招惹上倭寇，听了那两个小子的喊话，肯定怕得要命，再一想这祸端是咱们给引来的，指不定心里怎么骂咱们呢。”霍玉婵也笑道：“詹知府的日子也不比李将军好过，完颜罴的人马早就吓破了他的胆，惊魂尚且未定，倭寇的大炮又给他带来新的恐惧，这真是一波未平一波又起呀。”

高经纬道：“听你们一说，咱们得赶紧驱走雾气，把消息告诉

他们，也免得他们担惊受怕。”说着便从包裹里取出琥珀王，霍玉婵也将乌云煤精掏出，时间不长舱里舱外的雾气尽皆散去。

三人摘下夜视眼，收起琥珀王和乌云煤精，联袂来到甲板上。这时就见詹知府和李将军各自带着人马已来到船下。詹知府手擎着一把长剑，用发颤的声音道：“高大人，你们几位还好吗？”高经纬道：“多谢詹大人挂心，学生兄妹都安然无恙。”李将军那边也道：“末将救援来迟，还望高大人恕罪。不知倭寇情况怎样？”

高经纬道：“李将军言重了，倭寇都已伏诛，多亏你们没有早来，不然插不上手不说，恐怕还有性命之忧，你们上来一看便知。”说完抖手就将舷梯垂下，李将军攀着软梯三下两下就爬了上去。詹知府却瞅着舷梯发了呆，高经纬二话不说，一纵身便跳了下去，俯身背起詹知府，往起一跃又到了船上。

詹知府揩了一把头上的冷汗，道：“大人这一跃，就如腾云驾雾一般，下官浑忘了身在何处，若不是亲眼所见，真不信世上会有如此奇妙之武功。”李将军道：“三位大人适才在江上用剑气歼敌，更是神乎其技，末将在此之前，一直以为那不过是传说。”

兄妹仨待二人看过甲板，又将他们带到底舱，二人作为城池长官，都不乏断案和验尸的经验，但这么多人同时死于非命，身上却不着一丝伤痕，实在让他们感到一头雾水。詹知府一脸狐疑，喃喃道：“若说是中毒，应七窍出血或脸色发青才对，莫非是死于窒息和惊吓？那也该有症状啊。”李将军摸了摸尸体的四肢和身上道：“死者身上冰冷僵硬，倒像是被冻死的，可这里温暖如春又怎么会？难道几位大人会使阴风掌之类的武功？可阴风掌再厉害，也不能让这些人一下子都死掉哇，况且他们都神色如常，连点挣扎都没有，也太匪夷所思。”

詹知府道：“下官愚钝，委实猜它不出，还望大人明示。”高经纬道：“正如李将军所说，这些人都是被冻毙的，始作俑者就是我们身上一种叫冰精的东西，船上的大雾就是因它而起，学生所说的性命之忧，也是指它而言。至于船上的气温为何会升高，那是我们将寒气驱走之故。”

李将军道：“末将先见大人飞近大船，又见倭寇使出火器，实

在为大人捏了把汗。继而又见大人们一齐飞进浓雾，自此便不见了踪影，更奇的是船上竟然也没了声响，末将还以为大人们已落入敌手，一俟雾气散去，便不顾一切地冲了过来。”

詹知府也道：“下官让大人们回城暂避一时，可大人们愣是不听，下官心里还暗暗埋怨大人们忒也轻敌，待见到大人们进去后半天也没反应，心知要坏。下官弃城在先，本就有罪，又没保护好三位大人，更是罪上加罪。横竖也是死，倒不如跟倭寇拼了，所以纠集起残兵败将，便赶来与倭寇决一死战。”

兄妹仨听二人说的都是实情，甚为感动。高经纬团团一揖，连连称谢，随后便道：“这船上的火枪、火炮都是守城的绝好武器，两位大人商量一下，看看如何分法？”李将军道：“末将此次灭敌未建尺寸之功，哪有资格来分战利品，自当由詹大人全部拿去。”詹知府道：“你我友好邻邦，唇齿相依，唇亡齿寒，何分彼此，一家一半就是，只是这火炮搬动起来要费番周折。”

高经纬道：“这点两位大人无须多虑，待我们将火炮先搬到城墙上，再由大人们慢慢调配。”不等詹知府和李将军答话，兄妹仨已动起手来。重逾千斤的火炮在三人的眼里视若玩物，三人各自掮起一门顺阶梯而上。这么重的东西换作一般人来搬，即使有足够的力气，不将阶梯压折，也得把阶梯踩得咯吱咯吱山响，然而兄妹仨运起内力，走在阶梯上却悄无声息，如履平地，直把个詹知府和李将军瞧得张口结舌，半晌说不出话来。待到醒过神来，便没口子赞道：“真乃神人也。”

工夫不大，八门火炮被兄妹仨全部搬到甲板上，三人并没有像过去那样使用绳索，而是直接扛起一门，飞身一跃便跨上了飞马，惹得船下的两拨人马都轰然叫起好来。在众人的欢呼声里，兄妹仨经过三次往返，已将八门火炮分别运到了两座城墙上。

这时众人也纷纷爬到船里，在詹知府和李将军的指挥下，把各自城池分得的枪支、木箱等物品，用绳索往船下吊。渔民们也回到了江面，他们将四个遇害渔夫的尸体抬到了岸上，余下的人又在冰上开始了捕鱼作业。

兄妹仨飞过去翻身跃下，渔民们一见都围了上来，对着三人纳头便拜，兄妹仨赶紧将他们扶起。渔民们说他们吃尽了水匪、倭寇和土匪的苦头，今天兄妹仨总算给他们出了口恶气。高经纬告诉他们，现在还只是开头，接下来，三人便要去扫平水匪和倭寇盘踞的岛屿，彻底肃清江上的匪患，剿灭完颜罴一伙残匪，也是指顾之间的事。

高经纬见渔夫们凿出的洞口又结满了冰，便让他们站到一旁，然后抽出如意剑，只一招就将冰洞击开，高至善也跑到另一个洞口边将冰除去。这时就见一个渔夫脱去外衣，只留一个裤衩，身边又有人递过一只酒坛，他接过来便大口大口地喝了起来。一个渔夫对高经纬讲，这人要潜下水去，把渔网从这边的洞口撒向那边的洞口，为了让鱼儿多进网，再由另一个人下去投放饵料。

高经纬道："你们且不要下去，待我们由上面给你们开出一条通道，岂不比你们钻到水下来得方便。"那渔夫立刻穿上衣服和众人站到一起，倒要瞧瞧兄妹仨如何将水道开出，一个个都在想："洞口处新结的冰只有尺把厚，用剑气击穿还有可能，而这冰面的厚度将及五六尺，要想开个冰洞，几个人使冰钎凿，尚需几个时辰，不信剑气会有那么大威力，何况还有十余丈的距离。"

就在众多怀疑的目光里，高经纬拔出了那把后羿短剑。众人就觉眼前一花，剑尖上已喷出夺目的光焰，伴随着一股灼热，这光焰接触到冰上，顿时摧枯拉朽般地将五六尺厚的冰层化去。霍玉婵和高至善也抽出如意剑从旁相助，三人一边发功一边背朝着另一个冰洞移去，身前留下一条二尺宽的水道，足足用了一炷香时间，方将两个冰洞连上。

渔夫们都雀跃起来，不仅对兄妹仨佩服得五体投地，而且把他们奉若神明。自此以后，沿江一带的渔民就开始供奉起三个骑飞马的人像，高经纬兄妹的事迹也被广为流传，只是兄妹仨不知道罢了。渔夫们当即兴高采烈地沿水道将网撒上，再把鱼饵投入，而后一起撤到大船的旁边。

这时詹知府和李将军已来到船下，两拨人马也正把船上的物品往各自的城池里运。李将军一见渔民过来，立马迎上前来问道："你们之中可有谁驾驶过帆船？"渔民随即推举出两个人，其中有一个还在海船上干过，到过好多国家，什么纵帆船、横帆船他都

会驾驶。

李将军一听大喜，便对这二人道："你们现在就随我到船上，看看这艘船你们是否摆弄得了。"跟着又对高经纬道："末将想利用这艘船，跟大人一起去捣毁水匪们的老巢，事先也未请示大人，便擅自做主了，还请大人见谅。"高经纬笑道："李将军说哪里话，一切自当由李将军定夺，学生这里悉听尊便。"

李将军带着两个渔夫先爬上了船，詹知府也想跟上，高经纬正要背他上去，就听詹知府道："刚才就是下官自己爬下来的，其实这软梯也没什么了不起的，一回生二回熟，这回不用大人背，下官自己爬爬看。"这詹知府人极聪明，手脚也不笨，很快便掌握了爬软梯的技巧，一阵手脚并用，早已爬了上去，兄妹仨一笑也到了船上。

两个渔夫在操控室里经过一番观察和比对，很快便了解了舵轮和金属手柄的用途。特别是那个驾驶过海船的渔夫，更显得经验老到，试验几次后，居然将船开动了，没用多久操纵起来已能得心应手，大船更是在冰面上行动自如。

李将军与兄妹仨和詹知府计议了一下，决定大船为两座城池共有，主要用于城池的防御及对水匪和倭寇的作战。还决定双方各带五十名军士登船，随兄妹仨直捣敌岛。在征得了以上两个渔夫的同意后，当即任命出过海的渔夫朴根实为船长，另一个渔夫郑龙门为船副。李将军又让手下人取来二百两银子，每人给了五十两作安家费，剩下一百两交给众渔民，用来安抚死难渔夫的家眷。

随后李将军和詹知府回城安排出征事宜，兄妹仨则飞下去观看众渔民起网。这一次渔网撒得均匀不说，鱼饵投放的也比较充足，因此打上来的鱼比上次多了一倍不止，竟使得渔网无法从冰洞口拖出，还是兄妹仨帮着将洞口扩大了，渔网才得以通过。望着满网鲜活乱蹦的鱼，渔民们都笑得合不拢嘴，说什么也要拉兄妹仨去他们家里做客。

兄妹仨告诉他们，三人马上就要出发去铲除水匪的据点，待日后有机会一定会去一一拜访他们。渔民们一听，都流露出恋恋不舍的神情。这时李将军和詹知府已率士兵来到船下，正在登

船，兄妹仨也告别渔民赶了过来。

李将军和詹知府对高经纬讲，本想带上几支火绳枪，又怕士兵掌握不好反倒误事，因此只带了些弓箭和火把。高经纬朝士兵看过去，果然每人除身悬腰刀外，又都背着长弓，挂着箭筒，手里还攥着一支火把。

高经纬见船下还停着两辆大车，有人正从车上往下卸着一只只麻袋，遂不解道："难道这些麻袋也要带走？"詹知府微微笑道："兵法有云：'兵马未动，粮草先行。'这晚上的战饭是半点马虎不得的。"

高经纬道："船舱里不是有足够的干粮烤肉吗？"李将军直言道："末将和詹大人商量过了，觉得本该给三位大人接风洗尘，怎奈时间仓促，只好让伙房临时准备些熟食，以表我等的敬意。"

高经纬道："两位大人的美意，学生兄妹何以克当？仅在这里谢过。"说着飞到车前，抓起麻袋就往船上搬，顷刻间三十余只麻袋都运到了甲板上，兄弟俩又驮起李将军和詹知府把他们载到船头。

下面的大车刚要往回返，高经纬猛然想起一事，忙对李、詹二人道："有件事学生差点疏忽了，两位大人可吩咐下面的人，一旦城池这边出现意外，立即放起号炮通知我们。"詹知府道："下官临出城时已交代给韩通判，只要发现有土匪人马靠近城池，便多放号炮。"李将军道："詹大人还把从倭寇细作身上搜出的四枚带烟信号弹，分了两枚给末将，末将让副将遇到危险时一并放起。"

说话间，太阳已经西沉，兄妹仨将飞马停在甲板上，和李、詹二人一起去了操控室。高经纬一点头，李将军便下令船长扬帆启航。船长和船副升起风帆调整航向，这才发现江面上不知什么时候刮起了东北风。船长朴根实道："这一带江面，在下十分熟悉，按原来的风向，最早也要后半夜才能到达敌岛，现在风向一变，前半夜定可抵达。"

李将军道："这船你们毕竟刚刚接触，必须谨慎从事，千万不要贪快，误了此次行动。船驾驶得好，有你们一份功劳，倘若贻误战机，本将军的军法可不认人。"船长和船副都道："在下两

个虽未当过兵，但军队的法度还是晓得的，怎会拿军规大事当儿戏？大人们尽管放心好了。”说完两人打迭起十二分精神，将舵轮和风帆操纵得有板有眼，大船沿着渐趋宽阔的河道，疾驰而下。

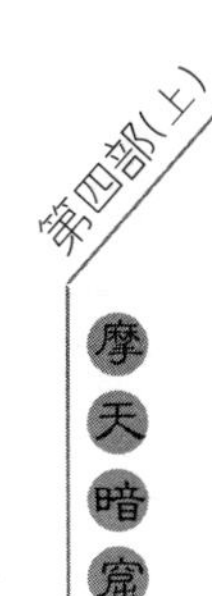

一百一十六　乘战船兵合一处　攻海岛旗开得胜

李将军一拉兄妹仨和詹大人，五人离开操控室，经舷梯来到上面一层底舱。军士们这时已在八门火炮的底座上，用白酒生起火来，上面架起的锅里，散发着煮肉的香气。不多时，条桌和舱板上便摆满了热气腾腾的牛、羊肉和朝鲜人最爱吃的寿司。有人过来请五人到条桌旁就座，军士们也分成十组，在舱板上席地而坐。

李将军指着寿司道："这是我们的人认为美味佳肴的东西，不知三位大人可吃得惯？"高经纬拿起一个，放到嘴里一嚼，只觉得说不出来的鲜香适口，忙夸赞道："果然好吃极了。"他由寿司突然联想起，耿五爷在讲述搭救李东绪的过程里所提到的紫菜饭团，便又道："有人曾对学生讲起，倭寇喜欢吃一种紫菜饭团，倒和寿司有些相像，不知这二者间有无联系？"李将军道："就其实质而言本就是一种东西，倭寇不过是为了携带方便，才将它做成饭团形。"

李将军和詹知府的军纪都很严明，守着整坛的白酒，却无一人敢饮，士兵们都大块吃肉，大口吃寿司，很快便将一顿战饭吃完。操控室里，也早有人将饭菜送去。

众人正在舱里闲聊，就感到船速明显慢了起来。李将军刚要打发人去操控室问原因，忽然船副郑龙门跑了下来，他对李将军道："外面天已黑透，空中又无月亮，因无法看清河道，只好减速前进。"接着他又请示李将军，是否让人点起灯笼火把为船照明。李将军当即发话，着令士卒们每十人一组，用火把为船照亮，半

个时辰轮换一次。

高经纬忙站起身道："李将军，这等小事何劳兴师动众，大家只管待在舱里，此事就交给学生兄妹好了。"兄妹仨立刻快步走到甲板上。众人不知道兄妹仨又会使出何种手段，也都好奇地跟在后面，想一睹究竟。

兄妹仨将飞马骑到船头，高经纬一触马的鼻孔，两道雪亮的光束直射出去，登时将前方的冰面照得一片通明。众人齐声喝起彩来，大船于是鼓起风帆，顺着河面如飞般地朝下游驶去。

亥时过半，大船已到了鸭绿江的入海口。冰冻的海面无遮无拦，被光束一照，就像一面庞大的镜子，显得异常光滑，一座岛屿黑魆魆的轮廓，就像一只巨兽趴伏在前面的海上。船长一边让船副到舱里报告消息，一边将船停了下来。兄妹仨和李、詹二人匆匆来到船头，高经纬将光束关掉，四周登时一片漆黑。

五人计议了片刻，决定大船在此待命，先由兄妹仨去侦查一番。三人跨上飞马，戴上夜视眼，顷刻间凌空而起，翅膀一扇，便向海岛飞去。临近了一瞧，就见这海岛南北狭长成棒槌形，岛的南端是森林和湖泊，北端是平原，中部是起伏的山峦，一条冰封的河道从山上蜿蜒而下，将平原隔成两半。

水匪的巢穴就建在平原上，四周是用巨石和青砖垒起的高大的城墙，墙里是一排排石砌的房子和整齐的街道，城墙的四个角都有一座炮台，四门火炮雄踞其上，城门开在城墙的最北边，门外两侧还各有一座石砌的箭塔。相距不远便是一个码头，岸上还有两个巨大的支架，每个上面都搁置着一艘三桅横帆船。

霍玉婵道："这里分明是一座坚固的城堡，如此大的规模，哪里是几十人就能应付得了的？看来李将军的情报忒也不准确。"高经纬道："也许他那是老皇历，也许是情报人员有意搪塞。瞧这架势，此岛必已落入倭寇之手。"

高至善道："这里易守难攻，仅凭李将军和詹知府的人马，要想攻城还不是拿鸡蛋碰石头。"霍玉婵道："早知道这样，就不该带他们来，白白耗费了这么长时间。"高经纬笑道："此次过来，我压根也没指望他们。"

高至善道："既然如此，干脆拒绝他们前来就是，何苦自找麻烦?”高经纬道:“抗击倭寇,光靠咱们三人如何能行?这些人一提倭寇都谈虎色变,好不容易通过今天的歼敌行动,激发了他们打击倭寇的勇气。这士气可鼓而不可泄,带他们来,我就是要让他们看看,倭寇是怎么覆灭的,以便进一步增强他们对敌作战的必胜信念。”两人这才明白高经纬的意图,都点头称是。

三人回到船上把情况对李、詹二人一说,李将军跌脚道:“早知这样就该把火炮带来,再要去取哪里来得及?可没有火炮,这坚固的城堡又如何攻得进?”詹知府道:“就是有火炮,仅凭咱们这百十号人,也未必是人家的对手,倒不如暂且回去,待门大人大军一到,再来围剿也不迟。”

李将军道:“詹大人别忘了,咱们还有高大人几位作后盾呢。”詹知府道:“可李大人也别忘了,敌人可是躲在石头房子里,这可不比露天木船,万一敌人再使出火绳枪,高大人他们也难免要吃亏。”李将军道:“实在不行,高大人他们还有冰精呢,末将就不信冻不死这些倭寇。”詹知府道:“冰精是厉害,可城堡方圆那么大,又隔着厚厚的石墙,这威力恐怕也要大打折扣,咱们就别难为三位大人了。”

霍玉婵和高至善越听越有气,若不是高经纬拿眼色制止,二人当时就想出言顶撞詹知府。高经纬笑道:“李将军和詹大人就不要争了,谅这小小一座匪巢,也难不倒学生兄妹。大船还是暂停在这里,学生兄妹这便去与他们一较高低。”

詹知府急道:“下官也是为大人们好,大人们性命要紧,千万不要意气用事以身犯险。”高经纬一抱拳道:“詹大人的好意,我们心领了。但开弓没有回头箭,别说这区区一个水匪据点,就是龙潭虎穴,我们也要闯它一闯。”兄妹仨戴上夜视眼,直朝敌岛飞去,身后还能听到詹知府的叹息声:“好端端的,这又是何苦呢?”

高至善道:“这詹大人真是胆小如鼠,不过他的心地倒也不坏。”霍玉婵道:“李将军就比他强,遇事不但沉着冷静,对咱们还蛮有信心。”高经纬道:“詹大人是文官,考虑问题自然瞻前顾后,对咱们估计不足,这也在情理之中,咱们不能求全责备,关键是要亮出几手绝活给他瞧瞧,不怕他不服。”说着三人又来到

海岛的上空。

高经纬指着炮台道："火炮对船的威胁最大，我看咱们第一步，先把炮台上的看守干掉，趁机把火炮夺过来。"三人各自瞅准了一个炮台，然后抽出宝剑疾掠而下。还未等接近炮台，城堡里突然有条犬狂吠起来，接着竟有数十条犬齐声响应，声势甚是惊人。

兄妹仨对所选炮台经过查看，并未发现上面有人员看守，当即收起宝剑，跳下去扛起火炮，又反身跃上马背。这时整个城堡相继亮起了灯，三人急忙驾驶飞马纵到空中。低头看去，就见城堡里、城墙上一下子涌出不少人。炮台上的人，却是由炮位旁一个暗道里走出的，犬吠声和人们的嘈杂声更是响成一片。

三人跃马离开，将火炮带回大船，往甲板上一放。众人一见兄妹仨出手就弄来三门火炮，而且这炮比原来船上缴获的体积足足大了一倍，都倍感欢欣鼓舞，李将军更是信心倍增，就是詹知府也无话可说。

兄妹仨本想将火炮运到底舱，但一瞧阶梯间入口太小，根本无法让火炮通过，只好把它们留在甲板上。三人待要去岛上搬剩下的一门，远远就见城堡里已乱成一锅粥。交睫间，由城里出来十几点火光，伴随着一阵犬叫，沿冰面直朝这边奔来。

兄妹仨明白，定是城堡里的人发现火炮不翼而飞，便根据群犬嗅到的信息，派出人马前来查看。三人立刻策马迎了上去，待看清正有十几个人手持火把，脚穿冰屐，在十余条狼犬的引领下，顺冰面滑来时，狼犬也发现了兄妹仨，登时停下，对着空中狂吠不止，后面的倭寇们也都止步不前，把目光投向了空中。

突然有倭寇发出一颗信号弹，信号弹在空中一闪，兄妹仨的踪迹暴露无余。还未等三人抽出宝剑，下面的倭寇已从背上摘下火绳枪。这一情景被高经纬看得真切，一声"快撤"脱口而出，飞马迅即跃向高空。乒乒乓乓的枪弹声，也在飞马的蹄下随之大作。

高至善从背囊中取出冰精，道了声："来而不往，非礼也，叫你们也尝尝这个。"便拣倭寇们的中间位置一松手。霍玉婵道："你这动作也太快了，我还未来得及提醒你不要使力，冰精已然落下。”高至善笑道：“你以为我是白痴、傻瓜蛋，不知道下边是冰面，稍一用力，冰精就会穿透冰面掉入水中，再也休想找到。”霍玉婵道：“知道就好，免得找不到哭鼻子。”

高经纬道：“可你们都忽略了一件事，冰精即便能穿透冰层，但也不会落入水里，你们想想这是为何？”霍玉婵道：“我明白了，未等冰精掉到水中，下面的水早就结成了冰。”高至善道：“看来咱俩的担心都是多余的。”高经纬道：“一点也不多余，冰精即使是落入冰里，能找得到，那要挖出来，也须多费周折，怎比得上掉在冰面上省事。”

就在三人说话的工夫，下面已鸦雀无声。三人穿过浓雾，降落到冰面，就见所有倭寇和狼犬都已冻僵在地。冰精只将冰面砸了个小坑，高至善走过去把冰精收入囊中。三人不再逗留，又钻出浓雾飞向海岛。

刚一接近城堡，城墙上的犬吠声便变得凶了起来，就听一阵急促的梆子声响过，城上顿时有十数盏孔明灯摇曳升空。兄妹仨再也不能凭夜色遁其形，索性就停到码头的上空，趁便试探一下箭塔的虚实。不少人见了，都朝着空中大叫了起来。

兄妹仨的目光则紧盯着两座箭塔不放。喊声里，箭塔上的窗口骤然打开，三人一见，不等有火光闪现，早已纵马离去，身后立即传来爆豆般的枪声。三人一商量，觉得必须用末日之光除去箭塔。

为了不损毁城墙，决定放弃正面进攻，改由兄弟俩迂回到两座箭塔的外侧，一举歼之。霍玉婵留在原地，说好兄弟俩就以霍玉婵所发雷音掌为号行事。两人很快到了两座箭塔的外侧，高经纬在左，高至善在右。霍玉婵见二人已经就位，对空便是一记雷音掌，兄弟俩当即触亮马眼用光束将箭塔锁定，霍玉婵跟着又是一招雷音掌发出，兄弟俩同时将手指插进飞马的两个鼻孔。

城门上的敌人一见马眼射出光来，正自惊奇。陡然间，这光一下子变得雪亮无比。他们就觉得两眸一阵灼痛，赶紧合上眼帘。待到睁开眼时，面前的两座箭塔早已不复存在，只在原址上留下一片焦黑，吓得他们怪叫一声，跌跌撞撞地逃下城去。

兄弟俩回到霍玉婵所在的位置，三人一齐注目城里，观察敌

人的反应。只见城里的灯火渐次熄灭，人声和犬吠声也不再相闻。高经纬又看了一眼冰精适才落下去的地方，虽然冰精已被高至善收回，但漫天的浓雾却并未消散。顺着入海口方向瞧过去，三人突然发现大船没了踪影，四下里一找，这大船竟然已来到了海岛的近处，此时正玩命朝来路驶去。

三人回到船上，进到操控室，刚好李将军和詹知府都在。李将军告诉他们，自打三人一离开，他便让大船缓缓向岛上驶来。兄妹仨用冰精消灭冰面的倭寇和狼犬时，幸亏有詹知府从旁提醒，说兄妹仨有可能使出冰精，让大船远远避开，他们才慌忙后撤，又用被子将全身裹起，就这样，一个个还是被冻得浑身打战，如堕冰窟。

他又问起刚才的巨光是怎么回事？高经纬就把末日之光的来历简单地讲了讲，并道："莫说它一座小小的城堡，就是千军万马，弹指间也让它灰飞烟灭。"詹知府道："大人有这般厉害的武器，怎不早说？倒让下官平白无故担了一场虚惊。"

李将军道："詹大人也不想想，高大人他们都是老成持重的人，从现身到现在，哪一件事不是说到做到。就拿眼前的事来说，若没有必胜的把握，他们怎能无的放矢？"詹知府道："对李将军的话，下官不敢苟同。说高大人他们事事都能料敌机先，出奇制胜，下官不敢否认，但若说他们有多老成，下官却有些不信，单凭他们声音中的那份稚嫩，下官就敢断定，他们都是二十余岁的年轻人。"

李将军满是疑惑地点起蜡烛，又挨个看了一遍兄妹仨，道："詹大人这可看走了眼，几位大人明明与我们年岁相仿，您却愣说是稚气未褪的后生，也不怕大人们怪罪。"詹知府道："高大人曾一口一个自称'学生兄妹'，依李将军看，这个妹妹又在何处？"

李将军眯起了眼睛道："这个……"看着兄妹仨，竟不知说什么是好。詹知府又道："再有，下官听高大人说话温文尔雅，必是斯文一脉，就冲这一点，也觉得与现在的仪表不相符。"李将军见兄妹仨含笑不语，不置可否，遂大着胆子道："詹大人该不是怀疑，高大人他们是经过了化装易容吧？"

詹知府别看打仗不行，看人断案却非同一般，顺口道："下官就是这个意思。"旋即对兄妹仨深施一礼，道："不知三位大人可肯以实情相告，帮下官解开心中谜团？"高经纬一笑道："詹大人眼光甚是厉害，学生兄妹为了迷惑敌人，确是掩藏起了本来面目，不过不是化装易容，而是戴了一种面具。"

詹知府道："下官斗胆相求，能否一睹大人们的庐山真面目？"高经纬道："这有何难？"便对霍玉婵和高至善道："没说的，咱们就满足一下大人们的好奇心吧。"说着三人一起摘下头盔、头套。

李将军、詹大人和两个船长一齐看将过去，心里这份震惊，实在无以言表。只见三个人年龄尚不到弱冠，这还在其次，一个个长得丰神俊秀，目如朗星，更兼肤白细嫩，直似吹弹即破，就跟金童玉女般的冰雪可爱，光彩照人。

詹知府本以为他们也不过就是二十多岁，带一点文人气质的青年，想不到竟然都是难得一见的神仙般人物，心下自惭形秽，忍不住道："跟三位大人相比，下官这些人连粪土都不如。"

李将军和两个船长都是朝鲜人，对成仙得道之说，自是笃信有加，见兄妹仨武功出神入化，身边宝物层出不穷，早就觉得他们大有来历，此时又发现他们长得也是这般标致可人，心里便认定了他们是仙人下凡，连忙顶礼膜拜道："小人们都是肉眼凡胎，不识三位上仙贵体，多有怠慢，还望恕罪。"

詹知府一见也跟着拜了下去，把个小小的操控室挤得水泄不通。慌得兄妹仨赶紧将其搀起，高经纬解释道："几位快不要这样，学生兄妹也都是凡夫俗子，哪里是什么仙人？你们如此相称，折了晚生们的草料不说，没的玷污了仙人的名头。"霍玉婵和高至善由他们嘴里的神仙，联想起祖越寺装神弄鬼的假道士，禁不住莞尔一笑。

这时就听远处咚的一声，跟着便有物朝这边呼啸而来。高经纬喝道："不好，敌人在朝咱们开炮。"话音未落，一发炮弹已打到了船上。大家就觉得船体一震，哗啦啦主桅杆已齐腰折断。船长和船副再要操纵大船，大船已失去了控制。

高经纬略一思索，知道必是烛光惹来的祸，随即一记雷音

指，将烛台上的火光击灭，然后三人便来到甲板上。就在这时，又有两发炮弹落在大船的附近。霍玉婵道："怎生想个办法让大船离开此地？咱们总不能在这里挺着挨打呀。"

高经纬道："不用想，咱们下去推就是了。"旋即对操控室里喊了声："掌好舵，往回撤。"便带着霍玉婵和高至善直奔船尾，三人飞身跃下，两手往船尾一搭，就运力推了起来。大船先是掉了一个头，接着便直线飞驰起来。

大船甫一离开，又有三发炮弹相继打在了大船原来的位置。这时军士们都已来到了甲板上，见此情形都连呼"好险"。大船回到入海口附近，远远停在了大炮的射程外。一检查，主桅已彻底损毁，两个副桅虽然还能勉强运作，但船帆却被炮弹片炸出了几个窟窿，聚风效果也大减，所幸的是人员尚无伤亡，飞马也未受影响，船长和船副赶着将副桅上的船帆降下。

李将军自责道："都怪末将点燃了蜡烛，才引来这场祸端。"高经纬道："李将军也是无心之举，这事学生也有责任，若是我们一鼓作气，把最后一门炮也弄回来，哪里还会有这事。"

霍玉婵道："我怎么觉得这不像是一门炮所为，倒像是有三门炮一齐开火。"高经纬道："你说得没错，听声音的确很像有三门火炮，可咱们都见了，明明就剩下一门，另外的两门又从何而来呢？不行，我们得过去探个明白。"

霍玉婵道："眼下炮声已停，再要过去，恐怕也瞧不出什么名堂。"高经纬眉头一皱，道："那咱们就给他们制造一个开炮的机会。"詹知府既疑惑又有些担心，道："大人们该不会用身体去引诱敌人开炮吧？"高经纬微微一笑道："那怎么会？学生是想把冰上的那些尸体利用起来。"说着三人便朝那些冻僵的尸体飞去。

他们先把尸体身上的冰屐、火绳枪和腰刀卸下送回船上，接着就把这些尸体运到大炮射程之内的冰面上，再将尸体叠加起来，把一支准备好的蜡烛插到最上面尸体的口中，用打火石点燃，而后三人就来到码头的上空。

不多时城堡里的人便发现了燃烧的蜡烛，三门火炮又一齐轰鸣起来，炮弹拖曳着火光划破夜空，径朝烛光打去。兄妹仨这才看清，炮弹是由城墙里射出的。就见城门的上方与城堞之间的墙

上，并排开出三个窗口，原来这城墙内部中空，火炮就藏在里面。高经纬心道："我说炮台上只剩一门，且又在城门对面的墙上，即便开炮也够不到这儿，却原来猫腻出在墙里。"当下对二人如此这般吩咐了一通。

接下来三人便一齐亮出宝剑，霍玉婵居中，兄弟俩分列左右，高经纬把剑一挥，三人联袂向三个窗口疾掠而下。此时窗口里炮声已停，窗口后有人呜里哇啦地在说着什么，看那份兴高采烈劲分明是在说目标已被他们摧毁。随着兄妹仨宝剑的骤然插入，窗口里顿时沉寂下来。高至善生怕里面的人冻得不彻底，又将冰精取出，搁在窗口上待了多半天。直到城墙上结出冰来，城门陷在大雾里，兄妹仨方将冰精纳入囊中离开城门，开始仗剑在城堡里低低地盘旋。

起初尚能听见一两声狗叫，渐渐整个城堡便被浓雾吞没。三人将马停在城门后，一排石屋的屋顶，然后跳到地面，就从这排房子起，逐间将宝剑从窗棂或门缝里插进，很快将所有房屋插了个遍。这还不算，三人又从飞马蹄下的房屋起，破门而入，举着冰精挨个屋子走了一遍。

三人这才发现，所有石屋里的人都加上，也就十余个，而狼犬却有数十条之多，这让他们如何照料和指挥得来？高至善道："难道偌大个城堡，就只有这么几个人？加上咱们消灭的，也不到三十，这是怎么回事？"

高经纬道："咱们来搬火炮时，亲眼所见城堡里人头攒动，人声鼎沸，看架势绝不会少于数百人，可这倏忽间却都不见了踪影。除了冰上的一小股，再也没见他们有人出城，火炮既然都能藏在城墙里，那么，这些人为什么就不能躲在其中？"

霍玉婵道："要容纳下数百人，除非这城墙都是空的。"高经纬道："有何不能，你们没见炮台上的人，就是从暗道中走出的，既然有暗道的存在，表明里面的空间一定小不了。"

高至善道："那咱们就先进一个暗道口查查。"高经纬道："由暗道口进，恐怕有些不太稳便，隔着这么厚的墙砖，冰精也许奈何不了里面的人。万一敌人在咱们打开洞口的瞬间放起枪来，咱们岂不要遭殃？依我之见，咱们还是从发射火炮的窗口里进去较

为安全。再有冰精不能收起，必须随时放在外面，以应对突发事件，直到搜查结束。”

三人沿城门旁的石阶登上城墙，再由墙上的窗口进入墙里。就见里面是个大房间，并排摆着五门火炮，外观与船上缴获的八门火炮一模一样，炮口一致朝外，只是最外侧的两门炮口对着的暗窗还未打开。每个暗窗旁的墙上都有一个金属手柄，凡是打开的暗窗旁边的手柄一律向下，未打开的暗窗旁边的手柄则一律朝上，不言而喻手柄是用来开启暗窗的，手柄向下为开，反之则为关。对面的地上，贴墙摞着数十只木箱，不用说里面装的都是炮弹。

共有十一个人冻毙在里面，其中十个人站着。一个黑矮短胖，满脸疙瘩的中年人坐在一把躺椅上，跷着二郎腿，嘴里还叼着一只茶色烟斗，别人身上都别着一把匕首，唯独他却挎着一把细长的腰刀，刀柄为纯金打制，刀鞘上镶着各色宝石，另外躺椅两侧的扶手上还每边都挂着一个竹筒，打开竹筒盖，里面竟是两只千里眼。

高经纬指着他道：“这个家伙很可能是倭寇的首领。”高至善道：“待我来搜搜他。”这一搜，从他的腰间竟搜出金印一方。高经纬接过一瞧，上面刻着“冢原太郎将军印”七个汉字，他一边将金印揣起，一边道：“看来，这家伙在倭寇中的地位一定不低，既然以将军称之，没准就是这一带倭寇的总头。”

房间的两个侧壁上各有一扇石门，左侧的一扇虚掩着，右侧的一扇从里上着闩。门旁的烛台上，扇面般地插着四支蜡烛，其中只一支有点过的痕迹，下面的烛泪似乎凝固不久，显系在寒气中熄灭。

三人推开虚掩的门，就见外面靠外墙一侧，是一个通长的走廊，走廊里空无一人。墙上每隔不远便是一扇小小的暗窗，暗窗都用木闩固定着，暗窗间的墙上挂着挠钩、长弓和盛满羽箭的箭筒，地上堆着石灰瓶和飞蝗石，情景与两山夹道的空中走廊十分相像。

靠内墙的一侧，均匀地分布着一扇扇的石门，兄妹仨先用冰精朝门上一贴，再使宝剑往门缝里一插，然后将石门推开，每扇石门都是如法办理。他们一连推开了十扇石门，就见石门后是一个个大小相同的房间，里面都有木板搭起的地铺和放在地铺上的矮桌与嵌在墙里的壁橱及摆在角落里的马桶，门后还都挂着一支火绳枪，被褥衣物等生活用品也是应有尽有。

地铺上大多躺着两个人，身穿皮衣、皮裤，外面裹着厚厚的被子，仍然逃不过冻僵的命运。高经纬分析道："这些人可能在我们进来之前并未冻死，否则就不会又关门，又盖被子，因此咱们在进入其他房间前，一定要谨慎操作，丝毫麻痹不得。"

长廊里每隔十间屋子便有一部阶梯，这阶梯连着城上和城下。因为三人所在的长廊是最顶层，所以阶梯的上端是个石盖板，石盖板下方的墙上也有一个金属手柄。三人走过去将手柄朝下一扳，石盖板向上弹起，露出一方洞口。三人来到洞外，所处位置刚好是一座炮台。

三人重又回到洞里继续前行，遇房间就进。他们又发现在城墙的四个角，也就是在炮台的下方，紧靠阶梯的地方都有一个房间，里面没有住人，而是摞满了一箱箱的炮弹。三人一口气走到顶层长廊的尽头，前面被一扇石门挡住了去路，不用说，里面就是三人最先进入的火炮间。

一圈算下来，加上火炮间，共有房间九十七个，阶梯十部。高经纬掐指算道："这层本该有一百个房间，火炮间就占了四个，不知下面情形如何？"三人折回身，拣近处的一部阶梯来到下面一层。这一层与顶层大体相仿，只是长廊成环状，中间没有了火炮间的隔断，房间数刚好为一百间，验证了高经纬的说法，而冻死的敌人也有二百余名。

三人又陆续下了两层，结果与这一层如出一辙。再下去，便到了最底层，这层同上面四层有了明显的区别，一圈长廊不仅移到了内墙一侧，也比上面的长廊窄了不少，房间虽然都换到了外墙一侧，但面积和间数却和上面几层相同，看起来走廊减少的部分，都被用来增加了外墙的厚度。

经查，这一百个房间大半为库房，里面储存着大批的粮食和军需物品，其中还有一间金库，装满了金银珠宝，此外还有八间伙房和八间茅厕。伙房里除了炉灶，还有一口不大的水井；茅厕

里不但有六个蹲坑，蹲坑前还有两口水缸，看来是冲茅坑所用。高至善道：“这和石猴子家的地下茅厕倒有几分相似。”

住人的房间有十个，大约有五十个人被冻毙在房间里。由于死者都蒙着被子，兄妹仨开始并没太在意，直到来到最末一个房间，霍玉婵瞅见一个被子里露出一绺女人的长发，这才想起掀开被子看看。这一看不打紧，竟让她大吃一惊，原来被子里的死者不是倭寇，而是一个浓妆艳抹，打扮得花枝招展的女人，掀开其他被子，里面情况也一样。回头再去看其余的九间，被子里的死人，也无一不是女子。

霍玉婵一跺脚，后悔不迭道：“我也太粗心了，居然没有看出这是女人住的房间，早知这里住的都是女人，咱们就该把宝剑和冰精收起。”高经纬也心怀内疚道：“谁说不是，这事怪我思虑不周。刚才在查看八间茅厕时，我曾瞧见其中有间门上写着‘御手洗’三个字，摆明了是给这些女子预备的，为了不让男人走错门，这才用‘御手洗’三个字以示区别，只是当时不明就里而已。倘若我那时能多想想，指不定就能想出来这里住有女人，也许就不会出错了，现在说什么都晚了。”

高至善道：“这事也怪不得咱们，谁能想到倭寇之中会混有女人，要都像你们这样怜香惜玉，缩手缩脚，不要说消灭敌人，咱们的小命也早交待了。再说，谁敢保证这些女人不是倭寇的同伙。”霍玉婵见高经纬满脸不豫之色，暗怪自己多嘴，遂道：“至善说得在理，战场上危机四伏，怎能面面俱到，大哥你也不必太自责了。”

高经纬兀自有些放不下，道：“只是这些女子不知属什么来路？若说是倭寇的女人，干啥要这样刻意修饰自己？倒像是要讨好谁似的？”霍玉婵道：“我和大哥也有同感，若说她们是倭寇的家属，就该会居家过日子，可她们全部心思都用在了打扮自己，哪里有半点做妻子的模样？再说如果她们真是倭寇的内眷，这么多人，怎的连一个孩子也没有？”

高至善道：“我看她们就不像良家女子。”高经纬道：“你们的话倒提醒了我，倘若她们是倭寇强抢来的民女，就不该这样自甘堕落，瞧她们的做派，倒很像是一群妓女。”高至善道：“管她们是什么人呢，反正人死不能复生，要怪也该怪那些无恶不作的倭寇，眼下咱们办正事要紧，没必要为这些事伤脑筋。”高经纬和霍玉婵都点了点头。

三人一齐走近一部阶梯，就见正对着阶梯出口处的内墙上，有一扇石门，此时石门上插着铁闩，石门旁的墙上还有一个按钮，三人取下铁闩，在按钮上一摁，石门立刻朝外开去。

一百一十七　用冰精兵不血刃　夺敌船易如反掌

三人走到外面，在石门旁的城墙上一搜索，很快在墙根的石壁上，找到一块铜钱大的凸起，使手往上一压，石门瞬即合上。霍玉婵一哂道：“倭寇鬼点子倒挺多，居然把城墙变成了住人的地方。细一琢磨，这城墙还真有点像仙人谷的城堡，所不同的是，一个方，一个圆。”高至善道：“还有那边是明的，这边是暗的。”

高经纬道：“这么做，最大的好处就在于，一来可以隐蔽自己；二来可以趁敌不备，出奇不意地予敌以重创；三来可以形成从上到下多层次、多方位的攻击点，使对方防不胜防，从而有效地提高城墙的御敌功能。”

高至善道：“城堡里现在已没有一个活口，咱们也该让大船上的人过来了。”霍玉婵道：“这里的寒气不除，让他们过来还不是干看着。”高至善道：“那咱们就赶紧用琥珀王和乌云煤精驱寒呀。”霍玉婵笑道：“光知道驱寒，可宝剑和冰精还没收起呢。”兄弟俩一瞧，可不是，宝剑和冰精还都在外面。

高至善一乐道：“这可真赶上骑马找马了。”霍玉婵道：“依我看这是用词不当，你拿着宝剑、冰精不假，但你压根也没想去找它，怎能说是骑马找马？”高至善道：“我不过是用来比喻自己忘性大就是了，哪个跟你咬文嚼字？”

两人正自拌嘴，就听码头方向砰地一下响起一声号炮。高至善道：“我们的人来得好快，没用接，自己就过来了。”说着就要把宝剑和冰精收起，预备去迎接他们。

高经纬忙道：“且慢，来者恐怕不是自己人，你们想，我们的

大船已无法行驶，他们又是靠什么过来的，除非他们弃船徒步，但没有我们发话，他们又怎能如此荒唐行事？”

三人带着疑虑乘上飞马，从空中俯瞰下去，就见码头前的冰面上停着两艘三桅大船，船上不少人举着灯笼火把，将船和附近的冰面照得如同白昼。兄妹仨看得清楚，这两艘船跟他们缴获的大船完全相同。

高经纬暗道：“来船肯定是倭寇一伙，只是无从知晓它们是驻守在别地闻讯赶来救援的，抑或本就是此岛出外执行任务返回的船只。”

两艘船见城堡里没有反应，不约而同放下了舷梯。有人正要顺舷梯而下，这时由江口方向滑来两个脚蹬冰屐的黑衣人，他们来到船下，比比画画地冲船上喊了一通，喊完，便各顺着一只舷梯爬上了大船。大船上的人也不再下来，反倒把舷梯收了回去。不移时，两艘船调整航向，一前一后离开码头，改向江口驶去。

高经纬道：“看架势，敌人已发现了咱们人的行踪，他们这是要去攻击咱们的大船。”高至善道：“这还不好办，咱们就用末日之光将他们消灭在冰面上。”高经纬笑道：“毁掉两艘大船那有多可惜，眼下咱们的船刚好损坏，正可用这两艘船替代，想办法除掉上面的人就是了。”

霍玉婵道：“两艘船上必定都有火器，要想靠近，风险太大，如果使用冰精，也只能解决掉其中的一艘，剩下的一艘又该如何应对？少不了还该启动一次末日之光。”

高经纬道：“其实要消灭两艘船上的敌人，也并非什么难事，趁敌人还不知道咱们的存在，只要充分发挥冰精的优势就能办到。先从空中将冰精悄悄扔到后面的船里，再利用浓雾的掩护潜到船上，取回冰精，而后对前面的敌船重新炮制一回，一切岂不全都迎刃而解。”霍玉婵笑道：“我倒忘了冰精可以反复使用。”

兄妹仨当即将宝剑入鞘，一纵马追上后面的敌船。高至善瞅准甲板的中央，抖手就将冰精掷了下去。大船就像什么都没发生，依然鼓荡前行，三人都面面相觑不明所以。高至善两手一摊，道：“我眼见冰精已落入舱内，怎么会没有反应呢？”霍玉婵道：“这无非表明操控室里的人还都活着。”

高经纬把夜视眼往上一撸，低头看去，就见大船已笼罩在浓雾之中，兀自前行不止，只是航向与前面的敌船有所偏离。他将夜视眼重又戴上，自语道："我终于明白了。"霍玉婵道："你明白什么了？"

高经纬道："不是咱们的冰精没起作用，而是大船自己在行走。不信，你们看它的航向，明显偏离了前面的敌船，这说明大船已无人驾驶，正处在失控的状态。适才咱们都忽略了一点，以为船上的人一死，大船必然会戛然而止，殊不知船帆无人降下来，大船怎么会停？"

霍玉婵和高至善也都恍然道："不错，是这么个理。"高经纬又道："咱们必须赶快下去，一方面取回冰精，一方面让船停下来。"

三人虽然认定船上人已死，但为稳妥起见，还是亮出了各自的宝剑。他们降落到船上，一切就像高经纬分析的那样，船上的人都已死绝，大船是借着风力自己在行进。高至善进到舱里将冰精收回，高经纬和霍玉婵也来到操控室，降下所有风帆，让船停下。

三人聚在甲板上，这时就见前面的敌船也掉头折回，正朝这边驶来。兄妹仨知道，定是敌人半天不见后船跟上，是以回来寻找。眼看越来越近，敌船突然转舵绕开。

高至善道："敌人大概发现咱们了。"霍玉婵道："那怎么会？且不用说大船有浓雾包裹，就冲你手里的冰精，敌人也发现不了咱们。"高经纬道："没错，一定是他们感到寒气彻骨，这才有意避开。"

果然敌船开始朝海岛驶去。三人跨上飞马展开双翼，来到敌船的上空。高至善伸手就要将冰精投下，高经纬连忙摇手，道："没必要这么着急，横竖敌人也逃不出咱们的手心，倒不如给他来个壁上观，看看他们还能怎样。"

霍玉婵附和道："是啊，瞧瞧敌人的狼狈相也蛮有意思的。"高至善也来了小孩心性，道："怪不得猫在捉住老鼠时，并不急于吃掉，而是玩弄够了才下手，原来它要拿老鼠的狼狈相取乐，也罢，我就陪你们当回猫。"霍玉婵道："好啊，你变着法说我们是猫。”高至善道：“那又怎样？不是说好了由我陪着吗？”三人都掩口笑了起来，笑够了，便一齐饶有兴致地朝下望去。

敌船快到码头时又再次反过身来。同伙的骤然消失，让他们困惑不解，他们大概觉得，那块突然升起浓雾的区域有些蹊跷，因此就把船驶向了那里。舱里的人纷纷打着灯笼火把跑到了甲板上，极力想透过雾气看个究竟。为了抵御外面的奇寒，不少人身上都裹起了毛毯，就这样，一个个依然冻得浑身发抖。

尽管还是无法看清失踪的大船是否就在里面，但大船再也不敢向前逾越一步，只是绕着大雾兜圈子。船上的人也只能或跺脚，或击掌，或用冻得发颤的声音对着浓雾嘶声大叫。半晌不见有动静，有人竟放起了号炮，情急之下，还有人对着大雾举起了火绳枪。

高经纬生怕枪弹射中大船，哪还顾得上去看敌人出洋相，忙对高至善道：“快投冰精。”高至善冰精一出手，高经纬眼瞅着冰精落在了甲板上，纵马就要掠下。霍玉婵道：“你倒急什么？”高经纬道：“如果不让这船停下来，一旦驶进雾中，撞上里面的大船怎么办？”言讫宝剑一挺早已驱马而下，霍玉婵和高至善也紧随其后。

就这片刻的工夫，船上的倭寇都已僵立不动。失去控制的大船方向一偏，登时拐向雾中的大船，若不是高经纬一个箭步冲进操控室，一搬舵轮，让两艘船瞬间擦肩而过，险些就撞在一起。高经纬见船驶远了些，这才降下船帆，将船停了下来。

高经纬心有余悸道：“都是我心血来潮，非要拿战场当儿戏，险些酿成大错，下次断然不可。”霍玉婵道：“有什么了不起，不就是两艘船吗？真要是撞坏了，只当我们没缴获就是。”高经纬道：“说得轻巧，没有了这两艘船，那李将军和詹知府的人马如何回得去？”

高至善道：“怎么回不去？第一，他们可以步行走回去；第二，就像刚才那样，由咱们把大船推回去；第三嘛，还可以想办法把大船修好。”

听他二人阴阳怪气地一说，高经纬才意识到，自己这样自怨自艾，竟没有顾及他二人的感受。其实，高经纬对城堡里那些女

人的死，一直不能忘怀，毕竟是五十个鲜活的生命，如果自己稍微留心些，也许能够避免，基于心情的过度压抑，他才想出通过要看敌人的笑话，调剂一下自己的情绪，借此忘掉内心的不快。

而他二人也和高经纬有着同样的心思，别看当时高至善摆出一副无所谓的样子，反倒出言安慰他们，但心里的内疚和自责，却一点也不比他们少，所以高经纬一经提出，三人才能一拍即合。

而现在自己不由分说，便对三个人都赞成的决定来了个全盘推翻，无异于兜头给他们泼了一盆冷水，当然他们不能接受。再说这件事也是有惊无险，自己没来由的说这些扫兴的话干啥？这样一想，立刻话锋一转道："让你们这么一说，倒显得我有些小家子气。你们说得没错，连钱财都是身外之物，更何况这些战场上的东西。有道是千金难买一笑，只要有个好心情，别说现在一点损失都没有，就是真的什么都不剩，但能看到敌人的窘态，那也值得。"

霍玉婵道："我怎么觉得大哥这话有些不怀好意。别以为我不知道烽火戏诸侯的典故，你是不是影射我是祸国殃民的褒姒？"高经纬道："怎么会呢，你要是褒姒，我岂不成了无道的周幽王。"

高至善道："我也觉得大哥这不是什么好话，即便说的不是烽火戏诸侯，那还有撕扇子、撕布帛，以其声博美人一笑的故事呢。"霍玉婵道："对呀，反正他没把咱们比成好人，我看他的皮有点紧，咱们就来呵他的痒，帮他松松，看他还敢不敢借古讽今，唐突咱们了。"说着两人就扑了上去，一边一个去胳肢他的腋窝。

高经纬笑得不行，连连分辩道："我不是那个意思，你们千万不要误解。"不管他怎样解释都没用，直到他笑出眼泪，告饶道："再也不敢了。"二人这才放手。

等到高至善想起去回收冰精的时候，大船上早已是雾气弥漫，寒流滚滚，空中竟飘飘洒洒飞舞起雪花来。三人赶紧收起冰精和宝剑，检查了一遍大船。就见船上的构造和人数与缴获的大船基本相当，但舱里的八个炮座上却只有四门火炮，枪架上和人员手里的火绳枪加起来也不及缴获大船的半数。

再到另一艘船上看过，船体和人员情况虽与这边差不多，但火炮却只有两门，火绳枪的数量倒与这边持平。另外，两艘船上的壁橱里都空空如也。高经纬由此得出结论，道："根据船上没预备食品这点分析，两艘船很可能就驻扎在附近的某地，是因为听到了城堡里的枪炮声，赶过来救援的。"

霍玉婵道："也就是说离此不远还有敌人的巢穴，咱们要不要过去将其捣毁。"高经纬道："当然要，但咱们必须先将自己人安顿好。现在首要的任务，是驱走两艘船上的寒气，再把李将军和詹知府的人马接过来，然后护送他们去城堡。待他们清理城堡的工夫，咱们就去寻找敌人另一处巢穴。"

三人于是用琥珀王和乌云煤精，逐个将两艘船上的寒气驱散，随即驾驭着飞马回到海口的大船上。士兵们除了留在甲板上的两名岗哨，其余的都在底舱里睡下，船长和船副也在操控室里和衣而眠。

唯独李将军和詹知府一点睡意都没有，他们见兄妹仨一去老半天还未归来，既牵挂他们的安危，又担心有敌人乘虚来攻，正站在船尾，忐忑不安地朝海岛的方向眺望。一见兄妹仨回来，心里万千之喜，眼里都放出光来，赶紧迎上去道："可把你们盼回来了。"三人见他二人都在船尾，这才记起走时匆忙，竟未顾上将大船调转方向。

高经纬连忙问道："晚生们走后，这里可有事情发生？"詹、李二人告诉兄妹仨，他们离开后不久，从海岛那边滑过来四个穿冰屐的人，站在船下对着船上又喊又叫，呜里哇啦没人听得懂。两人知道必是倭寇无疑，便安排下弓箭手，想趁倭寇不备一举将其射杀。谁知号令一发，弓箭射出，只射倒了两个，另外两个身手敏捷，反应极快，一见不好，一个后空翻，已纵出五丈开外，身子一晃便消失在黑暗里，再要去追，哪里来得及？

他们怕倭寇会来报复，就让军士们手持弓箭埋伏在舷墙后，只待敌人前来厮杀。可等了好久也不见敌人到来，为了养精蓄锐，只好让士兵回舱安歇。说着，便将冰面上的两个尸体指给兄妹仨看。高经纬也把拿下城堡和歼灭敌人援军的经过，大体讲了讲。

李将军笑道："怪道不见敌人过来，却是半路上被大人们封杀了。"詹知府道："早知这样，下官就该眯上一觉。"心情一放松，顿觉困意难忍，竟哈欠连天起来。高经纬笑道："大人现在更不能睡，此地毕竟不是安全之所，咱们必须抓紧时间赶往城堡，晚生们还要继续搜寻土匪的巢穴。"

李将军道："那好，末将这就叫起士兵，大家徒步过去，只是这船上是否还要留人看守？"高经纬道："不仅不需留人看守，大家也不要下船，士兵更不要叫起，还是由晚生兄妹推大家过去。先到两艘大船处，李将军和詹大人带上本部人马，各自登上一艘，然后三艘船一起向城堡进发。眼下只需唤醒船长起来掌舵就行。"

詹知府道："且慢，待下官派人搜过下面的尸体再走。"高经纬道："大人只管去叫船长，尸体的事，就交由晚生们来办。"说毕，三人安顿好飞马，纵身跳下大船，不移时，带着两把腰刀和两双冰屐跃回船上。

这时两个船长已被唤醒，站到了轮舵前，高经纬给他们交代了一下两艘船所在的方位。兄妹仨再度跳到船下，大船在三人的合力下缓缓掉过身来，便风驰电掣般地朝前滑去。操控室里的四人只觉耳边生风，俄顷间已来至两艘大船的跟前，一见两艘大船完好无损，且和所乘大船一般无二，内心都不胜欣喜。

李、詹二人当即下到底舱叫醒士兵。众人一起来到甲板，也都对眼前的情景感到难以置信，接着便纷纷爬下舷梯。这时兄弟俩已分别纵上一艘大船，将舷梯放下。李将军和詹知府各自选了一艘，带领所辖人员顺舷梯攀援而上。两个船长也各自登上一艘，来到操控室一试，竟和原来的大船一样的好用。

李将军突然想起，两个船长一走，原来的大船岂不无人掌舵，把顾虑对高经纬一说，高经纬道："这一点，将军倒无须多虑，横竖前方海面开阔，对掌舵要求也不甚高，晚生兄妹随便哪个都可。"李将军又担心道："如此一来，推船的人岂不也少了一个。"高经纬笑道："不瞒李将军，别说还剩下两人，就是一个人来推，也不在话下，更不会落在两船之后。"

士兵们一阵忙碌，将甲板上和舱里的尸体，一个不漏地清理到船外。兄弟俩分别将飞马往两艘大船的船首一停，然后触亮马眼为其照明。两个船长随即将各自的船帆升起，船借风势，径奔海岛而去。

兄妹仨这边由霍玉婵掌舵，兄弟俩推船，不即不离地跟在两艘大船后面，唯恐靠得太近，一个转舵不灵与两艘大船相撞。李将军回头望将过去，就见兄妹仨的大船虽然有些航向不稳，但船速比前却丝毫未减，始信高经纬所言非虚。

很快三艘船便驶到了海岛，前边的两艘刚一接近码头，又忙不迭地退了回来。只听李将军大声道："高大人，码头上寒气袭人，冰冷刺骨，实在靠近不得。"高经纬这才想起三人还没有来得及给城堡驱寒，便也高声道："李将军、詹大人，且在这里稍等，待岛上冷气退去大家再过去也不迟。"

三人随之将船推至码头，然后骑上飞马来到城堡里，找到一排处于中心位置的石屋，将琥珀王和乌云煤精置于屋顶上。霍玉婵道："光这样，恐怕城墙里的寒气难以驱除。"高经纬道："咱们何不把墙上的暗门全都打开，也好让热气直接通过，如果这样还不行，再把琥珀王和乌云煤精放进去。"

三人走到城墙根，找到那个铜钱大的凸起，轻轻一摁将旁边的暗门打开。进到里面，沿长廊绕城一周，但凡遇见暗门，便取下铁闩，摁动按钮，不多时十扇暗门被尽数打开。此时城里的热气也波及过来，正源源不断地涌进门里，照此情形，用不了多久，城墙里的寒气就将被扫荡一空。三人又过去把城门打开，为了更彻底地驱散寒气，高经纬决定，索性就让琥珀王和乌云煤精在屋顶多待一会儿。

这期间三人回到三艘大船，先将受损大船甲板上的三门重炮送回原来的炮台，再将众人所在大船上的六门火炮由船舱搬出，运到城墙上，随后又把炮弹箱和枪弹箱等重物也运到那里。

这时两艘船上也明显感到一股暖意，高经纬估计岛上寒气已经驱净，便让李将军和詹知府将船驶过去。两艘船驶到码头，与损坏的大船停靠在一起。詹、李二人便指挥众人用绳索将船上物品，诸如火绳枪、腰刀和冰屐等物缒到船下。待要留下人员看守，被高经纬拦住，高经纬告诉他们，自己另有办法，即使无人

防守也可确保大船安全。

众人爬到船下，背起下面的物品，打着灯笼火把来到岸上，高经纬挥手让他们到城门前等候。兄妹仨待众人走后，立刻来到一艘大船旁，分别往大船首、尾和中间三个部位一站。高经纬喊了一声“起”，大船登时被三人举过头顶。高经纬又是一声“走”，大船便随着三人的脚步开始朝岸上移动。

城门前不知是谁大叫道：“快瞧码头。”众人一齐朝码头注目过去，就见一只大船正由冰面向岸上驶来。火光下看得清楚，船下竟是高经纬兄妹。这三人双手高擎，步履轻快，数万斤重的大船在三人的手里犹如玩物，旋踵间便被搬到了陆地上。就在众人惊异的目光里，剩下的两艘大船也被三人相继运到了这艘船的旁边。

詹、李二人做梦也想不到高经纬所谓的办法会是这样，他们以为，兄妹仨能有千八百斤的力气就已相当不错了，怎知力大如斯。李将军脱口道：“神仙就是假不了。”詹知府叹道：“古人力大者首推楚之项羽，项羽也曾自诩为‘力拔山兮气盖世’，然与高大人兄妹相较，肯定自愧弗如。”

由此，詹、李二人益发认定兄妹仨必属仙人无疑，士卒们更是觉得兄妹仨理应来自天界，当下一齐拜伏在地。这次任凭兄妹仨如何解释，不光是军士，就是李、詹二人也绝不相信他们是凡人之说。三人被弄得哭笑不得，只好听之任之。

众人随兄妹仨进到城里，顿时感到一阵酷热难耐，一些人竟要脱去身上棉衣。詹知府对兄妹仨改了称呼道：“上仙这种妙手回春的法术甚是灵验，只是在下人等，一时尚难以适应，不知上仙能否将法术收回？”

高经纬笑道：“晚生们哪里会什么法术，不过是靠了一个能发热的物件而已，不信，学生这便带大家去看。”詹知府道：“仙家不是用法术，便是用宝物，两者之间倒也无啥分别。”众人怀着好奇，都想亲眼见识一下这宝物，便跟着兄妹仨来到城堡中间那排石屋前。

三人一道跃至屋顶。高经纬迅即将琥珀王装进铅匣里，待要将乌云煤精拿给众人看，这才发现乌云煤精已变得通体火红。三

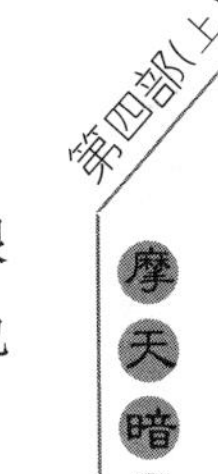

人正要用如意剑将其撮起，就听众人齐声喊起来。原来众人正眼巴巴地瞅着屋顶的方向，突然四周变得一团漆黑，连灯笼火把也失去了作用，众人一害怕便都失声尖叫起来。

兄妹仨这才想起不戴夜视眼，是看不到乌云煤精的。正想跟众人说明情况，就听詹知府从容不迫地对众人道："大家不要惊慌，这是上仙使出的障眼法，所谓天机不可泄露，仙家的宝物，岂是给咱们这些凡人看的？"

李将军也道："詹大人说得对，上仙这样做，自有这样做的道理。也许这宝物沾不得凡气，被咱们的浊气一冲，下次兴许就不灵了，上仙又不便明说，所以咱们就该自爱点，不看也罢。"

众人纷纷道："不看就不看，可这对面不见人，也不是个事啊。"詹知府道："就请上仙收起宝物，撤去障眼法，指示大家下一步该如何做？"

高经纬见事情越弄越糟，不提让大家看还好，如此一来越发解释不清，反倒更像是坐实了兄妹仨的仙人身份，想想心里好笑，又万般无奈，只好道："学生刚才疏忽了一件事，就是这东西大家是看不见的，其中的原委一时也说不清楚，大家自会有明白的一天。这东西暂时还无法收起。学生这便带大家去城墙里看看，现在学生兄妹以击掌为号，大家跟着掌声走就是。"

詹、李二人心道："这仙家做事也爱故弄玄虚，明明是那么回事，嘴上愣是不认账。难怪常言道：'真人不露相，露相不真人。'可你们这真相已露，再要矢口否认，岂不是欲盖弥彰？"两人心下嘀咕，还是跟着兄妹仨的掌声走出黑雾，来到城墙的入口处。

兄妹仨将众人带进长廊里，首先拣最为要害的金库指给詹、李二人看。鉴于兄妹仨在查看时已将门锁弄坏，为确保里面财宝的安全，詹、李二人各派出五名士兵在门口守卫。接着众人又在兄妹仨的引领下，重点查看了底层的库房。

当看到那些死去的女子时，李将军道："据说倭寇在外抢劫杀人时从不带家眷，而是带一些妓女在身边，瞅这些女子的装束打扮，多半便是妓女。"

接下来，高经纬给众人介绍了一下上面四层的情况，詹、李二人便率领本部人员兵分两路，逐层清理上面的房间去了。

兄妹仨则回到院子里，瞧了一眼乌云煤精依旧热得烫手，三人于是用如意剑将乌云煤精叉起，往墙角一处雪堆里一扔，偌大的一堆积雪在哧哧声中顷刻消融，霍玉婵从水里拾起乌云煤精擦拭干净收好。

高经纬道："咱们现在就去搜寻倭寇的其他巢穴，争取在天亮前赶回安东城与门大人会合。"霍玉婵道："前方海域辽阔，为了节省时间，咱们不如沿三个方向分开寻找。"高经纬道："这地方咱们从未到过，一来地势不熟，二来敌情不明，分开走风险太大。"

高至善一想到前面四野茫茫，毫无头绪，又要赶着去与门大人会合，便有些为难道："咱们这样漫无边际地去找，真成了大海捞针，什么时候是个头啊？"高经纬道："怎么能说漫无边际呢？敌船从冰面上驶过，后面一定留有辙印，咱们只要顺着辙印去找，焉有找不到的道理。"

高至善道："你们一提什么海域，我想到的就是水天相接的场景，倒忘了上面还结着冰。"霍玉婵道："我也是，偏偏忘了船是在冰面上行驶。"高经纬道："这是因为你们遇事还不够冷静，我还是那句老话，多历练历练就好了。"

三人回到船上，一齐扳鞍上马，然后飞到冰面。经过仔细辨认，就见从敌船来的方向，有四道两两平行的印痕，时而清晰，时而模糊，一直向远方延展开去。三人追寻着印痕一路飞去，终于在城堡的正东方找到了另一座海岛。

一百一十八　兄妹仨乘胜追击　新岛屿又被拿下

三人飞临海岛的上空低头俯视，就见这海岛比起城堡所在的海岛要小得多。岛屿三面都是陡峭的岩壁，只中间拱卫着一块盆地，盆地的里侧有座湖泊，外侧湖岸上鳞次栉比地建满了石头房子。再往前则是一堵雄伟的城墙，将左右岩壁连成一体，把整个盆地遮挡得水泄不通。城墙的中部，下边是厚厚的城门，上边是高高的城楼。城墙两边还各有一座炮台，两门大型火炮坐落其上，炮口直指前方海面，城门前则是好大一片空地。

为了看得更仔细，三人又越过城墙，停在空地的上方，如此一来，空地上的景物也尽收眼底。就见左边的空地上矗立着一排板房，板房前，靠近海岸的地方支着一个巨型木架，木架下是一个大的平台，平台的一侧，有木制的斜面一直通到海里，一只刚建造了一半，尚裸着部分龙骨的大船，就搁在上面。地上散落着许多木板、铁钉和工具，此外还有两条长铁板也在其中。高经纬盯着铁板，心道："原来那些在冰面上滑行的大船，就是由这里建造的。"

右边的空地上也有两排板房，只后边的一排比前边的一排要高。贴着岸边立着一座金属闸门，闸门后是一座巨大的水池，另有庞大的木架支在水池的两边。此时闸门是关着的，水池里也一点水都没有。

高至善忍不住道："这水池不知派何用场？再有，这闸门也怪，通常的闸门不是向上开启，就是前后开启，像这种通过滑道向侧面开启的，倒是头一次见到。"霍玉婵道："你真是贵人多忘

事，还用说别处，只耿家湾钱庄的铁门，就是由侧面滑出的。”

高至善道：“你说的是铁门，我说的可是闸门，两下怎能混为一谈。”霍玉婵道：“你这是强词夺理，不管是铁门，还是闸门，还不是一回事。”高至善道：“既然那样，为何还要有铁门、闸门之分？干脆都叫铁门好了。”霍玉婵赌气道：“你这人真是不可理喻，懒得再搭理你。”

高至善得意地晃了晃脑袋，对高经纬道：“大哥，你还没回答我的问题呢。”高经纬笑道：“我瞧这地方很像是用来造船或修船的，我指的是在水里航行的那种。如果有船要修，先将闸门打开，海水灌进水池里，船就可驶进水池，然后关上闸门，将水池里的水抽干，便可进行修船作业，船一旦修好，再将闸门打开，把水放入，船便可驶进大海。造船则直接在空水池里实施就行，至于闸门何以开在侧面？主要是考虑船只进出方便。”

三人又朝空地的中间位置看过去，这里却是一座大码头，只是码头上没有船只停靠，显得格外冷清。霍玉婵回头瞅了一眼城墙道：“这座城墙该不会也是空的吧？”

高经纬掉过头去，盯着城楼瞧了一会儿，道：“城墙之所以做成空的，主要作用不外乎使之藏人、藏武器，一方面增强人员的隐蔽性，一方面使里面的人可以更有效地向外射击，从而提高城墙的防御能力。那边的城堡地处平原，四野开阔，无以凭借，因此有必要将城墙做成空的，而这里三面都有嵯峨的岩壁环绕，剩下的一面再用城墙封堵，可谓固若金汤，根本无须在城墙上做文章。再者，这边的城楼又高又大，藏人、藏武器都不成问题，隐蔽性也不比城墙里差。你们看城楼最下一层，有三个窗口比其他窗口都大，没准就是给火炮预备的。况且城楼里的窗口又这么密，即使再多的人从里射击，也方便得很。另外，刚才我还注意到城门两边都有石阶直通城墙上，这与那边的城堡不设城楼和外石阶相比，迥然有异，因此我认为城墙很可能是实心的。”

高至善道：“城墙上连个岗哨也不见，城楼里又黑灯瞎火的，难不成城墙上便无人守卫？”高经纬道：“那怎么会？且不说这里已派出两艘大船出去增援，就按一般惯例，城墙上也不会无人警戒。依我看这人就该躲在城楼里，而且人数还少不了，没有灯

光，是为了监视起外面更有利。”

霍玉婵道：“如此说来，城楼就是城墙上的要害，咱们必须优先予以解决。”高经纬道：“说得好，咱们就用老办法，先把冰精从窗口中投进去，然后再去对付城里的敌人。”霍玉婵道：“东西用时方恨少，倘若咱们手里都有一块冰精，用起来一定效果更佳。”高至善道：“这有何难，等再回家时，咱们就去冰洞一趟，想要几块，还不随咱们的便。”

高经纬道：“你这一提，我倒想起来了，明天就是除夕，大年三十，咱们总该回家看看。”霍玉婵道：“‘每逢佳节倍思亲’，娘指不定怎么盼咱们回去呢。”高至善眼圈一红，一亮手中的冰精道：“那咱们还等什么？抓紧消灭敌人，好回家呀。”

在一股骤然兴起的想家念头的冲动下，三人抽出宝剑，一催坐下马，迎着城楼翩然而下。高至善瞅准最下一层三个大窗口中间的一个，抬手就将冰精掷了进去，这一掷，就听里面骨碌碌一阵滚动之声。高经纬道：“不好，冰精可能投进了炮筒里。”

三人此时最担心的是冻不死里面的敌人，遂不约而同把宝剑插进了离自己较近的窗口。待了一会儿，眼见窗口周围结出冰来，三人才纵马落到城墙上，找到城楼的入口，推门而进。

就见这城楼共分上、下四层，中间是个天井，一圈螺旋形的楼梯盘旋直上。楼顶有数条绳索沿栏杆四周垂吊下来，站在每层的栏杆前伸手就可触及。据高经纬分析，这些绳索，大概是战事吃紧时，供上面的防守人员快速缒下的。

城楼底层有三门火炮正对着窗外，每门火炮上都有坚冰生成，中间的一门所结坚冰最厚，不用说冰精就落在了它的炮膛里。令人奇怪的是，整个底层只有两个黑衣人，此时都已冻毙在窗口前。三人还以为其余人员必是待在楼上，可是当兄妹仨查过上面三层后发现，偌大的楼里，只楼下两人。

高经纬暗自思忖道：“这里情况忒也反常，本来前方发现敌情，这里就该加意防范才对，怎能就两个人守在楼里，难道城里唱的是空城计？所有人都倾巢而出，赶去增援了？可两艘船满打满算也就二百多人，还不用说支撑这么大个城，仅凭前边的造船工地，这二百余人也未必够用，再说倭寇都是凶顽奸狡之徒，绝

不会傻到连老巢都不顾的地步。如果不是这样，那眼前的事又作何解释呢？”

就在他百思不得其解的时候，高至善那边忽然道：“大哥，你们过来一下，这里有些不对劲。”两人过去一看，就见高至善指着楼梯后一个地方道：“你们看，这地上有块布头，好像是长在地里的，不知有什么用？”

高经纬俯下身去，正要使手去拽布头，突然隐约听到一种吭哧吭哧的叫喊声，而且中间还夹杂着跑步的声音，再一细听这声音竟来自下边。就在高经纬一愣神的工夫，霍玉婵和高至善也听到了。

霍玉婵道：“是不是城里有人正往这个方向奔来？”三人跑出城楼朝下边一望，城下静悄悄的，阶梯上、城墙左近连个鬼影子也没有。三人重新回到楼梯下，叫喊声和跑步声依旧可闻。

高经纬这时已将布头看清，他回头对二人道：“这声音就源自地下。如果我没猜错的话，这下面一定是个入口，而这布头恰好是衣服的下摆，可能是谁出入不小心，被洞口缝夹住了。”高至善道：“既是夹在缝里，那这缝怎么看不到呢？”

高经纬道：“必是洞口做得太严实，仔细找，我就不信寻不出破绽。”说着，从怀里掏出两枚发光宝石，凑到布头跟前，眼睛在地上认真一端详，果然发现了一条极细的印痕。这印痕成方形，明白无误地显示着下面就是个洞口，只是这印痕细微得针插不动、水泼不进。高经纬道：“咱们好好找一找，这附近必有开关。”三人找遍了周围地下墙上，不见一点开关的端倪。

高至善身子往楼梯的栏杆上一靠，道：“这鬼开关藏到哪里去了？”话未说完，就觉得后背微微一动，回头看去，就见自己倚的是从下往上第三根栏杆，再碰了碰其他栏杆都纹丝不动，牢固得很，唯独这根栏杆却松动得有些蹊跷。

他心道：“能不能开关就在这根栏杆上？”于是就用手握住栏杆，先是几个方向撼了撼，又上下拔了拔，再看洞口依然是老样子，正要放弃，就听高经纬道：“何不转动一下？”他这才发现高经纬和霍玉婵就站在他的旁边。他笑了笑，就又转动起栏杆来。往左转没转动，他嘟囔了一句“还不是瞎子点灯白费蜡”，顺手又朝右转去，这次栏杆居然轻轻松松便转动起来。随着转动，布头所在的地面腾的一声向上弹起，现出一个方形洞口。

洞口里一阵吱哇怪叫。高经纬和霍玉婵早已纵身到洞口旁，一齐将宝剑插了进去，高至善也急忙把藏有冰精的火炮推到了洞口边，再听底下登时变得死一般的沉寂。兄弟俩把火炮竖起来，炮口冲下，在地上轻轻一蹾，坚冰碎裂，冰精随之滚落出来。高至善抓起冰精，兄妹仨当即拾级而下，来到洞中。

三人顿时被眼前的景象惊呆了，就见百十个人都身披毛毯作奔跑状，被冻僵在地上。原来底下竟是一个硕大的房间，中间是长长的过道，每相隔数步，便有一根一人粗的石柱立在那里，做支撑用，两边各有一排使木板搭成的通铺，上面枕头被褥一个不少，且一个挨一个，只是有些零乱。

高经纬见状道："我说上面怎么找不到人，却原来都躲在这里，看来这里就是一座临时兵营，遇有紧急情况，人就住到里面，一来不影响休息睡眠；二来一旦上面需要，可以召之即到，真是一个不错的主意。"

霍玉婵道："瞧架势这些人是在跑步，必是寒气波及了这里，他们被冻醒，光靠被褥毛毯已经无济于事，这才想出用运动来御寒，吭哧吭哧的声音就是他们跑步所发。"

高经纬想起自己对城墙的判断与实际大相径庭，汗颜道："这城墙本来是空的，我却自以为是，把它分析成了实心的，事实证明还是玉婵说得对，我那些话都是胡说八道。"霍玉婵道："对什么？我说的是墙里可能藏有炮口、枪眼等工事，又没说是栖息待命之所。再说你对城楼的整体看法并没错，跟胡说八道根本扯不上边。至于人是在城楼里和城楼下又有何分别？"

高至善也道："玉婵姐说得极是，大哥没必要这样苛求自己，就是诸葛亮料事如神还有失街亭之痛呢。咱们能一帆风顺走到今天，哪件事能离得了大哥的判断推理，运筹帷幄，就拿刚才找开关的事，若没有大哥的指点，谁又找得到？不是小弟说你，没来由的自找什么烦恼？"

高经纬沉思了片刻道："我也知道自己有患得患失的毛病，可就是改不了，你们以后还要多提醒我点。"高至善和霍玉婵二人

异口同声道："那是自然。"

接着三人便对房间展开了搜查，除了墙上挂着的百十多支火绳枪，在每床被褥边又搜出一把腰刀，集中起来也有百十余把之多，此外在地铺下还找到数十箱枪弹。

高至善这时想起了洞口上的布头，心道："谁会这样粗心大意，竟然到了被夹掉衣服的地步，倒要见识见识。"于是便挨个去揭冻僵人身上的毛毯，当揭到一个身量不高，体态臃肿，皮球一般的中年人时，发现他衣服的下摆少了一截。就见这个人红头涨脸，一身酒气。一只手上竟戴了三枚大号戒指，其中一枚镶着钻石，一枚镶着翡翠，还有一枚镶着蓝宝石。

高至善赶紧叫来高经纬和霍玉婵道："洞口的布头就是这家伙留下的，怪道他如此不小心，却原来是喝醉了酒。手上又有这么多戒指，你们看这人什么来头？"

高经纬一见道："从下摆被夹来看，是这人断的后，一般情况下，押后的人应是当头的才对。另外这么多人，唯有他喝得醉醺醺的，敢如此搞特殊，平常人怎么行？再有他又这样阔绰，身份也低不了，种种迹象表明，这人一定是个头领。"说着在他身上一搜，居然也搜出一方金印，只是这金印比冢原太郎的要略小些，上面刻着"富田良助次将印"七个汉字。

高经纬把印给高至善和霍玉婵传看了一遍，道："这个家伙虽然也是首领，但显然没有那边的冢原太郎大，很可能是这一带倭寇的副总头领。"霍玉婵笑道："这倭寇也怪，所选首领都是又矮又胖的大肉球。"高经纬也忍俊不禁道："既称倭寇，说明他们的身材普遍不高，所选首领自然也高不到哪去。当上首领，成天肉山酒海，胡吃海喝，即使原来是个瘦子，也非变胖了不可。"

高经纬将金印放进包袱，高至善也把三枚戒指撸下装入怀中。三人来到石阶前，正要去寻洞口的开关，就见一旁的墙上，嵌着一幅茶盘大的帆船木雕，木雕为紫檀木材质，雕工精细，活灵活现，就连帆索和甲板上的小人都刻画得清清楚楚，一丝不苟。

高至善道："我猜这木雕便是洞口的开关。"边说边伸出右掌向木雕的中心按去，不料按过后一点反应也没有。他灵机一动，

想起了刚才是靠旋转栏杆打开的洞口，心道："这木雕会不会也是旋转的呢？"当下不动声色，手掌向右一旋，本来是抱着试试看的态度，不想误打误撞，倒被他蒙对了。就见木雕随掌心向右转去，上面的洞口也嘭的一声合上。高至善又将木雕朝左旋去，洞口又应声打开。

三人踏上石阶拾级走出洞外，高至善瞅着洞口道："我就纳了闷了，照理，富田良助要关洞口就得到洞下，中间隔着这么多石阶如何会夹到他的衣服？"高经纬道："里面的开关就是距洞口近，也夹不到他的衣服，闭合开关时人必须进到洞里，这时洞口在他的头顶，要夹也只能夹到他的帽子或头发。"

霍玉婵道："那这布头是怎么回事？咱们可都看见了，确是从富田良助的衣服上截下的。"高经纬用手摸了一下洞口的边沿，道："事情除非是这样，富田良助酒喝得有些站立不稳，走到洞口一脚踏空，糊里糊涂就摔了下去。刚才我见他额头发青，必是磕在石阶上所致，衣服下摆被洞口边沿一绊，瞬间剐下一块布头。不信，你们来摸一下，这边沿还真有些锋利。而富田良助跌跌撞撞来到下边，只记得去关洞口，也许压根没意识到衣服下摆被剐掉了一块。"霍玉婵和高至善都信服地点了点头。

三人转动栏杆将洞口合上，随后走出城楼乘上飞马。高经纬望着城里道："咱们最好能先探明一下里面是否有女人和孩子。"霍玉婵道："即便有女人和孩子，但她们和倭寇混在一起，又将如何对待？"

高经纬道："如果女人和孩子独处一室呢？"高至善道："像那边城堡里几十个女人集中在一起的事，毕竟是很少见的，咱们总不能因为这个，就缩手缩脚放过敌人吧。"高经纬想了想道："我只是想咱们多留点意，尽量不伤及女人和孩子，免得事后追悔。"

霍玉婵道："那咱们就把冰精、宝剑暂时收起，飞过去看看情况再说。"三人收起冰精、宝剑，朝着离城门最近的一排房子低空飞去。刚刚临近屋顶，就引起下面一阵狗叫，倏忽间狗叫声响成一片，接着便是一连串的开门声。

兄妹仨急忙升向高空，再瞧下面，就见房前屋后，乃至各条街道上，一下子出来好多手擎灯笼火把的人。三人心想，这些人

之所以这么快就能走出房子，一定都是和衣而眠，说明他们早有准备。

高经纬突然心生一计，心想："我们何不去城门前，佯作攻城的样子，趁机将敌人引来，再截断退路，万一城里有女人和孩子，自然就被隔开。"如此这般对霍玉婵和高至善一说，二人都道此计使得。

三人遂一齐飞向城楼，当即取出冰精，拔出宝剑在城门前一阵疾驰，立刻筑起一道雾墙，封锁住城门，然后降落在雾墙前。三人又运起内力，对空施展开雷音掌。就听城门方向雷声隆隆，砰砰直响，倒像有千军万马在攻城。城里的人果然上当，呐喊着朝城墙冲来。

高经纬见计谋已经奏效，便让霍玉婵触亮马眼，继续用雷音掌迷惑敌人，还不忘告诫她要谨防敌人的火绳枪。叮嘱完，接过霍玉婵的宝剑，和高至善腾空而起，越过城墙来到城里。

这时前面的敌人已来到城下，大概是明显感到了寒意，呐喊声骤然变成了牙齿嘚嘚的打战声。阻得一阻，这些人还是向城门两侧的阶梯爬去，后面的人仍旧呼喊着，潮水般往前奔来。

高经纬见城里不再有人跟出，对高至善一摆手，两人便直扑下去，以迅雷不及掩耳之势，用一道弧形的雾墙将人群围在了里面。再看城上的人群，最先到达城楼两旁的都已被冻倒，跟着的人一见不好，反身就往回撤，后面的人不明所以，继续朝前涌来，双方挤成一团，纷纷跌倒，便自相践踏起来。等到后面的人终于明白了前面是怎么回事，一致沿阶梯掉头向下的时候，中间又躺倒一片。

剩下的人此刻已取得了共识，敌人尚未攻进城来，但城楼附近的寒气却足已使人致命。因此他们也无暇去顾及这寒气从何而来，就想尽快回到屋子里避寒，当下后队改成前队，朝城里奔去。不料走出不远又被一道雾墙挡住去路，走在头里的几个人又被冻倒，倭寇这才知道退路也被截断。

他们聚在一起商量了一下，大概还是觉得城墙上安全些，便兵分两路，顺阶梯来到城墙两侧靠近炮台的位置，远远避开了城楼。在城墙上，他们虽然还摸不清城外来了多少敌人兵马，但两道雪亮的光束却耀人眼目，砰砰的攻击声亦震人耳鼓。敌人就在眼前，不由他们多想，端起火绳枪便朝亮光射击，枪弹飞蝗般地朝霍玉婵打来。

霍玉婵一见倭寇登上城墙，心里已有防备，此时枪声一起，她立即关闭光束，纵马跃到空中。倭寇虽然不见了光束，但射击之势不减。高经纬觉得该是收拾倭寇的时候了，便把手朝城墙左侧一挥。兄弟俩随即飞了过去，来到倭寇的头顶。

高至善掏出冰精，瞅准倭寇的密集处将手一松。原来为了怕冰精所发寒气，在飞行中被倭寇察觉，高至善特地将冰精收了起来。这时冰精闪着寒光坠了下去，众倭寇就觉头顶一凉，冰精已从天而降，呼吸间，左边城墙之敌无一幸免，尽皆死于非命。

兄弟俩不敢耽搁，一个俯冲往城墙上一落，从人丛里捡回冰精，旋即飞向右边城墙。这里的倭寇突然发现左边的枪声骤停，正在惊疑之间，无情的冰精已落在了他们的头上，他们带着永久的困惑，也迈进了死亡之门，至此城墙一带的倭寇已悉数被解决掉。

兄妹仨飞到城楼上空聚齐，高经纬将宝剑还给霍玉婵，同时关心地问她伤到没有？霍玉婵胸脯一挺道："你临行再三叮咛，我哪敢片刻有忘，墙头上枪声一响，我这边早已逃之夭夭，不要说伤着，就连一根汗毛都没少。"

高至善笑道："那枪声听起来跟爆豆似的，这心里着实为你捏着把汗。"霍玉婵道："我所担心的还不是这些枪弹，而是最怕倭寇突然开起炮来。"

高经纬道："这一点倒不足为虑，早在观察炮台时我便注意到，炮台上并无炮弹。后来在城楼里，我发现地上的炮弹有大、小两种，小的是城楼里火炮所用，大的自然是供给炮台火炮的，之所以放在城楼里，纯粹是为了保管的需要。而城楼里的寒气又使得倭寇无法进入，倭寇就是有心开炮，这炮弹也无从弄到，因此我才没有让你提防敌人的炮弹。"

霍玉婵道："你想得这么周到，真可谓是算无遗策，再要对自己求全责备，我可不依你。"高经纬道："你不依我，我依你还不行吗？"高至善道："怎么不行？就这样说定了。"

霍玉婵道："你跟着瞎起什么哄？还是多想想怎么去讨好小鹃妹妹吧。"高至善道："这点不用你操心，只要是小鹃说的，管她对错，我一定凛遵执行。"高经纬笑道："你呀，跟谁学的脸皮这么厚？"高至善道："还能有谁？就是你呗。"

霍玉婵道："行了，都别贫了，还是看看城里咋个收拾吧？"高经纬道："死在城楼内外的敌人加起来也有千八百人，城里即便有敌人剩下来，为数也不会多，为了不伤及女人和孩子，咱们还是使用如意剑稳妥些。不过敌人手里肯定有火绳枪，咱们还是要多加防范。"

三人决定从城门近处向里推进。还未等他们动身，城里又有一伙人打着灯笼火把朝城门方向走来，三人便停在空中静观其变。在三人默默的注视下，这伙人离雾墙越来越近，大概是过度的寒冷引起了这些人的警觉，刹那间，都在雾墙前停下了脚步。

隔了一会儿，由人群里走出五个人继续前行，显见是众人派出探路的。这五人中有三个甫一触到雾墙立刻静止不动，剩下两个扔掉火把，尖叫一声掉头就跑，距众人还有两三步远，便一头栽倒。

霍玉婵道："这叫声又尖又细，倒像是女人发出的。"高经纬朝众人望将下去，就见一个个都戴着皮帽子，裹在厚厚的棉衣里，很难分出男女来。这些人围着倒地的两人看了半天，突然一个粗壮的声音叽里咕噜喊了一通，众人齐从肩上取下火绳枪，对着雾墙便是一阵猛射。高经纬心道："这些蠢家伙，没准是把雾墙当成妖怪了。"

高至善嘀咕道："明摆着是些大男人，哪来的女子？是女子又怎样？就冲她们手里的火绳枪，我也放不过她们。"也不征求高经纬的意见，纵马便到了众人的头上，转手就将冰精投了下去。激烈的枪声登时沉寂下来，百十号人也都僵立在那里，没有了声息。

高经纬和霍玉婵驰马跟了过去，高至善道："消灭这些倭寇，没经大哥的允许，我就擅自做主了，大哥不怪我吧？"高经纬道："哪里话，兄弟当机立断，抢占先机，力歼顽敌，该嘉奖才对，干啥要怪罪？"高至善笑道："这我就放心了，只要大哥不生气，

嘉不嘉奖，我才不在乎呢。”

三人缓缓降到地面，刚从马上一跃而下，就听城里的犬吠声大作，接着便有数十条黑影径朝兄妹仨逼来。高至善拾起冰精，三人重又跃回马上。霍玉婵道：“这城里的人和狗都够善解人意的，怕咱们消灭起来费劲，就一拨拨主动送上门来。”

说话间，群狗已到了旬丈开外，对着兄妹仨狂吠不止。高经纬安排高至善由正面直奔群犬背后，自己和霍玉婵从两翼包抄过去，力求将群犬一网打尽。于是三人拔出宝剑照计行事，不等群犬反应过来，三人已将群犬包围在寒气之中。三人随即缩小包围圈，包围圈里虽然也有一些房屋，但这些狗似乎都没想起往里面钻，而是紧缩在一起直至被冻僵。

三人在群犬的头顶又待了一会儿，估计群犬都已冻透，绝无生还之机，这才将冰精和宝剑收起。而后三人抽出如意剑，逐间将城里的房子搜了个遍，结果在房间里居然没搜出一个人，更不用说女人和孩子。

高经纬有些狐疑道：“按李将军的说法，倭寇身边总带有妓女，这城里比那边的城堡人数多上一倍，却连一个女子都不见，岂不是有悖常理。”霍玉婵陡然想起刚才疑似女人的尖叫声，便道：“有没有可能，这些女人就掺杂在冻死的倭寇之中？”

为了弄清楚这件事，三人决定就从刚刚被冻毙的百十号人入手查起。他们来到这些尸体旁边，一一将其帽子摘下。结果让兄妹仨大吃一惊，就见这一百零二个人中，除了两个男子，剩下的无一不是长发飘飘的女人。

高至善沮丧道：“玉婵姐都说听到女子的尖叫声了，可我愣是不信，还是出手灭掉了她们。这一灭就是整整一百个，足足是那边的二倍，唉，自己真是罪孽深重啊。”说着顿足不止。

一百一十九　返安东兄妹践约　赴海岛经略出兵

高经纬劝慰道："兄弟，我记得你刚才曾言道：'是女子又怎样？就冲她们手里的火绳枪，我也放不过她们。'这番大义凛然的话，我禁不住在心里为你击节叫好，可事情一过，你又善恶不分起来。"

高至善道："既然这些女子都是恶人，那你为啥还对城堡里那些女人的死，耿耿于怀呢？"高经纬解释道："此一时彼一时，两边虽同为女人，但表现却大不一样。这边的女人身佩武器，是跟着倭寇一道与我们为敌的，而那边的女人却赤手空拳，冻死在自己的屋子里，怎能一概而论？我们之所以不愿意伤及女人，那是因为在通常情况下，她们都是弱者，但若像中会寺里假方丈的老婆、肖凰凤主仆和严小芸之流，虽也在妇女之列，但心地之歹毒，实不亚于穷凶极恶的男人，对她们我们就不能手软，必须坚决镇压。这里的女人心肠之好坏虽无法忖度，但就从她们都已武装到了牙齿，咱们如果不消灭她们，自身就会反受其害这点来看，咱们的做法并无不当之处，因此你大可不必为此感到内疚。"

高至善听了高经纬一席话，心里好受多了，他道："其实抛开男女不提，善恶有时就是一念之差。有些失足的人，也许给条生路，还会迷途知返，如果不是情非得已，咱们对人还应网开一面。"

霍玉婵道："你这话没错，就拿眼前这些女子而言，极有可能是被人胁迫的，那两个男子说不定就是胁迫她们的人。如果换作是白天，这两个臭男人或许会被咱们识破，只要消灭了他们，那些女子没准会缴械投降，也就不用死了。”

高经纬道：“我看事情没那么简单，这些人是否被胁迫姑且不论，单由她们能熟练使用火绳枪这一现象上看，她们每人都曾经过了严格的训练。再有，火绳枪在两座城里并未得到普及，且不用说从这里派出去的两艘船上只半数人配备了火绳枪，就是死在城墙上的倭寇，有枪的人也才不过占了三成，而这些女人却能人手一支，这表明倭寇对她们的重视程度极高，如果倭寇不是对她们信任有加的话，何以会对她们如此重视？倘若这些女子是心甘情愿地为倭寇卖命，又怎会轻而易举就缴械投降？依据上述情况推测，这些女子可能具有双重身份，一个是货真价实的女倭寇，一个是供男倭寇恣意玩乐的妓女。”

霍玉婵道：“如此说来这些女子的确可疑，瞧架势，又是我看走了眼。”高至善也后悔道：“没想到，都是些死心塌地的女倭寇，早知这样，我就不该为她们的死烦恼。”高经纬道：“事情都过去了，咱们现在就去与门大人会合，这里的事留待他的人马前来处理好了。”

霍玉婵道：“咱们要不要把这里的事告诉给李将军和詹知府？”高经纬道：“他们此时正忙于清理城堡，就是告诉给他们，他们也分不开身来。”

高至善道：“可门大人的人马无船可乘，走陆路何时才能到这里？另外咱们走后，万一有人窜到岛上，趁火打劫怎么办？”高经纬思索了一会儿道：“两件事都不难解决，首先咱们将所有的火绳枪和财宝都集中到城楼里，再把冰精留在城楼门口，这样不仅守住了城楼，也守住了城门；其次咱们再去那边城堡，让船长和船副驾起两条大船，随咱们一起赶回安东，如此一来我们的人马就可乘船前来。”

高至善道：“既然城门有冰精守护，火绳枪和财宝留在原地不也没事吗？”高经纬摇了摇头道：“外人无法通过城门不假，但冰精涉及不到的城墙和峭壁，一旦有人进入怎么办？放在城楼里，则可保万无一失。”三人随后便将数百支火绳枪和一库房金银珠宝都运进了城楼里，又把冰精往城楼门口一搁，然后骑上飞马返回先前的城堡。

把情况对詹、李二人一讲，李将军当即将船长和船副叫来交给高经纬，兄妹仨带上他二人直奔城外码头。旋踵间兄妹仨已将两艘大船抬至冰面，船长和船副各自驾起一艘，兄妹仨触亮马眼在前引路，大船直奔江口而去。

行进中，眼见夜色越来越淡，已到了黎明时分，此时距安东城还有一大半的路程。为了尽快赶到安东城，高经纬让霍玉婵留在空中继续为大船照明，兄弟俩则降落到船上，与船长和船副打声招呼，然后纵到船下，各自推起一艘大船便跑。大船就如同长上了翅膀，沿冰面飞驰起来。

船长和船副目不交睫地盯视着前方，战战兢兢掌着手里的舵，心中交织着极度的紧张和兴奋，就仿佛自己是在腾云驾雾。如梦如幻里，天渐渐亮了起来，当东方一抹鲜艳的朝霞染红了雪白的船帆时，两艘大船戛然停了下来。两人望向岸边，这才发现船已停靠在安东城外的码头上。两人急忙落下船帆，就见兄妹仨已纵马飞向城中。

兄妹仨越过城墙，本想到府衙知会韩通判一声，远远就见西门外扎起一座大营，心知必是门经略的人马到了，于是便径奔大营而去。飞到西城门时，城墙上忽然有人高呼“高大人”，高经纬低头一看竟是韩通判，三人忙降落到城头。

高经纬不解道：“韩大人，为何紧锁城门？难道外面不是门大人的军队？”韩通判道：“昨日夜里，下官接报，说城外来了一支大军，下官便带着人马赶到了这里，就见外面的部队已扎起营来。下官在想，如果来人是自己人，就该派人前来联络，如果是敌人，就该叫阵或攻城，奇怪的是，这支军队却驻守在营里不声不响。直到天明时，下官才看清他们打的是明军的旗号。但仅从旗号上还是难以断定对方的身份，想当初完颜累的军队来攻时，打的也是明军的仪仗，若不是詹大人看出破绽，险些就被他们骗过，因此下官决不敢贸然把他们认成自己人。下官已让人准备好，只要对方稍有异动，立刻让军士们燃起号炮，向高大人求救，不料高大人却自己赶到了。”

这边只是提到号炮，军营那边的号炮却真的响了起来。韩通判吓得一哆嗦，连忙道：“这支军队果然是土匪假扮的。”兄妹仨这时就见营门大开，一彪人马从营门里走出，走在最前面的正是门经略和程总兵。

高经纬一见，高兴得两眼放出光来，一把拽住要去调集士兵准备御敌的韩通判，大声道："韩大人快开城门，怎么连门大人和程总兵都不认识了？"说完放开韩通判，三人齐朝门经略飞去。门经略朗声道："三位小友好大的架子，不是老夫亲自来迎，还不肯过来相见。"

飞马刚一着陆，兄妹仨便迫不及待滚鞍下马，对着门经略纳头就拜。高经纬口中忙道："大人可冤枉死学生兄妹了。"门经略一边将三人扶起，一边笑问究竟。高经纬道："不瞒大人，我们也是刚刚由外地赶回。"程总兵从旁插话道："兄弟，你们不在城中，大人焉能不知，大人是故意逗你们玩呢。"兄妹仨赶忙又与程总兵见过礼。

门经略拉着高经纬的手道："老夫一行是昨天夜间抵达的，不见你们的踪影，知道你们一定不在城中。因不了解城内情况，又跟你们定的是今日见面，所以便在城外扎下营寨，静候你们的到来。凌晨，我和程大人登高看了看城中的情况，让人感到不解的是，城上挂的却是大明的旗帜。我们想，如果是你们收复了安东城，就会连夜过来与我们见面，如今这种情况，很可能是敌人玩的花招。我传下令去，让众人无论城里发生什么都不必理会，一切必须等见到你们再做定夺。我与程大人正在大帐用早餐，就听岗哨来报，说见到三匹飞马降落在了城头，我心知必是你们，这才赶来厮见。"

这时韩通判已将城门打开，领着众人奔了过来，老远便道："门大人在哪里？"高经纬见韩通判居然不认识门经略，颇为奇怪，一指门经略道："只此位便是门大人。"又给门经略介绍道："这位是安东城通判韩大人。"韩通判忙走上前去大礼参拜，口称："下官迎迓来迟，死罪，死罪。"

门经略以手相搀道："韩大人请起，不必多礼，老夫此来并未行文到这里，韩大人何罪之有？"原来门经略上任时日无多，只在经略行辕见过詹知府一面，安东城以下官员尚无缘得识，程总兵因是武将，只与安东城守备相熟，跟这些文官也不甚了了。

韩通判当下将大军迎进城中，驻进了守备军营和邻近几处大院。门经略一行人到知府衙门里坐定，韩通判将当初完颜罴一伙如何攻进城来，守备一干人如何战死，他和詹知府怎样逃到对面朝鲜城中，乃至完颜罴人马撤走，安东城失而复得，及后来兄妹仨赶到，与倭寇再起战端，两方联合出兵追剿倭寇老巢，他被留下守城等一系列事，详尽地讲述了一遍。

门经略和程总兵这才知道兄妹仨是征讨倭寇去了，两人忙问高经纬结果，高经纬又把消灭两个岛上倭寇的前后过程，简略地讲了讲，一边说，还一边从包袱里将两个倭寇首领的金印取出，交给门经略。

两个人越听越有兴致，又详细地问了冰屐、大船、火炮、火绳枪和城堡等项事，当得知还有一个岛屿无人防守时，门经略道："得赶紧派一支部队去接管，免得时间一长被别人占了去。"高经纬道："晚生们这次回来，一方面是如约参见大人，另一方面就是请大人出兵占领该岛屿。"

门经略道："我这便亲率一支人马，用毛毡裹上马蹄，再顺着江面，随你们一起去小岛，你们看可好？"高经纬道："大人何用骑马？晚生们特地带回两艘大船，供部队乘坐。若不是这两艘船拖累，我们也不会姗姗来迟。"门经略欣然道："既然有大船，我们现在就上路。"

程总兵也按捺不住道："末将愿随大人一同前往。"门经略犹豫道："我们都走了，那这边的事怎么办？"程总兵道："反正公子兄妹不回来，这边也不会有行动，就让部队休整待命，协助守城便是。"高经纬也道："这边一旦有情况，韩大人会用号炮通知我们，耽误不了事，就让程大人一起去吧。"

门经略颔首道："也好，这次老夫特地绕道辽阳，本想瞧过就走，不料程大人执意要跟来，其实老夫心下明白，他是想借机来看看你们。"程总兵笑道："大人只知说末将，谁不知道大人心里更牵挂公子三人，他们的名字，大人一天不晓得要念叨几次。"兄妹仨听了甚为感动。

高经纬道："待会儿到了船上，晚生还有一件机密事要向两位大人禀报。"门经略让一名姓黄的参将回军营，带上四百人到船上会齐，自己和程总兵乘上兄弟俩的飞马来到了船上。两人对船上的一切都感到新鲜，在高经纬的引导下，他们参观了上、下两层底舱，对炮位和舷窗的设置两人都啧啧称奇。随后三人又到了操控室，高经纬将船长引见给两人，接着便给两人介绍开了大船的操控原理。正讲着，高至善来报，说参将已把士兵带到。

门经略一行走到甲板上，程总兵吩咐参将把队伍分成两部分，每船二百人，准备登船。船长和船副早将各自船上的舷梯放下。门经略看着士兵从舷梯往上攀爬，道："这船别处都好，就是不能通过码头直接上下，而要依靠舷梯，忒也不方便。不知为什么船舷设计得要比码头高许多？其实船底舱只留一层足矣，下面的一层完全可以舍弃不要，这样就能让船舷与码头取齐，看来倭寇在建船时还是考虑不周。"

程总兵道："这船能不能是倭寇图省事，用原有的船只后改建的，因此原本该在水下的部分都跑到了水上，这才使船舷高出了码头。"高经纬摇摇头道："如果说这船因是用旧船后改建的，才高出了码头，那学生亲眼看到倭寇新造的一艘尚未完工的船，也是这个样子，又作何解释？目前这船就在咱们要去的岛上。学生以为，倭寇之所以把船造成这个样子，也许正是他们的狡猾之处。大人请想，船无论在冰面上行驶还是停靠，都不同于在水里，外人要想接近并非难事，倘若船的高度再很低，一旦有人来攻，轻而易举便可攻上，但做成现在这个高度，自己人上下尚且不易，若是有人来攻，岂非难度更大？那么人在船上不就更安全。"

门经略道："对呀，所谓有其利必有其弊，我怎么偏偏忘了它的好处。"高经纬又道："倭寇以抢劫为生，处处想着如何害人，自然不能以常理度之，大人乃光明磊落之人，且又未与倭寇有过接触，不了解倭寇的鬼蜮伎俩，也是情理之中的事。"

门经略道："听语气，莫非在此之前，你们便与倭寇打过交道？"高经纬道："大人所料不差，晚生们正是这次在来安东城的途中，与倭寇有过较量。"他看了一眼周围，觉得事涉机密，甲板上不是说话的地方，正要带二人去底舱无人处叙话，就见黄参将领着士兵提过三个食盒来。

门经略笑道：“三位小友匆匆赶回，这早餐一定还未用过，说话的事往后搁搁，你们还是先把肚子喂饱。”高经纬这才想起还未吃早饭，遂也笑道：“不是大人关爱，晚生早将吃早饭的事丢置脑后，晚生三人吃不吃倒也无妨，船长和船副不吃怎行？”说着便让士兵去到操控室里，将本船的船长接来，自己也驾起飞马到另一艘船上，把该船的船副驮回。

五个人围坐在一起，兄妹仨这才将食盒打开，就见其中两个盛着热气腾腾的蒸饺，还有一个装着一锅小米粥、碗碟和酱油醋。门经略和程总兵都说自己已吃过，站在一边观看，剩下五人便围着食盒吃了起来。这蒸饺一入口，五人立刻就尝出它的与众不同，船长和船副连声赞好，高经纬和霍玉婵也觉得这蒸饺似曾相识。

高经纬陡然想起在义父县衙里吃过的蒸饺，脱口道：“敢莫这蒸饺来自辽阳的六合居？”程总兵笑道：“果然什么事都瞒不过兄弟你，这饺子虽然不是来自六合居，但也差不多，本来想给你们一个惊喜，看来是要泡汤。”言下有股掩饰不住的失望。

高经纬忙问其故。门经略一捋胡须道：“老夫这次去辽阳，程大人听人说六合居的蒸饺很有名，就让人买了些款待老夫，老夫一吃，发现所传不虚。心想你们终日在外奔波杀敌，劳苦功高本该犒赏，而这东西你们又未必吃得到，就和程大人商量，从饭馆聘了一位大师傅，带上鹿脯等原料随军来到这里，营寨一扎下，立刻指挥火头军调馅、和面，连夜赶制出许多蒸饺，就等你们今天一来，用这原汁原味的六合居蒸饺，让你们尝尝鲜，以博得你们一笑。不想你们早就吃过，别说程大人，就是老夫心里也有些扫兴。”

高经纬道：“这东西晚生和玉婵确曾吃过，那还是在义父的县衙里，义父一家人自己舍不得吃，特为晚生兄妹准备了些，吃过后那滋味令人终生难忘。在形容夫妻关系时，人们常道：‘久别胜过新婚。’吃东西又何尝不是如此？晚生如今再吃这蒸饺，无异于重温旧梦，更是别具一番滋味在心头，喜悦之情实在无以言表。两位大人的良苦用心，让晚生们感同身受，没齿不忘。”

高经纬的一席话，深深打动了门经略和程总兵，两人忙道：

“一点小意思，何足挂齿。”五人吃得口顺，两食盒蒸饺吃得一只不剩，尚有些意犹未尽。门经略见状高兴道：“你们既然如此捧老夫的场，老夫这便吩咐下去，让伙房多预备些，等你们再回来时，保证供你们吃个够。”

军士们将食盒撤走，本船的船长自动回到了驾驶室里，高经纬也用飞马把另一艘船上的船副送回。这时四百名士兵都已下到了舱里，舷梯也收了起来。高经纬征得门经略同意后，即刻命令开船。船长和船副升起船帆，船长所驾的船一马当先，船副所驾的船紧随其后，齐朝下游驶去。

兄妹仨、门经略和程总兵下到舱里，就见士兵们都在上层底舱里席地而坐，五人相继走到下层底舱，就在阶梯旁找了一个房间坐了下来。高经纬便把在耿家湾的一段经历，讲给了门经略和程总兵，其中涵盖了石猴子一伙的发难，魏进财、李道楷的暗中策划，耿五爷搭救朝鲜密使，及严小芸引来倭寇等一系列事项。

高经纬虽然叙述起来语调平平，轻描淡写，但听在二人耳里，却无异于晴天霹雳，骇人听闻。高经纬说完，便从包袱里取出紫檀木匣，把金壳怀表拿给门、程二人看。门经略喟叹道：“老夫看到的怀表都是十二个数字的，转一圈也不过六个时辰，像这种十二个时辰的，不要说没见过，就是听也未听说过。”

高经纬又问这些怀表该当如何处置？门经略思索了半晌，道：“而今朝鲜密使已死，这些东西已成为私人之物，耿五爷既然给了你们，理当由你们处置。不过老夫倒有个想法，待将来有机会，可将东西还给朝鲜国王，也好还朝鲜密使一份清白。”

高经纬道：“学生以为，朝鲜密使此行任务是请求我大明出兵，帮助他们抵御倭寇，即使将东西完璧归赵，朝鲜密使毕竟没有完成使命。不知我们能否派出一支部队，帮他了却这桩心愿？”

门经略微微摇了摇头，道：“派兵出使他国，事关两国邦交，没有朝廷旨意，谁也不敢私自裁夺，而要朝廷颁旨，除非朝鲜另派使者来。然朝鲜没有了这些礼物，又怎好再派使者，所以我才说，遇机会，可把东西送还回去。”

高经纬道：“东西送回去没的说，但要面见朝鲜国王，机会实属渺茫。晚生兄妹本想待这边事情稍定，便暗暗飞过去，但遇倭

寇就一举歼之，帮朝鲜除去边患，也替耿五爷给九泉之下的李东绪一个交代，只是如此一来，却无法还他在朝鲜国的一份清白。”

门经略道：“实在不行，也只能如此，不求别的，但求自己心安耳。”程总兵道：“耿五爷这人很值得一交，什么时候兄弟给我们引见引见。”门经略也道：“是啊，我还想把辽东一带各府县的银钱来往，都交由他来经办。”高经纬道：“大人这是找对了人，晚生敢为他担保。”

程总兵笑道：“适才我听那船长和船副称呼你们一口一个上仙，这又是怎么回事？”高经纬苦笑道：“不仅他俩，就连詹知府和李将军也这样称呼我们。”这便将兄妹仨举船上岸，导致众人认定他们为神仙临凡一事说了说，并恳请门经略和程总兵见了众人，好好为他们分说分说。门经略笑道：“这件事没必要解释，说不定还是件好事。你们想，这里刚刚收复，人心尚不算稳，如果人们相信我们这边有神仙相助，对于巩固局势岂不大有裨益。”

五人正说得高兴，忽然感到船渐渐慢了起来，最终竟戛然而止。五人急忙朝上跑去，来到操控室一瞧，就见船长指着外面的船帆道：“这天不知怎么搞的，居然一丝风都没了。”五人向桅杆上一望，果然所有船帆都瘪瘪的。

程总兵忧心忡忡道：“这可如何是好？难不成就在这里干等着。”门经略道：“活人还能让尿憋死，不行咱们就下船徒步过去。”程总兵道：“早知这样，咱们就该带些马匹来，徒步过去，那要走到猴年马月？”门经略道：“你怎么竟说糊涂话？就是早知道这样，这马又如何上得甲板来？”

高经纬道：“两位大人不要着急，这事就交给晚生兄妹好了。”说着便让船长降下船帆。接着高经纬又飞到另一艘船上，另一艘船也跟着将船帆降下。接下来兄弟俩跳到冰面，每人推起一艘大船便跑。门经略和程总兵但觉眼前一花，大船便像脱缰的野马，沿着冰面，风起云涌般地驰骋起来。

士兵们虽然待在舱里，但却能真切地感知船速的变化。刚才大船一停，他们还以为到了目的地，可半天不见有人传令下船，正在纳闷间，大船重又启动起来，而且越行越快，最后竟像是在飞。众人忍不住好奇之心，不顾黄参将的阻拦，一股脑跑到甲板上来探究竟。

这一看都不禁大吃一惊，就见大船奔行如闪电，两岸景物更是一晃而过，再瞧船帆又都不在桅杆上，这船何以会动？又怎么能有如此不可思议的速度？众人都感到大惑不解。不知是谁大着胆子从船尾探出头去，登时看到了下面有人在推船，不由失声大叫，引得众人纷纷朝下看去，终于认出推船的人竟是高经纬兄弟俩。

兄妹仨的事迹在军中早有流传，想不到神奇如斯，众人心中都道："只有神仙才会有如此功力，莫非他们就是神仙？"想到这，一个个不约而同对着下面便拜，霎时间甲板上跪倒一片。门经略和程总兵对视了一眼，都会心地笑了。

不到半个时辰大船便驶出江口。霍玉婵怕船长不识小岛的路径，就骑上飞马在前引路。不多时小岛已然在望，霍玉婵连忙通知给兄弟俩。兄弟俩放慢脚步，将船推至码头停下，然后又一齐来到门经略的面前。

门经略正要传令让士兵下船，高经纬忙道："使不得。"他不等门经略追问所以，便解释道："大人，晚生临走时为怕有不速之客闯入，特将冰精留在了城楼里，部队要进城，也须我们先把冰精收起，再将寒气驱散方可。"

门经略和程总兵望向城楼，这才发觉一路行来还是响晴的天，偏偏到了岛上却阴云低垂，还有细细的雪花飘洒下来，城楼更是弥漫在浓浓的雾霾之中，更加印证了高经纬所言非虚。门经略传下话去，令众人待在船上候命，兄妹仨则纵马飞向城楼。

三人齐把坐骑往城墙上一落，然后滚鞍下马。为了便于雾中视物，三人又都将夜视眼戴上，绕过地上的尸体来到城楼门边。一眼瞧见冰精闪着寒光，静静地卧在门槛的里侧，楼里的火绳枪和金银珠宝也都原封不动地待在那。高至善抓起冰精塞进人蜕口袋，高经纬和霍玉婵也将琥珀王和乌云煤精取出，调整好距离往地上一摆，城楼里顿时如沐春风。

过了一会儿，三人估计雾气多半应该散去，便将夜视眼摘下，果然四下里一片清明，雾气已不复存在。忽然霍玉婵一指门外道："你们快看，那是什么？"高经纬顺着她的手指方向一

看，就见门外不远的地上躺着十多具尸体，其中多数都穿着黑色衣服，只外围有具尸体的衣服为灰褐色，在阳光的照耀下分外醒目。

三人走近一瞅，眼见这具尸体蜷缩成虾米形，侧卧在地上。高经纬蹲下身将尸体扳正，再一端详，三人俱都一愣。就见一件灰褐色的衣服，从头到脚紧紧地箍在尸体的身上，这还不足为奇，最奇的是两臂和身体间各连着一层薄膜，伸展开来倒像一对翅膀。又见尸体的腰间挂着一双冰屐，左腿还插着一柄匕首，右腿则绑着一把短身火绳枪，就与进攻耿府大院的倭寇所携带的一模一样，这些都同周围的尸体形成了鲜明的反差。

高至善道："这衣服既无纽襻，又不见开口，真想不出这家伙是怎么穿在身上的。"高经纬细细看去，就见衣服正中有道隐隐的印痕，再瞧，颏下脖子处有个小凸起，使手一拨竟是一个坚硬的小片。这小片紧紧地连在衣服上，向下一拉，居然在衣服上滑动起来，衣服也随之裂成两半，最后一直裂到两腿的交汇处，原来那道印痕就是连接衣服开口的接缝。

高经纬由这件衣服，一下子联想到了得自仙人谷城堡里的折叠帐篷，两者在连接开口处的方式上何其相似，那道印痕就相当于金属线，而那个坚硬的小片无异就是金属片，只不过外观上做得与衣服更为相近而已。

高经纬见倭寇除了这件衣服，里面便是光光的肉体，有些纳罕道："这么冷的天，倭寇只穿此一件衣服，敢莫这衣服也暗藏什么玄机不成？"高至善道："嘀咕什么？扒下来试试不就知道了，终不成又是一件炎炎衣吧。"霍玉婵一听要扒倭寇的衣服，赶忙转过身去。

兄弟俩先将倭寇身上的匕首、火绳枪和冰屐解去，放在一旁，而后三下五除二便将倭寇的衣服扒下。高经纬特地从旁边的尸体上扯下一件上衣，将倭寇的下半身遮上。霍玉婵有些不耐烦道："还不把这腌臜的家伙扔下城去，没来由的费这么多事干啥？"

高经纬笑道："谁说没来由？你转过身看看就知道了。"霍玉婵心道："一个尸体有什么好瞧的？但大哥既然让看，其中一定有

缘故。”遂掉过头来，目光一接触尸体裸露的上身，不禁一阵耳热心跳，忍不住又要转过身去。就听高经纬道：“这尸体与众不同之处，就在于它的两臂和胸膛都特别发达。”

霍玉婵定下神来，往尸体的两臂和胸膛上一瞧，果不其然，就见尸体的臂肌和胸肌不仅健壮，而且形成了一处处的块状隆起。高经纬道：“尸体的怪异之处不仅局限于此，刚才在搬动时我还发现，这尸体还异常轻飘，与同体积的人相比，重量轻了一倍不止。再由死者衣服上类似翅膀的薄膜推测，这个人生前大概会飞。如果我判断无误的话，这个人很可能是我们离岛后，从城下飞上来的。另据他腰上的冰屐分析，这人应来自附近某处，也就是说距此不远的地方，尚有倭寇的巢穴或据点。”

这时高至善已将自身外罩和炎炎衣除去，只留里面内衣，外面再将尸体身上扒下的衣服套上，又把小硬片拉至下颏，浑身顿觉暖洋洋的，遂道：“这东西与炎炎衣还真有异曲同工之妙。”说着又将衣服反过来试穿了一下，结果与正着穿并无二致，当下认定这东西虽然也有保温功能，但与炎炎衣相距甚远，其一，这东西不能自动调控温度；其二，不能抵御极度严寒，不然这人也不会被冰精冻死。

高至善换回自己原来的衣服、外罩，忙问高经纬这东西如何处置？高经纬道：“这东西虽然抵御严寒上不如炎炎衣，也许可用于飞行，待时间充裕时，我们再穿上练练，现在还是收起为佳。”高至善立刻将其折起放入包裹内。

霍玉婵看着半裸的尸体总觉得别扭，一门心思要把尸体丢到城下，眼光无意中扫向城里，陡然间，发现有排房子的烟囱竟有袅袅青烟冒起。跟高经纬一讲，高经纬道：“兴许有人未冻透，我们一走他又缓过来了，现在生火不是取暖便是做饭，我看这边的事暂且放一放，先把城里的事解决了再说。”

霍玉婵道：“那也得把琥珀王收起来呀。”高经纬点头道：“你提醒得对，这寒气驱得已到了火候，也该让乌云煤精凉快凉快了。”便将琥珀王放进匣中背好，三人跨上飞马，齐朝有烟升起的房子飞去。

一百二十　纵顽敌兄妹跟踪　亮冰精鸟巢遭袭

就见这烟囱对着的房子，紧把该排石屋的西头，是一套有三个房间的院落，房门朝北，开在正中的一间。三人降在院子里，离鞍下马。高经纬低声道："城里的火绳枪都集中到了城楼里，屋子里即便有人，对我们也构不成威胁，倒不如赤手空拳进去抓个活的。"因为从以往的经验看，尚无人能逃过这致命的严寒，所以就是有人侥幸漏网，充其量也不过一个人，幸运绝不会落在更多人的头上。

于是高经纬在前，兄妹仨推门而进，一股热浪直向三人袭来。仔细一瞧，就见房间里空无一人，只迎面正墙与左、右侧壁的夹角各有一座半圆形的火炉。火炉的上方直到屋顶，分别连着一座半圆形的火墙，正墙的中间码着一人多高的劈柴，两面侧墙的中间都堆着半人高的漆黑煤块，靠近大门处还各有一扇紧闭的房门。此时左边的火炉里炉火正旺，红彤彤的煤块在炉膛里不时噼啪作响。

高经纬朝左侧的房门一努嘴，霍玉婵和高至善立刻会意：如果屋内有人，必定在左边的房间里。三人不敢托大，还是把如意剑拔了出来。高经纬一摆手，让他二人躲在墙后，自己则飞起一脚将房门踢开，然后也向一旁闪去。满拟里面会有一两件暗器飞出，不想等来的却是三声砰砰砰枪响，随之便有三颗枪弹呼啸着朝门口打来。

高经纬暗道："好险，若不是自己临时改变主意，加强了戒备，仍要像初进大门时那般满不在乎，后果真是不堪设想，看来

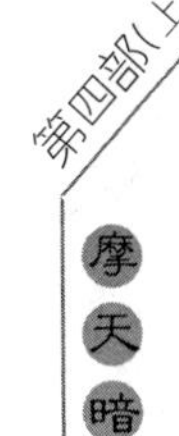

无论什么时候都不能轻敌。”兄妹仨此时再也不想捉活的，只想将敌人消灭于无形。三人齐将如意剑收起，高经纬和霍玉婵便要去抽宝剑，高至善也把手伸向了冰精。

突然室内窗户嘭的一声被推开，跟着又传来嗖嗖嗖衣襟带风之声。高至善惊呼道：“不好，贼人跳窗逃走了。”高经纬用镇定的语气道：“用不着慌，谅他们也逃不到哪去。”三人亮出宝剑和冰精，屋内登时凉风四起，寒气逼人。三人跟着迈进侧门，但见南面的窗户大开，屋内早已没有了人影，只在矮榻上留下三套用过的锦缎铺盖，被子已掀到了一边。

三人回到院中，骑上飞马，从屋顶一跃而过。睁大眼睛沿敞开的窗户四下寻觅了半天，却不见贼人的一丝踪迹。高至善瞅着左邻右舍的房屋道：“我看贼人十有八九是钻进了附近的哪间屋子。”高经纬道：“想跟咱们玩捉迷藏，说不得咱们只好用宝剑、冰精奉陪了。”

正算计着要从哪排房子入手，就听霍玉婵道：“且慢动手，你们快瞧西边的峭壁。”兄弟俩举目向西边的峭壁一望，打冷眼就见有三只灰褐色的大鸟，正扑扇着两翼紧贴峭壁在飞，细细一打量，却是三个穿着灰褐色紧身服的人。

高经纬随即想起城楼上的怪异尸体，刹那间心里一片雪亮。却原来怪异尸体还有三个同伙，此前躲在屋里朝兄妹仨开枪，后又从窗户逃窜的贼人就是他们。思及这些，不由脱口道：“想不到他们还真的会飞。”高至善待要追问究竟，高经纬忙道：“现在不是解释的时候，只他们便是逃走的贼人，咱们必须马上去追。”

兄妹仨迅即腾空而起，眨眼间已飞到了贼人的头顶。贼人对兄妹仨似乎并未察觉，兄妹仨对他们的一举一动却看得十分真切，这才发现三个贼人都一般的红头涨脸，飞起来也显得摇摇晃晃，倒似喝多了酒的醉汉。

高经纬联想起大白天这三人却生着火炉裹在厚厚的被里，眼前不禁浮现出躲在刘小雁家里两个土匪发烧时的情景，立刻明白这三人必是中了寒气，此刻正在发着高烧，是以头重脚轻身形不稳，对外界的注意力也大为降低，就连兄妹仨停在峭壁的上空，也并未被他们发现。

这三人飞着飞着，看意思是要越过峭壁径朝岛外冰面飞去。突然其中一个翅膀一歪，一头跌落在峭壁上。另外两个立马飞过去架起他，找了一块平坦的地面让他躺了下来。

高至善一见，当即就要把冰精投下去，被高经纬用手势止住，高经纬悄声道：“这三人一定另有巢穴，留下他们带路，咱们也好来他个顺藤摸瓜。”

栽倒的贼人委实摔得不轻，大概连颅骨都摔裂了，头上血如泉涌不说，还混以白花花的脑浆，眼见是不行了。剩下两人呆在一旁束手无策，过了一会儿，其中一个俯下身去，翻了翻伤者的眼皮，又摸了摸伤者的鼻息，然后对另一个人摇了摇头，意思是说伤者已死。两人口语了几句，便一起动手将死者的衣服、火绳枪、匕首和冰屐解下，挂在自己的腰间，随即又在死者的身前默立了片刻，就扇动起翅膀双双从峭壁上飞下，不移时便落在了冰冻的海面上。

两人穿上冰屐朝东南方向一路滑去，虽然看上去身形都有些歪歪斜斜，但奔行甚速，加之轻车熟路，将及半个时辰便来到了另一座海岛。这岛较之刚才的岛更小，岛上除了一座二十余丈高的陡峭山峰外，便是遍地犬牙交错的礁石。

两个贼人脱下冰屐，振翅径朝山顶飞去。山峰顶处有片针叶林，是由五六棵枝叶繁茂，虬枝纠缠的松树组成。两人跌跌撞撞钻进树林，倏乎间便影踪不见。

兄妹仨拔出宝剑向着山峰疾掠而下，两眼都目不交睫地紧盯着那片树林。猛可里就见树林中有火光一闪，高经纬赶忙招呼道：“快撤。”三人迅即纵马跃向高空。就听下面砰砰声大作，随之便有数颗枪弹射向空中。

高至善动作稍慢了些，被一颗枪弹将帽子击落，他勃然大怒，回手就把冰精掏出，对准树林就投了下去，少顷山顶便隐没在浓雾之中。三人戴上夜视眼，降落在山峰上，走近树林一瞧，就见树下有座平顶木屋，木屋面南有扇大门，面北有架木梯直通屋顶。

三人轻轻一跃，来到屋顶上。但见上面按八个方位各放置着一把竹椅，竹椅前还各支着一只木制三脚架，三脚架上都有一个长筒千里眼。此时有八个身披斗篷的家伙就冻死在竹椅上，手里

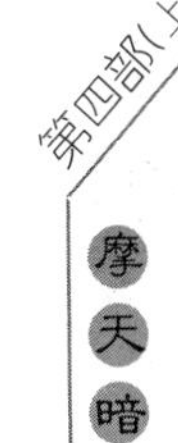

还都端着火绳枪做射击状。再瞧，又瞅见屋顶偏北的地方有个略大于拳头的小洞，不用说冰精就由这里掉了进去。

霍玉婵心想：“怪了，这么多东西为何在上面都视而不见，只觉得满眼皆绿，难道它们都经过了伪装？”想到这，她忙摘下夜视眼，透过雾气近距离地把每样东西都观察了一遍，重又戴上夜视眼道：“你们发现没有？不仅这些家伙的斗篷是绿色的，就连屋子、竹椅、三脚架和他们的面孔也都涂了一层绿漆，难怪咱们在上面什么都没看见。”

高经纬道：“既是如此，别说在上面，就是从侧翼，不靠近也很难发现。”高至善凑到一个千里眼前往里瞧了瞧道：“外面看不清这里，这里看外面却一目了然，而且周围数十里海面无不历历在目。”

高经纬拣西北方向的一个千里眼一望，一眼就见到了他们来时的小岛，就连门经略他们乘坐的两艘大船和船坞上尚未建成的大船也看得清清楚楚，遂道：“咱们自以为行驶在天上便无人发现，其实早就落在了这里贼人的眼中，不然也不能刚一降下，立刻便遭到贼人的枪击。再者，咱们夜里进攻小岛的情景，恐怕也未能逃过他们的眼睛，所以才派出四个家伙前去侦察。”

高至善将一个尸体的斗篷解下，里面露出的竟是一套紧身衣，就和那几个会飞家伙的紧身衣如出一辙，尽管夜视眼无法分辨其颜色，但三人心下认定必为灰褐色无疑。高经纬和霍玉婵见状也跟着一起动手，少时将八个尸体的斗篷尽皆除去，这些人所穿衣服竟然完全相同。

高经纬道：“这还不足为奇，依我之见，这些人还该有一样发达的臂肌和胸肌，以及轻飘的身体。”高至善道：“何以见得？”高经纬道：“光靠一套紧身衣，而没有轻飘的身体及发达的臂肌和胸肌，这些人还是无法飞起来。适才我们也都见了，若想从下面到这峰上来，最简便的方法唯有飞之一途，因此我断定他们都是飞上来的。”

霍玉婵道：“就不能这山是空的，内藏上山之路？”高经纬道：“倘若真要是那样的话，刚才的两个贼人就应选择从秘道上山，因为他们都处在高烧之中，体力严重不支，这种情况下选择

飞上来，肯定要冒极大的风险，在那边，他们的一个同伙不就丧了命，所以我认为这里并不存在另外的上山密径。”

高经纬为了验证自己的说法，随便将一个尸体的紧身衣拉开。霍玉婵和高至善一道注目过去，就见这人的臂肌和胸肌也都隆起似块垒。再拉开一个尸体的紧身衣，里面的情况也都一致。高经纬又提起尸体掂了掂，用身轻如燕来形容这些人，一点也不为过。

霍玉婵心生疑窦道：“如果说这些人的肌肉是练出来的，倒也令人信服，那么身体这么轻也是练出来的，岂不就有些匪夷所思。”高经纬道：“一般人若想减轻体重，通过节食和运动倒也不难做到，但要达到如此地步却绝无可能，除非这些人是服用了什么特殊的药物。”

霍玉婵点头道：“药物能使人身轻如燕这点我信，就是不知他们服的是什么药？”高至善不屑道：“管它什么药呢，跟咱们又有什么关系？终不成找到这种药是自己想服吧？说老实话，即便真有这种药，服下去变成这个鬼样子，打死我也不干。”霍玉婵脸一红，啐道：“呸，看你想到哪去了，我不过是对此好奇，想把事情搞清楚，哪个想服了？”

高经纬笑道：“不说这药能否找得到，就是真找到了，咱们服下去也未必管用。”两人都惊异地看向高经纬。霍玉婵道：“此话怎讲？”高经纬道：“这药极有可能是在人幼小的时候，甚至是婴儿期便开始服用的，才会有这种效果，否则倭寇多的是亡命之徒，如果换了谁服用都行，为何才有区区几人是这个样子？”

高至善道：“下面屋子咱们还未进去，怎知里面没有更多这样的人？”高经纬笑道：“你也不看看这木屋有多大，巴掌大的地方，即使都用来装人又能装下多少？再说这些人只干坐着，不吃饭，不活动，也不躺下睡觉？若是考虑进这些，就是我们看见的这些人，也够这屋子装的。”

霍玉婵道：“你们就知在这费话，下去看看不就全明白了。”兄弟俩一想也是，随即从屋顶一跃而下。房门是虚掩的，一碰就开，三人来到屋里，四下一瞧都愣住了。原来里面空空如也，除了冰精孤零零地躺在地上，就连那两个刚飞上来的家伙也不在其内。

高至善走过去拾起冰精纳入囊中，三人随后把宝剑插回剑

鞘。高经纬瞅着满地的冰霜，犯开了思量，他思忖道：“姑且不论这两个贼人哪去了，就凭这房间里空无一物，外面那些人又何以为生？总不至于连饮食都不进吧？可这饮食又在哪里呢？”

他紧盯着地面，暗道：“莫非真被玉婵言中了，这山是空的不成？果真如此，那么洞口就离不开这片地面。”这样一想，他立刻运起内力，将一股热气源源不断逼向地面，霍玉婵和高至善也加入进来。地面上登时热潮涌动，霜消冰化，顷刻间便露出了它的本来面目。

三人这才发现，在屋子的正中，有块三尺见方的石板，石板的左下角刻着一朵樱花图案。高经纬在樱花上一按，石板即刻向上无声弹起，露出一个洞口和一排向下的石阶。兄妹仨忙将宝剑拔了出来，正要拾级而下，就听下面远远传来一阵女人的说话声。三人又一齐将宝剑收起，换成了如意剑。

顺着石级，三人小心前行，尽量不让自己发出一丝声响。大约迈过二十余级台阶，前面来到了一条通道里，这通道笔直且又平整，长度足有六丈许，沿通道两侧各自分布着五扇石门。通道两头的石壁上还都有一个灯台，分别有盏硕大的油灯立在上面，噗突突地燃烧着，闪着忽明忽暗的光。

兄妹仨先将阶梯口的油灯吹灭，一边聆听着两面的动静，一边走到通道的另一端，又将那里的油灯也一口吹熄。这时，他们已发现女子的说话声，是从左侧第四扇石门里发出的。高经纬让霍玉婵守在这扇石门旁，自己带着高至善从右侧第一扇石门起，除了霍玉婵守着的那扇，挨个石门进去搜查了一遍，结果没有发现一个人，倒是把九个门里的房间看了个一清二楚。

右侧的五个房间，依次为一间厨房、三间库房和一间金库。厨房里炉灶、炊具、锅碗瓢盆一应俱全，门后还有一眼水井；库房里一间盛着大量的粮食，一间放着充足的肉类和泡菜，一间装着满满的杂物；金库里则堆着数箱金银珠宝。

左侧的四个房间都为寝室，里面一律配备着木榻、柜子、桌子和矮几，木榻上还都摆着三套铺盖。最里面的一间除了以上物品，桌子上还放着三面铜镜和珠翠螺钿等饰物，房间里并充斥着一股浓浓的脂粉气，一看便知是女人的卧室。

高经纬据此推断，霍玉婵把守的房间也必是寝室无疑，而他们跟踪的两个家伙，也极有可能就在里面。兄弟俩来到霍玉婵身旁，霍玉婵冲他们摇了摇头，表示房里除了说话声，并无其他动静。

高经纬对她耳语道："看来敌人都在里面，咱们丝毫大意不得。"说罢，一摆手，让他二人躲过一边，自己正要去推门，就听房门吱嘎一声自己开了，一股热气直扑出来，高经纬赶忙闪到一旁。就见一个女子端着一只铜盆由房中走出，这女子见通道里一片漆黑，大概想回身去取打火石。霍玉婵疾步上前，一手搂住她的脖子，一手捂住她的嘴，向着邻室就拖。高经纬顺势夺过女子手里的铜盆，往一边的地上一搁。兄弟俩探出头去，齐朝屋中看去。

不出高经纬所料，这房里确为一间寝室。就见屋里点着一支蜡烛，而且生着炉火，他们跟踪的那两个贼人，此刻都躺在被子里，帽子虽已摘下，尚连在紧身衣上，露出两颗锃明瓦亮的光头，前额都敷着毛巾，身边还各坐着一个浓妆艳抹的女子。两个女子兀自在说着话，只是兄弟俩一句也听不懂。

这时霍玉婵已点了那个女子的软麻穴，又用布条塞住了她的嘴，然后将她往木榻上一放，便又回到兄弟俩的身边。屋里的两个女子翻动了一下贼人头上的毛巾，可能毛巾已经变干，两人嘴里嘟囔了几句，就不约而同看向门口。兄妹仨明白，她们一定是在说，先前出去的女人为何还不回来？又等了一会儿，两个女人终于坐不住了，彼此口语了一句，便起身朝门口走来。

高经纬立即低声吩咐高至善留在门口监视屋内，又打手势让霍玉婵和自己一块行动。说话间两个女子已走到门口，高经纬和霍玉婵蹿上来，一人制住一个，转身就往隔壁寝室里拖。霍玉婵没留意地上的铜盆，后退时脚跟恰巧碰在铜盆上，铜盆当的一声滚出老远。霍玉婵猝不及防，一愣神，手上一松，被女子将嘴挣脱出来，大叫了一声，霍玉婵重又堵住她的嘴，快步向邻室奔去。

女子这声叫，让屋里的两个贼人掀开被子，一跃而起。高至善看得真切，待要亮出冰精，又怕殃及三个女人，缓得一缓，贼人已将蜡烛拿在手中。高至善唯恐他们使出火绳枪，情急之下，伸手就将石门带上。

不多时，高经纬和霍玉婵已将两个女子处置妥当，并合上邻室的房门，重新与高至善聚在一起。两人一见现状，立刻明白屋里发生了什么。高经纬轻声道：“可以使用冰精了。”高至善刚把冰精掏出，门呼的一声被从里面拽开，随着两声枪响，早有两颗枪弹朝门口射来，所幸兄妹仨都躲在门的两旁。

高至善生怕枪声再度响起，扬手便把冰精扔了进去。其实高至善不知，就在房门打开的那一刻，冰精的寒气已鼓荡而进，两个贼人瞬间便被冻僵，哪里还有发第二枪的机会？冰精这一突然闯入，使得两个贼人被冻得更加彻底。

三人走进屋里一瞧，就见蜡烛已被贼人熄灭，两个贼人就站在床榻前，都手举短身火绳枪对着门口，其中一个手里还攥着一根绳子，绳子的另一端则系在门把手上。原来贼人在高至善关上房门后，立即找来绳索将门拴上，然后把火绳点燃，拽绳索和扣钩手几乎都是一气呵成。倘若贼人稍有迟缓，则枪就不会响，由此，倭寇心机之狠辣，下手之绝不容情，也可略见一斑。

三人收起宝剑、冰精，关上房门，来到隔壁房间。里面炉火正红，软瘫在床榻上的三个女人，都瞪大了惊恐的眼睛瞧着兄妹仨，不知兄妹仨将要如何处置她们？霍玉婵用征询的目光瞅了瞅高经纬，高经纬冲她一点头，做了一个解穴的手势。霍玉婵随即给三个女人解开穴道，又将塞在她们口中的布条一一拽出。

高经纬对她们道：“你们都是什么人？为啥会和倭寇混在一起？”三个女人都茫然地摇了摇头。高经纬又重复问了两遍，这才有个女子操着生硬的汉话道：“我们的都是朝鲜良家女人的，被抢来伺候他们的干活。”高经纬一听她们是朝鲜女人，就想把她们交给李将军，再由李将军派人送她们回家。把想法跟三个女人一说，三个女人都点头表示赞成。

接着高经纬就让她们收拾东西，准备带她们离开。不料三个女人倒十分爽快，只每个人找了一件一拖到地的斗篷披上，其余东西一概不取，便要求立马带她们走。兄妹仨不禁对她们肃然起敬，高经纬心道：“平常利欲熏心的人见得多了，像这等不贪财的

女子实属罕见，等待会儿见了李将军，一定让他对这三名女子多加关照。”

兄妹仨将三个女子围在当中，然后运起气机，护卫着她们走出通道，登上石级来到峰顶。就这样三个女人还是被冻得牙齿嘚嘚打战，浑身瑟瑟发抖。高至善道：“难道我们也什么东西都不带？”高经纬道：“带走一星半点的有什么用？倒不如将她们送走后，把大船开来，想带多少就带多少。”三个女子听了这话，眼里都不自觉地闪过一丝凌厉的杀机，只不过兄妹仨都没留意罢了。

兄妹仨各自将一个女子扶上马背，而后腾身上马，刹那间三匹飞马已跃至空中，疾如流星般地向前驰去。一个女子像是骇怕已极，尖叫一声，回身便紧紧抱住了霍玉婵。霍玉婵只当她是害怕，无可奈何地摇了摇头，只好任由她抱着。另外两个女人也一齐转过身，搂住了兄弟俩，兄弟俩只觉得胸前软玉温香，心中都是一荡，正不知如何是好。

电光石火间风云突变，就见三个女子一咬玉牙，面露狰狞，齐将匕首狠狠插向兄妹仨的后背。原来就在女子们转身的瞬间，早将匕首偷拔在手。匕首扎在缁衣铠甲上，哪里扎得进，阻得一阻，兄妹仨的内力已被激发出来。三个女子如遭电击，手脚一松，纷纷从马上坠下。

兄妹仨急朝下面看去，就见三个女子危急关头忙将四肢插进斗篷，前肢侧向平伸，与身体形成十字，后肢跟着叉开，斗篷被风鼓起，带着三个女子缓缓向冰面降落。

兄妹仨一见，气冲牛斗，厉声喝道：“好贱人，哪里走？”便各自认准一个，从空中疾掠而下，飞至近前，右手食指一伸，对着鼓胀的斗篷，就是一记仙人指路的雷音指。一股锐利的指风噗的一声，将斗篷从中割成两半，本来浮在空中犹如气囊的斗篷，顿时变成两块破布。

三个女人身子一沉，翻着跟头向下折去。极度的恐惧和绝望，迫使她们发出一阵凄厉的惨叫。随着三声咚咚的撞击声响过，惨叫声骤然而停，只剩下袅袅的余音尚在无垠的冰面上回荡。再看跌落下去的女子都七窍流血，一动不动地静卧在冰面上。

兄妹仨来到她们的身边，这才发现每件斗篷的里面都有四个铜环，三个女子的手腕和脚腕都套在环里，难怪她们能将斗篷撑开，使之形成气囊，却原来早有准备。霍玉婵先将三个女人从头到脚摸了一遍，就觉得三人腿上有东西。脱去三人的外裤，果然在她们左腿各搜出一柄匕首，右腿各搜出一把短身火绳枪。

高至善道："看起来咱们都上了她们的当，这三人绝非什么良家女子，更不是什么朝鲜人，必是倭寇一伙才对。"高经纬道："这一点确凿无疑，只是她们用以行刺的匕首来得蹊跷，腿上的匕首都好端端地绑在原处，那这匕首又是从何而来呢？"

霍玉婵想了想道："当咱们的面，她们唯一接触到的东西就是斗篷，难道匕首就藏在斗篷之中？可咱们明明见她们将斗篷一抖，即便披在身上，哪有余裕去藏匕首？"高经纬道："你分析得不错，这匕首必是藏在斗篷之中，只是这三个女子动作敏捷，出手极快，这才没有露出破绽，由此也足以证明她们都是训练有素的倭寇。"

高至善突发奇想道："能不能这三个女人也会飞？"他又联想到那些会飞人发达的臂肌和胸肌，因此急于在这些女子身上得到验证，他伸出手就要去脱女子的上衣，一眼扫到女子两团坟起的胸部，这才意识到对方的女子身份，赶紧将手缩回，脸上已腾起一片红晕。

霍玉婵一笑道："刚才我也想到了这一点，所以在搜身时，已仔细查过她们的双臂和前胸，结论是与一般女人分别不大，只臂上肌肉略结实些，比起那些会飞的人无异于天差地别。"

高经纬道："其实要判断她们是否会飞，只一件东西便可说明。"霍玉婵道："你莫非指的是斗篷？"高至善一拍手道："对呀，如果她们会飞，里面一定会穿带翅膀的紧身衣，到时除去外衣直接飞就是，干吗要穿斗篷？再说即使是为了取匕首，那么斗篷破裂后，她们也该露出里面的紧身衣，改成飞行啊，为啥要坐以待毙呢？"

高经纬道："诚如你们所说，正因为这些女人不会飞，所以才配备了斗篷，以帮助她们在紧急状况下平安返回地面。至于她们能来到山上，自然是靠会飞的人背上来的。"

霍玉婵道："可屋顶那些会飞的人，不也照样都披着斗篷

吗？”高经纬道：“两种斗篷外观截然不同，作用也迥然有异。屋顶之人的斗篷是墨绿色，也不长大，纯属为了伪装身形不被人发现，而这三个女子的斗篷是灰褐色，和紧身衣颜色一致，可以覆盖住全身，自然是为了下降时让身体浮起来。”

霍玉婵道：“这些女子倘若不是这般操之过急，而是不动声色，隐忍不发，待到了城堡后，再伺机给我们一枪，那咱们可就惨了。”高经纬道：“三个女子行事并非急于求成，你们想，高空之上她们离我们那么近，我们一点转圜的余地都没有，加之她们又是背后袭击，一般人武功再高，也难逃她们的毒手，只是她们没有料到咱们都有盔甲护身，这才功亏一篑。”

高至善道：“不管怎么说，她们还是早点动手的好，也省得咱们再绕道去城堡了，别忘了门大人那边还等着进城呢。”高经纬道：“是啊，咱们这一驱赛，就好半天没有音信，门大人他们指不定怎么着急呢。”

三人赶忙收拾起匕首和火绳枪，纵起云头沿原路返回。飞在空中，高至善道：“待会儿门大人问起这边的情况，为了便于回话，我看大哥还是给这些会飞的家伙和他们的紧身衣起个名字的好。”高经纬思索了片刻，道：“这些人飞起来就像大鸟，我看就叫他们鸟人好了。”高至善插嘴道：“那他们所穿的紧身衣岂不成了鸟衣？”高经纬笑道：“话虽如此，就是听起来不够文雅，不如叫飞行服的好。”

高至善欣喜道：“咱们先有了折叠服和炎炎衣，如今又有了飞行服，将来说不定还有什么服、什么衣等着咱们。”霍玉婵笑着道：“不错，这些的确是个好兆头，借你的吉言，咱们就等着招财进宝吧。”高经纬也笑道：“依我说，再来就来个聚宝衣，随便什么宝贝，只要咱们开口一叫，衣服一掀，立马就来，岂不又方便又快捷。”

霍玉婵道：“真要那样，我干脆就喊，快让咱们都羽化成仙，如此一来，咱们成了货真价实的神仙，谁爱叫就叫吧。”想起那些人都追着他们叫上仙，兄妹仨都忍俊不禁，哧哧地笑了起来。

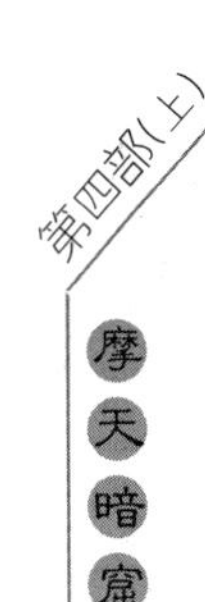

一百二十一　留鸟巢张网以待　驾大船调兵遣将

门经略和程总兵眼见城楼处的白雾由浓变淡，最终散得干干净净，身边更是暖风频吹，就像到了阳春三月，心想这寒气已驱得差不多，兄妹仨也该让他们进城了，谁料兄妹仨非但没露面，城楼转而隐没在骤然腾起的黑雾之中，两人一头雾水，不知何故，又不敢贸然而进，只能在船上静等。不想这一等就是一个多时辰，两人心下都有些焦灼不安，他们猜测兄妹仨可能是遭遇到了什么意外，正要派人下船去看，恰于此时，兄妹仨乘飞马赶回。

两人一见兄妹仨回来的方向竟是东南方的海面，颇感诧异，惊问其故。高经纬便从发现鸟人尸体讲起，一直讲到追踪至鸟人峰顶巢穴，高至善还把飞行服拿出，让两人过目。门经略一边翻看飞行服，一边道："不是听你们说，实在不敢相信世上还有鸟人存在。"程总兵也道："东瀛弹丸小国，寓居海上一隅，所产倭寇却在在都能出人意表。种种迹象表明，倭寇袭扰，绝不像朝廷中有人所说，乃疥癣之患，如不认真对待，一旦成了气候，必将遗祸无穷。"

高经纬道："当时若非情况紧急，片刻耽搁不得，本该通禀大人一声，却害得两位大人空自担了半天心。"门经略道："战机稍纵即逝，等你们回来通报完，敌人早已逃之夭夭，我们不过多等了一会儿，又算得了什么？"

程总兵道："自家人不必客套，只是城楼上的黑雾又是怎么回事？"高经纬就把琥珀王和乌云煤精的事说了。门经略打趣

道："你们身上的宝物还真不少，难怪有人把你们当成神仙，就是老夫，没准哪天一个把握不住，这上仙二字也会脱口而出。"说完便是一阵哈哈大笑，程总兵更是乐得前仰后合，眼泪都笑出来了。

兄妹仨明知他们是在开玩笑，还是有些不放心，生怕他们弄假成真，当真叫起来。高经纬连连摆手道："大人万万使不得，真要这样，我们更百口莫辩了。"

门经略对兄妹仨的率真质朴喜爱到了极点，一拍高经纬的肩膀，故意要挟道："若要老夫不说也行，一会儿这边的事一完，你们便带老夫到鸟人的巢穴走上一遭。"程总兵也装作趁火打劫道："还得算上老哥哥一份，不然老哥哥这张嘴恐怕也管不住啊。"

高经纬道："只要两位大人不信口乱叫，晚生们一切都听大人的安排。只是光两位大人去还不够，还应带上一艘大船，那么多东西也该运回来不是。"门经略道："你们瞧，老夫只顾跟你们开玩笑，这正经事都险些忘了。"程总兵道："末将从未见大人如此高兴过，俗话说：'笑一笑十年少。'大人再要笑下去，说不定就返老还童了，连末将都跟着沾了光，一下子年轻了不少。"

门经略道："咱们闹也闹够了，也该办正事了。三位小友，你们看现在能否进城？"高经纬道："城里早就没事了，大人只管传下令去。我们这便去把乌云煤精收起，将城门打开。再有，两位大人若无其他事，传下令后，还是跟我们一起入城吧。"门经略道："跟你们一道走敢情好，老夫也就不客气了，就照你们说的办。"说话间，程总兵已发下话去，着令部队即刻下船进城。

随后兄妹仨带上门经略和程总兵来到城墙上，霍玉婵进城楼里去收乌云煤精，高至善到城下去开城门，高经纬在一边给门、程二人看鸟人的尸体。程总兵抓住尸体的足踝往上一提，不费劲就提了起来，不由道："单从外表上看，这鸟人的骨骼较一般人的都大，加上如此发达的肌肉，重量应该很可观才对，想不到入手却轻飘飘的，真有些匪夷所思。"

门经略道："我倒是很赞成经纬的观点，这些人肯定是服用了什么特殊药剂，既能让骨骼变大，又能使体重变轻，而且这种人是从小就经过刻意培养和训练的，否则即便服药，能长出这样的

骨骼和肌肉也非一日之功。”

程总兵点头道：“末将也曾在书上看到过有关人学鸟尝试飞行的记载，都不外乎扎上一副鸟的翅膀，绑在双臂上，然后像鸟那样奋力振动双臂。一般人不是飞不起来，就是勉强飞了几步跌得鼻青脸肿，其中的佼佼者也不过飞出数十步，还要借助风的力量，而且高度也仅一人高。后来有人总结出，人若想飞，除了要有一双翅膀，还要有像鸟一样的体魄。翅膀好办，凭借人们灵巧的双手，什么样的翅膀都编得出来，但要长出鸟那样的体魄，却无异于痴人说梦，异想天开。自此以后人们便知难而退，再也无人涉足飞行了。想不到倭寇还真有办法，居然被他们造就出这种体魄近似于鸟的人。”

高经纬道：“据我们观察，这种鸟人还不算完美，其一，飞行高度不过数十丈，在他们飞向峰顶巢穴时，明显表现出后劲不足；其二，不能长距离飞行，他们往返于两岛之间，尚须在冰面上滑行老大一段；其三，速度也不够快，他们逃离石屋后，尽管奋力振翅，半天才飞抵峭壁，以至被我们发现。综合以上三点，这鸟人还无法与真鸟相比。”

门经略道：“如此甚好，倘若这些鸟人与真鸟无异，这城墙岂不成了摆设？那对咱们可是天大的悲哀。”高经纬眉头一蹙道：“即使这样，也够咱们防范的，倭寇的鸟人肯定不止这些，再要遇着，必须坚决除去。”

门经略道：“这些鸟人尸体先不要处理，最好带回去拿它晓谕各个城池，也好让守城的将士们有个防备。”高经纬道：“那边峭壁上还有一个穿飞行服的，用来做现身说法更好，学生这就将它搬来。”高经纬纵马过去，少顷，便把因颅骨摔裂而死在巉岩上的鸟人，大头朝下提了回来。程总兵把两具鸟人的尸体并排摆在一起，笑道：“待会儿众人上来后，就先让他们目睹一番。”

这时霍玉婵和高至善也各自办完了自己的事，聚了过来。高经纬遂将门、程二人让进城楼，二人一见那么多火绳枪和钱财，心下大悦。高经纬又将洞口打开，带他们下到洞中。待二人看过密室返回上面时，黄参将恰好领着士兵来到城上，程总兵给他们讲了鸟人的事，又把鸟人的尸体指给他们看。门经略当下让黄参

将抽出人手，将钱财守护住，其余人除留下一部分清理城楼内外的尸体，剩下的都跟黄参将去了城里。

门经略见这里的事已经就绪，就和程总兵随兄妹仨回到船上。一行人驾起一艘大船，直奔鸟人巢穴。此时刚好刮起了西北风，大船借着风势飞速前进，不到半个时辰，已来到鸟人巢穴所在的岛屿，大船拣了个背风处降下船帆。

兄妹仨见峰上的雾气还在，便飞到山上，取出琥珀王和乌云煤精往木屋当中一放，洞口原本就敞开着，暖风一吹，通道内外的寒气很快就被荡涤一空。琥珀王倒没什么，当即被高经纬放入匣中，只乌云煤精变得火炭一般的滚热。高至善忙从伙房的井里打来一盆冷水，三人用如意剑将乌云煤精往铜盆里一叉，哧的一声，一股蒸汽冒出。兄弟俩兀自有些不放心，又打来一桶水把铜盆里的水换过，这才让霍玉婵将乌云煤精收起。

兄弟俩于是回到船上，将门、程二人带至峰顶。二人先到木屋上看了八个冻毙的鸟人，又挨个千里眼都瞧了瞧。门经略有感而发道："这里的倭寇居高临下，占尽了地势之利，虽然人数不多，但方圆数十里的海面，无不在他们的监控之中。遇到人数少的船只，他们就自行打劫，遇到人数多的，他们便通知给另外两座岛屿，过往船只无不饱受荼毒，实乃海上一大祸端也。今日虽将其除去，但难保倭寇日后不会卷土重来，与之奈何？"

高经纬道："此事倒也不足为虑，待把这里的东西搬运一空，晚生兄妹便用末日之光将山峰削平，倭寇即便想来，也没了落脚之地。"说着，一行人就去了通道之中。高经纬在阶梯底端的石壁上找到一朵樱花图案，一按之下，洞口石板盖合上，验证了这图案便是洞口开关。

门、程二人逐个房间查看了一遍，门经略忽然灵机一动道："老夫倒有个新的想法，此处不必急着毁去，何不留着它，专等那些鸟人前来栖身，然后一举歼之，不然上哪里找这样的机会？只是如此一来，却要辛苦几位小友了。"

高经纬道："大人在此设下罗网等候鸟人来投，不失为一条妙计，晚生们凛遵执行也是职责所在，大人如此客气，反倒让晚生们无地自容。"程总兵道："你们一老一小，客气起来就没完，烦

不烦？”话一出口，才觉得这哪是下级对上级该说的话，赶忙自己掌了一下嘴，道：“末将太放肆了，请大人恕罪。”

门经略笑道：“这里并无外人，咱们说话都随意些，无论谁说什么，老夫也不计较。”程总兵遂放下心来，道：“此处就是上下不方便，不然还真是一个好去处。”高经纬道：“只要大人们愿意，晚生们取来大斧，在此凿出一个下山通道就是。”

程总兵随口道：“那得凿多少时日？”高经纬道：“几个时辰足矣。”程总兵一吐舌头，道：“天哪，这么快。”门经略道：“凿洞之事不忙在这一时，日后看情况再说，目前这洞里的东西就够你们搬的。”

接下来一行人便着手清理物品。门经略和程总兵直接盯上了鸟人的尸体，他们把尸体身上的东西收拾一空，包括把飞行服扒下。高至善见了，道：“这些尸体不正可带回去给各城池的军士们看吗？干吗要除去衣服呀？”

程总兵道：“现在既然要引鸟人上钩，此事就不能张扬，更不能让他们知道这些人已死。尸体咱们带下去，找个偏僻的地方一埋了事，晓谕各城池的事至此取消。这些飞行服也由你们一并带上，回头再把城墙上的尸体也处理了，有关鸟人的事，就算神不知鬼不觉地压下。”

门经略笑道：“如此一来，鸟人巢穴被捣之事在倭寇那边就成了一个谜。说不定他们还以为这些人是慑于两座岛屿被攻下，一时孤立无援，而集体逃亡了呢，不然，这么高的山峰除了鸟人自己，别人又如何上得来？”逗得兄妹仨都哈哈大笑，门、程两人也都捧腹不止。

高经纬陡然想起祖越寺一干土匪被灭，为了蒙蔽魏进财，自己也是用的这个办法造的假象，结果还真的让魏进财信以为真。把这事对门、程二人一讲，两人都说两者之间还确有异曲同工之妙。

一行人在库房又找到十条麻袋，物品装到麻袋里再运到船上，搬运速度一下子提高了不少，用了一个时辰左右，山上的物品被搬了个罄净，就连三脚架和竹椅这类东西也没有漏下，十具鸟人尸体也运到了甲板上。按门经略的意思，钱财等物都被放进

了底舱，其余物品就堆在甲板上，只把个甲板搞得满满当当。一行人于是关上洞口，乘飞马回到船上。

这时海面刮的依旧是西北风，兄妹仨二话不说，跳到冰面推起大船就走。途中又将三个女倭寇的尸体也搬到船上，然后将船推至附近一处没有人烟的陆地，把尸体做一堆埋在了一片荒草之下，除去所留足迹，大船这才离开。

返回海岛码头时，天色已届正午。军士们初步把城中清理了一遍，除了城上的两具鸟人尸体，其他尸体都已抛至附近的一处山谷。他们还发现城中的粮食给养不计其数，足够这些军士三四年的用度。

此时火头军已将午餐做好，门经略一行回来得正是时候，大家一起去饭堂进了餐。这顿饭尽管准备得仓促，但库房里冷冻的鸡鸭鱼肉都是现成的，做出来还是相当的丰盛。吃过饭稍事休息，门、程二人把黄参将找来，命他传令下去：其一，命令士兵有关鸟人的事，一定要守口如瓶不许外传，否则以军法论处；其二，命令士兵将鸟人的尸体即刻择地掩埋，同时扒下飞行服交给兄妹仨；其三，命令士兵把城楼里的火绳枪按人手一支配备。再从钱财箱里留出三万两白银以充军费，余下枪支和财宝都运到船上，并将甲板上的物品，除三脚架上的千里眼外，通通运回城里，黄参将领命而去。

兄妹仨从旁听了，才知门经略之所以让将大部分物品放在甲板上，却是另有打算。正要跟着一起去搬，门经略伸手拦住道：“三位小友即便是铁打的，也该小憩片刻。”说着，硬把他们逼进一个套间和衣而眠，自己和程总兵则趁机在城里四处逛了逛。

一个时辰后黄参将派人来报，说船上的东西都已装卸停当，大船可以启航，同时送来一套飞行服。门、程二人叫醒兄妹仨，一行人乘飞马来到船上一看，就见钱财和枪支等物都已搬进底舱，其他物品都堆在了码头上，黄参将正指挥着士兵往城里运。

门、程二人就防务事项又叮嘱了黄参将几句，就吩咐高经纬启程，带他们去另一座海岛。兄弟俩跳到冰上，正要去推这艘大船，高经纬猛然想起，那艘空船也应该送还给李将军，于是就让霍玉婵去推那艘空船。两艘大船便在兄妹仨的推动下，朝着城堡所在的岛屿进发。

这边岛上，詹知府和李将军领着众人连夜将尸体清理出城堡，天亮后又将尸体运到山下一沟壑处掩埋，随后便关闭城门。李将军手下一见城里有那么多冻死的狼犬，如获至宝，当即施展起烹狗厨艺，再加上城堡里各色佐料种类齐全，只把个狗肉做得香气四溢，美味无比。

还未到午时，众人便急不可耐地聚到城墙一层的餐厅里，李、詹二人不得不提前下令开饭。这顿饭，别说李将军手下的朝鲜军卒吃得津津有味、大快朵颐，就连詹知府带来的汉人士兵也都吃得爱不释口，连连称绝。

吃过午饭后，除看守金库的十个士兵留在一层外，其余人都来到城墙的最上层。詹、李二人将他们安排在四座炮台下的房间里，并让他们排好班，轮流到走廊里监视城外的动静。而后，两人便各带了一名亲兵，来到城门之上的火炮间，两人一边闲聊，一边往江口的方向张望。

他们觉得西北风已刮了大半个上午，照理门经略的人马也该到了，可远远望去，却不见只帆片影。就在这时，李将军的亲兵突然指着相反的方向大声道："将军快瞧，八成是咱们的船回来了。"

两人转头一望，就见地平线上正有两个黑点在快速地朝这边移动，举起千里眼一瞧，果然是两艘大船。原本挂在此间躺椅扶手上的两只千里眼，被他们一人一只带在身上，需要视物时掏出就用，倒也方便不少。

这时两人心里都道："如果是我们的船，就应该顺江口而下，怎么也不会出现在相反的方向啊，必是敌船无疑。"李将军脸色一沉，喝道："糊涂，连敌人的船都看不出，还不快发警报。"两名亲兵连忙摘下号角，对着两边走廊就吹，呜嘟嘟的号角声霎时响彻了长廊。士兵们闻讯，纷纷拿起武器跑出寝室，聚到火炮间里听候命令。

这时就见詹知府把手一摆，道："大家且莫惊慌，这船可能是咱们自己的船。"李将军有些不信道："这怎么可能？"詹知府瞅着千里眼道："来船处于逆风，却能奔行如飞，这已是怪事了，再

有船帆竟都没有升起，这又是一桩奇事。想想看，只有谁才能让船达到此种状态？”李将军道：“詹大人是说上仙兄妹？”詹知府道：“不错，就是他们。”

此时来船已越来越近，整个船体轮廓都清晰起来，李将军不用千里眼也能看出，来船的桅杆上确实都无船帆升起。未等他说话，詹知府又嚷道：“还真的是他们，虽然看不见他们的人，但他们的飞马就停在甲板上。”他放下千里眼，对李将军道：“咱们就别在这傻愣着了，赶紧打开城门出去迎接呀！”

兄弟俩将大船靠近码头停下，就听城里一声号炮响起，城门大开，詹知府和李将军并肩走出城来。兄弟俩纵到船上，载起门、程二人，一行五人乘飞马来到城门边。

詹知府未等门、程二人下得马来，早已迎上前去，扑身便拜，口中一边道：“不知大人到此，下官迎接来迟，请恕怠慢之罪。”门经略拂然不悦道：“城破之日，尔弃城于不顾，身为城池主要官员，有负朝廷重托，论罪当斩。念在尔事后尚思补过，况且有三位观风使为尔极力开脱，本座也不为己甚，姑且饶过尔此一遭，留任察看，以观后效。”詹知府战战兢兢，连连磕头道：“谢大人不杀之恩。”

门经略颜色转缓，颔首道：“詹大人请起，不必多礼。”程总兵上前一步将他搀起。詹知府擦了一把额头上的冷汗，忙把一边的李将军介绍给门、程二人。李将军待要大礼参拜，被门经略一把拦住道：“李将军快不要如此，詹大人一行多亏将军仗义收留，老夫这厢谢过。”说罢对着李将军深施一礼。

急得李将军涨红了脸，连连摆手道：“大人使不得，折杀末将了。”趁门经略不备，到底还是跪下去，磕了三个响头算是了事。门经略微微笑道：“李将军这是何苦？”李将军笑道：“礼当如此，见了大人不拜，末将心中难安。”

高经纬从旁道：“李将军、詹大人，你们这礼数也到了，还不请两位大人城中叙话，难道只顾闹这些虚礼，连茶都想免了吗？”一句话把众人都逗笑了。詹、李二人都道：“上仙提醒的是。”便忙张罗让众人进城。

门、程二人一听，他们果然以上仙称呼兄妹仨，心中都暗暗

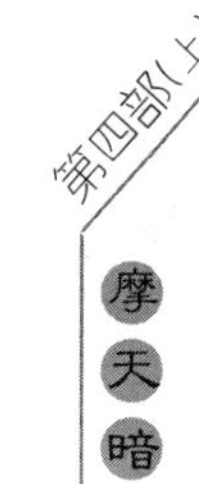

好笑。詹、李二人边走边道："大船从东南而来，我们险些误以为是倭寇的人马，闹了一场虚惊。"程总兵道："那最终又是怎么看出来的呢？"李将军遂把詹知府是如何识别出的经过述说了一遍。听得门经略一行人都频频点头，心里都道詹知府头脑不简单。

末了，李将军道："大船本该从江口过来，却为何改了道呢？"门经略这才将路上风如何停了，他们又如何惦记岛上无人防守，于是由兄妹仨推着，直接去了岛上等项事也讲了讲，只是顾及周围有詹、李二人的士兵在场，有关鸟人的事却只字未提。

詹、李二人恍然道："没想到大船过来得这般早，也是这边忙于掩埋尸体，放松了警戒，不然应该能看到大船的行踪。"

门经略一行在詹、李的陪同下来到城中，沿街道大致巡视了一遭，便一头扎进城墙里。看过一层的金库和库房，又登上阶梯逐层看了个遍，最后来到顶层的火炮间。门经略对程总兵道："想不到倭寇会将城墙的防御功能发挥到极致，这一点倒很值得咱们借鉴。"

詹、李二人的手下送上茶来。门、程二人走到窗口前，环顾了一下海面，便让詹、李二人屏退左右，随后就将鸟人的事告诉给他们，让他们心中有数，并不得声张，詹、李二人点头称是。

双方又就海岛的驻守和防御进行了磋商。门经略的意思，此岛就让给李将军来驻守，与前边己方的海岛互为股肱，一旦有了敌情，相互支援协同作战。李将军表示这个提议甚好，但他目前还无力接受，原因在于目前朝鲜国力尚弱，还不足以与倭寇正面对抗，就是这次出兵，他也是自作主张瞒着朝廷，万一被朝廷知道，还不知怎样处置于他，因此他想今天就撤回去。

门经略很体谅他的苦衷，也就不强人所难，只是让他把金库里的钱财带走。李将军道："这些东西都是上仙们缴获的，末将无功不受禄。再说贵国连遭土匪作乱，损失惨重，需要钱的地方太多了，末将这边还算安定，所以这钱财一事断不敢收。"门经略又让他拣枪支和别的物品带上一些，也都被他婉言拒绝，临了他道："如果非要让末将带的话，末将就把城中的犬尸带些回去。"

詹知府一听李将军的人马要撤走，此间只剩下他的五十余人，立刻紧张起来。门经略让他不必怕，说回去后就派部队来接

替他，并让程总兵留下坐镇，他这才无话可说。

众人当即开始行动起来。门经略让人在金库里照那边海岛的样子留下三万两白银，在火炮间留下四百支火绳枪，摆明了要有四百人的队伍即将踏上这个岛。其余钱财和枪支都由兄妹仨集中运到了一艘船舱里。兄妹仨还将城墙上取自两艘大船的六门火炮，重又搬回船上。

这时，李将军也领着他的五十名士兵扛着犬尸，登上了一艘空船的甲板。詹知府的手下都来送行，除了将剩下的犬尸全部带来，还带了好些冷冻的牛羊猪鸡。李将军只把犬尸收下，其他的一概谢绝。

兄妹仨带着门经略回到载物的船上，兄妹仨仍旧跳到船下徒步去推。高经纬试着将两艘船都推了一遍，发现载物的船远比载人的船要重，于是便让霍玉婵与自己推着载物的船在先，高至善独自推着载人的船在后，一起向江口驶去。

詹、李二人的手下，经过这一天一夜的接触，彼此都有些依依难舍起来，随着大船的离去，都使劲地挥动着手臂，直至大船消失不见。

由于大船是逆风行驶，尽管有兄妹仨全力在推，终究比来时的无风天气要慢了一些，足足用了多半个时辰方驶完全程，回到安东城外。李将军把船长和船副连同两艘船，都送交门经略麾下，便告别门经略和兄妹仨，回到自己的城池。

这边韩通判和军队的将领们闻讯也迎出城来，门经略一边让他们组织可靠人员卸船，一边指令一名王参将抽调四百名士兵，即刻登船去海岛驻防，兄妹仨则将火炮等重物运到城中。半个时辰后一切准备就绪，王参将也带着他的四百名军士，分两拨进到了船舱里。高经纬一声令下，两艘大船一齐扬帆启航。

后面传来门经略的喊声："三位小友别忘了睡上一觉，老夫还要与你们彻夜长谈。"兄妹仨也高声回应道："大人放心，晚生们记下了。"此时申时已过半，天空渐渐聚起了阴云，江面上更是朔风尽吹，只把个所有的船帆都鼓胀得满满的，带着两艘大船激箭一般地朝前突飞猛进。

兄妹仨心情一松，就想下到船舱里歇息片刻，正要离开甲

板，忽然发现船身有些左右摇摆，回头去看后面的船，却行驶得相当平稳。高经纬心道：“此艘船是船长驾驶的，怎的反倒不如船副驾驶的好？莫非其中有什么变故？”急忙跑进操控室里一看，就见船长上半身趴在轮舵上，双手死死地攥着轮舵，犹在左右微微旋转着，嘴里不停地打着鼾声，却原来是睡着了。

他这才意识到船长委实太累了，从昨日被任命船长后，除中间吃了顿饭，一直都未离开过操控室，大部分时间都在驾船，始终少有休息，船副好歹比他还少去了一趟鸟人的老巢。也怪自己疏忽，竟忘了他们是一般的常人，特别像他们驾船，不仅眼睛要紧盯前方，注意力还要格外集中，因此极易疲劳和犯困，必要的睡眠和休息是断断少不得的。

他让霍玉婵接过轮舵，让高至善将船长背进底舱，自己则骑上飞马飞到后面的船上。来到操控室里一瞅，船副虽在一丝不苟地驾着船，却也是两眼布满血丝。高经纬从船副手里要过轮舵，并逼着他去底舱里睡觉。船副开始对高经纬的驾船技术还有些不放心，不忍马上就走，后来想起他的神仙身份，暗道：“我好糊涂，这世上还有神仙办不到的事？”遂一笑离开。

兄妹仨经过这一番驾驶，无论是掌舵，还是操帆都有了长足的进步，两艘大船在他们手里，行驶得越来越像模像样。眼看入海口已近在咫尺，远远正有几只黑色的海燕，在天空中冲云破雾，自由翱翔。

船长和船副都在船舱里小睡了一会儿，终究不放心上面，又都来到操控室里。他们来得正是时候，前面不远便是大船要停靠的码头。他们当即上手，落下大部船帆，减缓船速，然后将船停靠上去，再将剩余船帆降下。

待士兵们全部下船后，兄妹仨便先后将两艘船抬到岸上。船长和船副颇为不解道：“上仙，莫非我们今天都不回去了？”高经纬笑道：“不错，我已与王将军说好，自今日起你们就暂且留在岛上，听候王将军的调遣。”

此时赶来迎接的詹知府急道：“上仙，不是说好了下官一行今日就随船回去吗？难道门大人临时又变了卦？”高经纬笑眯眯道：“詹大人急什么？学生保证误不了您回去就是。”詹知府恍然道：

"敢莫下官和程大人是要乘上仙的飞马回去？可下官这些手下怎么办？莫非就让他们留在岛上？下官可是答应了他们今日就回去的呀，况且他们都已做好了回去的准备。"詹知府有几个随从也道："是啊，上仙，就请您开开恩，让小人们回去吧。"

王参将一旁笑道："回去有什么好？今天是大年三十，跟着本将军在这里一醉方休，不强似你们回家？"高经纬道："王将军是在与你们说笑，门大人乃我军统帅，一言九鼎，言出必践，焉能出尔反尔？学生不过看船长和船副过于劳累，这才让他们留下，至于你们，仍按原计划行事。"

詹知府道："下官这就不明白了，既然我们回去的事没有更改，那么上仙何以还要将船抬上岸来呢？"高经纬笑道："此事不交代清楚，谅詹大人也不肯放过学生。学生心中是这样打算的，船长和船副既然留在岛上，两艘大船自然也是留下的好。不是还有一艘桅杆折断的大船吗？横竖回去也是顶风，有无樯帆倒也无关紧要，正可趁此将大船送回去，也好找机会将它修复。"

詹知府笑道："到底是上仙，考虑事情也比我们长远。"王参将不解道："詹大人，干啥口口声声称呼观风使大人为上仙呢？"詹知府道："王将军还不知道，三位观风使大人实乃真仙下凡。"说着，便将兄妹仨的种种特异之处着意渲染了一番。

直把个王参将听得目瞪口呆，暗道："我说他们哪来的神力能将大船托起，却原来是神仙显灵。怪道连门大人对他们都青眼有加，敢情就自己还蒙在鼓里，门大人能把这趟差事交给我，让我也能一沾仙气，足见对我不薄。我更要充分把握这次机会，多与仙家套套近乎，方不虚此行。"想到这，当即跪倒在地，对着兄妹仨便磕起头来，一边口中还道："小人不识神仙贵体，多有简慢，还望上仙宽恕则个。"

一旁的士兵听得真切，一见王参将磕头如捣蒜，这仙人还假得了？再说仙家的神力又是他们亲眼所见，便呼啦啦跪倒一片，参拜上仙的呼声惊天动地，引得詹知府和手下的人，及船长与船副也都叩头不迭。

程总兵在城中只知道大船已到，左等右等也不见兄妹仨露面，却听得城外参拜上仙的呼声一浪高过一浪，终于耐不住性子奔出城来一瞧。就见兄妹仨被一干人等众星捧月般地围着，扶了这个扶那个，忙得不亦乐乎，众人却是“摁倒葫芦起了瓢”，扶起这个，那个又跪了下去，生怕与真仙失之交臂。

程总兵心里甚是好笑，赶忙进去解围，他清了清嗓子，朗声道：“大家都听我说，这观风使兄妹都是门大人请来的小友，与末将也交情匪浅。今后与大家相处的日子还长着呢，就是想与他们亲近，也不争这一时。今天是除夕，大家还有好多事要做，只管在这里拜来拜去，岂不把什么事都耽误了？王参将、詹知府你们带个头，都起来，咱们进城办事要紧，观风使兄妹谁也不会遁去，如果你们找不着人，拿我是问就是。”众人这才起身，簇拥着兄妹仨来到城里。

一百二十二　李将军馈赠食品　暗中敌火烧战船

詹知府和王参将做了交接，便带着手下直奔那艘坏船。王参将这边立即着手布防，并派出火头军准备晚上的会餐。程总兵叮嘱他尽快让士兵掌握火炮和火绳枪的用法，平常和那边海岛多联系，有事互相关照。高经纬还建议他闲暇时带人去冰上练习滑滑冰屐。王参将满口答应，并表示要和那边黄参将定好联络暗号，一旦发现敌情就及时通报给对方。在他心里，自己这边有神仙相助，再凶恶的敌人也不在话下，因此言谈话语里，显得斗志旺盛，信心十足。兄妹仨见由于自己的缘故，让这些人士气大振，始信门经略不让说破他们真实身份的棋高一招。

交代完这些，三人和程总兵就要离去，王参将非要带人去送，程总兵知道他们送自己是假，送兄妹仨是真，便对症下药道："常言道：'神龙见首不见尾。'仙家也是一样，最不愿意暴露自己的行踪，你们这样大张旗鼓地送来送去，也不怕触了仙家的大忌。"王参将听了，这才作罢。

程总兵四人走出城来，詹知府已带着手下登上了那艘坏船，程总兵一见心下大怒，暗道："詹知府好不晓事，船还没到冰面，他们竟先到了船上，这让兄妹仨如何去抬？"立马就要出言训斥他们，并勒令他们下来。

高经纬见程总兵勃然变色，怎不知他心中所想，便劝道："程大哥不必动怒，他们也是无心之过。大概他们是想，既然我们是仙家，必然法力无边，他们在不在船上又有何关系？好在这点小事倒也难不倒我们。"说着，兄妹仨就将大船抬起，搬至冰面。

程总兵起初还为他们揪着心，怕把他们累着，待见到他们步履轻盈，神色如常，浑没将这当回事，这才长舒了一口气，心中却也对他们的力大如斯，暗暗叹为观止。

四人乘飞马来到船上，霍玉婵掌舵，兄弟俩推船。这时四下里暮色低垂，冰面上风力开始减缓，天空中竟洋洋洒洒飘起了雪花。大船很快驶进江口，并溯江而上。兄妹仨戴上夜视眼，大船在黑暗里如飞前行，酉时将过，大船已驶抵了安东城外。

韩通判此时就守候在城楼里，一见有大船到来，立刻率众迎出城去，码头上登时变得一片通明。詹知府一行将舱里的食品悉数用绳索吊了下去，下得船来，高经纬让他们先走一步，说自己四人随后就到。韩通判告诉他们，门大人正在知府衙门等候，便同詹知府朝城里走去。

兄妹仨将大船搬上岸，又将舷梯拽到甲板上，乘上飞马带着程总兵正要飞向城中，就见江对岸人喊马嘶，出现一溜火光。有人高声道："请上仙留步。"兄妹仨忙把马停下。

俄顷间过来一彪人马，领头的正是李将军，他对高经纬一抱拳道："今天是除夕之夜，小人特备下一点薄礼，不成敬意，还望上仙笑纳。"说着把手一挥，手下人即刻搬来六只口袋，不由分说，往三匹飞马身上一搭。李将军又一抱拳道："多有打扰，后会有期。"带着手下反身便走。高经纬赶忙道："承李将军惠顾，晚生兄妹不胜感激，日后定当回报。"

四人来到知府衙门，还未等落地，下面便响起一阵噼噼啪啪的鞭炮声，原来门经略特地让人燃起了一长串爆竹，迎接兄妹仨凯旋。整个府第里更是张灯结彩，一派节日气象。在喜庆的火药味里，四人翻身下马，兄妹仨又将口袋卸下，搁在地上。门经略问清是李将军所送，便让人搬到厅里，又派人守护好飞马。

四人随门经略步入大厅，就见大厅里巨烛高烧，灯火辉煌，地上已摆下十几桌酒席。门经略吩咐人解开口袋，一股肉香飘散出来，顿时盖过了酒席的香气。取出来一瞧，竟是十二扇油汪汪的去头狗肉。

门经略一边让人送到厨房去加工装盘，一边把兄妹仨让至上席，自己和程总兵及詹知府与韩通判，还有一名副总兵在旁坐

陪。兄妹仨哪里肯坐，待要推辞，被门经略拿眼色制止，程总兵早已过去将他们按在座上。其他官员和将领也按事先的安排，在各自的酒席桌前落座。门经略又对身后的中军道："这便传令给军营，会餐正式开始。"而后，门外便响起一声号炮。

门经略站起来道："今天这次会餐有两层含意，其一，除旧迎新欢庆元旦的到来；其二，表彰三位观风使立下的卓越战功。正因为有了他们的不懈努力，我军才能屡战屡胜，所向披靡，不仅打得完颜罴全军覆没，还收复了被倭寇占领的两处岛屿，缴获军需给养无数，在此之前他们还消灭了仙人帮、顾家大院等数股土匪，可谓劳苦功高。如今只剩下凤凰山一处土匪残余势力尚待清除，咱们凭借三位观风使的出奇制胜，剿灭他们也是指日之间的事。来，我提议为我的三位小友，咱们的观风使兄妹干上一杯，预祝他们新年伊始取得更大的胜利。"说罢举起杯子一饮而尽，众人也都起身将面前的酒杯干掉。

詹知府一杯酒下肚，两眼兴奋得放光，又端起从人新斟满的酒杯，侃侃而谈道："上仙能不辞劳苦为我军效力，实乃大明江山社稷之福，我军幸甚，朝廷幸甚，百姓幸甚。小人斗胆敬上仙一杯，但求上仙能常驻我军之中，等闲不要离去，小人于愿足矣。"说完一仰脖子，将一杯酒喝得涓滴不剩，众人也都纷纷起来敬酒，对兄妹仨的仰慕之情溢于言表。

门经略看在眼里，喜在心上，暗道："有了三位小友的影响，军心民心都已大定，此地匪患不足虑也。"想到这，呵呵笑道："趁着今天高兴，老夫就破例给大家一个承诺，三位小友既然是老夫所请，别的不敢说，只要老夫不发话，他们绝不会离开。三位小友，老夫说得可对？"兄妹仨站起来对门经略一躬身，齐声道："没有大人的指令，我们死也不会离开。"

这时有人将切好的狗肉端了上来，门经略筷子一举，道："大家别光顾着喝酒，这李将军送来的朝鲜风味狗肉，也该品尝不是。"说着已将一块狗肉夹到了嘴里，众人也都跟着动筷。这狗肉做得确实不同凡响，与在海岛不同，显然又换了一种做法，由原来的烹煮改成了烧烤，吃到口里外焦里嫩不说，一股馨香直透心脾，舌尖还微感麻辣，只觉得说不出的好吃，众人边吃，边夸

赞个不停。

门经略道："詹大人，这东西做得如此好吃，你们又守着朝鲜人，为什么不跟着学学？"詹知府深有感触道："大人有所不知，下官也曾派人私下里学过，只是不得精髓，做出来的狗肉总是似是而非，跟这相比简直不能同日而语，下官也就绝了这个念头，倒并非下官不想学。"

程总兵道："还别说朝鲜人，就是汉人的厨子们谁还没有自己的绝活，不是自家骨肉至亲，谁肯轻易外泄，砸了自己的吃饭家伙。"门经略叹道："说得也是，就拿辽阳六合居的蒸饺来说，我们把大师傅请到军中，那么多火头军跟着围前围后，可和馅的奥秘，愣是没有人瞧得穿，如今离了那位大师傅谁也玩不转。"

几人正自说着，远处忽然传来一阵枪声，众人纷纷离座拥向院里，兄妹仨更是越众而前，率先来到外面。就见码头方向火光烛天，这枪声就来自那边的城楼。程总兵道："莫非有敌人来攻城？"门经略道："看样子不像，倒似有人在码头上放火。"

此时兄妹仨已跨上飞马，高经纬道："大人且在这里稍候，待晚生们探明情况再说。"话音未落，已朝码头飞去。兄妹仨来到城楼上空，抬眼望去，就见城外并无敌人进攻，只他们推回的那艘大船焰腾腾着起火来。

这时城楼里的枪声已停，三人落到城上。听守城的士兵讲，不久前他们忽然发现大船上有亮光一闪，大声喝问后，不仅无人回答，这亮光竟变成了一团火光。火光一起，他们又看见一个人影在大船上四处游走，人影所到之处，便有新的火舌喷涌而出，显见这人是在放火。他们想出城去擒获此人，又恐中了敌人的诱敌之计，致使城池有失，就朝敌人放起枪来。开始他们还看见这人在甲板上纵跃闪避，后来就不见了踪迹，不知这人是被击毙在了火里，抑或是逃之夭夭。

兄妹仨闻说，纵马飞临大船的头顶，四下望去不见敌人的蛛丝马迹。这时大船已成了一片火海，樯帆甲板烧得正旺，舱里更是浓烟滚滚，大船眼见是没救了。兄妹仨不由一阵心疼，他们本想将大船送回，择日再将桅杆修复，然后交付守城部队使用，以便与前方海岛相互呼应，想不到竟因一时疏于防范，被敌人钻了

空子。

三人越想越恨，决心将敌人找出来绳之以法。他们根据守城士兵所讲，料想这人一定身负武功，不然这么高的船他又如何能上下自如？由此断定，敌人绝不会轻易葬身在火海之中，但若说敌人远遁，时间上又未必来得及，这样看来，敌人极有可能就藏身在大船的左近。三人戴上夜视眼，沿大船附近低低徘徊，认真搜寻。

此时天上的雪还在纷纷扬扬地下着，兄妹仨找遍了大船周围，除了茫茫的白雪，却一无所见。三人又扩大了搜索范围，就连江面上也不放过，仍然毫无收获。

高经纬充满狐疑道："敌人即便逃得再快，这地上也不能不留下一点痕迹，何况这么短时间内，大雪根本无法将其痕迹彻底掩埋。"霍玉婵道："敌人能不能披着白被单之类的东西，此刻就卧在大船的附近？是以看不到行踪。"高至善道："说不定敌人真的葬身在了火海？"

高经纬道："你们说的都有可能，稳妥起见，咱们还得动用一下冰精。"高至善一听要动用冰精，想也没想，就把冰精扔进了火里。接着三人又亮出宝剑，绕着燃烧的大船好一阵低空盘旋，直至大船隐没在雾气之中，火势渐渐小了下来。兄妹仨又对大船连连催动剑招，终于将火势完全扑灭，整个大船樯倾楫摧，只剩下了一具残骸，所幸的是码头还完好无损。

高经纬带头将宝剑插回剑鞘，又让高至善收起冰精，然后在灰烬里仔细查找了一遍，结果并未发现敌人的尸体。他扫了眼周遭的地面，道："敌人即便藏身在雪地里，此刻也非被冻死不可，敌人死不足惜，好端端地搭上了一条大船。"高至善忿忿道："还搅了咱们的酒兴。"

霍玉婵道："咱们损失的是物，可敌人赔上的却是性命。物旧的不去新的不来，往后咱们还可从倭寇的手中去夺，可人死却不能复活，怎么说也是咱们划算，你们就别想不开了。"

高至善道："依你说这家伙是倭寇的人了？"霍玉婵道："看这家伙的身手，倒像是倭寇里的忍者。"高经纬一击掌道："不错，这人高来高去，纵跃如飞，确非一般倭寇所能比，忍者的可能性极大。”

高至善道：“管他什么狗屁忍者，还不是照样难逃覆灭的下场，咱们只管在这啰嗦什么？赶紧过去把酒席应付完，好早点回家。”一提回家，高经纬和霍玉婵也不再言声。三人飞到城楼，就见士兵们都萎缩在城楼里，一边烤火，一边仍在喊冷。高经纬叮嘱他们要加强警戒，便带着霍玉婵和高至善回到知府衙门。

门经略一干人等还都挤在院子里，打着油纸伞在向城东眺望，一见兄妹仨回来，都迫不及待地追问究竟。高经纬把情况一讲，詹知府脱口道：“多亏我们把食品都带了下来，不然岂不也化成了灰烬？”程总兵白了他一眼，道：“就知道吃，那么多崭新的被褥怎么不张罗搬下来。”詹知府汗颜道：“这一点倒是被下官疏忽了。”

门经略笑道：“你们呀，一个想着吃，一个惦记着睡，就是没有想到在上面留人防守。”高经纬道：“这与他们无关，要怪只怪晚生虑事不周，压根没想到那么高的甲板也会有人上得去。”

门经略道：“这种事谁也怨不得，老夫深有体会，对这样的武功高手要防也难。就像那个李道楷，在万千军中还不是恣意所为，无人能挡？”提到李道楷，高经纬顿时受到启发，暗道：“我怎么独独把他给忘了？照他的武功，上下大船自是不在话下，就是全身而退也不是难事，这里又距他的巢穴不远，该不是他来趁火打劫吧？”转念又想：“如果是他的话，他是领教过冰精厉害的，在那种情况下绝不会待在大船下等死，必定会向城墙方向逃窜，可他的伤势哪能好得这般快？受此影响，轻功一定大打折扣，我们怎会一点端倪看不出来？不管此事是不是他之所为，却给我们提了个醒，这人终究是个祸害，必须及早除去。”

门经略见他沉思不语，遂问道：“小友在想什么？”高经纬把想法一说，门经略点头道：“小友所虑极是，歇过初一，初二咱们准时向凤凰山进军。”高经纬道：“就照大人说的办，还是晚生们打前站，后日在凤凰山会合。”

门经略传下令去，让各处加强戒备，又让厨房撤去残席，重新布上菜来，然后一摆手道：“走，大家都回厅里继续饮酒，别让敌人搅了咱们的好心情。”这时有人已将兄妹仨身上的雪掸去，

飞马也有人用苇席苫上。

三人随众人回到原位就座，众人当下又推杯换盏起来，这酒一直吃到夜阑人静。厨房又端来六合居蒸饺，众人吃过后才算作罢。詹知府要为兄妹仨安排下处，门经略道："还是让他们随老夫回军营去住，老夫还有事与他们相商。"

兄妹仨载上门、程二人，倏忽间来到军营。五人进入大帐，早有手下人提过六只食盒，门经略道："这些食盒你们带上，算是老夫对高夫人的一点敬意。你们这便回千山去吧，也免得她老人家倚门悬望。你们尽可陪她过完初一，凤凰山剿匪一事，也不差明日一天。"

原来门经略已从沈知府处将高经纬的家世知道得一清二楚，几个人计议好，就等这边战事一平定，立刻由门经略亲赴朝廷，弄清高经纬父亲失踪之谜，为高家一门雪此不白之冤。同时他也知道了高夫人含辛茹苦，独自将高经纬拉扯成人的不易，因此早就计划好让他们除夕之夜回去与母亲团聚。

兄妹仨见门经略替他们想得如此周到，都感动得热泪盈眶，三人一齐拜伏在地。高经纬哽咽道："大人对晚生们的知遇之恩天高地厚，晚生们虽肝脑涂地也难补报于万一。"门经略赶紧将他们扶起，动情道："快不要这样说，老夫能与三位小友相遇相知，实乃生平一大幸事，老夫倒该感激你们才对。"

这时，程总兵已指挥军士将食盒两两搭在了马背上，进来对兄妹仨道："天色已然不早，弟弟妹妹们也该上路了。"门、程二人将兄妹仨送出大帐。兄妹仨飞身上马，冲着门、程二人一拱手。门、程二人道："替我们代问高夫人好。"飞马便腾空而起，眨眼间已不见了踪影。

兄妹仨一路上迎风冒雪，冲着西北方向一头扎去，飞过无数崇山峻岭，不久，一座高耸的山峰便映入眼帘。高经纬指着其上北伸的峭岩道："我们已到了仙人台，只这巨石便是有名的鹅头峰。"

三人仔细分辨着中会、大安、香岩三寺和仙人谷城堡，各处虽依稀可见，但都隐没在一片银装素裹的皑皑世界中。禅光方丈、禅音大师、一乘方丈和李梧桐守备，一个个鲜活的面庞如在

眼前，一种久违了的思念之情油然而生。霍玉婵有些怅然道："如果不是时间紧迫，真该下去走走。"高经纬道："说的也是，等消灭了魏进财一伙，这里还有好多事要我们去做。"

说话间，三人已回到龙泉寺的上空。在上面盘旋了一周，正要降落到精舍的顶上，霍玉婵忽然指着拨云堡顶道："洞口开了，娘和小鹃在等着咱们。"三人当即拨转马头，从堡顶落下。就见两座小山似的粮食和金银还都堆在原处，却不见高夫人和刘小鹃的身影。就在这时，堡顶轧轧连声，洞口已然合上。三人朝见日厅方向一瞧，就见高夫人和刘小鹃都身背连弩，一个站在见日厅门口，一个刚刚打里面跑出，两人随即相互扶持着迈下台阶。

兄妹仨刹那间都泪眼模糊，不约而同跃下飞马，不顾一切地朝娘儿俩奔去。高夫人颤抖着声音道："可把你们盼回来了。"张开手臂就把扑上来的霍玉婵和高至善搂住，刘小鹃也一把抱住霍玉婵，哇的一声哭了出来，四人相拥在一起。霍玉婵和高至善依偎着高夫人道："娘，孩儿都想死您了。"便再也说不出一句话，只知一个劲地任眼泪流淌。

高经纬站在一旁陪着掉了一会儿泪，道："娘，我们都回来了，您该高兴才对，这般哭个不休，也不怕伤了身子？"高夫人这才收住眼泪，抚着三个孩子的后背道："好了，我的心肝宝贝，都别哭了。你大哥说得没错，今天是大年三十，又赶上咱们一家团圆，本应好好庆祝一番才是，这样没完没了地哭个不停，让外人看了，还以为一家人都患了失心疯。"三个孩子被逗得破涕为笑，四人簇拥着高夫人向大厅走去。

高夫人瞅了瞅高经纬，嗔道："你这当大哥的也是，这一走，中间不说带他们回家看看不算，就连除夕之夜也不说早点回来。"瞥眼就发现了他们戴的夜视眼，不等高经纬答话，又道："你们戴的又是什么新鲜玩意儿？"高经纬道："这叫夜视眼，专门是为了夜间视物的，戴上它再暗的地方也能看得一清二楚，不信您戴上试试。"说着便将夜视眼摘下，给高夫人戴上，那边，高至善也把自己的夜视眼往刘小鹃的眼睛上一套。

两人打开瞭望孔往外瞧去，果然四下里都清晰入目，如在白天。两人高兴道："这东西真好，有了它，夜里岂不是连灯都不用

点了？”高经纬道：“这东西还有一样好处，能在雾中视物，等闲暇了我便试给你们看。”

刘小鹃道：“大哥，不是闲暇了，而是要等有雾的时候，咱们闲暇了，可这雾未必有空呀？它要不高兴现身，咱们又有什么办法？”高经纬笑道：“不是大哥夸口，休说区区一点雾气，就是比它更厉害的黑光，也是手到擒来。”

高夫人讶异道：“你们该不是学会了呼风唤雨？”高经纬道：“那倒没有，不过我们得到了一些宝物，神奇之处并不比呼风唤雨差，待会儿一件一件地拿给你们看。”高夫人道：“这么说你们又经历了不少奇事？”高经纬道：“虽然我们在外时日并不算多，但经历的事情却一言难尽。”

高夫人道：“说事先往后放放，咱们还是吃年夜饭要紧。”霍玉婵道：“这么晚了，您和小鹃还没吃饭？”高夫人叹了口气道：“你们没回来，我们哪里吃得下？我也曾让小鹃先垫补着点儿，可她硬是不肯，非要等你们不可，直到现在还一口东西未进。”兄妹仨听了既感动又心疼。

此时一行人刚好走到飞马前，高经纬对霍玉婵和高至善道：“咱们快把食盒搬到餐厅，让娘和小鹃先吃着。”说完三人将高夫人和刘小鹃扶上飞马，随后自己也跃上去，一个起落已来到餐厅门口。三人放下高夫人和刘小鹃，提起食盒推门而进。

里面的情景顿时让他们一愣，就见餐厅被装点一新，一盏大红宫灯悬挂在餐厅的正中，里面镶着那颗硕大的夜明珠。迎面墙上是王安石的《元日》诗：“爆竹声中一岁除，春风送暖入屠苏。千门万户曈曈日，总把新桃换旧符。”全诗每个字都是用金箔所剪，贴到墙上黄灿灿的。那端庄的楷书一看就是出自高夫人的手笔，创意和剪裁则非刘小鹃莫属。其他几面墙上，也都贴着不是大红的剪纸窗花，就是金黄耀眼的箔纸福字。

门后两旁却是一副红纸黑字的对联，上联“福无双至今日至”，下联“祸不单行昨夜行”。高经纬一看笔体虽然也是正楷，但仔细端详，仍不乏稚嫩的痕迹，不用说，是刘小鹃在跟高夫人学习书法之习作。

霍玉婵道：“这对联有些怪怪的，原本不吉利的字眼，经过笔

锋一转，意思全变，颇有些逢凶化吉的味道。”高经纬道：“说起这副对联还有一个典故，内中蕴含着东晋大书法家王羲之的一段佳话。”高至善道：“王羲之莫不是那个被称为书圣的人？他写的《兰亭集序》真迹可是价值连城的宝贝呀。”高经纬道：“正是。”霍玉婵道：“别听他打岔，快讲讲这段佳话是怎么回事？”

高经纬如数家珍道：“据传王羲之成名后，他的字一字千金，等闲之人哪里能轻易得到？于是就盯上了王府的对联。按当地习俗，每到大年除夕，家家都要在大门口贴上春联，以示吉庆，王府也不例外。但让王羲之头疼的是，这头天贴出的春联，第二天一早准保不翼而飞，为了杜绝这一现象，终于被他想出了一个应对的办法。这年除夕那天，他早早便在门上贴出一副春联，上联写着：‘福不双至’，下联写着：‘祸不单行’。人们见上面写得凶险不吉利，遂打消了偷窃的念头。谁料初一早晨再看那副门联时，就成了你们现在看到的这个样子。原来王羲之趁夜里无人，又在下面续添了几个字，寥寥六个字，竟使得意思大变。人们都盛赞王羲之不仅文笔书法出众，聪明机智更是无人能比，从此传为千古佳话。”

这时高夫人和刘小鹃也从厨房里搬来两个食盒，见他们在议论对联，两人相视一笑。刘小鹃放下食盒，从一旁的柜子里拿出早就准备好的笔墨纸砚，往高经纬面前一摆，道：“此对联尚缺一横批，就请大哥赐教。”高经纬拿起笔蘸上墨汁，略一思索，便在横幅上写下“吉人天相”四个字。

刘小鹃鼓掌赞道：“大哥才思敏捷，四个字果然贴切。小妹本想用逢凶化吉作横批，但一思量与下联倒也靠谱，可跟上联却有些牵强。”

霍玉婵道：“小妹什么都想得这般周全，就连墨汁也早研出来了，不过也奇了，这么低的气温，墨汁居然也不凝？”高至善道：“也许是小妹刚研出来不久，不然，即使不凝固，也早该干了。”刘小鹃噗嗤笑道：“什么呀？我是在里面掺上了你们带回来的防冻液，你们稍加留意就会发现这墨汁还黑中带蓝，否则天这么冷，不凝住才怪。”

高夫人叹道：“若不是有炎炎衣和折叠服，别看这房间是在洞

中，不生火还真不行，厨房里的东西要是放在这，早就凉了。”

高经纬笑道：“不就是想让房间热起来吗？那还不容易。”高夫人道：“我也知道这事简单，取来些固体燃料点上就是，可这屋里没有烟道，人又如何待得住？”高经纬故作神秘道：“山人自有妙法，不用生火就能让房间里热起来，还包管让您在里面待得住。”

高经纬对霍玉婵一使眼色，两人便同时去解包袱。高夫人和刘小鹃都睁大了眼睛，倒要瞧瞧这二人是如何让房间里热起来的，为了看得仔细，她们都把夜视眼摘了下来。高经纬一见，故意让霍玉婵先将乌云煤精取出。

这娘儿俩正聚精会神地关注着高经纬和霍玉婵的手里，猛然间眼前变得一片漆黑，伸手不见五指，娘儿俩登时吓得大叫起来。高经纬道：“不用怕，快把夜视眼戴上。”娘儿俩赶紧戴上夜视眼，这才看清霍玉婵手里有一块漆黑发亮，内部乌云翻滚的东西。

一百二十三　奇蘑菇另有妙用　飞行服其实难当

高夫人见多识广，认出这东西有点像煤精，于是道：“这东西与煤精倒有几分相似，不知是也不是？”高经纬道：“娘说得没错，这东西叫乌云煤精，是煤精中的精品，刚才的黑雾就是由它所发。通常情况下，不用夜视眼是看不见它的，另外这东西还有一样妙用。”说着，就将装琥珀王的匣盖打开，霍玉婵连忙把乌云煤精放到门口，高经纬又让娘儿俩摘下夜视眼。

娘儿俩只顾去瞧琥珀王，还以为霍玉婵已将乌云煤精收起，直到她们感觉有股暖流从门口涌来，抬头去看时，才发现乌云煤精就在门口。高夫人道：“净瞎掰，刚才还说不用夜视眼是看不见乌云煤精的，现在我们什么都没戴，怎么也看见了？”

高经纬笑道：“可刚才我手里的东西并没有拿出来呀。”高夫人道：“你是说这两者之间有关系？”高经纬道：“关系大着呢，别小瞧我手里的东西，有了它，不仅能让乌云煤精显形，还能让乌云煤精发出热来。不信，我把这东西收起来你们再看。”说完就将匣子盖上。

娘儿俩眼前又是一片漆黑，忙喊道：“快把雾气除去，我们信了还不行吗？”高经纬立马掀开匣盖，黑暗登时褪去。高夫人瞅着琥珀王道：“这又是什么东西？威力如此之大？”高经纬把琥珀王从匣中取出，递给高夫人，道：“娘，您看这东西像什么？”

高夫人将琥珀王凑到眼前，一边认真打量，一边喃喃道：“这东西跟琥珀一个样，难道雕成了佛像便有了灵性？”高经纬道：“倘若告诉您，这佛像不是雕成的，而是生来就有的，您信吗？”

高夫人道：“这佛像玲珑剔透，活灵活现，没一处不栩栩如生，要说是天然形成的，我还真有些不敢相信。”

高经纬道：“您慢慢在手里旋转，再往佛像中部位置仔细观瞧，看可有什么名堂？”高夫人照着去做，终于发现无数光束在佛像的中心汇聚成一个清晰的王字，便脱口道：“我看见了一个王字。”刘小鹃也在一旁证实道：“真是一个王字哎！”

高经纬道：“你们看得没错，正是因为这王字，人们才给它取名琥珀王，实乃人间至宝。琥珀王坚硬无比，就连最硬的钻石在它面前也要退避三舍，所以根本无从雕刻。它的奇妙之处不仅在于能滤除乌云煤精所发光线的黑色，使其产生热量，这里要说明一点的是，你们所看到的黑雾其实是一种黑光，而且更为神奇的是，它能将一般煤精变成乌云煤精。”

高夫人道：“如此说来，这东西真是当之无愧的宝物。”刘小鹃道：“为何要把乌云煤精放到门口？把它拿到里面来不行吗？”高至善插话道：“当然不行，那样屋里会热得受不了，别看这么大一块乌云煤精，如果让它离琥珀王再近些，所发热量足以让整个拨云堡内外变成春天。”

霍玉婵道：“这些事能不能吃过饭再说？咱们倒没什么，娘和小鹃可是粒米未进呢。”高经纬道：“瞧我这张臭嘴，张开来就没完没了，倒把娘和小鹃吃饭的事忘到了脑后。”说着就去揭门经略给的食盒。

刘小鹃笑道：“看了你们带回的宝物，我和娘比吃什么山珍海味都过瘾。”霍玉婵刮了一下刘小鹃的鼻子，道：“我们的小才女什么时候患上了宝物癖？一见宝物连饭都不想吃了，羞也不羞？”

高经纬道：“小妹喜欢见识宝物这事好办，等吃过饭我们还有几件，一发拿给你和娘看。”刘小鹃道：“宝物固然好看，宝物的来历一定更精彩。”高夫人道：“是啊，你们出去这么多时日，经历的事恐怕少不了，待会儿饭桌上可得好好给我们说道说道。这食盒又是哪来的？里面都有什么？”

高经纬道：“食盒是门大人送给您的，里面装的什么，我们也不清楚，他和程大哥还问您好呢。”兄妹仨一边把食盒里的东西往桌子上摆，一边将门经略主动让他们回家，并放他们一天假的经过讲给了娘儿俩。高夫人道："门大人对你们可谓仁至义尽，你们可不要辜负他。"三人都连连点头。

六个食盒里的东西全部取出，竟将一张长桌摆得满满当当。里面有各色菜肴二十盘、六合居蒸饺三百余个、烤乳猪一只、扒鸡一双、水晶肘子四对、酱牛肉十余斤和烧狗肉一块，此外还有一坛安东烧锅酒。盘中的菜肴和六合居蒸饺尚存余温，可以想见，兄妹仨离开时，这些东西必是才出锅不久。

高夫人拣几样不怕凉的菜和安东烧锅酒留下，其余的都让兄妹仨搬到厨房。自己和刘小鹃则把自家的食盒打开，将里面一盘盘直冒热气的菜肴端出，放到桌子上，却是四碟八碗十分齐整，都是高夫人精心所做的拿手菜。

两人又将碗筷酒盅一一摆上，最后才把一坛辽阳千年醉和一坛取自邢记大车店的不知名白酒，连同兄妹仨带回的安东烧锅酒一起摆上了餐桌。高夫人指着那坛不知名白酒道："这酒是你们从邢家大院带回的，是我和小鹃经过品尝筛选出来的，味道还可以，似乎不亚于辽阳千年醉，待会儿咱们每样都喝点。"

高经纬让高夫人坐在上首，霍玉婵和刘小鹃分列左右，兄弟俩在对面相陪。高经纬先将那坛不知名的白酒给每人斟满一盅，然后端起酒盅道："值此除夕之夜，这第一盅酒，祝娘来年福体安康，吉祥如意。"五人齐将酒盅喝干。兄妹仨品了品酒的滋味，只觉得舌下生津，满口芳香，酒质实属上乘，同辽阳千年醉相比难分轩轾。

高经纬不禁赞道："娘和小鹃喝酒不多，品酒的本事却是一流的。"高夫人和刘小鹃满心欢喜，高夫人却故作谦虚道："你这溜须拍马，阿谀奉承的手段也大有长进。"一句话把兄妹仨逗得前仰后合，大笑不止。

高经纬勉强忍住笑，又给大家倒上一盅安东烧锅酒。没等高经纬说话，高夫人已举起酒盅道："来，这第二盅酒，祝我的孩子们在新的一年里万事顺遂，心想事成。"五人又是一饮而尽。

高夫人咂了咂嘴道："这酒味倒也不错，只是酒劲大了些。"除高经纬微笑不语外，其他人都随声附和。她瞅了眼高经纬道："你为何一言不发？"高经纬装出一脸苦相道："我怕说出来又有

谄媚之嫌。”高夫人笑道：“好小子，你在这里等着我呢，就冲这一点也该罚你三盅。”

刘小鹃道：“大哥对娘的大不敬确实该罚，念在他是初犯，从轻发落，就让他给咱们讲讲这些天来的经历如何？讲得不精彩再罚酒不迟。”高夫人道：“好，就依我女儿之言，你可要仔细着点，虚言应付我们，可还是要罚酒的噢。”

高经纬知道她们急于想知道最近发生的事，可再着急这饭也不能不吃啊，自己三人好歹在外吃过，她们可是空着肚子到现在呀，于是道：“我还是认罚吧，这酒我已好久没有痛痛快快喝了，罚酒可是搔到了我的痒处，诚可谓是适得其所。”说着将不知名酒连倒了三盅，脖子一仰全都灌进了嘴里，又大口吃了几块肉，筷子一放连呼痛快。

霍玉婵和高至善立刻明白了他的意思，高至善道：“娘，您这哪里是在罚他，简直就跟奖励差不多，这么说我也认罚。”便学着高经纬的样，也连饮了三盅，还出了一个怪态。霍玉婵道：“娘，您这可是肉包子打狗，反倒成全了他们，索性咱们也自罚三盅。”说完将三人面前的酒盅倒满，她们也连干了三盅。

高夫人本来还怕兄妹仨饿着，后来听他们讲已在安东城吃过，便对这顿饭有些兴味索然。接着又见刘小鹃挖空心思，想知道兄妹仨的经历，知道这个女儿如果不打破砂锅问到底，这饭也吃不踏实，再说自己也很想弄个明白，因此就想让高经纬一吐为快。不料兄妹仨表现出来的却并不像吃过饭的样子，这倒把她搞糊涂了，她不解地问道：“你们不是在知府衙门已赴过席了吗？怎么对吃饭还这般猴急？”

高至善道：“我们早就商量好了，无论如何也要回来和你们吃这个团圆饭，在外面不过是逢场作戏，虚应世故，谁也没有真的去吃喝，这肚子还一直留着呢。”霍玉婵也道：“就是门大人不主动张罗这件事，我们也会回来的。”

高夫人这才知道年夜饭在兄妹仨心中的分量，深悔自己差点辜负了孩子们的这片诚心，至此和刘小鹃不再提及兄妹仨在外的遭遇，而是一门心思地扑在吃喝上，五人轮番地喝着三个坛里的酒。

霍玉婵又去厨房将那块狗肉切成片端了进来。娘儿俩吃在嘴里只觉得好吃，竟说不出是什么肉，当得知是狗肉时，高夫人道："汉人嫌狗肉腥，不到万不得已谁也不去吃它，想不到朝鲜人竟把它做得如此出色，看来还是汉人做得不得法。"高经纬道："朝鲜人不仅狗肉做得好，腌制泡菜更是一绝，他们还会做一种叫寿司的东西，也很美味，有机会一定带回来给你们尝尝。"

五人根据自己的酒量边吃边喝。高夫人见刘小鹃已红晕上脸，自己也有些醺醺然，便去厨房端来一盆热气腾腾的猪肉炖酸菜，顺便把六合居蒸饺又放了些到笼屉里。这道菜来得恰到好处，五人连汤带水吃下去后，都觉得精神为之一振，高夫人和刘小鹃的酒一下子也解了不少，脸上的红晕都已褪去。

高经纬道："想不到这猪肉炖酸菜还有解酒的功效。"高夫人笑道："这你可说错了，其实真正能解酒的还是产自两山夹道地下的蘑菇。这道菜虽为猪肉炖酸菜，里面却加进了不少这东西，你们之所以未看出，那是因为放入的都是被剁碎的蘑菇，再加上文火一煮，早就溶化在了汤里。说起这蘑菇能醒酒，我也是无意中发现的。那还是几天前，我和小鹃见辽阳千年醉就剩下一坛，唯恐你们回来不够喝，又见邢记大车店的酒却有好多坛，心想里面也许有品质尚佳的酒，就打算每坛都品尝一下，把想法跟小鹃一说，小鹃也极力赞成。

"我决定第二天早饭后就来实施，谁料小鹃怕里面混有劣等酒，会伤害我的身体，便在当天夜里趁我睡着，偷偷来到酒坛旁，挨个酒坛尝了起来，尝过的酒，都在坛外做了记号。等我一觉醒来，发现她不在身边，找到酒坛旁时，发现她已醉得不省人事。我赶紧将她抱回精舍，想尽了办法为她解酒，可是都收效甚微。

"无奈之下，我突然想起了这蘑菇。只觉得这蘑菇是神奇之物，能否解酒却殊无把握，就抱着试试看的态度，取来了一只蘑菇，凑到她鼻端让她嗅了一会儿，慢慢她的眼皮明显跳动了几下。我一见有门，当即去厨房煮了一碗蘑菇汤，回来后立刻给她喂下。就听她腹中一阵乱响，跟着便坐了起来，第一件事就是要上茅厕。我随即取来一只坛子，让她坐了上去。她出了一回恭，

起来后就跟没事人一样……”

待要再说，刘小鹃已羞得满面飞红，一把捂住高夫人的嘴不让她再说。高夫人将她揽在怀里道：“都是自家人，谁会笑话你？”霍玉婵也拍着她的肩膀道：“谁敢笑话你，难道他自己就不出恭了？”

高经纬忙将话题岔开道：“看来，远古祖师当年种此蘑菇还有一层深意。”高至善道：“大哥是说这蘑菇与那些尘封多年的药酒有关？是为了让那些因喝酒而休眠的人尽快醒来？”

高经纬道：“我说的就是这个意思。想当初远古祖师预备下那些药酒，就是为了让防守人员在遇有紧急情况时，能通过休眠来应对食物短缺，可一旦渡过难关，又如何让这些人立刻醒来呢？这个问题一直困扰着我，始终不得要领，直到现在才算有了答案。其实我早该想到，有毒草出现的地方，往往解毒的草药也在附近，这才符合万物相生相克的道理，远古祖师正是依据这个道理，才在旁边栽种了能醒酒的蘑菇。”

霍玉婵表示异议道：“即便如你所说，可当他们进入休眠状态需要醒来时，这蘑菇又如何能进到他们的嘴里？蘑菇总不会自己长腿吧？”高经纬笑道：“你以为要休眠，他们就会傻到一个人不留？如果那样的话，他们又如何知道难关已过？只要有人留下，这问题不就解决了。”

高至善道：“我还有一点不懂，既然咱们都吃了这醒酒的蘑菇，可为什么到现在还没有人想去茅厕？”刘小鹃狠狠瞪了他一眼，道：“你傻怎么的？眼下又没有人真的喝醉，用得着去茅厕吗？就知道哪壶不开提哪壶。”

高夫人笑道：“我刚才还没说完。得知了蘑菇能解酒的秘密后，第二天吃过早饭，我和小鹃便带着一食盒煮好的蘑菇汤，继续去尝那些白酒。这回好，我们喝几口酒，稍有一丝醉意便喝上两口蘑菇汤，尝遍了所有酒坛，愣是一点事都没有。你们猜怎么着？我们从中选出了三分之一口感还不错的酒，又用泥巴重新封住了坛口。这回就算你们都是酒鬼，我们也供得起。”

高夫人见大家的酒已喝得差不多，便带着小鹃去厨房将主食端来，有兄妹仨带回的六合居蒸饺和高夫人娘儿俩包的牛肉馅蒸

饺。高夫人娘儿俩见六合居蒸饺其貌不扬，以为军营里的蒸饺好也好不到哪去，不想吃到嘴里才发现这蒸饺又鲜又香，堪称饺子中的极品。

高夫人连忙道：“这饺子怎么跟辽阳六合居的蒸饺味道一样？”高经纬惊异地看着她道：“娘，这六合居的蒸饺您怎么会知道？”高夫人眼圈一红，无限伤感地道：“我怎么会不知道？你爹做辽阳知县的时候，这六合居蒸饺隔三差五我们便要吃上一顿，因为它的味道独特，让人吃过就断难忘记。此后我虽跟你爹走南闯北，但再也没吃到过如此美味的蒸饺。”

高经纬见她伤心，便故意道：“说是六合居蒸饺，可它却出自军营的伙房，您说这是为什么？”高夫人擦了一下眼角，笑道：“这还不简单，军队从六合居进的冷冻饺子，在军营伙房蒸熟了，出处不就成了军营伙房。”

高经纬摇头道：“可我告诉您，这饺子从和面到调馅，乃至包，无一不是在军营进行的，又是怎么回事？”高夫人道：“饺子味道的确跟六合居的如出一辙，这点绝对错不了，除非是部队有人掌握了六合居饺子的做法。”

高经纬道：“部队也无人掌握六合居饺子的做法。”高夫人起急道：“这也不是，那也不是，难不成这饺子压根就和六合居不沾边，只是赶巧了才相同的？可天下哪有这般巧的事？”高经纬这才给她讲了饺子的来历。高夫人听了叹道：“门大人为了你们，特地把厨师请到军中，可谓用心良苦，等有机会我一定要当面向他道谢。”

五个人酒足饭饱，很快撤去碗碟。高夫人和刘小鹃又沏上茶来，五个人围坐在餐桌旁。高经纬见高夫人和刘小鹃都神采奕奕，一点睡意没有，便打开话匣子，给娘儿俩讲起了此行的经过。从去沈阳城路上开始讲起，按时间顺序把为锦州和宁远两城解围，全歼完颜黑大军，收复沈阳城，浑河冰面邂逅冰儿兄妹，除掉完颜黑，重创李道楷，拿下抚顺城，其间又破解地下机关，缴获琥珀王和乌云煤精，其后又结识江大婶一家和耿五爷等人，得到夜视眼和朝鲜密使的怀表，再后来又去了安东城，帮助守军横扫倭寇，打下倭寇占据的三座岛屿，得到鸟人的飞行服等

项事，都绘声绘色地描述了一遍。

只把个娘儿俩听得眉飞色舞，高兴异常，特别当得知兄妹仨曾数次启动末日之光，打得敌人魂飞魄散，闻风丧胆时，心中更是充满了自豪。高夫人道：“怪道我女儿一心想听你们的故事，内中跌宕起伏，扣人心弦，端的十分精彩。想不到旬日之内竟一连发生了这么多离奇的事件，若非亲耳听你们讲来，实在令人难以相信。”

兄妹仨随即将包袱打开，先把七只夜视眼交给娘儿俩。刘小鹃拍手道：“这下好了，有了它，再黑的天我们也能一眼看见你们。刚才若不是借着雪地的反光，要想发现你们还真不容易。”兄妹仨想象着这一老一小，不知从什么时候起就一直守候在瞭望孔前，期盼着他们归来，那份亲情、那份执着让他们倍受感动，三人眼里无不涌动着泪光。

三人又从包袱里将装满怀表的木匣取出，娘儿俩各自拿起一块怀表仔细端详，高夫人道：“怀表这东西我倒是见过，在杭州时有个姓侯的同知，他从一个商人手里为他的夫人购得了一块，每逢官府设宴有夫人参加时，同知夫人总喜欢拿出来在我们面前摆弄，还不厌其烦地为我们讲解它的妙处。可那上面却是十二个外国数字，长针走一圈相当于半个时辰，短针走一圈相当于六个时辰。而这块怀表虽然也是一长一短两个指针，但外壳却是纯金的，一看就知道比同知夫人的那块要贵重得多，且上面标的竟是十二个时辰。如果我没猜错的话，这长针转过一圈就该是一个时辰，短针转过一圈就应是十二个时辰。”

高经纬道：“娘一猜便中，这怀表确如您说的那样，是朝鲜国王特为大明定做的。”高夫人叹道：“朝鲜使者尽管未让东西落入倭寇之手，但毕竟没有完成使命，算不得功德圆满。不过令人不解的是，他已进入大明境内，为何不寻求大明官府的保护？”

高经纬道：“您不要忘了他密使的身份，如果通过了官府，变成了大张旗鼓的出使，他密使的身份岂不要暴露？”高夫人道：“他们不就是想瞒着倭寇吗？但一路上倭寇不断地围追堵截，表明倭寇早已知道了他的使者身份，再不通过官府，岂不成了掩耳盗铃，自欺欺人？”

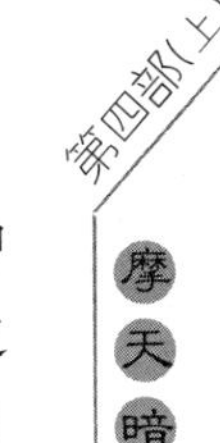

高经纬道："这说明朝鲜国王对倭寇估计不足，自以为此行神不知鬼不觉，其实早被倭寇侦知。等到使者发现有人追杀，他之所以未向官府求援，也许是他不愿违背国王的命令，轻易改变自己的密使身份；也许是他觉得大明官府压根顾不上他的事，因为当时正值完颜罴带人首次攻打安东城，虽然没能得逞，但那种形势下，实在不是求援的时机。"

高夫人道："如果是第一种情况，表明这人也太不会变通了，须知将在外君命有所不受啊。"高经纬道："这件事除了朝鲜国对倭寇不够了解外，所选出使时机也不对，倘若不是赶上大明境内盗贼四起，倭寇也不敢如此肆无忌惮地行凶杀人，总之这件事就不该这样来办。"

高夫人道："依你之见，可有万全之策？"高经纬道："换了我是朝鲜国王，我就堂堂正正地派出使者出使大明，对外只说是例行纳贡，等见了明朝皇帝，再暗地请求出兵对付倭寇，同样可以起到密使的作用，但却把风险降到了最低。"

高夫人道："是朝鲜国王把事情想得简单了，却也怪不得李东绪密使。不过怎生想法帮帮他才是，一来为他在朝鲜国恢复名誉，洗去他完成差使不力的罪名；二来也让耿五爷对他有个交代，全了他们的兄弟之情。"

高经纬于是便给她讲了，就此事他与门经略商量的结果。高夫人道："既然这些怀表早晚要送还给朝鲜国王，咱们还是以不动为佳。"高经纬道："找机会帮朝鲜除掉倭寇的祸患容易，但要将怀表送还给朝鲜国王实属渺茫。我看倒不如你和小妹先用着，这样看个时辰也方便些，如果有一天需要送归朝鲜，到时拿走就是，这金壳怀表又使用不坏。"

高至善道："这怀表是耿五爷送给我们的，到时就是留下两块，又有何不可？"霍玉婵也道："朝鲜国用这些怀表的目的，不就是想让大明出兵帮他们对付倭寇吗？等咱们替他们除掉了倭寇，这些怀表别说留下两块，就是都归咱们也是应该的。"

高夫人道："我知道你们是为我和小鹃着想，但李东绪的名节事大，不能因为我们娘儿俩让你们置大义于不顾，这件事还是按门大人说的办。"高经纬见霍玉婵和高至善都对交出怀表一事心

有不甘，不忍太过拂了他们的意，遂道："这件事暂时先到这，以后咱们看情况再说。"

三人这时又将飞行服取出，点了点不多不少十二件。高夫人和刘小鹃接过去逐件翻看了一遍。刘小鹃拣出一件带血迹的道："这飞行服多数都挺干净，唯独这一件上面染有血迹，是怎么回事？"

高经纬道："你莫非以为这鸟人是死于我们的剑下？其实这人是自己摔死的。"便把这人如何中了寒气，后来又如何体力不支，以至跌死在山崖上的这一情节讲说了一番。刘小鹃道："我说你们就是为了飞行服考虑，也不会对鸟人轻易兵刃相加，却原来是他自己寻死。"

高经纬道："鸟人大概是为了减轻体重，飞行时只穿一套飞行服，且飞行服都是贴身而穿，可奇怪的是这飞行服并不显得太脏。"高夫人道："这有什么好奇怪的，只要他们常洗澡，常换衣服做到这一点并不难。"

高经纬道："可他们每人的飞行服只有一套啊。"霍玉婵道："一套怎么了？他们又不是整天都在飞，只要不飞的时候，换上别的衣服，这飞行服不就可以洗了吗？另外我还发现，这飞行服沾水后极容易干。在鸟人巢穴时，门大人不小心一脚踩在地上的一摊水里，就是我们给乌云煤精降温时泼在地上的。我赶紧上前将他扶住，他手里的飞行服刚好有一套掉在了水里，我拾起来拧了拧，等到从洞口出来，就这么一会儿，飞行服已彻底干了。"

高夫人和刘小鹃一听，立刻将飞行服拿到厨房里，不大工夫便兴冲冲由厨房跑出来道："这飞行服哪里是容易干，压根就不透水，洗过后里外一擦立马干干的。"说着就将十二套洗得干干净净的飞行服放在了兄妹仨的面前。

这时兄妹仨已将琥珀王和乌云煤精移到了大厅里，并调好了距离，使得拨云堡里春意盎然，温暖宜人。高经纬道："这飞行服我们只匆忙地试过它可以保暖，其他功能一概不知，现在又知道了它不透水，在水里穿上它，岂不就成了潜水衣？"

刘小鹃道："可它名为飞行服，就是不知道穿上了能不能飞？"高经纬道："这还不好办，咱们现在就去把大厅收拾出来，然后就来试飞一下。”霍玉婵和高至善也来了兴致，三人一起动手很快将粮食移至了地道里，金银珠宝箱也都堆到了大厅的两侧贴壁而立。

兄妹仨掏出怀里的物品，高至善这才想起取自倭寇副首领的三枚戒指还没给高夫人，随即将戒指往高夫人手里一塞，道：“娘，这三枚戒指个头大不说，看起来还熠熠生辉，十分可爱，送给你们母女仨，权作压岁之物可好？”

高夫人一瞧，这戒指果然个个做得精巧，所镶钻石、蓝宝石和墨绿翡翠也都是个中精品，便笑道：“这三枚戒指珍贵至极，作压岁之物，我们母女来年肯定财源滚滚，大吉大利，只是你们哥儿俩这压岁之物我还没想好。”兄弟俩都笑道：“我们有没有倒也无妨，你们发财了，施舍给我们点儿，沾沾光也就行了。”

高夫人忽然想到一个主意，瞅着兄弟俩道：“瞧你们哥儿俩说得怪可怜的，寻常之物送给你们又显得微不足道，我倒有个办法，不过要看你们的运气如何了。”霍玉婵和刘小鹃连忙追问什么办法，高夫人对她们附耳一说，两人连声称妙。三人随即将三枚戒指分掉：钻石戒指给了刘小鹃；霍玉婵得了一枚蓝宝石的；高夫人将翡翠的留给了自己。

兄妹仨陆续除去外罩、缁衣盔甲和炎炎衣，里面只留一套内衣内裤，当下都把飞行服穿上。三人拉开距离各自站定，两臂一展，便用力扇动起来。就见薄膜似的两翼上下翻飞，身体立刻腾空而起，三人在空中你来我往，优哉游哉，飞行了好一阵，最后落下地来。

高夫人和刘小鹃一见好生羡慕，便也迫不及待将飞行服穿上。这飞行服还有一样好处，就是弹性十足，身材高的人虽略显紧些，但也穿得下，身材矮的人穿起来也不觉得大，因此对刘小鹃正合适。高经纬见她们一副跃跃欲试的样子，便让她们分别试来。

高夫人让刘小鹃先试，兄妹仨在她两侧和身后相护。而后，刘小鹃一边向前奔跑，一边奋力摆动手臂，两脚稍一离地，身体立刻跌落下来，若不是兄妹仨及时出手将她托住，非摔个鼻青脸肿不可，连续试了几次都这样。接下来又换上高夫人来试，结果

比刘小鹃还糟，压根就飞不起来，只是脚不离地在厅里空跑了几个来回。娘儿俩都有些沮丧，遂打消了试飞的念头。

高经纬安慰她们道：“看来光有飞行服对一般人没用，关键是要有鸟人那样的身体，主要体现在两个方面，其一是体重要轻，这样身体才容易飘起来，其二是要有发达的胸肌和臂肌，如此才能保证给翅膀足够的扇力和速度，否则是飞不起来的。就是我们几个，如果不是靠轻功和内力，要想飞起来也绝无可能。若论纯粹的飞行，我们还远不及鸟人，究其原因，就在于我们扇动翅膀的频率不够快。别看鸟人在这方面比我们强，可要跟真正的鸟类相比，却也天差地别，所以他们也飞不高，飞不快，还不能连续飞行。”

高夫人道：“还多亏鸟人有这些不足，倘若他们像鸟类一样的灵活，那海边的老百姓就更遭殃了。”五人脱下飞行服，换上原来的衣服。

一百二十四　选煤精旨在变化　查红光深受启发

高至善道:“娘,你们母女仨刚才在嘀咕些什么?能不能说出来听听?”高夫人淡淡一笑道:“你们哥儿俩现在就去替我办一件事,办完便告诉你们。”高至善道:“您只管吩咐就是。”高夫人道:“你们到那些钱财箱前,只要内中有珠宝的统统搬到这里,我们母女自有妙用。”说着往琥珀王跟前一指。

兄弟俩心道:“就这,还神神秘秘的,不就是要从珠宝箱里给我们找压岁之物吗?”两人心里这样想,外表可不敢流露出来,为了让高夫人高兴,兄弟俩马上照办,不多时就将珠宝箱悉数搬到了琥珀王跟前。

这时霍玉婵过去把乌云煤精收起,刘小鹃也将夜视眼取来,每人发了一个。高夫人让他们先不要戴,而要各自打开一箱珠宝扣在地上,然后让他们把珠宝摊开。自己则将琥珀王放回匣中,拿眼扫了一下地上的珠宝,摇了摇头似乎没有中意的,又让他们将珠宝装回去,放到一边,再另开一箱仍旧如法办理。

兄弟俩暗道:“娘也是,随便找两件东西意思意思得了,干啥这样认真?”两人刚把珠宝扣到地上,就觉眼前一片漆黑,跟着就听母女三人同声惊呼道:“找到了,找到了。”高至善嘟囔道:“找到什么了?这样大惊小怪。”

高经纬这边戴上夜视眼,就见高夫人那边已把琥珀王重新摆了出来,恍然道:“我明白了,必是娘知道了琥珀王可以使煤精变成乌云煤精,以此要找两个变成乌云煤精的饰品送给我们哥儿俩。”高夫人笑道:“不错,就是这个意思。”高至善道:“我还以

为你们嫌热，才把琥珀王和乌云煤精都收了起来，不想却是另有打算，怪不得提前发给一个夜视眼。”

五人这时都把夜视眼戴上，高夫人也将琥珀王再次装入匣中。五人正要逐箱去把乌云煤精饰品找出，高经纬道：“这样找太慢，不如娘把夜视眼摘下，然后咱们依次把珠宝装箱，装到哪箱黑光不见了，表明乌云煤精饰品就在那只箱子里，再从这只箱子里去找不就容易了？”

高夫人摘下夜视眼，兄妹四个由高经纬起，正要依次将珠宝装箱，就听高夫人道：“且慢，此法不妥。”众人惊问其故。高夫人道：“如果这乌云煤精饰品不是一个，还不在一只箱子里，这方法岂不就要失灵？依我之见，不如先把四箱珠宝全都装回去，再一个箱子一个箱子地倒出，这样就是有多个乌云煤精饰品，也不难找出。”

霍玉婵道：“用上述方法即便能确定出乌云煤精饰品的所在，但要从众多的珠宝里将它分辨出来，也要费些工夫。我还有更简单的方法，何不将琥珀王再取出来，让它在珠宝上多照射一会儿，因为这时的煤精饰品早已变成了乌云煤精，根据琥珀王能使乌云煤精发热这一特性，挨个珠宝触摸一下不就行了。”

高夫人道：“玉婵的这个提法的确可行，倘若将两种方法结合起来就更简单了。”兄妹们遂将四箱珠宝装了起来，可高夫人却嚷道：“你们装完没有？怎么还这么黑呀？”兄妹们怕有疏忽，又认真检查了一遍，当确定所有珠宝都在箱中时，便异口同声道：“可我们都装完了呀，而且外面并无遗漏。”高夫人道：“那就怪了，我现在依然什么都看不见。”

兄妹们觉得蹊跷，不约而同都摘下了夜视眼，高夫人也将夜视眼戴上，一经证实，双方说得都没错。高经纬思忖了一会儿道：“这些珠宝箱都是铁制的，照理是挡不住乌云煤精所发黑光的，因此才把它放入铅皮口袋。那么同样的道理，铁箱也挡不住琥珀王的光线，这就意味着煤精饰品本该在铁箱里就被变成乌云煤精，可为什么要等倒出铁箱才变呢？”高经纬又默想片刻道：“铁箱虽然阻断不了琥珀王的光线，但也许能使它的光线减弱，经过减弱的光线，可能尚不足以让煤精饰品变成乌云煤精，究竟是不是这个道理，待会儿咱们试验一下便可知道。”

高夫人道：“那现在怎么办？”高经纬不假思索道：“就按玉婵说的，先用琥珀王去照，再把发热的饰品挑出来就是。”兄妹们戴上夜视眼，将四个铁箱里的珠宝倒出，高夫人也把琥珀王放到了铅匣上。过了一会儿，兄妹四个都把手伸进了面前的珠宝堆里。高经纬和霍玉婵将各自那堆珠宝摸了个遍，连个微温点的都没摸着，倒是高至善和刘小鹃一人摸到一个滚烫的物件。

高夫人接过一看，高至善摸到的是条煤精项链，刘小鹃摸到的是个煤精扳指。高夫人将两件东西放进铅皮口袋，回身又把琥珀王装起，再将夜视眼摘下，眼前已是一片清明。她犹自有些不放心，又分别把煤精项链和煤精扳指从铅皮口袋中拿出，眼前又是一片黑暗，她满心欢喜道：“把这两样东西回赠给你们哥儿俩，你们总该满意了吧？”

高至善道：“娘这般煞费苦心，所选礼物自是不薄，我们若还不满足，岂不成了大烧包？”高经纬道：“娘，我们不如趁此机会将所有珠宝筛选一遍，把煤精物品全都拣出来，争取人手一件，以供危急情况下做隐身之用。”

高夫人见琥珀王当真能使煤精变成乌云煤精，心中正自盘算着要从剩下的珠宝里再找出几件，高经纬的提议正中下怀，自是极力赞成，其他人更无异议。于是兄妹们把地上的珠宝装箱后，就依高夫人所说，将上述两种方法结合起来，把剩下的珠宝箱逐一过了一遍。又挑出八件煤精物品，除了一个观音护身符和一个犀牛镇纸外，其余都为雕刻精美、形态各异的昆虫饰物，有蚱蜢、蝈蝈、蟋蟀、螳螂、金龟子和知了。

刘小鹃选了个蟋蟀；霍玉婵选了个知了；高至善选了个螳螂；高经纬选了个蚱蜢；高夫人选了个蝈蝈。兄妹们以为高夫人一定会选观音护身符，当问起她为何要选蝈蝈时，她说观音护身符要送给静洁住持，还说日后要到冰窖里把那儿的珠宝也过一遍，再选出些，留待将来兄妹仨送给各寺方丈，还有门经略等人。

高经纬取来两张铅皮，用匕首做成五只小口袋，分给每人一只，又折成一只大口袋，将剩余的五个乌云煤精物品装了进去。

高夫人和刘小鹃见高经纬用匕首施展剑招，居然能使铅皮熔

化，着实吃惊不小。高至善道：“这有啥稀奇的，耿五爷钱庄里几寸厚的铁板也曾被我们熔化过。”高夫人叹道：“如此说来你们的内功又精进了不少。”高经纬道：“内功长进是有的，但这件事主要还是得益于这把匕首的威力，别看这把匕首不起眼，它可是由著名的后羿剑改制的。”

高夫人道：“不管怎么说，你们的武功和装备已无人能敌。你们的爹要是知道了，准保比谁都高兴，只是他这么多年生不见人，死不见尸，思将起来好不让人心痛。”鼻子一酸掉下泪来。霍玉婵道：“娘您别难过，只要这边的事一了，我们即便进关找寻爹爹，哪怕搅它个天翻地覆，也要将此事弄个水落石出。”

高经纬听高夫人提到武功，不禁想起给冰儿等人打通穴脉的事，就对她道：“这次出去，我们还掌握了一套为人疏通经络的方法，等下次再回来就给您和小妹把经脉打通，到那时说不定你们穿上飞行服也会飞了。”

高夫人道：“要疏通，你们还是给我小女儿疏通吧，我一个老婆子都年纪一大把的人了，跟着瞎凑什么热闹？”高经纬道：“您也太会妄自菲薄了，若论年纪，耿五爷比您大得多，还不是被我们打通了所有穴脉。”高夫人道：“耿五爷是有武功根底的人，我一个女流之辈，半点武功不懂，怎能与之相比？”

霍玉婵道：“江大婶也是女流之辈，比您也小不了多少，而且常年卧病在床，也不会武功，人家怎么行？”高夫人被驳得无言以对，只好道：“得，我说不过你们，到时任你们摆布就是。”刘小鹃道：“娘，反正我什么都随您，您要练功我就陪着您，您要不练，我才不学这劳什子呢。”高夫人道：“就冲着我这小女儿，武功我是学定了。”

高经纬为了验证自己关于铁箱能减弱琥珀王所发光线的推论，特地把一个煤精饰物放在铁箱内外，分两次让琥珀王照射，经过比对发现，同一件煤精饰品在同等时间的照射下，箱子里的温度远不如箱子外的温度高，从而验证了高经纬的判断是对的。兄妹仨将珠宝箱放回原处，琥珀王和那块乌云煤精也摆在了原来的地方。

高夫人又让他们去浴室洗了澡。这段时日里，娘儿俩用木板已将浴室正式隔成两间，洗起澡来自是大为方便。洗过澡后，娘儿俩给他们拿来了干净的内衣和崭新的外罩，娘儿俩自己也焕然一新。原来高夫人根据当地的过年习俗，为每个人都做了一身新衣裳，此时穿戴起来，愈发显得年味十足。

高夫人见外面天已放亮，正要带着两个女儿去收拾早饭，被高经纬一把拦住，道："娘，今天是大年初一，按规矩，我们理当给您拜年。"眼睛一瞥，见壁边有把自制的木椅，一看便知是高夫人的习作，遂把它往地中间一放，让高夫人坐下。接着一撩衣襟就给高夫人跪了下去，磕罢三个头往起一站。

霍玉婵正要上前跪拜，高至善已抢先双膝着地，不管不顾地冲高夫人磕起头来，只磕得咚咚有声，磕了三个还嫌不够，又多磕了三个。害得高夫人急忙上前将他扶起，只见他的额头已黑了一片，高夫人心疼地一边用手绢给他擦着脑门，一边埋怨道："磕三个意思意思就行了，干吗磕那么多？还那么使劲？也不怕把头磕坏了。"高至善道："给娘多磕几个，好让娘多福多寿。孩儿皮糙肉厚，磕几个头哪里就能磕坏了？您大可不必为我担心。"

刘小鹃道："给娘拜年，也应该讲个长幼有序，玉婵姐还没拜呢，你怎么抢在了头里？"高至善脸上一红，不好意思道："我还以为儿子在先，然后才轮到你们当女儿的呢。"刘小鹃嘴一噘，道："你人不大，男尊女卑的想法却不小，就不说跟大哥好好学学，改改你这些臭毛病。"

高至善忿忿道："不提大哥还好，若不是跟大哥学，我哪能抢在玉婵姐头里？"刘小鹃道："我们之中属大哥年纪最长，不让他先拜咱娘，还让玉婵姐先拜不成？"高至善瘟头瘟脑道："我的头都被你们搞大了，不就是拜个年嘛，要这么多讲究干啥？不是说我抢了玉婵姐的先吗？按长幼顺序又合当给她拜年，我索性这便给她施个礼，既算拜年又当认错，这回总该行了吧？"说是行礼，却朝霍玉婵跪了下去，咚咚咚便磕起了头。

霍玉婵刚好给高夫人跪下，正要叩下头去，被高至善此举弄得啼笑皆非，一句"你这是干什么？"才一出口，便愣怔在那里言语不得，这边高至善还是叩头不止。高经纬、高夫人和刘小鹃开始还以为高至善是在耍活宝，故意逗众人开心，这时才感到情

况有些不对。

高经纬待要去扶高至善，刚迈出一步就觉得眼前一阵晕眩，颇有些立足不稳，赶紧摘下夜视眼，收摄心神，头一低，突然发现高至善的身上有红光闪动，此时的他还在没完没了地磕着头。红光每一次闪动，都让高经纬神思一荡，他登时觉得高至善反常的举动一定与这红光有关，当即运起内力护住心田，一边盯着红光筹思对策，一边大声道："至善身上有古怪，你们谁都不要靠近。"喊过后无人搭腔，抬头一看，就见母女仨都两眼直直地瞅着高至善，一动不动，样子就像中了邪。

他将高至善向后拖出一丈远，这才发现红光却是发自他的前胸。高经纬在他胸前一掏摸，取出一个铅袋来，正是用来装煤精饰物的，红光竟是由铅袋透射而出。他来不及多想，顺手将铅袋往远处一扔，然后将高至善抱回。

没有了红光的干扰，高至善不再有所异动，只是表情呆呆的，那母女仨也一声不响地愣在原地。高经纬只道四人是心智受了红光的伤害，以致迷失了本性，便将他们移至餐厅，并针对四人心脏部位运起内力挨个为其疗伤。

四人虽然相继醒来，却都说自己心烦意乱，眩晕恶心，站立不得，这症状竟与中毒相仿。高经纬立刻想起了从中会寺藏身洞带回的解毒药酒，便由冰窖走廊里取来一罐，抱着试试看的态度给四人分别喂下。四人喝过后倒也立竿见影，霎时症状消失，恢复了正常。

四人惊问其故，高经纬便也坐下来，讲了此事是由高至善铅袋里的红光所致。高夫人道："我说至善今天怎么举止怪怪的，却原来是有红光在作祟。"高至善道："我就觉得自己头脑变得一团糟，也不知竟做了些什么？"

霍玉婵道："这红光是怎么回事？大哥也没把铅袋打开看看？"高经纬道："当时哪里顾得上，再说红光这般邪门，即便顾得上，也不敢贸然打开呀。"刘小鹃道："还幸亏大哥没打开，万一大哥再有个三长两短，咱们一家人岂不全完？"旋即又道："瞧我也是，竟口无遮拦起来，今天应该专拣吉利的说，可我都说了些什么呀？"说着便抽了自己一个嘴巴。

高夫人心疼地一把揽过她，道："刚才的事虽然有些凶险，但毕竟还是化险为夷，这预示着咱们家往后必将吉星高照，人人平安，该说的话娘都替你说了，你就不要再自责了。"刘小鹃搂着高夫人的脖子道："娘，您真好。"

高经纬道："现在咱们起码知道了这红光能让人中毒，含上一口药酒再去探查红光的根源，料也无妨。"正要起身去拿药酒，不料身子一歪，堪堪就要栽倒。霍玉婵反应极快，一见不好，忙伸出双臂将他牢牢抱住，再看高经纬已经牙关紧闭，昏厥了过去。急得霍玉婵眼中蕴泪，颤声叫道："大哥，你这是怎么了？"刘小鹃边哭边道："大哥，快醒醒。"

高夫人尽管也着急，但遇事还算沉着，当即道："他一定也是中了毒，直到现在才发作起来。"高至善正自垂泪，听了高夫人的话，迅即取过药酒，也不等霍玉婵将高经纬放到一边，就在她怀里给高经纬把药酒灌了下去。

这药酒甚是有效，才一下去高经纬已睁开双眼。一见自己靠在霍玉婵怀里，众人又都看着他，不禁大窘，忙挣扎着站了起来。霍玉婵也脸上发烧，道："都是你，竟吓唬人，害得大家为你担心。"高经纬一笑道："我也不知怎么了？头一晕，眼前一黑，就什么都不晓得了。对了，我记得自己是要拿药酒，还要去一睹红光的庐山真面目。"

高夫人道："适才我还纳罕，心想我们都中毒了，唯独你一个人一点事没有，还以为你天生就不怕这有毒的红光。谁料你也深受其害，只是你心里惦记着我们，一心要救治大家，从而使得你忘记了自己，这才没有倒下。直到我们都脱离了危险，你心情一放松，这毒才发作出来。就像有人在两军交战中负了伤，当时愣是一点也没察觉，等到厮杀一结束，看到自己的伤口这才蓦然倒地，两者是一个道理。"

五个人各自含了一口药酒，都想去见识见识这红光是怎么回事。高经纬出于安全考虑，还是让他们站在了距所扔铅袋三丈开外的地方。由于五人都摘掉了夜视眼，隔着老远便能看到铅袋里透射出的红光。

高经纬一个人走近了铅袋，小心翼翼地从地上将铅袋拾起，

把铅袋往掌心里一倒，除了一个乌云煤精螳螂外，还倒出一串钻石项链，这红光正是由螳螂两眼所发。

高至善一见嚷道："这就怪了，我明明就放里一只螳螂，怎么无端又冒出一串项链？"兄妹仨正在疑惑中，就见刘小鹃脸一红，开口道："项链是我放进去的。本是娘送我的见面礼，我把它转赠给二哥，是让他别忘了我。"

高至善一听，连忙表白道："你就是不送我项链，这辈子我心里也不会再有别的女孩。"刘小鹃娇嗔道："这种话也好当众表白，就不怕人家笑话？"高至善道："这里又没有外人，有谁笑话？再说玉婵姐刚才怎么对大哥的，你又不是没见着，她都不怕，你怕什么？"

霍玉婵在一边正自笑眯眯地听着，想不到高至善竟把话锋转到了自己的身上，不由粉脸含羞，怒叱道："好小子，竟敢拿我说事。"拳头一攥便朝高至善扑去。高至善话一出口就觉不妙，一见霍玉婵扑来，一边拔腿就跑，一边告饶道："小弟适才言语冒犯，实是无心之举，还请玉婵姐饶过小弟这一回。"霍玉婵哪里肯听，依然穷追不舍，直到高夫人和刘小鹃都来求情，高至善那边又不停地打躬作揖，方才作罢。

四人再向高经纬注目过去，就见他正把钻石项链往自己的铅袋里装。原来就在这边嬉闹的时候，高经纬已捉摸出螳螂所以能两眼放出红光，大概与钻石项链有关，为了验证这一点，他才掏出自己的铅袋将项链装了进去。

做完这些，他一抬头，看见四人正朝他这边走来，急得他连连向众人摆手，又将两个铅袋往地上一放，起身就向他们奔了过去，不由分说便将四人往回赶，走出一段距离才将口里的药酒吞下道："不含药酒就想过去，你们不要命了？"

四人这才意识到，他们早已将含在口中的药酒喝下，这样过去委实凶险无比。高至善道："大哥怎么知道我们已将药酒喝下？"高经纬揶揄道："你们若含着药酒还能有说有笑，又打又闹？"

霍玉婵便也笑着回敬道："先别说我们，你在那里捣什么鬼？人家的定情信物，你干吗要放到自己的铅袋里？难道想匿下不

成？”高经纬笑道：“你们为了项链的事搞得沸反盈天，我就是有这个心也没这个胆啊。大概你们还不知道这红光是哪里来的吧？”高夫人道：“你就别兜圈子了，直接讲来就是。”

高经纬颔首道：“简短捷说，这红光是从螳螂的两眼射出。由此我生出一个想法，我们所选的乌云煤精饰物上也都有眼睛，差不多又是同时变成的乌云煤精，也都放在了铅袋里，为何独有这螳螂的两眼能放光？若论不同就是这个铅袋里多了一串钻石项链，因此我想问题可能就出在这串项链上，极有可能是乌云煤精的光照在钻石上反射回来，从而激发了它内部的红光。”

高夫人道：“在我们把这些煤精变成乌云煤精时，旁边不乏钻石饰品，那么它们为何不发生变化呢？”高经纬道：“这种情况下无论是乌云煤精所发黑光，还是被钻石反射回来的光，因为没有阻挡都是朝向四面八方的，所以光的强度还不足以激发乌云煤精内部的红光。而放在铅袋里则情况就大不一样，由于铅皮的阻挡，不管是乌云煤精所发的黑光，还是钻石的反射光，都在铅袋里往复冲突，愈演愈烈，最终导致乌云煤精发出红光来，而这种红光又不受铅皮的限制，才被我们捕捉到。”

这时就见刘小鹃指着远处嚷道：“你们快来瞧，两个铅袋里都有红光射出哎。”众人顺着她的指向一看，就见两个并排而立的铅袋果然都有红光溢出，把两个铅袋装点得煞是好看。

高至善叹道：“大哥真神了，一猜一个准。”高经纬把手一摇道：“你先别夸我，这件事功劳首推小妹，追本溯源你也有一份呢。”刘小鹃垂下头道：“大哥这样说，愈发让小妹感到汗颜，若不是大哥施救及时，小妹险些就成了罪人，功劳一说愧不敢当。”

霍玉婵道：“这件事有惊无险，有什么不敢当的？再说比这更重要的末日之光不也是你发现的。”高经纬道：“别只顾说话，你们刚才实已离红光不远，趁毒性还未发作，每人赶紧再喝上一口药酒。”五人来到餐厅，除高经纬外各人都重将一口药酒喝下。

高夫人道：“刚才的事对我倒是一种启发，倘若将不同的饰品，都分别与乌云煤精放在一只铅袋里，不知结果会怎样？”高经纬脑海里突然闪过一个念头，既然乌云煤精在铅袋里会有如斯威力，那么琥珀王在铅匣里的光线也一定不能小觑，因此道：“我

倒更希望，如果将琥珀饰品直接放进琥珀王的铅匣，会有奇迹出现。”霍玉婵道：“你莫非想让琥珀变成琥珀王？”高经纬道：“但愿如此。”

高至善道：“我看咱们还是含上药酒，先让手头的乌云煤精饰物都能发出红光再说。”高经纬道：“这件事还是暂缓进行，当务之急是找到一种可阻挡红光的物品来，不然只要带上这种变化了的乌云煤精饰物，咱们的嘴里岂非离不开药酒？那有多不方便。”

众人都在想有什么东西可以阻挡红光，高至善猛然想起冰精，心道：“冰精既然能使乌云煤精的黑光变得透明，说不定也可让红光变得透明，这毒性也许就出在红色上，红色被滤除，没有了毒性，不就相当于红光被挡住了吗？”这样一想，就含上一口药酒，从柜子上拿过人蜕口袋，带着里面的冰精，急匆匆径奔外面而去。

众人不知道他意欲何为，便也都将酒罐举起，把药酒含在嘴里，准备跟出去看看。最后一个轮到高经纬，他接过酒罐道：“咱们何不把酒罐随身带上，万一谁要是不小心将药酒喝了，也好及时补充。”说毕，含上一口药酒，提起酒罐，四人一起出得门来。

这时就见高至善已将一只铅袋装进了人蜕口袋里，细细一瞧人蜕口袋外果然没有红光渗出。他还不放心，又将另一只铅袋也纳入了人蜕口袋中，这次依然不见一丝红光。高至善心中一喜，忍不住大叫起来，竟忘了口中的药酒，被呛得好一阵咳嗽。高经纬赶紧跑过去，在他背上拍了几下，才使得他平静下来。

高至善举起人蜕口袋道：“我本想冰精可能会滤去红光的毒性，这下倒好，干脆一点光线都不见了。”高经纬咽下嘴里的药酒道：“你是说红光被冰精彻底冻住了？”高至善道：“我正是这个意思。”

高经纬灵机一动，暗道：“冰精能将红色滤除这一点我信，但要把所有红光都冻住，却有些匪夷所思，这中间能不能是人蜕在起作用呢？人蜕连冰精那样的奇寒都挡得住，没准阻挡红光更不在话下。”想到这便对高至善道：“究竟是何原因，咱们现在就来验证一下。不过这药酒咱们还得含上。”说着便将酒罐递了过去，两人各自含上一口。

高经纬接过人蜕口袋，一下子犯起了思量，心道："如果要确切知道人蜕和冰精到底是哪个在起作用，就势必要将两者分开，再分别把铅袋与之放在一起，这样一来拨云堡里会气温骤降，不但娘和小鹃要冷得受不了，就是我们三个洗过澡后，炎炎衣都被娘拿走去洗，谁也未穿，抵御起来又谈何容易？稳妥起见还是将琥珀王和乌云煤精移近些，先让堡里的温度升高，然后再到乌云煤精旁进行操作，当保无虞。"随即咽下药酒，把想法当众一说，众人纷纷点头。

五人将琥珀王拿至乌云煤精的近处，乌云煤精顷刻变得火炭一般，大厅里登时热浪潮涌，如汤似沸。高经纬忙运起内力，将冰精和一只铅袋取出，作一堆放在乌云煤精之旁。刹那间一股严寒铺天盖地而降，数道闪电划过大厅的上空，一阵奔雷在众人的头顶炸响，随之堡里便狂风大作。

刘小鹃哪里见过这种场面，被吓得面无人色，一头扑到高夫人的怀里。高夫人紧紧搂住她，自家心里也扑通扑通剧跳不止。兄妹仨也被搞得有些耳热眼跳，高经纬还算镇定，有心安慰众人几句，又苦于口不能言。

狂风刮了一阵，渐渐平息下来，众人只觉得身畔微风拂煦，凉爽宜人。再看那只铅袋和人蜕口袋，就见铅袋里照样有红光渗出，人蜕口袋却是红光绝迹，至此已可断定冰精对红光无能为力，人蜕方是红光的克星。

一百二十五　勤试验兄妹如愿　搜山寨贼人已散

高经纬对高至善一指琥珀王，自己旋即将冰精和铅袋装入人蜕口袋里，高至善也抱起琥珀王快步跑回原来的位置。众人但觉得眼前一热，大厅里的气温便迅速恢复到之前的状态。众人听高经纬咕的一声将药酒吞下，便也喝下了口中的药酒。

高夫人心有余悸道：“真想不到乌云煤精和冰精间会发生如此惊心动魄的一幕。”高经纬深感歉疚道：“将乌云煤精、琥珀王和冰精这样近距离地放在一起尚属首次，也是我对后果估计不足，让娘和弟弟妹妹受惊了。”

高夫人笑道：“你也是一片好心，怎能怪你？何况也没把我们怎样。”刘小鹃道：“非但未怎样，事后回思起来，还平添不少乐趣。”霍玉婵也道：“你不必太介意，我们又不是纸糊的，怎会连这点风浪都经受不起？”

高至善有意岔开话题道：“这人蜕的本事还真大，对付起红光也是呱呱叫，日后指不定还有什么用途呢。”刘小鹃道：“克制红光的东西也有了，现在该轮到把我们手里的乌云煤精也变上一变了。”

高经纬沉吟片刻道：“我思之再三，总觉得让乌云煤精发出红光有些得不偿失。这红光能伤敌不假，但一个操作不慎也会殃及自身，依我看还是携带不发红光的乌云煤精为好。”

高夫人也道：“经纬说的话有道理，要想使用这种会发红光的乌云煤精就得随身带着药酒，遇有紧急情况，又得含药酒又得亮乌云煤精，先不说时间来得及来不及，就算来得及，万一谁把含药酒和亮乌云煤精的次序弄颠倒了，或忘记了含药酒，受害的首当其冲就是自己。咱们母女倒不如维持现状，你们哥儿俩也把手里的换掉，这件事就到此打住。”

高至善道：“那大哥说的把琥珀饰品往铅匣里放的事还做不做？”高夫人笑道：“这是两码事，干啥不做？没准还真能试出新鲜玩意儿呢。不过咱们现在还是以吃饭为主，这些都等饭后再说，若不是经纬非要拜什么年，怕是这会儿已经吃过了。”

经高夫人这么一提，刘小鹃才想起自己还没给高夫人拜年，立刻推金山倒玉柱，给高夫人磕了三个响头。霍玉婵那边也记起自己的头没叩完，当即也匍匐下去，重又叩足了三个。高夫人将她们揽在怀里，半开玩笑地说：“今后拜年这个事还是免了吧，本来我这心里还很平静，你们这一磕头，倒让我心惊肉跳起来。”

高至善红着脸道：“娘，您只管放宽心，拜年这种事哪能老出意外呢？再说您毕竟因祸得福，长了不少见识，您就权当看了一出精彩的大戏吧。”霍玉婵打趣道：“是够精彩的，就看你一个人耍猴了。”高至善嘻嘻笑道：“这话怎么说的？耍猴的人岂止我一个？”待要再说，霍玉婵那边已举起了拳头。

早饭都是现成的，高夫人用煮熟的大米饭熬了一锅稀粥，又把六合居蒸饺放进笼屉里重新热了热，再端出几样用泡菜和咸菜切成的小菜。一顿简单的早饭五人便吃得有滋有味，有声有色。

吃过饭收拾起碗筷，五人又一块来到大厅里的珠宝箱旁。高夫人道：“我一直都在想，如果把所有的珠宝首饰都放进铅匣里过一遍，也许会有更多的意外收获。”高经纬道：“今天恐怕来不及了，吃过午饭我们就准备出发，直捣完颜罴的老巢，魏进财和李道楷的账也要一起清算。现在咱们找出几件琥珀饰品试试就行，余下的您和小妹尽可慢慢去试。”

刘小鹃不解道：“大哥，门大人不是初一放你们一天假吗？干啥中午就走？”高经纬道：“军情似火，兵贵神速，这些败残人马必须速战速决，以防迟则生变。”高夫人道：“你们所虑极是，门大人对你们不薄，只此一段相聚已足见盛情，你们更该投桃报李，怎可再妄自托大，就按你们说的办。”

众人在箱子里找出四件琥珀饰品，经高夫人验过后便同琥珀

王一道放进了铅匣里，过了半个时辰取出一看，竟毫无起色，仍是原来的样子。高经纬见想法落了空，颇为失望。高夫人看着他一脸沮丧的表情，安慰他道："琥珀王乃旷世不遇之奇宝，哪能如此轻易得到？能使煤精变成乌云煤精已是万千侥幸，怎可得陇望蜀，贪得无厌？咱们也该满足才是。"

霍玉婵也道："知足者常乐，你怎么忘了？"高经纬道："你们的话都对，我也不是那么在乎这些宝物，只是自己判断有误，原本认为板上钉钉的事，结果却是事与愿违，乘兴而来败兴而归，一时难以接受而已。"

高至善叹道："除非大哥真的像别人称呼那样成了上仙，否则焉能事事俱都料到？"高夫人满是疑惑道："有人称呼你们为上仙？这是怎么回事？"霍玉婵便咭咭咯咯把詹知府和李将军等人非要把他们称呼为上仙，门经略又如何顺水推舟让他们默认一事叙述了一遍。把高夫人和刘小鹃逗得前仰后合，捧腹不止。

高夫人趁机说笑道："我说经纬怎么变得这么自信，敢情是把自己当成了上仙。"刘小鹃也知趣道："娘，既然他们都是上仙的身份，咱们更是怠慢不得，赶紧去厨房多做几个好菜巴结巴结他们，免得他们羽化飞升之日忘了咱们。"高夫人道："还是我小女儿想得周到，咱们这便准备午饭去也。"五人嘻嘻哈哈齐朝厨房走去。

说是准备午饭，夜里门经略让兄妹仨带回的饭菜，除了主食六合居蒸饺和个别菜肴，多数并未动。高夫人取出一只刷洗得一尘不染的红铜火锅，道："上次听你们说，在小雁家里吃了一顿忒好吃的涮羊肉。过后我一琢磨，这羊肉片要想好吃，除了肉质细嫩，还取决于过硬的刀功，这样才能将羊肉片切得薄薄的，入锅即烂。而凭你们的武功要做到这一点自非难事，今天就请你们一展身手，让我和小鹃也来一饱口福。"

话音未落，刘小鹃早从案下搬出一扇羊肉来。看着羊肉，刘小鹃皱起了眉头，却原来受适才堡里气温的影响，本已冻得硬邦邦的羊肉开始变软了。高经纬一见忙道："正好我要去冰窖拿人蜕，顺便再取来一扇羊肉就是。"

高夫人道："要去冰窖还是穿上炎炎衣，别大过年的再冻着，

估计此时炎炎衣也该干了。”兄妹仨问清炎炎衣是在精舍晾着，便一起去了精舍。高夫人娘儿俩则预备起木炭、调料、海米、干贝、酸菜、粉丝、腐竹、紫菜和海参等物。

兄妹仨来到精舍，就见炎炎衣都搭在绳上，炉灶里尚有固体燃料在燃烧，只把个火炕烧得热热的。三人一摸炎炎衣果然都已干透，霍玉婵的炎炎衣留有记号，当即将自己的取下，兄弟俩也各取一套返回自己的寝室。而后霍玉婵去了厨房，兄弟俩去了冰窖。

打开石门进入地道，兄弟俩先在地道里挑了一扇去骨小嫩羊，又去冰窖里找出一小块人蜕。高至善一眼瞥见来自两山夹道古墓里的红玛瑙黄金头盔，心里一动，道：“这颗红玛瑙又大又鲜亮，不知放进铅匣里会怎样？”高经纬摇了摇头道：“我看不会怎样，你要不死心可以拿回去试试。”

高至善道：“哪个有闲心试它？我在想咱们总在琥珀王身上打主意，偏偏琥珀王对琥珀一点作用不起，而乌云煤精不仅能使琥珀产生闪电，还能让其体积迅速膨胀，那么有没有可能，乌云煤精才能使其变成琥珀王？之前所以没有变成，是因为外面的光线还不够集中，无法达到使之变成琥珀王的光线强度，如果放进铅袋里是不是会有所改观呢？”

高经纬一拍大腿道：“你这想法不错，看来我把思路定在琥珀王上，也许压根就不对。既然琥珀王能让煤精变成乌云煤精，那么反过来，乌云煤精为何就不能把琥珀变成琥珀王呢？放进铅袋里一试是个好办法，可这光线的强度是否就能满足要求还是一个未知数，由此我倒想起一样东西。”

高至善道：“什么东西？”高经纬道：“发光宝石。这东西不但能使飞马活动，还能让马眼发出末日之光，表明它的身上蕴藏了巨大的能量，如果让它也参与进去，说不定会取得意想不到的效果。”高至善一乐道：“谁说不是，有了发光宝石的介入，指不定咱这宝物就层出不穷了。”

高经纬道：“眼下咱们最需要的就是能再有几块琥珀王，别的都留待以后再说。”高至善道：“其实我早就看穿了大哥的心思，大哥想把现有的琥珀王留在拨云堡，但又怕战场上用过冰精后，

无法即刻驱寒，就一心想再变出几个琥珀王来，所以想法一经落空后，才格外沮丧。我正是体谅了大哥的苦衷，因此始终都在琢磨这个事。”

高经纬动情道：“能有你这个善解人意的兄弟，真是我的幸运。”高至善眼里噙着泪花道：“能有你这个知冷知热的大哥，更是我的福分，如果有来世咱们还做兄弟。”高经纬拉着他的手道：“一言为定。”

兄弟俩带着羊肉和人蜕回到厨房，母女仨已将火锅准备就绪。霍玉婵接过羊肉，拿起快刀运起内力，手腕一翻，刀光上下飞舞，随着一阵嚓嚓之声，一扇羊肉顿时变成了一堆肉片。高夫人随便捡起一片，离近了一瞧，只见这肉片红彤彤，颤巍巍，薄得不能再薄，几欲透过光来。正要赞上几句，就听外面嘭的一声，传来一声巨响，三人忙不迭地跑出来观看。

就见兄弟俩围着一只铅袋，一股淡淡的青烟正自从铅袋口里向外冒出。高夫人道：“你们这又在搞什么名堂？”霍玉婵道：“他们必是对琥珀没变成琥珀王还不死心。”兄弟俩刚要打开铅袋查看，闻声都停下手，看向母女仨。高经纬道：“没错，我就是对此事心有不甘，因此换个法试试。”

高夫人道：“可有什么进展？”没等高经纬回话，就听刘小鹃喊道：“不好，这铅袋要化。”众人低头一瞧，铅袋的底部果然有铅汁流下，眨眼间，铅袋左侧便出现了一个拇指甲盖大的小孔，露出里面发红的乌云煤精一角。

高经纬见状，急忙将铅袋里的东西倒出，却是一个琥珀的蟾蜍饰物和一块遍体暗红的乌云煤精，而铅袋底部又有一个核桃大的小洞正冒着青烟。他捡起滚烫的琥珀蟾蜍，拿在手里缓慢地转动，就见黄光灼灼，万千光束齐朝中心汇聚而去，映衬出一个清晰的王字来。

他欣喜若狂，对高夫人道：“成功了，成功了。本来从乌云煤精发热就可看出，我犹自不敢相信，生怕这不是真的，直到瞧见了这个王字。”说着就想将蟾蜍琥珀王递给高夫人。

霍玉婵一把抢过去，道：“这么热的东西让娘看，也不怕把娘烫了。”边说边将蟾蜍琥珀王举到高夫人的眼前。隔着一尺远，高夫人便觉出一股热气直扑面颊，忍不住道："这东西真够热的。"

霍玉婵白了高经纬一眼，道："跟一个火炭般的乌云煤精离得那么近，能不热吗？"高经纬这才意识到自己险些闯了大祸，感激地朝霍玉婵一点头，道："我只顾高兴了，竟连这东西是热的都忘了，若不是你，今天我真是百死莫赎。"

高夫人见他一副诚惶诚恐的样子，心下有些不忍，道："你也是无心之过，娘这手没那么娇嫩，即使烫一下，哪里就烫得坏了？何况玉婵已将此事及时杜绝，因此你也不必太过介意。"旋即又道："适才你不是已试过没效果吗？这次为何又行了？那声巨响又是怎么回事？"高经纬就把在冰窖里如何受到高至善的启发，如何决定用乌云煤精取代琥珀王再来一试的过程讲了讲，接着便讲起了方才的试验。

原来兄弟俩放下羊肉，就到餐厅里将冰精口袋中的铅袋取出，再用新取回来的人蜕包好，而后在上面注明有毒，便放进了一间闲置的寝室之中。两人又到珠宝箱里挑出五件琥珀饰品，随手将一件琥珀蟾蜍和那块取暖用的大个乌云煤精一起装进了铅袋。

在铅袋里受乌云煤精的照射，琥珀蟾蜍的膨胀虽然有所加剧，但距离演变成琥珀王却相差甚远。高至善一着急，立马将一枚发光宝石投了进去。片刻间就听里面一阵哧哧乱响，跟着就见有物件在里左冲右突，直把个铅袋撞得东倒西歪，摇摇晃晃，袋口更有幽幽蓝光漫射出来。猛然一道刺眸的亮光从袋口喷涌而出，随之就是一声石破天惊的霹雳响起，再后来母女仨便从厨房跑了出来。

高经纬叙述完事情的来龙去脉，高至善也用匕首将铅袋上的两个窟窿补好。接下来兄妹仨又将剩下的四件琥珀饰品逐一放进铅袋里。有了前次的教训，操作起来自是游刃有余，只要霹雳一起，三人即刻将新生成的琥珀王倾倒出来，避免了乌云煤精的发热。

这些琥珀王的形状分别为：仙鹤、孔雀、凤凰和金鱼。高夫人将凤凰给了刘小鹃，孔雀给了霍玉婵，仙鹤给了自己，高至善选了金鱼，高经纬留下了那件蟾蜍。兄妹仨又用铅皮做了七只小

口袋，五只装了新生的小琥珀王，两只兄弟俩用来装乌云煤精饰品。

高至善特地挑了那条乌云煤精项链，并把刘小鹃给的钻石项链套在了脖子上。高经纬挑的则是那个乌云煤精金龟子，自此五人都有一个小琥珀王和一个小乌云煤精带在身上。

高夫人心里美滋滋道："这下好了，我和小鹃可有事干了，我们要把所有宝箱都过一遍，先将煤精和琥珀都变化了，然后再看看别的珠宝是否也能变化。"高经纬面呈忧色道："娘，我看别的就免了吧，万一又弄出一个带毒的，我们又不在您身边，那可如何是好？"高夫人笑道："说的也是，后面的暂且打住，要试也等你们回来。"

五人返回厨房，没有多久火锅已准备妥当，兄妹仨带回的菜也都热好。高夫人又特地将洗好的蘑菇作为底料放进火锅汤里，无形中就让火锅汤有了醒酒的功能。各人依昨晚的排序围桌而坐，这次上的酒都为邢记大车店的不知名白酒。

五人边饮边吃，先将各色菜肴每样都尝了尝，最后不约而同都将筷子集中在了火锅里。这羊肉片入锅即烂，味道说不尽的鲜香适口。高夫人道："我过去吃过涮羊肉无数，像这么好吃的，还是第一次吃到，究其原因，就在于再好的厨师也无法将羊肉切得这般薄。"

高至善道："等咱们什么事情都办完了，就到辽阳县去开个火锅店，以涮羊肉为主，生意管保越做越红火，一准会超过六合居饺子馆，用不了几年咱们非发财不可。"霍玉婵道："要想发财还用费这么大劲？拿上咱们的琥珀王，专门给人将煤精变化成乌云煤精，岂不比这更省事，来钱更容易？"

高经纬笑道："眼下这么多财宝还不够你们用的？还要去想方设法赚钱，你们是不是有点贪得无厌了？"霍玉婵道："现在钱再多，也不是靠咱们劳动挣来的，用起来总不是那么心安理得。"高夫人道："玉婵这种自食其力的想法我很赞成，人如果不思进取，只是一味地坐享其成，就是守着金山银山，也早晚有用光的一天，不然就有'富不过三代'的说法了？"

高经纬道："人们要想生存，钱财不可或缺，但钱财多了也是

惹祸的根苗。多数人勘不破这层利害关系，活着都想追名逐利，聚敛财富。甚至有些皇帝本来富有四海，国库里的钱都是他的，还嫌不够，仍没完没了地往皇宫里收集奇珍异宝，到头来江山易主，还不是一场空。如此想来，我真恨不得把这些阿堵物一股脑都给门大人送去。”高夫人道：“战乱一平定，在在都需要钱，及早把这些送给门大人，倒也是适得其所。”

五人边吃边聊，一扇羊肉不知不觉吃得精光，高夫人和刘小鹃都有些意犹未尽。兄妹仨赶紧起身，找了一间库房，用冰精将另一扇羊肉冻硬。霍玉婵再操刀功，将其切成肉片端上餐桌。高夫人和刘小鹃也将炭火生旺，重新续上汤来。

高夫人在汤里加进蘑菇，此举对于醒酒甚为管用，两坛酒下去，五人愣是醉意全无。吃至正午，高夫人和刘小鹃端来主食，除了六合居蒸饺和自制的牛肉馅饺子，还有一摞油饼，不用说也是出于高夫人娘儿俩之手。众人都觉肉食吃得太多，不约而同都选择了油饼，一顿午饭尽欢而散。

兄妹仨稍事休息，便准备出发。兄妹仨整顿好行装，带上必备的武器和充足的发光宝石。为了行动方便，又将护肘、护膝和赛鱼鳃装进包袱里。高夫人让他们把两块大的琥珀王和乌云煤精也带走，高经纬一拍怀里的铅袋道：“只此足矣。”

三人跃上飞马，腾空来到拨云堡外。大雪虽然早已停歇，但天色依然阴沉，布满了铅灰色的云层，放眼望去，到处都是白茫茫的一片，朔风在山间呼啸来去，不时卷起漫天的雪雾。兄妹仨辨别了一下方向，便径朝东南而下。

凤凰山与千山一样同属长白山余脉，山峰虽只百余座，但起伏逶迤，连绵不绝，中间夹以十数处幽谷，共同拱卫着一座直插云端的摩天岭，岭势突兀，亭亭玉立，恰似一只昂首向天的凤凰，凤凰山由此得名。完颜罴将老巢选在这里，易守难攻，确是一个屯兵的好去处。

兄妹仨飞临凤凰山的上空，逐个山峰幽谷探寻过去，就见大雪覆盖下，山上山下十三座营寨尽收眼底。其中主峰一座，谷中十二座，尤以主峰摩天岭上的营寨为最大。

三人再一细瞧，奇怪事来了，只见山上的大寨里，非但烟囱

不冒一丝青烟，偌大的院子中就连脚印也没有一个，倒是山下的营寨里不时有小孩跑出来，在房前屋后放上几响鞭炮，随即又钻回了屋里。

高经纬道："山上的情况有些反常，难道土匪都下山去了？可即便下山，山上也该有人看家呀？"高至善道："咱们在这瞎猜有什么用？下去瞅瞅不就一切都清楚了。"霍玉婵不放心道："有没有可能敌人故布疑阵，在房子里埋伏好了，就等我们上钩？"

高经纬摇摇头道："根据敌人目前的处境分析，他们还顾不上这样做。"霍玉婵道："就不能是魏进财从中作祟？"高经纬道："魏进财指挥自己的人马还成，可这些人都是完颜罴的部队，未必肯听他的调遣。"

霍玉婵道："那他这个军师岂不白当了？"高经纬道："一点也不白当，起码完颜罴对他言听计从。他的本意只想通过完颜罴对付我们，并不想篡夺完颜罴的军权，如果那样的话，完颜罴也不是好欺负的。"

高经纬对大寨又观察了好半晌，大寨里始终人声寂寂，绝无生气，最后他还是决定下去瞧瞧。他想让霍玉婵和高至善留在空中，等自己的消息，遭到两人坚决反对，他们表示，有危险大家一起承担。高经纬只好让各人带上夜视眼，亮出乌云煤精，然后三人拔出宝剑，凌空而下。

从山寨的大门起，沿整个山寨搜索了一遍，竟发现这是一座地道的空寨。所有房屋里的橱柜箱笼都被翻了个底朝天，不要说金银细软不见踪迹，就是像样一点的衣物也未剩下，只余下满地倾倒的桌椅家什和凌乱的帐幔被褥，库房里的粮食也都被人在口袋上戳上几刀，大米白面淌了一地。

高至善道："还真让大哥说着了，这些人就是去了山下，没准都搬到了谷中的寨子里。"高经纬沉吟道："我看不像，倘若他们真的搬到了谷中，这里是他们的根本，地势险要，一夫当关，万夫莫开，一旦山下吃紧，就可撤到这里据险而守，而现在的情形，摆明了敌人已将这里彻底放弃，因此我敢断言，敌人已从这里逃之夭夭，而并非搬到了山下。"

霍玉婵道："可咱们亲眼看见山下的寨子里还有人在活动。如果敌人真的逃走了，就表明他们已意识到危险迫在眉睫，那么山下的人为何不跑？若说他们是有意留下的，那么他们就应该选择留在山上，而绝不是山下。依我看，他们放弃这里也许另有原因。”

高经纬道：“除非他们已打定主意要跑，暂时留在山下观察动静，官军不来征剿便罢，一旦前来征讨，他们虚晃一枪，立刻作鸟兽散，遁往他乡。”霍玉婵疑惑道：“敌人既然决心撤离，为何不放把火将这里烧掉呢？”高经纬蹙起眉头道：“是啊，放把火岂不更加彻底？”转念又道：“看来敌人还是逃走了，并非留在山下。”

霍玉婵道：“何以见得？”高经纬道：“如果敌人暂时留在山下，那么他们就有充裕的时间将大寨烧掉，只有当敌人选择了立刻逃命时，才不愿为人知晓，这里着起火来，就相当于自我暴露行踪，因此他们才没有举火。”

霍玉婵道：“那山下的人又是怎么回事？”高经纬道：“也许那都是些老弱妇孺，行动不便，出于无奈这才被迫留下。”高至善点头道：“冰天雪地，天冷路滑，不要说老弱妇孺，就是身强力壮的男子行走起来，也不是一件容易事。”

霍玉婵把嘴一撇道：“这些人要撤离的话，也是在这场大雪之前，不然路上就该留有足迹。”高至善不服气道：“就不能是边下雪边离开的？这样足迹照样会被掩埋。”霍玉婵道：“没人跟你抬杠，不是说下面所剩的都是老弱妇孺吗？快看那里，明明有个青壮男子在担水。”

兄弟俩往下一看，果然看见山麓南端的一个营寨里，一个男人挑着一担水刚从井台上离开，正一步一个脚印地踩着来时的足迹在往回走，这足迹一直通向一排生火的屋子，不移时男子便进到了屋里。

兄妹仨决定跟过去看个究竟，为了怕误伤老弱妇孺，他们都将宝剑收起，换成了如意剑。当他们来到屋子的上空时，那名男子又推开房门出来，看意思还要去担水。他一抬头，刚好瞅见屋顶上的黑雾，吓得大叫一声，转身又回了屋里，水桶一阵乱响，房门随之被紧紧关上。

兄妹仨凝神细听，就听屋子里一个男人的声音道："可了不得了，这空中有团黑云，黑得怕人，直似要从屋顶压将下来。"跟着便有一个女子的声音道："黑云有什么好怕的？大不了再下场雪。这土匪刚刚逃走没有几天，好不容易能过上安生日子，你就别自己吓唬自己了。"

男人道："你以为土匪一跑，咱们就能安生了？万一土匪再回来咋办？即使土匪不回来，官军一来，给咱们扣上一个通匪的罪名，咱们这小命还能保住吗？"

女子哭泣道："照你这么说，咱们就一点活路都没有了？他官军也应该讲理不是，咱们也是被土匪抓来的，又不是真心为土匪做事，把咱们按土匪论处，那可是天大的冤枉。"男人道："世上哪有那么多理可讲，我看咱们还是及早离开这里，回村子要紧。"女子道："村子什么都没有了，回去怎么过活？"

兄妹仨听到这里已可断定，这是一对被土匪掳来的夫妻。为了验证土匪确实已经逃亡，三人打算进去问个明白，他们收起如意剑，又把乌云煤精往铅袋里一塞，然后纵身跳到地面。高经纬走上前去，轻轻叩门道："老乡，我们是过路的，想讨碗热水喝，请行个方便吧。"

女子悄声道："大过年的，谁会在这个时候出门？别又是坏人吧？我看还是不开门的好。"男人也低声道："如果是坏人的话，早就破门而入了，还会这样和颜悦色地讲话？兴许真是过路的。这么冷的天，别让人冻坏了身子，出门在外的，也不容易。"说着就去将房门打开。

兄妹仨一闪身进了屋里，回身又将门插上。拿眼打量了一下，就见门里是个堂屋兼灶间，门后两侧各有一个炉灶，右边灶上的锅盖里不断有蒸汽冒出。一个二十七八岁，相貌平平的农家女子正坐在灶坑前往里添着劈柴。开门的男人迎面立在那里，三旬以外的年纪，面色黝黑，一脸憨厚，一看便知是个老实巴交的庄稼汉子。此时两人都睁大了眼睛，惊恐地瞅着三个头戴眼罩的不速之客。

高经纬摘下夜视眼，对着男人一抱拳道："这位大哥休要害怕，实不相瞒，我们乃辽东经略门大人帐下观风使，特为剿匪而来，这是我们的腰牌，请大哥验过。”说着便将观风使腰牌递到男人手中。男人战战兢兢地又将腰牌递给女子，道：“小人是个老粗，斗大的字不认识一升，倒是小人的浑家自幼随父习得一些文字，眼前的文字还都难不倒她。”

那女子比男人显得从容，有心计，仔细看过腰牌，盯着高经纬意似不信道：“敢莫阁下便是观风使高大人？”高经纬道：“不敢，学生正是高经纬。听大嫂口气，难道有什么地方不妥？”女子欲言又止。高经纬道：“大嫂但说无妨。”

女子嘴唇一咬，直言不讳道：“腰牌倒也不差，只是阁下的年纪与所传相去甚远，听说三位观风使都是二十不到的年轻人，不似阁下这般老气横秋。”

男人一听女子口无遮拦，生怕激怒了兄妹仨，当即出言喝止道：“惠兰不得无礼。”旋即又从西里间取出一幅画图来，在兄妹仨面前一展道：“这是土匪军师魏进财让人下发的画影图形，晓谕各营寨，如发现画上的人，立即点燃三枚号炮。后来听人说，这画上的人就是三位观风使，浑家信以为真，这才有此一问，不是有意冲撞，还请大人高抬贵手，饶了她这一遭。”说罢，目光在兄妹仨的脸上游移不定。

兄妹仨看向画图，就见上面画了两男一女三个人，其中一个与高经纬倒有几分神似，但也只是像他蜕变前的模样，其余两个只是年龄小些，与霍玉婵和高至善的面貌毫无共同之处。

高经纬一见，登时明白这画像必是出于魏进财之手。他从母亲那里知道，魏进财极擅丹青，常以此作为炫耀之本。再有，魏进财只熟悉高经纬过去的样子，对高经纬的变化，以及霍玉婵和高至善的长相一无所知，这也比较符合画上的情况。

高经纬一触到惠兰男人的目光，立刻察觉出他此时拿出画像的用意还在于试探，心道：“一个外表纯朴木讷的人，心思如此缜密，倒也不能小觑。”为了打消他们的顾虑，遂道：“你们怀疑的不错，我们确实没有这么大的年纪。”说着便取下自己的头套，霍玉婵和高至善也露出本来的面目。高经纬笑道：“大嫂现在以为如何？”

夫妻俩一见兄妹仨不仅年纪轻轻，而且长相就跟天人一般，

对三人的身份再无怀疑，随即磕头便拜。兄妹仨赶紧将二人扶起，女子言道："我们夫妻都是山外村子里的农民，一年前被土匪五花大绑带到了这里，平日除了种田还要供他们役使，实在没做过一件伤天害理的事情，虽然生活在土匪窝里，却和土匪有着本质上的区别。还望大人能明察秋毫，还我们一个清白，千万不要把我们当土匪对待。"

高经纬道："你们都是好人，这点我们深信不疑。今天我把话撂在这，谁要是敢为难你们，谁就是跟我们兄妹过不去，我们绝饶不了他。"女子抹着眼泪道："有了大人这话，我们也就放心了。刚才不了解大人们的来历，以为自己又落在了坏人的手里，心想反正大不了就是一死，索性就豁出去了，这才敢直言相问。"

男人也道："这里的人都把三位大人说得神乎其神，天下少有，小人更是对大人佩服得五体投地，觉得土匪军师画影图形之举，肯定是要对三位大人不利，因此于当晚夜阑人静之时，偷偷潜到各营寨悬挂图像之处，将画像偷回，只留此一张，其余的都填到灶膛里烧掉。刚才见大人们年龄不像，是以起疑，认为是宵小之徒冒名顶替，这才不顾一切试图揭穿，没想到竟冒犯了大人们的虎威。"

兄妹仨听了深受感动，高经纬道："大哥、大嫂快不要如此说，贤伉俪此举足见对学生兄妹的关爱，我们感谢还来不及，何来冒犯一说。"夫妻俩接着便将这里的情况全都告诉了兄妹仨。

原来兄妹仨凭借一己之力致使完颜罴全军覆没，就连完颜罴本人也未能幸免，此事早已由溃逃回来的人传得沸沸扬扬。这些人觉得大势已去，况兼兄妹仨武功盖世，神通广大，就是摩天岭天险也不能挡，因此早在几天前就作鸟兽散，其中也包括从安东撤回来的人马。如今营寨里只剩下像惠兰夫妻这样无处可去的人家，多数为汉人和朝鲜人，女真人和土匪则早已跑得精光。

惠兰男人见锅里的水已经沸腾，便将兄妹仨让进东里间。这间屋子是二人的卧室，炕上堆着粗布的被褥，地上贴墙摆着简易的地柜和桌椅，地中间有只半人高的大木桶。

惠兰舀来一瓢开水，张罗着往茶壶里倒，转眼见兄妹仨都在注视那只大木桶，不禁满脸飞红，道："昨天囡囡爹从逃走的土匪屋里弄来这只木桶，本想烧上一桶热水，让我去去晦气。不怕三位见笑，自从到了这里，我们就从来没有洗过一次澡，浑身的泥垢都快赶上一件内衣厚了。”三人这才知晓，惠兰男人之所以忙着去挑水，却是为了烧洗澡水用。

惠兰手脚麻利地从壶中倒了三杯开水，摆到兄妹仨的面前。兄妹仨端起茶杯，每人都呷了一口，只觉得嘴里甜甜的。高经纬道：“大嫂莫非在水里放了糖？”惠兰笑道：“土匪这么一逃，我们反倒发了点小财，粮食肉类不说，昨天夜里我还搞到一罐白糖，本想沏上一壶糖水犒劳犒劳囡囡爹……”霍玉婵道：“不想却被我们捷足先登。”惠兰男人笑道：“说心里话，能用糖水招待大人们，实在是小人夫妻的荣幸。”

高经纬道：“土匪既然逃去，你们为何不在白日大大方方地去收集东西，反要在夜间出来活动？”惠兰叹道：“这些东西终究不是自己的，不要说白天去取，就是晚上偷偷摸摸地去拿，心里也总有些做贼心虚的感觉。实不相瞒，这几天晚上我们都没闲着，对面的里间差不多都被拿回来的东西填满了，不信你们去看看。”说着便带兄妹仨去了西里间。

一百二十六　为复仇夫妻带路　求速死银姬投潭

三人放眼一瞧，房间里果然被塞得满满当当，但都是些粮食、肉类等吃的，再就是一些坛坛罐罐，像样的物品却没有一件。高经纬道："那些土匪遗弃的东西里，难道像样一点的家具和被褥也没有吗？"惠兰道："有是有，就是觉得放在我们这样的家里有些不配。再说即便拿回来了，将来有人追究怎么办？人没有吃的不行，为这些东西惹来麻烦不值得。"

高经纬道："追究的事再也休提，我们兄妹做主，从今日起任命你们夫妻为凤凰山下十二座营寨的总管事。你们的任务是，对现有住户进行登记造册，并协助官军追剿残匪。等明日大军一到，禀明门大人即发给你们委任状。"

惠兰道："就怕我们夫妻愚钝，有辱大人的重托，还望大人三思。"高经纬道："你们不仅人品好，而且心思缜密，有见地，有担当，况兼识文断字，实在是最佳人选，事情就这么定了，你们也不要推辞，如果担心有危险，我们会保护你们的。"

霍玉婵道："听大嫂的称呼，你们好像有个叫囡囡的女儿，怎么这半天也不见孩子的身影？"夫妻俩一听这话，顿时颜色大变，两人几乎同时落下泪来，惠兰更是伤心欲绝，只顾着抽泣。惠兰男人打了个唉声道："孩子已经不在了，只是她死得好惨，一想起她的死，我们就痛不欲生。"高经纬道："孩子是怎么死的？"

惠兰男人道："这还是入冬下第一场雪时发生的事。我们八岁的囡囡和一个同龄的小女孩在营寨外的路上玩雪，忽然从路上驰过四匹马，马上驮着两男两女四个人。这些人过去后不久又返了回来，说他们的一件黑色外衣遗失在了这里，非逼着囡囡两个小孩交出来。囡囡她们说并未见到什么黑色外衣，这四人哪里肯信，威胁利诱不成，便凶相毕露对孩子大打出手。等我们得信赶过去的时候，这四人早已扬长而去，只剩下两个被打得奄奄一息的孩子。

“囡囡伤势最重，抱回家不久便不治身亡，临咽气她对我道：‘爹，我告诉你一个秘密，我确曾看见一件黑色外衣，不过这外衣好生奇怪，翻过来竟和雪地一个颜色。我见他们凶神恶煞的样子，偏不告诉他们，他们猜破大天也想不到，我就把它披在了路旁的雪人身上。还有，那个右手背长着一颗黑痣的女人样子忒可怕，数她打我打得最凶。’另一个女孩也于后半夜死去，她始终处在昏迷之中，竟未来得及向家人道出实情。

“那四个打人的凶手，有人认出是土匪军师魏进财和他的保镖李道楷，还有两个朝鲜女人。看着惨死的女儿，我真恨不得去找这些畜牲们拼命，但明知去了也是送死。转念一想，他们不是想找回那件黑色外衣吗？绝不能让他们如愿，于是我连夜赶到营寨外，从雪人身上将那件害人的外衣取回，埋在了地下。”他当即取来一把铁锹，就在地中间挖了起来。

惠兰含悲忍泪道：“女儿的死，让我们觉得那些异常的东西都是惹祸的根苗，这也是我们此次没有往回搬的一个原因。别看我们在这里逆来顺受地活着，对土匪实在是厌恶已极，与魏进财一伙更是仇深似海。我们夫妻这辈子不求别的，只求上天别饶过这些衣冠禽兽，让他们个个不得善终。”说起土匪，惠兰脸上流露出来的憎恨与愤怒，实已到了无以复加的地步。

高经纬暗道：“怪不得这二人肯在私下里帮助我们，却原来中间另有隐情。天教我们一来就撞上他们，也许这是一个好兆头，预示着魏进财一伙此番在劫难逃。”霍玉婵攥紧拳头道：“大嫂，你们放心，魏进财这四个狗男女就是逃到天边，我们也会把他们抓回来绳之以法。”

高经纬道：“你们可知魏进财的营寨在哪？”惠兰男人这时从地里挖出一只一尺见方的木匣，一边拂去泥土将木匣交给高经纬，一边道：“魏进财的藏身之所，我也暗中打探过，是在摩天岭北麓的一座山上。那里我曾去过，山高林密，路陡难行，寻常人等根本无法靠近，唯李道楷轻功不凡，高来高去如履平地，魏进财等人进出全靠他来背。”

高经纬见他没有提及魏进财的营寨，瞧了一眼手中的木匣，没有急于打开，而是不解地问道：“听说魏进财在此处不是也有自己的营寨吗？他的那些人马如今可在？”

惠兰男人道：“早先，魏进财在此确有一个营寨，就在他现在藏身的山下。后来他将人马都开拔到了辽阳，这些人马便再也没见回来，该处营寨也就归了完颜罴。有些像我们这样的住户并未跟着开拔，而是留了下来，成了完颜罴的奴隶，魏进财的情况就是他们透露给我的。现在那里倒成了魏进财寄存东西的地方，来不及或无法带上山的物品，像马匹、车辆等大件家伙就被临时存放在了那里。我也曾试图行刺过他们，但李道楷机警得很，让人找不到下手的机会，只能作罢，到头来只给他们的马匹喂了几次巴豆。他们见马匹腹泻也不以为意，索性用钱从土匪手里再买过几匹，横竖他们花钱似流水，有的是钱，根本奈何不了他们。我宋大川枉为男子汉，面对杀女仇人只有咬牙切齿的份。”

高经纬至此才知道惠兰男人叫宋大川。高至善见高经纬只顾着问话，就将木匣接过，与霍玉婵一道把木匣打开。两人往里一瞧不禁目瞪口呆，原来木匣里竟是空的。高至善惊呼道：“东西不翼而飞了。”

宋大川见状赶忙接过木匣，用手一探，笑道：“吓我一跳，我还真以为丢了，瞧，这不好端端的在里面吗？”说着就像变戏法似的，抖手从里面掏出一件黑色衣服来。宋大川解释道：“当初埋的时候，我怕东西被人盗走，就留了个心眼，特地将衣服翻转过来，叠得平整，再与木匣的底部和四壁紧紧贴上，不了解底细的人，还以为匣子是空的。”

高经纬将衣服拿在手中仔细端详，就见这东西在式样上与飞行服倒有几分相像，也是紧身的，连接方式也是用的与金属线相类似的拉链和拉片，也能从头到脚将人包裹起来，只是缺少那对翅膀似的薄膜。再有就是它的帽子一经合拢，就连面部也能遮挡得一点不剩，只眼睛和嘴的位置有两条极细的缝，可供视物和呼

吸，与其说是帽子，倒不如说是头罩更合适。这东西的神奇之处还在于它的变色功能，翻转过来悬在手上，它的颜色是乳白色的，倘若使它贴上一种物品，立马变得和那物品一个颜色，几乎已到了以假乱真的地步，很难用肉眼进行分辨和识别，难怪它贴在匣子里，霍玉婵和高至善愣是没有看出来，还以为木匣是空的。

高经纬由这东西联想到包袱里的护肘和护膝，取出一只护肘与之一比对，就见两者之间果然有异曲同工之妙。只是这衣服不具备吸附功能，但变起色来则比护肘和护膝更胜一筹，简直与所变物体一般无二，因此在不穿的情况下衣服必须黑面朝外，否则一旦与外界融为一体，再想找到势比登天。料想魏进财一伙很可能将衣服放在了马背上，马一跑起来将其颠到地上，被囡囡她们发现，才出了以后的事。

高经纬想到这里，两掌一击，恍然道："难怪魏进财一伙能屡屡在我们眼皮底下逃生，却原来是靠了这个玩意儿。不是宋大哥贤伉俪指点迷津，我们还被蒙在鼓里。"霍玉婵道："邢记大车店郊外，石猴子家粪池旁，贼人一定就在近前，可惜当时我们没办法发现他们。"

高至善道："大哥曾怀疑安东城外大船上的一把火是李道楷所为，现在看起来他也脱不了干系。"高经纬道："不错，当时他放完火，极有可能就纵到了城墙边，以他的轻功不留一丝足迹并非难事。而后凭借这身衣服往城墙上一靠，果然安全得很。"

霍玉婵道："他就不能趴在雪地上？"高经纬把头一摇道："这一点绝无可能，先不要说趴在雪里是否能观察到外界，时间长了这呼吸就成了大问题，所以我猜他一定是靠在了城墙上。"

高经纬把这衣服给霍玉婵和高至善过目后，又递还给宋大川。宋大川脖子上的青筋一蹦老高，道："好不容易这东西有了用武之地，你们干啥不收？莫非看不起我们？"

高经纬道："宋大哥你误会了，这东西是囡囡用性命换来的，我们怎忍心就这样拿走？"惠兰道："东西你们一定要拿去，没准将来还能派上用场，放在我们这里，只能让人看了伤心。"

高经纬见夫妻俩其意甚诚，只好收下。随即将衣服穿上试了

试，这一试才发现头罩上不仅眼嘴的位置有两条细缝，鼻子和耳朵处也都有小孔，刚好与人的七窍的位置相对应，因此一点也不影响人在里面听、看和呼吸，而外面的人对此却毫无察觉。

高经纬先是往地上一趴，立刻与土地成了一个颜色，继而往墙上一靠，又与墙壁融成了一体。霍玉婵道："这东西既然能变色，叫它变色衣怎样？"高经纬道："这有何不可，以后就叫它变色衣好了。"

高至善突然想起，也许通过夜视眼能看穿它的原形，便道："夜视眼连黑光和雾霾都能透过，说不定也能让变色衣现出原形。"霍玉婵道："这种可能性极小，真要这样的话，魏进财和李道楷也就不能遁其形了，我记得在追他们的时候，咱们有过戴夜视眼的经历。"高至善不相信，还是戴上夜视眼瞧了瞧，结果让他大失所望，夜视眼对变色衣根本无能为力。

高经纬受其启发，心道："别看夜视眼奈何不了变色衣，那么琥珀王、乌云煤精和冰精是不是能起点作用呢？只要有一种东西能或多或少影响到它改变颜色，发现它也就没有现在这样难了，我们何不耐下心一一试来。"把想法一说，霍玉婵和高至善都无异议。

三人的乌云煤精此时都在飞马上，取出冰精又怕把宋大川夫妻冻着，眼下唯一能亮出的只有琥珀王。高至善手快，率先将自己的琥珀王项链掏了出来。这一掏出来不要紧，倚在墙上的高经纬立即原形毕露，喜得高至善大叫道："我瞅见大哥了，真想不到这琥珀王就是变色衣的克星。"

霍玉婵瞪大眼睛道："你胡说什么呀，我怎么没看到？"问宋大川和惠兰，两人也都摇头说没看见。高至善急了，走过去一把拉住高经纬的胳膊道："大哥就在这里，你们为什么硬说瞅不见？"

高经纬略一琢磨，已知就里，忙道："玉婵，你干吗不戴上夜视眼试试呢？"霍玉婵这才注意到高至善是戴着夜视眼的，心道："敢情问题出在夜视眼上？"一边赶忙将夜视眼取出。透过夜视眼一瞧，高经纬立现眼底，脱口道："要想让变色衣显形，光靠琥珀王还不行，必须要有夜视眼的配合，两者缺一不可。"

惠兰两口子不明所以，忙问端的。霍玉婵和高至善当下又把夜视眼给他们戴上，两人看了兴奋异常。惠兰流着泪道："有了这两样东西，看贼人们往哪里逃？"高经纬道："敌人气数已尽，这次绝不放过他们。"

宋大川道："我这便到寨子里寻上一匹马来，天黑后好给你们带路。"惠兰把头发向后一甩，道："别忘了也给我弄上一匹，晚上我也跟你们一起去，多一个人也多一分力量。"高经纬觉得宋大川愿意带路这是好事，可惠兰要跟去却无异于添乱，再一想，知道她是想目睹仇人的下场，这一要求在高经纬看来并不过分，所以决定把她也带上。

当下对宋大川道："坐骑我们都有，现就在外面，也无须等到晚上，眼下咱们就可出发。"惠兰道："就是走，咱们也该饱餐一顿战饭呀。"高经纬道："难道贤伉俪这午餐还未用过吗？"惠兰道："哪里，我是怕你们一路奔波到此，还饿着肚子。"宋大川道："大人们若是急于赶路，咱们就把那些现成的打糕多带上一些，以备大人们路上充饥。"

高经纬笑道："这些就不劳大哥大嫂费心了，不瞒你们说，吃过午饭不久我们即便到此，对于我们，哪怕再远的路程也是顷刻就到。"夫妻俩以为高经纬在说笑，也就并未太在意，两人随兄妹仨来到屋外。

兄妹仨纵到空中将飞马降至门前，又把乌云煤精收起。宋大川这才明白，所谓黑云都是兄妹仨弄出来的。夫妻俩见到飞马，始信高经纬所说并非虚言，由此，他们也想起了外面好多关于兄妹仨飞马的传闻。惠兰道："现在我才清楚，土匪何以会放弃好好的营寨而选择逃亡，原来是不得已而为之。"宋大川两眼放光道："有了这飞马，敌人不要说无险可守，就是躲到天边也逃不掉，这下可让魏进财一伙有好瞧的了。"

高经纬让二人穿上厚厚的棉衣，然后自己带上宋大川，霍玉婵带上惠兰，三人驾起飞马直朝摩天岭北端而去。

摩天岭北麓山势尽管相对较缓，却也显得峥嵘而崔嵬。一条羊肠小道从山下直插山上，山下路口拐弯处便有一座营盘，与山上的大寨遥相呼应。由此向北，翻越一道山脊，两山夹峙中另有

一深谷，深谷里的营寨就曾是魏进财盘踞的老巢。老巢再向北则是一片遮天蔽日的密林，密林紧挨着一座山，这山虽不及摩天岭雄壮嵯峨，但陡峭程度却有过之而无不及，等闲之人休想攀援上去，魏进财新的巢穴就设在这里。

兄妹仨按宋大川的指点，围绕此山缓缓地兜着圈子。就见漫山遍岭触目皆白，放眼过去，不要说住人的山寨房子影踪不见，就是山洞地穴也不见一个，更不要说人和鸟兽的足迹。

宋大川道："照理他们就应住在山上，即使现已逃走，那也不该把住过的痕迹抹煞得干干净净。"惠兰道："我看他们十有八九是躲进了山洞里，山洞再用东西堵上，此刻大雪封山，自然什么蛛丝马迹都剩不下。"

宋大川道："真要如你所说那可糟了，这么大一座山，上哪去找山洞？贼人再将粮食储备得充足些，咱们还真拿他们没办法。"惠兰道："除非调来大军将这山团团围住，等雪化了看他们还藏得住不？"

宋大川一脸沮丧道："那要等猴年马月？再说大人们也在这里耗不起呀。"高至善笑道："哪用等那么久？只要我们愿意，少时就能将这山夷为平地。"高经纬沉吟道："不到万不得已，怎能轻易动用末日之光？况且贼人是否藏在这山里，目前谁也不能确定，刻下有更好的办法，为何不使将出来？"

霍玉婵道："你是说用琥珀王和乌云煤精？""不行吗？"高经纬笑着反问道。未等霍玉婵说话，高至善抢着答道："当然行了，一着急，我倒把它忘了。"

宋大川夫妇看着兄妹仨有说有笑，不知他们又想出了什么好点子。在他们好奇的目光中，兄妹仨齐将琥珀王和乌云煤精取出，然后往山顶上一放，调整好距离。夫妻二人眼见有三个东西变成火炭一般，随之一股灼热扑面而来，霎时山上山下热浪滔滔，积雪纷纷化去，露出山体的本来面目。

兄妹仨重又骑上飞马，带着宋大川夫妻腾空而起，这二人早已热出一身汗来，此时才稍有一点凉意，连忙催促兄妹仨将飞马再升高些。高经纬道："不行啊，一旦寒气太盛，你们非着凉不可，还是忍耐些吧。"说着，兄妹仨拔出如意剑，从山顶开始向

山下盘旋，五人都把目光投到了所经过的地方。宋大川夫妻知道有兄妹们的保护自己掉不下去，是以也都放大了胆子，目不转睛地往下瞧。

不多时，五人从上到下将整座山查看了一遍，令人难以置信的是随着山体外貌的逐渐显现，依然找不到一处可供贼人藏身的地方。惠兰有些灰心道："莫不是传说有误，其实贼人压根就不在这山上，而是另有住处，所谓住在这里，不过是贼人虚晃一枪，制造的假象。"

宋大川信誓旦旦道："这怎么可能？有一次，我亲眼看见李道楷背着一个女人越过树林，纵到山上，便再也未见下来。"高经纬道："宋大哥的话不会有假，一定是敌人的住处十分隐秘，不易发现，咱们再重新搜过，切不要放过任何枝节末梢，我就不信查他不出。"

这次飞马从山下一路徘徊向山上飞去，五人都瞪圆了眼睛，全神贯注地观察着山上的一草一石，哪怕一个细微的地方。当飞到山体的东侧，靠近半山腰偏上的位置时，有一处不大的缓坡吸引了五人的眼球，别处融化的雪水都顺山潺潺而下，唯独这里的雪水在流经缓坡时，却不断冒着气泡。

五人感到蹊跷，遂降落在坡上，翻身下马拨开荒草细细一瞧，就见下面隐隐有一圈不易察觉的缝隙。兄妹仨用如意剑除去上面的杂草泥土，一块方形石板暴露在五人的面前。高经纬用剑柄在上面轻轻一敲，就听石板嘭嘭有声，由此断定下面必是洞穴。

再沿四周一搜，就见石板外围的地面上趴着一只螺旋状的蜗牛，触角和身子都在外面。宋大川道："好厉害的蜗牛，大冷的天也敢出来。"惠兰道："不看清楚就妄加评论，我怎么瞧这是一只死蜗牛。"

高经纬正想用手去拿，一眼瞅见蜗牛壳上有个梅花图案，忙将手缩回，道："如果我没看错，这蜗牛是假的，而且就是开启下面洞口的开关。"霍玉婵也看到了梅花暗记，蔑视地一笑，道："魏进财黔驴技穷，走到哪里都是这一种图案，一点新意都没有，真是乏味得很。"高经纬道："乏味一点还不好？轻车熟路总比疲于

奔命要强。”

宋大川道：“这么说，下面就是贼人的藏身之所？”高经纬道：“这一点毋庸置疑，只是要防备敌人做垂死一搏。”高经纬让霍玉婵带夫妻二人退到后面，并示意高至善严阵以待，随之就在蜗牛壳上轻轻一按，谁知等了半天却不见动静。

高经纬心里一动，暗道：“难道是我判断有误？梅花图案只是一种巧合，这蜗牛也不是假的？”赶紧使手触了一下蜗牛的躯体，感觉却是硬邦邦的，心道：“假的这点并没错，那么问题一定出在我的开启不得法。”想到这，就将蜗牛上下左右各个方向都搬动了一遍，不料蜗牛竟纹丝不动。

高至善猛然想起在倭寇占据的岛屿上，转动栏杆开启地下室的情景，便提醒道：“何不左右旋转一下？”高经纬听了自失地一笑，道：“多亏你的提醒。”说着便试探着去旋转，满拟这次会一举奏效，哪知无论向左还是向右，根本转它不动。气得高经纬就想拔下它看个究竟，谁料往上一拔，蜗牛竟毫不费力便被提起一寸余高。就听一阵轧轧声响过，方形石板向上弹起，露出一个三尺见方的洞口，一股阴冷之气呼地一下从里溢出，五人这才知晓蜗牛的开启方式是向上提的。

霍玉婵心道：“自己真是孤陋寡闻，还嘲笑别人没有新意，殊不知人家略有改动，己方便已应接不暇。”轧轧声一起，高经纬早已拉着高至善闪过一边，二人等了半晌不见里面有反应，便戴上夜视眼，一摆如意剑冲进了洞中。

走下十余级石阶，眼前便是一个庞大的山洞，洞顶凸凹不平，还有好多石笋倒垂下来，地面也是石柱林立，一看便知这山洞是天然形成的。回头再瞧石阶、洞口，却显系人力所为。

兄弟俩全神戒备，不敢稍有疏忽，背靠背，挺剑侧身而行，不移时已穿过一个个石柱来到了山洞的纵深处。这里洞势突然开朗起来，地面也变得十分平坦，在一个清澈的深不见底的水潭旁，矗立着两座牛皮大帐，其中左边的一个还有灯光渗出。

高经纬让高至善守在左边大帐外，自己一个箭步蹿到右边的大帐前，用脚一点将帐门蹬开。就见帐篷里居中有张大床，床上铺着锦缎被褥，帐篷四周则堆满了各色箱笼。高经纬看了半天不

见一个人影，又纵身到床前，往下面搜了搜，也不见有人，这才来到高至善的身边。

高至善将左手食指往上下嘴唇间一竖，耳朵朝帐篷近前一凑，示意高经纬快听里面。随即就听一个女子的声音道："是李郎回来了吗？为何还不进来？釜山那么远的路程，怎会这么快就到？一定是你把姐姐他们送过了边界，找个地方安置了起来，又不放心我，这才星夜兼程往回赶，想把我一块接过去，你这又是何苦呢？"

听到这，高经纬脑海里立刻闪过银姬的模样。听她的口气，似乎李道楷已将金姬和魏进财送往朝鲜釜山，此刻正留她一个人待在帐中。怎么会有这种事？她们姐妹情深，干吗要分开？再说，李道楷怎舍得将她独自留在这里？此女子诡计多端，该不会是用障眼法骗我们上钩吧？这样一想，立马用如意剑在帐篷上刺出一个透明的窟窿。

偷眼望进去，发现这帐篷与右边的一个不仅外观相同，就连里面的摆设也十分接近。中间一只大床帐幔低垂，衬着一个女子斜倚在一摞枕头上，拥被面里而坐，地上的箱笼一目了然，床下更是前后通透，并不见有其他人的存在。

高经纬不敢掉以轻心，冲高至善一点头，二人一挺手中剑，推门而进。门后的油灯一忽闪，刚一转暗，旋即又亮了起来，把兄弟俩的影子放得老大，一股脑投在对面的帐壁上。银姬正自满心欢喜地等着李道楷进来，她绝想不到如此隐秘的所在会有外人闯入，两个巨大的人影让她心头一惊，待到回身看清进来的人竟是挺剑而立的高经纬兄弟俩时，不禁倒吸一口凉气。愣怔片刻，她伸手就向枕下摸去。

兄弟俩虽然眼睛都在帐篷里紧张地巡视，但两眸的余光始终都未放松对银姬的监视，此刻一见她有所异动，不约而同都对她使出了一招雷音掌。两人所使功力尚不及自身内力的一成，况且隔着两丈多的距离，即使这样，也让银姬承受不起。伴着隆隆的雷鸣，两股掌力一齐朝她身下击去。她的手刚刚伸到枕下，就感到巨大的掌力涌来，将她一个倒栽葱从床上掀落，她痛哼了一声便委顿在地，没有了声息。

两人蹿到近前，就见她双眼紧闭，已然昏死了过去，有鲜血正从前额发际顺刘海慢慢流下。高至善道：“怎么，死了？”高经纬道：“哪有那么容易？你没见她的上眼皮还在微微地颤动吗？她只是暂时昏了过去。”说着便将一摞枕头移开，一只青花小瓷瓶赫然呈现在二人的面前。

高至善道：“她这是想放出毒气，与我们同归于尽哪。”高经纬道：“这女人助纣为虐，李道楷所犯罪孽，追根究底皆源于她。待审问明白，此人必须除去。咱们现在就将她捆上，免得她醒来又要害人。”两人当即扯下帐幔将她捆了个结实，然后把她提到帐外往壁角一扔，便又继续搜查起来。

很快，他们在大帐后面的洞壁上又找到五个房间，其中有四间紧挨着，一间为厨房，里面不乏炉灶、案板和锅碗瓢盆；三间为仓库，一个里堆着如山的米面粮油，一个里装满了屠宰好的猪羊牛、鸡鸭鱼各类肉食，一个里储存着形形色色的坛坛罐罐，打开一看却都是些白酒、泡菜、酸菜和咸菜等物。稍远的一个房间则为茅厕，里面有个茅坑，茅坑下面连着一个深不见底的裂缝。茅坑前面也有口盛水的大缸，看来是冲茅坑所用。

茅厕旁边有条斜向而下的天然暗道，不知通向何处，两人往前走了二十余丈不见尽头，怕耽搁时间久了上面的人着急，遂掉头而返。两人来到洞上，给霍玉婵他们讲了洞里的情况，霍玉婵便带着夫妻二人走进了洞中。兄弟俩则跨上坐骑飞到山顶将琥珀王收起，又利用宝剑的寒气把乌云煤精冷却，这才重新返回洞口。兄弟俩将三匹飞马聚在一起，又把乌云煤精往一只马鞍下一塞，便拾级而下来到洞内。

此刻银姬已经苏醒，霍玉婵带着宋大川夫妻正在对她进行审问。霍玉婵道：“这里为何只有你一个人？魏进财、李道楷和金姬都去哪了？”银姬牙关紧咬一声不吭。霍玉婵见她头上的血还在往外渗，右眼已被血糊住，全身又被绑作一团，就连抬手擦一下也是不能，不由得动了恻隐之心，心想：“反正有自己在，她也跑不了，索性就把绑绳给她解开，这样也便于问话。”因此走上前给她松了绑，又将一块手绢递给她。

银姬当即就去擦眼睛上的血，右手一抬露出手背上的一颗黑痣。惠兰夫妻一见心头都是一震，立刻想起了女儿临终前的话“还有，那个右手背长着一颗黑痣的女人样子好可怕，数她打我打得最凶”。一股怒火直冲二人的胸臆。

惠兰浑身发抖，目中含泪，胸膛似要炸裂开来，一指银姬大声叱道：“却原来是你这恶婆娘害死了我女儿。”宋大川两眼发红，脖子上青筋暴露，两只拳头攥得咯嘣咯嘣直响，也跟着吼道：“今天一定要为我女儿讨回一个公道。”

银姬把头一扬，满不在乎道：“你们就是那个女孩的父母？你们养的好女儿！若不是她见财起意，藏匿别人的东西，焉能送命？小小年纪就这般不懂事，还不是你们疏于管教，你们不说反躬自问检讨自己，却要跟老娘讨什么公道，这不是颠倒黑白、本末倒置吗？亏你们说得出口。”

高经纬道：“好一副伶牙俐齿，几天不见，竟学会了强词夺理。那好，我来问你，你口口声声说女孩隐匿了你的东西，你有什么证据？”银姬不屑道：“东西就掉在那条路上，其间又没有别人，摆明了是她们拿的，还要什么证据？”

高经纬道：“捉贼见赃，捉奸见双，你没有任何证据，仅凭主观臆断便置人于死命，不是一点人性都没有吗？”银姬用鼻子哼了一声道：“跟这种贱货有什么人性好讲的？打杀了倒也干净。”

宋大川这时怒不可遏，再也控制不住自己，飞起一脚将银姬踢倒。这一脚刚好踢在她的肚子上，银姬痛苦万状地坐在地上，下半身血流如注，少时便将裙裤浸湿。惠兰惊呼道：“这女人流产了。”旋即又埋怨宋大川道：“你什么地方不好踢，偏要踢她的肚子？”宋大川一脸迷茫，道：“我怎知她怀有身孕？”

霍玉婵冷笑道：“我懂了，这恶女人之所以独自留下，却是怕动了胎气。”银姬恨恨道：“你懂个屁，姑奶奶又不是泥捏的，怕动什么胎气？若不是那小蹄子私藏了我的东西，坏了我的大事，此时怕不是我也到了千里之外，焉能受你们的羞辱？算我点子背，栽在你们手里，我无话可说。但个中缘由你们就是想破脑袋也甭想猜得出，我死不要紧，哼，只怕将来有人不会饶过你们。”

高经纬至此心中已是一片雪亮，他说话单刀直入，径插银姬的软肋，一针见血道：“就凭你们这一点鬼蜮伎俩，还想瞒过我

们，可笑不自量力。说穿了，你所谓的东西不就是一件变色衣吗？本来你们人手一件，凭借它，你们从辽阳逃回到这里，还想凭借它逃亡到朝鲜。可惜天公不作美，偏让你将此物遗失到路上，所以你们就迁怒于两个八岁的孩童，灭绝人性地打杀了她们。缺了一件变色衣作掩护，你们只好将逃亡分成两步走，先让李道楷将魏进财和金姬送到釜山，而后李道楷便可拿回两件变色衣，再将你护送过去。这就是你嘴里的个中缘由，如此简单的一件事，你非要故弄玄虚，大做文章，这不是胡吹大气，自欺欺人吗？再有，你用李道楷威胁我们，更是大可不必，你以为我们会让他逍遥法外？实话告诉你，这里的事一了，我们即便赶赴釜山去捉拿他们归案。他们就是逃到天边，也休想逃出我们的手心，你就别做梦了。”

高经纬的话就像一记记重锤，将银姬的自信砸得稀巴烂，她原以为只要自己不吐口，变色衣的事就将永远是个秘密，魏进财一伙的去向便不会为外人所知，没想到敌人对此竟已了如指掌，霎时间她万念俱灰，脸色也变得死灰般难看。

她挣扎着爬起来，一边呻吟道：“渴死我了，水，我要喝水。”一边跌跌撞撞地向水潭旁走去。五人跟在她后面，且看她要干什么，就见银姬走过的地面留下一道长长的血迹。她走到水潭边，众人都以为她会俯下身去喝水，哪料到她竟纵身一跃，跳到潭中。

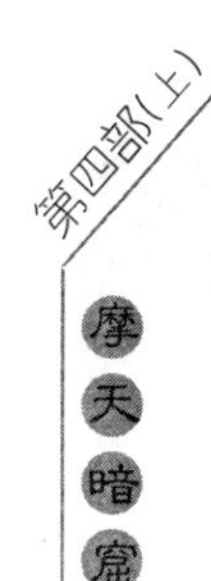

一百二十七　建密巢杀人灭口　借雷击暗度陈仓

惠兰大叫道："快救人。"宋大川脱去外衣就要往水里跳，被高经纬一把拦住，缓得一缓银姬整个人已沉入水中。宋大川着急道："再不下去救人，就来不及了。"高经纬冲他摇了摇头。惠兰道："俗话说：'一命抵一命。'她腹中的胎儿已抵了囡囡的命，就饶过她吧。"宋大川也道："是啊，有一个抵命的也就够了，再说，另外一女孩也未必死于她手。"

高经纬叹道："这女人身上血债累累，即便另外一个女孩的命不算在她身上，她也难逃一死，这样的死法对她未尝不是一件好事。"夫妻俩忙问究竟，高经纬便给他们讲了银姬所犯的罪行。夫妻俩都道："我们本想得饶人处且饶人，怎知此人罪大恶极，死有余辜，却是马尾穿豆腐——提不起来。"

五人在潭边伫立了良久，开始水面还有气泡和血污冒上来，渐渐水面又趋于平静，五人自忖银姬必死。接下来，兄弟俩带霍玉婵和惠兰夫妻查看了两座大帐和五个房间。从茅厕出来后，高经纬就打算像刚才一样，让霍玉婵三人留在这里，兄弟俩去暗道里继续探索。把想法一说，惠兰夫妇也非要跟去不可，五人便从大帐里取来油灯一起钻进了暗道。

兄弟俩在前，霍玉婵居中，宋大川和惠兰举灯断后。暗道弯弯曲曲，忽宽忽窄，一路向下，显见是在山腹里穿行。走过百十余丈的距离，暗道两侧的壁上竟分别出现一扇石门，外面都有石闩插着。

兄弟俩先将左侧的石闩拔掉，推开石门一看，里面是一个有

两间卧室大的山洞，地上摆着许多石匠用的锤斧钎凿等工具，多数都有磨损的痕迹，一看便知被人用过。

兄弟俩转身又抽去右侧的石闩，石门一开，一股强烈的尸臭扑面而来。五人捂住口鼻向后退去，直退到十余丈远方停住脚，暗道里登时充斥着难闻的尸臭。过了一袋烟工夫，估计石门里的尸臭该散得差不多，五人重又回到石门处。这时尸臭味果然变小，起码已不像刚才那样呛人。

五人往里一瞧，尽管心里早有准备，知道里面一定是藏尸之所，但还是被眼前的一幕唬得一阵心惊肉跳。就见一座大厅似的山洞里，停着百十余具形态各异的尸体，尸体虽有不同程度的腐败，但死前脸上的表情却依然清晰可辨，其中愤怒多于绝望。从死者褴褛的衣着和手上厚厚的老茧分析，这些死者生前都该是石匠。而且据地上的席子、铺盖判断，这座山洞也应是他们临时的工棚。

宋大川不解道："好奇怪，这么多人怎么会一起死在这里？难道他们都染上了瘟疫？"惠兰道："净瞎说，这里若是有瘟疫流行，你我能不知道？真要有这事，咱们还能幸免？"高经纬用笃定的口气道："这些人都是被人关在这里，活活饿死的，只门上反插的石闩便可证明。"

夫妻俩一听无异于晴空霹雳，惠兰颤抖着嘴唇道："这可是百十余条生命啊，谁会做出这等伤天害理的事？"宋大川道："莫非是魏进财一伙所为？"高经纬忿忿道："除了他们还能有谁？"

就在这时，霍玉婵一指门后道："你们快来看，这里有字迹。"高经纬往门后一瞧，果然看见石门背面已被密密麻麻的文字所覆满。惠兰也走过去左瞅右瞧，却硬是什么文字都没看到，起急道："我怎的什么都没看到？"霍玉婵把自己的夜视眼摘下给她戴上，如此一来，自己再看石门背后也是模糊一片。细细一打量这才瞧出端倪，却原来这些字迹是用鲜血写上去的，时间久了，再加上洞内阴冷潮湿，鲜血已变得暗红，在油灯光照下，自是看它不出，在夜视眼下却又另当别论。

此刻就听惠兰念道："吾等都是魏进财招聘来的石匠。魏进财对外谎称雇用吾等，是为了在山下乌龙洞内建一座龙王庙，以供

周围百姓大旱之年来此祈雨，谁知他竟是以此为幌子，真实目的却是在洞的最里端，修建一处秘密之巢穴。此巢穴不仅用人工开凿了五个房间，在半山腰处还另外设了出口，出口外的地面上有只雕刻得活灵活现的假蜗牛，即为开启洞口之所用，到时只要将蜗牛往起一拔便可。巢穴完工的当夜，魏进财一伙就将吾等反关于这里，断了吃喝。吾等这才明白，他们为了防备秘密外泄，要杀人灭口。吾等虽有满腔愤怒，却被囚禁于此，赤手空拳，叫天天不应，叫地地不灵，万般无奈之下，只能作此血书，以揭露魏进财一伙的滔天罪行，以鸣吾等心头之不平。”

读到这里，想起这么多条无辜的性命，就生生被活埋在这里，善良的惠兰已喉咙哽咽，泣不成声。宋大川面带惨淡道：“这山下确曾有个乌龙洞，人们都说洞内有条秘道，一直通向东海龙宫，因此遇到大旱，好多人都到这里求雨，我也曾赍香来过几次。每次洞里都人头攒动，香烟缭绕，盛况空前，怎知却是通往这里。”

高经纬道：“山下的洞口如今可在？为何没有听你提及？”宋大川道：“早就不在了，那还是年前夏天的事。一天我们这里乌云密布，大雨倾盆，霹雳闪电不断，猛然咚的一声巨响，就感到一阵山摇地动，过后就传出这里的乌龙洞被雷击中，山体垮塌，整个乌龙洞也不复存在。后来我在探寻魏进财一伙行踪时，路经山下，一看乌龙洞所在的位置，果然碎石遍地，块垒堆积，乌龙洞已荡然无存，原本稍缓的山势也变得陡峭起来，事实证明所传非虚。再加上当时我并不晓得一个消失了的乌龙洞会与魏进财牵上瓜葛，时间一久，也就弃置脑后，以此才没有提起。”

惠兰抬起泪眼，止住抽泣道：“这乌龙洞修庙的事，我倒是听邻居崔英淑说起过。她的弟弟就是个石匠，也在乌龙洞里参与修庙，自然也未能逃过这场灾难。当时，都以为石匠们是被乱石所埋。事后她们这些家属曾扶老携幼，哭哭啼啼找到建庙的主办方——官军——讨要过公道，官军被迫给每个死者家属发了一点银子了事。家属们嫌少，待要据理力争时，官军放出话来，说这次乌龙洞遭雷击，就是石匠们胡乱施工，惹恼了乌龙，乌龙这才用雷电击毁了山洞，说起来祸还是石匠们惹出来的，官军照理本

当追究石匠们的责任，并让家属赔偿建庙的损失，看她们拉家带口也不容易，这才对她们网开一面，反过来还对她们给予补偿，这是多大的恩典，她们非但不感激，反倒得寸进尺无理取闹，若再不识进退，就要将她们拿下法办。吓得这些人哪敢再与之理论，立马散去。直到现在，她们也不知道是魏进财一伙所为，更不知道她们的亲人惨死在这里，思想起来好不可怜。”说罢，眼泪又止不住流了下来。

霍玉婵对高经纬幽幽叹道：“怎生想办法让家属认走尸体，再给她们发放些银两？”她见高经纬也不搭腔，只顾看着石门出神，便用胳膊肘碰了他一下道：“你想什么呢？连我的话都没听见。”高经纬先是一愣，随即回过神来道：“我在想这雷击一事，也可能是魏进财有意安排下的。”

话一出口，无异于石破天惊。宋大川一脸狐疑道：“魏进财有这么大能耐？连雷电也能招呼得来？”高经纬笑道：“他哪里能指挥得动雷电？他是在洞里埋上了炸药，趁天上雷电交加的时候将炸药引爆，然后便可宣称是雷电击中了乌龙洞。这样做，对他起码有两样好处：其一，将山下的洞口填上，此后他们便可由山上的洞口进出，而不被外人所知；其二，给他们的杀人灭口，找到了名正言顺的解释。”

宋大川恍然道：“不错，如此一来，的确可以瞒天过海，骗过众人，只是这样做未免太过缺德。”惠兰道：“他们这样丧心病狂，就不怕老天报应吗？”高至善道：“举凡为恶者，都是些利令智昏之徒，他们奉行的原则是鬼也怕恶人，以为走到哪里都是恶人当道，心地善良的人天生就是被恶人欺负的，老天拿他们也没办法，因此才敢这样恣意妄为，无所顾忌。殊不知天理昭彰，终有报应，到他们形神俱灭，偿还业债的时候，再想忏悔，为时已晚，这也正是这些为恶者的悲哀。”

高经纬郑重道：“替天行道乃我辈义不容辞的责任，我们的存在，就是要让像魏进财这样的恶人早一天遭到报应。今天当着这些死难者的遗体我们发誓，一定要用魏进财一伙的彻底覆灭，来告慰他们的在天之灵。”霍玉婵和高至善也义愤填膺道：“对，我们发誓，一定为他们讨回公道。”

惠兰道："回去我便把这里的情况告诉给崔英淑，让她尽快联络起死者家属前来认尸。"宋大川迟疑道："这么高的地方她们如何上得来？即便上得来，这洞里的秘密岂非不保？你还是不要乱做主张，一切但凭三位大人安排。"高经纬道："下面的情况还不清楚，依我看，待咱们把暗道探查完，再做定夺也不晚。"

五人走出石门，沿暗道又前行了七八丈远，暗道被无数碎石堵住了去路。高经纬根据所在位置判断，前方就该是乌龙洞的山下入口，另从岩石的碎裂程度分析，也不像是雷电所为，通常雷电击中造成山洞塌方，崩下来的岩石应以大块的为主，而眼前的却是碎石居多，倒更像是剧烈爆炸的结果。

五人在碎石前仔细搜索，除了发现一些火药的残渣，还找到一小段药捻，看情形，很可能是因潮湿而从导火索上截下的，据此也可推断出，炸药是由洞内被引爆的，从而也验证了高经纬所说的乌龙洞的垮掉，完全是出于魏进财一伙的精心策划。

高经纬看着面前的碎石道："若想清理出洞口，只要花费足够的时间和人力，也并非是一件办不到的事，但那样做又有什么意义呢？如果仅仅是为了让死者重见天日，那么万一有宵小之徒利用此地，继续为祸一方，岂不是得不偿失？再说，死者只要大仇得报，灵魂得到安息，葬在哪里又有何分别？倒不如按玉婵所说，发给他们家属一些银两作抚恤，使得生者都能安居乐业，不是比什么都强。"宋大川两口子一听，还真是这么个理，当即表示赞成。

高经纬道："待将此事禀明给门大人，就由你们协助官军将银子发放给遇害者家属。事情真相可以不说，只言明此事罪在魏进财一伙，石匠们并无过错即可。"惠兰高兴道："如此一来，这里的秘密就可守住，又对死难的人有了交代，真是两全其美之举。"

五人回到石门处，将两个石门重新上了闩，又在葬有死难者的山洞门前默立了一会儿，便开始顺原路而返。兄弟俩仍旧走在头里。在由暗道走出的那一瞬间，高经纬习惯性地将目光扫过山洞的四周，他突然发现有两行湿漉漉的脚印，从水潭边一直通向左侧的大帐，心里一激灵，立刻意识到银姬没死，旋即又想到大帐里的青花毒气瓶，不禁惊出一身冷汗。

他本能地一把拽住高至善，转身就往暗道里拖。高至善不明所以，跟着他就跑。遇到霍玉婵三人，高经纬不由分说，张口就将宋大川手里的油灯吹灭。四人登时明白，定是前面有了情况。高经纬低声吩咐四人往后撤，五人随即向暗道里后撤了四丈多的距离，高经纬这才将自己的发现告诉了他们，临了道："银姬必是躲在帐篷里手持毒气瓶，只待我们一露面便拔去瓶塞，与我们同归于尽。"

高至善懊恼道："这下糟了，早知这样就该把药酒带来。"高经纬也顿足道："都怪我太大意，当时就没想起将青花瓷瓶收起。"霍玉婵嘿嘿一笑，道："说这些没味的话有什么用？多亏我带来一瓶，怕你们说我多事，故没有告诉你们。"兄弟俩一听都喜出望外。高经纬道："咱们每人含上一口，然后把宋大哥和宋大嫂送出洞外，回头再来收拾银姬。"当下五人将药酒含在嘴里，兄妹仨将宋大川夫妻带出洞口，留下霍玉婵守护。

兄弟俩遂又手持如意剑回到洞中，蹑手蹑脚来到银姬所在的大帐外，谛听了一会儿，听不到任何声息。高经纬想起自己用剑捅出来的窟窿，刚一凑过去，鼻端立刻嗅到一股淡淡的苦杏仁味儿。拿眼往窟窿里一瞧，就见银姬匍匐在大床前，一动不动，手里攥着一只开了盖的青花瓷瓶，身畔汪了一摊清水，不远处的地面上还有个滚落的瓶塞。

高经纬心道："这银姬一定精通水性，潜到水潭里假装淹死，骗过我们，待我们一离开，便挣扎着回到大帐。她也许想爬到床上，手握瓷瓶静等我们回来，然后再实施同归于尽之计。哪知她流产在先，又在冷水里浸泡了半天，实在已成了强弩之末，要不是一口气撑着，恐怕早就归了天，此时就连上床的力气都没有。她勉强将瓷瓶抓到手，就栽倒在地。她自知随时都有死去的可能，索性就提前打开了瓷瓶，将毒气放了出来。因为在她看来，这样做虽然毒气会慢慢减弱，但再弱的毒气，有，也聊胜于无，也会给敌人造成伤害。若不是我们发现及时，险些就着了她的道，这个女人实在比金姬还要阴险得多。"

想到这，他便一脚踹开帐门，走到银姬的身边，牙根痒痒的，不知该不该踢她一脚出气。就在他犹豫不决的当口，高至善

已拔剑而出。原来他紧随高经纬其后，一见银姬的死状，心下也就什么都明白了，他恼恨银姬的奸诈和恶毒，瞅准她的后背就是一剑。如意剑穿过她的心脏，立马在她的身上留下一个透明的窟窿，伤口却是滴血未流。兄弟俩方知银姬尸体僵硬，早已死去多时。

两人将大帐的下围全部掀开，把银姬的尸体拖到帐篷外。待到毒气散尽，两人齐将口中的药酒吞下，高至善顺手就要把尸体丢进潭里，高经纬连呼不妥，又道："这水潭没准将来还能用得上，尸体一入岂不就得报废？"两人遂将尸体拖到一旁，又拣了两箱金子带出洞去。

高经纬当下给洞外的三个人讲了银姬的死，霍玉婵感叹道："当初看银姬还没有这么坏，想不到一旦坏起来，竟赛过魔鬼。"高至善道："这种人骨子里原本就是坏的，只不过开始没有表现的机会罢了。"高经纬道："越是大奸大恶的人，平日越深藏不露，这跟咬人的狗从来不露齿，都是同一个道理。"

霍玉婵问起二人所带的箱子，高经纬道："这是两箱金子，是送给宋大哥和宋大嫂的，怕珠宝等物太惹眼，所以选的是金子。"宋大川夫妇都表示不能接受。高经纬道："如果你们再要推辞的话，就把变色衣退还给你们。说实话，这件变色衣是无价之宝，真要以物论价，又岂是两箱金子所能买到的？何况里面还关乎着囡囡的一条宝贵生命。若不是怕吓着你们，就是再给你们几箱也不为过。另外抛开变色衣不谈，就凭你们舍命带路，这金子你们也该得，不然，我们哪会这般轻而易举便找到贼人的巢穴？"

宋大川道："为变色衣失去性命的何止囡囡一个，还有邻居的女孩，这金子按理也该分给她家一半。"惠兰道："分给她家一半我没意见，但由我们来给，不太合适。你忘了她家的为人？上次她家丢了一头母羊，有人捡到，主动送还给她家，她家不但连句道谢话没有，还说母羊已怀崽，非要人家赔，人家说羊捡到时就是这个样子，根本没见到小羊羔，她家哪里肯依，直到对方拿了一只小羊给她家，才算了事，害得捡羊的人赌咒发誓地说，再也不会干这种费力不讨好的傻事。这金子倘若由我们给她家，她家万一说金子不是这么多，被我们私吞了怎么办？"霍玉婵道："这

种人家再也休要提起，不要说这金子没有他们的份，即便有，也应该由我们来发，你们理他做甚？”

高经纬道：“目前情况十分严峻，我最担心在追剿魏进财一伙时，会与李道楷擦肩而过。这人穷凶极恶，武功奇高，实在是一个危险的家伙，一旦他回到这里，发现银姬已死，就会狗急跳墙，对我们的人展开疯狂报复，如果知道你们曾参与了此事，他一定不会放过你们。从你们的安全考虑，一方面营寨总管事的任命需要暂缓，最好留待魏进财一伙全部伏法时；一方面你们自身也要格外小心，任何引火烧身的事都不能做，现在就送你们回去，只当什么事都未发生过。”

在乌云煤精的掩护下，兄妹仨驾起飞马将宋大川夫妇送回家，叮嘱他们把金子藏好，便告辞出来。三人收起乌云煤精，趁天黑之前又将其余十一座营寨查了个遍，结果与宋大川夫妇所在的营寨如出一辙，土匪也是人去寨空，只剩下一些无处可去的汉人和朝鲜人。这些人可不像宋大川夫妇那么老实，凡遇到顺眼的东西都尽情搬了回来，家家都屋满为患，就连院里也塞得满满当当，他们兀自不满足，大人小孩还在满世界搜索。

兄妹仨向他们讲明自己是代表官军来剿匪的，这些人先是竭力表白他们不是土匪，接着便问他们捡来的东西官军会不会没收？高经纬告诉他们，只要他们与土匪划清界限，不与官军为敌，同时切实保护好各处房屋不受损坏，他们目前家里的东西便都归他们各人所有，官军绝不干预，众人一听都欢呼起来。

兄妹仨飞到空中，霍玉婵道：“这些土匪的营寨都是祸根，正可趁机一举捣毁，为何还要保护好？就不怕日后土匪卷土重来？”高经纬道：“些许营寨，土匪要建还不是易如反掌，此处地势险要，易守难攻，自古就是兵家必争之地，与其留给不法之徒在此兴风作浪，滋生祸端，倒不如我们的人自己据之，因此我想建议门大人，派出一支部队驻守山上大寨，再从别处移民到这里，将山下的十二处营寨变成十二个村落，对山上大寨形成拱卫之势，这样就可变害为利，确保此地永无匪患矣。”

霍玉婵想不到高经纬谋划得这样长远，心悦诚服道：“这提议可谓釜底抽薪，一旦施行下去，必能一劳永逸。”接着又道：“这里已经搞定，咱们应尽快去安东城禀告门大人一声，让他即刻发兵，以免夜长梦多。”

高经纬道：“依我对门大人的了解，大军只怕早已在路上了。”高至善正游目四顾，这时指着山外不远的大路道：“大哥说得不差，兀那不是咱们的人马？想不到他们来得如此迅捷。”高经纬和霍玉婵往下一望，果然就见一支衣甲鲜明的先头部队已来到山口，并迅速占据了有利地形，后面的大道上旌旗招展，更有无数人马在朝这里涌动，旗帜上斗大的“门”字和“程”字清晰可见。

高经纬按捺不住内心的激动道：“走，咱们迎迎两位大人去。”门经略和程总兵并辔走在队伍中，一边走，一边还比比画画说着什么。兄妹仨一见，登时按落云头，飞到人马的上空，对着门、程二人一抱拳，朗声道：“门大人，程大哥，属下前来报到。凤凰山一带的土匪俱已逃窜，就请大军直接入住山寨。”

两人冷不防被吓了一跳，待看清是兄妹仨时，脸上都绽放出灿烂的笑容。部队见了更是一片欢腾，都主动空出位置，让兄妹仨着陆。兄妹仨降至地面，收缩起飞马的翅膀，将飞马的状态由飞行改为步行。队伍略作停留，便继续前进。

兄妹仨和门、程二人连骑走在一起，门经略哈哈笑道：“老夫早就料到三位小友不会等到明天，一定会提前来此行动，所以便让部队快马加鞭往这赶，紧赶慢赶还是拖了小友们的后腿。”高经纬道：“瞧大人说的，晚生们也是刚刚将这里的事打探清楚。”于是，把十三座营寨和魏进财秘密巢穴等情况向门、程二人一一作了汇报。

门经略当即传下令去，命先头部队分别进驻到山下各营寨，同时对山寨里的住户要秋毫无犯，后面大军随自己和程总兵直奔山上大寨。日落前，十三座营寨已悉数被官军占领，山上山下尽是明军的旗帜，各营寨都有警戒人员守卫，其余人员或清理战利品，或生火做饭，到处都是士兵忙碌的身影。

门、程二人乘上兄妹仨的飞马，逐一将所有营寨视察了一遍，又随兄妹仨来到魏进财的秘密巢穴前。高经纬怕里面的毒气没有散尽，便让四人留在洞外，自己一个人先下去瞧了瞧，待确定里面毒气业已散去，才让他们进入洞中。兄妹仨戴上发光宝

石，门、程二人一眼便瞅见银姬的尸体，高经纬就把银姬的来历和死亡的经过，对他们描述了一番。

程总兵对她已没有一点印象，但金姬和银姬的恶名却如雷贯耳，想起自己曾被金姬下过毒，李道楷的为恶又是银姬唆使，不禁对她憎恶万分，朝尸体唾了一口道："多行不义必自毙。"门经略也道："'最毒不过妇人心'，这句话虽然有失偏颇，但用在银姬身上一点也不为过，对这种狼子野心的女人就不能发慈悲，一经抓住，绝不宽贷。"

高经纬又把变色衣取出给他们看，顺便也将宋大川夫妇的事讲了讲。门经略道："这对夫妻诚实重义，更难得的是不贪财，作为营寨的总管事，确是不二的人选。程大人传我的话，日后魏进财和李道楷一伏法，对他二人即行任命。只是魏进财一伙有变色衣护身，追歼起来倒是一件棘手的事，你们要格外当心，千万别反受其害。"说罢眉头紧锁，忧形于色。

高经纬道："大人不用为我们担心，晚生们已有了应对办法。"说着当场就给门、程二人演示起来。他掏出夜视眼和蟾蜍琥珀王，又要过高至善的夜视眼，连同自己的一个，转手都给了门、程二人，跟着便让高至善穿上变色衣。高至善往帐篷上一靠，刹那间与帐篷融成一体，失去了踪影。高经纬又让门、程二人将夜视眼戴上，自己则把蟾蜍琥珀王托在掌心，如此一来，高至善便清晰地呈现在他们的眼前，夜视眼一摘，高至善又立马不见，反复试过几次都是这样。二人欣喜道："这方法效果奇佳，变色衣当真已无法遁其形。"

接下来，兄妹仨陪二人查看了两个帐篷和五间石室，又带二人去暗道入口看了看，高经纬也把魏进财一伙如何包藏祸心，用炸药炸毁山下洞口，并将参与施工的所有石匠如何饿杀于山洞中的事，都对二人讲了讲，同时还提出要以官军的名义给死者家属发放抚恤金的想法。门经略深表赞成，还决定此事可与宋大川夫妇的任命一并进行。

谈及此洞日后的去留时，门经略犯开了思量。程总兵道："此洞能有今天这般规模，的确费力不少，一旦毁去着实有些可惜，但要留下，倘若为坏人利用，又后患无穷，就连这些大小营寨如

不除去，将来也极易藏污纳垢再起祸端。”

高经纬道：“就是将这些都除去，谁又能保证强人们不会在此重新集结？搭建营寨只是早晚的事，对他们还不是小菜一碟。晚生以为倒不如趁此机会，留下一彪人马驻扎在山上大寨，把这里变成我军的屯兵之所。同时鼓励民风淳朴的外乡百姓到山下营寨安家落户，这样十二个营寨就可变成十二个村子。山上山下唇齿相依，彼此呼应，歹人们就是想来生事，也找不到落脚的地方，而周围城池一旦遇有紧急情况，这里的人马就可快速驰援，相反敌人要想攻上山来，却是难上加难。”

门经略眼前一亮道：“这办法切实可行，不仅从根子上杜绝了土匪在此占山为王的弊端，还可把这里变成我军的一座军事要塞。”程总兵也道：“因势利导，变害为利，极是要得。”两人当即拍板，将山上大寨定为凤凰山守备营，立刻物色一支部队驻扎下来，山下十二个营寨扩充为十二个村子，起名为凤凰山乡，乡长就由宋大川夫妇担任，至于此处洞穴，暂不作处置，东西搬走，维持原状。

接下来，兄妹仨将门、程二人送回山上大寨。这时天色开始暗了下来，军士们掌起灯来，大寨里变得一片通明。五人来到餐厅，伙房早已将饭菜做好，此时端上桌来，却也是七碟八碗甚是齐整。五人吃过饭，稍事休息，兄妹仨便带上十二只麻袋，连夜去洞穴搬东西。午夜前，三人已将秘洞里的东西搬运一空，就连两只牛皮大帐也被兄妹仨化整为零搬了回来。金银珠宝、粮食肉类、生活用品不计其数，只把一个大寨的院里堆得山也似的。

最后一次，兄妹仨将银姬的尸体移进暗道，送至左侧装工具的石门里了事。回头又在洞内的石阶旁找到一个梅花图案，试着摁了摁，恰是洞口开关，到此为止，洞里已无事可做。三人来到洞上，将那只拔起的蜗牛往下一按，洞门随之合上，兄妹仨于是返回山寨。

门、程二人除了派人给兄妹仨安排下住处，还特地让伙房为他们准备了一桌丰盛的夜宴。夜宴的食品原料主要来自魏进财的巢穴，其中不乏山珍海味。外聘的六合居厨师是识货的人，见猎心喜，使出绝活，做了粉蒸象鼻、油焖驼峰、红烧鹿筋、清炖熊

掌、滑熘鱼翅、砂锅干贝、香辣鱼唇、爆炒鱼肚等二十余道拿手菜。

有趣的是山下营寨刚好送来几只橡木桶，内盛红色液体，不知为何物。村民说曾见土匪当饮料喝过，但村民们胆小怕有毒，谁也不敢喝，以此剩下。门经略一见便知是红葡萄酒，他在京城曾有幸喝过，知道此酒最初在西域诸国多有酿制，唐朝时又由西域传入长安，故宫廷和民间颇为盛行，不然唐诗里就有“葡萄美酒夜光杯”的诗句了？此处离鸭绿江不远，定是土匪从外国商船所劫，正好借花献佛端上来招待兄妹仨。

五人边喝边谈，主要议题便是兄妹仨明日如何去朝鲜境内追剿魏进财一伙。门经略担心兄妹仨虽有飞马的便利，但异国他乡，人地两生不说，语言还不通，寻找起来难度可想而知。他想起驻守在安东城对面城池里的李将军，觉得这个人倒是一个可以依赖的对象，如果他肯对兄妹仨援手，或派出向导带路，或疏通釜山当地官府的关系，给兄妹仨提供方便，何愁找不到魏进财一伙的行踪？为了让兄妹仨此次行动更加名正言顺，同时也让李将军对本国朝廷有个交代，门经略决定以辽东经略的名义，给朝鲜李将军修书，说明情况，请求帮助。

程总兵道：“大人为何不直接给朝鲜政府致函？那样的效果岂不更好些。”门经略面色凝重道：“此事没有奏明朝廷，老夫擅自给朝鲜修书，实担着里通外国之嫌，朝廷一旦怪罪下来，为祸不浅，就是给李将军去函，也不宜大张旗鼓，要防小人的悠悠之口。”说着问明李将军的名字，便起身挥毫即席作书一封，末尾盖上经略大印。

他将书信举起来用嘴把墨迹吹干，突然盯着李东哲的名字问高经纬道：“那个朝鲜密使叫李什么来着？”高经纬道：“叫李东绪。”门经略沉吟道：“李东哲、李东绪，只有一字之差，这二人有没有可能是兄弟？”高经纬道：“按起名的惯例，极有可能，况且朝鲜国人又不多，即便不是亲哥儿俩，也必是同宗兄弟。”

门经略道：“他们若真的沾亲带故，那就太好了，就冲这一层关系，他也会不遗余力地帮助你们，不但此事可成，你们还可见机行事，为他们解除倭患，了却李东绪的生前夙愿。”

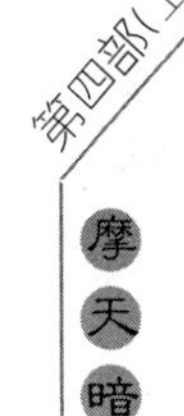

葡萄酒入口虽没有白酒性烈，但却酒劲悠远，时间一长，门、程二人都有些不胜酒力，五人草草吃了些主食，就各自回到下处安歇。

翌日凌晨，天刚蒙蒙亮，兄妹仨即便起身，梳洗已毕，门经略早打发人送来油条豆浆。三人用过餐，门、程二人已候在大厅里，门经略把给李东哲的信函交给高经纬收好，对高经纬道："此间事一了，老夫便准备回京师述职，令尊大人的事，老夫一定当面奏明王上，请王上降旨，查他个水落石出。这期间，老夫一应公务都托付给程大人和丁大人代办，你们如若有事，可找他们协商。"

高经纬一听门经略要亲自出头为父亲申明冤情，内心里一阵激动，赶紧跪倒，对着门经略便拜，霍玉婵和高至善也都跟着跪了下去。高经纬声泪俱下，道："大人不顾官场险恶，肯为家父做仗马之鸣，这份恩德让学生永铭肺腑。学生不求别的，只求今生能有报答大人的一天，就是让学生为大人赴汤蹈火，化为齑粉，也在所不惜。"

门经略慌忙以手相搀道："小友们快快请起，为朝廷拨乱反正，去除奸佞，乃老夫义不容辞之责任，小友们何须如此？"程总兵道："兄弟恐怕有所不知，门大人与丁大人及沈大人早就商量好要为令尊雪此不白之冤，只怕他们的奏疏这时早已到了皇上的案头。"兄妹仨听了更是感激涕零。

门经略又叮嘱了三人几句，就将三人送到院里。军士们取下盖在飞马身上的毛毯，兄妹仨拜别门、程二人，翻身上马，迎着初升的朝阳，箭一般地飞去。

一百二十八　进王宫扫除奸佞　谒国王共商大计

俄顷间三人已飞临鸭绿江的上空，俯瞰下去，隔江相望的两座城池和安东城外码头上的大船残骸无不历历在目。高经纬指着大船残骸道："着火的那天晚上，说不定就是魏进财一伙逃往朝鲜的开始，李道楷趁机攀上大船将其烧毁。"

高至善道："如果是他，放完火就该逃向江面，却为何在江面没有发现他的行迹？他就是轻功再高，也不会一下子便跃过江去，中间连个脚印都不留。"

高经纬望着城楼道："李道楷是晓得冰精厉害的，这把火若果真是他所放，那么他当时就一定是躲在了城楼的下方，凭借身上的变色衣往城墙上一贴，我们自然看他不到。而他又知道我们为了城楼上的士兵，不会在这里使用冰精，因此他就不必担心为冰精所伤。我们一走，他再回到对岸去与魏进财会合，此前魏进财和金姬就躲在朝鲜一方，因为都穿着变色衣，压根就不用害怕被我们发现。"

高至善道："李道楷既然穿着变色衣，为何城楼上的士兵却告诉我们，他们看见有人影在船上往来纵火？照理是不该看见他的。"高经纬笑道："这变色衣还有美中不足之处，只有大面积与某处相接触时，才能与相接处融成一体。否则仅靠脚掌一点面积，虽然也能使变色衣变成脚掌所踩处的颜色，却不足以使整个身体遁其形。因此要想让变色衣真正发挥作用，就必须将身体大面积地去贴靠某一地方。"

就在兄弟俩为此事谈论不休的时候，霍玉婵已举起千里眼，

不动声色地对着城楼下面仔细搜索起来，搜索了半天，也没瞧出一点端倪，失望道：“开始我也觉得李道楷纵火的可能性极大，但这城墙根雪地上却没留下一点蛛丝马迹，难道这事与他无关？而是另有其人？”

高经纬道：“那时天正下着大雪，即便有再多的线索，如果不是当时去查，过后也非被掩埋不可，仅凭找不到蛛丝马迹这点还不足为凭。”他瞅了眼下面的朝鲜城池道：“这件事就搁到这，也许以后会有真相大白的一天，咱们现在还是去求见李将军要紧。”

三人怕引起守城士兵惊恐，遂由高空向城楼徐徐而降。离城楼还有十余丈高时，一名守城士兵无意中一抬头，发现了兄妹仨，立刻高叫一声，随之跪倒在地，对着空中便拜。呼啦啦又从城楼里涌出二三十人，也都对着兄妹仨膜拜起来。

高经纬忙朝下一抱拳，朗声道：“诸位兄弟，无须多礼，相烦哪位为我们通报一声，就说高经纬兄妹有要事求见李将军。”当即有个军官模样的人叉手一立道：“请上仙稍等，小人这就去禀告李将军。”说罢，一溜烟跑下城楼，径奔将军府而去。

不多时，就见李将军打马而来，刚到城楼下，便迫不及待冲上喊道：“就请上仙到末将府中一叙。”兄妹仨由空中降下。此时上仙降临的消息已传遍了大街小巷，人们纷纷涌上街头，簇拥在街道的两旁，点起香烛纸马，只待兄妹仨一过，便万分虔诚地顶礼膜拜。霎时间，整座城池万人空巷，香烟缭绕，一片祥和。

兄妹仨随李将军来到将军府，人们犹自守在府外不肯散去，李将军只好让手下紧闭大门。将兄妹仨让至客厅，四人分宾主坐定，李将军又令仆从端上茶来，这才一笑道：“今天什么风把三位上仙吹来？遂使寒舍蓬荜生辉，末将更是倍感荣宠。”高经纬于是讲明来意，并把门经略的书信呈上。

李将军看过微微一笑道：“就是没有门大人的来函，上仙但有驱使，末将也自当效劳。提起魏进财一伙逃窜之事，倒教末将想起一个怪现象，不知是否与此事有关？说出来还请上仙指点迷津。那还是前天夜里，末将正在府中与家人共度除夕，就听远远有枪声响起，不多时守城军士来报，说贵方码头上有人纵火。

“末将赶到城头上一看，就见一艘大船已熊熊燃起，须臾间

便火势熏天。末将正打算点起人马前去灭火，刚巧看见三位上仙赶到码头。末将知道，有上仙出手定能马到成功，旁人去了也是白饶，弄不好还碍手碍脚帮倒忙，遂打消了前去灭火的念头。不出所料，三位上仙很快将大火扑灭。接着又见上仙们纵马四处徘徊，瞧情形，自是在寻找纵火之人，不久，上仙们便乘马离去。

“末将以为这纵火之人必是漏网的倭寇，因此让守城的士兵加强警戒。等末将回到府中，尚未坐稳之际，就有士兵来报，说城下发现有人说话，其中还有女子的声音。士兵们掌起灯笼火把朝城下照去，说话声顿止。又喝问：‘是谁？’也不见答应。就见三双脚印，两大一小，由岸边直通城下，却不见一个人影。士兵们一个个心里害怕，头皮发麻，以为遇见了鬼魅，惊呼一声赶紧龟缩到城楼里，躲在楼窗后向这边窥视。结果什么都没见到不说，不一会儿，居然又有跺脚的声音传来，士兵们多数已被吓破了胆，哪里还敢出来？倒是末将的副将不听这套邪，即刻前来禀报。末将得知此事赶紧过来查看，就见城墙上脚印的痕迹尚在，四周竟是踪影全无，探出头去，只见远处的脚印已被大雪覆盖，城墙根的脚印虽然也被盖上些许，却仍然清晰可辨。”

兄妹仨至此已敢断定，这三人必是魏进财、李道楷和金姬无疑，霍玉婵和高至善始信，高经纬关于李道楷就是纵火者推论的正确。高经纬道：“这件事不仅与魏进财一伙有关，而且三双脚印就是他们留下的，或许当时他们就埋伏在李将军的左近，只不过李将军无法发现他们就是了。”

李将军狐疑道：“这又是为何呢？”高经纬从包袱里取出变色衣，往李将军面前一摊道：“就是因为他们都穿着这个。”说着，便把变色衣的性能给他讲了一遍，还让高至善穿上，当场演示给他看。李将军几乎不敢相信面前的一切，惊叹道：“这衣服太奇妙了，别说末将看它不出，只怕这世上还无人能分辨得清。”

高经纬道：“区区雕虫小技，倒也奈何不了晚生兄妹。”李将军信服道：“三位上仙当然不在凡人之列，要不就不是上仙喽。”高经纬笑道：“晚生们与普通人实在并无不同之处，只不过机缘巧合，掌握了一些破解怪异东西的方法而已，就拿这件变色衣来说也是如此。”边说边取出夜视眼和蟾蜍琥珀王，并把夜视眼递给他，让他戴上。李将军透过夜视眼，高至善立刻显露无遗。

李将军道："这真是卤水点豆腐，一物降一物，有了它，变色衣再也威风不起来了。"高经纬道："李将军这回总该相信晚生说的话了吧？"李将军嘴上唯唯诺诺，心里却道："相信什么呀？你们说自己是普通人，只不过是机缘巧合，才有了那么多特异之处。我不禁要问，这机缘为什么每次都能被你们碰上？而我，就是想遇到一次也绝无可能，说穿了不就因为你们是仙家吗？明明自己是上仙，却非要矢口否认，你们糊弄谁呀？"

高经纬由他不置可否的神情上已经看出，神仙的地位在他们心中已根深蒂固，自己就是说出大天来，他们也不会相信自己兄妹是常人的说法，一力为自己辩解，弄不好还会适得其反，失去了他们的信任，倒不如随他们的便。想到这，话题一转道："李将军可到过釜山？对那里的情况又知道多少？"

李将军道："末将从未到过釜山，只知那是个海滨城池，练武之风甚盛，好多武功门派都源自那里，其中尤以太白派最为有名。不瞒三位上仙，末将有个胞兄就曾拜在太白派门下，末将这几手三脚猫功夫便是跟胞兄所学。说起来，末将也算是太白派的不记名弟子，惭愧的是末将戎马倥偬，尚无机缘去拜谒本门师祖，看起来今生是不会有这个机会了，不能不引为一件憾事。再有，就是那里倭寇活动频仍，说不定也会给上仙们的此行带来麻烦。不过，末将手下有个叫朴勇男的亲信，倒是个土生土长的釜山人，末将打算让他为上仙带路。至于当地官府，末将却无熟识之人，待末将修书一封给釜山的地方长官，请他们协助上仙擒贼，念在同朝为官的分上，他们总不至于不给末将一点面子。"说着，便让人去找朴勇男。

高经纬见他提到胞兄时眼里泪光闪烁，不由心中一动，想起李东绪的事，趁机试探道："晚生知道有个叫李东绪的人，武功人品都是一流的，不知李将军可否认识？"李将军听后一惊，道："末将胞兄就叫李东绪，不知上仙所说的李东绪是做什么的？"高经纬道："他乃朝鲜国出使明朝的密使。"

李将军听了神色大变，眼中流泪道："此人正是胞兄，不知上仙何以识得？还盼赐告。"高经纬便将李东绪如何被倭寇追杀，

如何邂逅耿五爷，最终如何葬身在耿家湾郊外的前前后后通盘托出。

只把个李将军听得睚眦欲裂，悲愤难平。呆了好半晌，方泣声道：“胞兄为了让此次出使更加隐秘，从这里出境时，竟连末将也没有知会一声，直至数月后，朝廷得不到他的消息，派人下来查问，末将这才知晓。遂差得力手下进入贵国境内暗地里探访，访出胞兄一行曾遭倭寇层层截杀，最后下落不明，就连追杀他的倭寇也不知所终。末将虽以为他此行必已身遭不测，却不料内中还有这么多隐情。末将日后还要仰仗上仙的指点，亲去耿家湾迎回胞兄的遗骸，同时当面向耿五爷致谢。”

高经纬道：“这些事自然要办，但晚生以为更重要的是，此行如有可能，要帮令兄完成未竟的使命，彻底扫平沿海一带的倭患，才不负令兄的一世英名，方可让他含笑九泉。”

李将军一拳打在面前的茶几上，只把个茶壶、茶碗震起老高，茶水流了一地，他浑然不觉，道：“上仙说得再对不过，倭寇猖獗，铲除这一祸患不仅是家兄出使贵国的最终目的，也应是他生前的最大心愿。况兼他如此死法不明不白，倘若上仙肯予援手，必能为家兄正名，还他以清白。末将全家和死去的兄长将永远感念上仙的大恩大德。”当下也不顾满地的茶水，对着兄妹仨纳头便拜。

兄妹仨忙将他搀起，就见他头上、身上已是茶水淋漓。高经纬见其意甚诚，遂把怀表一事坦言相告，并道：“如果需要，晚生这就将此物取来，由李将军返还给贵国朝廷。”李将军沉思片刻道：“此物返还给敝国朝廷大为不妥，看似给家兄的出使做了个交代，实则表明家兄此行并未完成任务。倘若此物由上仙收下，再由上仙出马荡平倭寇，如此一来，就可另当别论。家兄虽未通过贵国朝廷，却自己托付有人，同样达到了出使的目的，尽管是权宜之计，焉知不是最理想的结局？”高经纬听他说得有理，就不再坚持去取怀表。

多了李东绪这一层关系，李将军与兄妹仨一下子又亲近了不少。李将军告诉兄妹仨，这之前他所以敢冒风险与倭寇作对，其中就有他家兄的因素。他思来想去，决定这次和兄妹仨一起去釜

山相机行事，他还萌生了一个念头：途经平壤时，带兄妹仨秘密进宫，亲自把三人介绍给朝鲜国王。一旦征得国王的同意，此行的胜算就更大了。把想法跟兄妹仨一说，正中三人的下怀。

高经纬道："晚生兄妹早就想能有机会拜谒贵国国王，一来将令兄的事跟他讲说明白，二来共商灭倭大计。李将军能作此想，与晚生正可谓是不谋而合。只是没有朝廷的旨意，李将军便与晚生们同行，就不怕担上一个擅离职守的罪名？"

李将军笑道："事情迫在眉睫，末将也就顾不得许多了。"于是叫来副将，告诉他自己要回平壤面见王上，城中的一应事务就由他来代管，副将连声称"是"，领命而去。

李将军和朴勇男便由兄弟俩载起，五人三骑刹那间腾空而起。府外的百姓见了登时跪倒一片，称颂声里三匹飞马早已去远。李将军驻守的城池叫义州郡，是朝鲜平安北道的首府，从这里向东南，穿过清川江便是京城平壤。对这一带的山川地貌李将军无不了然于胸，在他如数家珍的指点下，飞马很快来到京城的上空。

兄妹仨眺望下去，一下子便被这座城池宏伟壮观的外表所吸引。方方正正的外围城墙、灿若云霞的院落屋宇、整齐划一的宽敞街道，再加上中间一座红墙绿瓦的内城，衬托着里面错落有致、金碧辉煌的宫殿，在在都显示着王权的至高无上和京城的气象森严。

兄妹仨有生以来虽然连明朝的京城也未到过，但却在心中无数次地憧憬过京师的富庶和繁华，想不到今天一见，果然就是这个样子。高经纬心道："异国之邦尚且如此，中华人才荟萃之泱泱大国，都城的琼楼玉宇、花团锦簇就更可想而知。"

李将军环顾了一眼京城，眉宇间不由闪过一丝忧郁道："上仙恐怕还不知晓，朝鲜京城本不设在这里，而是在南方的王京，平壤只是陪都。后来因为倭寇势大，为避其锋芒才被迫迁来此处，实在是无奈之举。也是我们这些做臣子的无能，不能富国强兵，让自己立于不败之地，方导致国家屡遭倭寇的欺辱。一想起这些，末将就感到脸上无光。"

又一指城东一处院落道："那里就是末将在京城的蜗居。"高

经纬道："李将军的仙乡可是这里？"李将军道："末将的原籍本是仁川，祖父入朝为官，这才举家辗转从仁川迁来。"高至善不解道："迁来就是迁来，干吗还要用上'辗转'的字眼呢？"

霍玉婵白了他一眼道："这有什么好问的？朝廷既是由王京迁至平壤，李将军家人自然也要随其祖父先去王京定居，后又跟着朝廷搬到这里，不是辗转又是什么？"李将军赞许道："诚如女上仙所说，家下确实从王京迁来。"高至善听了不再言语。

高经纬又道："令祖还健在否？"李将军答道："已去世多年。"高经纬道："眼下令尊、令堂身体可好？其他家人情况若何？"李将军道："家父原是朝中重臣，现已告老还家，身体尚好。家母因兄长之事思念成疾，家嫂侍奉箕帚不离左右。还有一侄年方弱冠，正在孜孜苦读，预备博取功名。末将也有一子一女，都随拙荆在末将任上。"

接着又道："末将以为还是先到舍下，找家父商量一下，看他能否先到宫里打通一下关节，咱们再求见王上就容易了。"高经纬道："还是李将军想得周到，一切但凭李将军安排。"

李将军旋即又瞧了瞧下面，担忧道："就这样下去，恐怕太过招摇，容易引起物议，反而不美。若是等到晚上再来，倒不易被人察觉，可这一天的时间岂不要荒废？这便如何是好？"

高经纬道："李将军不必忧虑，待晚生略施小计，此事当可迎刃而解。"说着，便让高至善将冰精连同人蜕口袋交给霍玉婵。霍玉婵独自驱马飞到更高处，手一伸将冰精托在掌上，不多时，原本晴空万里、阳光灿烂的天空就由晴转阴，骤然间已是风起云涌，竟然飘起了雪花。

这边四人虽说离冰精尚远，但兄弟俩还是怕寒气会波及李将军和朴勇男，两人不约而同运起了内力。一股强大的气机随之将李、朴二人罩在其中，两人顿时觉得全身暖洋洋的，说不出来的舒服受用。忽然眼前一黑，两人都陷入了极度的黑暗里，对面不见人。却原来兄弟俩已将夜视眼戴上，并拿出了各自的乌云煤精。这时霍玉婵也将冰精收起，戴上夜视眼亮出乌云煤精，与兄弟俩会合到一块，朝着李将军的府上冉冉落去。

这是一座有着三进院落的大宅子，宅子里都是青砖灰瓦的房屋，虽不甚高，却显得古朴整洁，落落大方，旁边还连着一个种满樱花树的花园。高经纬见花园里最为僻静，便一指那里，兄妹仨一齐将马降在了樱花树间的甬道上。

一团黑云落在李府的后花园，倒也没有引起京城人太多的注意，就连李府的家人和下人也都浑然不觉。兄妹仨收起乌云煤精，将李、朴二人放至地面。李将军睁眼一瞧，认出是自家的后花园，心中大悦。朴勇男更是佩服得五体投地，暗道："上仙们果然神通广大，呼风唤雨，拨云引雾，无所不能。"

李将军怕这么多人不经大门，一下子出现在自家的院子里，一旦被家里人看见，非吓坏不可，便对高经纬道："上仙们暂且蛰伏在这里，待末将一个人找到家里人讲明情况，再来迎接上仙们。"高经纬道："如此最好，免得大家一起出现，惊扰了贵府里的人。"

李将军离去不久，便带着一个年过六旬，满头华发的老人健步回到这里，一见兄妹仨，忙把老人介绍给他们，道："上仙，这就是家严。"又用朝鲜话指着高经纬三人讲说了几句。老人操着不太熟练的汉话道："三位上仙来访，老朽迎迓来迟，还望恕过简慢之罪。"

兄妹仨早已摘去头套，露出本来面目，对着老人大礼参拜了下去。急得李将军从旁道："上仙使不得。"老人也慌得手足无措道："真真折杀老朽了。"便双膝一软，也要给兄妹仨跪下。高经纬忙运起内力托住老人，使他跪不下去，一边道："晚辈高经纬兄妹拜见老伯，久仰老伯风范，今日得见幸何如之。"老人知道拗不过兄妹仨，便诚惶诚恐和李将军在前引路，把高经纬三人和朴勇男带到前面第一进院落。

飞马缓缓行来，下人们以为是平常马匹，见了倒不以为异，只是奇怪五人怎会好好的大门不走，偏由后花园里出来。老人和李将军把四人让至客厅，待下人献上茶来，立刻屏退左右。老人开门见山道："犬子已将上仙来意尽诉于老朽，上仙肯为敝国除掉倭寇之患，并还老朽罹难长子以清白，老朽一家不胜感激。就请上仙在此稍候，老朽这便去宫中走走。"

高经纬道："老伯手脚灵便，精神矍铄，正是为朝廷出力的时

候，为何这般早就退了下来？”老人苦笑道：“还不是受长子绪儿的牵连。自从他出使贵国后，一去便没有了音讯，各种流言蜚语就在朝廷中传播开来，有说他出使不力有负君恩的；有说他觊觎国宝携物潜逃的；更恶毒的莫过于说他与倭寇私通款曲，卖身投靠。老朽自己的儿子是什么样的人，岂能心中无数？知他必是遇到了意外，凶多吉少。内心伤痛，为他叫屈，却又浑身是口，无从替他辩解。开始王上也不相信绪儿会背叛他，时不时还安慰老朽几句，架不住时间久了，竟也相信了这些无稽之谈，对老朽有些不待见起来，老朽一气之下，这才提前告老还家。”说着眼圈一红，滴下泪来。

李将军虎目圆睁，忿忿道：“这王上也是，人家为他卖命，却无端招来诽谤，思之令人心寒。”老人肃然道：“吾等做臣子的，只要上对得起天地良心，下对得起黎民百姓，还计较什么个人得失，他人议论？但求问心无愧耳。”说着，从李将军手中要过门经略的信函，匆匆离去。

这期间，李将军的老母听说儿子归来，不等李将军过去看她，便迫不及待在长媳和孙子的搀扶下赶来相见。李将军忙将兄妹仨介绍给他们，而后又让高经纬给他们讲述了兄长李东绪的遭遇。几个人一听都大放悲声，下人们闻之也都流泪不止。李将军赶紧将他们劝住，并告诉他们现在还不是哭的时候，待到为兄长洗清冤枉，还他清白时再哭不迟。众人登时止住哭声，李将军老母和大嫂含悲忍泪，带着下人张罗午饭去了。

大约过了一个时辰，老人满面春风从外而回，对高经纬道：“老朽已跟王上说好，就让犬子带上仙去王宫见他。”说罢从怀中掏出一块金牌递给李将军。李将军老母道：“就是去王宫，也请上仙们吃过饭再走。”老人笑道：“我听王上已传令御膳房准备了筵宴，不强似你这粗茶淡饭？”

高经纬道：“若不是急于见到王上有大事要办，晚生还真想尝尝伯母府上的美食。”李将军老母道：“美食不敢当，只要上仙不嫌弃，老身随时恭候上仙的光临。”高经纬笑道：“那晚辈一定前来叨扰。”

依李将军的意思，就要乘飞马直入王宫。老人道：“不妥，老朽只说上仙们有诸般法术，并没言及飞马之事，飞马突然出现，恐防惊了王上。”高经纬道：“这好办，就像刚才入府时那样，晚生们改飞马为平常走路的姿势就是。”

五人三骑沿街道向王宫一路驰去，在王宫门前停下，立刻有羽林军卫士上来盘查。李将军掏出金牌出示给他们，这些卫士正要放行，忽然从宫门里转出一个军官模样的人，大手一挥道：“且慢，来人怎么一点规矩不懂，到了王宫内院还这般托大，连马也不下，还带着兵器，敢莫要行刺王上不成？”

李将军早已认出此人是羽林军总管崔耀武，说起来此人与李将军还有些过节，这事还要追溯到十年前的一次比武。原来朝廷要任命平安北道的军政最高长官上将军，这官职相当于明朝的封疆大吏，上马管军，下马管民，因所处地域与明朝接壤，为防有战事发生，故需要一名文武兼备的防守大员坐镇。

当时李东哲和崔耀武都做过郡里的行政副手，即副郡守，又在平定贵族的叛乱中荣立过军功，而被晋升为偏将军。王上觉得他俩都是合适人选，一时难以取舍，有人便提出让他们比试马上功夫，以决高下。也是崔耀武求胜心切，比武过程中不择手段，说好了不许使用暗器，可他偏偏在双方较技僵持不下时，突然将暗含于口中的一枚子午夺命钉，射向对手要害。

李东哲对此人阴险狡诈，惯以暗器伤人早有耳闻，故一上来就密切地注意上了对方的一举一动。对方趁侧身时把一枚东西扔进口中，尽管动作十分敏捷，却哪里能逃得过李东哲的眼睛？此时见对方口一张，立马知晓对方有暗器射出，一招镫里藏身，躲过了子午夺命钉，又顺势抡刀将他左臂砍伤，自此双方便有了嫌隙。

后来李东哲去了义州郡任上，崔耀武也钻营有方，当上了羽林军总管。虽然总想伺机报复，但因李东哲的老父和兄长都在朝中为官，一时又难以得手。好不容易等来了李东绪被派出使明朝，偏又音信皆无，这下他终于有了报复的机会，那些飞短流长的恶意中伤，自是源于他的手笔。这还不够，他又在国王面前屡进谗言，迫使李东哲的老父提前致仕出朝。

就在崔耀武志得意满，正想找个茬对李东哲下手时，想不到

竟在宫门外与他不期而遇，这真是仇人相见分外眼红。就见崔耀武仰天打了个哈哈，讥讽道："我还当是谁，这不是咱们的李大将军吗？是什么风把你给吹来了？"没等李东哲搭话，就见他眼一瞪，厉声道："李东哲你知罪吗？"

李东哲把金牌一擎，理直气壮道："我等奉王上旨意进宫朝见，现有金牌为证，倒是你挟嫌报复，公报私仇，违抗王命，才是有罪之人。"崔耀武凶相毕露道："好个振振有词的叛逆，你以为搬出你父亲，用几个妖邪之人骗过王上，便可进宫图谋不轨吗？你不好好待在任上，一无王上旨意，二无朝廷调遣，就擅离职守，私自来京城，不是造反是什么？别说你手拿金牌，就是你怀揣教旨，今天也休想逃过我这一关。来呀，弟兄们，这几个人意图对王上不轨，乱臣贼子人人得而诛之，他们若是不束手就擒，就给我格杀勿论，谁表现得好，我便给他加官晋爵，绝不失言。"

卫士们先还有些迟疑，一听可以加官晋爵，当即挥舞刀枪朝五人冲了过来。兄妹仨虽听不懂他们在说些什么，但对方的敌意却显而易见，一见他们攻来，忙运起内力，周遭三尺开外立刻竖起一道气墙，卫士们但凡沾上的都被击个跟头。

崔耀武又故伎重演，把嘴一张，五枚子午夺命钉分向五人眉宇间袭来，这人铁了心，拼着国王责怪也要将五人一举除掉。兄妹仨忙催动内力将子午夺命钉尽数反射回去，使之纷纷射在了宫墙上，这还是兄妹仨在没有搞清情况下，有意对他手下留情，才让反射回去的子午夺命钉个个失了准头，否则一齐打在他的身上，他哪里还有命在？

这些人一见情形不妙，一边高喊妖法厉害，一边拔腿就往宫门里跑。崔耀武随即让他们紧闭宫门，以为这样五人就无计可施。这时兄妹仨已从李东哲口里知道了崔耀武的底细和结仇经过，不由大怒。高经纬道："朝廷之中怎容得下这等奸佞的小人？"说罢兄妹仨便驾马腾空而起。

崔耀武一见着即下令，命卫士们用弓箭射之，并敲起云板告急。霎时间，宫内钟鼓齐鸣，如临大敌，卫士们都全身披挂上了内城，外城也都有兵马朝内城开来。崔耀武趁机喊道："李东哲率

人造反，已打进宫来，大家保护王上要紧。”

李将军叹了口气道：“贼咬一口，入骨三分，崔耀武这么一喊，便坐实了末将造反的罪名，王上面前咱们只怕百口莫辩。”高经纬道：“李将军不必担心，有晚生们在，岂能让小人的奸计得逞？”说罢，带着霍玉婵和高至善径飞宫中，引得下面箭似飞蝗，直朝五人射来。

兄妹仨停在弓箭射不到的高度，对着空中便是几记雷音掌，滚滚的雷声顿时让王宫里的人大惊失色，卫士们也纷纷停止了射箭。李将军把金牌冲下一亮道：“下面的人听好了，末将李东哲奉王上旨意特来见驾，并非造反。”

喊声一过，就见丹墀上站了一个太监模样的人朝上喊道：“你既是奉诏见驾，就该按朝廷法度，从宫门而进，为何擅自闯进宫来？这不是摆明了要造反吗？”李东哲道：“公公此言差矣，末将本来也是照规矩，手持金牌由宫门求见，不料却遭到羽林军总管崔耀武的挟嫌报复，他不仅不让末将几人进宫，还令手下人对末将等格杀勿论，所谓造反云云，都是他给末将的栽赃陷害之辞。”

这时就听崔耀武的声音道：“王上切莫听这厮胡说，若不是微臣拦得快，只怕他们早就破门而入了。”这些人说的都是朝鲜话，朴勇男知道兄妹仨听不懂，便从旁一句不漏地小声翻译给他们。

高经纬一听，不禁怒火中烧，当下朗声道：“呔，休听姓崔的匹夫血口喷人，信口雌黄，我三人乃大明门经略帐下堂堂观风使，岂是蝇营狗苟见不得天日之徒？今同李将军前来，实是有要事想与贵国国王商谈，如果真的是想与你们为敌，不要说你们这些人，还有这个弹丸之城，就是千军万马，铜墙铁壁也休想挡得住我们，不信就让你们见识一下我等的手段。”他知道此时再不立威，就要给李将军一家带来杀身之祸，不但不能还李东绪以清白，还要给他家满门蒙上造反的罪名。刚好丹墀旁有株几人都抱不拢的巨槐，高经纬决定就拿它来一显身手。

霍玉婵见他注目在巨槐上，如何不晓得他的心意？又见他带着李将军还要护着他的安全，行动委实不便，就抢在高经纬的头里，拔出如意剑纵马向巨槐飞去。崔耀武大声道：“贼人要对王上不利，快放箭。”卫士们张弓搭箭，一阵箭雨朝霍玉婵激射而来。

霍玉婵也不用剑抵挡，恍若不闻，箭矢还未碰到她身上，就被纷纷挡落。

说时迟那时快，就见霍玉婵飞近巨槐，举起如意剑对准巨槐的中下部，凌空就是一记横空出世的剑招。一道匹练也似的剑光哧哧作响，从剑尖上迸发出去，穿过粗粗的主干，轰的一声将巨槐拦腰切成两段，切断的树身带着树冠一下子砸在丹墀上，只把个上面的雕栏玉砌金砖地面砸得一片狼藉。卫士们吓得忘记了放箭，刚才还气势汹汹兴师问罪的太监一声尖叫，跑回了大殿里。

高经纬半天不见下面有动静，决心动用末日之光彻底征服这些人。他见御花园里有座假山，是王宫里最高去处，山顶上还有个檐角四翘，凌空欲飞的凉亭，站在亭里王宫内外当可尽收眼底，是一处绝佳的瞭望所在，此时上面恰巧没人，正可拿它开刀。他触亮马眼，将假山置于两束光线之间，吩咐李将军闭上眼睛，然后便启动了末日之光。一道闪电冲天而起，众人但觉两眸一阵刺痛，王宫里登时热浪滚滚，随后就是一股难闻的焦灼气息直入鼻端。等到再睁开眼时，就见偌大的假山已不翼而飞，只留下一地的灰烬。高经纬喝道："我等若存心与你们为敌，将整座王宫夷为平地易如反掌。"

这时就见一个身穿红色衮龙袍，头戴翼善冠的人跌跌撞撞从大殿里跑出道："上仙们请息怒，都是寡人遇事不明，错怪了你们。本来听李老爱卿之言，想请你们进宫洽谈，寡人连午宴都已设下，不料被崔耀武横生枝节，惹恼了上仙，致使有此一变。来人哪，快给寡人将罪魁祸首崔耀武拿下。"五人想不到国王一口汉话说得如此流利。

崔耀武一听国王要拿他，不等卫士们靠近，已由大殿里蹿出，他衔恨国王无情，对准国王就是一枚子午夺命钉。众卫士眼睁睁看着子午夺命钉直奔国王，想要救援又哪里来得及？一个个都骇怕得大叫起来。霍玉婵离得最近，觑得真切，赶紧使出一招仙人指路的雷音指将其打落。

国王乍脱险境，连道："反了，反了。"崔耀武早已避开众卫士，跃下丹墀朝宫门而逃。兄妹仨随后紧追，霍玉婵更是一马当先追在头里，一个起落已由崔耀武的头上越过。崔耀武听头上风响，立马将口里的所有子午夺命钉都一齐喷向空中。就听一阵叮叮当当，霍玉婵故意收起内力，让子午夺命钉都打在身上。也是她虑事周到，想要抓活口，不然子午钉一旦被内力反射回去，要了崔耀武的命，无法让他招供反而不美。

崔耀武一见夺命钉奈何不了对方，以为对方已练成了金刚不坏之身，明知不敌，却也要最后一搏，当下一撸袖子，一摁机簧，将一柄飞刀直射霍玉婵胸口。霍玉婵暗道："这小子私通倭寇，否则哪里来的飞刀机簧？"不敢怠慢，忙用如意剑将飞刀打落。又恨这人歹毒，使出雷音指连击崔耀武的左右足踝，遂将两足踝骨击穿，致使他委顿在地，再也无力逃窜。被追赶过来的卫士架起，连拖带拽，要到国王跟前复命。

这工夫兄妹仨早已驱马来到丹墀之上，国王望空一揖道："就请上仙下马一叙。"兄妹仨将马降下。五人下得马来，一齐拜伏在国王面前，行完三跪九叩大礼之后，李将军以头触地道："都是罪臣之过，以至惊了王上。"兄妹仨和朴勇男也长跪不起。高经纬谢罪道："此事与李将军无关，都怪我兄妹行事鲁莽，惊了王上不说，还损毁了宫里的东西，日后我兄妹一定做出补偿。"

国王亲将兄妹仨扶起，又对李东哲和朴勇男道："两位爱卿也请平身。"随后执着高经纬的手道："若非上仙们大显神通，寡人险些上了崔耀武这贼子的大当，性命也将不保。你们都是有功之人，何罪之有？补偿的话再也不要提起，寡人还要重重地赏赐你们。"

这时卫士们已将崔耀武押到，国王一见勃然大怒，斥道："好你个乱臣贼子，造谣生事在先，行刺寡人在后，你还有何话说？"崔耀武瘫坐在地上，兀自巧言分辩道："微臣所说句句是实，这些人确是要对王上图谋不轨。李东绪借出使之机早就投靠了倭寇，李东哲所带的妖人说不定就是倭寇假扮，王上再不明查必遭毒手。刚才微臣本拟将暗器射向妖人一伙，一时慌乱失了准头，实在是无心之举，王上千万不要忠奸不分啊。"

李东哲道："王上，末将兄长一路遭倭寇追杀，最终殉职于辽东耿家湾，此事有耿五爷和三位上仙可以作证。崔耀武颠倒黑白，实在是要公报私仇。"

霍玉婵抢上一步，将崔耀武的左袖口撕开，露出里面的飞刀机簧，愤愤道："这厮贼喊捉贼，诬指别人私通倭寇，其实他自己才是倭寇的奸细。王上请看，只这飞刀机簧便是最好的证据。"说着便将缴获倭寇飞刀机簧和李东绪就是死于这种飞刀之下的诸般情节，一一加以说明。

国王越听越有气，恨不得一脚将崔耀武踹死，刚要伸出脚去，又觉得当国君的这样做有伤大雅，遂强压怒火，切齿道："怪道李爱卿出使明朝这般机密的大事，倭寇何以会知晓？却是这贼子暗通的消息，还把一盆脏水泼在李爱卿的头上。若不是上仙们赶来，及时出手昭示寡人，寡人至今还被蒙在鼓里。这卑鄙的小人刺杀寡人尚在其次，毁我江山，害我股肱之臣，陷寡人于不义，其罪当诛，罪该万死。来人哪，将这厮拖出去，就在这丹墀之下金瓜击顶，明正典刑。"

这国王一番慷慨陈词，尤其把崔耀武的行刺自己说得很淡，也许有些嘴不对心，但听在众人耳里却甚为受用，李东哲和朴勇男更是感动得热泪盈眶，心潮澎湃，此时就是让他们为国王去死，他们也不会有丝毫犹豫。

卫士们将崔耀武拖下丹墀，崔耀武自知难逃一死，随即破口大骂，专拣国王见不得人的隐私向外抖落，什么王位来路不正，什么国王与某大臣之妻有奸情，什么国王为了取悦倭寇打算用公主和亲，等等，只把个国王骂得狗血喷头。

国王生恐他再嚷出什么不光彩的事来，一迭声喝道："快让他闭嘴，快让他闭嘴。"卫士们撬开崔耀武的嘴巴，用匕首在他口里一阵乱搅，崔耀武满嘴是血，兀自不肯罢休，虽然还在詈骂，但已吐字不清。

众卫士将他绑在一根石柱上，一个膀大腰圆，看起来有把子力气的卫士，手持一根长柄金瓜，走到石柱前，抡起来照准崔耀武的头顶猛力砸下去。就听噗的一声，崔耀武脑浆迸裂，一声哀号刚呼出了一半，就一命呜呼。卫士们找来草席将尸体卷走，兄妹仨也把切下来的半截巨槐从丹墀上移到后花园里。

国王忙将五人让进大殿，不多时太监和侍女将酒筵摆上。国宴自是非同小可，珍馐美味、琼浆玉液层出不穷。国王和五人边喝边聊，席上，李将军把兄妹仨在鸭绿江和出海口大展神威全歼倭寇的经过，对国王着力渲染了一番，听得国王目瞪口呆，赞叹不已。

高经纬又将李东绪不辱使命，鞠躬尽瘁，公忠体国的前前后后和死前将抗倭大计托付给耿五爷，其后耿五爷又将此事转托给兄妹仨，包括以一箱怀表相赠等情由，也对国王详说了一遍。接着又讲了魏进财一干匪首越界逃往釜山，自己三人奉命追剿，并想借机消灭朝鲜沿海的倭寇，给九泉之下的李东绪一个交代，从而请李东哲出面帮忙求见朝鲜国王。李东哲慨然允诺，这才有了以后的事。还说一俟灭倭大计有了结果，即便回去将怀表取来原物奉还。

国王一听连连摆手道："上仙快不要这样说，东绪爱卿既然将东西赠送给你们，就是代表了寡人的意思，焉有送出的东西还要收回的道理？上仙定要返还，岂不是要寡人失信于天下？东绪爱卿忠心不泯，可昭日月，功在社稷，虽死犹生。待抗倭事一了，东哲爱卿即刻代寡人到耿家湾，迎回烈士遗骨，归国安葬，寡人要辍朝一日，亲往吊唁。另外，由此刻起，寡人委派东哲爱卿为钦差大臣，陪同上仙赶赴釜山，全力追剿魏进财一伙逃犯，同时给予沿海倭寇以毁灭性的打击，必要时可以提调全国兵马。"李东哲急忙伏地谢恩领命，兄妹仨也连声称谢。

国王笑道："寡人听李老爱卿言道，三位上仙都是光可照人的妙龄少年，不知能否以真面目出示给寡人？"高经纬也笑道："这有何不可？也是学生兄妹一时疏忽，忘了摘去头套，还望王上恕过不敬之罪。"国王连道："哪里？哪里？"说话间，兄妹仨已将头盔、头套拿在了手中。

国王一见惊呼道："三位果然仙人风范，适才多有得罪，寡人这厢赔礼了。"说罢，离座对着兄妹仨纳头便拜。霎时太监宫娥跪倒一片，就连李东哲和朴勇男也跟着匍匐在地。弄得兄妹仨手足无措，一时竟不知如何是好？过了半晌才想起去搀扶众人。高经纬先将国王搀起，霍玉婵和高至善也把李、朴二人扶了起来。待要请太监和宫娥起身，这些人哪里肯听，非吵着要兄妹仨赐予仙丹圣水不可，高经纬只好表白自己三人并非神仙。

国王赶紧过来解围道：“上仙此次来是为我们消灭倭寇的，仙丹圣水岂是随便带在身上的？再说这些东西都是赐予有缘人的，不要说你们，只怕寡人也没这个福分，你等就不要作这非分之想了。再不起来，惹恼了上仙，就不怕寡人治你们的罪？”众人一听国王发了话，不敢不听，这才怏怏站起身来，兄妹仨见状都哭笑不得。

吃过酒筵撤去残席，国王当即写下一道敕旨盖上玉玺，交给李东哲。五人告别国王，由空中回到李府，略作停留，与李老大人通报了宫中的情况，便再度登程直奔釜山。

第四部（下）

技压釜山

一百二十九　比耐热忍者舞弊　用飞天兄妹胜出

飞马越过大同江、汉城、太白山脉、小白山脉和洛东江，穿行在朝鲜三千里江山的上空。一路上放眼四顾，但见银岭逶迤，原驰蜡象。景色端的壮丽无比，美不胜收，让一行五人目不暇接，如痴如醉。

朴勇男趁机给兄妹仨介绍起了釜山的概貌。这釜山有史以来就是一座海滨商城，与东瀛国隔海相望，城外建有朝鲜最大的货运码头，是连接两国经贸往来的纽带。由于它的特殊地理位置和繁荣的市场经济，遂使它成为朝鲜半岛一颗璀璨的明珠，吸引着各行各业的人，竞相来此投资冒险，其中尤以两类人最多，那就是商人和武人。商人建工厂，设货栈，兴码头，造船只，漂洋过海，营运牟利，但海上盗贼四起，多如牛毛，没有人保驾护航则寸步难行。这种情况下，武人纷至沓来，建武馆，招学徒，传授武功，为商人保镖，却也是报酬不菲，一本万利。两者相辅相成，遂使朝鲜境内各大武林门派，诸如惠山派、元山派、金刚派、太白派和小白派都竞相迁到这里，跟此地原有的釜山派并称武林六大门派。因釜山派是坐地户，故势力最大，人数也最多，据说，长白山天池派的武功也是发源于釜山派。

高经纬想起了从天池派匪徒身上搜出的《釜山刀法》小册子，不禁暗暗点头道：“原来如此。”

朴勇男继续介绍道：“后来，东瀛的忍者也在这里办起了武馆，忍术功夫独步天下，六大门派竟无人能敌，致使忍者气焰嚣张，朝鲜武人饱受凌辱。这时有三个世外高人，刚好云游到此，

见此情景，激于义愤，挺身而出，与忍者大战了三场，结果打了个平手，就连忍者也不得不承认对方武功的深不可测。六大门派为了制约忍者，苦苦哀求三个高人留下，三个高人推却不得，只好答应。众人这才知道，三人乃是来自白头山的三个隐居者，武功自成一家，原本为世代单传，也就是说，每代只收一个弟子。传到这一代，师父破了例，竟一下子收了三个徒弟，共为师徒四人，听说还有一个徒弟已学成下山。自打这师徒仨住下后，东瀛忍者收敛了不少，两下倒也相安无事，再也未生事端。近年来倭寇虽然四处骚扰，攻城略地，但慑于此城武林人士众多，却也不敢对其轻举妄动。”

高经纬听了朴勇男的介绍，思忖道：“这师徒之中，下山的徒弟能不能就是李道楷？从他那身武功上看，极有可能。再者朝鲜地域辽阔，深山密林到处都是，哪里不能藏身？他们为何非要逃到这么远的地方避难？看来这逃亡的背后一定大有文章，说不定他们一方面要在这里招募武功高手，以求回国东山再起，一方面由李道楷搬取师父、师兄与我们兄妹再决高下。哼，想得倒美，只怕在我们兄妹手里，让他们来得去不得。”

朴勇男指着城中间一处壁垒森严的大院道：“只那里便是郡守府所在地。”李东哲拍了拍怀中的教旨道：“就请上仙作法，咱们好到郡守衙门传旨。”

兄妹仨故伎重演，霍玉婵单人独骑跃到高空亮出冰精，刹那间天上彤云密布，日星隐曜，直到下起雪来，她才将冰精收起。随后兄妹仨戴上夜视眼，掏出乌云煤精，并作一块，降落在了郡守府的后巷。兄妹仨藏起乌云煤精，摘下夜视眼，操纵飞马由后巷转出，来到府门前。

府门前好大一片广场，朴勇男解释道：“这片广场，原本作为阅兵用，如今倭寇势力猖獗，我方兵微将寡，早就弃置不用。”

飞马步行，驮着五人款款走向府门。把守府门的兵丁一见，登时厉声吆喝起来，兄妹仨不用翻译，也知他们吆喝的内容不外乎“府衙重地，不得靠近”之类的话。朴勇男当下也用朝鲜话回斥了一通，李东哲低声翻译道：“大胆，我们乃王上派来的钦差大臣，还不速速通报你家大人出来迎接。”

兵丁们先是一愣，随即凑在一起小声嘀咕了几句，就见一个面相老成的兵丁折身进了府门。不大工夫府门大开，一个身穿文职服饰，红光满面的官员从里面出来，身后还跟着一帮酒气冲天的人。这官员打着饱嗝，毕恭毕敬道：“哪位是钦差大人，下官迎接来迟，还望……”“恕罪”二字尚未出口，一眼瞥见马上的五人，心下不禁一愣，暗道：“钦差大臣驾到，如国王亲临，不说仪仗从云，也不会寒酸到五人骑三匹马的分上。现在倭寇势大，边境不宁，就凭这五人三骑，千里迢迢，会从京城平安到此，鬼才相信，该不是歹人冒充钦差，来赚本官的吧？虽然内中有一人是将军服色，但这年头，弄一套将军服，还不是小菜一碟，况且这人面生得很。”

由于双方放的都是外任，所以并不相识，这官员哪里能想到这一层？就见他腰板一挺，睥睨着对方，大咧咧道：“你们要行骗，也不好好打听打听，本官就那么好唬？识时务的，赶快下马束手就擒，否则让你们死无葬身之地。”

兄妹仨听朴勇男把他的话翻译完，李东哲已是怒不可遏，当即就从怀中掏出教旨，在他面前一晃，道：“睁开你的狗眼，仔细瞧瞧，难道这教旨也是假的？”

这官员既然认准了他们五人是骗子，哪有闲心去分辨教旨的真假，倒是李东哲的一句“睁开你的狗眼，仔细瞧瞧”让他勃然动怒。他一俯身，由靴筒里拔出一柄明光闪闪的匕首，二话不说，将手一抖，一道寒光直奔李东哲的面门打来。敢情这文官打扮的人，却也是个练家子，出手又准又狠。

高经纬见匕首劲疾掷来，右手向前一推，一招“峰回路转”的雷音掌立马迎了上去，隆隆的雷声里，匕首被掉转了一百八十度，扭头更加劲疾地朝始作俑者射去。

那官员吓得身子一矮，匕首恰巧从他的头顶飞过，不偏不倚将他的官帽射落，露出里面近乎光光的头顶。原来这人是个秃子，滚圆的脑袋上满打满算也就几十根头发，平时全仗官帽遮掩，此时一见露了馅，不禁又羞又恼，两手下意识地捂住头顶，气急败坏吼道：“你们都是死人咋的？还不给我冲上去，统统拿下。”就听跟在后面的人嗷的一声怪叫，纷纷拔出刀剑朝五人杀来。

兄妹仨不敢动用武功，因为这些人毕竟不同于土匪倭寇，弄不好就是自己人的一场误会，说不定有些事还要依靠他们，因此只能启动飞马腾空而起。下面的人一见，登时目瞪口呆，愣愣地瞅向上面，不知如何是好？

那个官员此时已将帽子捡起戴上，对着空中结结巴巴道："你，你们……到……到底，是……是什……什么人？"李东哲厉声道："好你个狗官，不认本钦差不说，连王上的教旨也不放在眼里，敢莫你要造反不成？"

下面的官员这时头脑也开始冷静下来，望空道："你们既然是钦差，却为何只有这几个人？连仪仗护卫都不带？眼下倭寇作乱，各地都不太平，从京城到此上千里的路程，就凭你们五个，怎能平安抵达？"

李东哲冷笑道："你没见我们是乘飞马来的吗？上千里的路程算啥？就是上万里的路程也眨眼就到。说出来谅你也不信，我们是吃了王上设的午宴才动身的。至于你所说的路上不太平，我们压根就没碰到，即便碰到，休说几个倭寇蟊贼，就是千军万马也不在话下。"

"哟嗬，是谁敢说这样的大话？还不用去找倭寇较量，你们若是能胜过我们兄弟几个，就算你们有种。"说着，从院中走出一伙与倭寇打扮十分相像的黑衣人。官员这边的一帮人，赶紧退到一旁，闪出一条道来。

朴勇男一边给兄妹仨做翻译，一边道："这伙人就是东瀛忍者。"高至善道："什么狗屁忍者？说穿了还不是一帮倭寇。"

"就算我们是倭寇，你们敢下来与我们比试吗？"想不到这伙忍者堆里，竟有人通晓汉话。

高经纬于是道："有何不敢？你们等着。"一摆手，兄妹仨将飞马一齐驰到府门对面两丈开外的广场上，五人随即跳下马来。高经纬走上前去，朗声道："你们说怎么个比试法？只要划出道来，在下愿意奉陪。"

话音一落，从忍者堆里走出一个年近四旬，留着两撇小胡子的中年黑衣人来。这人身材比周遭的忍者足足高出一头，单从走

路的姿势看，就显得孔武有力。他往高经纬面前一站，用流利的汉话道：“你们既然能乘飞马腾空，我就和阁下比一比高来高去的功夫。”听声音，这人就是刚才用汉话搭腔的人。就见他身子轻轻一弹，已跃升到三丈多高的空中。官员一帮人中，已有人喝起彩来。

高经纬冷眼旁观，见他虽然能跃至空中，但却不能在空中停留，总是一升上去便落下，脚尖在地上一点，又再度升起，瞧情形，与李道楷的轻功当在伯仲之间。

这人几个起落，已是一副洋洋自得的样子，那神情分明是在对高经纬道：“你们不就是靠飞马，才升到空中的吗？此刻离开飞马，看你如何应对？”

高经纬淡淡一笑，内力一提，已轻飘飘升向空中，这一升就是六丈多高，超出黑衣人一倍不止，最令众人吃惊的还不在于此，而是高经纬居然能让自己停留在空中，想停留多久，就停留多久。

这一来高下立判，除了兄妹仨一方，剩下的人都看傻了眼，官员一帮人竟忘了鼓掌喝彩，只是一个劲念叨：“强中更有强中手。”忍者一伙人都被弄得灰头土脸，脸上无光。

李东哲和朴勇男心道：“这帮忍者，一看就不是什么好东西，想跟神仙较量，还不是自讨苦吃，就冲他们那股目中无人的傲慢劲，活该丢人现眼。”

那个上下起落的家伙这时已停了下来，他怎么也没料到，自己引以为豪的轻功，竟会一上来就败给对方，心里一百个不愿意认输，遂仰头望向空中，耍赖道：“说好了跟你们比高来高去的功夫，只管待在空中不下来，这是何意？”

高经纬于是内力一沉，降回地面道：“你待要怎样？”中年忍者道：“我还要跟你比两项技艺。”高经纬道：“比就比，难道怕你不成？”

中年忍者诡谲一笑，道：“好，你等着。”说罢由腰间掏出一只海螺，放在嘴边呜呜咽咽地吹了一会儿。就听城南的街道上，骤然响起一阵车轮的滚动声，不多时驶来两辆十六匹马拉的大车，车上各有一个门窗紧闭的轿厢，轿厢的颜色为一红一白。马车一停，车夫立刻动手将马匹卸下，带过一旁，回身又将缰绳、车套等物拆除。这时官员一帮人中，有人惊呼道："铁皮房子，这可是要命的玩意儿。"

中年忍者一指轿厢道："瞧见没有？这下一步的比试，就是双方各出五人，分别都到小房子里待上一炷香时辰，这小房子一个极冷，一个极热，咱们就来比比抗寒耐热的功夫。"

高经纬暗道："这家伙看出李、朴二人功夫薄弱，点上他们，就可使自己稳操胜券，好深的心机。"

李东哲倒没有把自身的安危放在心上，他却有些担心起飞马来，赶忙道："不行，我们都进去了，谁敢保证你们不对飞马做手脚？"高经纬笑道："李将军但请放心，他们没有这个机会。"说着，兄妹仨骑上飞马，将马悬在六丈高的空中，然后纵身跳下。

中年忍者在白色轿厢上使手一敲，轿厢门打开，走下四个身穿白衣，面色铁青的壮汉。这四人立马分散开来，右臂平伸，使双掌分别抵住轿厢的四个面，随即运起功来。一会儿工夫就见他们的头顶、手上都有绵绵的雾气生成，铁青的面孔也变得石灰岩一般的苍白，一股寒潮自轿厢的门中源源涌出。

众人本来就被兄妹仨的冰精弄得冰冷刺骨，如此一来更觉酷寒难耐，官员一帮人，都情不自禁躲进了院子中，隔着大门朝外面观望。刹那间，白色的轿厢上已结满了一层白霜。兄妹仨早运起内力，将李、朴二人护住。三人暗暗纳罕，心道："这四个家伙好怪异的功夫，血肉之躯竟能发出这般奇冷，都快赶上我们三人的宝剑了。"

中年忍者一招手，忍者一伙当即走出四个三十余岁的矮个男人来，这四人也不搭话，扭动身躯噌噌几声，已蹿进了轿厢中。中年忍者从背上的包裹里取出两支信香，用打火石点燃，一支插到车辕的一个孔里，一支手持着带进车厢，随后便将车厢门合上。外面的四个壮汉继续运功，身周的雾气愈来愈浓，等到一支信香燃到尽头，四个壮汉连同轿厢，亦已隐没在一团雾气之中，唯独插着信香的车辕还清晰可见。

这时，就听嘭的一声，轿厢门被震开，五个浑身挂满寒霜，须眉皆白的忍者由里面鱼贯而出。他们走到高经纬五人面前，中

年忍者道：“只要你们像我们一样，在里面待一炷香的时辰，且无一人伤亡，便算平手。”

李东哲道：“这不公平。”中年忍者不解道：“如何不公平？”李东哲鼻子里哼了一声，道：“这还用问吗？我们都进去了，外面不留一个人，谁来监督你们？倘若你们使起坏来，我们岂不要全军覆没？”

中年忍者心道：“就凭你们几个还想活着出来？别做梦了。”但为了哄他们尽快入套，索性显得大度些，冲院里喊道：“潘郡守，这几人可是王上派来的钦差，你若不为他们主持公道，日后国王怪罪下来，那可是灭门之罪呀。”

潘郡守这边，对来人的钦差身份已相信了一大半，正筹思着如何讨好钦差，挽回关系，听中年忍者一喊，马上让从人端来四只炭火盆，又披上两身貂裘。在炭火盆的簇拥下，来在高经纬一行人的跟前，点头哈腰道：“钦差大人只管和忍者先生切磋就是，下官为大人们作见证，主持公道分所当为。”

李东哲训斥道：“你若有半点口不对心，虚与委蛇，一经查出，绝不宽贷，你可斟酌仔细了。”说罢，五人朝车厢走去。

中年忍者仍旧燃起两支信香，一支插在车辕上，一支交给高经纬。临进车厢前，高经纬不经意间用目光快速扫过四个壮汉，只这一瞥，已将四人所在位置一一印在脑际，这才抬腿迈入，并随手关上车厢门。

中年忍者对正在运气的四名壮汉咳嗽一声，脸上露出一丝奸笑，遂带着四个忍者退到一旁的忍者堆里。

车厢内孤灯如豆，却也把里面景物照得一清二楚，除两侧各有一条窄凳外，别无他物。

李东哲和朴勇男虽有兄妹仨内力相护，依然感到如坠冰窟，只一会儿工夫，车门就被冻住，车厢内壁的冰层也迅速增厚。两人忍不住牙齿捉对打架，浑身瑟瑟发抖。

兄妹仨知道，必是四个壮汉在捣鬼，高经纬冷笑一声道：“先不跟他们计较，待会儿让他们晓得厉害。”说罢，兄妹仨掏出琥珀王和乌云煤精，往车厢正中地面一放，调整好距离，乌云煤精登时变红，发出高热来。李、朴二人也不再发抖，转而汗如雨下，齐声喊热。兄妹仨同时抽出宝剑，寒光一闪，带起一阵狂飙，与车厢内的高热一中和，气温立马变得凉爽宜人。

高经纬凭记忆，辨识了一下四个壮汉出手的位置，并把其中两个指给霍玉婵和高至善，如此这般叮嘱了两人几句，然后三人便各自选定了一个目标站下。高经纬低声道：“动手。”三人就齐将剑尖触到一个壮汉手掌所在的车厢壁上，随之内力涌动，剑上寒气便似长江大河般，滔滔不绝流进车厢壁里。

蓦然间，外面传来三声怪叫，这叫声凄厉惨淡，充满了绝望和无奈，像极了野兽临死前的狂嚎，虽然有车厢阻隔，仍然让高经纬一行人感到一阵心悸。高经纬知道这一招已然奏效，不敢怠慢，当即跑到剩下一个壮汉手掌位置，如法炮制。接着，便又是一声痛彻肺腑的大叫，而后便寂寂无声。

兄妹仨将宝剑分别搭在三个乌云煤精上，又将三个琥珀王挪开，李东哲和朴勇男立刻感到一阵透心的凉意。兄妹仨随即将宝剑收起，乌云煤精又发出热来，只是这时已不再发红，李、朴二人也觉得暖和多了。渐渐车厢壁上的冰霜已全部融化，兄妹仨试探着将三个乌云煤精陆续收起，但车厢里的气温却不再下降，三人又将琥珀王也纳入囊中。

又过了一会儿，高经纬手里的信香彻底燃尽，为防外面有什么不测，三人又都拔出了如意剑，于是让李、朴二人押后，高经纬一脚踹开车门，兄妹仨相继纵身而出。

抬眼就见，潘郡守一干人和忍者一伙人，都守候在原地，四个壮汉也呆立在原来的位置，右掌依旧搭在车厢上，只是全身，包括头脚四肢，都罩在了一层坚冰之中，被阳光一照，银光灿灿，倒像是四个雕工粗糙的囫囵冰人。

潘郡守一见赶紧凑了上去，操着蹩脚的汉话道：“大人的功夫出化入神，无人比可，这一场，又是大人占了先。”这郡守也粗通汉语，苦不甚精，辞意表达尚可，用词却颠三倒四，错把“出神入化”说成了“出化入神”，“无人可比”说成了“无人比可”。

高经纬待要回话，中年忍者已是一个箭步奔了过来，人还未到，声音却早已响起：“他们还有两人未出，郡守大人怎能妄下结论？咱们可是讲好了，若想平手，就不能有一人死伤。”他的话

音未落，李、朴二人刚好走出，李东哲道："我们都好端端的，哪里来的伤亡？"

中年忍者本以为兄妹仨功力深厚，己方四个壮汉是为了对抗兄妹仨，力竭而死，但起码两个朝鲜人会成为垫背的。不管怎么说，这一场己方胜定了，四个壮汉也没有白白搭上性命，想不到，这些都是自己一厢情愿，到头来对方五人却毫发未伤。这一刻，让他恨透了对方。尽管他恨得牙根痒痒的，但表面竟无一丝外露，忍者的功夫果然非同一般。怒火中烧的他，转瞬间就变得满脸堆欢，道："阁下的功夫，当真有两下子，若是再能通过下一关的比拼，就更能令在下佩服了。"说完走到红色车厢前，举手在上一敲。

高至善大声道："该不会又出来四个壮汉吧？"话音未落，车厢门大开，还真的打里面走出四个身穿红衣的壮汉来，只是这四个壮汉都面如朱砂，须发也均呈赤红色，引得潘郡守一干人皆窃笑不止。四个壮汉忿忿地瞪了眼潘郡守一干人，这些人方意识到，忍者们是万万开罪不得的，吓得他们赶紧低下头去。

壮汉们同样分散到车厢的四面站定，四人先仰天伸了个懒腰，然后双手一合，两腿向下一蹲，嘿的一声运起功来。眼见四人面孔由红变紫，脖筋绷得老高，两眸变得血也似的鲜红，忽然双手一搓，掌心猛地分开，对着众人一晃，众人但觉面上一热，就仿佛有两团火在眼前闪过。接着，这四人便将双掌抵在了车厢上，不移时，车厢门里已是热气蒸腾。

中年忍者一招手，又招来四个二十多岁的同伙，他照样燃起两支信香，插到车辕上一支，手里拿上一支，对着高经纬道："阁下请看仔细，在下可要先行一步了。"说完带着四个同伙便进了车厢，哐啷一声，车门从里关上。外面四个壮汉嘿嘿连声，瞧架势运起功来毫不含糊，隔着老远，便能感到车厢炙热烤人，红色的外表更似要喷出火来。

潘郡守等人都瞧得心惊胆战，忙对高经纬道："大人们乃贵高之躯，怎可以身险涉，且况大人们已先胜了一场，这一关让给他们，也是个平局，何必非要跟他们性命相搏？"这潘郡守说起汉话，依然错误百出，"高贵"说成了"贵高"，"涉险"说成了"险涉”，“况且”又说成了“且况”，不过，意思表达得倒蛮清楚。

高经纬知道他是一片好意，对他一笑道：“潘大人的好意，我们心领了，不过这番比拼，却退缩不得，正可谓箭在弦上，不得不发。也许事情并没有潘大人想象的那样糟糕，只要潘大人为我们主持好公道，不让对方节外生枝，说不定结果会另有转机，就请潘大人拭目以待吧。”

潘郡守见劝说无效，心道：“横竖该说的话，我都说了，你们执意要去送死，我也拦不住，将来王上一旦追究起来，我也有说辞，王上非要怪罪，那也没办法。这窝囊的郡守我也干够了，外有倭寇虎视眈眈，内有忍者、武士和浪人寻衅滋事，又要化解我国武人与他们的矛盾，诚可谓是在夹缝里求生存，在高空中走钢丝，这日子何曾有一天好过？一座釜山城，内忧外患，风雨飘摇，能维持到今天，我花费心血无数，将来换一个人接任就有体会了。”

他正在这边胡思乱想，自怨自艾，那边时辰已到，插在车辕上的信香已全部化作灰烬。与此同时，车厢门咯吱一声被推开，五个忍者疾如星火般纵身从车上跳下，转瞬便来至高经纬一行人跟前。众人用眼一打量，就见五名忍者个个神色如常，不仅毫发无伤，就连身上的衣服也完好无损，更兼嗅不到一丝焦灼之气。

中年忍者掩饰不住内心的得意，皮笑肉不笑道：“贵国有句成语叫‘请君入瓮’，就请阁下带着你的人入瓮吧。”高经纬面色一沉，道：“阁下此言差矣，这句成语的原意是指用某人出的主意，来对付某人自己，颇有自食其果，作茧自缚的意思。而这车厢分明是你们设计出来的，跟我们扯不上任何关系，因此阁下这成语用在我们身上，那是大错特错。有道是‘差之毫厘，谬以千里’，更何况阁下从根本上就错了。如果阁下非要用这句成语的话，不妨用在自己身上，那倒是贴切得很，否则词不达意，岂不令人笑掉大牙？”

高经纬一席话，只把个中年忍者说得脸上一阵红，一阵白，他自以为精通汉语，今天当着兄妹仨的面，故意掉书袋，卖弄自己，不想却被高经纬抓住破绽，批得体无完肤，还多亏他忍术功夫高明，连带着忍辱的功夫也不含糊，这回又一次派上了用场，

顷刻间一改脸上的尴尬，以守为攻道："阁下这般高谈阔论，是否有意拖延进去的时间？"

高经纬笑道："拖延时间谈不上，对牛弹琴容或有之。"说罢，看也不看中年忍者一眼，便同霍玉婵和高至善一道，用真气护住李、朴二人，走进车厢，关上车门。

车厢的壁角里照样有盏油灯闪着忽明忽暗的光，整个车厢此时就犹如一个大火炉，若不是有兄妹仨的真气相护，五人非被烤着不可。

兄妹仨赶紧抽出宝剑，晃得一晃，车厢里已是气温骤降。三人又选定了三个壮汉手掌的位置，将宝剑的寒气隔着车厢输了过去，就听车厢外嗬嗬连声，不久便杳无声息。高经纬又立马蹿到第四个壮汉的出掌处，将宝剑贴了上去，外面只传来一声大吼，自此便听不到任何响动。三人这才将宝剑入鞘，车厢里的气温刚好不冷也不热。

朴勇男道："外面的四个家伙，看样子又都完蛋了？"李东哲道："那还用说，不然车里哪能这般凉快？"

高至善见高经纬瞅着油灯一言不发，觉得很奇怪，问道："大哥，你在想什么？"高经纬道："不知你们注意到没有？刚才出去的五个家伙，不但身体没有一丝损伤，就连衣着也未见半点焦煳，根据车厢里的高温判断，好像有违常规，除非他们的内功已到了登峰造极的地步，可从他们所纵高度来看，又似乎不像。"

霍玉婵道："大哥莫非怀疑这些人做了手脚？"高经纬点头道："正是这个意思。"高至善一下子也来了灵感道："真要这样，不外乎有两种可能，一是外面的家伙在运功上耍了花招，二是这车厢里暗藏猫腻。"

高经纬分析道："如果是外面四人做的手脚，这高温就该是那五人离开后才形成的，可这么短的时间，他们绝对无法将气温升至如此之高，因而我认为，后一种可能最大。"

兄妹仨取得了共识，便在车厢里仔细查找起来。高经纬在搜索到门后的时候，发现有个围棋子大的暗红圆圈，就隐藏在一旁红色的厢壁上，一般人很难区分。高经纬试探着在圆圈上一摁，就听地板下有隐隐的嗡嗡声响起，接着便有白色的板状物，沿四边地脚线升起，很快就将车厢四壁和顶棚覆盖住。这白色板状物，摸起来并不坚硬，倒像是石棉一类的东西。再一观察，就见板状物的顶端，各有一个方形横杆，横杆大概为金属所制，上面涂了红漆，两头镶嵌在滑道里。滑道做工既精细又隐蔽，通常情况下不易被察觉。就在厢门一侧的板状物上，有个淡淡的黑圈，瞧位置，背后应与红圈相对应。高经纬使手往黑圈上一按，果然，嗡嗡声又再度响起，少时，白色板状物又退回到地板下，横杆与地板持平，再加上颜色一致，看上去简直天衣无缝。

李东哲道："这帮忍者真不是东西，与人比试，也这般投机取巧，他们既是作弊在先，咱们还跟他们比什么？这便出去揭穿他们才是。"五人正想推门而出，就听门口呼隆一声，听上去，似乎有什么东西从车厢顶上落下。

高经纬一推门，没推开，运起内力再推，还是未开，霍玉婵和高至善也上前一齐使力，车门依然纹丝未动。五人这才知道，被反关在了车厢里，刚才那声巨响，便是贼人们封闭车门所发。

这时，就听外面潘郡守嚷道："你们这是何意？比得好好的，为什么要将车门封上？"中年忍者的声音道："你嚷什么？这帮人都是假钦差，在下正好帮你将他们除掉。"

潘郡守道："刚才你都亲口叫他们钦差，还让下官出来为他们主持公道，怎么眨眼就说他们是假的了？"中年忍者道："我那是骗你的，不然，你能答应为他们主持公道？他们能乖乖就范？"

潘郡守道："不管怎么说，下官也不同意你们这样做，你们还是将他们放出来，大家和平共处才是。再说，有什么话不好商量，为何一定要取人性命？"

中年忍者凶性大发，道："还真让你说着了，我就是要取他们的性命，还什么和平共处？你上下嘴唇一碰，说得倒轻巧，你没见我们的八个人，皆死于他们之手？就是让他们都死，他们还欠我们三条人命呢。"潘郡守反驳道："你们的八个人都是自己死的，我们的人都在车厢里，即使想出手杀他们，也办不到啊。"

中年忍者冷笑一声，道："亏你还是在官场上混的人，连这点玄机都看不出。今天，咱们索性打开天窗说亮话，这几个人是钦差不假，但他们此次来，肯定是要对我们不利，否则我们也不会

主动与他们较量，就凭这几个人的身手，不除掉他们，便是养虎遗患，你就是说出大天来，我也不会放过他们。晓事的，就一边站着，莫蹚这趟浑水，不然连你也一勺烩。”

一听这话，潘郡守也动了怒，厉声道：“你们也太放肆了，须知这里乃是朝鲜国的领土，容不得你们胡来，你们若再不放人，本官也不客气了。”

中年忍者反唇相讥道：“不客气你能怎样？要不是看你平日对我们还算恭谨，由我们替你担待，这城池恐怕早就被我们的人攻下，还有你颐指气使、作威作福的份？你不思量感恩戴德，还要恩将仇报吗？”

潘郡守道：“本官明白了，还是钦差说得对，什么忍者、武士和浪人，说穿了，与倭寇都是一丘之貉。”中年忍者哈哈怪笑道：“你现在才明白，不嫌太晚了吗？大爷马上就给你一个好瞧。”说着一转身对忍者同伙道：“弟兄们，给我一起上，狠狠教训教训这帮不知天高地厚的家伙。”

潘郡守也不甘示弱，朝自己人道：“大家听见没有？这就是一伙穷凶极恶的倭寇，他们亡我之心不死，咱们与其坐以待毙，不如操家伙与他们拼死一战。”就听潘郡守一边的人，爆雷也似的怒吼了一声，接着两拨人便杀在了一起，霎时间刀剑的撞击声，人员的厮打声交织在一起，响成一片。

李东哲和朴勇男为兄妹仨翻译完外边人的话，听着双方的交战声，在车厢里急得就像热锅上的蚂蚁，连声道：“这可如何是好？这可如何是好？”

兄妹仨正准备用“旋转飞天”在车门对面的厢壁上开出一个洞口，就听外面中年忍者一阵吱哇乱叫，潘郡守也叽里咕噜一番大吼，跟着便是一通梆子的敲击声和号炮的燃放声。李、朴二人一翻译，却是双方都在下令召集外围人马，中年忍者除了召集城内的人马外，还特地通知城外的自己人攻城，瞧架势，他们不仅要拿下郡守府，还要一举攻克釜山城。

彼时，外面的交战声已越来越弱，听声音，像是潘郡守的人马不敌忍者的人马，已被迫撤回了府中。高经纬见此情形，决定暂缓出去，他道：“敌人既然在向这里集中，咱们干脆就给他来个

守株待兔，一俟他们的人马全部到达，便给他来个一锅端，倒免了我们挨个去搜寻他们的踪迹。”

一行人正在车厢里耐心等候，忽然觉得有人在向车厢四周泼水，又过了一会儿，车厢四周竟发起热来。高经纬蔑视地一笑道：“敌人刚才往车上泼的，一定是液体燃料之类的东西，这是想放火烧死我们。”

高至善道：“那咱们就用宝剑和冰精，好好跟他们玩玩，彻底折腾折腾这些狗日的。”霍玉婵道：“就怕敌人久攻不下，会调大炮和火枪之类的东西来，那麻烦就大了。”

高经纬道：“何止是麻烦，简直就是凶险万分，咱们必须马上行动，以迅雷不及掩耳之势全歼他们。这些人大炮或许还没调来，但火器一定会有，咱们还是老章程，先用乌云煤精掩蔽住自己，而后在除门壁以外的其余三面厢壁上，各打开一个洞口，再根据外面的情况伺机而动，这样可保万无一失。”

兄妹仨将李、朴二人安置到门后，随即戴上夜视眼，取出乌云煤精。就听外面一阵惊呼，兄妹仨明白必是黑光传到了外面，外面的人不明所以，这才惊诧地叫出声来。

李、朴二人正自感到眼前一片漆黑，车厢里，忽然从三个方向传来嗡嗡铮铮的响声。兄妹仨用旋转飞天各自将面前的厢壁锯开一道三尺许的竖缝，立刻有三道火舌从缝中钻进，车厢里登时热气扑脸，气温一下子升高不少。高经纬试探着将宝剑抽出，一股寒气四散开来，不仅抵消了车厢内的高温，还让李、朴二人微微有些发抖。

高经纬依次将剑尖伸进三道缝中，内力一出，顿使缝口火势熄灭。接下来，兄妹仨又一鼓作气，用旋转飞天各自将一道竖缝拓展成一个三尺见方的洞口，只在最下端相邻的两道缝隙间，留下少许粘连。

高经纬又走过去，用剑尖逐个缝口扫了一遍，确认缝口外已无明显的火势。于是三人一起站到车厢的左侧壁前，分别拔出如意剑，在同一个洞口上各自选定一道缝口，小心翼翼将剑尖插入。高经纬低声道：“开始。”三人同时往里一撬，一块一寸多厚的钢板，便悄无声息地被别了下来。跟着三人又用同样方法，顺

次将中间和右侧壁上的另外两个洞口打开。

从三个洞口瞧出去，就见郡守府大门紧闭，双方的厮杀已告一段落。门外的广场上，一下子聚集了好几百人马，多数都与忍者打扮相同，还有人马陆续在朝这里涌来。中年忍者带着二百余号人，将高经纬五人所在车厢团团围住，大概是因为乌云煤精的缘故，此时都站在车厢三丈开外。另一辆车厢已被拉走，地上除了已死的八个壮汉，又新添了二三十具尸体，由装束上看，大部分为潘郡守一边的人。

中年忍者正与几个人站在车厢的左侧，小声嘀咕着什么，不用说，也是在商量对付高经纬一行的办法。他身后有五十余名手持火绳枪的人，分成两排，前排蹲着，后排站着，都把枪口指向了车厢的位置。

高至善道："大哥预料的一点也不差，这些家伙果然埋伏下了火枪手。"高经纬又瞄了瞄中间和右侧的洞口，再也未见有人持枪，由此判断，火枪手很可能都集中在左侧一边。他让霍玉婵留在车厢里保护李、朴二人，并叮嘱她，如发现两人太冷就将琥珀王取出。接着安排高至善从右侧冲出，冲到人群密集处将宝剑抽出，然后转身向左，到府门前与自己会合，自己则从左侧冲出，直奔中年忍者。

高至善反对道："你费了半天心思，不就是想让我避开火枪手吗？其实，咱俩一起直奔火枪手，有乌云煤精掩护，敌人根本发现不了，等到他们察觉时，咱俩已冲至近前。再一齐亮出宝剑，那威力有多大？而你一个人冲过去，万一宝剑威力不够，漏下几个火枪手，等我绕道赶到时，反而会有危险。何况，我们兄弟俩早就发过誓，要生死与共，即便是上刀山下火海，也应一起面对，为啥还要分开呢？"高经纬一把攥住高至善的手，道："好，就按你说的办。"

两人从左侧洞口偷偷溜下车去，这才发现车门一侧，还停着一辆马车，车上车下放了好多木桶，木桶的上盖多数均已掀开，里里外外淋淋漓漓洒满了黑色液体，一看便知泼在车厢上的就是这东西。两人顾不得再瞧，身子一纵便来到火枪手跟前。

众倭寇正为车厢突然被一团黑雾包围，而感到不可思议时，就见这黑雾直向他们扑来，两眼一黑，就什么都瞧不见了。他们尚来不及做出反应，兄弟俩的宝剑已然亮出，源源的内力激起剑气无数，搅得周天寒彻，中年忍者咦了一声，便和他的火枪手一起被冻僵。

兄弟俩不敢怠慢，携手就是一通疾奔，专拣人多的地方光顾。乌云煤精在寒气的作用下，所发黑光已被滤除，兄弟俩转而隐身在寒气所形成的白雾之中。白雾裹挟着寒气，就像一阵疾风，从倭寇的身边一扫而过，但凡白雾所到之处，倭寇们无一例外，都齐刷刷成了泥塑木雕，剩余人马晓得厉害，待要撤去，已是不能，白雾眨眼就到，不过片刻工夫，广场上便静悄悄没了生气。

兄弟俩收起宝剑，回到车厢。据霍玉婵讲，自兄弟俩走后，车厢里的气温还算合适，李、朴二人皆无异常。兄妹仨齐将乌云煤精和夜视眼收起，这才注意到车厢外除三个洞口处，其余地方都有液体在燃烧，难怪广场上寒气如潮，车厢里却温暖如春。

李、朴二人见黑雾散尽，忙从洞口偷望出去，一眼瞧见外面黑压压的都是人，登时被吓了一跳，赶紧将头缩回，问高经纬道："上仙，怎么外面还有这么多人马？"

高经纬笑道："你们再仔细看看。"两人这回将头探出，大着胆子多瞅了一会儿，终于发现这些人都一动不动，似已死去多时，两人回过身，对着兄妹仨纳头便拜。

李东哲道："上仙们法力无边，举手间就让这些人死于非命，真是功德无量。"兄妹仨忙将他二人扶起，高经纬道："李将军千万不要这样说，晚生们也不过是仗着身边有几件宝物而已，自己又何功之有？"

正说着，就听远处传来一阵车轮的滚动声，似有马车载着重物在朝这边驶来。高至善道："不好，该不是敌人怕火烧奈何不了我们，把火炮拉来了吧？真要是这样，咱们还是速速从这里离开为是。"

霍玉婵瞧着广场上弥漫着的雾气道："外面寒气正盛，只怕李将军二位现在还不宜出去。"李东哲道："上仙们不必顾及我们，只管离开就是，反正眼下外面都是大雾，敌人一时也到不了

这里。”

高经纬蹦到车下，绕着车厢转了一圈，一眼瞧见车厢尾部下面有根铁链，看样子是用来拴车厢的，由此也可看出，这车厢在忍者们心目中的分量，生怕一个不慎被人偷走。高经纬使手拽了拽铁链，只微微有些烫手，随即心下有了计较，他将想法对霍玉婵和高至善一说，三人立刻跃到空中，骑上飞马。

高经纬俯身一望，就见郡守府的人都集中到了后院，后门敞开，街头巷尾挤满了手拿兵器的朝鲜人。高至善记得忍者两辆轿车是从城南的方向而来，此时用眼搜索过去，却不见马车的身影，不禁脱口道："这马车不见一点踪迹，就连车轮声也停了。"

霍玉婵道："谁说不见踪迹？你们往广场西边瞧瞧。"兄弟俩忙将目光移向广场西侧，就见三辆马车一字排开，都停在雾气的外围，此刻所有马匹均已卸掉，有人正在揭去车上的遮盖物。三人往下一瞧，皆不由倒吸一口凉气，当真如高至善猜想的那样，是三门重型火炮。

高至善道："趁他们还没有开炮，咱们赶紧下去歼灭他们。"霍玉婵道："使不得，没见他们手里都拿着火绳枪吗？"高至善这才看见，车后还站着二十余个手持火绳枪的枪手，而且火绳都已点燃，当即不假思索道："那就将冰精投下去。"高经纬道："那也不妥，你没见街道两旁都是民居吗？依我看，咱们还是按原计划，将车厢抬进郡守府，不过动作要快。"

三人于是返回地面，高经纬一把抓住车后的铁链，霍玉婵和高至善一人握住一个车辕，三人微一较力，立马将轿车提起。

这时就听咚咚咚连响三声，刹那间整个大地都震颤了，兄妹仨刚升到空中，早有三发炮弹呼啸而至，其中有两发就打在车厢原来的位置，还有一发打高了，就紧贴着轿车的车轮而过，把个兄妹仨惊得全身汗毛都竖了起来。

高经纬道："看来这车还不能往郡守府搬，那样会招来敌人的炮轰。"他瞧了一眼城东道："咱们还是往东边去稳妥些。"于是，三人从低空向东一个疾掠，来到一座大院内，一眼瞅见后院有个空场，四下无人，三人随即降落下去。

一百三十　变色衣初派用场　金无争忘年成交

高经纬刚要招呼李、朴二人出来，就听前院陡的一阵云板响，由角门一下子涌出十八九个武人打扮的朝鲜人来，这些人立刻张弓搭箭，对准了兄妹仨。一个三十多岁，一脸络腮胡子，太阳穴鼓得老高的男子，用朝鲜话喊了几句，见三人一脸茫然，似乎一句听不懂，这络腮胡子猛的一声大喝，当下箭如飞蝗，齐朝兄妹仨射来。

兄妹仨运起内力，一股强大的气机充溢四周，箭一碰上，立马激射而回。就见络腮男子抽出腰刀，随手一阵上下飞舞，顿将所有箭矢一一击落，接着跨步上前，刀尖迎面一指，一蓬刀光直朝兄妹仨袭来。

高经纬只觉得这刀光似曾在哪里见过，不暇多想，便拔出如意剑抖长了，一记泰山压顶的剑招回应过去，一道耀眼的寒光自剑上游离而出，不仅将对方的一蓬刀光击得粉碎，而且剑势不减，锐不可当，径奔络腮男子面门而去。这男子仓皇中两手向后一挥，将同伙推倒，然后脚尖一点，腾空而起。饶是如此，剑光仍将这些人背后的角门，击出一个斗大的窟窿。

高至善见状，以为这是一伙伪装成朝鲜人的忍者，厉声道："可恶的倭寇，今天让你们难逃公道。"说着也拔出如意剑，便要对这些人痛施杀手。络腮胡子听了这话，连忙用汉话道："尊驾几位，且慢动手，在下有话要说。"高经纬也觉得这伙人不像倭寇，遂出言制止了高至善。

络腮胡子继续用汉话道："首先告诉尊驾几位，在下这些人都

是地道的朝鲜人，并非倭寇。敢问尊驾几位，可都是大明人？”高经纬道：“既然知道我们是大明人，为何一上来也不问清楚，便要置我等于死地？”

络腮胡子苦笑道：“谁说在下没有相询？只是不知尊驾几位是大明人，故用的都是在下的本国语言而已，因见尊驾几位不予理睬，又见尊驾几位从空中闯入，还带着这辆红色轿车，所以误认为尊驾几位必是倭寇无疑，这才兵戎相见，直到尊驾几位讲出汉话，在下才知搞错了。”

高经纬道：“阁下难道见过这辆轿车？”络腮胡子道：“何止见过，在下与师尊、师弟差点命丧它手。”高经纬道：“这又是怎么回事？”

络腮胡子道：“这话说起来就长了，那还是两年前，在下师徒三人云游到此，因看不惯东瀛忍者的飞扬跋扈，挟技欺凌武林同道的行径，就提出与他们进行一次正式的武功较量。战表一下，整个釜山城为之轰动，比武场地就设在郡守府前的广场上，比武定在一天的上午。那天艳阳高照，观者如潮，连郡守大人也出来作壁上观。

“按客随主便的惯例，由忍者划出道来，他们于是提出比试三场，每场双方各出三人，以三战两胜定输赢，在下师徒自是每场都上，忍者仗着人多，却可随时换人。

“第一场较量兵刃，双方使用的都是腰刀，忍者的腰刀又窄又长，再加上身法灵活诡异，武林同道大多不敌，而在下师徒以内力灌注刀上，交起手来，刀光迸出，使对方防不胜防，不得不败下阵去。

“第二场比试轻功，看谁跳得高，在下师尊技高一筹，纵起身形又高又飘，无人能比，只是在下师兄弟与他们不分高下，在场旁观的武林同道都说，此场比试应为在下师徒获胜，但忍者强调，必须三人都胜才算，而在下师徒却是一胜两平，因此作不得数。

“第三场比拼，比的是抗寒御热的本事。忍者当场赶来马车两辆，其中就有这辆红色轿厢的车，此外还有一辆车的轿厢为白色，车一站定，卸去马匹，从车里下来八个壮汉，其中四个穿白衣的擅使寒冰掌，运起功来能让白色车厢严寒无比；另外四个穿红衣的精通火焰掌，施展出来可教红色车厢灼热如炽。

“讲好双方分别进去待上一炷香工夫，必须无一人伤亡才算赢，为了节省时间，双方通过抓阄确定各自先进哪辆车，然后燃起信香同时进入。

“在下师徒抓到的，偏偏就是这辆红色轿车，师尊带着在下二人，运足内力，一脚迈进红色轿厢，还未来得及关上车门，就觉得车厢内已是烈焰腾腾，火势逼人，师尊大叫一声‘不好，快撤’，等在下三人蹿出车外，身上衣服均已燃着，若不是师尊当机立断，带领在下二人及时撤离，缓得一缓必将性命不保。

“再看三名忍者，一炷香过后，泰然自若从白色车厢里走出。在下师尊主动走上前去，表示认输，并提出中止比试，忍者却好像意犹未尽，非要把剩下的一轮进行完。师尊认为，横竖这场比试，在下三人已经输定，没有必要再拿性命冒险，就眼睁睁看着忍者走进红色车厢，待足一炷香工夫，三名忍者打从车厢里出来，却越发气定神闲，悠然自得。至此三场比拼算下来，竟是打了个平手。

“虽然功夫难分轩轾，忍者们自此倒也收敛了不少。武林同道为了让在下师徒为他们壮胆，竟请郡守大人出面挽留，还拨出这处宅院相送，在下师徒盛情难却，只好留下。”

高经纬记起了朴勇男对釜山城各个武林门派的介绍，恍然道：“阁下师徒必是来自我国的白头山天池，难怪汉话说得如此流利。”络腮胡子惊诧道：“正是，尊驾何以知道？”

高经纬一笑道：“晚生给阁下引见两人，阁下见过后，一切自当明了。”说罢，一转身将李、朴二人从车厢里扶出，并介绍给络腮胡子。李东哲给他讲了自己一行人的身份和来此的目的，怕他不信，又给他看了教旨。

络腮胡子一听对方是国王委派的钦差，又都肩负着歼灭倭寇和追剿逃犯的双重使命，还有教旨为证，对五人自是信任有加，便把自己的师承来历，毫无保留地讲给五人。

原来络腮胡子叫朱新余，师徒所在武功门派就叫白头派，武功传承已有五百年的历史，由于世代皆为单传，再加上都是隐

居，因此一直不为外人所知。直到他的师父金无争接掌师门后，先收了一个少年弟子叫王宇宙，天生练武体质，悟性又极高。金无争如获至宝，在他身上花费心血无数，为其打根基，固本培元，眼看一朵武林奇葩就要大放异彩。谁料王宇宙一日上山砍柴，突遇大雨，避雨树下，竟被雷电击中而死。金无争得此噩耗，先是悲痛欲绝，继之以为这是天意，不让他授徒，遂迁怒于上天。心道："老天啊老天，你不是不让我有徒弟吗？我偏要逆天而行，跟你对着干。"于是，一下子破了师门世代单传的规矩，竟陆续收了三个徒弟。

高经纬听朱新余讲到这里，对金无争的豪爽性格顿生好感，还未见面，就觉得他一定是个可亲可敬的长者，忍不住插话道："令师尊眼下可在？能否容晚生前去拜见？"

朱新余道："真是不巧得很，就在大人们光临寒舍之前，郡守潘大人派人来请家师，说忍者勾结倭寇意图谋反，现已将郡守府围住，就要攻打，郡守府危在旦夕，家师一听，让在下看家，便带着师弟匆忙去了。不久便听到大炮轰鸣，在下心知不好，刚把下人召集起来，准备前去增援，大人们就到了。"

高经纬一听他谈及大炮，不由急道："晚生只顾说话，险些把大事忘了。朱师傅刻下哪都不要去，带着你的人保护好李将军二位，就是大功一件。"折身又对李东哲道："就请李将军二位待在这里，我们去去就回。"说完，兄妹仨跨上飞马腾空而去。

三人来到空中远远望去，所幸三门火炮和火枪手们还待在原处，看样子是在等广场上的雾气退去。高经纬松了一口气，道："没走就好，咱们还是借助乌云煤精的掩护，从空中袭击他们。"

三人戴上夜视眼，把乌云煤精掏离铅袋，再抽出如意剑，然后飞到火炮的上空。正要俯冲下去，就听下面响起了枪声，低头一瞧，却是火枪手们齐把枪口瞄向了天空。高经纬略一思忖，已然心知肚明，必是传令调动火炮的人，已看到了车厢被黑雾所围，知道这黑雾是出自敌人之手，因此命令火枪手对空射击，不让黑雾靠近。

依高至善的意思，就想强行冲击。高经纬道："放着现成的办法不用，何须徒逞匹夫之勇？"高至善连忙追问是什么办法？高经纬道："用变色衣，自从得到它，尚未派上用场，今天何不就来试试？"

三人返回白头派的宅院，高经纬将飞马托付给朱新余照看，而后与高至善共乘一骑升到空中，在乌云煤精的掩护下，脱去外罩换上变色衣，只把宝剑放入衣内。兄妹仨迂回到大炮南端的一个小巷，高经纬纵身跳下，往近处院墙一靠，立刻消失不见。霍玉婵和高至善则驱马离开，绕到广场东头高高跃起，随即又来到大炮的上空。

火枪手们一见黑雾去而复来，对空放了一阵枪，见枪弹根本够不着黑雾，只好停下来，但枪口始终保持向上，戒备之心丝毫不减。霍玉婵和高至善也不离去，双方就这样对峙着。

高经纬这边穿大街，过小巷，时而匍匐在地，时而紧贴屋宇围墙，拐过一个弯，已来到大炮所在的街道。高经纬贴着院墙，慢慢向火枪手们移去。火枪手们的注意力都在空中，对高经纬的到来并无一人发现，倒是墙根处卸下来的马匹有了反应，一个个都烦躁不安起来，对着高经纬所在的位置，或喷响鼻，或咴儿咴儿地嘶鸣不已。

火枪手们也感到蹊跷，有几个举枪正要过去查看，这情景被霍玉婵和高至善在空中看得真切，两人当即对着下面就是一通雷音掌，一霎时空中雷声大作，只把那些个火枪手的耳膜震得嗡嗡直响，如此一来，再也顾不得去查看马匹嘶叫的原因了，又全身戒备起空中的黑雾来。

高经纬一见时机已到，腰间拉链一拉，探手就把宝剑抽了出来，纵身一跃，早已来到火枪手的面前，内力一催，剑上寒气便源源涌出。众火枪手但觉眼前一花，要命的寒气已袭上身来，随之就失去了知觉。高经纬不敢大意，在人群中好一阵左冲右突，不多时，便在火枪手四周筑起一道雾墙。

霍玉婵和高至善见高经纬已然得手，旋即也从空中飞下，不由分说拽出宝剑，就来了一番低空盘旋，致使这里寒气更盛，大炮附近已毫无生气可言。只可惜了那些马匹，竟也无一幸免。高经纬叹息了一声，跃上高至善的马背，兄妹仨宝剑入鞘，乘着飞马，重又回到白头派的院中。

这时，朱新余已带人将轿厢上的余火扑灭，正在听李东哲给他们讲述适才兄妹仨在广场上与忍者较量武功的经过，刚讲到高经纬往空中一跃，就是中年忍者所跳高度的二倍，恰好兄妹仨赶回，李东哲连忙中止话题，围了上来。高经纬脱下变色衣，换上原来的衣服，顺便把消灭忍者火枪手的事说了。

朱新余还在想着比武的事，急于想知道下文，便道："李将军，后来那些忍者定是比武不胜，这才又将两辆轿车推了出来，要比什么抗寒御热的本事，不过这车厢怎么又着了起来？"

李东哲忿忿道："这些忍者真不是东西，所谓抗寒御热的功夫，都是骗人的把戏。"朱新余摇摇头道："要说忍者本性不好，在下赞同，可他们那身忍术功夫却是货真价实，绝非浪得虚名，别的不说，就拿他们抗寒御热的本领，便是在下亲眼所见，就连家师也自愧不如。"高经纬一笑道："是否货真价实，朱师傅请随晚生进去一观便知。"

朱新余满腹狐疑，跟着高经纬由洞口进入车厢。高经纬到门后找到红色暗圈，轻轻一摁，将白色板状物启动出来给朱新余看。只看得他耳热心跳，张口结舌，不知所措，半晌方走上前去摸了摸这白色板状物，最后认定它就是石棉。他无限懊悔道："过去在下看走了眼，还真当他们能耐得住高温，逢人便夸，说忍者在这方面技艺惊人，却原来是用石棉遮挡，骗人之举。今天若不是大人点化，在下师徒还被蒙在鼓里，这东瀛人不光倭寇狼子野心，就是习武之人，也这般行险使诈。"

高经纬道："这些人打着习武的幌子，其实与倭寇并无二致。"接下来高经纬便给他讲了这帮家伙如何封闭车门，又如何浇上液体燃料放火焚烧，目的就在于清除异己，帮倭寇顺理成章攻占釜山城。

朱新余道："在下还奇怪，这车厢怎么会着起火来？却原来是这帮坏蛋所放。"他看了一眼车厢上新切割出的洞口，以为原来就有，遂道："这三个洞口一定也藏得十分隐秘，不知大人又是如何发现的？"高经纬道："这洞口都是晚生们所开，并非原来就有。"朱新余心道："这么厚的铁板，就凭你们几个赤手空拳，便能在上面开出洞来，打死我也不信。"

高经纬本想把“旋转飞天”介绍给他，一见他满脸不信的神情，又改变了主意，决定用匕首当场演示给他瞧。高经纬从靴子里拔出匕首，内力一运，对着车厢壁就是一记彗星袭月的剑招，匕首尖上登时剑光如电，哧哧作响，火花飞溅中，眼见铁板熔化开来。高经纬继续催动内力，剑招绵绵不绝，一招快似一招，须臾间已在厢壁上割出一道缝来。

这让朱新余在一旁瞧得怦然心动，大跌眼镜，实难相信一个人的武功会有如斯威力，可切缝就在面前，又不由得他不信。惊叹之余，他想，也许这神奇的威力都来源于匕首，跟高经纬借过来一瞧，这匕首果然吹发即断，锋锐无比。试着一运内力，将一股剑气激出，直击厢壁，然而不论他怎样倾其内力，将刀法化为剑气，仅能在厢壁上留下一道浅浅的划痕，这才知道自己的功力与对方相比，实在是一个地下，一个天上，不禁心悦诚服道：“大人武功已臻化境，在下望尘莫及，有冒犯处，还望海涵。”

高经纬道：“朱师傅何必过谦？晚生初来乍到，好多事情还要向朱师傅讨教。”朱新余道：“讨教的话，在下愧不敢当，大人但有所问，在下一定知无不言。”

高经纬正要打听他两个师弟的情况，就听前院一阵人喊马嘶，一个下人闯进来，用朝鲜话向朱新余禀报了一通。朱新余道：“是师父他老人家回来了，在下这就带他来见大人。”高经纬道：“晚生怎敢劳动金老爷子的大驾，理当随朱师傅前去拜见他老人家。”说罢两人从车厢里出来，叫上李东哲四人，一行人直奔前院而去。

大概金无争也从下人的嘴里知道了高经纬五人的事，带人正从前院赶来，双方就在角门前见了面。朱新余赶忙给两下引见，双方都客套了几句，金无争便将高经纬一行让进客厅，双方分宾主坐定。

高经纬这才仔细打量起金无争，就见他五短身材，豹头环眼，二目湛湛有神，两个太阳穴高高隆起，也是一脸络腮胡子，但比朱新余明显要稀疏些，且已花白，年龄当在五十岁开外，一看便知是个性格豪爽刚毅的长者。当下开口道：“晚辈一行擅闯贵府，多有打扰，仅此谢过。”说着，站起来对金无争深施一礼。

金无争赶紧还礼道："大人们能光降敝地，实在是老夫的荣幸。"

朱新余让下人端上茶来，问金无争道："师父，师弟怎么没同您一道回来？"

金无争道："郡守府的人直到现在也不清楚外面都发生了什么。只道广场上大雾弥漫，寒气逼人，是忍者们做的手脚。后来我听炮声轰鸣，又见一团黑气，三番五次总奔咱们驻地的方向而来，唯恐忍者要不利于我们，又担心你一个人抵挡不了。自从那次比武以来，忍者一直视我们为眼中钉，肉中刺，恨不得一举将我们除去。尽管我没有向你们提及，但我从来没有放松过对他们的防范之心，因此就跟潘大人提出要回来看看。潘大人面露难色，我知道他怕我们一走，忍者一旦打进府来，无人能敌，所以就把你师弟留在了他的身边，潘大人这才勉强同意。"

高经纬趁机道："金老前辈，听说除了这位朱师傅，您还有两位高足，这次是否都留在了郡守府？"金无争摇首道："留在郡守府的是老夫的二徒弟，名字叫郑守义，还有一个徒弟不在此间，不提也罢。"

朱新余怕高经纬他们对师父的话产生误会，遂解释道："在下的二师弟名叫李道楷，早在我们来釜山前就下山去了。这个师弟是个至情至性的人，从小就暗恋上了一个叫银姬的女子，却是落花有意，流水无情。师父就告诫他，这样的女子，弄不好就会让他误入歧途，我们也都劝他还是务实些，找个两厢情愿的好。可他就是放不下她，终于有天夜里偷跑下山，来了个不辞而别，自此就没有了音讯。一想起他，师父就恼怒异常，是以平日大家在师父面前都避免提及他。"

高经纬道："想不到李道楷竟是金老前辈的弟子。"金无争道："莫非大人也认识这个逆徒？"

高经纬道："实不相瞒，晚生们这次来釜山，有一半就是冲着他来的。"朱新余反应极快，应声道："大人此行追剿的逃犯，难不成就是他？"高经纬道："朱师傅一猜就中。"金无争一头雾水道："此话怎讲？还望大人明示。"

高经纬这才将李道楷为了讨银姬的欢心，如何投靠匪首魏进财聚众造反，如何打劫官府，滥杀无辜，如何越过边境逃向釜山等情由，对金无争师徒一一分说明白。只听得师徒俩大惊失色，额上冷汗直流。

金无争道："老夫本来还担心他会因为这个女子，一时冲动，做出些欺男霸女，违背道德的蠢事。孰料他如此无法无天，胆大妄为，居然犯下这般泼天也似的大罪来，就是老夫也跟着蒙羞。这孽障不来便罢，一旦被老夫发现，一定亲缚其绑，送交大人处置。老夫当初真是瞎了眼，怎会教出这样伤天害理，禽兽不如的东西来！"说罢连连顿足，怒发不止。

高经纬劝慰道："所谓龙生九种，各有不同，更何况是调教出来的弟子呢？良莠不齐，本来就是寻常事，金老前辈无须为此烦恼。"

朱新余道："师父，大人说得极是，您大可不必为这无耻小人动怒，气坏了身子就更不值得，咱们还是计较一下，如何除掉这害群之马才是。依弟子看，这件事目前不宜声张，知道的人也越少越好，这孽障一旦找到这里，咱们就装作什么都不知道，先用好言稳住他，再用烈酒将他灌醉，然后一举成擒，可保万无一失。"众人见朱新余计划得很是周到，都无异议。

金无争道："听潘大人讲，大人们都被忍者困在了车厢里，潘大人他们又无力施救，不知大人们后来是如何得以解脱的？"高经纬便将自己一行脱困的经过简略地说了说，并告诉他此时广场上的忍者，包括后来的炮队，都已被消灭干净，广场上的寒气和空中的黑雾，也是出自他们之手。

朱新余怕师父不信，赶紧凑上前去，跟他低声讲了自己在车厢里的所见，对高经纬超凡入圣的武功，更是大加赞赏。

金无争这个人不单性情豪爽，为人也很谦和，确有大家风度，虽然武功上鲜有敌手，却从不故步自封，以强凌弱。他平生最大的心愿，就是想找到一个武功高过自己的人，向其虚心求教，并一道探讨武功。本来忍者抗寒御热的功夫就很让他心折，若不是这些人心术不正，他倒很想与这些人好好切磋切磋，一听高经纬武功高过自己多多，禁不住容颜大悦。忙对高经纬一抱拳，道："听小徒说，大人的武功已臻化境，这真是天下苍生之幸，有机会还请大人露上几手，也好让老夫一饱眼福。"

高经纬道："晚辈一点雕虫小技，不足挂齿，如果金老前辈不嫌晚辈荒唐的话，晚辈倒很想与金老前辈做个忘年交。"不知为什么？高经纬从金无争的身上看到了耿五爷的影子，只觉得这老人家可亲可敬，结交的话不知不觉脱口而出。

金无争一听大喜，忙不迭道："大人听声音稚嫩，看面相实在不算年轻，咱们索性就结拜为兄弟，你看如何？"高经纬本想像待耿五爷那样，称他一声大叔，万没想到他提出要做兄弟，慌得高经纬连连摆手道："使不得，使不得。"

金无争满心欢喜，以为对方一定会顺水推舟满口答应，一见对方摆手，无异于当头给他泼了盆冷水，立刻脸色一沉，道："大人一句玩笑话，倒让老夫当了真，浑忘了自己的草民身份，刚才的话，就权当老夫没说。"说罢，再也不看高经纬一眼。

高经纬一见事情要糟，立马取下自己的头套，露出本来面目，对金无争道："金老前辈，您误会了晚辈的意思，晚辈哪里是不愿意与您结拜？只怕自己乳臭未干，颠倒了辈分，对您大不敬。"

金无争见了高经纬的真实面目，一腔怨气早化为乌有，从心底里更加喜欢上了这个年轻人。当即道："那些个世俗观念，陈规陋习理它做甚？只要老弟不在乎老哥年纪一大把，老哥更不会计较什么辈分高低。"说着便让朱新余准备香烛供案。

高至善从旁着急道："大哥，你们这一结拜，剩下我们可怎么办？"金无争心里高兴，一时来了童心，口无遮拦道："难道几位大人见老夫结拜，看着眼热，也要跟着结拜不成？"

高经纬赶忙将三人的关系和盘托出，又让他们将头套摘下给金无争看。金无争想不到对方竟是兄妹三人，而且个个都是金童玉女般的人物，于是道："这有何难办？只要你们愿意，咱们一块结拜了就是。"

朱新余倒没觉得有什么不对，下人们却在心里嘀咕："这老爷子不知犯了哪根神经？平日一本正经的一个人，竟为老不尊起来，跟一些孙子辈的人称兄道弟，也不觉得难为情，连我们看了都替他脸红。"只有李东哲心下艳羡不已，暗道："这老爷子运气倒不赖，刚认识，就与上仙攀上了关系，不知哪辈子修来的洪福?”

一老三少就在大厅里结拜起来，金无争带头盟誓，盟誓时，他有意将同生共死删去，自是爱护兄妹仨的意思，余者皆按常规进行。

下人们都像看西洋镜似的，掩口而笑，唯当事人、朱新余和李、朴二人都一脸肃穆。

礼成，李、朴二人过来拱手祝贺，朱新余也上来行大礼参拜三位师叔，兄妹仨赶忙将其搀起。高经纬道：“我看咱们还是各论各的，今后以平辈相称为好。”朱新余连连道：“不敢，不敢。”

金无争道：“那怎么行？如果他心里还有我这个师父，对待三位师叔，就半点礼数都马虎不得。”朱新余道：“谨遵师命。”“还有你们。”他一指垂手侍立在两侧的下人道，“别以为你们在下面偷笑，我不知道，以后有谁敢对我的弟弟妹妹不敬，老夫的家法可不认人。”

李东哲心道：“这是他们不知道兄妹仨的上仙身份，日后晓得了，就是你老爷子不说，谁又敢对上仙无礼？”

金无争吩咐朱新余预备酒席，他要好好庆祝庆祝。朱新余对高经纬一行道：“师父难得有这样的好心情，今日上午郡守府大摆筵宴，宴请城内各派武林人士，潘大人再三使人来请，都被师父婉言谢绝。”

金无争道：“老夫倒并非托大，实在不愿看到忍者这帮家伙的嘴脸。近年来，倭寇在我国沿海地区大肆骚扰，疯狂掠夺，进而发展到攻城略地，城中的忍者也跟着嚣张起来，潘大人极尽委曲求全之能事，对忍者不断安抚，深恐惹恼了这帮家伙，将倭寇召来。老夫很体谅潘大人的处境，知道自己要是赴了宴，万一忍耐不住，跟这帮家伙动起手来，坏了潘大人的事，反而不美，倒不如不去。”高经纬五人这才明白，忍者为何会出现在郡守府里，却是潘大人特意邀请。

众人正自说着话，一个下人带进一个郡守府的兵丁，这兵丁走上前对金无争施礼道：“潘大人让小人带话给金大爷，已探得倭寇正在城外聚集人马准备攻城，如果金大爷府上无事，就请金大爷到郡守府议事，共商抗倭大计。”

金无争眉头一拧，道："这倭寇来得真不是时候，看来咱们这酒眼下是喝不上了。"高经纬道："金老前辈……"就见金无争把眼一瞪，马上改口道："大哥，晚辈……"话一出口，知道自己又说错了，脸上一红，更正道："大哥，小弟一时还有些适应不了，万一称呼错了，还望大哥多加体谅。"

金无争笑道："只要兄弟记住咱们已结拜过了，不是故意叫错，大哥是不会跟你们计较的。"高经纬道："那小弟就放心了。依小弟的意思，大哥这就带上李将军二人去见潘大人，告诉他速将人马分成两拨，一拨交由李将军带去守城，一拨交由大哥守在郡守府，只待广场上寒气散去，即刻将忍者的大炮和火绳枪清理回郡守府，接下来再到城里各处肃清忍者的残渣余孽。我们三人这就去城外，倭寇的人马就交给我们处置好了。"

金无争心道："到底是三个孩子，初生牛犊不怕虎，哪里知道倭寇的厉害？面对成千上万的倭寇人马，他们就是武功再高又有何用？不行，我是当大哥的，不能眼睁睁地看着他们去送死，必须把中间的成破厉害跟他们挑明。"想到这，一把拉住高经纬的手，道："兄弟，大哥知道你们武功高超，确有过人之处，但对付敌人大宗人马，却哪里是武功高就能解决得了的？你们涉世不深，千万不要轻敌，这一去，你们侦察一下敌人的动静就回，咱们再从长计议，切切不可拿性命去冒险。即便要打，也要回来带上大哥，咱们兄弟一起冲锋陷阵，出生入死，方不辜负咱们结拜一场。" 高经纬见金无争一片关切之情，出于至诚，心下也十分感动，对他道："大哥的话，小弟记住了，一定量力而行，绝不以身犯险，您就放心好了。"

李将军摇摇头，心道："这老爷子也是，自己孤陋寡闻，还道别人涉世不深，等到他见识了上仙们的手段，方知自己此举多么幼稚可笑，不过难得的是，老爷子对上仙们的关爱倒是出自真心。"

金无争不便拂了高经纬的意，便带着李、朴二人和朱新余一干人倾巢而出，赶着去郡守府。兄妹仨也回到后院，不多时，就见一团黑雾从白头派院里升起，眨眼就到了高空，稍作停留，便朝着城南飘去。

一百三十一　包围圈屡屡得手　驱寒法频频奏效

兄妹仨来到城南，从高空俯身一望，就见城池外，东、西、北三面陆地上人头攒动，来了无数倭寇人马，将三座城门围得水泄不通。城堞后，则有朝鲜士兵张弓搭箭对准了城下，只有城南濒临大海的一面，却波涛起伏，不见敌人的踪影。

高至善道："倭寇以海盗为主，攻打城池怎会短了战船？"霍玉婵眼尖，远远瞧见南边海面，正有数十只帆船，破浪向这边驶来。遂道："谁说倭寇没有战船？你们再往远处看看就明白了。"

高经纬扫了一眼正南方疾驰而来的帆船，道："怪道陆地上的倭寇只是围而不攻，却原来是在等他们的战船。"高至善道："这些倭寇忒也无能，自己进攻就是了，干吗一定要等战船到来？"

高经纬思索了片刻道："这些倭寇是被城内的忍者召来的，本以为兵临城下，就会有忍者打开城门，将他们接应进去。怎料忍者被我们消灭了八九不离十，他们等了半天也不见忍者的身影，自己攻城，又没带攻城的器械，知道海上战船迟早会来，故只好围而不攻，寄希望于战船。"

高至善道："这么说，船上一定有攻城的大炮了？"霍玉婵笑道："那还用说？不然他们靠什么打劫船只，攻城拔寨？"高经纬道："这样也好，咱们就到南面码头迎迎他们。"兄妹仨越过南城门，纵马来到码头的上空。

高至善跟霍玉婵要过冰精，指着远处道："咱们干啥不主动出击，到海上去消灭他们？"高经纬摇摇头道："倭寇这么多船只，光靠一块冰精怎么行？说不得只有动用末日之光，可船在航行中

比较分散，不如等他们离近了，聚在一起，更便于攻打。”

霍玉婵道：“将这么多船只毁于一旦，是不是有些太可惜？特别是船上还不乏火炮和火绳枪。”高经纬道：“谁说不是，这要是放在晚上，有夜色的掩护，咱们还能利用冰精，拣火器多的船截下几只，可这大天白日的，不等咱们降下去，敌人的火绳枪早就开火了。”

高至善道：“能不能趁着敌船还未到，咱们先在这岸边筑起一道雾墙，等敌船到了，再到他们的后面用雾墙将其退路截断。然后再迂回到两侧，用雾墙将前后雾墙连上，使之成为一个包围圈，让敌人困在里面动弹不得，等到夜幕降临，咱们就可大展身手了。在筑雾墙时，如果担心敌人的火绳枪射到，咱们满可以在火绳枪的射程外来筑，充其量将包围圈筑得大一些而已。”

高经纬听了高兴道：“难得兄弟考虑得这般细致，我看此办法可行，咱们不如马上就来付诸实施。”

霍玉婵也无异议，于是兄妹仨抽出宝剑，亮出冰精，掠至海面，沿着岸边就是一通疾驰。顷刻间，就在岸边筑起一道数百丈长的雾墙。这时天气骤变，空中阴云密布，天上飘起了雪花，让兄妹仨始料未及的是，岸边的海面竟结起了半尺厚的冰层。不过，天气这么一变，也有一样好处，那便是兄妹仨飞行在空中，围绕着他们的雾气移动起来，也就变得不那么显眼。

兄妹仨不等敌船驶近，便从他们的头上高高越过，不多时便在敌船身后将另一道雾墙筑成。接着又马不停蹄绕到侧面，将两个侧面的雾墙也一并筑起，至此一个寒气包围圈已经形成。三人还不放心，又绕着包围圈奔行了数周，直把个包围圈弄得奇冷无比。

敌人的船只离码头愈来愈近，走在最前面的两只船，一只扎进雾墙里，一只停在雾墙边，就此一动不动，后面的船只见状，吓得立马站住，再也不敢靠过去。

兄妹仨收起宝剑和冰精，停在码头的上空，正在为雾墙显现的威力暗自高兴。就在这个当口，南城墙那边忽然火光一闪，接着就是一声巨响。兄妹仨都以为是城上在向敌船开炮，谁知等了半天，竟不见有炮弹射出，回头一看，却见城头上硝烟四起，再一瞧，城墙居然被炸塌了一个角。

三人飞过去一瞅，才发现是城墙上的一门火炮在开炮时，炮弹尚未出膛，就爆炸开来，四名炮手当场被炸死。这门火炮位于城楼的东侧，西侧还有一门火炮，四名炮手本来也正准备开炮，见此情形，吓得忙从炮位上离开，躲到了一边。

这声爆炸不要紧，城外陆地上的倭寇，还以为自己的战船到了，正在开炮攻城，因此都齐声呐喊起来；海上的倭寇，正自为雾墙触目惊心，耳边又响起一声爆炸，心知必是城上在朝他们开炮。跟着又听城池那边杀声震天，还以为有千军万马要冲出城来，再加上有雾气阻隔，城上的情况根本分辨不清，只道城里早有准备。

中间一只座船立刻号角齐鸣，所有船只都调头往回返，后船改前船，前船变后船，一起向南驶去。驶出没多远，前方又有两只船被冻僵在雾墙前。座船当即又发出指令，船队一律向西，没多久前方再次受阻，就这样船队转而向东，结果依然遭遇雾墙，他们这才知道，船队已被雾墙团团围住。这时已有八艘大船冻僵在了四面的雾墙前，座船随后下令，船队一齐往包围圈中心聚拢，数十只大船终于集中在了一起。

兄妹仨见计划初步奏效，都满意地点了点头，三人掉转马头，就要去对付陆地上的倭寇。飞越南城门时，就听下面有人高喊上仙，低头一看，却是李东哲手卷喇叭朝上在喊。三人遂降落在城头，收起乌云煤精，就见李东哲领着数百人，刚由西城门快步跑来。

原来金无争将他带到郡守府，见了潘大人，转述了高经纬的话。潘大人遂将府内外的三千多人，其中将及一半为城中的武林人士，分出两千人，交由李东哲领去守城，并把指挥调动全城军马的三支令箭也给了他。还告诉他，一俟广场清理完毕，立刻将火绳枪和大炮送上城去。

李东哲带人来到北门，与守城的副将接上了头。两人商量了一下，觉得陆上之敌别看人多，但缺少攻城器械，对城池尚构不成威胁，可虑的倒是倭寇很可能会有战船从海上来，凭借坚船利炮大举攻城。便决定将带来的两千人部署下去，每座城门配备

五百，而后李东哲就坐镇到南城门，防御海上之敌，副将仍驻守在北城门，对付陆上之敌。

两人这边刚将东、西、北三座城门的人员部署到位，就听南面城门方向传来爆炸声。李东哲赶紧带着五百人跑了过来，眼见一团黑雾从头顶飞过，知道必是兄妹仨，所以出声招呼。

李东哲向高经纬介绍了城上的布防情况，高经纬也把倭寇船只被寒气所困，已不足为患的现状讲给了他。李东哲笑道："末将早该想到，这边的寒气如此之盛，必是上仙已做了手脚。"

高经纬道："晚生下一步也想用同样手段对付城下的敌人，李将军赶紧把城上的人，都集中到四个城楼里，多生炉火，做好御寒。"李东哲道："末将这就传令下去，上仙们只管放手去做。"高经纬道："那晚生就先由倭寇背后下手。"

李东哲随即找出三个轻功好的武林人士，一人发给一支令箭，让他们分头去其他三座城门传令，然后便待在那里，不用回来，三人奉命而去。

兄妹仨也掏出乌云煤精，驾起飞马重又升到空中，三人瞅准了西城门下的倭寇最为密集，决定就从那里下手。就在三人收起冰精和宝剑的这一会儿工夫里，空中的雪花本已不再飘洒，天也开始放晴，随着三人重新亮出这两样东西，天又阴沉下来，雪花又在漫空飞舞个不停。

三人来到倭寇背后，低飞下去，就由西海岸起，到东海岸止，途经北部，往来驰骋，筑起一道弧形的陆上雾墙，把城下的倭寇一股脑圈在里面。倭寇们但觉背后冰冷刺骨，不约而同拥向城墙。兄妹仨又来到雾墙里面继续奔驰，不断将雾墙加宽加厚，致使包围圈越缩越小。

三人带着乌云煤精凌空而过的时候，身边围绕着的是一团黑雾，等到亮出宝剑和冰精时，这团黑雾又被白雾所替代。有倭寇注意到了这一现象，终于发现这严寒与那团刻下已变成了白色，而又飞速移动的雾气有关，当即指着飞驰的雾气，呜里哇啦怪叫了一通。引得众倭寇竞相对着这团白雾吼叫连连，随即便端起火枪、弓箭朝兄妹仨射来。兄妹仨忙不迭撤到雾墙外侧，远远避开，倭寇们失去了攻击目标，便也停止了射击。

高经纬盯着厚重的雾墙出了会儿神，心里立刻有了主意。对霍玉婵和高至善道："倭寇不是不让咱们靠近吗？咱们不如就在这雾墙外，用雷音掌将雾墙向里推，照样能冻死他们。"霍玉婵和高至善都说可以一试。于是兄妹仨收起宝剑和冰精，纵马来到雾墙前，运起内力正要施展雷音掌，就见身前的雾墙在三人内力的作用下，已被向前推进了四尺有余。

高经纬一见大喜，道："刚才我还担心，即便三人同使雷音掌，每使一次，也不过把身前丈余长的雾墙，朝前推动若干。再要推，还须换个地方，整个雾墙推动一遍，耗时就相当可观，何况还不知要推动几遍。现在好了，只要咱们运起气机，绕着雾墙外围排头驶过去，就能轻而易举将雾墙向里推进，既方便又快捷。"

霍玉婵补充道："咱们三个还可从下到上迭加起来，这样，高处的雾墙也能跟着一起向里推进，冻敌效果岂不是更好？"高经纬道："不错，照此法而行，就连高处的雾墙也能顾及，这倒是我原来不曾想到的。"

当下三人回到西海岸，沿雾墙外侧将各人位置作了排列，高经纬在下，霍玉婵居中，高至善在上。高经纬把手一挥，三人运起内力，齐头向东海岸驰去，兄妹仨所经之处，雾墙齐刷刷朝里移去，全程下来，整个雾墙被推进了四尺多。三人再接再厉，数个往返后，雾墙已推得离倭寇不远。这时再也听不到倭寇的噪动声，城下变得死一般的寂静。

高经纬估计倭寇已冻得差不多，就主张飞过去看看情况。霍玉婵道："有什么好看的？有这工夫，还不如再向前推进几丈。"高至善也道："就是，倘若能将雾墙推到倭寇堆里，那才叫干净彻底。"

高经纬本想推到这里适可而止，好腾出手来去对付海上之敌，转念又觉得他们除恶务尽的想法，也没什么不对，就不再坚持己见。接下来，三人又是好一阵疾驰，雾墙推到了倭寇堆里还不作数，索性横扫倭寇，将雾墙一直推到城下，直至城墙上结出厚厚的坚冰来。再看那些倭寇，竟悉数都成了冰人，兄妹仨这才将冰精和宝剑纳入囊中，腾空而起。

此时已是薄暮冥冥，天宇茫茫，西边的海平面，已吞噬了落日的最后一抹余晖。夜幕正在铺天盖地慢慢降下，城中早就炊烟四起，更有人家掌起灯来。

高经纬望了一眼南边被围的船只，正要带霍玉婵和高至善过去，就听霍玉婵惊呼道：“那不是金大哥吗？”

兄弟俩往下一瞧，就见城堞前，金无争一个人盘腿坐在地上，双目紧闭，头上不断有丝丝蒸汽冒出。左边一丈开外，就是上下城墙的阶梯，右边不远处就是北城门楼。瞧架势，金无争应是刚从城下上来，必是一上城就着了寒气，此时正在运功驱寒。

三人赶忙收起乌云煤精，降落在城墙上，跳下马，喊了一声大哥，便都围了上去。高经纬右手一伸，掌心立刻搭上了金无争的后背，金无争只觉得中枢穴上一热，便有内力源源不绝由督脉输进。高至善也发出内功，一股强大的气机，顿时将金无争身前的严寒驱散。霍玉婵更不怠慢，取出琥珀王连同乌云煤精一起放在地上，城墙左近即刻便热浪逼人，如沐春风。

金无争的内功已颇具火候，大周天运行起来早能得心应手，只是全周天运行尚且不能。而刚才他在毫无防备的情况下突遭寒气，一股寒毒已深入腠理，他连运了几次大周天，都无法驱除，就在这时兄妹仨赶到。高经纬绵绵的内力，恰似黄河之水天上来，波连浪涌，无尽无休，给他注入了无穷的活力。瞬间便将他十二处窒滞的经脉一举打通，困扰了他多年的全周天运行，终于一蹴而就。他连运了几次全周天，只觉得全身的经脉没有一处不通，脏腑里的寒毒立马被驱除得一点不剩，他睁开两眼一跃而起。惊喜道：“想不到兄弟的内功如此神奇，不仅帮老哥哥驱尽了寒毒，还助我打通了所有穴脉，终于使我有生之年，得以功德圆满，这番大恩大德，让我何以为报？”言罢，竟喜极而泣。

高经纬一边为他拭泪，一边道：“都是自家兄弟，大哥何必说话如此见外？对了，大哥不在郡守府外打扫战场，搜索残敌，到这城上来做什么？”

金无争道：“广场上已清理得差不多，我终究有些不放心你们，就想到城上来瞧瞧。哪知刚上得城来，就感到一阵钻心的寒凉，随之全身麻木，已是动弹不得。我只好就地坐下，默运内力，暗自驱寒，内力一起，方知这股寒气不仅遍及全身，而且有寒毒已深入脏腑。我想用大周天将寒毒驱出，运行了几周，只把四肢百骸的寒气祛尽，对脏腑里的寒毒却并不奏效，正在一筹莫展之际，恰巧你们赶来。”说到这儿，他神色一变，道：“糟了，新余还在下边，我怎么把他给忘了？”

原来金无争惦记兄妹仨，朱新余对三人也放心不下，一见师父往城上赶，便也跟了过来，只是他轻功不如师父，是以落在了后边。此时一经金无争提醒，四人慌忙跑向阶梯，果然看见朱新余就待在阶梯的上段，距城顶也就十来级阶梯，目下已委顿在阶梯上，看样子倒不像在运功驱寒，一见四人奔来，忙挣扎着站起身形。

看他受寒情形，似乎比金无争要好，但高经纬一眼就看出，他的两腿在不停打战，使手一摸他的额头，却只微微有些发温，再用手一探他的前胸，竟触手冰凉。高经纬心知他受寒的程度远比金无争要深，只是一个人还在硬挺着，当下也不搭话，俯低身子，背起朱新余就往城上奔。跑到金无争运功的地方，把他往地上一放，随即脱下自身外罩，铺在地上，转手就让朱新余躺了上去。高经纬又动手解去他的外衣，先施展驱寒之法，为他除去体内的寒气，待要用雷音指打通他的全身经脉，这才猛然想起，朱新余的内功已有相当根底，自己一着急，竟忘了这码事。脸上一红道：“瞧我净干傻事，糊里糊涂的，竟把新余当成了不会武功的新手。”

朱新余这时也坐了起来，道：“没有师叔出手相救，师侄这条小命怕是要交待。也怪师侄只顾了追赶师父，心里一点防备都没有，这致命的寒气一来，全身各处差不多都被冻僵。想要运功，也是不能，全仗着有口气苦撑着，实在连新手都不如。就是现在，这心口还是冷冷的，就像压了一座冰山。”

金无争一个人被寒气所侵，高经纬倒未觉出什么，此时见他师徒俩都是一个样子，不禁有些不解。心道：“这师徒俩内功已有相当火候，危险迫近其身，内力就该适时而发，怎会都如此不济？”

原来，大凡练功的人，内力都是随人而发，但遇紧急情况，

当事人必须有所察觉，方能发功护体，即便像金无争师徒这样的武功高手，也不能例外。两人这次登城，坏就坏在精力都用在了奔跑上，对突如其来的严寒，压根就没注意到，待到冷气一朝触体，再想发功相抗，哪里还来得及?

而兄妹仨境遇特殊，不仅练功成了身体自发的，就连碰到危险，内力也能油然而生，根本不用自己操心。高经纬以为，武功练到一定程度都会这样，怎会想到自己三人不过是个特例。此时不容他多想，他按下心中的疑惑，知道朱新余寒毒已侵脏腑，必须速速为他除去，便让他自行运起功来。自己则出右掌，一摁他头顶百会穴，内力随之灌入。

朱新余大周天也已初步练成，只是还不够娴熟，此时一经运转，竟是分外的顺畅。不仅如此，这内力还像决堤的洪水，一发不可收拾地要冲决一切阻碍。他试着将其引向奇经八脉以外的十二经脉，却是引向一个，打通一个。不多时，全部经脉均已打通，全周天运行自是水到渠成，脏腑里的寒毒，也在不知不觉中不翼而飞。他又试着运行了两遍全周天，但觉得胸中暖意充盈，头脑一片清明。浑身上下也是活力无限，不单寒气尽除，功力更是大长，这让他如何不喜？待等高经纬撤去手掌，对着高经纬扑翻身便拜，嘴里还道：“小侄内功能有今日之突飞猛进，全仗师叔栽培，来世小侄就是变牛变马，结草衔环，也难报师叔这天高地厚之恩。”

高经纬一把将他扶起，道：“千万不要这样说，有道是：‘一家人不说两家话。’咱们彼此间本该互相帮衬，哪值得如此大惊小怪？”

金无争见朱新余红光满面，精神焕发，知道他一定也和自己一样，全身穴脉都已融会贯通。遂慨叹道：“想不到我们师徒二人都因祸得福，一切皆拜贤弟所赐，客套的话不再说，不知城外的倭寇此刻情形怎样？”

高经纬道：“这东、西、北三面陆地上的倭寇都已冻毙，南面海上的倭寇也被我们困在寒气中，成了瓮中之鳖。”话说到这里，就听城南方向，一时间号炮连天。

五人急忙转过头去，看出这号炮正是被围船只所发。就见雾

气笼罩的海面上，一串串火光拔地而起，五光十色，直冲云天，只把个夜空装点得煞是好看。号炮声里，又见船只外圈也噼噼啪啪着起火来，眨眼工夫已是火势熏天，远远望过去，但见水天一色，一派通红。

高至善道："倭寇这又是在玩什么花招？"霍玉婵道："这有什么不明白？放号炮是倭寇在向同伙求援。这外围的火光，必是倭寇拣旧船淘汰了一批，摆在外侧点燃了，一方面为自己取暖，一方面用来驱寒。"

高经纬冷笑道："倭寇再折腾，也挽救不了自己覆灭的命运。大哥，你和新余就待在这里为我们助阵，看我们是如何消灭他们的？"

金无争一指地上的琥珀王和乌云煤精道："这东西你们还是收起来，没准一会儿还要用，如今我们都掌握了全周天运行，再大的严寒也能扛住。"说完，非逼着兄妹仨将它们收起。霍玉婵只好将乌云煤精带到城外冷却了，装起来，回头又将琥珀王也纳入囊中。朱新余则把地上的外罩拍打干净，给高经纬穿上。

兄妹仨告别师徒俩，飞向敌船，三人还在半路上，就听敌船上忽然炮声大作。仔细一看，却是敌船在向南面的雾墙开炮，用意自是要从南面轰开一个缺口，好由那里突围。

高经纬道："咱们避开敌人的炮弹，先将这三面的雾墙加厚，等敌人停止炮轰后，再绕到南边，将那里的雾墙填补上。"

三人亮出宝剑和冰精，按计划就在东、北、西三面的雾墙外飞驰起来，直到敌人的火炮不再射击，这才转移到南侧。此时，那三面的雾墙都增厚了不少。

敌人的炮弹果然将南面的雾墙炸出一个豁口，三人一边在豁口前不停地往来穿梭，一边透过夜视眼察看敌船的动静。

就见好多倭寇站在甲板上，正用挠钩、竹竿、木棒等物，奋力将挡在南边的两只着火大船推向一旁，中间空出一条航道来。随后便有一艘战船，穿过航道朝豁口驶去，这船刚一驶进豁口，立马发觉不妙，待要转舵返回，已是不及，船头稍一转向，登时僵立不动。圈里船上的倭寇见了，都齐声鼓噪起来，有人使硬弓射过几支火把，跟着又有人用千里眼向这边观望，大概看清了来

船已被冰层固定死，不由叽里咕噜一阵大叫。旋即，就见一帮人又用挠钩，把两只推到一旁的着火大船，重新钩了回来，封锁住了航道。自此，这些人龟缩在大火圈里，不再有所异动。

兄妹仨将豁口修补好，又把南面的雾墙筑得比其余三面都厚，于是运起内力，将雾墙向里推进。雾墙逐渐向中心聚拢，终于移到了着火的船只，方兴未艾的火势，在雾墙的作用下，次第熄灭。没有了大火的屏障，严寒肆无忌惮地袭向那些被困的船只，引来船上倭寇的一阵阵惊呼。

高经纬生怕倭寇们情急之下，再打烧船的主意，就想尽快结束战斗。他低低对霍玉婵和高至善道："咱们再加把劲，跑快点。"三人便调快速度，风驰电掣般地绕着雾墙兜开了圈子。雾墙眼看就要贴近倭寇的船只，倭寇们突然对着雾墙漫无目标地开起枪来，兄妹仨迅即高高升起。

高经纬指着那艘灯火通明，位于众船核心的座船道："那是敌人的指挥船，咱们就从它下手，把冰精投下去，给敌人来个中心开花，看他们还能维持多久？"

高至善取出冰精来到座船的上空，为了让投掷的准确度更高些，他又冒着被敌人枪弹打中的危险，俯冲到座船的头顶，才将冰精投下。所幸的是，倭寇们的注意力都在四周，并无一人顾及空中。

冰精这一掷，刚好落在座船的驾驶舱上，致命的严寒立即让座船和周围几艘船上的敌人死于非命。这严寒又以迅雷不及掩耳之势，迅速向四处蔓延，使得稍远船上的敌人，也感到冷不可耐，纷纷扬帆转舵朝外驶去，慌乱间，一时周转不开，好多船相撞在一起。外围的船不明所以，生怕被里面的船碰上，不顾一切往外就走，浑忘了近在咫尺的雾墙，这一钻进去犹如飞蛾扑火，自投罗网。须臾间，中心和外围就有一大半船只被冻僵，只剩下少数船只，介于两者之间，一时进退不得，不知如何是好。

兄妹仨抓住这一稍纵即逝的战机，从座船上捡回冰精，又抽出宝剑，便向这些还能活动的船只疾掠过去。几个低飞盘旋下来，雾墙便在这些船只间筑成。兄妹仨又不断扩大战果，将所有船只都置于极度的严寒之中，座船上的灯火相继熄灭，数十只大船也变得亮光全无。兄妹仨挨个船只查看了一遍，确信倭寇们都已死绝，高经纬说了声“撤”，三人便收起宝剑和冰精，一个起落来到南城门上。

李东哲从城楼的窗口里，已将海上的战况看了个大概，尽管有雾气遮挡，但敌船已被兄妹仨解决掉这一点，他深信不疑，一见兄妹仨归来，他立刻迎了出去。

兄妹仨唯恐外面寒气太重，让他着凉，赶紧跟他进到城楼里。城楼虽然规模不小，比普通城楼整整大了一倍不止，但一千多人挤在里面，仍然显得有些人满为患，不过这么多人一起呼吸，倒给楼里平添了不少热气，再加上熊熊燃烧的炉火，足以与外面的严寒相抗衡。

高经纬将陆上和海上的歼敌经过，对李东哲讲了讲，李东哲又用朝鲜话高声翻译了一遍，楼里的人听了都欢呼起来，欣喜之情溢于言表。高经纬等他们静下来后，又把倭寇发号炮求援，倭寇的援军随时都可能到达一事，也告诉了李东哲。

李东哲讲，城上的弓箭倒是蛮多的，就是缺少火绳枪和好用的大炮。他已问过城上的炮手，炮手怀疑那门炸毁的大炮，很可能是被敌人做了手脚，剩下的一门也不可靠。李东哲担心再有倭寇攻来，照刚才的架势，恐怕很难抵挡。

高经纬道：“李将军这点倒不必过虑，且不用说广场上缴获的火绳枪和大炮，就是船上的这些东西也少不了。等晚生们到城里安排安排，下一步就去清理这些船只。”说完兄妹仨走出城楼，俄顷间已飞至北城门。

就见金无争师徒正面南，高高坐在城楼的房脊上，一边眺望前方，一边还在各自运着内功。一见兄妹仨临近，当即收功不练，从楼顶一跃而下，竟是轻如鸿毛，落地无声。

金无争呵呵笑道：“愚兄师徒经贤弟妙手一施，无异于脱胎换骨，习武之人一生孜孜以求的最高境界，想不到一夕之间便已实现。这下子，忍者再也不是我等对手，我等当可放开手脚，驱逐倭寇，为国家、为百姓效一点绵薄之力，也不枉活了这一辈子。”

兄妹仨听他袒露心声，深深为他的爱国热忱所打动，高经纬动情道：“难得大哥这片忧国忧民之心，咱们兄弟此番并肩作战，

不彻底荡平倭寇，绝不罢手。”

师徒俩乘上兄弟二人的飞马，一行人直奔郡守府而去。高经纬道：“这潘大人做事忒也拖拉，这半天，也不见将枪炮送上城来。”金无争道：“这就怪了，我临走时，明明听见潘大人吩咐手下，即刻去套车马，好将枪炮往城上运，谁知这半天也不见动静。”说着一行人已到了郡守府。让他们感到惊异的是，郡守府前后大门紧闭，偌大的院内不见一丝亮光。

潘大人正带着百十名手下，手持弓箭龟缩在院子里，一筹莫展。一见五人到来，就像等来了救星，一边命人掌灯，一边连声道：“这下好了，可把你们盼来了。”金无争道：“潘大人，这是怎么了？为何这么久，也未将枪炮送上城去？”

潘郡守打了个唉声，道：“别提了，运枪炮的车，途经一处东瀛人所开的商务栈货时，突然从门里涌出一伙手持倭刀的人浪来，逢人就砍，押车的二百多人尽数被砍翻，枪炮也被他们劫进了院子里。等下官闻讯带人赶到时，呼啦啦从四面跑出一千多黑衣人，将我们围住团团。这些人个个凶悍，武功也不弱，双方经过一场战鏖，我们的人死了十之七八，敌人虽然也有死伤，但人数上仍然占据优势。多亏郑义士拼死相护，杀出一条路血，方保着我们这些人逃回了府里。东瀛人随后追来，在府门前好一阵耀武威扬，我们只好紧闭大门，在里坚守。想要发信号向你们求援，又听城外枪炮声不断，知道城上战事紧吃，怎好再去分你们的心？只能隐忍不发。其后，下官也曾派出一个武功好手，逾出院墙，去北门与你们络联，直至现在也未返回，听你们的话音，想必是没见到他。”

这潘郡守说起汉话来，仍是错误连篇：“货栈”说成了“栈货”；“浪人”说成了“人浪”；“团团围住”说成了“围住团团”；“鏖战”说成了“战鏖”；“血路”说成了“路血”；“耀武扬威”说成了“耀武威扬”；“吃紧”说成了“紧吃”；“联络”说成了“络联”。

高经纬也不跟他计较，道：“确实如此，你们这里的情况，我们一无所知，也怪学生思虑不周，低估了城中倭寇的力量。好教潘大人放心，城外之敌已全数歼灭。商务货栈在何处？我们这就去收拾他们。”

这时，一个三十来岁的昂藏汉子走上前来道："师父，弟子给你们带路。"兄妹仨心里明白，这人一定是金无争的二徒弟郑守义。就见这人身量比朱新余略猛些，太阳穴也鼓得老高，更奇的是，也长着一脸络腮胡子。兄妹仨心中好笑，暗道："这金大哥也真会找，居然找来两个络腮胡子的徒弟，师徒仨一般的大胡子，一般的豪壮，说来也算是武林中的一件趣事。"

金无争瞅着郑守义，一指兄妹仨道："还不快来拜见三位师叔？"这郑守义一脸的不高兴，朱新余在刚才来的那次，就把师父与兄妹仨结拜的事说给了他，而且对兄妹仨的武功、人品大加推崇，他听了很不以为然，心道："师父这事做得忒没道理，自己好歹也是釜山各大武林门派的领军人物。就因为对方是钦差大臣，竟然自掉身价，与后生小子称兄道弟，自己不顾面子不说，还让我也脸上蒙羞，真是好没来由。"因此一听高经纬发问，就有意避开他，径自走到金无争面前说要带路。却不料金无争一上来便让他参拜师叔，又是当着这么多人的面，他顿时尴尬万分，脖子上的青筋一蹦老高。踌躇再三，终究师命难违，极不情愿地对着兄妹仨一抱拳，脸扭过一边，却是一言不发。

朱新余看得连连摇头，金无争脸色骤变，当场就要发作。高经纬一把拉过他，道："大哥，潘大人身边尚需人保护，还是留下他保护潘大人的好。"

潘郡守连忙道："是啊，你们若是都走了，万一有东瀛人来袭，那可如何是好？再说带路的事，随便找个人就成，这里的人，哪个不是从那里逃回来的？"潘郡守这番说来，倒未有语病，高经纬心道："潘郡守说话这么快就有了长进，真是难得。"

不等潘郡守指派，有个瘦小枯干、两眼炯炯有神的年轻人走过来，对着潘郡守用朝鲜话大声说了几句，潘郡守脸露微笑，连连点头。转身对高经纬道："这是下官的亲兵，叫卢九州，本是南城守军的手炮，下官见他人很机灵，人缘又好，便特地调来府中。刚才的枪炮，就是由他带人押运的，若不是他及时跑回报信，下官还以为枪炮已到了城上。这次他又自告勇奋要为钦差大人带路，真是再好不过。"

高经纬暗道："这人真不禁夸，刚以为他有了长进，就又把

‘炮手’说成‘手炮’，‘自告奋勇’说成‘自告勇奋’，我的想法也过于天真，一个人的毛病，怎能这般快就改掉？”心里这样想，表面却道：“那就有劳这位兄弟了。”

金无争让潘郡守派人牵过三匹马，他和朱新余及卢九州各上了一匹，然后对高经纬道：“贤弟，咱们走。”兄妹仨将马调成行走状态，跟在金无争三人后面，一行人由后门离开郡守府。

卢九州一马当先，直奔城西，领着众人转眼到了一处宅院。

一百三十二　见飞刀心有所悟　识内奸兵不厌诈

这宅院大门敞开，卢九州也不停留，一溜烟进了大院。金无争师徒待要跟进，高经纬忙从后面叫住。高经纬道：“大哥，您不觉得事情有些不对劲吗？这卢九州招呼也不打一声，就一个人钻了进去，倘若这里是敌人巢穴，咱们贸然跟进，岂不危险？”一句话提醒了金无争师徒，五人齐向院里望去，哪里还有卢九州的身影？只剩下他骑来的那匹马，还在院里徘徊。

高经纬道：“大哥，我们中计了，快上我们的马。”师徒俩飞身一跃，分别落到了高经纬和高至善的马上，兄妹仨迅即升空。便在这间不容发之际，就听院子里咚的一声巨响，整个大地都为之一颤，呼啸声中，一颗炮弹直朝五人适才的落脚处打来，两匹活蹦乱跳的马，立时被炸得血肉横飞，五人顿时都感到一阵毛骨悚然。

金无争心有余悸道：“若非贤弟反应及时，我等性命休矣。”高至善道：“看来，卢九州这小子必是敌人的奸细，他之所以要主动带路，就是要引我们上套。”高经纬道：“我还怀疑南城门的火炮，也是他做的手脚。”

金无争师徒此时也认出了这个所在，朱新余道：“这地方小侄并不陌生，哪里是什么商务货栈？而是忍者最大的一个武馆。想当初，小侄就是在这里，代师父向忍者下的战书。”

高至善道：“管他什么武馆不武馆，先把卢九州这小子揪出来再说。”霍玉婵道：“孟浪不得，武馆里定有埋伏。”

高经纬见武馆与周围的民居相隔较远，心知必是这些忍者平

日霸道惯了，百姓们招惹不起，故都远远避开。遂冷冷一笑道："如此甚好，咱们就用冰精对付他们。"

高至善载着朱新余，行动不便，就将冰精交给了霍玉婵。霍玉婵并不急着去投，而是用眼仔细相了相下面的房子，认准了刚才的炮弹就是由中心那间又高又大的房里射出，于是取出乌云煤精俯冲下去，一记春雷乍起的雷音掌发出，顿将屋顶击出一个洞来，引得下面十多支火绳枪齐向空中开火。霍玉婵早有防备，枪声一起，飞马已高高跃起，所有枪弹都打了个空。

顺着火绳枪的亮光，兄妹仨发现枪手们都躲在屋顶下，枪管就隐藏在屋瓦的空隙中。霍玉婵等枪声一停，纵马朝屋顶一个疾掠，掏出冰精顺势扔进了洞中，这次只发出两声枪响，自此就再没了动静。

兄妹仨将马停在一旁的空中，又让金无争师徒俩留在马上，然后三人纵身跳下，几个箭步已来到院子里，冲到中间的房门前，随手拔出宝剑。

高经纬使手一推，房门纹丝未动，三人一齐来推，依然没有效果。高经纬仔细一打量才发现，这门竟是铁板所制。再去看窗户，窗户也关得严严的，亦推之不动，材质也为铁板，一圈查看下来所有窗户如出一辙，这情景倒与耿家湾钱庄惊人的相似。

霍玉婵道："看来，咱们只能从房顶进入。"三人轻轻一跃，便站上了屋顶。这中间的屋顶差不多有四丈高，就连两侧稍矮的屋顶，也不低于三丈，三人找到霍玉婵击出的洞口。可能她发掌之时精神太过紧张，这一击竟使出了全力，击出一个直径约有四尺的圆洞来，就连她自己都咋舌道："想不到情急之中，一掌下去竟会有如斯威力。"这时洞内外已是雾气缭绕，四周的屋瓦上也都结满了冰霜。

三人探下头去，就见下面是个一人半高的阁楼，东北角有个楼梯的出口，阁楼四周的墙壁上，每隔不远便有一个瞭望孔，冰精就落在阁楼偏东的地板上。阁楼上共有十一个人，都分站在南北两侧，一个个仰面朝上，手里均举着火绳枪，头顶的屋瓦都拉开了一道缝，枪筒就从缝隙中伸出，此刻这些人尽皆一动不动，显然都已被冻毙。其中有个矮个子，赫然便是卢九州，除他之外，其余十人都是忍者打扮，兄妹仨遂由洞口跳进阁楼。

高经纬一眼瞧见卢九州所持的火绳枪还亮着火光，就走过去，伸手便要卸他端着的枪，不想他的手已僵硬，枪被他牢牢攥在手里。高经纬便左手抵住他的肩胛，右手抓住枪身，往外轻轻一带，本想一举拽下他手中的枪，不料竟连他的两个小臂齐肘关节一起拽下，兄妹仨这才发现，此人的左臂上也绑着一个发射飞刀的机簧。

联想起崔耀武左臂上的飞刀机簧，高经纬突然得到了一种启示，高兴道："在我们自己人内部混进来的奸细，绝不止卢九州一个，根据奸细左臂都绑有飞刀机簧这一特点，对所有人来个暗中大排查，奸细都将现形矣。"

霍玉婵道："此事须做得绝对机密，不然，消息一经走漏，敌人提前有了准备，这方法也就不灵了。"

高经纬道："不错，此事成败的关键就在于保密，而要做到这一点，莫过于抓紧实施。趁我们的人现在都集中在郡守府和四个城楼，从这里回去，别的事都先放一放，也要把这事给办了。"

三人把其他人的火绳枪也都查看了一遍，直到确定都已熄灭，才凑到瞭望孔前。就见每个瞭望孔下，都有一块与瞭望孔大小相当的方砖，将方砖塞进瞭望孔，刚好严丝合缝，且又推不下去。却原来这砖里面的一端略大于外端，上面还镶着一个金属把手，搬动起来极为方便。三人沿周遭瞭望孔巡看了一遍，四围景物无一不在视线之内。

高经纬叹道："这上面就像一个堡垒，下面门窗一关，守在这里，竟是无人能攻得上来，比之耿五爷的钱庄，杀起敌人，又主动了不少。"

三人瞧过阁楼，收起冰精，顺楼梯来到下面。就见这里是一间宽敞的大厅，瞅规模，倒像是练功较技的场所。大厅空无一人，北墙正中贴着一个大大的忍字，忍字下面挂着一个心脏模型，两柄闪着寒光的倭刀，交叉着插在模型的左右心室上。

大厅南面中间是大门，两边各有两个窗口，四个窗口前分别砌有一座炮台，其中三座都是空的，只有西侧靠大门的一个座上，此时正有一门火炮，炮口直指窗口。高经纬盯着三座空炮台

道："我明白了，忍者拉到广场西侧，用来炮轰广场的三门火炮，就是由这里拉出去的。"

霍玉婵和高至善看了，也都道："不错，这门火炮也是重型的，与那三门火炮相比，外观大小一样。"

大厅东、西两侧各有一条走廊，通向两边的房子。三人先到东边的走廊里看了看，但见走廊两侧，都是一间间的寝室，中间还夹着一间茅厕和一间澡堂，就是不见一个人影。接着三人又去了西边的走廊，搜遍了各处，也没有发现一个人。分布在这里两侧的，除了一间伙房和一间餐厅外，余下的都为库房，库房里钱粮物品应有尽有。此外在一间兵器库的枪架上，还摆着二十多支火绳枪，在另一间弹药库里，却存放了好多箱枪弹和炮弹。

三人回到大厅，就想寻找开启门窗的开关，可是查遍了门旁、窗后的所有墙壁，愣是没有找到一处疑似开关的地方，就连一处小的凸起也未见到。高经纬和霍玉婵还不死心，又沿墙壁一寸一寸地重新查找起来。

高至善见搜寻毫无结果，心里一急，就想小解，拿眼四下一扫，瞧见楼梯后还比较背静，就跑到那里解了手。从楼梯后出来，无意中瞥见了后墙上的心脏模型，只觉得这东西既别扭，又有些阴森恐怖，尤其那两把插在上面的倭刀，更让他感到残忍和血腥。他走至近前，抬手就将左侧的倭刀拔下，待要去拔右侧的那柄，就听大门那边轧轧声骤起。高经纬和霍玉婵齐声嚷道："门开了，门开了。"

高至善一见，喜出望外，也顾不得去拔右边的倭刀，便三步并作两步跑到了门后。瞅着降下去的铁门，高兴道："这鬼开关藏在哪？你们谁找到的？"高经纬和霍玉婵对觑了一眼，都摇了摇头。

高经纬旋即就看到了高至善手里的倭刀，忍不住问道："你手里的刀是怎么回事？刚才你又去了何处？"

高至善道："我能去哪儿？还不就在这厅里，至于这刀嘛……"他一回身，指着北墙上的心脏模型道："就是从那上面拔下的，这刀插在上面，我怎么瞅，怎么不顺眼。"

高经纬顺着他手指的方向，看了看还插着一把倭刀的心脏模

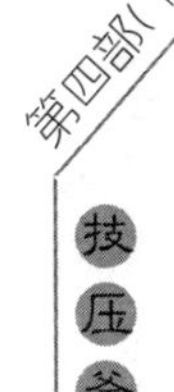

型，陡然心里一动，道：“这开关能不能就藏在这模型之中？走，咱们过去瞧瞧。”三人很快来到北墙前。

高至善指着模型上左侧的一个小孔，道：“喏，刀就是从这里拔出的。”说着，随手又将刀插了回去。谁知刀一插入却什么也没发生，他摇了摇头道：“如果这心脏模型真是大门的开关，刀一插回，大门就该合上才对，以眼前情景而论显见不是。”

高经纬一直凝视着上方的忍字，这时开口道：“你们发现没有？这刃字的一撇一竖竟是两把刀鞘，说不定其中暗藏玄机，咱们何不用刀一一试来？”说罢顺势将高至善刚刚动过的倭刀从竖形刀鞘内拔出，转手又插进了撇形的刀鞘里，这一插不打紧，就听身后方向轧轧声再度响起，三人急忙掉头去看，只见大门重又升了起来。

霍玉婵道：“我说这开关怎么在那边遍寻不到，却原来藏在这里。”

高经纬抖手把倭刀又抽离了撇形的刀鞘，想也没想就插进了竖形的刀鞘中，等了半晌却不见有任何动静，只好再将倭刀拔出，插回到原来心脏模型左边的小孔里。

过了一会儿，高至善头脑一热，道：“待我再将倭刀拔出瞧瞧。”也不征求高经纬的同意，就又将倭刀拽了出来，倭刀甫一离开左侧小孔，轧轧的开门声随即响起。

高经纬捋了捋思路，道：“看起来这模型左边的小孔和撇形刀鞘都是用来开合大门的，到时只要将倭刀拔离左侧小孔，大门即行开启，再插进撇形刀鞘，大门又随之闭合。在闭合状态下，倭刀通常就插在模型左侧的小孔内，以备随时启动大门。”他瞅了眼模型右侧的倭刀和竖形刀鞘，又道：“如果我预料不错，这右边的倭刀和竖形刀鞘，就该是窗户的开关，开合程序也应与大门雷同。”

高至善听他如此讲，二话不说，就将右侧的倭刀抽出。果不其然，一阵轧轧声过后，门旁的四扇窗户均已打开。三人又去两条走廊里的房间巡视了一遭，就见所有窗户亦都在打开之列。回来后，高至善又根据高经纬的推断，先将右侧的倭刀插入竖形刀鞘，使全部窗户关闭，后又将倭刀重新插回模型右边的小孔。

做完这些，他一回头，就见高经纬还在盯着墙上的忍字看个不休，就发问道：“大哥，这个忍字有什么好看的？”高经纬道：“适才还是我观察不细，一上来竟没有发现这两把刀鞘，害得你们满世界地去找。”

霍玉婵和高至善仔细地端详着两把刀鞘，都道：“这刀鞘与字体一般的颜色，且又弯曲成弧，与运笔走势浑为一体，伪装得忒也逼真，没有大哥提示，我们还真看它不出。”

高经纬道：“你们看它不出，情有可原，但对于深谙书法的我，却有些说不过去。这一撇一竖写在这里，笔法显得既笨拙又生硬，刚才下楼时，我就应一眼看出破绽，怎么能一点察觉没有呢？是自己反应太过迟钝，还是书法功夫这些时日撂荒疏了？唉，总之，实在是不该呀。”说罢，嗟叹不止。

霍玉婵见高经纬只顾自怨自艾，便对他道：“你这患得患失的毛病，什么时候才能改掉？就这么一点小事，下次注意也就是了，干吗没完没了地跟自己过不去？咱们还有那么多事要去做，你这个样子怎么行？”

霍玉婵的一席话，无异于当头棒喝，高经纬一想也是，自己一味这样沉湎于自责和懊悔之中，于事何补？便道：“我也知道你说的对，就是一遇这类事，自己就爱钻牛角尖，难于自拔，以后还望你能多多开导。”

霍玉婵道：“好，就冲你这份虚心劲，再遇此类事，我也非管不可。你看，眼下咱们是否也该走了？依我说，这里的门窗反正都已关好，咱们仍由原路返回，免得咱们前脚走，后脚又有别的敌人乘虚而入。”高经纬点头道：“就这么办。”

三人沿楼梯登上阁楼，为了将飞刀机簧拿给金无争师徒和潘郡守看，以便下一步彻查内奸，三人又将卢九州的飞刀机簧解下带上，然后从洞口蹿上屋顶，一个起落纵到院子外，找到飞马的停靠处，身子一跃，已跨上了飞马。

金无争师徒等得正自心焦，一见三人回来，便迫不及待地问起房子里的情况。听了高经纬的介绍，金无争道：“根据这里的情况推断，东瀛人在城东有一处商务货栈，论规模应是全城最大的，截枪炮的事，没准就出在那里，咱们不妨这就过去看看。”

高经纬道："大哥，目前有一件更加刻不容缓的事，须要马上去做。"说着，便将飞刀机簧取出给师徒二人看，又将它的来历，和据此彻查内奸的想法，一一道出，师徒俩连连称妙。

朱新余思索了一会儿，献计道："这件事能否顺利实施，关键是不要让内奸起疑，我们可以谎称，现已探明倭寇在空中散布了一种无色无味的毒气，人会在不知不觉中将毒气吸入，中毒者起初没有任何征兆，十二个时辰后毒性当可发作，一旦发作，无药可医，生不如死，但要在毒发前检查出来，我们则有办法救治。然后，我们便可趁给众人号脉之机，检查他们的左臂，把奸细揪出来。"他停顿了一下，又道："此事就先由郡守府开始查起，为了防止有人暗通消息，我们可将所有人，都集中到一个大房子里，而后逐个带到一个房间，检查后，没问题的人当即放到外面，但严禁他重回到大房子里，就是靠近也不行。"

高至善道："若是有人不配合，不让检查怎么办？"金无争道："那这人一定有问题，先把他控制起来，让不让检查，就由不得他了。"

朱新余道："具体操作不如这样，三位师叔在房间里负责甄别内奸，外人不了解师叔们的底细，自然也容易相信师叔们有解毒的手段，而师父带我们在大房子里，负责监视那里的人，不让他们有所异动，毕竟我们比师叔要熟悉他们，监视起来也就方便些。"

高经纬道："这办法堪称面面俱到，天衣无缝，咱们现在就去郡守府，先把那里的奸细挖出来再说。"

五人当下回到郡守府，潘郡守一见大喜，忙道："大人们真是雷厉行风，这么快就把货栈拿下，又是大功一件，只是卢九州怎么没同大人们一道回来？"

高经纬听他又把"雷厉风行"说成"雷厉行风"，早已是见怪不怪，本想将他拉到一边，将实情相告，见他当众问起了卢九州，这倒让他犯了难，回答也不是，不回答又怕众人起疑。思之再三，不得不临时改变了主意，决定用谎言加以掩饰，为了让谎言更加逼真，索性将潘郡守也蒙在鼓里。于是绘声绘色道："货栈并没有拿下。我们几人刚到那里，就获悉了一件重要信息，那便

是倭寇已在城中撒下了一种叫鬼见愁的毒气。这毒气无色无味，在空中蔓延极快，中毒的人并不知晓，十二个时辰后才会有症状。此时中毒的人就将感到头痛欲裂，浑身奇痒，腹如刀绞，生不如死。这毒气的厉害之处，更在于一旦发作起来无药可医，就是神仙见了也没咒念，故人称鬼见愁。但在发作前若能及早发现，对其施以特殊手法，当可使中毒者的毒气全部化解。学生不才，粗通医道，恰好掌握这种驱毒手段，为潘大人和在场诸位的性命着想，学生才不得不提前匆匆赶回，而卢九州就留在了那里监视敌人。”

金无争师徒为了让在场众人都能听懂高经纬的话，在旁你一句我一句，当起了翻译。高经纬在那边话一结束，他们这边也翻译完了，而且中间更是添枝加叶，大肆渲染。只把众人唬得心惊肉跳，面无人色，不等潘知府发话，早已给兄妹仨跪了下去，一迭声地求兄妹仨尽快施救。

高经纬当即将朱新余提出的具体做法复述了一遍，金无争师徒也朗声翻译了一通。

潘郡守又问自己的内眷怎么办？高经纬道：“潘大人的眷属哪能和这些人混在一起，待这里的人处置完毕，学生自当亲登内堂，为潘大人宝眷驱毒。”潘郡守这才传下令去，让所有人都到大厅集合。

众人只道性命攸关，自是谁也不敢怠慢。不多时，百余号人都齐刷刷聚到了大厅里，各大门派的掌门人也都在其中。

金无争师徒犹自不放心，唯恐有人遗漏，便让潘郡守和兄妹仨在大厅里坐镇。他们带上各派掌门人和二徒弟郑守义，又在府中彻查了一遍。直到确信除了潘郡守的内眷，外面再无一人时，方回到大厅。师徒仨关上厅门，厅门交由郑守义把守，金无争和朱新余便将注意力都放在了众人的身上。

厅侧刚好连着一间密室，是郡守府官员商议重大决策之地，而且还有一扇暗门直通外面，这时正好派上用场，就做了临时检查之所。潘郡守将兄妹仨带到里面，把油灯往墙上的灯台上一放。高经纬将两张八仙桌拼在一起，权当诊疗床，又让霍玉婵和高至善分别守住两个暗门。这才取出飞刀机簧让潘郡守看，并将卢九州的事直言相告。同时讲了适才当众所说，都是刻意编造的谎言，目的自是为了掩人耳目，迷惑敌人。潘郡守如梦初醒，连呼上了卢九州的当，高经纬让他轻声，随即便由他去到厅里，叫进一个人来。

高经纬搀起这人的左臂，扶他躺到桌子上，这人尚未察觉，高经纬已完成了对他左臂的检查。见这人左臂一点问题没有，便取出琥珀王，煞有介事地在这人面前一晃，同时两掌运起一股气机，从头到脚扫过他的全身。这人就觉得眸中黄光跃动，瑞霭灿灿，随之便是一阵暖意直逼全身，只感到神清气爽，疲惫俱消，内心里说不出来的舒畅。高经纬示意他可以起来，正要去扶，这人已一跃而起，用朝鲜话高声喊了一句，便由暗门而出。潘郡守给兄妹仨一翻译，却是“多谢大人救命之恩”。

潘郡守急忙叫来下一个，高经纬如法炮制，一晃已有半数人通过了检查。密室里，不时传出被检查人由衷的赞叹，什么“大人医术高明，小人感佩之至”，什么“大人妙手回春，简直是神医下凡”，什么“大人救拔在下于水火，但有驱使，敢不舍命向前”。只把个大厅里的人，都听得心痒难搔，恨不得立马进密室接受检查。

当进行到第六十九人时，高经纬一扶这人的左臂，触手硬邦邦的，立刻感到不对，轻轻咳嗽一声，高至善随即凑了过来。高经纬一使眼色，高至善就把一块早已准备好的破布捂住了这人的嘴，高经纬也迅即在他的软肋上一点，顿使这人动弹不得。然后用手一撸他的左衣袖，绑在小臂上的飞刀机簧显现无余。

潘郡守一见气急败坏，压低嗓音骂道：“好你个潘报主，竟是个吃外扒里的群害之马，早知这样，当初就不该收留你。”他一急又把“吃里扒外”说成了“吃外扒里”，“害群之马”说成了“群害之马”。

也难怪他如此懊恼，经他一解释，三人方知，这个潘报主本是一家钱庄的伙计。钱庄里丢了一箱金条，钱庄老板一口咬定是他盗走的，先将他打得半死，后又送到郡守衙门治罪。潘郡守审理此案时，发现其中疑点重重，通过明察暗访，终于将案子搞清，盗走金条的却是另有其人，伙计被当堂开释。过后伙计找到

潘郡守，说为了报答潘郡守的救命之恩，无论如何也要入府为奴。潘郡守架不住他的苦苦哀求，只好将他收留，又见他能写会算，精于理财，便让他做了府里的钱粮管家。而这伙计为了表明心迹，也将自己更名为潘报主。自他接管钱粮以来，兢兢业业，勤勉做事，一应钱粮往来管理得井井有条，分毫不差。谁知这样的一个人，竟是倭寇的奸细。那么当初的盗金案，自是他们设计好的骗局，目的就是要诱使自己上当，从而把潘报主安插到自己的身边。

潘郡守稳定了一下自己的情绪，便问他是否愿意招供出同伙，改过自新？潘报主却闭上了眼睛，再也不看潘郡守一眼。

潘郡守道："这家伙既然已秤砣吃王八，铁了心，不如就地处决。"

霍玉婵一听"王八吃秤砣"到了他嘴里竟成了"秤砣吃王八"，这时再也忍耐不住，噗嗤一下笑出了声。

高经纬怕潘郡守听见脸上挂不住，赶紧用话岔开。对潘郡守耳语道："为了不惊动外面人，也不让这屋里出现血腥，干脆绞杀了吧。"潘郡守点头道："也只能如此。"

高经纬将潘报主拖到地上，潘郡守由墙根捡起一根绳子，就要往潘报主脖子上套。高至善从旁道："哪用这般啰嗦。"说着，抬脚踩住潘报主的前胸，顺势就用破布捂住了他的口鼻。潘报主两眼瞪得老大，全身一阵抽搐，突然哗啦一声，屎尿齐流，眼珠一翻，登时没有了生气，一股臭气立时充斥了全屋。

高经纬提起潘报主的领口，霍玉婵知他要把尸体扔出去，紧忙把通向外面的暗门打开。高经纬来到院中，四下里张望了一下，觉得还是屋顶隐秘些，尸体放在那里不易被人察觉，于是一纵身上了屋顶，放好尸体又纵身跃下。

密室里依然臭气熏天，高经纬索性就让暗门开着。此时就听厅里的人齐声喧哗起来，潘郡守一翻译，兄妹仨才晓得，却是厅里的人见半天不出来叫人，等得有些不耐烦，纷纷询问何时才轮到下一个？

潘郡守连忙去厅里解释，说刚才有人一紧张，竟至大小解失禁，时间就花费在处理这件事上，随后又把一人带入。这人一进

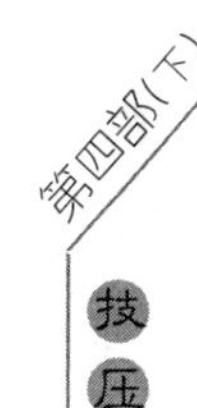

来，便大声道："屋内果然臭不可闻。"

检查又有条不紊地进行着，转瞬就进行到了第九十八人。潘郡守数了数，见大厅里剩下的人已不足十个，以为不会再有奸细了。

就在此时，这个新进来的人引起了兄妹仨的警觉，就见他有意避开高经纬的搀扶，一个人躺到了桌子上。高经纬装作漫不经心地来到他的左侧，这人忙将左臂紧紧贴向身躯。高经纬为了让他放松警惕，就又走到他的右侧，用手指搭在他的右腕，号起脉来，同时给高至善一递眼色。高至善拾起布头，径朝这人头顶移来，移到近前，将布头猛地捂向这人口鼻。彼时的高经纬手指也蓄势而发，往这人肋间软麻穴点去。兄弟俩制服了此人，掀开他的左衣袖一瞧，飞刀机簧赫然就在里面。高经纬道："这人一进来就躲躲闪闪，一看便知心中有鬼。"

潘郡守走上前来，盯着这人道："我道是谁？却原来是釜山派门下的李广成，什么时候改换的门庭？也不说通知下官一声，下官也好为你庆贺另攀枝高。"他也不管这李广成听不听得懂汉话，更顾不得去推敲"另攀枝高"是否应为"另攀高枝"，横竖一掌出去，重重扇了李广成一记耳光。继而铁青着脸道："也甭跟他废话，打杀了就是。"旋即又想起潘报主刚才的屎尿皆流，房间里通过这半天放风，臭味好不容易变小了些，怎禁得起臭味再起。便赶忙道："怎生想个办法，别再叫这个家伙臭气天熏才好？"

高经纬已习惯了潘郡守话中的语病，因此听他把"臭气熏天"说成"臭气天熏"，也就一笑了之。当下道："这事好办，待学生将他带出去，再行处置。"说完，撕下他的一块衣襟，把他的嘴牢牢堵住，又将他的软麻穴重新点了一遍，这才抓起他的衣领，把他拎了出去。然后纵上屋顶，两手扳住他的脑袋轻轻一扭，此人便骨断筋折，一命呜呼。

说来也怪，潘郡守担心的大小解失禁，在这人身上并未出现，高经纬回到房中把情况一说，屋内的三人也感到不可思议。后来还是高经纬悟出些门道，认为这就是习武人和非习武人的区别。习武之人对身体的控制力，远比非习武之人要强，哪怕是生命的最后一刻。李广成是习武之人，而潘报主恰恰不是。

接下来，潘郡守一喊下一个，高至善又放进一人。这人一进屋子，两眼就骨碌骨碌四下看个不停，连潘郡守都瞧出该人有问题。这人一见高经纬打出手势，让他躺到桌子上，转眼又见高经纬要扶他左臂。不等高经纬靠近，身形一晃，一个鲤鱼跃龙门，轻轻巧巧就站上了桌子。

潘郡守满脸堆欢，给高经纬介绍道：“大人，这是太白派的江川先生，一身轻功尽得师门真传，拳脚兵器更是出类萃拔。”不料这江川一抱拳，竟出人意外地用汉话答道：“在下武功低微，怎当得起出类拔萃四字，适才献丑，倒让大人们见笑了。”

屋里的四人见他不但听得懂汉话，而且一口汉话说得十分娴熟，不着痕迹便将潘郡守说错的成语更正过来，都甚为吃惊。尤其潘郡守更是暗暗庆幸，因为他差一点就要用汉话向兄妹仨示警。

高经纬心道：“真正的武功高手讲究的是深藏不露，哪像这家伙，没怎么样就表现出来。就冲这一点，此人也是浪得虚名，华而不实之辈。”他心里只管这般想，外表却不动声色，反倒恭维道：“行家一伸手，就知有没有，江先生牛刀小试，便让学生感佩不已。”

这江川平日大概是被人奉承惯了，称赞话一来，早忘了自己的半斤八两，嘴里假意谦虚道：“岂敢，岂敢。”便往桌子上四仰八叉一躺，先前的一点戒备之心，也跑到爪哇国去了。

高经纬趁他有些飘飘然，突然出手，左手捂住他的嘴，右手连点他两肋的软麻穴。他浑身瘫软动弹不得，口中却呜呜有声。高经纬冷笑道：“呜呜什么？你不就是想说不服吗？好，现在就把证据拿给你看。”说罢，不慌不忙伸手就将他的左衣袖扯掉，这下绑在左臂上的飞刀机簧立刻暴露出来。江川见身份已经被揭穿，心里一急，竟昏死过去。

潘郡守将绳子往他脖子上一套，道：“大人们都歇一歇，就由下官来执行他的死刑。这小子是练武之人，倒也不用担心他大小解失禁。”也难为潘郡守，这番话居然没有一处错的地方。说着，他双手交叉拽住绳头往两边用劲一勒。

江川颈上疼痛，立马苏醒过来，刚要张嘴大叫，高至善已将

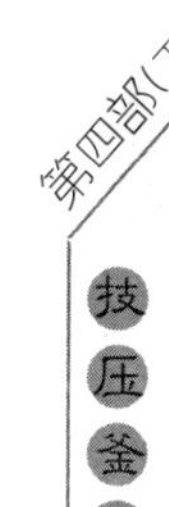

布头塞进了他嘴里。

潘郡守虽然也懂武功，苦不甚高，且又身体乏力，一阵绞杀，却勒江川不死。手一松，江川外凸的眼球又缩了回去，刚清醒的神志又重陷昏迷。潘郡守暗骂自己没用，攒足一股劲，又再度勒动绞绳。江川身体剧烈抽搐，突然下半身噼里啪啦一响，一股臭气四散开来，中人欲呕。

高经纬赶忙拎起他，纵出屋去。潘郡守这边却十分不解，道："不是说练武之人自制力强吗？这人怎么还会屎尿流齐？"高至善忍不住道："是'屎尿齐流'，不是'屎尿流齐'。再说，武功多高之人，也架不住潘大人这番折腾啊。"

高经纬处理完江川，返回屋中。潘郡守摇了摇头，推门去了厅里，房门一开，厅里的人齐声喊臭。潘郡守连忙解释道："今天也不知怎么了？接连有两个人大小解失禁。"

剩下的五人面面相觑，道："该不是毒性提前发作了吧？"潘郡守道："怎么会？真要那样就将不可救药，可他们现在都已好端端的，一点事都没有，你们大可不必为此担心。"

金无争道："既然诸位不放心自己，那就抓紧进去治疗吧。"五人连连称是，当即又有一人进了屋里。

兄妹仨发现这些人都有一个共同的特点，那就是戒备之心极高。这人一见高经纬从他左侧迎上来，身子滴溜一转，已绕开高经纬，到了桌子另一边。仅从这一点上，高经纬已认定，新进来之人必是奸细。兄弟俩故伎重演，先将这人治服，搜出飞刀机簧，便行处死，然后送上房顶。

潘郡守告诉兄妹仨，此人是小白派的弟子。高经纬由此人联想到刚才的两个人，恰是釜山、太白和小白三派各一人，心中一动，暗道："莫非倭寇在六大门派都安插了自己的人？果真如此，那么剩下来的人中，还会有隐藏在惠山、元山和金刚三派的奸细。"想到这，忙问潘郡守道："厅里人之中可还有惠山、元山和金刚三派的人？"

潘郡守想了想道："厅里还剩四人，除了这三派各有一人外，还有一个是白头派的门下。"

霍玉婵道："大哥何故有此一问？难道怀疑这三派的人也有问

题？”高经纬道：“我正是这个意思，六大门派中很可能都有倭寇的人打入，不然哪有那么巧，刚才的奸细会分别来自三个门派？”

高至善道：“按大哥的意思，既然六大门派都有敌人打进，为何独独会放过白头派？那个白头派的门下，会不会也是内奸？”高经纬道：“你这话问得好，照理，白头派更是倭寇的心腹之患，倭寇怎能让它独善其身？这个白头派的门下嫌疑更大。”

潘郡守有些狐疑道：“如果这些人都是奸细的话，为啥都留在了最后，这样不是更容易自我露暴吗？”

高至善给他更正道：“潘大人你又说错了，是‘自我暴露’，不是‘自我露暴’，你要再说成语时，不妨把最后的两个字颠倒了再说。”潘郡守脸上一红，不好意思道：“多谢大人指点。”

高经纬思索了片刻，道：“学生以为，这些人必是从咱们的谎言中，嗅出了有什么地方不对，这才迟迟不肯进屋接受检查，这也说明了他们的奸狡和做贼心虚。”

霍玉婵道：“也许，他们不相信倭寇会连自己人都不招呼一声，就贸然使用这种毒气；也许，他们压根就不相信有这种毒气的存在。”高至善道：“那为啥潘报主却没有这么多顾虑，而甘心接受检查？”

高经纬道：“潘报主因为不是习武之人，可能与这些人压根就不相识。再说即便相识，一个郡守府管家，一帮武林人士，身份大相径庭，为了避嫌，彼此间也不会有来往。虽然都是倭寇奸细，但联络渠道显然各有不同。所以他独自面对此事，势单力孤，思维有限，一时并未察觉有危险将至，这才坦然接受。而这些人的情形，跟他大不一样，一个个都披着几大武林门派弟子的外衣。这些门派本就通气连枝，门下的弟子互相来往，不论在谁看来都正常得很。这些人又臭味相投，不可能不知道对方的奸细身份，因此走动起来，一点顾忌都没有，就算是打得一团火热，也不会引起外人的怀疑。只怕今天的事一出，他们早就私下计较过了，肯定有人预感到不妙，又找不到机会逃走，这才能拖就拖，一直拖延至最后。”

潘郡守侧耳听了听厅里的反应，见外面出奇的安静，遂道：“这些人果然有些反常，对疗毒的事居然一点也不上心，真是此地无银三百两的不打招自。”话一出口，猛然想起高至善的告诫，忙道：“下官说错了，是‘不打自招’。”

高至善一竖大拇指，赞许道：“这就对了，潘大人真是孺子可教矣。”潘郡守别看汉话说得颠三倒四，驴唇不对马嘴，倒着实了解不少汉话中的成语典故。只是讲起汉话来不大灵光，他对“孺子可教”这句话揣摩了半天，终于觉出用在自己身上不合适。是以道：“下官年纪一大把，应是老朽可教矣才对。”说罢，一推门走了出去。

他看厅里的人见了他，都默不作声，也不主动要求进入，更加验证了高经纬关于这些人都是奸细的判断。便问道：“该轮到谁了？”这四人竟大眼瞪小眼，互相推诿起来，谁都不愿自己先进去。

潘郡守脸色一沉道：“又不是上刑场，你们几个只管推来让去干什么？也罢，就请金刚派的侯先生先走一步。”

一会儿，一个身躯粗壮，紫红脸庞，走起路来虎虎生风的壮汉来到了房间里。高经纬依旧往桌子上一指，示意他躺到上面去，随后便佯作要扶他的左臂。

别看这五大三粗，铁塔般的人物，行动起来却甚为灵便，哪里容高经纬近得身来？瞅准暗门大开，身子一晃，早已蹿到门前，便要逃离出去。

这大汉如此举动，无异于承认了他的奸细身份。守在一旁的霍玉婵一个扫堂腿，立扫来人的下半身。这大汉身子往起一纵，左臂顺势一抬，一缕尖风直奔霍玉婵面门。霍玉婵向后一撤，右掌朝前一推，情急之下，已使出了十成功力。半空里陡然响起一声雷鸣，雷鸣声中，一股掌力势不可挡，不仅将一柄飞刀击得倒转回去，从来人胸膛透体而过，颤巍巍插到对面墙中，而且掌风打在大汉的腹部，击出一个人头大的窟窿，白花花的肠子淋淋漓漓流了一地。大汉惨叫一声坠地身亡，鲜血汩汩地从创口中流出，一阵难闻的血腥气登时弥漫了整个房间。

潘郡守在一旁看得真切，他哪里见过这种场面？一颗心紧张得都快蹦到了嗓子眼。想不到一个女子的身手也这般威力无穷，直到此时，他才真正领略到了什么叫武功的深不可测。

雷鸣和大汉的惨叫传到了厅里，厅里待查的三人面色大变，就连金无争师徒也都心头一震。

那个白头派的人，仗着自己是金无争师徒的门下，蹒跚着走到门口，对把守大门的郑守义道："郑师傅，弟子内急已有好一会儿了，再不出去方便，恐怕就来不及了。"郑守义见是本派的门人，不疑有它，回身就要去拽门闩。

金无争和朱新余早已注意他多时，只觉得这人与剩下的惠山和元山派的两人都有些反常，偏偏这个时候他又要出去。两人互相一递眼色，朱新余立马过来阻拦，道："师弟且慢开门，你怎么忘了潘大人下的指令？不经诊治，任何人不得出去。"

郑守义本来对师兄在师父与兄妹仨结拜一事上持赞成态度，就颇为不满，此时又见他搬出潘郡守，对门人方便的小事也横加阻拦，不由心中大怒。淡淡地说道："他潘大人管天管地，还管人拉屎放屁？今天我还偏不信这个邪，看他能把我怎样？"说着就将门闩拉开。

那个白头派门人便迫不及待，破门而出。朱新余一把没拉住，就也跟了出去。那人见后面有人来追，不敢怠慢，回身对着来人左臂一扬。朱新余早有防备，身子往旁一闪，一柄飞刀从他耳畔呼啸而过。

这时，厅内的两人也觉得是个机会，趁金无争关注门口的空当，不约而同拔出腰刀，突然劈向金无争。金无争本就武功精湛，此时又经高经纬打通十二经脉，武功更是精进如斯。背后刀光一起，早已被他察觉，他脚步朝前一滑，内力已运到掌上。回身、发掌一气呵成，眨眼就将敌人的两柄腰刀扫落在地。

郑守义见厅内的两人骤向金无争发难，正自惊愕，门外的飞刀已直奔他的胸口射来。等到他听见风声，再想躲避时已是不及，大叫一声，胸口中刀，扑翻在地。

金无争与他师徒多年，情若父子，听他撕心裂肺的一叫，忍不住回头一看，竟忽略了身前的两人。这两人怎肯放过这天赐良机，左臂一抬，两把飞刀分从左、右，齐向金无争的眉间和心窝两处要害射来。

金无争匆忙间听风辨器，知道两处要害躲了上边，躲不过下

边，心道："吾命休矣。"正自闭目待死。便在这千钧一发之际，就听哧哧两响，接着又是咚咚两声。金无争猛地回过头来，就见飞刀被横向击飞，两个发射飞刀的家伙也都栽倒在地。再一瞧，就见密室的暗门已经打开，兄妹仨正成鼎足之势站在门前，手中都举着一把亮晶晶的如意剑。

一百三十三　郑守义大厅中刀　白衣人武馆现身

原来，高经纬见屋内之事已无法遮掩下去，厅里之人本就戒惧心十足，经此一闹，隔在双方心中的一层窗户纸业已捅破，再要表演下去，无异于掩耳盗铃。因此便让潘郡守待在屋内，自己带着霍玉婵和高至善出得屋来，准备会一会厅里剩下的三个人。

兄妹仨进来得恰逢其时，刚好看见金无争回头去瞧中刀的郑守义。高经纬低低道："不好，谨防敌人发射飞刀。"说罢，噌的一声将如意剑拔在手中。待敌人左臂一扬，瞅准了飞刀的去势，剑尖凭空连点两下，两道剑光疾如星火，斜刺里与敌人的两柄飞刀碰了个正着，顿将飞刀远远击开。这时霍玉婵和高至善也抽出如意剑，将剑光各自刺向了一个敌人，从而为金无争解了困。

金无争冲兄妹仨一点头，立刻来到郑守义身边，蹲下身去将他抱在怀里。这时兄妹仨也都围了过来，四人这才看清飞刀就扎在郑守义胸膛的中间，深入至柄。由于飞刀上刻有一道纵向凹槽，此时不断有鲜血顺凹槽流出。

金无争霎时心如刀割，乱了方寸，竟忘了去点他周围几处穴道为其止血，就想去拔飞刀。高经纬一见忙出手拦住，然后运指如飞，顷刻间已连点了郑守义胸前华盖、紫宫、玉堂、膻中、中庭和鸠尾六处大穴。至此凹槽中已不再有鲜血流出，这才从金无争手中接过郑守义，拔腿就朝密室里跑去，高至善也赶紧将金无争搀起。

高经纬三步并作两步，大步流星来到密室，把郑守义往桌子上一放，就让潘郡守快些去拿棉花、绷带和刀伤药来。

高至善扶着金无争正要去密室，霍玉婵陡然想起这半天没见朱新余的面，厅里还该有一个奸细也不见了身影，便问金无争道：“大哥，新余去了哪里？”

金无争一顿足，道：“我真昏了头，怎么把新余去追贼人的大事给忘了？你们不要管我，赶快去接应新余要紧。”

霍玉婵和高至善一挺如意剑，就想跃出厅去。这时就听门外有人道：“不用师叔们费心，小侄回来了。”话音未落，朱新余已扭着一个人的右臂走了进来。这人的左臂耷拉着，看情形不是脱臼就是骨折。

朱新余一眼扫到地上的两具尸首，就把这人横着举起来，往尸体上一摔，道：“再要不从实招来，这就是你的下场。”

金无争一看逮住了贼人，想起郑守义的生死未卜皆出自于贼人之手，真是仇人相见分外眼红，不由须发怒张，戟指道：“跟这种武林败类有什么好讲的？干脆打杀了，给你师弟报仇。”

朱新余本来对郑守义不听劝阻，私放贼人的举动大为恼火，正准备回来与他好好理论理论，必要时对其施以薄惩。一听师父要为他报仇，厅里又不见他的人影，心里一惊道：“师父，师弟难道遭遇了什么不测？”金无争眼中蕴泪道：“还不是这小子，将一把飞刀射中你师弟胸口，伤及甚深，只怕是凶多吉少，回天乏力。”

地上的奸细本来被摔得头晕眼花，七荤八素，一听这话，挣扎着坐起来，嘿嘿阴笑道：“老子这柄飞刀总算没有白放。”

朱新余勃然大怒道：“师弟真是个东郭先生，善恶不分，差点放走你这条恶狼。”

金无争更是暴跳如雷，运起内力对着贼人头顶就是一掌。这一掌威力奇大，隔空打在贼人的头上，把个天灵盖打得四分五裂。贼人狂嚎一声，脑浆飞溅，倒地身亡。

这人身兼忍者和白头派两门功夫，自身功力与朱新余相差不多，平时深藏不露。适才在院里，朱新余与他打斗了半天，若不是高经纬为他疏通了所有穴脉，使他功力大增，想要生擒对方谈何容易？实指望能从对方口中掏出些东西，不想被金无争全都打乱了，忍不住惋惜道：“师父忒也性急，留下贼人活口，说不定还

能供出些有价值的线索。”

金无争摇了摇头道：“你看敌人的这股嚣张气焰，想让他招供还不是与虎谋皮，白费功夫。”

朱新余虽然也生郑守义的气，但毕竟两人同门多年，师兄弟情谊不亚于手足之情，哪能因为生气就割舍得断？此时一想起他的伤势不禁忧心如焚，忙问道：“师父，师弟现在何处？”金无争一指密室道：“你师叔正在为他施救，走，咱们一块过去瞧瞧。”

四人来到密室里，就见郑守义平躺在桌子上。高经纬已使内力为他吸出飞刀，又在伤口上敷了药，并垫上棉花拿绷带缠好，此时正用公孙大侠的疗伤之法为其打通经脉，活络化瘀。

渐渐地，郑守义惨白的脸上有了血色，终于嘴一张，咳出几块乌黑的血饼。高经纬为他擦去嘴角的血渍，他眼睛微睁，看了一眼高经纬，随即合上，便又沉沉睡去。

潘郡守道：“郑师傅不要紧了吧？”高经纬长出了一口气，道：“没事了，侥幸得很，别看刀子插得这么深，只是扎伤了肺叶，并未捅到心脏，养上个把月也就痊愈了。”

金无争师徒听了大喜。金无争一把握住高经纬的手，嘴唇颤抖半晌说不出话来。朱新余则对着高经纬纳头便拜，口中还道：“师叔真乃神人也，一身武功无人能及，这治伤疗伤的手段也是神乎其神。师弟的一条性命皆出师叔所赐，师叔实在是本派的大恩人、大救星。”

高经纬连忙将其搀起道：“新余越说越外道，咱们都是一家人，无论做什么，都是分内之事，怎能再分彼此？况且这地下肮脏至极，你也不怕沾上污秽？”

师徒俩往地下一瞧，这才瞅见那大汉的尸体和一地的肠子粪便，不由都皱起了眉头。朱新余掸了掸身上道：“刚才只顾了去注意师弟的伤势，却忽略了这满地的腌臜之物。对了，师叔可否给我们介绍一下这里发生的事？”

高经纬便将如何查出五个奸细的经过叙述了一遍，又带他们去屋顶看了另外四个奸细的尸体。除了潘报主师徒俩不太熟悉外，其他三人师徒俩都不陌生。

高经纬最后道：“以上情况表明，倭寇奸细简直无孔不入，不仅打入了郡守府，也打进了武林的各大门派。”

金无争将拳头攥得咔咔直响，道：“怪不得各大门派的人都反映，忍者的武功越来越厉害，自己已不是人家对手。就是我们师徒对付起他们也不轻松，远没有了过去的潇洒。原来我还纳闷，忍者的武功何以会提高得这般迅速？今天才知道，竟有这么多内鬼在向他们提供各门派的信息。我们对忍者一无所知，人家却把咱们了解得底儿掉，交起手来自然要落下风。”

朱新余也恚恨道：“最不能容忍的是，咱们的门下竟也混进了这可恶的东西。”

五人把尸体从屋顶上扔下，回到密室。潘郡守已让人将郑守义搬走，安置到一间僻静的所在静养。

潘郡守和高经纬一行人随即来到院子里，将所有人召集到一起。先将八个奸细的尸体指给他们看，又把奸细左臂上的飞刀机簧展示给他们，众人这才知道内部混进了敌人。

金无争又帮各大门派的掌门人分析了忍者之所以愈来愈难以抵挡的原因，就在于这些人的告密。各大门派的掌门人听了无不义愤填膺，门下的弟子更是群情汹汹，纷纷拔出刀剑，非要将这些奸细尸体剁成肉泥不可。潘郡守让各掌门人将他们拦下，并告诉他们，等将这些尸体晓谕完全城后，任凭他们处置，这些人才算作罢。

这时有丫鬟来问，内眷的毒何时诊治？潘郡守笑道：“奸细已除，还驱什么毒？”众人这才知道所谓中毒云云，不过是大人们为铲除内奸所找的借口，大家一笑了之。

潘郡守见识了兄妹仨的手段，感佩之余，对战胜倭寇更是信心百倍，就想亲自为高经纬一行带路，去攻打倭寇的商务货栈。高经纬劝他还是留在府里居中策应，带路的事随便找个人就行。

六大门派掌门人越听越糊涂，有人道：“刚才卢九州不是已给大人们带过路了吗？怎么这么快就不记得了？再说金老前辈师徒也不该忘啊？”金无争只好把卢九州也是一名内奸，如何把他们骗至忍者武馆，如何用炮轰等项事说了出来，诸位掌门人这才恍然大悟。

釜山派掌门人道："当时敝人还在想，这枪炮本来是要往北城门送，怎么竟跑到东城来了？却原来是这小子捣的鬼。"接下来，六位掌门就争着要去做向导。

金无争已从釜山掌门人的话里，验证了自己关于倭寇商务货栈所在位置的推断。遂道："杀鸡焉用宰牛刀？诸位留在府里任务更重，依老夫看，这带路的事就免了吧。如果老夫没猜错的话，敌人的商务货栈就应是城东最大的那家！"

潘郡守道："金前辈猜得对极了，东瀛人在城东的商务货栈共有一大一小两家，劫走枪炮的正是那家大的。"

金无争对高经纬道："贤弟，倭寇的巢穴已经探明，咱们这就走吧。"

高经纬叮嘱潘郡守道："学生走后，潘大人可让人将院内和库房都清理出来，以备接收战利品。"说罢，兄妹仨骑上飞马，载上金无争师徒，在金无争的指点下，趁着夜色朝城东飞去。

这家敌人的大货栈坐落在城池正东主街道的北面，规模与郡守府不相上下。宽敞的大院，高耸的围墙，两扇大铁门开在正南，面向大街的一侧，围墙里错落有致地分布着高矮不一的房屋。紧贴围墙是一圈三层的小楼，把整个大院围得铁桶般风雨不透，再加上门前一边一个岗亭，给人的感觉倒像是一座戒备森严的军营。

金无争告诉兄妹仨，这货栈素常根本不许外人靠近，除了有装货的马车进来，平日大门都是紧关的。外面的人谁也不清楚里面具体在做什么生意，就连官府也不掌握。提到它，城里的忍者、浪人和武士都讳莫如深，更给它增添了一种神秘色彩。

一行人停在货栈的上空，朱新余道："种种迹象表明，这货栈就是一个幌子，其真实面目，很可能是倭寇设在城中的秘密大本营。"

霍玉婵道："咱们原以为城中的东瀛人以忍者为主，大部分都在郡守府前被消灭了，所以才没有力量去接应城外的倭寇。既然还存在这个大本营，那么他们为什么不去迎合城外的自己人，却龟缩在这里无动于衷？"

高经纬思索了一会儿，道："据我看，倭寇在城中的大本营应该有两个，一个是这里，还有一个是城西的忍者武馆。至于这里的人为何没有出城接应？也许接应的任务早就安排给了那边的忍者，而这里的人，并不知道那么多忍者会一朝全军覆没，所以才按兵不动。”

朱新余道：“师叔的说法，搁在这里的人打劫枪炮前还说得通。但经过双方一场浴血奋战，这里的敌人对整个战场的局势已经有所了解，那么他们为何还不采取行动，出城救援呢？”

高至善道：“你怎么知道敌人没有派出人马？”朱新余道：“倘若敌人出去救援了，城门那边何以会如此安静？”

金无争笑道：“你怎么好了疮疤忘了疼？城墙那边寒气袭人，即使敌人增援人马再多，那也是有去无回呀。”朱新余搔了搔头皮，不好意思道：“不是师父提醒，我还真忘了这个茬。”

高经纬道：“潘大人曾提到过，双方交战后，这里的敌人也曾乘胜追到过郡守府外。按一般常理，接下来他们就会放手偷袭城门，那么就会有大批敌人冻死在城门下。据此分析，这里的敌人应该所剩无几才对。”

金无争竖起耳朵朝下听了听道：“这下面鸦雀无声，倒的确不像有多少人的样子。”

霍玉婵道：“你们都在这里别动，我先到两个岗亭打探一下。”

高经纬道：“要打探也行，你还是把乌云煤精取出来才是。”霍玉婵掏出乌云煤精，戴上夜视眼，手持如意剑，一个疾驰，从两个岗亭的中间一掠而过。发现岗亭里均无岗哨，却听见围墙后的三层小楼里隐隐有说话的声音，回到空中把情况跟四人一讲。高经纬道：“这院里火枪火炮肯定少不了，好在近处并无民居，安全起见，咱们还是动用宝剑和冰精为上。”

金无争一指货栈路南一处宅子道：“贤弟可将我二人送到那边的屋顶上，一来你们可以轻装上阵，二来也不影响我二人观察这里。”兄弟俩将金无争师徒带至那边，眼见他们盘腿坐在屋脊上运起功来，这才戴上夜视眼和霍玉婵并马一处。

随后三人拿出冰精抽出宝剑，又仔细看过三层小楼的瓦面上并无枪管和缝隙等可疑的地方，于是便降到屋顶。低飞几周后，屋顶上已是雾气弥漫。三人又降低高度，沿小楼院里的一面墙壁

飞驰起来，当即筑起一道雾墙，把小楼与大院隔离开来。接着，三人又马不停蹄，在大院里好一阵纵横驰骋，直到整个大院云遮雾绕一片迷茫，三人才纵身下马。就从三层小楼入手，对整个货栈展开了彻查。

不出高经纬所料，大院里所剩敌人满打满算还不到一百人，而且都集中在三层小楼的最上一层。这一层高过外面的围墙，其实就是一圈堡垒。窗口以下布满了密密的射击孔，从射击孔望下去，围墙外，但凡有人靠近，无不在射程之内。这些东瀛武士装束的人，都手持火绳枪，守在射击孔后。毫不夸张地说，如果面对的是一般的强敌，仅这百十号人，也足以让整个大院固若金汤，而今这些人就冻毙在窗户后。他们无论如何也想不到，死神会这样无声无息悄然而至，他们更不会想到，自己费尽心机编织起来的吞并釜山的美梦，到此也成了一枕黄粱。

查遍了整个大院，兄妹仨还验证了朱新余的说法一点也不假，这个货栈的确是倭寇对外打的一个幌子。其真实身份说是大本营，还不够准确。根据里面囤积的大量武器弹药、粮草物品，说成军需仓库倒还贴切。倭寇一旦占领釜山，人马给养立刻就有着落。兄妹仨愈来愈感受到，这倭寇倒也不是一味蛮干，其战略眼光，战术手段，绝不能等闲视之。

高经纬喟叹道："别看釜山表面还在朝鲜人的手中，其实早已置于倭寇的监控之下，这也正是朝鲜民族的悲哀。"

霍玉婵道："咱们只顾在这里搜索，城上的奸细还没清理出来。"高经纬道："城上寒气未退，他们就是想使坏，也没处使去，就让他们多活一会儿。"

高至善道："干吗让他们多活？反正这里也搜查完了，咱们不如带上金大哥师徒，现在就过去收拾他们。"

高经纬道："除了这两处武馆和货栈，城里东瀛人开的武馆和货栈还有多家，哪一家里面不藏污纳垢？倒不如一鼓作气将他们荡平，也免了城里的后顾之忧。"

霍玉婵道："我看他们那里的人，不是去了郡守府前，就是集中到了这两处，不然哪来的那么多东瀛人？"高经纬道："即便如你所说，但各家至少都留有看门的，这些人不除，依然也是祸根。”

高至善道：“铲除了这些人，这些地方也该有人接管不是？不然财物非流失不可。”高经纬道：“这点好办，我们这便回去通知潘大人一声，让他组织好人手，沿我们清剿的路线，我们前脚每搞定一家，后脚便由他们或查封，或接管。至于这两处倭寇大本营，寒气都如此之重，天明时他再派人来也不迟。”

兄妹仨最后看了一眼货栈，确定再无遗漏的地方，三人便骑上飞马，来到金无争师徒的落脚之地。高经纬给他俩介绍完货栈里面的情况，又讲了下一步的打算，师徒俩都没意见。五人就乘上飞马回到郡守府，跟潘郡守讲明情况，一行人又议定了清剿路线。为怕遗忘，又画了两份路线图，并在上面标注了前后顺序，双方各持一份。

高经纬五人就从东城起，按东南西北的顺序开始了清剿之旅。东瀛人的武馆和货栈，刨去已剿灭的两家，剩下的总共还有二十一家。其中武馆十一家、货栈十家，规模都不算大，遍及城池的四面八方。正如霍玉婵所说，里面的人大多都已不在，只留有一两个看门人。五人每到一处，都由金无争师徒在院外守护飞马，兄妹仨则取出乌云煤精，纵身到院子里。然后一挺如意剑破门而入，寻到看门人，剑锋一指，不费吹灰之力便将其解决掉。待把里面彻查一遍后，五人就一起离开，再转移到下一个去处。潘郡守的人随后便查封了这些地方。

一路清剿下来，这些武馆和货栈基本上大同小异，并无什么特殊之处。武馆里除了悬挂的沙袋、伫立的皮人、醒目的镖靶和零星的倭刀外，剩下的就是粮食、衣物等生活必需品。货栈里则堆满了瓷器、绸缎、皮毛、山货、药材和金银器皿等货物，倒真像是在做生意。令人不解的是，不要说这些地方找不到火器的影子，就是看门人身上，也只有倭刀和飞刀机簧。

五人在转移途中，霍玉婵道：“两家大武馆和大货栈火枪火炮比比皆是，而这些地方却连一件也不见，倭寇行事岂不是有些厚此薄彼？”

高经纬道：“这也正是倭寇的高明之处。”霍玉婵道：“此话怎讲？”高经纬笑道：“据我看，这些地方平日一定对外不设防，谁

来参观都行。”

朱新余道：“师叔说的一点也不假，这些地方果然谁都去得。”高经纬一瞅霍玉婵道：“话说到这个份上，你还不明白吗？”霍玉婵道：“我懂了，倭寇这样做，自是为了掩人耳目。”

高经纬道：“你说对了，事情一般都有个轻重缓急，武馆和货栈这件事也不例外。倭寇为了在这件事上不引起外界的怀疑，只将其中两处作为重点，对外实行封锁。而其他二十一处作为陪衬，或供众人参观浏览，或与外界保持经济往来，这样就能分散人们的注意力，起到一种鱼目混珠，虚实难辨的作用。陪衬既然是做给人看的，当然是越合法越公开越好，像枪炮这类要害的东西，自然不能在那里露面。也许你会问，这些人没有了枪炮做后盾，何以应对突发事件？其实这一点更简单，只要一有风吹草动，他们就会自动放弃这些地方，而集中到那两处要害的所在。”

金无争由衷钦佩道：“贤弟的见识也是高人一等，过去，还从没有人把倭寇的险恶用心分析得如此透彻。”

城北还剩下最后两家武馆，五人初时都并未太在意，以为也不过是两处摆设而已。兄妹仨如前纵进院里，脚一沾地，随之一虚，就听下面一声响亮。低头一看，却见地面突然开裂，露出一个深坑，坑里遍布明晃晃的尖刀。三人内力一提，当即跃升到空中。

这时正房门打开，走出四个身背火绳枪的白衣人。他们打着灯笼朝前走出一丈远，来到坑边，举起灯笼向下照去，看样子是在找寻跌下去的人。边寻找，边小声叽里咕噜地议论着。忽然有个人一指院门，四个人立刻吹灭灯笼，举枪对准了大门缝。

兄妹仨往院门外一瞧，却是金无争师徒来到门前，正从门缝向里偷窥。一见门里已经发觉，当即闪到一旁。兄妹仨知道他二人必是听见了陷阱的发动声，担心自己三人的安危，是以过来查看。

高经纬怕师徒俩一个把持不住，再不顾一切冲进院子里。于是对霍玉婵和高至善一挥手，三人身子一斜，飘落至院门前，收起乌云煤精，立马将师徒俩远远拉开。兄妹仨骑上飞马，载上金无争师徒，依旧找一个近处屋顶，把师徒俩安置上去，待他们运起功来，三人才取出乌云煤精，纵马回到武馆上空。

四个白衣人大概见外面没有动静，就又点起灯笼，朝陷阱里观望起来。兄妹仨抓住时机徐徐降下，高经纬猛然把手一摆，三人一齐抽出宝剑，俯冲而下。四个白衣人听到头顶风响，不等抬眼去看，就觉一股寒气从天而降，立马丢掉灯笼，席地而坐，右手护住心窝，左手捂住丹田，就此一动不动。眨眼间，四人手脸都结出一层霜来。

兄妹仨以为他们必死无疑，遂跳下马，朝正房走去。三人不知屋内是否还有人，未进门前，先将宝剑探进门内，然后催动内力，让寒气源源流进。三人扫了一眼房门两侧，就见右边的墙上镶着一个大铁环，一时间谁都猜不出它的用途。

霍玉婵道："你们注意到没有？这几个白衣人，咱们好像在哪里见过。"

高经纬还在琢磨大铁环是干什么用的，听她一提白衣人，一下子想起郡守府前那辆忍者的白色轿车。转眼又见地上有车辙的印迹，心念一动道："我知道这铁环的用途了，你们还记得那辆红色轿车上的铁链吗？"

高至善道："大哥的意思是说，这铁环是用来锁轿车的？"高经纬点头道："正是，你没见铁链刚好可以从铁环里穿过吗？"高至善道："那也不对呀，轿车有两辆，可这里的铁环只有一个，难道两辆轿车都锁在一个铁环里？"高经纬摇摇头道："铁环只能穿过一根铁链，再说这里也只能容下一辆轿车。右边是草料垛，前面不远又是陷阱，哪里有停两辆车的地方？"

霍玉婵道："如果停一辆车的话，那这车一定是那辆白色轿车。因为我想起来了，这四个白衣人跟那四个用寒冰掌给白色轿车降温的壮汉，简直一模一样，难怪我总觉得有似曾相识的感觉。"

高经纬估计屋内的气温已降得足够低，正要挺剑而进，一听这话，刚迈出的腿不由又缩了回来。低声道："不好，这几个人有诈，快跟我来。"也来不及解释，回身便走。

四个白衣人仍旧一动不动，待在原地。高至善暗道："大哥这是怎么了，一惊一乍的，四个家伙都冻得硬邦邦的，就是有诈，

也使不出来呀。”心里这样想，却还是和霍玉婵一起跟了上去。

高经纬全神戒备，仗剑走在头里。四个白衣人看似不动，一俟高经纬走至近前，陡然双掌凌空一推，四股掌风夹带着阴冷之气，直向兄妹仨袭来。

高经纬将宝剑左右一抖，划出一道弧形，一蓬蓝色光焰立刻从剑尖上喷涌而出，成扇面朝四个白衣人扫去。剑光先将对方的掌力悉数挡回，白衣人躲闪不及，竟被激回的掌力击下陷阱。四声惨呼过后，白衣人都尖刀入体，成了名符其实的刺猬。

兄妹仨这才晓得，白衣人的掌力不仅阴冷至极，威力也相当可观。高经纬所发剑招更是余势不减，挥洒过去，居然将大门连同院墙击倒一片。

高至善瞅着陷阱里血肉模糊的白衣人道：“这些人好生厉害，咱们的宝剑都奈何不了他们。”霍玉婵道：“这事也够悬的，倘若给他们缓过手来，再朝咱们放上几枪，那后果还真难设想。”

高经纬道：“我一听玉婵说这些人与郡守府前的白衣壮汉如出一辙，立马意识到要糟，这些人显然都会使寒冰掌，宝剑的寒气自然也伤他们不得，那么他们一动不动就是装出来的，背后一定别有用心。”

高至善道：“既然这些白衣人均不惧严寒，那么广场上的白衣人又何以会死在咱们的宝剑下？”高经纬道：“咱们将宝剑触在他们手掌的位置，虽然隔着车厢壁，但车厢壁是铁的，一点也不影响传凉，跟将寒气直接注入他们的掌心并无分别。再加上咱们内力的作用，从而使寒气奔行速度更快。本来他们正在全力施展寒冰掌，掌心上的穴位此时都门户大开，更兼他们一点防备都没有，如此一来，被咱们攻了个出其不意。宝剑的寒气，还有他们自身的寒气，一起畅通无阻地倒流回去，流进他们的四肢百骸，五脏六腑，无异于雪上加霜。哪怕他们御寒本事再强，也难逃冻毙的下场。”

霍玉婵若有所思道：“这四个白衣人，真要是寒气伤他们不得，只是佯装不动，想骗过咱们，那他们就该趁咱们转身去到正房之际，马上开枪射击，没有必要等上那么长时间。”

高经纬想了想道：“这么说，这几个人并不如我所想象的功力那么高，突如其来的严寒也让他们承受不起，因此他们也不得不运功相抗。最后，也许身体还未彻底恢复，就不得不向我们仓促出手，以至功败垂成。”

兄妹仨边议论，边走进正房。正房也同别的武馆一样，是个练武厅，只不过厅里看不到沙袋、皮人和镖靶等物，只在北墙前一溜摆着八个千疮百孔的石像。这石像比真人大了一圈，脚下都有一个圆形石座，三人一见便知，是白衣人练掌所用，石像身上的疮孔必是掌力所致。

厅的两侧也有两个走廊，东边走廊里各有一间澡堂和茅厕，西边走廊里则是厨房、餐厅和四间库房。三人搜遍各处，也没找到一个倭寇，更奇怪的是，连一间寝室也不见。

高至善道：“没准这人都住在两边厢房。”三人又到两边厢房查了查，结果西厢房是马厩，东厢房是杂物间，不要说倭寇，就是马也没有一匹。

霍玉婵道：“真是太邪门了，这些白衣人难道不用睡觉？不然怎么连卧室也没有。”高经纬道：“不睡觉，怎么可能？也许问题就出在正房里，咱们何不去那边仔细搜寻搜寻？再说，陷阱的开关也需查找不是。”三人反身又回到大厅。

按惯例，这陷阱开关最有可能就藏在门后。三人在门后一寻，果然发现一把一拃长的白色短剑，就固定在左侧的墙壁上。此时短剑已离开墙面一寸高，剑身背后尚有机簧通向墙内。高经纬试探着将剑身往下一摁，就听院中一声响亮，高至善跑出一看，回来道：“陷阱合上了。”

霍玉婵道：“这下咱们该去查寻白衣人的住处了。”高至善见高经纬并不挪步，还在凝视墙上的短剑，忍不住道：“这开关已经找到了，也试验过了，大哥只管没完没了地看什么？”

高经纬笑道：“现在外面的陷阱是合上了，可一旦有人踩上去，这陷阱岂不又要裂开？这让潘大人的人如何进来接收？”

高至善道：“这陷阱难道不是从里面控制的？就像耿大叔的钱庄。”高经纬道：“当时明明是咱们脚一落上，这陷阱当即自行启动，哪里像是有人操纵？再说里面的人即便有所察觉，也不会反应得这般迅捷。”

霍玉婵也证实道:“我只记得脚下一软，陷阱已经打开，里面的人无论如何也反应不了这么快。”高至善兀自有些不相信，道:“陷阱上面不是石板就是铁板，那么硬的东西怎能如此不禁踩?”

高经纬笑道:“咱们也不用做这无谓的口舌之争，是与不是，试一试不就知道了。”一抬头刚好看见墙角有几个石锁，拿起一个掂了掂，差不多有五十余斤，便道:“就是它了。”随后三个人走到院里，高经纬将石锁往前面一滚，没滚出多远，又是一声响亮，陷阱应声而开。

高至善心悦诚服道:“还真的是这码事，那该怎么办?咱们总不能瞅着陷阱伤人吧。”高经纬道:“这还用说，我看办法只能围绕白色短剑去找。”

三人回到短剑前，本来摁进去的短剑又弹了出来，离开墙面还是一寸高下。高至善见墙上除了一把短剑，周围并无他物，有些灰心道:“怕就怕武馆为了防止外人进来，陷阱就只做成这一种状态。”高经纬道:“这怎么会?抛开他们自己出入不便不说，那辆白色轿车又如何进出?”

霍玉婵见剑尖始终指向上方，联想到陷阱里的尖刀，也是刀尖向上，脑海里突然闪过一个念头，道:“如果把短剑变成剑尖朝下，结果又会怎样?”

高经纬尝试着将短剑向左一拧，没拧动，向右一拧，毫无阻滞地就把短剑旋转了一百八十度，随之就听院里传来一阵轧轧之声。三人跑到院里一瞧，陷阱上面的盖仍然敞着，倒是陷阱下面的尖刀都不见了踪影。三人这才知道，陷阱里的尖刀也能控制，只要让短剑剑尖朝下，便可使陷阱里的尖刀退回到地里。

高经纬高兴道:“本来我还担心，下面的火绳枪要想取出来，怕是要费番周折，这下好了，只要跳下去就可手到擒来。”于是兄妹仨踊身跃下，将四个白衣人的尸体，连同他们背上的火绳枪一起带至上面，三人欢天喜地回到厅里。

高经纬以为只要将短剑维持现有状态摁下去，便可使陷阱合上，而且踏上去也不会再启动。谁知摁了摁，却摁之不动，只好朝左拧，把短剑旋到原来的剑尖冲上，这才将短剑摁了下去。可是不让陷阱启动的目的却并未达到，高经纬盯着短剑，陷入了沉思。

高至善灵机一动，道："大哥，你现在再拧拧短剑看。"高经纬试着向右一拧，没拧动，摇摇头正要放弃，霍玉婵道："还没朝左拧呢。"

高至善道："刚才朝左拧不是拧不动吗？干吗还要拧？"霍玉婵道："那时短剑可是处于弹起的状态，而今可是摁下去了呀。再说，弹起时往右拧不是拧得动吗？现在怎么又拧不动了？显见两种状态不能混为一谈。"

高经纬听她说得有理，就把短剑往左拧去，想不到这一拧还真奏效，剑尖又再次指向下方。兄妹仨欢呼一声，高经纬又从墙根拾起一个最大的石锁，来到院里朝陷阱上一扔，陷阱并未裂开。三人又到上面走了走，甚至还用力蹦了蹦，陷阱依旧没有反应。

陷阱的问题解决了，三人又开始全力查找白衣人的卧室。高经纬心想，上面既然搜过了没有，如果有的话，一定在地下。他还隐隐觉得，白衣人的卧室里可能藏有某种不为人知的秘密。

三人先在厅里搜了一遍，别的没找到，却在从东往西数第四个石像背对的北墙上，发现一只五指朝上的白色手掌印，且拇指在左。高经纬将右掌贴上去，顺势一按，静候一会儿，却是一点作用不起，倒觉得掌心微微有些晃动。再认真一打量，竟瞧出掌印外围，有一圈极不容易分辨的细纹，却原来掌印是刻在一个圆盘里。这让他猛然想起刚才的白色短剑，两者均在墙上，又都是形体冲上，能不能存在异曲同工之妙？也就是说，掌印也可以旋转，旋到下方的时候，便会有机关被打开。想到这，他毫不犹豫，便将手掌向左转去。事实证明，他只料对了一半，这掌印在他手掌的带动下，真的旋转起来，但转动到下方并没有被卡住，周遭也不见有他期待的事发生。他只好继续将掌印旋转下去，当转过三百六十度，掌印又回到原来位置时，终于再也旋之不动，这时但听身后吱吱连声。

三人折过身去，就见第四个石像已移到一边，地上露出一个直径约有三尺的圆形洞口。三人先将宝剑探进洞中，待了半晌，然后顺石阶而下。走过四十余级石阶，方来到下面。

抬眼望去，却是一间地下大厅。大厅空无一人，周围摆满了层层叠叠、半透明的乳白色大冰砖，只中部留出相当于两间卧室大小的一块空间。一条窄窄的，一人宽的巷道从阶梯处直通这里。空地上分两排四列，摆着八张冰床，每张床上都铺着一层白鹿皮褥子。冰床的中间，有个三尺多高的、用棉絮包裹起来的大油坛，一盏长明灯立在上面，透过水晶灯罩，闪着亮丽的光，照在周遭的冰墙上，映射出一个如梦似幻的迷离世界。

环绕冰墙，还有八个半人高的地面冰穴，每个均可容纳下一人，靠里还各放着一个蒲团。兄妹仨明白，这是八个白衣人练功的所在，三人于是将宝剑入鞘。

高至善见蒲团做得精致，就信手拿起一个，翻看一遍，竟发现侧面有一小洞。伸手一掏，掏出一个绸布包来，打开一看，却是一本用汉字写着的《寒冰掌秘籍》小册子，里面既有文字又有图谱，当即递给了高经纬。

高经纬浏览了一遍，打趣道："这武功秘籍堪称图文并茂，一看便懂，倒像是特意给咱们预备的。"他见霍玉婵和高至善都一脸好奇的神色，便把里面内容扼要地给他们讲了讲。

两人这才清楚，这寒冰掌是一种将冷气置于内力之中，再运施于掌上的功夫。修炼寒冰掌的人，必须先具备一定的内功基础，然后让自己处于冰雪里，再遵照秘籍里的步骤进行习练。宗旨就是，通过不断运气来抵御外界的严寒，从而达到吸冷的目的。所谓"近朱者赤，近墨者黑。"在抵御严寒的过程里，久而久之，练功人的体内，就不知不觉地积蓄了大量的寒气，自身又不被寒气所伤害。内力一经运转，寒气就会由掌中发出，形成寒冰掌。据秘籍记载，练功之地，当选在常年冰雪覆盖的富士山顶为宜，三人由此知道，寒冰掌的功夫可能起源于东瀛的富士山。

高经纬道："这些白衣人为了替倭寇效力，就采取了一种变通的方法，建立起这座地下冰窖。一方面不影响自己的修炼，一方面又可随时听候倭寇的召唤，可谓两不耽误。"

霍玉婵笑道："再怎么两全其美，这冰窖建起来也须大动干戈，另外这冰砖也需每年冬季不断补充，绝对赶不上咱们的宝剑和冰精方便。换了咱们练这劳什子的寒冰掌，那才叫易如反掌，轻而易举呢。”

高经纬道：“你这话倒点醒了我，放着现成的寒冰掌，咱们为啥不练？宝剑和冰精威力再大，也是身外之物，怎比得上自身的武功来得可靠？我看不仅咱们要练，金大哥师徒和耿大叔师徒也要练。将来咱们再弄出些冰精，给他们每人都发上点儿，至于这秘籍，咱们现在就来搜搜看，看能否再找到几本。如果找不到，照这本誊写几份就是。”

三人随后又在其余蒲团里，找到七本同样的小册子。高经纬道：“这下咱们倒省事了。”三人将秘籍分开收起，熄灭长明灯后，回到地上。高经纬将墙上掌印往回旋转了一圈，石像又吱吱嘎嘎把洞口重新盖上。

兄妹仨走到院里，跨上飞马，亮出乌云煤精，往金无争师徒所待屋顶望去，却不见了两人身影。三人腾空而起，四下里一找，就见他二人正与潘郡守的接收人员在一处街角说话。三人立刻收起乌云煤精，飞了过去，一打听，竟是金无争师徒远远瞧见接收人员在向这边赶，为怕他们受到伤害，急忙跳下去阻拦。

高经纬自责道：“若不是大哥见机得快，小弟险些又犯了一个大错。”金无争道：“这件事本该是愚兄师徒的责任，贤弟有什么错？好在也没出乱子，贤弟不必介意，倒不如把武馆里的事说来听听。”高经纬便将如何发现白衣人擅使寒冰掌，如何识破陷阱机关，又如何找到地下冰窖等项事讲述了一遍，只是觉得有关《寒冰掌秘籍》的事不便当众说出，是以隐去。

接收人员中有人道：“这边的两个武馆，平常虽然也不禁止外人进入，但鉴于两个武馆内，一个常年冷得要命，一个四季又其热无比，所以不但百姓敬而远之，就是习武之人也避之唯恐不及。谁知这个冷得要命的武馆却暗藏玄机，不知那边其热无比的一个又会怎样？”

听了这话，朱新余陡然想起忍者那辆红色轿车和车上下来的红衣人。不由问道：“那边武馆里的人是否都着红色衣装？”接收人员道：“这倒未曾听见有人提起。”金无争道：“就是没有人提起，这还不是秃子头上的虱子明摆着，跑不了是红衣人习练火焰掌的

地方。不然怎会那么热？贤弟实在大意不得。”高经纬道：“大哥所说甚为有理，小弟心中也这么想。”

高经纬估计，白衣人武馆里的寒气，起码天亮前不会散尽，就让接收人员到下一个武馆附近等候。兄妹仨载上金无争师徒，径奔下一个武馆飞去。

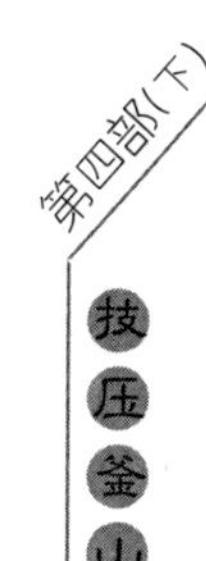

一百三十四　练掌悖举棋不定　辨船难柳暗花明

安排好师徒俩，三人又取出乌云煤精，飞临最后一个武馆的上空。这里果然就像接收人员所说，是个酷热的所在，人在空中便能感受到来自下面的热气。

兄妹仨生怕院中也暗藏陷阱，就想从屋顶突破，又考虑到敌人手里可能有火器，于是便要亮出宝剑，到屋顶击出一个洞口，然后将冰精投下。

忽然霍玉婵轻声道："屋顶有埋伏。"兄弟俩俯身一看，就见正房的屋顶藏有四个家伙，都匍匐在屋脊后，一个个手擎火绳枪，探出头注视着下方，火绳枪均闪着星星点点的火光。高经纬冷笑道："好小子，竟主动送上门来。"

霍玉婵道："这些贼人要真是练火焰掌的，宝剑的寒气是不是能克制得了他们就很难说。"高经纬道："那就把冰精一块亮出来。"高至善道："放心吧，我早就准备好了。"

三人从贼人的身后冉冉降下，距屋脊还有两丈高时，猛然将宝剑和冰精亮出，瞅准贼人的头顶便疾掠下去。

贼人们也甚是了得，一发觉天上寒气压来，不假思索，放下手里的火绳枪，身躯一翻，对着空中便施展开了火焰掌。一串串火舌高高蹿起，立马在四人身周亮起一圈光环，静夜之中煞是耀眼。

兄妹仨被阻得一阻，高经纬和霍玉婵连忙催动剑气，高至善更是激起冰精之光，向四人当头罩落。眼见四人掌上的火焰越来越弱，终于彻底熄灭，四周重又归于黑暗。浓浓的雾霾里，四个

贼人仰卧在瓦面上，虽然高举双手仍摆出一副发掌的姿势，但却就此一动不动。

兄妹仨将马降落在屋顶上，高经纬摘下夜视眼，有意看了看四个贼人的服色，果然不出所料，都是红色。

他又将夜视眼戴上，扫视了一眼下面，发觉这家武馆从建筑布局上，与适才的白衣人武馆惊人的相似。为了试探院里的陷阱是否也相同，当即和霍玉婵、高至善抓起四个贼人，一股脑朝院门后扔去，就听一声响亮，陷阱裂开，四个贼人一一跌落下去。

高至善拍手笑道："尖刀入体，这四个小子害人不成，自己反倒成了冰糖葫芦。"霍玉婵调侃道："这几个家伙身穿红衣，比喻成山楂倒也不错，躯体冻得梆梆硬，又随处都是冰碴，跟冰也贴边，就是这糖字用得有些牵强，依我看，还是叫冰葫芦的好。"

高至善打趣道："你又没咬上一口尝尝，怎知不甜？"霍玉婵反诘道："听话音倒像你尝过了似的？"高至善牙一龇，笑道："我现在下去尝也不晚。"说完，顺手抄起两杆火绳枪，就跳到了屋门前。霍玉婵呸了一声，道："说这话也不嫌恶心？"便也拿起两杆火绳枪跟着跳了下去。

高经纬这时已将下面扫视了一遍，就见右侧的墙上也有一个铁环，再往右也是一个草料垛，至此更加心中有数，认定两个武馆内部也必将大同小异。待要去拾火绳枪，这才发现都已被他二人带走，微微一笑纵身而下。来到门前，指着高至善手里的冰精往门内一努嘴，随后轻轻推开房门。

一股热气扑面而来，高至善单手一扬，已将冰精投进，三人又一齐把宝剑伸进门内。过了一盏茶工夫，屋内已是雾霾重重，三人迈步走进房里，这才发现两个武馆不光外观相同，就连墙上的短剑和北墙前的石像也分毫不差。

三人沿各个房间搜去，再未发现一个人，接着便去验证了一下短剑的使用方法，结果与那边武馆里短剑的用法并无分别。倒是霍玉婵心细，摘下夜视眼看了一下短剑的颜色，颜色自然为红色，这也是到目前为止，两个武馆间唯一不尽相同的地方。

高经纬又转到东数第四个石像后，往北墙上一瞅，也有一只五指朝上，拇指在左的掌印。霍玉婵摘去夜视眼，瞧了瞧道："这掌印也是红色的。"高经纬按白色掌印的程序，将红色掌印操作了一遍，遂将洞口打开。

里面光亮如炽，热浪袭人，竟像是一个熊熊燃烧的大火炉。高至善取来冰精就要往洞里扔，高经纬对洞下能有如此大的火势颇有些不解，忙将高至善拦下道："现在洞里情况不明，咱们还是把冰精带在身边的好。"说罢从高至善手上接过冰精，往洞里一伸，随即便运起了内力。刹那间，洞口蓝光闪耀，寒气如潮，一阵阵刺骨的冷风呼啸着向洞内刮去，只片刻工夫，洞内的热浪便消失得无影无踪，洞口登时结出冰来。

高经纬手擎冰精拾级而下，霍玉婵和高至善仗剑紧随其后。这洞内远没有白衣人的冰窖深，只越过十余级石阶兄妹仨便来到了地下大厅，说是大厅，其规模也远不如白衣人的冰窖。就见两个寝室大的一块中间地带，上面排列着八张石板床，四外除了一条连接阶梯的过道，便是一圈两丈余宽的石砌池子，至于人影，也是一个不见。池子里的大火虽然还在燃烧，但随着兄妹仨的到来，火势已明显减弱。池子里的黑色液体也显露出来，这让兄妹仨想起了过去遇到过的液体燃料，看来它们都是同一类的东西。

高经纬见这东西不可能是从别处运来的，因此断定下面必有泉眼，经过观察，果然在池子的中央，发现一处有液体冒着气泡汩汩流出的地方。

霍玉婵见火势愈来愈弱，眼瞅着就将熄灭，不禁担心道："这池子里的液体之所以不漾出来，就是因为有火在燃烧，万一这火势一停，液体岂不要从里面溢出？弄不好，还会将整个大厅淹没。"

高经纬道："这点倒无须多虑，建造者在设计时，肯定会把这个问题考虑进去，不然也不会砌成池子状。再说，如果必须靠燃烧才能保证液体不外流，那么一旦有特殊情况发生，就像你说的，火势熄了，又将如何应对？"

高至善道："除非有个机关能将泉眼堵上。"霍玉婵道："可这地方压根就不像有机关存在。"高经纬道："所以我认为，液面升到一定高度就会停下，不会出现咱们担心的事。"

说话间火势已彻底熄灭，液面距池顶还有半尺高便不再上

升，泉眼的位置也静止下来，不再有气泡生成。

兄妹仨又把注意力转向石板床，这才发现每张床上都摆着一本白色小册子。高至善道：“这倒奇了，处在如此高的气温下，这书即便没被烧着，也非被烤焦不可，怎能丝毫无损？”说着拿起一本小册子，就见上面写着《火焰掌秘籍》。正要坐到床上看个究竟，不料屁股刚一沾着石板床，石板床竟嘁里咔嚓四分五裂，吓得他两脚一蹦，赶紧站了起来。充满疑惑道：“好端端的石板，怎会如此不结实？”边说，边捡起另一个石板床上的小册子，跟着用脚在石板上一踏，石板床顷刻间也土崩瓦解。他兀自不死心，又一连踩了三个，结果个个如此。他愈加狐疑道：“石板床如此不济，那些红衣人又如何能在上面安睡？难道他们都会轻身功夫？”

高经纬捡起一块碎石板，轻轻一掰，将其断成两截，就见外表尽管结霜，内里却直冒热气。略一思忖，心下已有答案，道：“这石板床原来倒也坚硬得很，只是我们一来，它在极热的状态下骤然遇冷，导致内外温度严重失衡，因而使质地变得稀松易裂，才会出现这种不结实现象，这跟他们是否会轻功并无瓜葛。”

高至善把头一点道：“原来如此。那这小册子又是怎么回事？这么高的温度下还能安然无恙？”

霍玉婵拿起一本，左瞧右看，道：“这小册子所用不像普通纸张，既然耐得了热，又不怕火烧，而且又是白色的，该不会是用石棉做的吧？可石棉又哪里能做得这般薄？”

高经纬也手持一本，一边翻看，一边琢磨，最后道：“我也同意玉婵的观点，这书极有可能是用石棉做的，至于能否做得这般薄，只要制作功夫到家了，也并非办不到。”

停了一下，他又道：“这本册子写明了火焰掌的练法，练掌之人只要处身于烈火之畔，不停用内力与外界高温相抗，便可在自身体内积蓄起热量。当积累到一定程度，再经内力的催动，就能使之形成火焰掌。书中还提到，东瀛的四国地区有一座活火山，应是最佳修炼之场所，据此判断，火焰掌的由来很可能与那里相关。认真比较一下，我们不难发现，无论是火焰掌，还是寒冰掌，它们的修炼原理都极为相近，修炼效果却又极其相悖。而且两者又都存在着致命的缺陷，那就是一个离不开酷热，一个离不开严寒。这还不算，练掌人每施展完一次掌力，还都必须要对所耗热量或寒气及时进行补充，否则下次就无法继续进行。权衡利弊，两种掌法难分高下。这样看来，假如咱们要练，就面临两个抉择，或者选练寒冰掌，或者选练火焰掌。不知你们怎么看？”

霍玉婵道：“依我说，火焰掌属阳，你们男人也属阳，自然是你们练火焰掌合适。而我和寒冰掌都属阴，则理所当然地要练寒冰掌。”

高至善道：“照你的说法，练寒冰掌的该当是女人才对，可那些白衣人却全都是男人，不知又作何解释？”

霍玉婵道：“我并未说男人就不能练寒冰掌，只是强调不如女人练更有优势，就像人们可以说矬子里拔将军，但谁也不能因此便肯定矬子是将军的最佳人选。你如果认为练寒冰掌更有利于自己，尽管去练就是了，又不碍我的事，干啥这样咄咄逼人？”

高至善道：“玉婵姐千万别多心，小弟并非跟你抬杠，实在是心中有疑问，不吐不快。”

高经纬道：“玉婵所说男主阳，女主阴一点也没错，男人的确更适于练火焰掌。但也不能说男人身上就一点阴气没有，女人身上就一点阳气没有。据我所知，十二经脉中便有阴脉和阳脉之分，也就是说，在我们内力所激发的真气中，既有阴气的成分，也有阳气的成分。只不过男人的阳脉发挥的作用更大，导致真气中阳气占了主流，而女人的情况恰好相反，是阴脉起了决定性的作用，从而使真气中阴气占了上风。由此我倒有个想法，在练两种掌力时，假如来个反其道而行之，不知情况又会怎样？也许男人就会变成以阴气为主，女人就会变成以阳气为主。咱们三个不妨做个试验，玉婵练火焰掌，至善练寒冰掌，我则两种掌力交替练，你们看行吗？”

霍玉婵大致听来，觉得他的话不无道理，细细一想才清楚，他所谓反其道而行之的提法，不过是用来安抚自己和高至善打出的幌子，实则是想拿自己做试验，看看两种掌力是否能够兼得。她如何不知道，这种截然相反的练法蕴藏的凶险有多大，怎能容高经纬去冒这个险？当即反对道：“你两种掌法交替练，哪里是反

其道而行之？分明是拿性命去开玩笑，就不怕气息紊乱，走火入魔？我也不跟你争辩，你如果敢一意孤行，我就死给你看。”

高至善见此情形也道：“大哥，你也不必安排我练什么，反正我唯你马首是瞻，你要练的，自然也就是我的选择，有危险一起承担。”

高经纬想不到他二人会反应如此强烈，当下转蓬收舵道：“瞧你们急成这样，我不是在与你们商量吗？你们既然不同意，此事就算作罢，我看咱们干脆还按原来所说，都练寒冰掌好了。至于这火焰掌，暂且不去管它，待咱们练成寒冰掌再说。”说完，三人就将八本《火焰掌秘籍》纳入囊中，又把冰精和宝剑一道收起。

高至善见气氛有些凝重，就无话找话道：“你们发现没有，这里常年火势不断，烟熏火燎，跟《西游记》里太上老君的炼丹炉也差不到哪去。连孙悟空通天彻地的本领，都忍受不了里面的烟气，被熏成了火眼金睛，可这些红衣人却能在里面安之若素，是何道理呢？”

霍玉婵用鼻子嗅了嗅道：“真是的，这里一点也不觉得烟气呛人。”

高经纬用目光沿池子上空巡视了一遍，终于瞧见这地下大厅的壁顶，有一圈密密的拳头大的孔洞。与上面的大厅一比对，发现这些孔洞就分布在上面墙壁的底下，由此想到，那些墙壁一定内部中空，成了这地下火炉的烟道。因而指着壁顶笑道：“烟气都顺烟道排到了外面，哪里还能觉出呛人来？怪道屋顶上热气逼人，却是来自这里。”

让高至善一搅和，三人又变得有说有笑起来，然后便离开地下，恢复好石像，来到院子里。高经纬望了一眼天色，根据北斗七星的位置，粗略判断戌时已过，又见飞马都好端端地停在屋顶上，三人随即乘了上去。

考虑到刚占领的武馆虽然寒气颇重，但毕竟有原来的高温底子，一般人倒也勉强进得去。于是三人先找到接收人员，让他们前去接收，随后就来到金无争师徒的落脚处。

高经纬简单讲述了一下红衣人武馆的收复过程，就和高至善摘下夜视眼给师徒俩戴上，又掏出《寒冰掌秘籍》和《火焰掌秘籍》给他二人看。等他们看过后，高经纬便每样拿出三册交给师徒俩，并告诉他们，将来会把冰精、琥珀王和乌云煤精提供给他们，助他们修炼。

金无争问高经纬，打算如何修炼这两种掌力？高经纬就把决定先习练寒冰掌，和对同时习练两种掌力的困惑，一并告诉了他。

金无争静静地听完高经纬的讲述，而后一捋胡须道："贤弟在对阳气和阴气的认识上大体不错。本门的内功心法，专门有对阳气和阴气的表述以及阳脉和阴脉的修炼方法，当可为贤弟答疑解惑。心法中说，阳气者产自阳脉之真气也，阴气者产自阴脉之真气也，故人们在十二经脉打通前，经脉里是不会有阳气和阴气生成的。换言之，也就是说只有当一个人掌握了全周天运行之后，真气里才会有阴、阳二气的存在，而在这之前，哪怕你已学会了大小周天运行，那么你经脉里流动的也只是一般的真气，因为这时的真气都源于奇经八脉，是没有阴阳之分的。愚兄虽草草看了一遍两本小册子的内容，但两种掌法的修炼程序已基本了然于胸。这些白衣人和红衣人只是将任、督、阴维和阳维四脉打通，具备了小周天的运行能力，便借助低温或高热的外界条件，按两种掌法的修炼步骤，不停地收集起寒气或热量来，并使之贮存于任、督二脉之中，让原本呈中性的真气就带上了或阴或阳的色彩。需要时，再将积蓄的阴气或阳气，经阴维和阳维二脉送入掌心发出，形成寒冰掌或火焰掌。不过这样形成的两种掌力，无论哪一种，均存在着明显的不足。因为以上阴气或阳气的得来，都是靠吸收来的寒气或热量调制真气而成，积蓄再多也会使尽。就如同竭泽而渔，因此，每次使用完就得随时补充，如此一来，修炼者就离不开低温或高热的环境。本门心法中关于阴脉和阳脉的修炼，则不靠外界，便能自身生出这两种真气，而且还可将两种真气分别贮存于阴阳二脉之中，互不冲突，这样就能做到随用随生，永无休止。倘若修炼时，能将本门心法与两种掌法结合起来，也许会收到事半功倍的效果。至于先练阴脉还是阳脉，愚兄以为，还是拣自身最具优势的来练为好，也就是贤弟先练阳脉，贤妹先练阴脉。愚兄师徒因为过去没能打通十二经脉，所以也无

缘修炼这阴阳二气，没有切身体会，只能纸上谈兵。待回到下处，愚兄便将内功心法交给贤弟自行参详，以贤弟之聪明才智，必能将两下里融会贯通。”

高经纬道：“小弟乃后学末进，练功之事还须仰仗大哥。”金无争爽朗一笑道：“贤弟不必过谦，咱们一起练就是。”

高经纬见此时所处的位置距北城楼不远，与四人一商量，决定就从这里开刀，把剩下的奸细查找出来。金无争师徒把夜视眼还给兄弟俩，五人乘飞马飞抵北城门。

兄妹仨不约而同想起了大货栈那些失踪的人员，因此都把目光投向了城门洞。这一瞧，果然发现有数十号手持倭刀的人，就冻毙在城门洞里。金无争二人因未戴夜视眼，故无法看清，高经纬让他俩运起内力，与高至善特地俯冲下去，待师徒俩看清后才直飞城上。

城上因霍玉婵曾用琥珀王和乌云煤精驱过寒，所以并不觉得太冷，城楼里的人因未接到可以出来的指令，此时还都乖乖地待在城楼内。

五人下得马来，由金无争师徒上前叫开门，并将副将请到门外，先把兄妹仨介绍给他，又低声给他讲了彻查奸细的事。大家一计议，考虑到这里的特殊环境，决定还用解毒之说，让里面的人逐个过筛子。具体做法是，高经纬和副将两个人在门外，高经纬实施检查，检查过的人就由副将安排他们待在城楼左近，但不得靠近城楼，更不许与楼里的人交谈，违者按军法论处。霍玉婵和高至善守在门后，一次只放一个人出门，金无争师徒则进到楼内负责监督里面的人有无异常举动。

分工既定，先由朱新余对众人把中毒解毒一事交代明白，然后由副将发布检查命令，六人随即各司其责开始实施。里面的人都很配合，楼下的人依次走出，楼上的人拾级而下，检查进行得分外顺利。

当楼内的人都已集中到一楼，还剩下三十多人时，一个刚到外面接受检查的人忽然莫名其妙地笑起来，一边笑，一边用朝鲜话对高经纬讲说着什么。副将一听赶忙过来制止，朱新余听声也跑了出来。经他一翻译，高经纬才知道，原来此人说自己天生有个毛病，就是左臂腋下怕痒，想跟高经纬商量，能不能换成检查右臂。高经纬一见此事已是纸里包不住火，便让朱新余告诉他，自己将左臂撸起来。这人撸起左臂，里面并无飞刀机簧，朱新余随即也回到楼里。

经此事一闹，余下人中，一个二十多岁军士打扮的人立刻神色慌张起来，这一现象哪里逃得过金无争的视线，一见朱新余进来，马上将这人暗指给他。朱新余一见这人身后便是楼梯，唯恐他情急之下向楼上逃窜，因此就想赶在他前面蹿上楼梯，截住他的退路。朱新余身形一动，这人大概也猜到朱新余会有此一招，噌的一声，已抢先一步蹿上楼梯，朱新余随后就追。

金无争提醒道："小心飞刀。"话音未落，楼梯上的人已将飞刀射了下来。朱新余拔出腰刀正要去挡，高至善也手持如意剑赶到了楼梯下。当即一挺如意剑，一记斗转星移的剑招已是沛然发出，一道白色光焰激射而至，立将飞刀挡了回去。就听上面的奸细大叫一声，飞刀早已透体而过，剑光随后又到，只将奸细的身体击得四分五裂，漫空里就像下了一场血雨，把个楼里剩余的人都惊得目瞪口呆。

高经纬和副将听见楼里有变，也赶了进来。朱新余此时也从支离破碎的残肢里找到奸细的左臂，指着上面的飞刀机簧朗声道："这人是倭寇的奸细，绑在左臂上的飞刀机簧便是见证。"

金无争也疾言厉色道："你们之中还有谁是他的同伙？赶紧站出来，否则一经发现，绝不宽贷。"这些人面面相觑，一个个都作声不得。

高经纬道："那便让他们自行亮出左臂，以示清白。"朱新余用朝鲜话翻译了一遍，副将怕他们听不明白，跟着又比比画画解释了一通，这些人方才从怔忡中醒过神来，忙不迭地袒露出左臂让金无争一行看。兄妹仨从旁手持如意剑，全神贯注盯着场上众人，只待发现有何异动立刻予以回击。金无争一行看得清楚，就见三十余人的左臂都光溜溜的，至此，整个北城楼就在守城的军士中发现一个内奸。

副将把楼外的人都召集进来，向他们宣布了这次检查的真实用意，并把内奸血肉模糊的残骸和飞刀机簧指给他们看，众人这

才晓得，自己人中潜伏有倭寇的奸细。

安排好这些人，副将便准备带兄妹仨和金无争师徒去其他三座城楼。高经纬忽然想到要去的地方都寒气未除，副将去了肯定会吃不消，因此犯开了思量。霍玉婵道：“何不把那辆红色轿车取来？让副将大人坐进轿厢里，问题不就解决了。”高经纬道：“这倒不失为一个好主意。”说罢，兄妹仨就去了白头派宅院。

不移时，便将红色轿车搬到了北城墙上，高经纬先把琥珀王和乌云煤精放到里面，并调好了温度，然后就让金无争师徒和副将坐了进去，还叮嘱朱新余，必要时可启动里面的石棉板。跟着，兄妹仨抓住轿车腾空而起。

就这样一行人先后去了东、西两座城楼，每到一处，都按北城楼的清查模式如法炮制，结果又在这两座城楼里各查出一个奸细，当时就做了了断。

另外还在下面的城门洞里，各发现一拨已被冻僵的人马，都是东瀛武士的装束，不用说，这些人都来自于倭寇那家大货栈。

最后，一行人来到南城楼，跟李东哲说明了情况，随即便着手清查起来，楼里的众人很快便被查验了一遍，居然一个奸细未查出。

李东哲咬着嘴唇道：“这怎么可能？其他三座城楼都有，倭寇唯独会放过南城楼？那么爆炸的火炮又是谁做的手脚？”

高经纬道：“倭寇并非未在此处安插内奸，只是这内奸无意中被潘大人调到了郡守府，这火炮上的手脚，一定是他临走时所为。”说着便将卢九州的事讲了一遍。

副将证实道：“卢九州本就是这里的一名炮手，潘大人见他会来事，特地将他要走，却原来是个内奸，按他炮手的身份，在火炮上使坏，自是十分便利，就冲这一点，他也是死有余辜。”

李东哲瞅着陆续回到城楼里的众人道：“怎生想个办法弄点饮食来，这些人到现在连晚饭还没吃呢。”

高经纬这才想起，只顾了杀敌，却把吃饭之事丢在了脑后，自己一行不吃倒也没啥，这么多战士不吃怎么受得了？刻下城墙左近寒气未退，城上的人下不去，城下的人也上不来，这可如何是好呢？他不经意中目光扫过海面，瞥见了那些缴获的大船，眼前一亮，立刻有了主张。心想："这些船上一应物品俱全，倘若将它们搬上几只到城墙上来，再让战士们爬上去，岂不是什么问题都解决了？"于是道："想吃饭还不容易，我们现在就去把那些大船给每个城楼搬上几只，驱过寒后，将士们就可上船生火做饭，船里一切都是现成的，简单便捷不说，吃过饭大家还可清理船上的战利品。"李东哲连称好主意，金无争师徒也说使得。

兄妹仨跨上飞马，直奔那些锁在寒气里的船只，当第一艘大船被搬离水面之前，高经纬还担心船底不平，置于城墙上会不稳，实际一看，才发现这种担心纯属多余。因为这船不仅下面是平的，而且还装着两条纵向的金属板，与鸭绿江冰面上行驶的倭寇战船惊人的相似。

霍玉婵一见道："原来还以为这种船只能在冰面上行驶，想不到在水里也一样航行。"高经纬道："这种船吃水不深，恐难抵御大的风浪，只适合在近海处活动。"

高至善道："如此说来，南边不远处当有陆地？"高经纬道："即便没有陆地，也会有海岛，从这么多艘船只看，海岛的规模还不会小。"

三人将这艘船顺着城墙的方向，摆在距南城楼不远的右侧墙上，反身就去搬第二艘。不料这艘船一出水面，三人登时发现这是一艘正常的航海大船，不仅吃水线较深，船底的弧度也比刚才的那艘要小得多。这样的船倘若放到城墙上，即使勉强能站住，只要来阵风，也非刮倒不可。三人计及到此，又把船放回到海里，再搬起一艘，还是这种航海大船，接连又看了两艘，竟无一艘可在冰上行驶的。

高至善道："莫非那种冰上大船只有一艘？刚才碰巧被咱们遇上了。"霍玉婵道："我就不信，这么多船里就有一艘，还刚巧被咱们撞上。"

高经纬一想，这样碰下去也不是办法，猛然想起，冰上大船的驾驶舱与普通海船的截然不同，里面既有轮舵又有金属手柄，金属手柄还有杠杆与外面的桅杆相连。把想法跟霍玉婵和高至善一说，三人立马分散开去，着手检查各船的驾驶舱。

这样一查，还真找到有类似冰上驾驶舱的大船十艘，而且里

面还多了一只罗盘，其中就包括那艘最大的座船。

谁知三人逐只将这十艘大船提离水面，却发现里面竟无一艘冰上大船。失望之余，高经纬也认为高至善说的对，恐怕冰上大船就只那么一艘，正想放弃搬船的计划，回去和众人商议另想他法。霍玉婵忽然道："也许这里的冰上大船采用的驾驶舱，与鸭绿江上的大船并不一样。"

高至善道："哪有这种道理？既然都在冰上行驶，就该一样才对。"霍玉婵道："对与不对，到城上的那艘船上一看便知。"高至善道："看就看，难道还怕输给你不成？"高经纬笑道："反正也要回去，顺便瞧瞧也好。"

三人来到城头船上，一瞧驾驶舱，兄弟俩都是一愣，果然就像霍玉婵说的那样，这驾驶舱与过去所见截然不同，和一般驾驶舱并无分别，里面仅有一个轮舵。

高至善连呼道："上当，上当，这倭寇做事忒也荒唐，一样的冰上用船，却做成两个样，真是气死我了。"

霍玉婵也不跟他计较，只是有些担心道："照现在这情形，数十只船，咱们岂不要挨艘去碰？"

高经纬一边在脑海里思索着，如何才能快捷地识别出自己要找的船，一边用眼在船上各处不停地巡视。很快，一盘固定在舷墙后、卷得整整齐齐的软梯映入了他的眼帘，心内不由一喜，道："是了，一般情况下，只有冰面上的船才需要通过软梯上下，循着这个线索，何愁区分不出咱们要找的船？"

霍玉婵高兴道："对呀，这软梯才是问题的关键，这办法硬是要得。"高至善道："别高兴得太早，就怕那些个船上并无软梯可循。"霍玉婵道："有没有得循，也要看过方知，你这样想当然，难道忘了刚才的教训？"高至善这才无话可说，闭起嘴，乖乖地跟着二人，重新回到那些船上。

一百三十五　进膳食忽听炮响　用冰精偏遭失踪

一番查找过后，有软梯的船共查出十二艘，三人提起几个一瞅，果然便是他们要找的平底冰上用船。

高至善一见自己料事一错再错，生怕霍玉婵跟他较真，讪讪道："这倭寇也是，不但将冰上用船做得如此不伦不类，还让它们远离冰面，跟一般的海船混在一起，既然不想物尽其用，当初干吗还要做成冰船的模样？"

高经纬思忖了片刻道："这船很可能是倭寇最早建造的冰船，那时建造技术还不够成熟，性能上也存在诸多缺陷，这从它们落后的驾驶舱便可略见一斑。桅杆不能有效控制，就是冰上行驶的一个大忌。冰上行驶不同于水里航行，特别是在鸭绿江那样的河道里，由于冰面狭窄，冰船的滑行速度又快，船帆一个操作不灵，就会樯倾楫摧，船毁人亡。后来有了现在先进驾驶舱的冰船，原有的冰船就被替换了下来，于是才有机会来到这里。虽然不能远洋航行，但在近海里也能行走自如，一旦遇到冰面，还可在其上应个急。"

霍玉婵道："这船还多亏没有被倭寇淘汰，不然到哪去找这现成的补给船？"高至善摇头晃脑道："说补给船还不够确切，说移动伙房还差不多。"霍玉婵道："移动伙房也不全面，因为里面还可就餐、休息。"高至善反问道："依你看叫什么更好？"

高经纬见霍玉婵还在思考，便插嘴道："就叫活动营房好了。"高至善连连摆手道："不行，不行，活动营房怎么能在水上航行？"

霍玉婵道："这也不行，那也不好，你倒说说看，该叫什

么？”高至善对她作个怪态道：“原来叫什么，就叫什么，想想看还有比这更贴切、更全面的吗？”霍玉婵笑骂道：“好你个坏小子，竟敢拿我开涮，这笔账先给你记着，回头再跟你算。”

高经纬也笑道：“这说也说了，笑也笑了，咱们还得抓紧干活。目前这平底船算上搬走的一艘，总共是十三艘，就按每座城楼四艘往城上搬吧。”高至善道：“还剩下一艘呢？”高经纬道：“正好运给郡守府。”

霍玉婵道：“搬船的事是不是先搁一搁？与其搬走后再给这些船驱寒，倒不如在这里集中驱一次省事。”高经纬道：“玉婵这提议很及时，不然，船一分散开来再要驱寒，肯定既费时又费力，本来很简单的事就变复杂了。”

高至善道：“在正式驱寒前，咱们最好运起内力像推动雾墙那样，先把这里的寒气驱赶一遍，然后再亮起琥珀王和乌云煤精，就简捷多了。”高经纬笑眯眯道：“你们两个真让我服了，斗起嘴来一个顶俩，出谋划策也各有千秋，没说的，就照你们说的办。”

霍玉婵和高至善一齐摆出呵痒的姿势道：“现在若不是骑在马上，非给你一个好瞧不可，你就是告饶也不行。”高经纬道：“两位上仙，请高抬贵手，小人好怕呀。”霍玉婵道：“既知害怕，还不运起内力。”高至善也道：“罚你带领我们就从北面向南推进。”

高经纬一声“得令”，三人驾起飞马，便在船只的北侧，沿东西走向直线驰骋起来，不多时就将寒气推到了船只的南侧，而后三人又将琥珀王和乌云煤精一起放到了中间座船的舱顶。船只间寒气本就剩下不多，三个乌云煤精高热一起，少时便被驱除尽净。三人还在船上找到三只铁皮水桶，将乌云煤精往水桶里一盛，里面再加满水，乌云煤精眨眼就被冷却，原来所有船上都储有淡水，用起水来甚是方便。

兄妹仨收起琥珀王和乌云煤精，接着就继续把大船往城上搬，先将南城楼的三艘凑足，顺手又给先前的一艘驱了寒，跟着又给每个城楼都运去三艘。这十二艘大船都纵向地搁在城楼两侧的墙头上，城墙本来就高，大船再放上去，更显得高高在上。

城上众人除李东哲外，无不被眼前的情景惊得瞠目结舌。如果说兄妹仨先前的表现还可用武功深不可测解释，那么这么多艘大船被他们搬上城头，若没有神仙般的法力，凡人怎办得到？众人如此一想，都认定兄妹仨必是仙人无疑，兄妹仨所到之处，人们纷纷礼拜不迭，就连金无争师徒也对兄妹仨的身份疑惑不已。兄妹仨再三表白自己就是凡夫俗子，众人哪里肯信？三人只好苦笑着逐艘去将船上的软梯放下。众人见己方有神仙相助，更是倍感欢欣，一时士气空前高涨。

接下来各城楼里的军官把人员平均分成三队，每队都站到一艘船下，然后开始登船。由于人员里有半数都是武林人士，登高自是不在话下，在他们的帮扶下，所有人员都平安登上了甲板。俄顷间每艘大船都灯烛明亮起来，人们怀着好奇在各自的大船里一巡视，就见舱里一应物品俱全，粮食、肉类更是应有尽有。军官对众人进行了分工，一部分人被安排到厨房做饭，一部分人被派到舱里清理尸体，没有多久，船上便飘起了煮肉的香味。

兄妹仨又去海上，将最后一艘平底船搬到了郡守府的院子里。潘郡守的手下已把院子和库房收拾了出来，本以为高经纬所说的战利品，定是要他率人到敌人处收缴，没想到一艘大船从天而降。惊喜之余，他也把兄妹仨当成了神仙，不由分说，对着三人伏地便拜，嘴里还用朝鲜话、汉话，语无伦次地叫着上仙，引得阖府之人瞬间跪倒一片。

兄妹仨心知分说也没用，只好听之任之。折腾了好一会儿，潘郡守才起身，毕恭毕敬地问起城上的情况。高经纬遂把四座城楼查出三名奸细的事说了说，潘郡守大骂倭寇狼子野心，又自责自己眼睛不亮，竟让内部混进了这么多奸细，转而又听军营的火头军来报，说城上寒气太重，做好的饭送不上去，因而想请兄妹仨给想个办法。

高经纬告诉他此事已不足为虑，当他知道城上的人，都是靠这样的大船，才得以解决吃饭问题的，一时心血来潮，说府里的人直到此时也没顾上吃饭，何不仿效城上的人，也到船上去吃？把想法跟众人一说，这些人都轰然叫好。府里的武林人士也不在少数，而且各大门派的掌门人都在其中，不等兄妹仨去放软梯，早已有人施展壁虎游墙功攀爬了上去，待到兄妹仨将软梯放下，底下人已所剩寥寥，倒是舱里的尸体被尽数抛到了船下。

高经纬将潘郡守送到甲板上，潘郡守知道兄妹仨也是粒米未进，便非要让兄妹仨和他一起共进此餐不可，还特地让手下人把自己珍藏多年的一坛高丽参酒取来。高经纬见他待客之意甚诚，不忍拒绝只好留下。

潘郡守陪兄妹仨下到顶舱的餐厅中，在角落里的一张方桌前落座，众人则分坐在四排通长的桌案前。这船不仅驾驶舱有别于鸭绿江上的冰船，船舱的布局也迥然有异。这边的船舱共分上中下三层，上层为厨房和餐厅的位置，中层为水手的卧室，下层为库房的所在。

船上的各类食品储备颇丰，再加上府里厨师和各大门派中精擅厨艺之道的人通力合作，只把个一顿饭做得有声有色，不久各种菜肴便流水价似的端了上来。潘郡守这边桌上与众人除了一坛白酒有区别，菜肴则一般无二，众人的酒却是取自底舱库房，泥封一开，倒也酒香扑鼻。

潘郡守连敬兄妹仨三杯，酒一下肚，脸上直似要放出光来，遂无比虔诚道："今日全赖上仙大展神威，不仅剿灭了城内的忍者、浪人和武士，也使得城外陆地和海上蜂拥而至的倭寇荡然无存。更为可喜的是，连潜伏在下官内部的奸细也一并挖了出来。釜山城自此没有了心腹之患，下官和全城百姓总算可以扬眉气吐，一见日天了。"

他见高至善眉头紧锁，知道自己准是又说错了，赶紧更正道："下官一不小心，又把话说颠倒了，是'扬眉吐气'，不是'扬眉气吐'，是'一见天日'，不是'一见日天'，倒让上仙见笑了。"高至善立马眉头舒展开来。

潘郡守继续道："只怕倭寇不会善罢甘休，不知上仙可肯在此久住否？"

高经纬道："在此守株待兔，坐等敌人上门不是办法，学生以为，必须主动出击，找到敌人巢穴聚而歼之，这才是万全之策。只是学生们对这里的地形并不熟悉，倭寇的巢穴都分布在何处，学生们下一步还要仔细搜寻。"

潘郡守喜形于色道："上仙不必为此烦恼，下官对此早有准备。"说着，伸手就把官帽摘下，露出里面光光的头顶。他似乎

一点察觉也没有，用手撕开帽里，从中取出一个油纸包来，打开油纸包，里面却是两张叠得整整齐齐的薄羊皮。他将上面的一张摊开来，对高经纬道：“这是下官亲手绘制的我国陆地和沿海的地形图，并派人把倭寇盘踞的情况打探清楚后，标在了上面，上仙只要按图骥索……”转眼又见高至善蹙起了眉头，马上更正道：“上仙只要按图索骥，即可找到敌人。”

高经纬将地图浏览了一遍，就见上面标注得很是详细，凡是被倭寇占领的陆地和岛屿都画了一把倭刀。两座大岛除外，上面只写着大本营三个字，其余各处就连倭寇的人数也都记载得清清楚楚。高经纬叹道：“可惜没有东瀛国的地图，据学生所知，这里距东瀛国并不遥远，若不趁机打到那里，将他们的老巢、基地一起端掉，说不定哪天他们还会卷土重来。”

潘郡守一听，一下子激动起来，当即将另一张羊皮交给高经纬道：“这是下官花重金从一个东瀛浪人手里购得的东瀛国地图，怕倭寇追查，也绘制在了羊皮上，不想如今也派上了用场。”

高经纬见他眼里闪动着泪花，忽然间明白了一件事。瞅着潘郡守道：“学生终于懂了，潘大人在府门前何以会那么在乎戴帽子，原来并非为了掩盖自己的秃顶，真实目的却是为了帽子里的地图。正可谓‘醉翁之意不在酒，在乎山水之间也’。”

潘郡守用手捋了捋硕果仅存的几十根毛发道：“上仙说得甚是，下官这么大年纪的人，哪里还会在乎有没有头发？这两张地图关系着灭倭大计，那可是下官的命根子。”

高经纬肃然起敬道：“想不到潘大人竟是一个忧国忧民，以天下为己任的好官，学生差点看走了眼。”

潘郡守动情道：“别看下官一副浑浑噩噩的样子，那也是不得已而为之。眼见倭寇猖獗，国势日微，下官空有一腔报国之心，却无力回天，心里的忧虑实在难以言表。虽然费尽心机保存了这两张地图，却只有在梦中才能看到它发挥作用。总算王上英明，请来上仙拯救这风雨飘摇的国家，下官夙愿得偿，就是死也能瞑目了。”一番慷慨陈词，竟说得一句错话没有。

高经纬点头道：“就冲潘大人这番拳拳爱国之心，学生们也定当扫平倭寇，不让潘大人失望。来，让学生再回敬潘大人三杯。”

说着，将两张地图用油纸包好，郑重揣入怀中。然后把各人面前的酒杯斟满，与潘郡守对浮三大白，潘郡守连呼痛快。

六大门派的掌门人见状，也都过来向兄妹仨敬酒，兄妹仨皆是来者不拒，一饮而尽。

经潘郡守的介绍，兄妹仨知道了这些人分别是太白派的掌门李祖荫，釜山派的掌门王临溪，小白派的掌门崔修茂，惠山派的掌门郑欣木，元山派的掌门胡可畏及金刚派的掌门朴道观。

他们通过潘郡守告诉兄妹仨，愿意追随兄妹仨一起去征剿倭寇。潘郡守也对兄妹仨说，给他一点时间，多招募一些人马，以便听候兄妹仨的调遣。

高经纬对众人一抱拳道："多谢诸位的好意，只是城中现在正是用人之际，城内外的各类战利品，包括敌人遗留的武馆、货栈都亟待花大力气清理。然后还须加强城池防务，以备有敌人前来偷袭。事情千头万绪，潘大人和各位掌门人断断分身不得，剿灭倭寇的事，就由学生们一力承担。"

潘郡守将高经纬的意思翻译给众人，众人都觉得高经纬所言极是，只是担心兄妹仨对付不了那么多敌人。高经纬笑道："诸位怎么忘了学生们的上仙身份？既然大家如此称呼我们，要是不拿出几样看家的本领，也对不起诸位的厚爱。以后的事，就请大家拭目以待。"

潘郡守照高经纬的原话一一道来，众人一听，对呀，咱们不是瞎操心吗？还有什么上仙办不到的？再说上仙所讲一点不错，为今之计，抵御倭寇前来进犯，保住城池方是我等当务之急。就按上仙说的，咱们死心塌地在此守城就是，别的都交给上仙们去办好了。这样一想，众人对兄妹仨更是心悦诚服，向三人深施一礼后，便都回到原来位置上继续饮酒。

高经纬见这些人已走，想到他们还有那么多事要办，这酒委实不宜再喝。又见他们兴致正高不便劝阻，只好对潘郡守道："学生们都不胜酒力，酒喝到这个份上，已不能再喝，还望潘大人见谅。"

潘郡守也是个心思缜密之人，见兄妹仨全无醉意，如何不晓得他们心中所想，遂道："上仙们的意思下官明白，此刻的确不

是喝酒的时候，下官这就传下令去，饮酒到此为止，一律开始用饭。”就见他走到餐厅中心，用朝鲜话讲说了一通，众人倒也听话，纷纷放下酒碗。

不移时，厨房便端来了主食和菜汤，却是一色的大米饭和鲍鱼汤。兄妹仨和众人刚刚进过主食，正在品尝鲍鱼汤的滋味，就听北边城楼方向忽然传来数声炮响。兄妹仨赶紧放下汤碗，对潘郡守道:“潘大人无须惊慌，只管与众人继续用餐，待学生们前去看来。”说完三人快步走出餐厅，跨上飞马，亮出乌云煤精，跃到空中。

纵马来到北城门一瞧，但见城外火光冲天，离城三十余丈开外的空地上，有八门火炮一字排开，正在朝城上轰击，城头东侧一艘大船已中弹着火，旁边的城墙也被炸出一个豁口。

还未等兄妹仨做出反应，从火炮后一下子涌出好多明火执仗的人。这些人大多手持火绳枪、鸟铳，鼓噪着径奔城下冲来，距城还有十余丈光景时突然站住，由人群里推出十辆大车来。每辆车上都载着一只大铁桶，一条白色管子一头接在铁桶的下端，一头握在一个大汉的手里。这十个大汉越众而前，管子平伸，一股火舌由管中喷出，形成十余条火龙直向城墙方向扫来，目的无非是要驱散城下的寒气。刹那间，只把那些个冻毙的倭寇尸体烧得嗞嗞作响，随之一阵人肉的焦臭味便在空气中飘散开来。瞧架势倭寇已对城下的寒气有所了解，摆明了是要等寒气驱尽才施行攻城。

这时城头船上的人一阵大乱，忙从着火的船舱里蹿出，武林人士各施所能，或用壁虎游墙功顺外舱板滑下，或将内力上提纵身跃下，剩下那些不会武功的军士则争相爬上软梯逃命。匆忙中有人被挤下软梯，也有人一脚蹬空从软梯上摔下，惨呼声此起彼伏，静夜里显得格外瘆人。

霍玉婵道:“咱们还是先救人要紧。”高经纬沉吟道:“假如敌人再打出一轮炮来，城上的伤亡将会更大。”高至善道:“情况紧急，敌人又都有火绳枪在手，我看咱们还是动用末日之光吧。”

高经纬胸有成竹道:“敌人八门火炮相互间隔不远，咱们就把冰精扔到它们的中间，不然这么多火炮一朝毁了太可惜。”

霍玉婵道：“咱们还是分开行事，投冰精的活交给我，你们两个还是去救人。”高经纬道：“也好，不过你也要当心，不可飞得太低。”霍玉婵答应着，从高至善手中接过冰精，振翅一飞，已来到火炮的上空。

兄弟俩也一个起落降到大船上，然后收起乌云煤精。高经纬拿眼一瞄，就见炮弹击中的是后甲板，火势也是从那里燃起的，恰巧船尾又是处于下风口，火势一时半时是波及不到前甲板的。而软梯就在前甲板的舷墙上，船上的人只要沉着应对，都有逃生的机会。偏偏有些人只顾了自己能活命，拼死往下挤，这才酿成了十余人跌落的惨剧。

高经纬见甲板上还有半数人，心想：“即便我和至善一起往下运，这么多人也不是急切间就能运得完的。”猛然灵机一动，暗道：“我何不在舱底凿开一个洞，众人由那里逃生不就便捷多了。”转念又一想：“这洞好凿，可这里并无懂得汉话之人，又如何把想法表述给他们呢？”

就在他左右为难之际，耳边忽然响起一个熟悉的声音道：“上仙在这里想什么呢？不知可有用着小人之处？”高经纬抬头一看，却是朴勇男，遂喜出望外道：“朴壮士怎么在这里？”朴勇男道：“刚才上仙们从南门走后，李将军他们几个一商量，觉得每座城楼必须得有一个通晓汉话之人，不然上仙们有什么指令也贯彻不下去，因此就把金老爷子师徒和小人临时分派到这边三座城楼来。金老爷子师徒运起内力，先把小人和副将大人护送到这里，而后去了各自的城楼，小人则被副将安排到了这艘船上。”

高经纬感叹道：“还是李将军虑事周全。”于是就把适才的想法告诉了他。朴勇男高兴道：“太好了，从舱底凿洞直达外面，这么简捷的事，众人怎么就没想到呢？小人这便传达给众人去。”

朴勇男一离开，兄弟俩立刻纵马飞到船下，高经纬拔出如意剑，剑光一起，就在船头的位置开出一个洞来。转眼间，就听舱里的舷梯上响起了杂沓的脚步声，兄弟俩知道是朴勇男正带着众人下来，心里登时轻松了不少。谁料就在这时又传来八声炮响，两人一惊，旋即拔地而起，却见西侧的两艘船上各自腾起四股白烟。

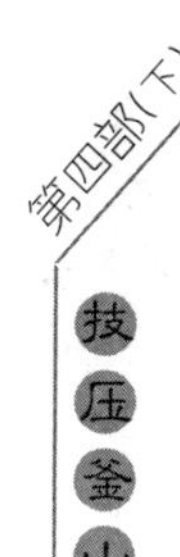

高经纬笑道："我说这炮声来得如此之近，闹半天竟是从我们的船上所发，我倒忘了这船上就有现成的火炮。"高至善也道："副将大人不愧是城上守将，临危不乱，就该这样对敌人还以颜色。"

两人说得正自高兴，就听咚咚的炮声再度响起，这次却是从城下打来，炮弹全都打在城楼东侧，只把个着火的大船炸得七零八落，城墙上的豁口也变得越来越大。再瞧朴勇男一行，刚好都已从船上撤离，正在向城楼走去，见此情景都吓得两腿发软，浑身颤抖，面无人色。谁心里都明白，倘若再迟出半步，后果不堪设想。

兄弟俩暗暗为他们庆幸，高至善道："这敌人也怪了，就知道认准一个方向开炮。"

高经纬随口答道："必是敌人还未来得及调整炮口，就匆忙进行了还击。"说到这，他突然醒悟道："玉婵去了这半天，怎么一点动静没有？"高至善也道："是啊，说是对付敌人的火炮而去，可这些火炮一门也不见少。"

两人不约而同把目光投向城外，这一看不打紧，就见半空中陡然亮起两道雪亮的光束。高经纬道："一定是玉婵遇到了意外，才要用末日之光灭敌。"高至善道："那冰精呢？说得好好的，为什么要舍弃不用？"高经纬道："这样做肯定有她的道理，你我多说无益，不如赶紧过去看看。"

两人取出乌云煤精，齐向霍玉婵飞去。还未等飞到，霍玉婵已启动了末日之光，半空里就像亮起了一道灼目的闪电，城上的人尚在忡怔之中，城外的八门火炮及火炮前荷枪实弹的倭寇便都已化为灰烬。剩下十个手握喷筒的壮汉，已经推进到离城不远的地方，兀自向城边喷射着火龙，等他们感到身后炙热，回过头去看时，这才发现同伙都已不翼而飞，只留下遍地的焦土。这让他们如遇鬼魅，心胆欲裂，大叫一声，丢下喷筒向后夺路而逃。

兄弟俩赶忙抽出宝剑朝他们迎面冲去，霍玉婵也一挺宝剑加入战团，只片刻工夫，十个壮汉就都被宝剑的寒气冻得僵立不动。兄妹仨四处巡视了一遍，又消灭了外围几小股溃逃的敌人，这才聚在一起听霍玉婵讲述方才的经历。

霍玉婵初时飞临倭寇的头顶，找好位置，本想马上就将冰精

投下，谁知瞥眼间，就见十余丈外，几株大树后还停有数辆大车。她怕里面混有火炮，就飞过去查证了一下，结果发现车上载的都是帐篷云梯等物。当下又回到火炮的上空，掏出冰精，瞅准八门火炮的中间将手一松，与此同时，就听城上一阵炮响，数发炮弹已不期而至。她低头一看，这些炮弹都呼啸着从火炮上空掠过，参差不齐地落在身后十余丈开外那几株大树的左近，倭寇的火炮没炸着，却把大树和停在那里的大车炸得一塌糊涂。

霍玉婵心道："城上的人开的是哪门子炮？这么多炮弹居然没有一发命中目标。"因为她知道，城上的火炮一定也是冲着倭寇的火炮所发。她正为城上人的盲目开炮感到好笑，陡然间脚下的火炮又一齐怒吼起来，她这才意识到，投下的冰精并没起作用。往下一瞧，更让她吃惊不小，下面不仅敌人秋毫无损，就连冰精本该产生的寒气也荡然无存，这意外的情况，顿时使得她脑海里一片空白。

此刻她唯一的念头，只想尽快查清冰精下落，为了看得更仔细些，飞马不知不觉下降了许多。高经纬告诫她"不可降至太低"的话，也被她抛在了脑后，还多亏她有乌云煤精遮护，这才没有被敌人发现。

一番搜索下来，哪里有冰精的半点踪影？猛然间，被炸的大树那边传来一阵伤马痛苦的嘶鸣，霍玉婵由伤马联想到了刚才城上打来的炮弹，不禁豁然醒悟，暗道："炮弹打过来的时候，恰好也是我把冰精投下的一刻，冰精一定是被炮弹给炸毁了，这可如何是好？"

她回头一瞅城上，就见那艘着火的大船已被炸飞，城墙上巨大的豁口也已挡不住攻城之敌。眼见城边的寒气即将被驱尽，再说敌人随时都可能发动一轮新的炮击，情况十万火急，不容她有片刻犹豫。她把马向斜上方拉了拉，然后毅然决然地启动了末日之光。

高经纬听后道："我看冰精极有可能是被炮弹碰飞了，倘若是被炮弹击碎，那些碎裂的冰精也足以让这里气温骤降，怎能如此无动于衷？"

高至善道："冰精就不能被炮弹所熔化？"高经纬道："冰精连

大火都奈何不了它，哪那么容易就被熔化？如果真是那样，冰精在熔化的瞬间，大量严寒释放出来，也必然会导致电闪雷鸣，狂风大作。你们还记得在拨云堡时，冰精和琥珀王、乌云煤精相遇时那惊心动魄的一幕吗？”

霍玉婵道：“怎么不记得？这件事恐怕是我想左了，冰精被炮弹击飞已成定局，咱们必须尽快把它找回来，不然下一步拿什么去灭敌？”

高经纬道：“估计冰精也飞不了太远，我们只要循着周围哪里有雾气生成这条线索，肯定能找到它。”

高至善道：“我们刚才搜索残敌时，不是已将周遭查了个遍吗？可是并没见到哪里有雾气生成啊。”高经纬道：“冰精也许落在更远的地方，我们何不把搜索范围扩大？”

霍玉婵忿忿道：“城上的人就知道跟着瞎捣乱，开炮一点准头没有，成事不足败事有余，若不是他们横生枝节，冰精怎能无影无踪？”

高经纬笑道：“这事须怪不得他们，一看就知道他们对火炮并不熟悉，但他们这种对敌积极作战的精神，还是值得肯定的，总比那些束手无策或临阵脱逃的人要强得多。这要是冰精找不到，说不定还得靠他们用大炮守城呢。”

高至善道：“这城早晚还会有敌人光顾，不管冰精能否找到，咱们都应把各处的火炮安置到城墙上来。”

霍玉婵把嘴一撇道：“指望这些人开炮，还能打着敌人？”高经纬道：“咱们也别把这些人看扁了，谁也不是生来就什么都会，一回生两回熟，多历练历练也就好了。南城楼不是还有几个炮手吗？回去后就把他们分散到各个城楼，每个人都封他个炮长，在炮长的带动和调教下，还怕众人学不会使炮？”

高至善道：“那边不远便是一座山，冰精能不能飞到了那里？”高经纬道：“先把眼前这些平整的地方搜完，再找不出，说不得只好到山上瞧瞧。”

三人纵马看遍了周围各处，为了便于看清哪有雾气，三人都摘下了夜视眼，即使这样，他们仍是一点冰精的线索也未查到，于是便来到高至善所说的那座山下。

一百三十六　大限至武者忏悔　仿笔体经纬修书

沿山麓向山顶低低掠去，漫山遍野触目皆白，到处都是皑皑的积雪。兄妹仨瞪大了眼睛，就是不见一丝雾气。

三人飞临山顶，这才发现此山峰岭连绵，中间凹下，呈漏斗状。高经纬恍然道："这里四围壁立，内中好大一片山谷，真像是一口天然的大锅，釜山必是由此得名。"

高至善望了一眼谷中，有些泄气道："这鬼冰精也不知到了何处？看来一时半时是找不着了。"

霍玉婵却不理他那个茬，继续向下观望。忽然，她瞧见山岭内壁半山腰上，有处闪闪发亮的地方，马上指给兄弟俩看。三人飞近了一瞅，却是一块凉亭大小的倾斜冰面。

高经纬沉吟道："这四周都是白雪，唯独中间有块圆冰，的确有些不可思议。"高至善道："也许这里就是一处泉眼，此时被冻住了。"霍玉婵道："绝无可能，如果这里真是泉眼，下面就该有个小冰川，至少泉眼周围也能结出一些冰凌，怎能如此光洁？"

高经纬道："管它下面是什么，往下探探不就知道了。"说完，拔出如意剑随手一挥，便在冰面的中心切下一个圆桌大的冰块。

下面哪里来的什么泉眼，沙土覆盖的岩壁上只露出一个斗笠般大的洞口，绵绵的雾气由洞中喷涌而出。

高至善惊呼道："敢情冰精就掉到了这里。"霍玉婵道："我看不像，假设冰精真的在里面，外面的天气就会变阴，空中就会飘起雪花，可现在外面还是星斗满天，更不要说下雪了。"高经纬也道："确实不像，冰精的威力绝不止这些。"高至善道："倘若冰

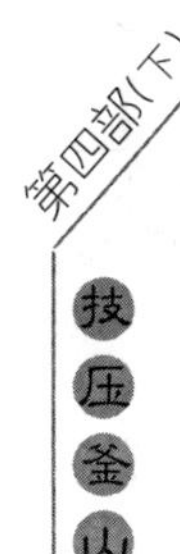

精不在这里，那洞里的雾气又是哪来的？”

高经纬戴上夜视眼往洞内瞧去，就见洞中空间不小，足有一间卧室大，而且洞口的下方还端坐着一个人，便冲洞里道：“学生不知阁下住在这里，多有打扰，还请恕过唐突之罪。”隔了半晌，高经纬见那人没有反应，又朗声说了一遍，那人依旧一声不吭。

霍玉婵和高至善此时也戴上了夜视眼，洞中的情况亦都尽收眼底。霍玉婵道：“这人很可能听不懂咱们的话。”

高至善道：“我看他是有意装聋作哑。”说着童心立起，探身从岩壁上抓起一把雪，揉成一团朝洞内轻轻打去，雪团不偏不倚刚好打在这人头上，这人还是一动不动。高经纬道：“不要打了，看来这是个死人。”

霍玉婵道：“死人理他做甚？咱们还是到别处看看吧。”高经纬道：“这地方山势陡峭，寻常之人根本无法涉足，万一这人是倭寇一党，躲在这里有啥不可告人的秘密，岂可不查个清楚？”说罢从马背一跃而下，两脚紧蹬岩壁，左手攀住洞口，右手剑便去清理洞口周边的沙土。剑身刚刚拨动两下，高经纬就觉左手一轻，定睛一看，却是将一块三尺见方的石板掀了起来。就见这石板一端有轴连在岩壁上，另一端好像还有一个抠手，高经纬的左手刚巧攀在了抠手上。

他顾不得细看，急忙稳住身形，把石板往侧面一放，然后避开洞口下方的人，纵身跃进洞中。这才看清下面的人是个身披银色铠甲，年近四旬的大汉，大汉两眼呆滞，皮肤僵硬，毫无生气，显然已死去多时。

这时就听霍玉婵道：“我来了。”高经纬往旁一闪，霍玉婵便一跃而下，接着高至善也跳了下来。

霍玉婵看了一眼大汉，道：“我怎么觉得这不像个真人？”高至善道：“怎么不像？你瞧这五官、须眉，还有头发，哪点不和真人一模一样？”说到头发，他突然发现这人的头顶有丝丝蒸汽冒出，除去夜视眼一瞅，就见这人的发际里正有滚滚雾气生成，脱口道：“原来洞中雾气竟是由他身上所发，不信，你们不戴夜视眼瞧瞧。”

高经纬和霍玉婵摘下夜视眼一瞅，果然如此。高经纬忍不住

去查看大汉的头顶，刚一扒开头发，一股寒气骤然升起，洞中刹那间便布满了浓浓的雾霾。

三人赶紧将夜视眼戴上，就见大汉的头皮下有个大洞，高经纬往里一瞅，冰精赫然就在里面。他将大汉头发向两边一扒，不想竟连大汉的头皮一起扒脱，再一扒，整个脸皮也跟了下来。三人细一端详，里面却是一个用铜皮制成的头颅，只是外表裹着一层人皮，眼眶里再嵌入一对黑宝石，乍看上去就跟真人一般无二。无怪乎霍玉婵凭直觉，总觉得这人是假的。

高经纬伸手到假人头顶破洞里，将冰精取出。冰精甫一离开假人头顶，就听铜皮头颅里一声脆响，随之便从假人胸腹里传出一阵嗡嗡铮铮之声。这时假人突然站起，右臂一个恶虎掏心，直捣高经纬的胸口，高经纬往后一躲，假人的右拳击空。跟着假人迈开右腿垫上一步，飞起左腿对着高经纬下身就是一脚。

高至善在旁觑得真切，不等高经纬做出反应，早已伸出腿去，一脚踢在假人左腿的膝关节处，假人一个趔趄，身子朝右一转，一脚踢空。霍玉婵顺势在假人的后背上猛地一推，假人立足不稳，登时扑翻在地，身躯扭动，手舞足蹈，半天方息。兄妹仨这才知道，所谓大汉不仅是个假人，还是个四肢能动的机械人。

高经纬将冰精递给霍玉婵，霍玉婵满心欢喜地将冰精放回人蜕口袋，三人都感到一种失而复得的喜悦。

高至善道："想不到冰精会绷出这么远。"霍玉婵道："更料不到它会落进这个洞里，偏巧下面还有个惟妙惟肖的机械人。"高经纬道："更难得的是这机械人还有一样本事，能阻挡冰精的寒气。"

霍玉婵道："莫非机械人的头发有这种功能？"高至善道："既然头发能阻挡寒气，那怎么还有雾气冒出？"

霍玉婵道："冰精从洞口坠下，将机械人的头顶击出一个窟窿，而后落入其中，分开的头发又慢慢合拢，把窟窿遮上，但毕竟还有缝隙，所以才会有寒气渗出。"高至善道："那也不对，如果仅靠头发阻挡寒气，那没有头发的地方，像脸部及五官更应该有寒气生成才对，可这些部位并无一丝寒气溢出，又当作何解释？"

高经纬盯着耷拉在机械人脖子上的头皮、脸皮道："依我看，阻挡寒气的十有八九是机械人外表的这层人皮。"高至善道："这么说，这人皮岂不赶上了人蜕？"

霍玉婵道："是与不是，咱们拿冰精一试不就真相大白了。"说完边掏冰精，边朝机械人走去。

高经纬生怕机械人再有所动作，赶忙从霍玉婵手中夺过冰精，抢先来至机械人的近前。他用脚尖在机械人的腰间轻轻一挑，顿使机械人仰面朝天，躺卧地上，这时就听机簧声再度响起，机械人的手脚又挥动了几下，便就此不动，机簧声也戛然而止。

高经纬俯身把冰精往机械人的面皮里一塞，冰精所发寒气立刻销声匿迹。高经纬道："真想不到这人皮居然就是人蜕，只是裹在头上的一点太少，若是能遍布全身就好了。"

高至善笑道："那咱们就来碰碰运气。"不等高经纬答话，蹲下身就去解机械人身上的铠甲。铠甲一除，但见机械人通体上下尽皆被人皮所覆盖，只在肚脐处有个十字形的钥匙孔，就连男人下身阳具的外膜也在上面。霍玉婵猝不及防，瞧个正着，只羞得满面飞红，慌不迭背转身去。

兄弟俩找到人蜕的接缝处，使如意剑将其划开，然后把整张人蜕扒下来装进包裹里，霍玉婵也将冰精收起。

高至善看着脱得一丝不挂的铜人，饶有兴致道："我明白了，机械人放在这里，就是为了防备有人闯入。因为闯入之人看不清洞内情况，又不敢轻易举火，往下一落，必然要踩中机械人的头顶。待他脚一离开，机械人立即发作，不等他跳到地面，已丧命在机械人的拳脚之下。"

霍玉婵环顾了一遍洞中，道："你分析得一点不错，只是这洞里别无他物，机械人防守得再严密，对于一个空洞又有什么意义？"她瞧了瞧洞口又道："另外，这洞门上还有一个圆孔，洞里即便不在乎野兽钻进，难道雨雪冰雹也不怕？"

高经纬指着地上一些微微发亮的透明碎屑道："如果我没猜错，这类似水晶的东西，本该是镶在圆孔上的，只是被咱们的冰精所砸碎。至于这洞里是否真的别无他物，要等搜过后才能下结

论，我总觉得这洞里大有文章。”

高至善道：“没错，这圆孔上若无水晶遮挡，洞里怎能这般干净？不过建洞的人也是，洞门上倘若不留这个圆孔，岂不更省事？”霍玉婵道：“这你就不懂了，开这个圆孔，还不是为了给洞内采光。”

高至善道：“冬天外面积雪铺天盖地，把圆孔堵得严严实实，哪还有光线可采？”霍玉婵道：“那其他三个季节呢？再说，冬天洞里的人还可出去把积雪清理掉呀。”

高至善道：“说得轻巧，可这洞里的人呢？你该不会指这个机械人吧？”霍玉婵道：“你家机械人有这个能耐？洞里的人就不许有事外出了，到现在还没回来。”

就在他俩斗嘴这会儿工夫，高经纬已将地面彻查了一遍，一点机关暗门的蛛丝马迹也未找到，可他并不灰心。此时插嘴道：“你们想过没有？这下面如果仅有这一个洞，而洞中除了这个机械人又空空如也，那么洞里的人又靠什么在这里居住？即便如你们所说这人外出未归，难道他的生活用品也跟着一起外出了？除非这人眼下已搬走，可机械人又何以要留在这里呢？”

霍玉婵道：“大哥莫非以为这洞里还有别的去处？”高经纬道：“虽然目前还未找到，但我坚信一定存在这样的地方。”高至善道：“那还犹豫什么？咱们现在就来认真搜它一搜。”高经纬道：“地面我已检查过了，没有。”霍玉婵道：“那咱们就从里面的岩壁查起。”

三人一边用目光在岩壁上搜索，一边使剑柄在墙上敲击，仍然一无所获。霍玉婵和高至善记得刚才高经纬并没有敲击地面，便在地面上敲击起来。二人把所有地面敲了个遍，结果还是没有查到一处不实之地。

这时高经纬却把注意力放在了洞顶上，就见洞顶呈穹隆形，四边距地面近一丈，中间高度约有一丈三，表面光滑并无凸起和凹陷，显系人力所为。他轻轻一跃早已悬到空中，用剑柄在顶壁上随便一敲，就觉得声音有些发虚，心里一喜道：“有门，这洞顶像是空的。”

霍玉婵和高至善一听，立马纵身上来，三人经过一番敲打和比对，发现穹隆的中心，也就是洞顶的最高点声音尤为发空。

高经纬使手掌抵住这一点，本想试着推一推，看有无晃动。谁料一推之下，洞顶竟向上弹起，露出一个三尺见方的入口，一股难闻的霉气夺路冲了出来。兄妹仨没有防备，气为之一窒，赶紧屏住呼吸落回地面，顷刻间霉气就充斥了整个山洞。

三人耐着性子等霉气散去，然后依旧由高经纬领先，霍玉婵和高至善紧随其后，三人相继跃向洞顶钻进入口。定睛一瞧，却是处身在一个更大的山洞之中。这山洞足有下面山洞三倍大，洞顶参差不齐，高矮不一，最矮处也有一人高，一点也不影响人在里面行走。地面虽然还算平整，但却显得异常粗糙，一看便知是个天然的山洞。

山洞的最里端有个两尺多高的木榻，一具骷髅就仰面躺在上边。

环绕着山洞，除了炉灶、坛坛罐罐和锅碗瓢盆等器物，离炉灶不远的地面上还竖立着一根三尺来高，直径约有四寸的铜管。铜管下端深入地面，上端是个横向的压杆，压杆一头悬空，一头和铜管相连。铜管中间偏上的部位，另有一段半尺多长的铜管与之相接，样子倒很像是茶壶的壶嘴，只是壶嘴向上，而铜管的口却方向朝下。三人对此感到既新鲜，又陌生，不约而同来到铜管面前。

高至善抓起压杆，上下压了几下，高经纬和霍玉婵看到铜管里有物跟着上下移动。高至善不解道："这东西立在此处，不知有何用意？"

高经纬突然想起，《外物志》书里曾有过一段关于压水井的描述，遂道："我知道有种叫压水井的东西，与此物倒有些相像，不知是也不是？"

霍玉婵道："什么压水井？莫不是打水用的？可这里并没有水出来啊。"

高至善又连续带动了几下压杆，还是一点水星都不见，遂放下压杆，有些沮丧道："也许这东西原本就不好使；或许它并不是什么压水井，而是另有用途。"

高经纬认真想了想道："我记起来了，压水井在每次用前，还须在上面注些水。"

高至善看着那些坛坛罐罐道："这还不好办？拣那些有泥封的打开几个，保管里面会有白酒，拿白酒当水灌进去一准行。"

霍玉婵道："真要有酒可都是陈年老窖，拿它代水岂不可惜？放着现成的办法不用，尽出馊主意。"就见她拾起一只铜盆，三步两步跳出洞口，不多时端回满满一盆积雪来。

兄妹仨当即运起内力，很快就将积雪融化成水，高经纬端起铜盆把水倒进铜管的上端。高至善握住压杆刚提压了两下，半尺长的铜管口里便流出水来，高经纬赶紧用铜盆去接，霍玉婵又搬来一只空坛子放在下面，须臾间坛子里也盛满了水。

高至善还要再压，被高经纬一把拦下，就这样水还是流了一地。气得霍玉婵喝道："你还有没有完了？"

高至善嬉皮笑脸道："这压水井真的很好玩哎，我再取来几个家什接着，你们要不要也来试试？"霍玉婵被弄得哭笑不得，轻轻给了他一拳道："你呀，到什么时候都忘不了玩，真拿你没办法。"

高经纬指着木榻上的骷髅道："看来这洞里就他一个人居住，而且已死去多年。"霍玉婵道："不知这人是什么来头？为何会隐居在此？"高至善道："不管他来历怎样，就凭他能在这么险峻的地方出没，其武功一定不同凡响。"

高经纬道："这一点自不待说，另外，如果机械人身上的人蜕也出自于他，说不定他也服食过关东四宝。"霍玉婵道："照这么看，此人岂不也掌握了关东四宝的秘方？"高至善道："那还用说，没准普惠师父的秘方也是从这里传过去的。"

高经纬道："根据这里密不通风的环境，再结合骷髅腐朽的程度，和死者身上的衣物已烂得一丝不剩的现状来判断，这人死去的年代，距今至少也有三四百年之久。而普惠师父的秘方却是得自于十三年前，因此说秘方出自于这里有些太过牵强。但追本溯源，也许这二者之间存在着某种联系，譬如说它们都起源于同一个地方，同一个武功高手，抑或同一个武功门派。"

霍玉婵指着骷髅身下的木榻道："这死者头部枕着的地方，好像有个木板门。"兄弟俩一瞧，骷髅头下果然有个二尺见方的暗门，只是年代久远，缝隙已差不多被灰尘封死，若不是霍玉婵眼

尖，兄弟俩一时还真发现不了。

高经纬走到木榻的上方，正要把骷髅头从暗门上挪开，高至善也赶过来帮忙。不想动作急了点，身子在木榻上一碰，竟将木榻碰了个稀里哗啦，骷髅也跟着散落一地，却原来木榻早已糟朽不堪。

三人将骷髅和朽木清理到一旁，露出下面一根两尺余长的铜棍和一大四小五只铁箱，瞅位置那只大铁箱就处于木板门的下方，而五只铁箱均未上锁。

高经纬先将大的一只打开，箱盖一掀，上面触手可及的是个油纸包。他把纸包取出，除去油纸，里面包着的是七本小册子。依次用汉字端楷写着：《白头派内功修炼法门》《太白派轻功提纵之术》《小白派跆拳道精髓》《元山派暗器之漫天花雨》《惠山派驭气使剑诀窍》《金刚派硬功与刀枪不入法》和《釜山派内外功兼修秘诀及刀法十三式》，而且在左下角都注有“不传之秘”的字样。

高经纬拿起《白头派内功修炼法门》翻了翻，笑道：“这人好有本事，竟同时拥有朝鲜七大门派的武功秘籍，金大哥白头派的也在其中，只是这内功心法中，却没有金大哥所说的阴阳内功修炼之法，不知是何原因？待会儿带回去，给金大哥一瞧便知端的。”

霍玉婵道：“俗话说：‘贪多嚼不烂。’一个人如何学得了这么多功夫？”高经纬道：“如果只是借鉴着学，或者作为常识了解一下，倒也无妨。怕就怕不分青红皂白一股脑去练，那就非出问题不可。”

高至善道：“这人已服食了关东四宝，就像咱们一样，内功和轻功已臻化境，还有什么武功不能学？”高经纬摇了摇头，不以为然道：“咱们可千万不能夜郎自大，故步自封，以为内功到了现在的地步，学习别派武功便可百无禁忌。就像寒冰掌和火焰掌，若没有金大哥的内功心法，咱们便不能两种掌法一起练。”

霍玉婵道：“你这时又来明白劲了，当时要不是我和至善反对，你两种掌法一起练的念头怎能打消？”高经纬道：“谁还没有犯傻的时候？可我眼下是彻底想通了，之所以这样说，还不是怕

你们重蹈我的覆辙。”

高至善道：“听大哥的口气，倒好像这人是因练功出了岔子？”高经纬道：“我也只是有些怀疑而已，刚才收拾这人骸骨时，我观察他牙齿磨损程度和骨骼生长情况，判定他死时的年龄充其量也不过四十余岁，这也和人蜕的年龄相吻合。一个练武之人正值壮年，若非走火入魔，哪会轻易死去？”

霍玉婵盯着箱子里道：“这下面像是一只玉匣，何不拿出来瞧瞧？没准会有意想不到的东西，强似你在这里胡思乱想。”

高经纬当即把小册子用油纸包好，装到包袱里，从箱子里果然取出一只玉匣。这玉匣颜色洁白，触手温润，一看就知是用名贵的羊脂玉所制。

高经纬在一个蚕豆大的机簧上一摁，玉匣弹开，里面流光溢彩，盛着的却是一块山体形状的宝石。为了看得更清楚些，他把夜视眼摘去，同时掏出发光宝石别在帽子上，这才发现宝石通体鲜红，只在山顶上有块白斑。

霍玉婵也摘下了夜视眼，瞅着宝石道：“这山倒像是红宝石雕成的。”高经纬咬着嘴唇道：“红宝石比它透明，更不会有白斑，我看定是鸡血石。只是一般的鸡血石通体颜色如凝固的鸡血，上面还杂有鲜红的斑块，像这种通体鲜红，且杂有白色斑块的，却甚为少见，必为此中的极品。”

他放下玉匣，取出鸡血石，三人传看了一遍，也猜不出这鸡血石有何用途。霍玉婵道：“也许这就是一块名贵的宝石，并无什么特殊意义。”高经纬道：“名贵宝石多了，若无特殊用途，怎会放在如此珍贵的玉匣之中？”

霍玉婵听他提到玉匣，忍不住往玉匣里瞧了瞧，道：“咱们只顾了看鸡血石，倒忽略了玉匣里还有垫底的油纸。”高至善笑道：“几张油纸也值得你恁般大惊小怪？不就是铺在下面用来保护鸡血石不受潮的吗？”

霍玉婵道：“那玉匣的内盖和四壁怎么没有？都是一样的羊脂玉，难道潮气就只能从底部侵入？”高至善想了想道：“谁说这些地方没有？你没见刚才那些武功秘籍吗？定是玉匣的主人把这里的油纸拿去包了武功秘籍。”

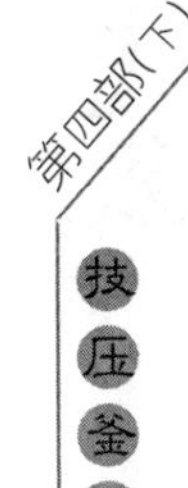

霍玉婵哑然一笑道："油纸放在这里或许另有用意，没准底下会藏着什么？我也糊涂了，与其听你满嘴瞎掰，还不如实际考察一下。"说着就去抠匣底的油纸。油纸共有两层，但并没有夹带任何东西。高至善在旁幸灾乐祸道："你倒不信口雌黄了，可你说的东西又在哪里？"

霍玉婵被问得哑口无言，悻悻地将油纸在空中一抖，便要放回原处。就在她一扬手的时候，高经纬蓦地看见油纸上好像有字迹晃动，忙道："且慢放回，待我看来。"说完便从霍玉婵手里将油纸接过。仔细一端详，两张油纸上竟都刻有字迹，只是底下的一张字迹工整，上面的一张笔画潦草，因为字是刻上去的，如不认真分辨，却是看它不出。高至善见此情形再也无话可说。

高经纬特地戴上夜视眼，先从那张字迹工整的油纸读起。原来这上面记载的却是一份秘方，一份关于配制和服食四宝的秘方，与普惠长老留给他们的大体相似，只是其中的人参换成了高丽参，还有赤身静卧天数也由四十九天改为了三十六天。

霍玉婵听后道："先不管高丽参是否能赶上人参的功效，就凭静卧天数少了十三天，这服食效果也会大打折扣。"高至善道："效果不好，怎么会有人蜕生成？而且阻挡起冰精的寒气，一点也不逊色于咱们的人蜕？"霍玉婵忽然想起了机械人所披人蜕下身的阳具外膜，脸上一红道："这秘方就是不如咱们使用的秘方好，别的不说，咱们的人蜕上就没有那些让人感到尴尬的地方。"

高经纬沉思了半晌道："没有生殖器的外膜，只是无关轻重的一桩小事。两种秘方孰优孰劣，目前尚不得而知，但同一种秘方下，不同质地的四宝配制起来，效果肯定不尽相同，这一点却是不争的事实。普惠师父曾道，倘若四宝均属质地上乘，服食效果将达到极致，可这情况实属千载难逢，可遇而不可求，死者能否也有这种机缘，那就难说得紧。另外秘方的主要作用在于使服食者的内功得到升华，而人蜕只是升华过程的一个附属产物。也许所有人蜕都具有抵御寒气的功能，与服食者所获内功高低并无关联也未可知。"

高至善道："大哥关于秘方的分析我赞成，但对人蜕的说法我却不敢苟同，等将来有了证据再来说服我吧。"霍玉婵道："我看

你是得了违拗症，什么事都要跟人对着干。”

高经纬道：“至善学会动脑筋想问题了，什么都不盲从，我看这是好事。”霍玉婵道：“你就知道宠着他。”

高经纬笑了笑，不再吭声，而是拿起另一张字迹潦草的油纸看了起来。高至善从旁着急道：“上面都写了些什么？大哥何不读出声来？”

高经纬道：“这字好像是用指甲划上去的，不太好辨认，字迹潦草不说，还有些模糊，待我捋顺了，再给你们读也不迟。”他从头到尾将上面的字认了一遍，然后读道：“屈指算来，吾走火入魔已十日有三，其间全身概不能动，唯心神尚能保持清明。眼见奄奄待毙，死之将至，吾有太多感悟，只恨不能留下只言片语，以警后人。今夕突然上肢稍有恢复，吾床榻之上终可勉力而动，自知此纯系回光返照。时辰无多，特以指甲代笔，匆匆作此绝书，留赠有缘者。吾今生之所以惨遭失败，究其原委，盖源于认识上之两大误区也。即对匣内四宝之秘方知之甚浅，致使吾在收集四宝时，皆未达到质地上乘之标准，便仓促服之，故炼出之内功就不能随心所欲，误区一也；内功未能炼至登峰造极，气息不能完全为吾所用，硬行融会贯穿七大门派武功，导致走火入魔，误区二也。当初得此秘方之时，持有者曾道，如若四宝均为极品，服食之人不仅内功能随心所欲，而且自此便不用自行练功，一切皆成身体自发。可惜吾对此并未太在意，至今回思起来，酿成大错绝非偶然。倘若吾当时不是如此急功近利，而是抱定非极品不服，或者服下凡品后，不去动融会七大门派武功之念头，怎会遭此横祸？在此奉劝有缘人以吾为戒，对待秘方及七大门派之武功秘籍一定要慎之又慎，切莫再走吾之老路。匣内山形鸡血石乃白头派之物，本不该到吾手中，有缘人可看在吾坦诚相告分上，将此物归还白头派，替吾消此罪业，吾便在幽冥世界亦对尔感激不尽，尔自身更是功德无量。除此一项，洞中其余之物尔但取无妨，吾也会在冥冥之中为尔祈福。”

高经纬放下油纸喟叹道：“‘人之将死，其言也善。’就冲这份遗书，死者也不是一个十恶不赦之人，而且与金大哥的白头派还有牵连。我虽然没有见过白头山，但却隐隐觉得，这块鸡血石的形状很可能与白头山一样。另外这份遗书还验证了一件事，那就是只有服食了质地上乘的四宝，才会引发身体自行练功。而通过其他途径，即使练功再勤奋，恐怕也难以到达这样的境界。由此我倒有个想法，咱们以后一定要多留心，对于极品的四宝，尤其是人参和高丽参要争取多收集，收集全后好给金大哥师徒、耿大叔和冰儿大哥他们服下。不然，别看他们全身经脉都已打通，但要想赶上咱们，却不可能。”

霍玉婵道：“大哥的想法好倒是好，就是难以实现。休说要收集到这么多套的四宝，就是凑齐一套，也是相当的不容易，别的不提，就拿这千年的人参和高丽参来说，就不是等闲能得到的。常言道：‘有心栽花花不开，无心插柳柳成荫。’想当初，咱们的四宝都不是刻意得来的，真要是抱定志在必得的想法，往往事与愿违，死者就是一个最好的例子。如果质地上乘的四宝那么好得，他何苦要用品质一般的呢？”

高经纬道：“你这么一说，倒提醒了我，这秘方还真的不能给金大哥。一般习武之人都有一个特点，那就是嗜武成命，遇到好的武功，哪怕一招半式也要学来为自己所用，更何况是这种可以让人功力大长的秘方？怕就怕急切间弄不到四宝的极品，而金大哥他们又耐不住性子，不顾四宝的质量是否达标，便服用下去。又仗着全身经脉业已打通，不在乎死者的良言相劝，硬要去融会贯穿其他门派武功。结果功力不够，再有个三长两短，岂不害了他们？只是如此一来，死者遗书倒也不便给金大哥看了。那鸡血石又以什么名义交给他？死者的忏悔之心又怎样才不被埋没？却要虑及周全了才行。”

兄妹仨一时都在思考，高至善眼睛一眨，随口道：“这有何难？包武功秘籍不是还有油纸吗？从中抽出一张，大哥再模仿死者笔体重写一份遗书，删去与秘方相关的部分，不就成了？”

霍玉婵道：“依我说，这模仿笔体一事也可免了，反正金大哥他们又没见过死者的笔迹。”

高经纬道：“重写遗言确实不失为良策，但模仿笔体还是必要的。因为日后与金大哥接触多了，写字的事在所难免，万一在笔体上被他看出破绽，反而弄巧成拙。再说模仿别人的笔体，对于

我又不是什么难事。”

霍玉婵道：“模不模仿你看着办好了，只是这秘方和遗书还是尽早销毁的好。”高至善道：“销毁了倒也对，可包秘籍的油纸却少了一张。”

高经纬道：“油纸上的遗书本就写得潦草模糊，难以辨认，咱们在上面再横竖划它几道，谅一般人也认它不出。而那张秘方却字迹工整，刻得也深，再怎么划也难掩其形，所以留它不得。”

霍玉婵道：“刚才你还小心得要命，连笔体都怕人认出，一忽之间却又大意得很，放着最要害的遗书竟难以割舍。你怎知没有细心人会破解此中奥秘？到那时岂不悔之晚矣？何况油纸又是什么稀罕物了？到哪还找不到几张？再说这些秘籍，就是没有油纸包又能怎样？”

高经纬点头道：“玉婵说得对，咱们不能因小失大，这两张油纸一张也留它不得。待我写完新的遗书，就一并烧掉。”他默思了片刻，随后将油纸往玉匣上一铺，一边对照着遗书的笔体，一边用指甲在油纸上写了起来。

霍玉婵和高至善则趁机打开了余下的四只小铁箱。其中两箱装着金银，两箱盛着珠宝，倒出来翻检一遍，倒也无啥出奇之处，便又将东西装回箱里。

两人这边验看完了，高经纬那边也将遗书写毕。上面这样写道：“吾乃此洞之主人，因贪练各大门派武功，而自身功力又未臻至化境，遂使自己走火入魔以致全身瘫痪，求生不能，求死不得。苟延旬日，今夕吾大限将至，回光返照之际，上肢得以活动，特以指甲代笔，留书与有缘者。希冀得到尔之援手，帮吾完成一未了之心愿。匣内山形鸡血石乃白头派之物，本不该到吾手中，被吾强行据之，实则于己毫无益处，徒增尘世罪业。请尔持此物归还白头派，替吾赎此前愆，吾便在幽冥世界亦对尔感激不尽，尔自身更是功德无量。洞中余下之物尔但取无妨，吾当在冥冥之中为尔祈福。”

二人听高经纬读后都无异议，高经纬将写有秘方和旧遗书的两张油纸用打火石点燃烧尽，然后把新遗书装进匣中，上面用鸡血石一压，再将玉匣放入包裹里。

做完这些，他一眼又瞧见了那根铜棍，拿起来一打量，就见它一头是个手柄，一头呈十字形，由十字形他立刻想起下面机械人肚脐上的钥匙孔，不禁惊喜道："如果我没估计错的话，这东西就应是给机械人机簧上劲的钥匙。"

高至善赶紧接过来道："太好了，有了这把钥匙，机械人就活了，到时把机械人搬回拨云堡，保准博娘和小鹃一笑。"

霍玉婵觉得这机械人用途不大，但又不愿扫了兄弟俩的兴，便对着他们淡淡一笑，随后瞅着一旁的骷髅道："我们不能让洞中主人就曝尸在这里，得找个地方安葬才是。"

高至善道；"此间到处都是岩石，想要挖个坑也难，倒不如把现有的东西都搬到下面，就让死者安安静静地躺在这里。咱们一走，洞口一封，这里不就是一个最好的坟墓？"

高经纬道："此想法不错，咱们这便照此办理。"三人将大小铁箱和锅碗瓢盆以及各类坛坛罐罐尽数搬到下面，又用钥匙试着给机械人上了上劲。待机簧释放完毕，按霍玉婵的意思，三人又将洞顶恢复如初。洞顶盖板没有抠手，必须用掌力去吸，方能将盖板合上，对于兄妹仨自非难事。

霍玉婵道："等咱们把这里的东西统统搬走，将来哪怕有人找到这里，也绝对想不到洞顶有洞。"高至善道："即使有人想到了也上不去，还不是干着急。"霍玉婵笑道："就你总有话说。"

兄妹仨离开山洞，高经纬留在后面将外洞口的石板盖上，这才纵马一起回到北城门。就见副将正带着众人，将大船的残骸往城墙的豁口处填。潘郡守也带着手下赶了过来，好在城下的寒气已被倭寇的火龙驱散，众人倒也不必担心被冻着，此时一见兄妹仨归来，城头上一片欢腾。潘郡守也从副将口中知道了末日之光的厉害，对兄妹仨更是钦敬有加，只管领着众人对三人膜拜个不停。

兄妹仨告诉他们，闹这些虚礼没有用，真的要对上仙表示虔诚，就该切实地履行自己的职责，想方设法保卫好城池，不给倭寇的进犯以任何可乘之机，好说歹说总算把他们劝了起来。

为了加强城上的防御，在征得潘郡守同意后，三人又将郡守府里的大船搬到了城墙上堵住了豁口。高经纬当下又把征调南城

楼炮手到各个城楼的打算告诉了潘郡守和副将，两人齐声称好。

三人跨上飞马，正要去南城门准备实施，陡然间，就听远处一阵炮声大作，众人都是心头一惊。潘郡守和副将异口同声道，炮声来自南城门方向。

兄妹仨腾空一看，就见南城头上硝烟四起，码头外的海面上，自西向东驶来了黑压压一片船只。城上的大炮正在向这些船只开火，与此同时，也有船只开始朝城上还击。一时间城头、海面闪光不断，隆隆声不绝于耳。

高经纬冲下喊了声“潘大人，只管守护好这里，学生兄妹去也。”便带着霍玉婵和高至善，亮出乌云煤精，放马直奔敌船而去。

一百三十七　为宝物迭起风波　违师训永绝后患

海面上此时西北风正烈，尽管是侧向风，敌船行驶起来仍旧速度不减，眼看就要驶近码头。

来自城头三艘大船上的火炮虽然加强了火力，也有几只敌船被打中起了火，冒出了浓烟，但其余敌船却仿佛视而不见，照样破浪前行，霎时间码头前便聚满了蜂拥而至、如狼似虎的敌船。

高经纬知道如再不采取有效措施，一旦让敌船靠上码头，敌船众多的火炮都将进入最佳射程，城上势必置于敌人凶猛的火力之下，那时己方人员伤亡在所难免，而现在使用冰精显然不是最佳选择，因此唯有动用末日之光才是上上之策。此刻兄妹仨几乎都想到了一处，高经纬指着马眼把手一挥，三人齐把光束照向敌船，并锁定了各自要攻击的目标，高经纬又轻叱一声，三人同时启动了末日之光。

敌船上的人就见半空中突然亮起六道雪白的光束，都不禁一怔，还未等寻思过味来，末日之光已如期而至，灼目的亮光一闪，夜幕下就像有三道闪电划过，码头前众多的敌船倏忽间便不见了踪影。大片的海水都沸腾起来，一股热浪混合着难闻的焦煳味，立刻充斥在空气中。

稍远处的敌船见此情形只吓得肝胆欲裂，哪还敢继续前来，纷纷转舵掉头就跑。兄妹仨随即追过去用冰精和宝剑筑起一道雾墙，将敌船的退路截断，接着又在其他三面也筑起雾墙，形成一个包围圈，把敌船一举困在里面。

这次三人记取了上次的教训，不等敌船采取自救行动，便运

起气机，绕着雾墙好一阵疾驰。随着雾墙不断向里推进，包围圈越缩越小，敌船也自动地聚成一堆，终于所有敌船都被雾气吞噬，数十艘船只又成了兄妹仨的囊中之物。三人大大地舒了一口气，收起宝剑、冰精和乌云煤精，回到南城门。

就听李东哲大声道："上仙，末将在这里。"三人看清他是站在中间一艘大船的甲板上，跟着就降落到了他的身旁。

李东哲兴高采烈道："上仙这一法宝威力之大，简直难以形容，末将每次看到都是一阵心惊肉跳，尤以这次为甚。"

高经纬笑道："过去情况简单，一个人就足以应对，这次敌船数量众多，学生兄妹被迫一齐出手，倒让将军受惊了。"

李东哲道："上仙说哪里话？末将高兴还来不及呢，何惊之有？上仙兄妹把船放在城头，此举实在是好，不仅有了现成的大炮，而且开起炮来，居高临下，射程也增加了不少，简直方便极了。"

原来，李东哲受北城楼炮声的启发，早早就将这边三艘船上的火炮布置好，并把炮手分配到每艘船上，因此一发现有敌船靠近，立刻便能开炮射击，只是敌船来得铺天盖地，哪里是他们所能阻挡得了的？若不是兄妹仨及时赶到，后果不堪设想。

听李东哲介绍完这边的情况，高经纬也把北城门的战事讲述了一遍，还把征调炮手到各城门的想法也一并讲了出来。李东哲道："上仙与末将想到一起去了，守护城池火炮不可或缺，眼下咱们缴获了那么多火炮，没有一批过硬的炮手怎么能行？上仙看，何时让他们过去为宜？"高经纬道："倭寇说不定什么时候就会再来，培训炮手一事刻不容缓，学生现在就送他们过去。"

李东哲于是派人去另外两艘船上叫人，不多时，四名炮手都被带到。李东哲当众宣布了晋升四人为炮长的决定，并选出三人跟兄妹仨走。高经纬一人带上两个，高至善带上一个，兄妹仨告别李东哲，绕城一周，逐一把三名炮长按东、北、西的顺序，送到了另外三座城楼上。

东城楼是朱新余的防地；北城楼由副将负责指挥，潘郡守留下十余人补足阵亡的人数，便回府去了；金无争则坐镇西城楼。兄妹仨每到一处，都是先介绍情况，然后让他们即刻组织人员接受炮长培训。

三人最后来到西城楼，待金无争安排好培训事宜，高经纬就告诉他还有要事相商。金无争便提起一盏灯笼领着兄妹仨下到最底舱，找了一间库房坐了进去，又将灯笼往门楣上一挂。

高经纬先给他讲了发现山洞的经过，而后便取出了玉匣和七大门派的武功秘籍。金无争一见到玉匣，登时激动万分，浑身颤抖着从高经纬手中接过，也顾不得去看那些武功秘籍，便迫不及待地将玉匣打开，瞅着里面的山形鸡血石，眸中闪动着泪光道："果然是它，白头派历代掌门人遍寻不到的镇门之宝，今天终于回来了，夙愿得偿，我真的好高兴。不瞒贤弟，愚兄之所以带着徒弟四处云游，就是为了寻找此物，本来已不抱希望，想不到竟由贤弟贤妹帮我完成了这一心愿。"

霍玉婵道："不就是一块鸡血石吗，值得大哥如此看重？"金无争晃着脑壳道："贤妹此言差矣，这中间隐藏着一个不为人知的秘密。说起这件宝物的失踪，话就长了。愚兄还得让你们见识一下本门的另一件东西，你们现在就跟我来。"

高经纬一听要走，赶忙指着匣里道："这里还有一份遗书，大哥还是看过再走不迟。"金无争这才瞧见鸡血石下还压着一张油纸，抽出来凑到灯下仔细观瞧，内容尽知。由于高经纬书写时用了正常的下笔力度，笔体虽然略显潦草，但认起来并不困难。金无争点头道："从遗书的内容分析，作遗书者应是本门的一位师叔祖，只因一时负气出走，才铸成如此大错。谈起这件事，不得不追溯到本门的开山鼻祖，你们还是跟我走上一趟，待看了那边之物，再听我从头向你们道来。"说着便将玉匣合上，连同武功秘籍又一起交给高经纬，再把遗书伸进灯笼里点燃，而后一行人方来到甲板上。

金无争对一个军官模样的人叮嘱了几句，便乘上高经纬的飞马，一行人径朝白头派宅邸飞去。

宅邸大门紧锁，院内因人员尽皆倾巢而出，故显得静悄悄的，兄妹仨按金无争的指点，降落在客厅门前。金无争兀自不放心，又四处瞧了瞧，确定院内真的无人，遂带着兄妹仨走进客厅，插上客厅门，灯烛也不点，便直接走到大厅的东北角。

这里摆着一张圆形石桌和四个鼓形石凳，若不是圆桌上刻着一副围棋棋盘，情形就与龙泉寺后院精舍顶上的石桌、石凳如出一辙。兄妹仨都忍不住把目光投向了圆桌下，习惯性地觉得它的背部也该有个开关。

谁知金无争对石桌睬也不睬，就来到了最北边的石凳前，两掌一运力，猛地向石凳一推，就听噗的一声，石凳齐腰断成两截，却原来这鼓形石凳内部中空。

金无争用袖子在断面上拂了拂，从下面掏出方方正正一件东西来。兄妹仨觑得真切，就见这东西又是一只玉匣，就跟山洞里得到的那只毫无二致。

金无争将玉匣往石桌上一放，高经纬怕他视物有困难，特地摸出三枚发光宝石也搁在石桌上。这时金无争已按动机簧把玉匣打开，匣里光影闪动，装着的仍是一块山体形状的宝石。为了看清色彩，兄妹仨都摘下了夜视眼，就见宝石全身鲜红，竟也是一块珍稀的鸡血石。

高至善两眼一眯，道："这鸡血石的形状好眼熟，竟像在哪里见过？"霍玉婵联想起釜山，欣喜道："能不眼熟吗？咱们刚刚还去过那里。"高至善恍然大悟，道："你是说釜山？哎，一点也不假，中间凹下，周遭一圈凸起，活脱就是口大锅嘛。"

高经纬把目光看向金无争道："这两块宝石一个雕成白头山状，一个雕成釜山状，莫非大哥所说的秘密就在这两座山上？"金无争摇着头道："那倒不是，只是贤弟既然认出那块鸡血石是白头山，想必以前曾到过那里？"高经纬笑道："非也，我不过是看鸡血石顶端有块白斑，正与白头山的名称相符，想当然罢了。"边说边从包袱里将另一只玉匣取出。

金无争也笑道："难得你们观察得这般细致入微，除了两块鸡血石均为天然形成，并非人工雕琢，其余说得都对。"他瞅了一眼桌子上两只分毫不差的玉匣，又道："若说这秘密与两座山截然无关倒也不尽然，起码这两块鸡血石的出处就在这两座山上，白头山状的就出自白头山，釜山状的就出自釜山。至于我说的秘密嘛，则在这两块鸡血石自身上，现在我就演示给你们看。"

说着便将两块鸡血石从玉匣中取出。两块鸡血石甫一照面，

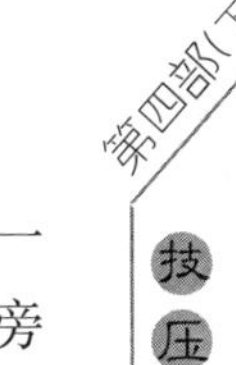

立马都变得娇艳起来。金无争从怀中掏出一方黑色手帕揉成一团，往釜山状的鸡血石里一塞，而后就将白头山状的鸡血石向旁移去。当两块鸡血石相距大约二尺五六寸时，白头山状的鸡血石顶尖上开始有红光溢出，且红光愈来愈盛，愈来愈密，终于就像火山爆发似的喷涌起来，同时伴随有哧哧的响声。在流动红光的刺激下，乳白色的山头逐渐变得鲜红欲滴，待到白色彻底消失时，原本朝上喷发的红光突然转向，恰似一道长虹，射向一旁的釜山状鸡血石，使得锅一般的山体里登时紫雾蒸腾，越聚越浓，最终浓缩成一团紫球，旋转着由釜口冉冉升起，紫球越转越快，离开釜口约三寸光景时，竟变幻成一个五光十色的彩球，彩球猛地向下一沉，就听轰的一声炸裂开来，釜口里刹那间落英缤纷，瑞气如潮。金无争赶紧将白头山状鸡血石装进玉匣，回手又从釜口里取出一方白色手帕，原来就在刚才的爆炸声里，手帕已由先前的黑色变成了白色，金无争又将手帕翻转过来，就像变戏法似的，手帕又恢复成了黑色。

高至善笑道："这算啥，大哥不过是拿一块两面颜色的手帕，趁我们没看清丢进鸡血石，玩弄障眼法，逗我们开心就是。"

金无争也笑道："是不是障眼法，这回你们可瞧仔细了。"说罢，便将手帕白面冲上往石桌上一铺，手帕顿时没了踪影。高至善瞧傻了眼，霍玉婵若有所思，高经纬却脱口道："变色衣，原来变色衣就是这样生成的。"霍玉婵醒悟道："不错，这东西不仅反正面与变色衣相同，两者性能也一样。"

金无争愕然道："你们怎么知道变色衣？敢莫在哪里见过？"

高经纬二话不说，转手又从包袱里把变色衣取出，交给金无争。金无争捧着变色衣，神情大变，颤抖着嘴唇道："贤弟，这变色衣从何而来？"

高经纬就将变色衣的来历一五一十地对他讲了出来，金无争未等听完已是肝肠寸断，大叫一声："我那可怜的绿袖。"往后便倒。高经纬赶忙将他扶住，再看他已是牙关紧咬，不省人事。

三人随即将他放置到两张拼起的八仙桌上，然后由高经纬为他推血过宫。很快，金无争就悠悠醒转，看着兄妹仨还未开口，已是老泪纵横。

兄妹仨忙出言安慰，高经纬道：“大哥且莫悲伤，但有什么难处，尽管直言相告，我们三人就是豁出性命不要，也会帮您主持公道。”

金无争长叹一声道：“晚了，一切都晚了，绿袖和她娘再也回不来了。”霍玉婵道：“绿袖是谁？难道是大哥的女儿？为何说她们再也回不来了？”

金无争悔恨交加，道：“绿袖正是愚兄的闺女，可惜她一片痴情竟所托非人，如今她娘儿俩与我已是阴阳永隔，相见无期了。”

高经纬已隐约猜到这人一定与李道楷有关，便道：“大哥所说这人可是李道楷的同伙？”金无争摇头道：“李道楷独往独来，哪来的同伙？这人就是李道楷自己。”

霍玉婵不解道：“就凭李道楷那副尊容，令嫒怎么会看上他？何况李道楷还王八看绿豆另有心上之人。”

金无争苦笑道：“或许就是李道楷对银姬的那份执着，才打动了小女，我虽然并未与银姬谋过面，但小女的容貌周围人却有口皆碑，若论长相，李道楷确实配不上小女，可感情这东西倒难说得紧，正应了那句老话‘萝卜、白菜各有所爱’，偏偏小女鬼迷心窍看上了他，甚至为他不惜搭上性命。现在我才如梦方醒，知道她是做了李道楷的替罪羊。”

高至善道：“大哥，这到底是怎么一回事？”

金无争情绪渐渐平静下来，坐直身子道：“这一切都是变色衣惹的祸，说起变色衣，就不能不提及愚兄所在的白头派。本门的祖师爷姓郑，名白釜，就是这釜山人氏，家中世代以做石匠为生。他的曾祖在釜山的一次开山凿石中，无意里发现了这块釜山状鸡血石，遂当作至宝珍藏起来。不知怎么，这消息传了出去，就有人主动登门，意图花高价收购，被拒绝后，不断有不三不四的人前来纠缠，更可怕的是，当地官府也有人打上了它的主意。为了避祸，举家便迁到了白头山下定居，一家人仍重操旧业。转眼到了他父亲那一辈，又在一次开山取石中得到了这块白头山状鸡血石。

“没多久祖师爷降生，他父亲一高兴，就给他取了郑白釜的名字，以示不忘两山赐宝的恩情。因为只有这一个儿子，家里金

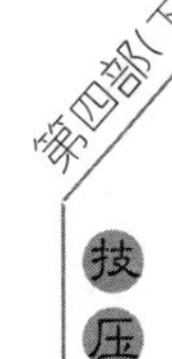

贵得不得了，五岁便送入私塾读书。待祖师爷长到十岁时，为了更好地保住这两块传家宝，他父亲又打算让祖师爷学习武功，只是武功师傅却不好寻。

“刚巧邻村有个会武功的农夫，一身功夫都是家传，传到他这一代，只有一对双胞胎女儿，都出落得花朵一般美丽，更兼在农夫的悉心调教下，尽得自家功夫的精髓，等闲之人不是对手，农夫视为掌上明珠。如今到了出嫁年龄，提亲之人踏破了门槛，他就想给女儿们都找一户殷实之家，以此便放出话来，家下若没有像样的珍宝能入他的法眼，休想聘得他的女儿，四里八乡但凡有一两样藏品的人家无不趋之若鹜。

“祖师爷父亲也十分看好这门亲事，觉得只要任娶其一个女儿，儿子学习武功的事便有了着落，所以就带上一块白头山状的鸡血石前去提亲。

“不料农夫也是个识货之人，非但如此，他从一本古籍上，还看到过一段关于白头山和釜山都产有一种神秘鸡血石的记载，里面还说这鸡血石外观上与产地的山形极为酷似，更奇妙的是，两种不同山形的鸡血石凑在一起，会有更加不可思议的事情发生。他尽管不太相信自己会有好运得到这样的宝物，可多年来却一直没有放弃寻找。他先是把家搬在了白头山下，务农之余又打着上山练功的旗号，开始了漫漫的探宝之旅，虽然也偶有所得，但都不过是极普通的凡品。本来他还想找到白头山状鸡血石后，就迁居到釜山继续寻找另一块，如此一来竟让他心灰意冷，无奈之下才打起了女儿的主意。提出这样的相亲标准，不外乎就是为了能借此亲眼见识一下这梦寐以求的鸡血石。今天总算如愿以偿，惊喜之余，叹道：‘可惜只有一块，若是能把另一块釜山状的也弄到手，那才叫功德圆满，果能如此，就是把两个女儿一发嫁过去，又有何不可？’

“祖师爷父亲喜出望外道：‘实不相瞒，釜山状鸡血石也被在下得到，在下以为，人岂可得陇望蜀贪得无厌？能承蒙阁下俯允一门亲事于愿足矣，怎敢复有他望？’农夫也欣喜欲狂道：‘快将另一块一并取来，验明了果真如书上所说，自当两门秦晋之好合成一处，绝不失言。’

“祖师爷父亲不敢怠慢，即刻归家，把另一块鸡血石取回。农夫出去将大门插上，又迫不及待把妻子和两个女儿一起叫来，然后就把两块鸡血石放在一起，并按古籍所载方法操作起来，情景就该跟适才出现的一幕一样，只不过他们放入釜口的是一件外衣，外衣也便有了变色的功能，他们又拿出几件衣服轮番试了试，结果屡试不爽。农夫心里甭提有多高兴了，随即拍板将婚事定了下来，妻子和两个女儿也无异议。

“祖师爷父亲见儿子婚事已成，而且一娶就是姊妹两个，等于给两件宝物各找到了一只保护伞，自此再也不用为宝物的安全提心吊胆，当下决定，两块鸡血石就分由两个未过门的儿媳妇保管。双方还商定待婚礼一结束，两家就搬到一起，从此成为一家，共同守护两块鸡血石。没有多久，两家拣了一个黄道吉日，为孩子们完了婚。

“两个女孩比祖师爷大了五岁有多，教起武功来更为游刃有余，农夫也不时加以点拨，祖师爷的武功进展很快。

这期间，农夫在东瀛的商人处购得四套带松紧的全封闭外衣，并通过两块鸡血石把它们照成了变色衣，这便是你们所持变色衣的由来。”

兄妹仨都听得入了神，霍玉婵赶忙道：“那后来呢？”

金无争舔了舔嘴唇，接着道：“后来农夫和他的两个女儿就穿上变色衣，从当时的六大门派手里盗得六本武功秘籍，拣与自己相近的武功练了起来，转而又传授给了祖师爷。两家人在一起过得非常融洽，又花重金从玉器商手中购置了两只玉匣，将鸡血石分别盛了进去，闲暇时举家便取出来赏玩一番，倒也其乐无穷。

“但美中不足的是，姊妹俩却未能给祖师爷生下一男半女。现在看起来，她们之所以不能生育，很可能与她们习练六大门派的武功有关。那时本门的内功心法还不完善，尤其在对阴气和阳气的相互化解上还有欠缺，看似她们选的都是与自家所练相近的武功，但各门派武功源头不同，似是而非的东西不在少数，稍不留意就会深受其害，也许这种害处没有走火入魔那样明显，而是要等到若干年后才能显现；也许这种危害只是存在于潜移默化之中，而受害者始终都无法自知，我想这姊妹俩就应属于后者，身体受损，却被蒙在鼓里。”

霍玉婵心有不忍道：“若是当时能有人给她们提个醒就好了。”金无争道：“别说当时没有这样的人，就是有也未必管用，女人身体方面本就脆弱，一经受损就更难康复。”

高至善听得正在兴头，被霍玉婵无端打断，有些不耐烦道：“就知道胡乱打岔，还让不让人听了？”霍玉婵瞪了他一眼道：“就你事多。”

金无争笑了笑，又道：“对于没有子嗣，祖师爷并无怨言，夫妻情分反倒越笃，三人于是把精力都投在修炼武功上。在双方父母都过世后，为了更专心修炼，三人索性举家搬到了山上。

“这时祖师爷功夫已有了突飞猛进的变化，且青出于蓝而胜于蓝，武功造诣上远远超过了姊妹俩，不单内外功俱佳，又在原来武功基础上，不断发扬光大，积极创新，一套新编七十二路刀法更是无人能敌，四十岁许便进入了武学大家的行列。声名不胫而走，引得江湖上不少高手前来挑战，祖师爷三招两式，挑战者无不铩羽而归。

“夫妻三人一商量，决定自立门派收授徒弟，因在白头山上，故起名为白头派。他们先后收了两名弟子，大弟子崔望岳为人忠厚本分，天赋虽属一般，但学习武功专心致志，扎扎实实，从不偷奸耍滑，俗话道‘勤能补拙’，是以本门功夫却也学得四平八稳；二弟子名叫朴春江，天分极高，学起武功进境奇快，偏又目空一切，争强好胜，这还不算，他对祖师爷的传家宝更是情有独钟，志在必得，本以为祖师爷会立他为掌门弟子，祖师爷夫妇百年之后，传家宝就会顺理成章落到他的手中。不想祖师爷却当众立了崔望岳为掌门弟子，他知道祖师爷的决定万难更改，就想求其次，将来与崔望岳各自保管一块鸡血石，把想法向祖师爷一提，祖师爷说他这是要与大师兄分庭抗礼，断然拒绝，还疾言厉色训斥了他一顿。他越想越不愤，遂于祖师爷宣布策立掌门弟子的第二天深夜，趁一位祖师娘去陪侍祖师爷之际，潜入到她的房间，将她保管的白头山状鸡血石和六大门派的武功秘籍，连同祖师爷刚写出来的本门内功心法一并盗去，从此便没有了音讯，不用说你们也能猜得出他逃到了釜山，成了那处山洞的主人。只是

他还不知道囫囵吞枣修炼各派武功的危害，再加上祖师爷的那本内功心法只是初稿，好多地方尚待改进不说，里面还缺少阴阳内功的修炼内容，凭此便想融会各派武功，不走火入魔才怪？虽然他临死尚能悔悟，但毕竟对他生前于事无补，只能抱憾终生。

“当时祖师爷得知朴春江携宝叛逃后十分震怒，与两个妻子一商量，觉得都是招了两个徒弟的错，在他们看来倘若当初招的就是一个弟子，哪会出这样的事？三人痛定思痛决定不再招收弟子，而且立下门规，自此以后每代都要单传。他们还根据朴春江只盗走一块白头山状鸡血石，尚缺一块釜山状鸡血石分析，判断他大概是去了釜山，因为只有那里才有可能找到釜山状鸡血石。想到这里，他立刻带上大弟子崔望岳，昼夜兼程赶往釜山，可搜遍了釜山的峰上峰下，愣是没有发现朴春江的一点踪迹，只好无功而返。

“从那以后，本门各代掌门人都没有放弃继续寻找，可是朴春江就犹如人间蒸发了似的，没有留下一点蛛丝马迹。我带两个徒弟云游到此，也正是为了探寻朴春江的下落，不知怎么，冥冥之中我总觉得他就终老在釜山。”

听到这里，高至善也忍不住道：“既然大哥的这位师叔祖都知道来釜山再找一块釜山状的鸡血石，那么大哥就在白头山上，为何不尝试着就地再找一块白头山状鸡血石呢？”霍玉婵抢着道：“你以为这东西是那么好找的？朴春江不是也没找到吗？再说你嫌我打岔，那你这又是干什么？”高至善自知理屈，被问得哑口无言。

金无争见状，忙替他解围道：“这点我们也不是没想到，这些年，除了坚持到外寻找朴师叔祖的下落，在家也没断了开山凿石，总想能再找到一块相同的鸡血石，弥补上几代人的缺憾。就像玉婵妹子说的那样，这东西的确不好碰，多少年过去了，别说白头山状鸡血石影踪不见，就是普通的鸡血石也没找到几块。”

这些情形都在高经纬的意料之中，但他更急于想知道的是金无争妻子和女儿的命运，看看能为她们做点什么，以告慰她们的在天之灵，并借此抚平金无争心头的创伤，因此发问道：“那四件变色衣又是如何失窃的？”

金无争长叹了一口气，道："由于一双鸡血石少了一个，便再也无法生成新的变色衣，原有的四件变色衣就成了珍稀之物，和釜山状鸡血石一起作为镇门之宝被一代代传了下来。传到我的手里，自然也是爱护有加，我便把它们藏在了卧室的夹壁墙里，这秘密只有绿袖和她娘知道。

"我虽破了祖师爷世代单传的规矩，先后收了四个徒弟，但朴春江师叔祖背叛师门的教训却不敢一日有忘，故镇门之宝的事深藏不露，弟子们并不知晓。谁知三年前图们江上来了一伙国籍不明的水匪，一个个人高马大，皮肤白皙，高鼻深目，仗着两艘快船和船上的火枪火炮，打劫来往商旅，对两岸百姓也极尽烧杀抢掠之能事，当地百姓和经商的人都叫苦不迭。消息传到山上，我焉能坐视不管？便决定带领三个徒弟下山剪除这伙恶贼。可是这些恶贼狡猾得很，行踪诡秘不说，还十分警觉，根本容不得外人靠近，我们几次发现他们的快船，想冲过去，但都被他们的枪弹挡了回来。这时我想到了变色衣，于是取出来和三个徒弟每人穿上一件，有了变色衣的掩护，我们很快就全歼了这伙水匪，图们江从此又恢复了往日的平静，但变色衣的秘密却再也保守不住了。

"又过了半年多，一天，我无意中将夹壁墙打开，竟发现四件变色衣已不翼而飞，唯有那块釜山状鸡血石还在，我顿时惊出一身冷汗，仔细检查了一遍夹壁墙的暗门，却见锁孔完好，四周也并无撬动的痕迹，琢磨再三，觉得还是内部人做的手脚，而嫌疑最大的就是我的女儿绿袖，因为藏钥匙的地点就是她选的，这件事只有我们父女俩知道。当时李道楷正闹着要下山去找银姬，因此我压根也没往他身上想，只是以为绿袖小孩心性，必是对变色衣好奇，拿出去玩了。我将她找来讯问此事，面对我的讯问她却一言不发，我跟她说，要试穿一下也未尝不可，拿一件足矣，何必四件一起拿走，要是落到坏人手中，那还了得？我让她马上把变色衣归还回来，她仍旧不吭一声，我见她这样，不由动了气，告诉她必须于第二日早饭前，将四件变色衣放归原处，不然的话便对她不客气。哪料到翌日清晨，下人却发现她已缢死在自己房中，竟连只言片语也未留下。她娘见状痛彻肺腑，当场就昏

厥过去，自此便一病不起，我为她请遍了山下的郎中，用尽了最名贵的药材，也未能挽留住她的生命，只三个月的时间便撒手人寰，离我而去。

“随着女儿的死，四件变色衣的下落就成了一个谜。那时，我沉浸在巨大的悲痛之中，哪还有心思管它变色衣不变色衣。没有多久，李道楷便叛逃下山，对我又是一个不小的打击。新余怕我憋出病来，就提出让我带他们出来见见世面。我一想，正好乘机来釜山寻朴师叔祖的下落，倘若能找回这块失踪的鸡血石，不仅各代师尊的心愿可了，就连失落的变色衣也不在了话下，因此我就将本门托付给了新余和守义的家属，只是不放心这块鸡血石，便放进包裹带在身上，到了釜山定居下来后，就藏进了这个石凳里。直到今天，变色衣失踪之谜才得以揭晓，四件变色衣却原来是到了李道楷手里。”

霍玉婵道：“定是这个恶魔利用绿袖的痴情盗去了变色衣，绿袖又不忍出卖他，再加上李道楷一心恋着银姬，致使她心灰意冷，感情无所寄托，这才选择了自杀。”

金无争哽咽着道：“绿袖，好糊涂的孩子，像李道楷这样的坏蛋，值得你如此待他吗？都怪我眼瞎，收了这样一个混账徒弟，到头来不仅害了自己的女儿，也葬送了孩子她娘，我真是引狼入室，自食其果呀。”

高经纬眼中蕴泪，劝慰他道：“大哥，想开点，李道楷欠下的这一笔笔血债，早晚有跟他清算的一天。”说罢又将七大门派的武功秘籍放到石桌上道：“这玉匣、变色衣和武功秘籍都是大哥本门的东西，就请大哥收好，时辰不早，我们也该回去了。”

金无争一把拉住高经纬道：“本来我就有意把这块釜山状鸡血石送给你们，只是还没找到机会跟你们说，这下好了，东西都全了，正好一发请你们收下。”高经纬连忙摇手道：“这些都是大哥本门的至宝，小弟一旦收下，岂不陷大哥于不义？此事绝难从命。”霍玉婵和高至善也都道：“是啊，大哥，这事万万使不得。”

金无争急得面红耳赤道：“你们先不要拒绝我，听我把话说完好不好？”兄妹仨只好静下来听他的下文。

金无争道：“你们也看到了，上至祖师爷，下至我这一代，只要多收弟子就非出乱子不可，起因又都与宝物有关。所以我也看透了，要想让本门少生是非，身边就不能留这些宝物，再说，这些宝物除了招灾惹祸，对本门武功的进展也没什么帮助。而这些宝物给了你们，则情况就大不一样，你们可以使它们抵御贼寇，为天下苍生造福，可谓物尽其用，何况你们也没有这些不必要的纷争，所以无论从哪方面讲，你们都必须收下。”

高经纬道：“徒弟良莠不齐在所难免，大哥不能一概而论，因噎废食。话又说回来，新余和守义本质都不错，宝物传给他们不会有问题，还望大哥收回成命。”

金无争道：“也许他们没问题，但他们的徒弟，抑或他们徒弟的徒弟，乃至再往后，谁敢保证不会有朴春江和李道楷那样的人呢？除非还恢复每代单传的门规，可这样又将置守义于何地呢？你们总不至于让我把他逐出师门吧？因此即使替我想，这些东西你们也要非收不可，难道还得让我下跪求你们不成？”说完两膝一曲，真的就要给兄妹仨跪下，吓得兄妹仨赶紧将他拦住。

高经纬想了想道：“大哥定要这么做，也得征求一下新余和守义的意见，不然他们知道了，万一不赞成，不是影响你们之间的关系吗？”

金无争笑道：“这点你们不必顾虑，所幸鸡血石的事他们一无所知，为了杜绝后患，还是不跟他们讲的好，若是他们没有我看得这般开，那不是徒增烦恼吗？人心难测，面对稀世珍宝的诱惑，谁又保得住不起贪念呢？这件事你们都听我的，准没错。”说着便逼兄妹仨将石桌上的东西收起，自己则将那块变色手帕用火折点着销毁。

高经纬和高至善一人装起一只玉匣，高经纬指着变色衣和各大门派的武功秘籍道：“这几本册子又不是什么宝物，还是由大哥收下的好，这件变色衣也留在大哥处，我们有了两块鸡血石，想要变色衣，还不是手到擒来。”

金无争道：“武功秘籍我可以留下，估计对你们用处也不大，变色衣你们还是带着，说不定在接下来的战斗中还会用上，因为它毕竟是一件特制的变色衣，比随意照出来的变色衣要更适用些。”

高经纬道："也好，等将来消灭了魏进财和李道楷，我一定让四件变色衣完璧归赵，交还给大哥。"

金无争不置可否，纵身一跃上了房梁，探手从上面取下一个皮匣来，拂去灰尘打开匣盖，里面工工整整地放着一本写有内功心法的小册子。金无争将册子取出，递给高经纬，道："这是本门的内功心法，里面凝聚着本派祖师爷一生的心血，其中就有关于阴阳内功的修炼秘诀，这还是他年届六十岁，掌握了全周天运行后悟出的产物。因为按本派修习内功的进程，最早也要到花甲之年方能打通全身经脉，尔后又经各代师尊晚年不懈地完善，至今已颇为成熟，跟朴师叔祖当年盗走的无法相提并论。贤弟可拿去先过过目，有不清楚的地方，咱们再一起探讨。"

高经纬道："日后少不了要向大哥求教，只是此书我一拿走，大哥门上岂不就一本也无？"金无争笑道："我已将此书背熟，空闲时再默写一份就是。"随手便把各门派的武功秘籍装入匣内，然后又将皮匣送到房梁上藏好。

兄妹仨趁此也把破碎的石凳清理出大厅，瞅着石凳原来的位置，高经纬道："这里平白少了一个石凳，众人要起疑可怎么办？"金无争道："对此我早有准备，你们在此稍等片刻，待我去去就来。"一会儿工夫，他由外面又搬来一个一模一样的石凳放在了原处。高至善道："还是不妥，别的石凳都是固定的，唯独它可以活动，照样会被人瞧出破绽。"金无争含笑道："这有啥？等我回来后抽空用糯米汁往上一抹，保管让它结结实实。"

高经纬道："待战事平定了，我们还要带大哥去山洞瞧瞧。"金无争道："是啊，我也正想到那里瞻仰一番，就便迎回朴师叔祖的遗骸，也好择地安葬。"

见这里事已了，一行四人随即乘马飞向西城门，这时天已微微放亮。兄妹仨和金无争回到船上，刚好赶上炮长在给最后一拨船上的守城人员讲述火炮的构造和使用方法，四人便也跟着听了听。结束后，一部分人忙着熟悉火炮的性能，一部分人去了厨房准备早餐。

依高经纬的意思，就想带着霍玉婵和高至善即刻去海上，将缴获的船只移往码头，金无争一定让他们吃过早餐再走，兄妹仨只好留下。

高经纬趁机取出潘郡守给的两张羊皮地图，四人围着地图研究起对敌进攻方案来。从地图上标注的情况看，釜山正南和以西的倭寇，大多盘踞在沿海的数十个岛屿上，其中龙虎二岛和祥云岛的规模最大，倭寇的人数也最多，以东的倭寇则以陆地为主，大小据点也不下十几个，三面加起来，对整个朝鲜已形成了合围之势。高至善主张先拿陆地上的倭寇据点开刀，理由是那里的敌人近在肘腋，对朝鲜腹地的威胁更大，更直接；高经纬却以为龙虎二岛横亘在朝鲜和东瀛国之间，无异于是倭寇的海上中转站，必须予以翦除，这样就截断了倭寇的后援和海上补给线，接下来便可关起门来打狗。金无争和霍玉婵都认为高经纬的提法更有道理，因此决定进攻方向就由龙虎二岛入手。

四人随众人吃过早餐，兄妹仨告别金无争，城上城下巡视了一遭。就见各处的寒气都已散去，潘郡守已发动起全城百姓，有的跟郡守府的人到倭寇各货栈和武馆内清理物品，有的抬着石块去城墙上修补炸出来的豁口，也有的带着锹镐去掩埋倭寇的尸体。城上的人除留下一小部分人守在火炮旁，监视城外敌人的动向，其余人也都来到城下，打开城门，加入到百姓的人流中。整座城池到处都是忙碌的人群，兄妹仨见状都满意地点了点头。

三人随即来到南城门，恰好看见李东哲领着一帮人已来到码头边，正要登上原来就有的两艘小船，看意思是想去海上接回缴获的倭寇船只，高经纬出声拦下了他们，并让他们就在码头上等着。不多时，兄妹仨便将一艘艘大船搬到岸边，用了两个时辰，三人才将百余艘大船搬完。这时潘郡守也带着大队人马赶来增援，船上的物资就像流水似的运向城里。

兄妹仨见这边的事已基本就绪，便想找潘郡守和李东哲交代一声，然后前往龙虎二岛实施下一步作战方案，刚巧潘郡守的手下也来找兄妹仨。原来潘郡守怕兄妹仨顾不上吃饭，特地让厨房做了一桌精致饭菜用食盒挑来，又选了一艘较为干净的大船在里专候，待三人一到，立马将饭菜摆上，不由分说便请三人进餐，直至亲眼看见三人吃过这才作罢。高经纬随后也将出征的事通盘相告，还叮嘱他在此期间务必加强戒备，严防敌人偷袭。潘郡守

连连称是，并表示李东哲那边由他把话带到，说完领着从人收拾起食盒，作别而去。

兄妹仨只有高至善还有一次末日之光可用，高经纬和霍玉婵的都已使尽，想到接下来的战斗没准用得上，当即取出宝石，给各自的飞马均喂足一百颗，而后扳鞍上马，戴上夜视眼，亮出乌云煤精，朝着正南方疾飞而下。

一百三十八　飞行车别开生面　龙虎岛独具匠心

时辰眼看就要进入正午，天空却灰蒙蒙的，太阳隐没在迷茫的云雾之中，只有微弱的光线透过云层，照在无边无际的大海上。海面风声阵阵，波高浪涌，不时有黑色的海燕和白色的海鸥聒噪着在低空盘旋。

兄妹仨贴着云层向前挺进，宛如一朵乌云从天空飘过，不多时，便有两座首尾相接的海岛闯入三人的视野，须臾间他们已来到海岛的上空。

高经纬取出羊皮地图一比对，下面的海岛形状乃至上面的山川平地，都与地图标注的龙虎岛分毫不差，北边偏大的是龙岛，南边稍小的是虎岛，虎踞龙盘倒颇有一番气势。

但让兄妹仨大惑不解的是两座岛上除了龙岛朝南、虎岛朝北，各有一个庞大的码头和两个规模宏大的造船、修船的场所，竟看不到一座城堡、一座营寨，全部房屋仅局限在码头左近，数量有限，一看便知是为造船、修船所用。

高经纬心里画着问号道："这两处码头虽然都背靠大山，但山势陡峭，上面却不适于搭建营寨，可这并不影响在山下修建城堡啊？难不成这处海岛只是作为船只的中转站，船上的人并不上岛？可这地图上明明写着"大本营"三个字，尽管没有注明倭寇人数，可倭寇的大本营设在这里却不会有错。从码头上现今冷冷清清的，一艘船只也未剩下判断，昨天傍晚被歼灭的敌船显然就来自这里，有没有可能大本营指的就是这里的敌船？"想到这脱口道："对，就是这个道理。"

他冷不丁一开口，倒把霍玉婵和高至善吓了一跳，高至善定了定神道：“什么道理？说出来听听。”高经纬把想法对霍玉婵和高至善一说，高至善认为极有可能，霍玉婵却不以为然道：“假如真是这样，那么这地方就应该是倭寇的水寨，水寨就应该有水寨的样子，总不能一点屏障都不设，万一敌船需要离开海岛，就像昨天晚上那样，这些造船、修船的场所又何以自保？倭寇总不会蠢到连这点起码的常识都考虑不到吧？”

高经纬也觉得霍玉婵说的不无道理，因此打算飞下去瞧瞧，他把目光首先对准了码头上那些房屋，心想：“别看地面见不到营寨，也许这营寨都藏在地下，就像釜山城白衣人、红衣人的卧室，而出入口就在这些房子里，说不得就应从房子着手查起。”他把手朝北边的龙岛一挥，三人便向那里的码头徐徐降下。

就在这个时候，码头身后的山上突然升起十几个轿子般大小的东西，直朝兄妹仨飞来，还伴有一阵嗡嗡的响声，听起来就跟苍蝇振翅的声音相仿。兄妹仨赶紧停下，拣飞在前边的一个认真一打量，就见这东西最下面是个圆盘，圆盘上并排有两个座位，座位之间垂直立着一根竖杆，竖杆的顶端固定着一片比圆盘直径还要长得多的螺旋形桨叶，竖杆和桨叶飞快地旋转着，嗡嗡的响声就是由桨叶所发，有两个头戴蓝帽、身穿蓝色紧身衣的人坐在座位上，正用力地踏着下面的脚蹬，这脚蹬与“大将军”肚里的踏板倒有几分相像，只不过一个是给发条上劲，一个是用来带动竖杆和桨叶。

由不得兄妹仨看得更仔细，这东西已飞至近前。高经纬向上一努嘴，三人随即腾空而起。

霎时间，这些会飞的东西都聚集在了兄妹仨原来的停留处，坐在上面的人瞅着兄妹仨现在的位置一阵吱哇乱叫，跟着便发声喊，拚命地踏起脚蹬来，一个个只把脸憋得通红，看样子是使出了全身力气。经过这番努力，这会飞的东西又普遍升高了两丈多，个别的还达到了三丈，就再也无法往上升了，此时这东西距地面已足有三十余丈高，尽管这已是它的极限高度，但比那些穿飞行服的鸟人所能到达的高度还是高了不少。

兄妹仨都饶有兴致地看着下面，高经纬还琢磨该给这东西起个什么名字，心道："这东西外观像轿车，又是脚踏的，还会飞，干脆就叫'脚踏飞行车'好了。"这一走神，就听霍玉婵低声道："不好，这帮家伙有火绳枪，咱们赶紧离开这儿。"高经纬一惊，定睛一瞧，果然就见有几个飞行物上，有人已从座椅下取出火绳枪，正用打火石在点火绳，瞅架势是要向兄妹仨开枪。三人不敢怠慢，倏地跃向高空，随之就听下面传来一阵枪声。

高至善道："咱们虽然有乌云煤精作掩护，到底还是瞒不过他们。"高经纬摇了摇头道："敌人哪有那么大的本事发现咱们？他们只是对咱们有些起疑，你们想，好端端的空中突然飘来一朵黑云，而且来了后就在空中停下，一动不动，搁谁不感到奇怪？恰好这黑云又从高空落下，他们就想过来瞧个明白，不料没等靠近，这黑云又升了上去，如此一来，他们疑心更重，凭直觉也知道这黑云欲对他们不利，因此才决定开枪射击，倒不是他们看见了咱们。倘若他们真的知晓咱们藏在里面，早在咱们往下落的时候，他们就会开枪，何必要等到咱们升上去呢？"

霍玉婵道："这倭寇鬼点子也真多，一会儿是鸟人，一会儿又是这些能飞的家伙。对了，我看大哥还是给它起个名字吧，叫起来也顺溜些。"高经纬笑道："名字我已想了一个，叫'脚踏飞行车'，你们看怎么样？"不等霍玉婵回答，高至善已抢着道："我看行，既形象又生动，就叫脚踏飞行车好了。"霍玉婵点头道："我也没意见，只是觉得这脚踏飞行车与咱们的'大将军'倒有些异曲同工之妙，所差的就是一个在天上，一个在地下。"

高经纬道："可惜这东西是倭寇发明的，假如是出自于咱们自己人之手，我这里还有一个更好的名字。"高至善见高经纬并不急于将名字说出，忍不住道："还有什么名字比脚踏飞行车更好？大哥倒是快说呀。"

高经纬道："汉武帝时，有个抗匈奴名将叫李广，会作战，善骑射，匈奴人都畏惧他，故送他外号'飞将军'，你们认为'飞将军'这个名字如何？"霍玉婵道："一个'飞将军'，一个'大将军'，一个空中飞，一个地下跑，这个名字真的不错哎。我看不如这样，此刻在倭寇的手里，咱们就叫它脚踏飞行车，等咱们缴获过来，为咱们所用，就叫它'飞将军'，东西本身又没有善

恶，关键要看掌握在谁手里。”高经纬赞许道：“这话说得透彻，东西本身的确没错，就像咱们骑的飞马，身上的赛鱼鳃、琥珀王、乌云煤精……哪样不是出自于敌人之手，如今不都成了咱们心爱的宝贝，起名的事就按玉婵说的办。”

说话间，下面的那些脚踏飞行车又都降回到了原来的高度，高至善见了道：“现在才是倭寇飞行的正常高度，像刚才那种情况，虽然他们又勉强提升了两三丈，但不能持久，时间一长，还得降下去。”霍玉婵道：“就是维持正常高度他们也不轻松，这从他们两腿紧蹬，一脸肃穆当可看出。”

高至善道：“你们注意到没有？坐在左边的家伙始终握着身前的两个手柄，开枪的事都由右边的一个家伙负责。”高经纬道：“我猜那两个手柄一定是用来控制脚踏飞行车方向和起落的开关，不然不会不离手。”

霍玉婵道：“咱们现在怎么办？总不能这样干耗着。”高至善道：“我看右边的人都放下了手里的枪，咱们正可趁机冲下去，将他们消灭了事。”

高经纬道：“着什么急？我倒要看看他们能支撑多久？等到他们筋疲力尽坚持不下去的时候，必然要返回巢穴，咱们便跟踪过去探明究竟，再作定夺。”

话未说完，就听高至善轻呼道：“这些家伙果然没劲了。”高经纬往下一瞧，就见有半数的脚踏飞行车都开始直线下降，看意思是要落到码头上去。

高经纬道：“不能让他们就这样落下去，咱们给他来个俯冲，逗弄逗弄他们，不动真格的，把他们吓回老巢就行。”他对霍玉婵和高至善如此这般吩咐了一番，三人当即冲着下面就是一个疾掠，不等敌人反应过来，又绕着敌人水平兜了个圈子，而后再陡然拔起，回到码头前的海上，双手对着海面就是一通雷音掌，一道道承天巨浪挟着滚滚的雷鸣，直朝码头上打来，那声势震人耳鼓，摄人心魄，端的令闻者惊魂，见者丧胆。

那些脚踏飞行车上的倭寇初时不明所以，现在由眼前作祟的黑云，联想到夜里釜山方向那刺目的闪光，还以为是自己这一方的倒行逆施惹恼了上天，特遣这些乌云雷电来惩戒自己，想到这些，哪里还敢再与黑云为敌，呼哨一声，尽都使出了吃奶的力气，只把这些脚踏飞行车蹬得呼呼风响，齐朝山上逃窜过去。

兄妹仨见倭寇中计，心中好笑，当下尾随在后。倭寇一见黑云紧追不舍，越发害怕，脚下蹬得也越加起劲，俄顷间已逃至山上。

就见他们来到后山一个峭壁处，峭壁的顶端有个半间屋子大的平台，一个脚踏飞行车降落在平台南侧的一个高岗上，一个倭寇离开座椅走到高岗上的一丛灌木旁，把手伸到灌木里一鼓捣，就听嘭的一声，平台从中裂开，分成两块石板，各自以两边山体为轴落了下去，倭寇们驾着脚踏飞行车纷纷鱼贯而入。

兄妹仨觑得真切，只见里面是个三丈多深口小底大的山洞，洞里像这种脚踏飞行车似乎还有许多。

启动机关的倭寇见同伙都已进完，就驾起脚踏飞行车离开高岗，最后瞥了一眼空中的黑云，便也驶入洞中，随之又是嘭的一声，两块石板弹起，重又恢复了原来平台的模样。

三人自忖，若不是目睹了刚才的一幕，很难查出这里就是洞口，更不用说藏在灌木丛里的开关。

高经纬盯着陡峭的岩壁和看似天衣无缝的平台道：“还是玉婵说得对，这么大的码头，倭寇岂有不设防的道理？只是想不到敌人会将老巢搬到山洞里，难怪这里的码头会依山而建，却原来是把山体当作了屏障。虽然目前还不知道山体内部的状况，但既然作为老巢，规模就小不了，守岛倭寇除外，最起码也要容得下所有船上的人，这样算起来，也许里面藏得下千军万马。而这处洞口开在峭壁之上，唯有乘脚踏飞行车出入，别无他途，脚踏飞行车我们也领教过了，除了上面的两个人，再要驮载其他东西谈何容易，如果单靠脚踏飞行车，不要说物资给养无法运送，就是这么多人出入也成问题，因此我敢断言，山上绝非这一处洞口。”

他转眼扫过山下，又道：“从人员进出和物资搬运的角度考虑，换了是我，就把洞口设在码头上的房子里，这样既方便又隐蔽，倭寇行事本就狡猾，不会想不到这些，所以咱们不妨到那些房子里查查看。”

霍玉婵道：“大白天就这样下去，难免不引起敌人的警觉，尤

其敌人对咱们的黑雾已有戒备，万一他们再用火绳枪对付咱们，那可是防不胜防。”

高经纬咬着下唇思索了片刻，道：“那你们就在外面等着，由我一个人穿上变色衣，先进去打探一番。”霍玉婵皱着眉头道：“下面的洞口不像这里，为了防范外人闯入，少不了会有陷阱机关，你可要多加小心。”

高经纬笑道：“你放心，我一定会认真对待，谨慎从事。”说着便解去外罩换上变色衣。三人当下就来到了码头上，停在距地面十余丈的空中。高经纬把外罩往马鞍下一塞，正要踊身跳下，远处海上忽然传来一阵呜呜的号角声。三人抬头一看，就见几里外的海面上正有数十艘大船在向这边驶来。

高经纬止住身形说了声“打探的事暂缓，咱们还是迎过去瞧瞧”，三人随即纵马驰去。不料刚一离开，就听背后骤然响起一阵炮声，跟着就有数发炮弹从他们的脚下呼啸而过，一齐打在了前边的海里，激起了一个个高耸的水柱。

三人心下明白，只要迟行半步，自己非成了炮弹的靶子不可，一边暗呼好险，一边回过头去。这一看不打紧，就见山上朝向码头一面的峭壁上，有十处地方都腾起了一股白色的硝烟，透过硝烟后面露出一个个窗口，窗口里面无一例外都有一个黑洞洞的炮筒。

高经纬懊恼道：“我真是糊涂透顶，也不想想，敌人既然把老巢安在了山体里，岂能没有防御手段？首当其先就应该想到这些火炮……”

霍玉婵一见他又上来了自责的劲，生怕他没完没了，赶紧用话岔开道：“千钧一发之际，鬼使神差来了这么多大船，又幸亏咱们选择了迎上前去，虽然虚惊一场，但也未尝不是好事，敌人的炮击毕竟给咱们提了个醒，说明这下面屋子里的机关暗器一定少不了。我看探查房子的事不如就此打住，咱们干吗要把自己放在风口浪尖上？为了规避风险，还是另想办法的好。”

高至善瞅着山顶道：“脚踏飞行车出没的洞口倒是一个绝佳的去处，敌人一定以为那里无人上得去，而疏于防范，咱们干脆就由那里进入，先用冰精开道，接下来再各个击破，何愁倭寇不灭？”霍玉婵道：“进去后再发挥变色衣的优势，可说稳操胜券，只是下面这些敌船怎么处置？要不要先消灭了它们再说？”

高经纬半天不吭声，这时有了主意，笑道：“咱们只管照至善的办法去做，先把山体里的倭寇解决掉。至于海上的敌人，此时正为刚才的炮击犯嘀咕，他们不知道炮弹是射向咱们，阴错阳差还以为是岛上在朝他们开火，从他们现在的止步不前便可证明这一点，因此在没有弄清情况之前，他们是不敢轻易靠近码头的，更不用说登岸了，这样就给咱们提供了有利时机，正可放手攻击洞中之敌。说到这，我又有了一个想法，咱们何不给他来个将计就计？先攻下朝向码头一面的山体，将窗口里的火炮夺过来，趁机再冲海上之敌开上几炮，坐实了两下的敌对关系，如此一来，不要说海上之敌不敢登岛，就是山洞里的倭寇跑出去呼救也无人相信，没准还会遭到船上的射击，让敌人自相火并，咱们正好坐山观虎斗。”高至善跃跃欲试道：“咱们这就兵发山顶也。”

为了不让岛上的人发现行踪，兄妹仨先是高高跃起，而后一个起落已来到了峭壁的上空。高经纬将乌云煤精往马鞍下一塞，一个鱼跃跳到高岗上，瞅准位置往地上一趴，立马将手伸进灌木丛。由于他穿着变色衣，很快便与地面融成了一体。这当口霍玉婵也飞到石板的中间，做好了投掷冰精的准备。

高经纬在灌木丛里一阵摸索，摸到一个拳头大的蘑菇状的石头，再一摸，上面好像还有一个竖直的浅浅的刻痕，凭感觉似乎是一把短剑的造型。心里一动，猛然想起了白衣人和红衣人武馆墙上的短剑，分开灌木一瞧，就见紧贴地面有块半圆形的石头，上面果然刻着一柄小小的短剑图案，看样子，与凤凰山银姬藏身洞口外的蜗牛开关倒有几分相似。高经纬想也没想，攥住石头轻轻一拔，居然没有拔动，顺势一摁，不见反应，接着又往右旋去，还是没有旋动，改向左旋，依然没有效果，这时他的心里不禁有些发慌，暗暗祷告道：“佛祖保佑，可千万别让倭寇在洞里将开关锁死。”抱着一线希望，他又把石头朝着剑尖的方向一推，这时就听嘭的一声，石板打开，露出洞口。

高经纬紧绷的心弦一松，就听嗖的一声，霍玉婵已将冰精投下。三人随即躲过一旁，满拟这一刹那会有子弹射出来，谁知等了半天，下面竟一点动静没有。高经纬探出头去，就见冰精刚好

落在洞的中心，目力所及，看到的都是一辆辆停在地面的脚踏飞行车，却连一个人影也不见。他又摘下夜视眼，只见洞内已是雾霾重重，寒气逼人，于是又把夜视眼戴上，随后站起身来，朝着洞中便跳。

霍玉婵和高至善但见人影一闪，知道高经纬已进到洞内，遂也把乌云煤精往马鞍下一塞，飞身纵向洞里。来到下面，三人方知他们已置身在一个庞大的洞窟之中，这洞窟虽然比起拨云堡颇有不如，但里面却停着上百辆脚踏飞行车，规模蔚为壮观，奇怪的是竟不见一个人影。

霍玉婵道："咦，这人都到哪去了？"高至善道："是啊，就算他们溜得快，急切之间也不会逃得这般干净，何况洞内也不见其他的出口。"高经纬晃动着身形，低声道："这洞窟之内一定暗藏通道，咱们只在洞壁上用心查找，一准查得到。"

霍玉婵走过去拾起冰精，放回囊中。三人于是分散开来，各自沿周遭洞壁开始搜寻。一会儿工夫，就听霍玉婵道："这边墙上有块石头，上面也刻着一把短剑。"

高经纬过来一看，就见离地半尺高的壁上果然有块蘑菇状的石头，与洞外灌木丛里的一般无二，剑尖所指方向刚好朝上，心里认定必是洞顶开关，因为此时石板是处于打开状态，要想关合就须逆向操作，所以他攥住石头往下一拉，就听嘭的一声石板向上弹起，封住洞口，诚如他心中所想。

这时高至善在一旁不解道："大哥怎知这石头便是洞顶开关？而且不假思索就朝下拉？"高经纬便将灌木丛里的情况讲述了一遍，随后道："我见两块石头一模一样，是以断定它们同为洞顶开关，既然洞顶已经打开，表明石头已沿剑尖所指，移到了上面，再要关闭，唯有向下拉动。"

霍玉婵道："洞顶开关是找到了，可这下面的出口还无着落，咱们得快点查找才行。"三人便又分开继续寻觅，整个四周搜索了一遭，愣是丝毫发现皆无。

高至善道："现在就差洞顶和地面没有搜了，洞顶出去就是外面，毫无搜索价值，因此只能在地面上下功夫了，可这么多脚踏飞行车，搬动起来着实不容易。"

高经纬摇了摇头道："我总觉得这出口就该在四壁上，咱们之所以找不到，是搜索不得法。"

霍玉婵插话道："往常咱们搜索都是边查看，边敲敲打打，外观看不出来的，通过聆听声音虚实，每每也能取得收效，这次生怕惊动了敌人，只是以查看为主，一旦发现不了图案、物件和可疑的地方，便束手无策，依我看，咱们还是从头敲打它一遍，我就不信找不到一点线索。"

高至善最是性急，不等高经纬发话，拔出如意剑便要用剑柄朝壁上敲去。高经纬一把将他拦下道："慢着，且容我再想想，不到情非得已，咱们还是不出声的好。"高至善不耐烦道："洞顶石板都已两次启动，发出的声音倭寇怎能听不到？咱们再这样小心，不是掩耳盗铃，自欺欺人吗？"

高经纬笑道："我已比较过了，其实嘭嘭的声音并不算太大，只有在洞内和洞上的人才听得真切，稍远一点的人是听不清的。敌人刻下还不知道咱们的存在，所以咱们应该把握住这一有利时机，轻易不要暴露自己，再有我现在穿着变色衣，为了不影响你们看到我，索性你们都把琥珀王亮出来，反正乌云煤精此时又都不在身边。"

变色衣一吐口，一个色字让他大受启发，他猛然想起夜视眼是看不到颜色的，如果倭寇恰巧在出口处是用颜色做的标记，那么岂不就发现不了？他把想法一说，霍玉婵和高至善都觉有理。三人齐将夜视眼摘下，眼前登时一片漆黑，伸手不见五指，这才想起石板已关，而洞内又没点灯烛。三人赶紧掏出发光宝石，四下一照，照见南端的洞壁上有一处发红的地方，细细一瞧，却原来是一扇朱红门框。心里一喜，便兴冲冲来到门框前，沿门框左近一打量竟看不出一点缝隙。高经纬只好使手在门框里试着一推，不料这洞壁却无声无息地被推了出去，原来门框里果然是一扇暗门。

三人忙不迭闪到一旁，又匆匆收起宝石。这时就听外面一阵吵嚷，似乎都是孩子的声音，跟着便传来几声女人尖厉的呵斥，随后又响起砰砰的关门声，接下来就变得万籁俱寂。三人都将夜视眼戴上，霍玉婵和高至善又亮出了宝剑和琥珀王。

高经纬小声道:“听起来里面可能都是女人和孩子，为了避免伤及无辜，咱们最好不用宝剑。”霍玉婵和高至善听了，立马将宝剑插回剑鞘。

高经纬背靠门框慢慢探出身去，就见外面对着石门是条笔直的走廊，走廊上空无一人，只在门后停着一辆脚踏飞行车。他朝后一摆手，示意霍玉婵和高至善都待在门里，自己一个人先出去看看，便贴着走廊的一边侧身向前移去。移着移着就觉身后一虚，一扇石门被他顶开，门里立刻有光线透出，随之就是一阵惊呼之声。高经纬脚步一撤，顺势往门上一靠，张眼往门内瞧去，就见里面是一间大厅，厅里灯烛辉煌，此时正有二十多个十岁左右的男童，身穿白色紧身衣，各自坐在一把椅子上，正用成人般粗壮的双腿奋力地踏着身下的脚蹬，不管椅子还是脚蹬都与脚踏飞行车上的非常酷似。在他们的前面还坐着一个三十多岁的女子，一套黑衣紧紧箍在身上，也和男童们一样做着相同的动作。此时就见她对着男童们吼了一嗓子，男童们即刻鸦雀无声，又狠命地踏起脚蹬来。大概是突然涌进的寒气的缘故，这些人身上都在微微战栗，黑衣女人迅即站起身，扭动着颤抖的腰肢，朝门口走来，看意思是想要关门。

高经纬待她走至近前，突然出手点向她肋间软麻穴。这女人也甚是了得，发觉一缕指风向自己袭来，当即暴喝一声，右脚在地上一点，一招鹰击长空，全身倒纵回去，不等落地，指着门口就是叽里咕噜一阵怪叫。高经纬这边就见一双健壮的黑腿在眼前一晃，黑衣女人已回到了原处。黑衣女子的怪叫声就像是一道命令，男童们都从座位下抽出一把短枪来，又掏出打火石，动作麻利地去点枪上的火绳。

高经纬一见形势不妙，正想转身退出门去，间不容发之际，忽然有件东西带着寒气从他头顶一跃而过，落进厅里。厅里霎时冷光闪烁，寒流如潮，那些白衣男童和那个黑衣女人顿时被冻得僵立不动。他回头一看，但见霍玉婵和高至善一左一右站在门口，关键时刻却是霍玉婵将冰精投进了厅中。

原来，霍玉婵和高至善毕竟对高经纬一个人行动有些放心不下，是以一直悄悄地跟在后面，待听到黑衣女子一声暴喝，赶忙上前窥视，一见室内情况不妙，这才及时将冰精投入。

三人正要进到厅里，对面壁上突然有扇门打了开来，兄妹仨再想躲避已是不及。一个黑衣女子看见他们，惊呼一声，回转身去，砰的一声将门关上。

高经纬一见形迹已露，立马抽出宝剑纵向对面，霍玉婵和高至善也拔出宝剑紧随其后。高经纬一脚踹开石门，一挺宝剑，便冲了进去。兄妹仨到的正是时候，就见这边门里也是一间大厅，也有二十多个白衣男童和一个黑衣女子，情形就跟刚才的一间一般无二，女子和男童们尚来不及开枪就被冻僵。霍玉婵唯恐冻得不彻底，又连忙从对面厅里取来冰精，直到女子和男童们身上都结出冰来方才放心。

三人回到走廊带上厅门，就见厅门和石壁接触得十分严密，看起来简直浑若天成。高经纬暗道："这走廊外人本就无法涉足，厅门干吗要建造得如此隐秘？我们既然都看它不出，这女子和男童们又是如何识别的呢？总不能每次进出都靠试着去推吧？"陡然，他想起洞窟内的石门也是这般难以寻觅，自问道："莫非这里也有用颜色做的标记？"想到这，他旋即摘下夜视眼，取出一枚发光宝石，这才发现，围绕石门果然也有一个朱红门框，再看对面壁上情形与这里相同。霍玉婵和高至善这时也取下了夜视眼，情况尽知。

三人又把目光投向前方走廊，很快就在不远处的两侧壁上，又瞧见两个朱红门框。高经纬见走廊里并无异状，对二人耳语了几句，三人便先来到左侧的门框前站定。高经纬伸手在门框里一推，石门打开，霍玉婵跟着就将冰精投入，三人在门旁略等片刻，便一齐仗剑而入。里面的情景就与前两个门里如同一辙，三人又对另一个门框如法炮制，结果四个门里一模一样。算起来，已有四个女子和百余个男童死于非命。

三人继续前行，一路上，就见走廊两侧，每间隔不远便分布着两扇木制拉门，打开一看，却是一间间寝室，里面都是清一色的硬木地板，地板的里侧并排摆着十套叠得整整齐齐的被褥，每套被褥上方的墙上都钉着两个挂钩，一个上挂着一套小孩衣裤，一个上挂着一柄小型倭刀，拉门两旁则放着两个红漆马桶和十只

红漆矮柜，里面虽然没有一个人，但一看便知，是那些男童的居住之所。这样的寝室共有十间，刚好与男童的人数相吻合。此外把头还有两间，虽然大小与前面的十间相当，也是地板铺地，但每间里却有两套铺盖，铺盖旁还有两个梳妆台，上边各有一面擦拭得光可鉴人的铜镜，拉门两旁除了两个红漆马桶，还有两只红漆大衣橱，不用说是那四个黑衣女子的卧房。

三人匆匆看过这些房间，又前行了两丈多，走廊两侧再无发现，便已来到了它的尽头，这时就见迎面又是一个红色门框，里面还隐隐听得见有众人的喧哗声。三人戴上夜视眼往两旁一躲，霍玉婵已将冰精高高扬起，高经纬伸手一推，随着石门朝里开去，众人的吵嚷声陡然大增，霍玉婵果断出手将冰精抛进，缓得一缓，里面便再无一丝声响，于是三人仗剑而进。

抬眼一瞧，就见他们已置身在一间长方形的大厅里，厅长十多丈，宽也有两丈许，东西两侧各连着一个狭长的通道，朝南的石壁前，一字排开并列着十门火炮，炮口全都伸向了石壁上的窗口，不用说，刚才的炮弹就是从这里发射出去的。每门火炮旁都站立着四个黑衣人，其中一个手里还举着点火棒，看样子都是炮手，窗口前则熙熙攘攘挤着百十余个头戴蓝帽，身穿蓝色紧身衣的壮汉，他们应该就是那些脚踏飞行车的驾驶者，此时这些人一律都成了没有生气的冰人。

兄妹仨将他们由窗口前和炮位旁移开，然后凑到窗口前向外望去，就见整个码头和码头外的海面以及斜下方的岛屿，无不历历在目，再看那些大船，仍旧停留在码头前踌躇不决，似乎还无法断定岛上的情况。

高经纬两手一拍道：“敌船进退不是难以取舍吗？咱们就按预定的方案打它几炮，帮它选择一下，这也是成人之美嘛。”逗得霍玉婵和高至善都笑了起来。

高至善指着厅门内侧石壁前高高叠起的木箱道：“炮弹就在那些木箱里，待我去搬它几箱。”高经纬用眼扫过十门火炮，就见每门火炮的药引都已装好，遂道：“不用搬，敌人已将炮弹入膛，咱们调整好炮位，只管点火就是。”

霍玉婵瞅着两侧的通道，道：“咱们不到两边搜搜，万一有敌人从通道里过来怎么办？”高经纬笑道：“冰精和宝剑咱们都不收起，敌人就是想过，也过不来呀。”霍玉婵自失地一笑道：“瞧我倒把这事给忘了。”

高经纬瞄了瞄外面的敌船，把最东边的三门火炮依次对准了三艘敌船的中心，经过反复核对，然后三人从敌人手里取下三根点火棒，先用打火石点着，再同时将三门调整到位之火炮的药引点燃，就听三声震耳欲聋的炮响。

兄妹仨一边捂住耳朵，一边赶紧奔到窗口前去跟踪炮弹的轨迹，就见有两发炮弹都落在了敌船的前方，只有一发炮弹刚巧落在了敌人的船上。高经纬一经辨认，认出击中敌船的为左起第三门火炮，三人当下就按它的方位和角度，重新调整了相邻的两门火炮，装填完炮弹后再把它们瞄向了三艘敌船，很快第二轮炮弹也打了出去，这次都在敌船群中爆炸开来，又有两发打中了敌船，还有一发落在了两船之间，激起的波涛让两船晃动不已，被打中的敌船都焰腾腾着起火来。兄妹仨抓住时机，又将剩下的七门火炮照此办理，依次点燃后，又有五发炮弹在敌船上开了花。

敌船一阵大乱，纷纷转舵，向来时的方向逃窜，八艘中弹的大船也掉转船头，蹒跚而去。高经纬喟叹道：“想不到敌人这般不禁打，早知这样，发射两轮炮弹也就够了，计划好了的事眼见又泡了汤。”他转过身正要去通道里看看，就听霍玉婵道：“敌船又都停下，看意思是要救援被打中的船只，咱们要不要在这里再等等看，也许事情会有转机。”

高经纬当即驻足，折身重又看向窗外。远远就见敌船都停了下来，待着火的大船一驶近，立刻围拢上去，抄起水龙、水枪便帮着灭火，没有多久七艘船上的火就被扑灭，还有一艘船火势太大，扑灭无望，船上的人只好弃船，转移到其他船上。敌人聚在一起，大概是在商量对策，不多时就见敌船又掉过头来，重新整顿好队形，直奔海岛驶来。高经纬看到这儿，心里一阵激动道：“真让玉婵说中了，事情看起来有门儿。”

高至善挥着拳头为敌船鼓劲道：“乖乖的贼倭寇，还等什么？快朝岛上开火呀。”霍玉婵道：“倭寇又不傻，没进入射程能胡乱开炮吗？”话音未落，就听外面响起一阵枪声，高至善转过身冲

着霍玉婵道："还说未进入射程，这枪声又是怎么回事？"霍玉婵也掉过头针锋相对道："隔着这么远，打也白打。"

高经纬笑道："你们就别争了，这枪声并非来自船上，你们朝下看看就明白了。"二人一齐回身往窗口下望去，就见那些房子前一下子冒出了好多黑衣人，人数不下两千，许多人手里还拿着火绳枪。刚才的枪声就是他们所发，不过不是打向敌船，而是射向山体这边的空中。这些人一边挥舞手臂，一边还呜里哇啦怪叫。

高至善半开玩笑，半认真道："从哪钻出的这帮家伙？又是鸣枪，又是怪叫，他们想干什么？是嫌咱们打炮不准？还是催咱们继续开炮？"霍玉婵道："你怎么揣着明白装糊涂？明明知道房子里就藏着山洞的出口，还要问这些人是从哪钻出来的？"高经纬道："这帮人显然都是驻守在山体里的倭寇，一定是他们看出来船为自己人，而山上的火炮却向自己人开了火，他们搞不清楚是怎么一回事，想上来问一问究竟，这么重的寒气又上不来，所以只好跑到外面，用这种方式质疑上边。"

霍玉婵道："用不用炮口朝下，给他们来上几炮？"高经纬道："万万不可，眼看敌船就要入彀，好戏即将登场，岂有自己拆台的道理？真要开炮，这炮口也要对准敌船。"霍玉婵醒悟道："我明白了，敌船目前并不清楚岛上的情况，还以为岛上的人都是一伙，如若咱们向下一开炮，无异于告诉敌船，下面的人才是他们的人。"高至善也道："现在下面这帮家伙的作为，船上的人保证误以为是在朝他们示威，哪会想到其中另有隐情？"

三人你一言我一语，说得正高兴，就听海上忽然间炮声大作，炮弹的呼啸声就仿佛一阵狂飙刮过海面，一齐在码头上爆炸开来，只打得下面的倭寇血肉横飞，鬼哭狼嚎，抱头鼠窜，有好多倭寇都逃进了房子里。船上的火炮不给岛上的倭寇以任何喘息之机，跟着就将炮弹倾泻到那一排排的房子上，房子转瞬间便土崩瓦解，灰飞烟灭，山体的入口自然也被夷为平地。那些侥幸剩下来的倭寇一见退路已断，再要往远处逃逸势必躲不过炮弹的追击，因此都就地卧倒，胡乱向敌船开起枪来。还有人抻个脖子冲山上一通大叫，兄妹仨猜他们可能是在喊："人家不开炮的时候，

你们招惹人家；人家打上门来了，你们反倒瘪茄子了。你们倒是快开炮啊！”

霍玉婵和高至善都看着高经纬，那眼神分明是在问：“我们怎么办？要不要开炮向敌人还击？”高经纬淡淡一笑道：“别着急，让敌人多开几炮，除了把下面的敌人歼灭光外，最好还能将这山体炸塌，那样就省了咱们不少的力气。”随后又道：“不过咱们还是将炮弹装上膛，万一敌船开炮不起劲了，咱们便打上几炮，给他们鼓鼓劲，加加油。”三人嘻嘻哈哈地就去给火炮装起了炮弹。

这时就听远处又有一阵炮声响起，三人还以为又来了一拨敌船，凑到窗口一瞧，这炮弹却是从另一个岛上发射过来的，目标直指敌船。眨眼间就有几艘敌船中弹起火，敌船立刻分出一半船只去攻打另一个岛屿，剩下的船只则集中火力，对着这边山下就是一通猛轰，直打得这边山下再也听不到一声枪响和一个人的呼喊，这才调转船头，准备向另一个海岛驶去。

高经纬一见，马上道：“敌船要撤，咱们赶快开炮，牵制住他们。”三人随即便给三门火炮点燃了药捻，三发炮弹一经打出，敌船果然停了下来，又朝山上继续开炮。不多时便有两个窗口被轰开，大厅里顿时变得乌烟瘴气，充满了火药味。

高经纬一见，就要霍玉婵和高至善撤出去，自己则忙着给剩下的已装填好炮弹的火炮点火。霍玉婵和高至善哪里肯走，和高经纬一道启动了七门火炮，这之后三人也顾不得去看炮弹是否命中敌船，便急着从厅里撤出。

依霍玉婵和高至善的意思，就想撤到两侧的通道里，以便对整个山体来个彻查，因为他们知道通道一定连着山下倭寇的暗巢。高经纬则主张撤回到来时的走廊里，他见敌船的火力越来越猛，而这间厅里又堆积了不少箱炮弹，担心此处一旦被敌人的炮火击中，山体势必垮塌。选择进通道不仅退路被切断，就是性命也将不保，霍玉婵和高至善被他说服，三人遂按原路撤回到走廊里。刚走到洞窟的门口，就听身后一声巨响，一股强大的气浪登时将三人掀翻在地，等到他们爬起身来，再回头看时，就见身后一丈开外，都成了巨石的天下，什么走廊、寝室、大厅，在这一瞬间，统统分崩离析，化为乌有。

一百三十九　用挑拨倭寇内讧　试飞车险象环生

霍玉婵和高至善都惊出一身冷汗，连呼好险，由衷地称道高经纬选择的正确。高经纬摇了摇头，淡淡地道："你们就知道给我戴高帽，就忘了我走麦城的时候了，若是没有你们两个，我说不定死几回了。"嘴里说着，早把心思放在了如何开启洞窟的门上。

原来，就在方才的爆炸声里，本来已经打开的洞窟门又被气浪推上，虽然摘下夜视眼能清楚地看到朱红的门框，但框里的门和石壁紧贴在一起，不仅难以瞧出缝隙，即便瞧出来了，由于门上没有把手和抠手，再加上门是向外开的，门外的人却也无法将其拽开。他立马想到门旁一定有开关，可是搜遍了门框两旁的石壁，硬是连个开关的影子也没找到。

高至善瞅着一旁的脚踏飞行车道："这东西为什么不放到洞窟中，偏偏放在这里？"这问话提醒了高经纬，他由脚踏飞行车联想到门前这块地方，不但较之走廊要宽，而且还高了不少，脑海里灵光一现，道："莫非这开关是设在高处？只有驾驶脚踏飞行车才能够到？"

话一出口，兄妹仨都把目光转向了门框上方。因为高经纬只拿出了一枚发光宝石，所以上面显得朦朦胧胧，根本看不清，霍玉婵和高至善倒都戴着夜视眼，却也未瞧出上面有什么异样之处。

高经纬索性纵到空中，举起宝石四下一照，就见在门框斜上方约五尺高的地方，用红漆涂着一把半拃长的短剑，他在短剑上轻轻一摁，下面的洞门随之无声地打开，惹得霍玉婵和高至善齐声嚷道："门开了，门开了。"高经纬落回地面，指着上边道："只壁上那把涂着红漆的短剑便是开关。"

高至善道："倭寇也怪了，好端端的开关竟放在高处。"霍玉婵道："有什么好怪的？倭寇这样做，就是怕有外人闯入。"高经纬道："岂止是外人，其中还包括不会驾驶脚踏飞行车的倭寇自己人。"

高至善道："倭寇怎么连自己人也防备起来了？"高经纬道："可能是出于两方面的考虑：其一是为了保护脚踏飞行车，因为没有经过特殊培训的人是驾驭不了它的，硬要驾驶势必会导致它的毁损；其二也是为了保护驾驶者以外的倭寇，因为这些人非但驾驶不了脚踏飞行车，万一误打误撞把脚踏飞行车蹬离地面，不但脚踏飞行车安全不保，这些人性命也堪忧。所以才将开关放到高处，就是让外人够不到。"

高至善道："那门口这辆飞行车就不怕有人乱动了？"高经纬道："这里周围都是黑衣女子和白衣男童，有不相干的人闯入，能不被他们发现、制止？"高至善道："那咱们进来，他们怎么既没发现，也没制止？"高经纬道："咱们进来时，洞窟里的寒气跟着蔓延到了这里，当时的惊呼声和关门声就是来自于这些人，他们冻得自顾不暇，哪还有精力察看走廊里是否进来了外人？这种情况自是不能与平常同日而语。"

霍玉婵道："这扇门倭寇设计得也相当乖巧，在内一推就开，在外却要升到上面摁动开关才行。"高经纬道："看起来倭寇在守护大本营上共有两道杀手锏，一道是那些火炮，一道便是这些脚踏飞行车，也许后者的作用更大，因此倭寇在这上面做足了文章。"

高至善道："这玩意儿既然这么好，咱们也不妨试试，看看能不能驾驭得了。"高经纬道："外面的情况还不知怎么样了？试试的事先往后搁搁，咱们还是到外面去瞧瞧战况再说。"

兄妹仨重又回到洞中，霍玉婵俯下身去，将蘑菇状的开关向上一推，顶上石板打开，露出一方天空，三匹飞马都安然无恙地停在那里。三人纵出洞口，先将石板闭合，然后跃到马上，游目四顾，但见脚下的山顶朝南的一面都已塌陷，成为一片废墟，码

头前的敌船也已驶向下方的虎岛。再看虎岛的码头前，双方炮战正酣，眼见岛上的房屋都已荡然无存，山上的火炮也全然处于劣势。

就在这时，从山顶突然飞出数十辆脚踏飞行车，上面的驾驶者都是蓝衣蓝帽的壮汉，一窝蜂似的径朝敌船扑去，一到敌船上空，立刻用火绳枪向下开火，敌船上的火炮顿时被压了下去，转而便有人改用火绳枪对空还击。

兄妹仨见状大喜，旋即飞到双方交战的高空，向下观望。就见双方已打得难解难分，不可开交。脚踏飞行车在敌船的上方左冲右突，如入无人之境，渐渐占了上风，虽然也偶有车辆被打下来，但船上的人死伤更重，甲板上已无人敢待，只能躲在舱里朝上开枪。如此一来，山上的火炮倒有了发挥威力的机会，一阵炮击下来，就有十余艘敌船葬身水下，剩下敌船上的人见势不好，冒死冲上甲板将船只驶离了码头，甲板上又丢下无数死尸。

船上的人刚松了一口气，以为只要待在船舱里，脚踏飞行车上的人就奈何不了自己，再坚持到天黑，就可溜之大吉。就在他们自以为得计的时候，山上又有数十辆脚踏飞行车倾巢而出。兄妹仨看得清楚，却是有四个黑衣女子驾着两辆脚踏飞行车在前引路，后面车上的驾驶者竟都是些身穿白衣的男童，额头上还都扎着白巾，上面一律用汉字写着一个黑色的“怒”字。眨眼间他们就来到了海上，而后分散开来，各自占据了一艘敌船的头顶。

忽然四个黑衣女子撮唇发出一阵凄厉的呼哨，就见白衣男童驾驶的脚踏飞行车向下一个疾掠，飞至大船的桅杆处，陡然将一个点着了引线的木箱投了下去，随即高高飞起。那些蓝衣蓝帽的驾驶者也迅即将自己的飞行车拉高。随之就见数十艘船上火光不断，木片横飞，爆炸声不绝于耳。

目不交睫间，有半数以上的敌船都燃起了大火，着火船上的倭寇纷纷跳海逃生。那些未被炸着的船上的倭寇见此情形，再也沉不住气，蹿上甲板，调整樯帆，便要向远海逃窜。守候在一旁的蓝衣蓝帽驾驶者哪给他们这样的机会，几个俯冲下来又给他们打回了船舱。而那些白衣男童也在黑衣女人的带领下返回了山顶。

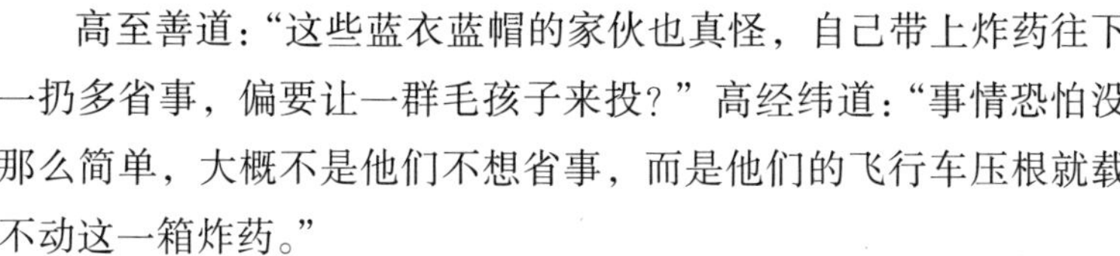

高至善道："这些蓝衣蓝帽的家伙也真怪，自己带上炸药往下一扔多省事，偏要让一群毛孩子来投？"高经纬道："事情恐怕没那么简单，大概不是他们不想省事，而是他们的飞行车压根就载不动这一箱炸药。"

霍玉婵道："你是说这些飞行车都有固定的载重量，其载重量刚好与两个大人体重相当，再要带上炸药，就只能减轻驾驶者的体重，所以他们才想到了用体重较轻的孩童来驾驶。"

高至善这时心里也开窍了不少，道："我明白了，这些毛孩子身体再轻，一次也只能带一箱炸药，而要炸沉剩下的船只，就必须回去再取一箱，这么说，过一会儿他们还会回来。"高经纬赞许地点点头道："你们说的都对极了，这些孩童肯定会去而复返。"

霍玉婵道："大人飞行车在前面打头阵，打得敌人龟缩起来不敢露头，孩童飞行车再来投炸药，配合得可谓天衣无缝。飞行车作用如此之大，这倭寇要是每艘船上都带上几辆，再去攻城拔寨，焉能不所向披靡？"高经纬道："你这么一说，倒提醒了我，咱们这次回去时一定带上一辆，让咱们的人都见识见识，到时万一碰上敌人使用，也好有个防备。"

高至善道："依我看，咱们何不把这些飞行车都带回去？让咱们的人也驾上它，来他个以其人之道还治其人之身，岂不妙哉？干吗要等着敌人用来对付咱们？"高经纬道："你的想法很好，就是不知这东西咱们的人是否掌握得了？一旦掌握不好就会车毁人亡，因此一定不能等闲视之。"高至善道："那就咱们先来试过，如果掌握起来没问题，再交给他们。"

三人正在这边议论个不休，那边的白衣男童果然又返了回来，一通炸药投下去，剩下的敌船也都荡然无存。放眼海面，到处都是漂浮的灰烬、木板和各类杂物，还有跳水逃生的倭寇。那些悬在空中的飞行车此时有了用武之地，低飞下去，争相追杀起水里的倭寇来。蓝衣蓝帽的驾驶者高举倭刀，专拣落水人的脖子砍去，黑衣女子和白衣男童也不甘示弱，手里的短身火绳枪由于距离目标很近，每枪更是弹不虚发。眨眼间海面上便人头滚动，鲜血四溢。杀得性起，飞行车上的人都狂笑起来，其中还不乏女子的尖声和稚嫩的童音。

霍玉婵蹙起眉头道："这都是帮什么东西呀？杀起自己人来，也是这般用狠斗勇，绝不留情。"高经纬道："倭寇们都是豺狼本性，若论狠辣，比土匪尤胜一筹，对待反目的同类，自然也不能以常理度之。"

高至善道："这帮家伙飞行车蹬了这么久，也该到了强弩之末，咱们何不亮出冰精和宝剑，将他们聚歼在海上？"高经纬笑道："你刚才还说要把这些飞行车都带回去，怎么这么快就忘了？"

高至善本想说他是指龙岛山洞里的那些飞行车，并没把这些人驾驶的算在内，再一想高经纬说的也没错，如果能把这些辆也一并带回去岂不更好？缴获的飞行车还不是多多益善，再说错过了这个机会，上哪还能找到如此多的飞行车？这样一想，他马上改口道："那咱们就等他们撤回到山洞，再偷偷摸进去，到洞里消灭他们。就是不知道两个山洞构造是否一样？如果一样可就简单了。"说完便朝山顶望去。

高经纬沉吟道："不冲别的，就冲两边山上相同的布局，和这些编制近乎一模一样的飞行车驾驶者，我就敢断定山洞的构造，包括洞内外机关的设计，绝不会有两样。"他又瞅着下面被炮弹轰得千疮百孔、面目皆非的山体道："倘若这些飞行车再迟出一会儿，两下船只上的炮火合成一块，这边的山体也难逃被炸毁的命运，不过这样也好，咱们便可趁机将山体里的情况查个明白。"

霍玉婵的视线始终没离开过海面，那些飞行车的一举一动自然也逃不过她的眼睛，这时就听她嚷道："你们快来瞧，这些家伙终于往回撤了，看他们飞得那么低，显然都已力不从心。"兄弟俩低头一瞧，就见百十余辆飞行车正浅飞低行，掠过海面朝岛上飞去，他们身后的海面上，再也看不到一个会游动的倭寇。

这些飞行车刚一越过岸边，立刻有半数车辆开始着陆，其中都是女子和男童，而那些蓝衣蓝帽的壮汉也未能坚持飞多远，就也相继降落到了地面上。休息了一盏茶工夫，这些驾驶者似乎恢复了体力，随着一声哨音，飞行车再度升起，越过山顶的前端，直奔山后端飞去。

兄妹仨跟到后端山顶，往下一瞧，不出预料，下面的情况果然与那边山上十分相似，山顶后端也有一处峭壁，峭壁上不要说洞口的石板，就是一旁的高岗和灌木丛也一般无二。

大概为了进出方便，洞顶一直敞着口，女子和男童优先降了下去，壮汉们随之鱼贯而入。眼看最后一辆车也即将回到洞中，高经纬把手向下一指道：“此时不投冰精更待何时？”霍玉婵早有此心，这时更不怠慢，一个俯冲，疾掠而下，电光石火间，冰精脱手飞进洞中。恰于此时有人在下面启动了开关，兄妹仨抽出宝剑，纵马正待顺势而下，却被弹起的石板挡在了外面。

高经纬离开马背，跃到高岗上，在灌木丛里找到开关，往上一推，洞口重又打开。就这么一会工夫，洞内已变得死一般的沉寂，敌人尚来不及做出任何反应，便已齐赴幽冥地府。

望着那些刚才还欢蹦乱跳的男童，瞬息间就成了一动不动的僵尸，霍玉婵幽幽叹道：“这真是‘黄泉路上无老少’。”高至善不以为然道：“想起适才他们杀人时那股兴高采烈劲，就不值得为他们叹息。”

三人正要将马留在洞外，然后踊身跃进洞中，就听砰的一声，一颗枪弹从三人头顶呼啸而过。三人沿着枪弹射来的方向一瞧，就见山顶前端的背部腾起一股淡淡的青烟，青烟却是从一个瞭望孔里冒出。

高经纬这才意识到，三人此时都宝剑在手，致使乌云煤精失去了作用，遂被敌人发现。再要收起宝剑为时已晚，于是连忙道：“不要下马，赶紧直飞洞里。”三人马上降落下去。高经纬生怕前面的敌人有办法掉转炮口，朝这边开炮，甫一着地，立刻腾身下马，找到开关将洞顶闭合，这还不算，他还张罗着将三人的飞马放到了洞窟的深处，避开了上面的石板，这也是高经纬的精细处，唯恐敌人开炮击落石板，砸了三人的飞马。

三人等了半天也未听到炮声，方才意识到敌人根本无法向这边开炮，但他们也知道，敌人一定会在前边张网以待。

此时通向走廊的石门业已打开，四个黑衣女子和几个男童已回到了走廊里，但仍然没有逃过冻僵的下场。兄妹仨手持宝剑，亮起冰精，顺走廊一路行去，只见两边的大厅和房间简直就是那边的翻版。三人很快来到走廊的尽头，照理，里面就应是火炮所

在的大厅。三人齐把夜视眼摘下，待看清壁上的红色门框后，又都将夜视眼戴上。侧耳谛听，壁内却是声息全无，霍玉婵已将冰精举起，高至善也摆出了一副冲进去的架势。

高经纬正要把手伸向门框里，脑海中突然浮现出龙岛山体崩塌的场景，紧接着就仿佛看见了石壁那边摞得满满的炮弹箱，心里不由倒吸一口凉气，急忙将手缩回，然后食指往唇边一竖，又指了指来时的路。霍玉婵和高至善立刻明白了高经纬是让他们噤声，从原路返回。

两人满怀狐疑，悄悄随高经纬沿走廊回撤，直到撤回洞窟，方敢问他这样做的原因。高经纬道："就在我推门的一刹那陡然想起，门内既然同为火炮大厅，就少不了堆积的炮弹箱，这次里面的敌人已有准备，万一他们狗急跳墙，把那些炮弹箱引爆，咱们将死无葬身之地。"两人一想，也着实惊出一身冷汗。

高至善心有不甘道："难道咱们就这样放过他们不成？"高经纬道："恰恰相反，这次咱们给它来个更彻底的。"霍玉婵道："你是说要用末日之光？"高经纬用笃定的语气道："不错，这回我也想明白了，即便倭寇不像我想的那样引爆炮弹箱，但下面的陷阱机关也防不胜防，与其冒那么大的风险，倒不如这样一劳永逸。"

高至善拳头一挥，道："对，就用末日之光打他个狗日的，咱们现在就到山体正面去，敌人不是要引爆炮弹箱吗？不用他们动手，咱们先来成全他们。"

霍玉婵笑道："引爆炮弹箱明明是大哥的一种推测，尚未得到证实，你倒当了真，敌人若是没有这个想法，知道你冤枉他们，还不得把鼻子气歪。"高至善道："这件事大哥判断得八九不离十，冤枉不了他们，再说即便他们没有这样做，也不代表他们不敢这么做，只是一时没想到而已。"霍玉婵道："你这是欲加之罪，何患无辞，不嫌太霸道了吗？"高至善道："你这是妇人之仁，跟敌人还有什么理好讲？"

高经纬见他们越扯越远，便道："行动之前咱们还有一件事要做，就是得把这里的飞行车安排妥当。"高至善道："飞行车放在这里不是挺好吗，有什么可安排的？"高经纬道："我担心，待会儿用起末日之光尚不知效果如何？万一威力过大，波及这里，飞

行车岂不要毁于一旦？”高至善道：“我只顾拿那边的情况与这里相比了，倒忘了咱们的末日之光远比炮弹箱威力要大。”

霍玉婵道：“大哥的意思，莫非要把这些飞行车往龙岛那边的山洞里搬？”高经纬道：“眼下这是唯一的办法。”霍玉婵道：“就怕咱们在进出洞口时，敌人会朝这边开枪。”高经纬道：“咱们将宝剑收起，依然用乌云煤精作掩护，料也无妨。”三人齐把宝剑入鞘，霍玉婵也把冰精放入囊中，高经纬跟着就将洞顶打开。

三人跨上飞马，各自抓起一个螺旋桨叶，将一辆飞行车带出洞口，俄顷间三辆飞行车就送到了龙岛洞中。一团黑云从两个山头不停地飘来飘去，时辰无多，便有半数以上飞行车被转移走。

开始时，三人倒也没忘留意前面敌人的动向，每次出入洞口时都要朝敌人的瞭望孔瞄上一眼，次数一多，就有些麻痹起来，直到又有枪声响起，三人才发现，不知什么时候瞭望孔旁边又多出一个窗口，里面正有一个黑森森的炮筒对着这边，三人随即升到高空。

高至善有些迷茫道：“敌人怎么变得恁般手软？放着火炮不用，竟拿火枪应对，这哪里是要打咱们？分明是在吓唬人嘛。”高经纬思索了一会儿道：“看起来，敌人还摸不清咱们的身份，也不晓得他们的人已悉数被歼，只是觉得走廊里寒气袭人，无法过来与这边的人联系，又见咱们突然现身，事情透着蹊跷，尽管这样，对咱们也仅限于怀疑，从他们的枪弹每次都是射向空中来看，开枪主要是为了试探，虽然他们已做了最坏的准备，但不到情非得已，是不会轻易开炮的。”

高至善担忧道：“敌人不会总这样试探下去，如果咱们继续搬运，万一敌人给咱们来上一炮，那可是得不偿失。”霍玉婵看了看天色道：“除非等到天黑，有了夜色的掩护，也就安全多了，不过，现在距天黑，起码还要一个半时辰。”

高经纬道：“咱们的时间本就宝贵，怎能无端耗费在这上？说不得只好仿效白衣男童的做法了。”高至善道：“大哥是说，用飞行车去炸敌人的火炮大厅？可咱们还不会驾驶飞行车呀。”霍玉婵道：“干吗非得驾驶飞行车？难道咱们乘坐飞马就不行？”高至善如梦方醒道：“对呀，放着咱们的飞马不用，偏去想着什么飞行

车，我这不是昏了头吗？”

高经纬道：“管他敌人是真开枪，还是虚声恫吓，在没有解决掉敌人之前，横竖这边洞里咱们是不去了，好在那边洞中的炸药箱比这边还多。”

三人从龙岛洞中各自带上两箱炸药和一支点燃的线香，然后回到虎岛火炮大厅的上方。高经纬用目光沿山顶表面细细巡视了一遍，并未发现一个冲上的窗口和瞭望孔，便根据炸药引线的长短目测出投炸药的距离，遂带着霍玉婵和高至善降到了这一高度，停稳后，做了个点火的手势，三人齐将各自一个木箱的药引燃着，又瞅准火炮大厅的所在迅速投了下去，接着就将飞马高高跃起。

一阵爆炸声过后，透过弥漫的硝烟，兄妹仨看到山顶被炸开了一个磨盘般大小的洞口，里面的火炮和逃窜的人影清晰可见。高经纬欣喜道：“这正是咱们想要的结果，趁敌人慌乱之际，咱们赶紧把这第二箱炸药也投下去。”

三人于是回到原来的高度，点燃炸药引线后，便以迅雷不及掩耳之势依次将各自木箱扔进洞口。兄妹仨刚刚升到空中，就听惊天动地一声闷响，再瞧下面，山体的前半部已瞬间崩塌，整个火炮大厅已不复存在，只剩下石板洞口所在的后山依然峭壁挺拔，孤峰孑立。

霍玉婵有点惋惜道：“早知这样，还不如不投炸药，而把冰精扔下去，白白糟蹋了这么多火炮。”高经纬道：“这样的结果，对咱们也未尝不是一件好事，从山体垮塌的程度看，这么大的爆炸力绝非来自火炮大厅一处炸药，山体下部的炸药也少不了，咱们只为了这些火炮闯进火炮大厅，万一被下面的敌人自己引爆炸药，咱们哪里还有命在？”

高至善道：“龙岛那边咱们也闯进了火炮间，可敌人并没自己将炸药引爆哇。”高经纬道：“咱们在龙岛时并未暴露行迹，占领洞窟和火炮大厅都是神不知鬼不觉间进行的，下面的敌人毫不知情，哪像这边敌人对咱们早已起疑，炸药一投，更加验证了咱们是敌非友，当他们发觉自己面临灭顶之灾时，什么手段施展不出来？我倒以为舍弃了这几门火炮，换回了咱们自身的平安，值得。”听了他的一番分析，霍玉婵和高至善都高兴起来。

高至善道：“这回咱们可以放心大胆地去搬飞行车了。”高经纬把手一摆道：“移走飞行车是为了使用末日之光，刻下敌人已基本灭绝，再去搬已没有意义，现在该轮到咱们试驾那些飞行车了，倘若便于掌握，就想办法把它们全部带回釜山城。”

考虑到这边洞窟里大半飞行车都已转移，腾出的地方正好便于驾驶，三人随即将马停在洞外，纵身跃到洞中。

三人将一辆飞行车放到洞窟的中央，兄弟俩也学倭寇驾驶者的样子坐了上去，高经纬坐在左侧，高至善落座右边，两人把脚往脚蹬上一放，就像给“大将军”的发条上劲一样踏了起来。脚蹬踏上去毫不费力，比蹬“大将军”的踏板还要轻松，螺旋桨叶在脚蹬的带动下飞快地旋转起来，奇怪的是飞行车却没有起飞的意思。兄弟俩以为是速度不够快，又加快了双脚的蹬踏频率，只把个螺旋桨叶带动得由嗡嗡声转成铮铮声，桨叶也由风车般的旋转变成了一团光，整个飞行车都颤动起来，就仿佛要散架了一般，可是飞行车依然没有离开地面一寸。

霍玉婵在一旁却看出了门道，提醒道：“那两个手柄怎么不动动？也许问题就出在它们身上。”高经纬这才想起身前的两个手柄，暗骂自己糊涂，只顾了使蛮力去踩踏脚蹬，却忽略了这么重要的东西，于是抓起左边的手柄向前一推，没有动静，往后一扳，还是不起作用。

霍玉婵着急道：“还有右边的一个。”高经纬赶紧又攥住右边的手柄朝前推去，这下可不得了，飞行车霍地向上蹿起，急切间又朝右转了一百八十度。高经纬猝不及防，头嗡的一声涨得老大，昏头昏脑中忙把手柄往后一拉，飞行车眼看就要触到顶壁，突然方向一变又快速坠落下来。高经纬大喊一声“至善，快跳”，两人随即纵身而起，由于用力过猛，头都撞到了顶壁上，虽然有内功护体，还是被撞了个发昏章第十一。再看飞行车已跌落尘埃，摔了个四分五裂。

霍玉婵待他们回到地面，忙上前查看，见他们并无大碍，这才放心，随后便数落起高经纬道：“你怎么做起事来也像至善似的毛手毛脚，一点也不稳重，扳动手柄时就不知道悠着点，这要有

个好歹，让我跟娘和小鹃如何交代？”

高至善本来正自笑眯眯地在一旁听着，想不到霍玉婵一上来就捎带上自己，不禁勃然变色道：“这话怎么说的？你教训大哥只管教训好了，为啥又要拿我说事？”高经纬连忙打圆场道：“刚才的事都怨我，本该一点点试探着来，谁料竟如此不知轻重，敢莫自己得了猪瘟？才这般瘟头瘟脑起来。”两人见他说得有趣，都哈哈一阵大笑。

高至善道：“你这瘟头瘟脑的毛病，一定是受了我的传染。”霍玉婵道：“说你毛手毛脚还不服气，这下连自己都承认了吧？”高至善对她做了个鬼脸道：“毛手毛脚又怎样？别看你此时瞧不顺眼，说不定哪天发作起来比我还厉害，大哥就是个例子，以前比谁都谨小慎微，现在孟浪起来尤甚于我，你还敢替他说嘴吗？”霍玉婵笑骂道：“小猢狲不说改掉毛手毛脚的坏毛病，竟敢变着法咒我？”高经纬装出一脸苦相道：“我招谁惹谁了？没事都来踩我一脚。”

三人说笑着将摔坏的飞行车移到一边，又搬过来一辆，兄弟俩依前重新坐上。高经纬梳理了一下思路，已知右边的手柄掌管飞行车的升降，往前推为升，向后拉为降，居中则为静止。根据飞行车升起后，又朝右转了一百八十度，他初步断定，左边的手柄可以调控飞行车的方向，因为他想到在起飞之前，他曾扳动过左边的手柄，最终这手柄就停在了向后的位置，并未复原，是以才会使飞行车升起的瞬间，得以向右转去。

兄弟俩飞快地踏起脚蹬来，有了适才的教训，高经纬小心翼翼将右边的手柄一点一点地试着朝前推，飞行车微微地晃动了一下，便向上缓缓升起，快要接近洞顶时，再把手柄逐渐往回拉，飞行车又徐徐降了下来，几个起落后，右边手柄操控得已不在话下。转而又将飞行车悬在洞窟的半空，着手试验左边的手柄，就与高经纬分析的那样，这边的手柄果然是用来控制飞行车方向的，朝前推，飞行车向左转，推到头，刚好转过一百八十度，向后拉，飞行车朝右转，拉到头，也是转过一百八十度，两边加在一起便是一圈，中间可以停在任何一个方向。

两个手柄试验下来，让高经纬困惑不解的是，仅靠两个手

柄，飞行车只能上下升降和改变水平朝向，那么如何才能让它前进或后退呢？他又仔细端详了一遍飞行车里的所有物件，除了两个手柄，尚无一处可资怀疑的地方，他虽然也想到了手柄里是否还有隐秘，却不敢贸然去动，所以便将飞行车降回到了地面。

霍玉婵和高至善也察觉到了这个问题，同声问道："怎不见飞行车前后行走啊？"高经纬也跟他们说了心中的困惑，三人一齐对两个手柄琢磨起来。高经纬试探着将两个手柄左右扳了扳，却未扳动。霍玉婵猛然发现右边的手柄是扁的，而左边的竟是圆的，再一瞧，这圆的倒好像是套了一根金属管。她一下子联想起了那会转的楼梯栏杆，忍不住握紧这似乎套着金属管的手柄左右一拧，没有拧动。就听高至善从旁道："何不上下动动？"霍玉婵听了，先是向下一按，没反应，跟着往上一拔，就听咔的一声轻响，手柄毫不费力地就被拉高了两寸多，又一瞧，被拉高的却是套在它外面的金属管，再想往上拔已是不能。霍玉婵又试着往下按去，伴着咔的一声，金属管又回到了原位。高经纬也过来试了试，结果就与霍玉婵试过的一样。

高至善道："莫非这手柄往上一提，飞行车便可朝前飞去？"霍玉婵道："那往后飞呢？"高至善道："也许这东西压根就不能往后飞。"霍玉婵道："可我明明看见有些飞行车是可以向后飞的。"

高至善陡然想起，右边的手柄还没有这样试过，说不定这向后飞的事就藏在它的身上，这么一想，立刻攥住右边的手柄，又是按，又是拔，结果让他大失所望，这手柄一点不为所动。高经纬看着他一脸的沮丧相，安慰道："你先别急，咱们还是把左边的试过了再说，没准看似难办的事，得来越不费功夫。"

兄弟俩坐上飞行车，将车升至一人的高度，高经纬握住左边的把手往上一提，同时做好了一见不妙立刻按下的准备，谁知手柄提起后什么情况都未发生。他又试着将它推上去扳回来，飞行车一如既往左右转动着，与手柄的拔起按下全无关系。他根本没料到事情会是这个样子，心里一急，顿时头脑有些发蒙，乱了章法，不由下意识地抓起右边的手柄朝前推去，刚一推上就听呼的一声，飞行车就如同一匹脱缰的野马向前奔去。他悚然一惊，当即把手柄往回一拉，飞行车又呼的一声倒纵回来。这时，他的

思绪已渐趋平静，立马将手柄置于中间位置，飞行车随之停了下来。

霍玉婵三步并作两步，追过来道：“你们都没事吧？”高至善笑嘻嘻道：“这下好了，飞行车既能前进，又能后退，我们高兴还来不及，哪会有什么事？”倒是高经纬有些自怨自艾道：“我也不是怎么了？毛手毛脚的毛病没改，反而又添了一个遇事不冷静。”

霍玉婵本来还想责怪他几句，一见他这般模样，忙改口道：“不是没出事吗？下次注意也就是了，你倒快说说，这前进后退是怎么一回事？”霍玉婵这着儿真是对症下药，立刻让高经纬从自责的烦恼中摆脱出来，他当下讲了要想让飞行车前进或后退，光靠拔高左手柄还不够，尚需由右手柄配合才行，也就是说，左手柄的升高和落下只能决定飞行车的两种飞行状态，亦即升降和进退，而要实施升降和进退，都必须靠操纵右手柄来完成。

讲罢，兄弟俩便在洞中飞了起来。时辰无多，高经纬已将两个手柄操纵得十分娴熟，飞行车升降起落、前进后退，都变得游刃有余。随后他又与高至善交换了一下座位，改由高至善来操纵。在高经纬的督导下，高至善也很快就能驾驶自如。接着又由霍玉婵替下了高至善，不久霍玉婵也熟练掌握了两个手柄的操控。

这期间，高经纬突然冒出一个大胆的想法，不知飞行车一个人是否也能驾驶得了？因此他便有意放慢了蹬踏速度，观察后发现，对飞行车影响并不大，直至彻底放弃蹬踏，飞行车仍能在霍玉婵独自蹬踏下，我行我素自在飞翔。

高经纬让霍玉婵降回地面，然后把这一结果告诉了他二人，并道：“玉婵带着一个人都能飞行自如，假如换成自己一个人驾驶就更不该有问题。”二人听后极为高兴。

霍玉婵假装生气道：“好啊，你竟敢偷奸耍滑让我一个人蹬，瞧我不罚你。”高经纬赶紧道：“我认罚，为了弥补我的过失，现在就请你上车，你只要坐着别动就行，我一个人带着你飞，直到你满意为止。”

霍玉婵噗嗤一笑，道：“哪个耐烦让你带着？有这工夫，我自己驾驶一辆去喽。”说着，便和高至善一人驾起一辆，高经纬也坐上一辆，三人相继飞到空中，便在洞中盘旋了起来。

过了一会儿，霍玉婵嚷道：“这洞里太憋闷，咱们何不到外面闯荡闯荡？”来到洞口，呼的一声就飞了出去，兄弟俩也紧跟其后。三人操控着飞行车纵上跃下，左盘右绕，这感觉毕竟不同于乘坐飞马，倒有些像驾驶“大将军”，全凭自己之力使其飞行，一种自力更生的豪情充溢胸膛，一时之间，三人都感到有股说不出来的惬意。

高至善提议道：“咱们何不向空中升去，看看它到底能飞多高？”高经纬和霍玉婵齐声响应，三人使出浑身解数，只把个脚蹬踩踏得跟飞一样，飞行车升到四十余丈高，便无论如何再也升不上去了。

高经纬道：“根据咱们现有水平，也只能到这个高度了。”高至善道：“要想提高也不难，拿出那些倭寇驾驶者的训练劲头就行。”霍玉婵道：“你们就别不满足了，就现在这样，也比倭寇高出十多丈，倭寇可是使出了吃奶的劲，哪像咱们优哉游哉，好不轻松。”

高经纬抽了抽鼻子，自语道：“哪来的一股烧焦的味道？”低头一看，竟是自己的靴底在冒烟，而靴底下的脚蹬不知什么时候已变得微微发红，再一瞧发红的不只脚蹬，还有与脚蹬连接的大小齿轮以及螺旋桨叶下的竖杆。略一思忖，已明其理，必是自己三人将脚蹬蹬得太快，超出了这些地方的散热能力，以致积累了过多的热量，这才使它们变红，任其下去，飞行车非着火不可。想到这，连忙高声下令道：“快抽出宝剑放到脚蹬旁，然后就近降回到地面。”

霍玉婵和高至善虽然不明所以，但还是照着高经纬的话做了，宝剑一经放到脚边，自然也就发现了上述问题，吃惊之下，忙随高经纬降落到山下一处土丘上。

由于宝剑的作用，发红的部位已结起了一层霜，三人抬起脚，就见每只靴底都烧出一个铜钱大的洞。高至善笑道：“总说大哥的毛病是跟我学的，其实不然，就拿这次靴子差点烧着了来说，我就是受了大哥的影响，若不是他刚才说什么又添新毛病，我也不会变得这般麻木不仁。”霍玉婵道：“你这话说到了点子上，

没有大哥这个坏榜样，我哪能也忘乎所以起来？”

高经纬笑道：“你们两个就赖吧，我也不跟你们计较，等下次再遇这样的事，我就装作没看见，非烧得你们吱哇乱叫不可。”霍玉婵道：“你真小心眼，连我们正话反说，夸赞你都不知道。”

高经纬道：“就知道说我，逗逗你们都听不出来。好了，咱们言归正传，谈谈你们对飞行车的看法吧。”高至善道：“有什么看法好谈？要不是大哥发现及时，没准这飞行车就会燃烧起来。”霍玉婵道：“光燃烧起来倒好办，就怕这些齿轮过热后会熔化，导致飞行车操作不灵，再从空中坠落，那咱们可就惨啦。”高经纬道：“你这话倒提醒了我，看来，咱们对几辆车的各个部位得好好检查一遍。”

通过检查，三人发现，有两辆车的齿轮上都出现了不同程度的裂纹。高至善道：“想不到这飞行车如此不中用，没咋的，就出了这么多问题。”高经纬摇了摇头道：“我看这问题不在飞行车本身，而是咱们自己一手造成的。”

霍玉婵和高至善都咦了一声道：“此话当真？”高经纬道：“千真万确，不知你们想过没有？这之前，倭寇驾驶着它追歼海上的倭寇，还一直好端端的，为啥刚一到咱们的手里就出了事？”

霍玉婵道：“难道与咱们飞得高有关？”高经纬道：“何止有关？这就是问题的症结所在。那些倭寇驾驶者拼尽全力，充其量也只能将飞行车升到三十余丈的高度，那么他们在设计和制作飞行车时，所依据的就是这个高度，换言之，也就是在这个高度以下，飞行车无论怎么飞，各个部件的性能都可满足要求，都不会有问题。而我们一下子就比他们高了十多丈，完全超出了飞行车的承受极限，不出问题才怪。”

高至善道：“如此说来，只要咱们将飞行车控制在三十丈以内的高度，就能确保安全。”高经纬道：“正是这个意思。”

霍玉婵道：“也难怪倭寇要这样设计，因为他们的人就是豁出命来，也飞不到咱们的高度。”高至善道：“听你这么一说，回去咱们倒要给金大哥提个醒，让他们务必不要逾越三十丈的极限高度。”

霍玉婵道：“驾驶飞行车关键在于两点，一个双脚要具备足够快的蹬踏频率，一个身体要有悠长的劲力，这些都须经过长期的刻苦训练，一般人也许要从儿时练起方可达到，绝不能一蹴而就，从那些白衣男童的身上便可略见一斑，而咱们的人都没经历过这方面的培训，因此我担心的不是他们能否超越极限，而是担心他们压根就飞不起来。”

高至善反驳道：“咱们也没经过培训，怎么也能飞，而且飞得比那些倭寇还高？”霍玉婵道：“咱们还不是沾了际遇巧合的光，才使内力和外力都臻于化境，纵观世上，有几人能赶上咱们这般幸运？”

高至善道：“那金大哥他们呢，难道也不行？”高经纬这时答话道：“有内功根底的人，虽未经过飞行车方面的培训，但在修炼内功的同时，身体就具备了这方面的潜质，一般武林人士只要稍加训练，驾驶飞行车应该不成问题，尤其金大哥他们，全身经脉都已打通，掌控起来就更不在话下，提醒他们还是必要的。”

霍玉婵心里仍然不服，道：“即便他们能飞起来，也不会赶上那些训练有素的倭寇，更不要说飞越极限，不信咱们就走着瞧。”高至善道：“走着瞧就走着瞧。”

高经纬转移话题道：“这两辆有问题的飞行车实在不宜再驾驶，不如我和至善先回山洞，回头再来接玉婵。”霍玉婵道：“别看这辆暂时看不出问题，骨子里也受损不浅，稳妥起见，还是你一个人坐上它先出去，换乘飞马将我们送到山顶，然后咱们再一道骑上飞马，把受损的车辆搬回洞中。”兄弟俩深以为是，高经纬立刻行动。不多时，三人便将受损的飞行车运回洞内，并根据霍玉婵的提议，丢到走廊里弃置不用。

高经纬见蓝衣驾驶者每人都穿着一双轻便皂靴，便提议剥下三双，替换下各自脚上已烧出小洞的靴子。兄弟俩剥下三双，正要递一双给霍玉婵，就见霍玉婵已一溜烟跑到走廊里，从一个黑衣女子的脚上将一双靴子剥下，穿上后，对高经纬道：“我才不稀罕这些臭男人穿过的呢。”

高至善道：“你还别臭美，若是此处没有这些黑衣女子，看你换不换？”霍玉婵道：“那我就要白衣男童的。”高至善道：“要是也没有这些白衣男童呢？”霍玉婵道：“明明有，为什么说没有？”

高至善道："我是说假设没有。"霍玉婵道："哪来那么多假设？再说，过哪河，脱哪鞋，竟说些没影的干啥？"高至善见自己根本辩不过人家，只好偃旗息鼓不再吭声。

高经纬穿着新换上的靴子在洞窟里走了一圈，道："这靴子的确轻便得很，穿上它来蹬飞行车再合适不过，咱们不妨把这些靴子也都带回去，对咱们的人肯定有帮助。"当下三人一齐动手，将洞窟里驾驶者脚上的靴子全部剥下，堆在一起。

至此三人已无心再去驾驶飞行车，瞅着洞里的飞行车，高至善为难道："现在岛上连艘船都没有，想个什么办法才能把它们运回釜山啊？"高经纬道："办法我已想好了，咱们现在就回釜山去，搬回一艘大船，装上这些飞行车，再搬回去。"霍玉婵和高至善均无异议。三人当即起程，工夫不大，已回到釜山码头。

一百四十　飞车队应运而生　自发功失而复得

码头上所有船只都已清理完毕，各类物品，除了火炮一类大件，也都运到了城里。此时李东哲和潘郡守正带着人在往岸上搬运火炮，金无争师徒也在其中。一见兄妹仨降下，四人赶紧围了过来。

高经纬给他们讲了龙虎二岛的战况，并把这次回来要运飞行车的事也说了，四人对飞行车都觉得很新鲜，金无争师徒尤为感兴趣。

李东哲一听兄妹仨要用船，便要着手安排会驾船的人准备出海事宜。高经纬忙将自己只是要用船由空中来去的想法道出，随后就把目光聚焦在水里那艘大座船上。朱新余一见，忍不住道："师叔既是要用船从空中搬运，何不找一艘轻便的？小侄以为城上的船最合适。"

高经纬听了点头道："城上的船不仅比座船轻便，而且底是平的，刚好可以放在山顶洞口旁，比起用座船，倒省了一趟趟由山顶到海上的往返，只是如此一来，由釜山到龙虎岛大的来回却要增加一次。"原来他看中那艘大座船主要是因为它的甲板宽敞，一次便可装下所有飞行车，而平底船的甲板一次只能盛下半数，但考虑到平底船可以停放在洞口，权衡起来还是用它划算，遂决定采纳朱新余的建议，使用城头上的平底船。

李东哲半开玩笑道："这样做好倒是好，就是末将想到龙虎岛走上一遭的心愿却要泡汤。"高经纬道："李将军何出此言？想去龙虎岛还不容易，随船一起去就是。"潘郡守心道："这李将军也

笨得可以，这点小事还能难得了上仙？”于是便道：“下官也要跟上仙走上一遭。”金无争师徒也抢着道：“算上我们。”高经纬笑着道：“好，大家一起去，谁也别落下。”

兄妹仨先飞到城头，将东边一艘船上的火炮卸到船下，随后李东哲四人也来到船上。此刻船上的火头军正在做晚餐，依李东哲的意思不仅要让他们离船，而且还要将船上清理一空，高经纬摇手道：“为了抓紧时间，舱里就维持原状，只把甲板上腾空就行。”说罢，兄妹仨便抓起大船凌空而起。

这时天色已经转晴，西边的天空中，一轮夕阳正在缓缓下沉，只把个半边天际染得血也似的鲜红，成群的鸥鸟在海面上追波戏浪，啊呀啊呀地聒噪个不停。兄妹仨带着大船，沐浴着落日的余晖，直朝龙虎岛御风而行。

李东哲四人站在船上游目四顾，如临仙境，陶醉了一会儿，立刻开始收拾甲板上的杂物，他们将所有的杂物刚刚送到舱下，龙虎二岛已来到近前。兄妹仨提着大船绕岛巡行了两周，待李东哲四人看清了岛上的状况后，就把大船放到了龙岛山顶的洞口旁。接下来兄妹仨就飞到洞中，马不停蹄地搬运起飞行车来。

正如高经纬预料的那样，由于大船就在洞口，省却了好多往返时间，不久船上的甲板就被一辆辆飞行车摆满。兄妹仨估算了一下，当在一百五十辆左右，再看洞中已所剩无几。

兄妹仨又将四人带到洞中，给他们看了洞里的情况和倭寇驾驶者的尸体，并告诉他们山体下作为敌人的老巢，各类军需物资一定少不了，入口可能就设在码头左近的房子里，房子虽已夷为平地，但只要沿废墟去挖，还是不难找到入口。潘郡守果然听进心里，待到倭患被平息，釜山一带已变得铁桶一般的坚不可摧，潘郡守便率领船队重又来到这里，按高经纬所说挖开入口，从两个山洞里取出粮食和军需物品及金银珠宝不计其数，还有专供飞行车驾驶者食用的寿司原料等，这是后话，笔者在此不再赘述。

一行人回到船上，兄妹仨抓起大船驱马往回返，回到釜山时天已彻底黑了下来。几人一商量，还是把飞行车卸在郡守府好，于是兄妹仨就将大船搬到郡守府院中。潘郡守立刻让人掌起灯笼火把，兄妹仨便将飞行车从甲板上卸到院子里，潘郡守随即交给

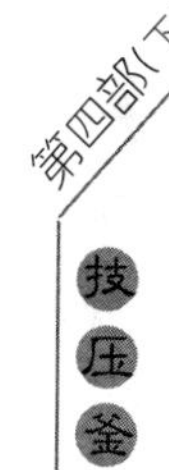

六大门派掌门人看守。

兄妹仨待要起程去运剩余的飞行车，就见船上的火头军来报，说晚饭已准备妥当。高经纬这才想起城头上还有三百多名将士的饮食就着落在这里，他想让潘郡守留下，然后带上大船返回南城楼，不料潘郡守意犹未尽，还想跟着去趟龙虎岛，李东哲和金无争师徒也是这个意思，兄妹仨便将大船搬回了城上。

他们回来得恰是时候，该船上的三百多人还都在城楼里候着，另外两艘船上的人员已开始就餐，本来想让这些人分成两拨跟他们一起吃，可这些人非坚持要等大船回来。原来兄妹仨的到来和倭寇的覆灭使得釜山城的军心、民心大振，人们早已把他们奉若神祇，特别是南城楼的将士，又都知道李东哲是和兄妹仨一道来的钦差大臣，爱屋及乌，所以李东哲在他们的心目中也有了绝对权威，而这些人又是他亲自安排在这艘船上的，故没有李东哲发话，谁也不肯改弦更张，坏了规矩。李东哲赶紧下令让他们进餐，这些人至此才秩序井然地登上大船，兄妹仨也和李东哲四人一起走进餐厅。

高经纬见这些人军纪如此严明，不由大为感动，就想对其给予奖励，刚好吃饭间，火头军眉飞色舞地给这些人讲起了适才随大船去龙虎岛的经历，这些人听了一个个都艳羡不已，高经纬见此情形立刻有了主意，悄悄对李东哲几人一说，大家都连声称妙。

兄妹仨匆匆吃过晚饭，不动声色地走出了船舱，不移时就觉船身轻轻一晃，李东哲四人明白大船已被兄妹仨带到了空中。李东哲站起身，当即向船上众人宣布了要带他们去龙虎岛的消息，众人欢呼一声放下碗筷，争相跑到甲板上。

就见繁星闪耀的夜幕下，兄妹仨正犹如天马行空般地带着大船稳稳前行。耳边是呼呼的风声，脚下是苍茫的大海，众人就像在梦中一样。不知是谁扑通一声跪在甲板上，引得所有人一齐跪下，转着圈对兄妹仨膜拜个不停，就连后上来的李东哲四人也都情不自禁地匍匐在地。膜拜了好一会儿，众人这才站起身，凑到舷墙旁放眼眺望，只觉得星垂四野，海天无垠，目不暇接，心神俱醉。

就在众人一片赞叹声中，大船已飞临海岛的上空。兄妹仨依前将大船往龙岛山顶上一放，又招呼火头军找出几只麻袋来，便飞进洞去将剩余的飞行车尽都运到甲板上。众人围着飞行车看个不休，只觉得说不出来的新鲜。而后兄妹仨又将大船搬到虎岛的山洞旁，先将这里的飞行车搬运一空，再抓起麻袋把洞内剩下的轻便靴也一并装起送上甲板，这才提起大船踏上归程。

大船回到釜山城，兄妹仨仍旧将飞行车和轻便靴卸到郡守府。看着满院子的飞行车，包括李东哲四人在内的众人都急于想知道它的用法。为了满足众人的好奇心，兄妹仨跳下飞马，一人驾驶一辆飞行车，就在郡守府给众人表演起来。船上船下都点起了灯笼火把，将整个郡守府照得如同白昼。兄妹仨吸取了龙虎岛的教训，飞行高度始终保持在三十丈以内，自此车上一切正常，再无过热现象发生。

飞行车带着风声在空中此起彼伏，四下游走，就像三只飘忽不定的怪鸟，在众人的眼前飞来飞去，只把个众人看得眼花缭乱，喜不自胜。

三人飞够多时，随后落回地面，高经纬结合实物，当场给众人讲了飞行车的构造及手柄的操控方法，并指出飞行车必须在三十丈以内飞行，超出这个高度就会出事。

好多人见飞行车上有两把座椅，而兄妹仨又都是一个人在驾驶，就问余下的座椅是否为了载人？高经纬解释道："倭寇驾驶飞行车都是两个人，其中有主有副，坐在主位上的人既要踩踏脚蹬，又要操控身前的两个手柄，坐在副位上的人只需踩踏脚蹬就行，腾出手来好开枪或投掷炸药。"说着，就把副位椅下的火绳枪拔出来给他们看。

金无争师徒见兄妹仨驾驶得轻松，早已按捺不住跃跃欲试的心情，找了两辆飞行车，拉起霍玉婵和高至善就让他们陪自己练。按金无争师徒的意思，一上来就想坐主位亲自掌控手柄，霍玉婵和高至善都说不妥，主张他们还是先坐副位，待脚下功夫熟了，又看懂了手柄的操作程序，再来驾驶也不迟，师徒俩听他们说得有道理，遂不再坚持。随后，霍玉婵坐主位，金无争次之，高至善坐主位，朱新余次之，四人将两辆飞行车驶到空中，等金

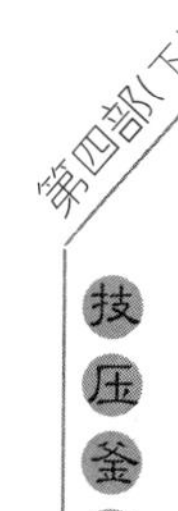

无争师徒蹬熟了，对手柄的功能也不再陌生，四人便将座位交换过来，改由金无争师徒驾驶。在霍玉婵和高至善的督导下，师徒俩很快掌握了手柄的操控。

霍玉婵和高至善见飞行车在他们手中已能随心所欲，就想学高经纬的样，放慢蹬踏速度，以验证师徒俩独自一人是否也能驾驶。不想脚上劲一缓，飞行车立刻急转直下，金无争师徒尽管鼓足力气踩踏，仍然无法扭转颓势，直到霍玉婵和高至善恢复原来的蹬踏频率，飞行车才止跌回升。两人这才知道，金无争师徒的功力较之自己实在还有相当大的差距。

两人遂吩咐师徒俩降落下去，然后让师徒二人驾驶一辆继续演练，这次师徒俩虽然也能飞到近三十丈的高度，但明显感到吃力多了，而且还有些后力不继，情形倒与那些倭寇驾驶者差相仿佛，更不要说一个人独自驾驶了。

这边的情形高经纬也看得一清二楚，心想金无争师徒尚且如此，那些功力不如他们的其他门派的武功高手，就更可想而知，至此方才明白，担心他们超越极限实属多余，而霍玉婵在这件事上，显然比兄弟俩有先见之明。

六大门派的掌门人见状也请求兄妹仨带他们试飞，兄妹仨便轮班将他们带上天空。两轮试飞下来，六名掌门人也都掌握了飞行要领，待他们结伴自己驾驶时，最高也只能飞离地面二十丈左右，还不如那些倭寇驾驶者。

李东哲和潘郡守也让兄弟俩带着学会了驾驶，等到他俩自己坐上去时，使出了全身的力气憋得满脸通红，却只将飞行车升起了两尺多高，旋即又落了下去，若不是兄妹仨从旁接住，两人非被摔个七荤八素不可，这还是他们都有武功在身，虽不甚高，但也比一般人要强之多多，由此观之，一般人更休想驾驶得动。

兄妹仨与李东哲四人及六个掌门人，仅就飞行车一事在一起计议了半晌，均觉得飞行车掌握好了，对守城乃至攻敌都大有裨益，决定明天起就在全城的习武人中进行一次选拔，筛选出五百名腿脚灵活、内力强劲的人组成一个飞车大队，下面再分成六个飞车小队，由金无争师徒担任正副大队长，六个掌门人分任小队长，总部就设在原倭寇那家最大的货栈。

潘郡守听兄妹仨说起倭寇的驾驶者都能将飞行车蹬到三十丈的空中，又见六个掌门人比人家足足低了十余丈，不禁对能否选拔出合格的队员充满了疑虑。高经纬道：“也许选拔出来的队员大多没有倭寇驾驶者水平高，但这点并不重要，仅就城池现状而言，只要被选拔的人能将飞行车蹬飞起来，并超越城墙就可，因为这样就不影响他们发挥飞行车的优势，我们需要的是他们能居高临下地打击敌人，能来去自如地到达城池的各个部位，从而起到守护城池的作用，至于能否飞得像倭寇驾驶者那么高，目前对于我们意义不大，我们这里又没有山顶洞口需要他们逾越，另外经过不断训练，他们的飞行能力也会逐步得到加强。”

接着，高经纬又把霍玉婵的将飞行车用于战船上的想法也说了，众人轰然叫好。李东哲道：“这个主意不错，倘若战船上有了飞行车，打起仗来更是如虎添翼。”潘郡守由此得到启发，建议部队在陆地上行军打仗时也可带上几辆，说不定作战能力会因此大增，大家都说“要得”。

朱新余道：“飞行车使用时日一久，难免要出故障，要是赶上在空中，岂不要车毁人亡？”釜山派掌门人王临溪道：“釜山城不乏能工巧匠，可招募一些，专门负责对飞行车的维护修理。”潘郡守当即拍板，就在飞车总部设立一个维修作坊，招募工匠的事可与选拔队员一并进行。

高经纬道：“既然设立了维修作坊，何不再设立一个制造作坊？让工匠们将飞行车一一分解，照着样子把各部件仿制出来，再组装成飞行车，这样就解决了飞行车的来源问题，还可支援给其他城池。”李东哲一击掌道：“着哇，索性再建造一个枪炮制造厂，连枪炮一起生产出来，还怕倭寇再来兴风作浪吗？”

潘郡守道：“现在府库充盈，不单飞行车和枪炮要造，还要趁此招兵买马，彻底改变我国兵微将寡的局面，倭寇胆敢再来进犯，就叫他有来无回。”说完便用眼瞅了瞅高至善，那眼神分明在问，他的话里可有错处？高至善忙将大拇指一竖，表示他的话完全正确，潘郡守这才放心地点了点头。

太白派的掌门人李祖荫一听要分解飞行车，不免有些心疼道：“好端端的飞行车一经解体，如有损坏岂不可惜？”李东哲道：“舍

不出孩子套不住狼，若不拼着毁损几辆飞行车，如何能摸透飞行车的结构，造出新的来？”高经纬被李祖荫爱护飞行车的诚心所打动，忍不住道：“龙虎岛山洞中还有三辆受损的飞行车，本来打算弃置在那里，这下正好取来做拆卸用。”

兄妹仨遂将大船送归南城墙上，又将金无争师徒送回各自的城楼，然后就准备重返龙虎岛。

终日的奔波作战，再加上刚刚又连续两个来回长途搬运大船，特别是后一次还额外增加了三百多号人，无形中让三人的内力严重透支，使得身体里那种自发的练功能力入不敷出，从而导致这种功能的丧失。三人初时不知，此时乘在马上，被夜风一吹，就觉得全身说不出来的疲惫。

高至善咦了一声道：“好奇怪，我这也不知怎么了，只觉得身上累得要命。”霍玉婵附和道：“我也有同感，浑身乏力得很，一连运行了两次全周天，收效也不大，不知道怎么搞的？”

高经纬道：“你们不觉得情况有些反常吗？过去练功都是身体自发的，可今天好像这功能一下子就消失了。”高至善道：“那是怎么回事？”霍玉婵道：“能不能与咱们今晚搬运大船有关？”高至善道：“这之前咱们搬得还少了，怎么也不见有事？”

高经纬思索了一会儿道：“之前的搬运毕竟不同于今晚的搬运，这次距离变长了不说，还增加了那么多飞行车和人员，不知不觉便超出了咱们的承受能力，不仅耗光了原有的内力，也遏制了身体自发的练功能力，内功得不到补充，所以才会感到疲累。”

高至善哭丧着脸道：“自发的练功能力没有了，自己练功又不管用，这可如何是好？”高经纬道：“你也不必太过着急，我想只要经过充分的休息，养足精神和体力，这种功能还会得到恢复。待会儿取回飞行车，咱们就停止一切活动，好好睡上一觉。”

听高经纬一提睡觉，霍玉婵和高至善都哈欠连天起来，高经纬也有些犯困，这可是兄妹仨自打大功告成后，从来未有过的事。高经纬意识到问题的严重，恨不得即刻取回飞行车立返釜山城。三人随即将飞马速度调至最快，眨眼间龙虎岛已到。

三人打开石板进到洞中，抓起三辆废弃的飞行车正要飞离洞窟，手腕不约而同都觉一阵酸软，照此情景，不要说将飞行车带

回釜山，就是将它们带离龙虎岛也难。于是三人立刻降回洞下，放脱手里的飞行车，三人试着运了运内力，只觉得所有经脉里空空如也，根本无力可运。

霍玉婵叹道："咱们这次算是白来了，心有余而力不足，只能无功而返。"高至善道："目前当务之急是尽快回去，留得青山在还怕没柴烧？等咱们恢复了体力再来搬也不迟。"高经纬摆了摆手道："现在还不是回去的时候，万一路上遇到突发事件，以我们眼下的状态，实实难以应付。常言道：'既来之，则安之'，倒不如就在这洞里过上一夜，在哪里还不一样安歇，何必非要舍近求远呢？"霍玉婵和高至善都道："瞧我们一门心思只想着回去，倒忘了这山洞就是一个绝佳的栖息之所。"

霍玉婵看着洞窟里的倭寇尸体道："守着这些尸体怪讨厌的，咱们还不如费点事转移到龙岛洞窟去，那边可没有这些烦人的家伙。"高经纬道："我倒看好了一个地方，只要稍事清理，就可在里高枕无忧，强过两处洞窟多多。"高至善指着一边的走廊道："大哥莫非说的是那里？"高经纬颔首道："正是。"

霍玉婵摇摇头道："龙岛那边也有走廊啊，咱们过去后机动性岂不更大？"高至善道："再怎么说这三辆飞行车今天也无法带过去，明天咱们免不了还要过来。"高经纬笑道："两处走廊我都曾留意过，那边的走廊只剩下很短的一段，而且有的地方已露了天，不像这边的走廊，剩下得长不说，而且崩塌处堵得严严实实。"霍玉婵听高经纬如此说，便不再坚持己见。

三人立马将洞顶合上来到走廊。走廊里果然如高经纬所说，不仅长度容纳兄妹仨绰绰有余，而且两侧壁上还各留有一扇石门。打开一看，右侧石门里的大厅竟然完好无损，整洁的地板上，黑衣女子和白衣男童练习用的座椅脚蹬都在，黑衣女人的座椅旁还有一套干净的被褥，估计是黑衣女人值夜班所用，左侧石门里的大厅虽然塌陷了一半，但黑衣女人值班的被褥却被保存了下来。

兄妹仨一商量，干脆就将寝室定在右侧的大厅里，他们将四个黑衣女子和几个白衣男童的尸体清理出走廊，将自己的飞马带了进来，顺手关上了洞窟和大厅的两道石门，又把两套被褥隔着

黑衣女子座椅左右一铺，兄弟俩合睡在左边，霍玉婵一个人睡在右边。高经纬还掏出了琥珀王和乌云煤精，调好了距离往旁边一放，大厅里登时暖意融融，时辰无多三人便都进入了梦乡。

不知过了多久，就听嘭的一声轻响，三人同时被惊醒，声音虽不甚大，但对于耳聪目明的兄妹仨却无异于轰天雷鸣。高经纬道了句“有人打开了洞顶”，便迅即将琥珀王和乌云煤精揣入怀中，随后三人进入走廊。

来到洞窟的大门外，三人把耳朵往石门上一贴，就听洞窟内有人呜里哇啦地在说话。霍玉婵低声道：“怎么办？咱们就在这里等他们过来？”高经纬也小声道：“万一他们不过来呢？”说着，用手往门楣上方一指道：“咱们还是主动点，把门打开迎迎他们。”便纵身一跃而起。

本来他还担心由于内力的缺失，轻功也会大打折扣，谁知这一跃起却身轻如燕，体内更是气息流转殊无窒滞，原来睡过一觉之后，内力已恢复如初。他人在空中，摸出一枚发光宝石，将夜视眼摘下后，立刻发现壁上涂着的红色短剑，他把左手往短剑上一放，右手收起宝石，再将夜视眼戴上，顺势便摁动了短剑，石门无声地开了。三人随即躲向门后，进入洞窟的人并未察觉。

三人慢慢探出头去，就见洞窟内有两个打着火把的成年蓝衣蓝帽男子，正在查看那些倭寇的尸体，两人的身边还停着一辆崭新的飞行车，三辆受损的飞行车仍旧待在老地方，显然这两人也是乘飞行车而来。

霍玉婵正要把冰精扔过去，高经纬一把将她拦住，又用手指了指洞顶，霍玉婵这才瞧见洞外已天光大亮，洞口旁还有四个脑袋在朝下窥探。高经纬耳语道：“咱们一块亮出乌云煤精，你二人凑到他俩跟前，只待我纵向洞口，你们便拔出宝剑。”说罢，就从霍玉婵手里要过冰精口袋，斜挎在肩上。

三人悄悄地按计划行事，高经纬移到洞口下方，伸手探进人蜕口袋，随即拔地而起，间不容发之际，已将冰精掏出扔向了洞口，而后又跃回洞里。霍玉婵和高至善也到了来人身后，一见高经纬纵起，便将宝剑抽了出来。

两个家伙一边翻看着尸体，一边嘟嘟囔囔地议论着，显见同

伙的死因让他们感到迷茫，他们更想不到洞里会有人，这时寒气骤起，他们尚来不及找到答案，就带着永久的困惑离开了这个人世。

高至善瞅着两人冻僵的躯体笑道："就是死，他们也是个糊涂鬼。"霍玉婵道："也许死的瞬间，他们忽然大彻大悟。"高至善道："你又不是他们，怎知他们心中所想？"霍玉婵道："你也不是他们，又焉能肯定他们到死还糊涂？"

高经纬见他俩没事便斗嘴玩，心中好笑，就道："反正他们也死了，你们就是说出大天来，也是死无对证，还不如猜猜他们来自何方？外面还有多少同伙？所为何来？"

霍玉婵道："跟你们哥儿俩，我是秀才见了兵，有理说不清，谁耐烦听你们瞎掰，有这工夫，我还不如到上面瞧个明白。"旋即又对高经纬道："对了，你不到上面打探一番，为啥这么快就下来了？"高经纬道："上面有冰精，我是怕乌云煤精见了它失去掩护作用，暴露了自己，这才急忙下来。"抬眼瞧了瞧洞口，又道："这会儿外面已是雾气弥漫，也该是咱们出去观望的时候了。"

霍玉婵和高至善这时也发觉自己内力充盈，稍一活动气息便流遍全身，与昨晚相比简直大相径庭。霍玉婵高兴道："刚才这一觉不白睡，身体自发练功的能力又回来了，有了昨天的教训，以后咱们可得加倍珍惜。"

高经纬道："谁说不是，过去以为靠身体自行练功，这内力总会取之不尽，用之不竭，殊不知再充沛的内力也有用尽的时候，不仅如此，一个使用不当，就连这自发练功本身也会大受影响。幸亏这功能很快便得以恢复，如若不然，咱们好不容易到手的功力岂不要毁于一旦？思之令人后怕，都怪我太疏忽大意，别人几句上仙一叫，就有些飘飘然，浑忘了自己的半斤八两。就拿这次搬运大船来说，船本身就是重载，再加上这么远的路程，早就超出了咱们的承受底线，我却偏偏还要带上那三百多号人，奖励他们用什么方法不行，非要拿三个人的身体去冒险？我这不是犯傻又是什么？想想自己做的蠢事，连我都不能饶恕自己。"越说越恨，提起手掌就向自己的脸上掴去。

霍玉婵听他又责备上了自己，心里就觉不妙，此时见他手掌一动，立刻猜出了他的心意，一把将他的胳膊抱住，嗔道：“你这是干什么？这件事又不是你一个人的错，我和至善不是也犯了自不量力的毛病吗？此事虽然凶险，但最终也没酿成什么大祸，咱们以后多加注意就是了，你为啥还要这般对自己不依不饶？”

高至善没见到高经纬要自己掌嘴，忙问道：“师姐，大哥他又想干什么？”霍玉婵忿忿道：“他没完没了地自责不算，还想抽自己的耳光，过去只是动嘴不动手，这下连手也动上了，你说气人不气人？”边说边嘤嘤地哭了起来。

高至善道：“师姐，你也不用跟他生气，他不是能打自己吗？让他打好了，咱们也不是没长手，他打自己一下，咱们就给自己来两下，只要他能看得过去就行。”霍玉婵抽泣道：“就这么办。”一把甩脱了高经纬的胳膊。

高至善这招还真灵，高经纬一听他们也要自己打自己，顿时醒悟过来，再也顾不得跟自身较劲，心道：“我这是怎么了？说是要改掉患得患失的毛病，非但没有起色，反倒变本加厉起来。”忙对他二人道：“刚才我又犯糊涂了，害得你们替我担心，下次我一定彻底改。”这才想起还要到洞顶查看。转头看向洞顶，此时在冰精的影响下天气已经转阴，洞口的雾气也愈来愈浓。

兄妹仨纵到洞外，就见洞口旁停着两辆也是全新的飞行车，脚蹬、手柄和螺旋桨叶等部件都闪着一层油亮的光，有四个蓝衣蓝帽的男子趴在洞口旁，已被冻成了冰棍，冰精就落在他们的身后。俯瞰山下，一艘大船停在码头边，上面还有人朝着山上这边指指点点，放眼龙岛，那里的码头上也泊着两艘大船，船上也有人在向这边观望。

高至善道：“这些船可能和昨天的来船是一伙，必是见来船一点消息没有，特地赶来查看情况的。”霍玉婵点头道：“今早他们来到这里，看样子是先去了龙岛的山洞，见里面一个人都没有，又打发一只船到这边一探究竟。”

高经纬沉吟道：“如果这些船是来打探消息的，那么他们便一定预感到出了什么事，就不会派出这么少的船只。即便是他们无船可派，来的这些船也会小心翼翼，不会这般明目张胆停靠到码头上来。我认为他们来此可能另有目的，对这里发生的事之前并

不知晓，到来后见此状况也是始料未及，又不相信如此坚固的防御会毁于敌人之手，抱着疑惑，先搜索了龙岛的山洞，一见里面空空如也，更是丈二金刚摸不着头脑，这才派人上这边的岛上继续察看。或许他们以为这只是一场突如其来的天灾，所以才会这样疏于防范。”

高至善道：“管他什么来头，咱们还是照老章程，骑上飞马用冰精去消灭他们。”霍玉婵道：“不妥，敌人现在分成两路，咱们只要消灭一处，马上就会暴露行迹，再要消灭另一处时，敌人就会用枪炮对付咱们。”高至善道：“那咱们就按兵不动，待敌人聚到一起再下手。”霍玉婵道：“就怕敌人见上面没动静，还会再派人过来，不等凑到一起便发现了咱们。”

高经纬盯着倭寇的尸体，脸上闪过一丝微笑道：“不如由我和至善穿上敌人的服装，驾驶一辆飞行车直奔山下敌人的大船。这蓝衣蓝帽一着身，稍远一点，倭寇哪里分得清真假。等到以迅雷不及掩耳之势驶到近前，冰精早已出手，解决掉这边的倭寇后，跟着再飞向另外两艘大船，倭寇还以为是自己人来通报消息，待到看清时，为时已晚。”霍玉婵和高至善都说好主意。

三人当即将四具敌尸扔进洞中，又收起冰精，驾起两辆飞行车飞到洞下。兄弟俩物色了两具与自己身材相仿的敌尸，将其身上的衣帽剥下，自己穿戴起来，高至善又要过冰精自己背上，粗粗一看，倒也与倭寇的驾驶者无啥分别。兄弟俩摘去夜视眼，带上宝剑，左右一分，坐上飞行车，由高经纬驾驶着飞出洞外。

霍玉婵也骑上飞马纵到洞口，只待兄弟俩驶离山顶，即刻亮出乌云煤精跃到空中，对兄弟俩暗加保护。

高经纬操控着飞行车冲出雾气，缓缓朝山下飞去，甫一现身，就听山下传来一阵欢呼之声。原来船上的人半天不见派出的人有消息反馈回来，又见洞口浓雾弥漫，更觉扑朔迷离，有心再派人前去打探，却找不到会驾驶飞行车的人。正在焦急间，就见一辆飞行车由山顶飞下，远远望去都是蓝衣蓝帽的自己人，不疑有它，是以都欢呼雀跃起来。

兄弟俩慢慢向敌船靠近，待降到快与敌船桅杆相平时，高经纬左边手柄向上一拔，右边手柄猛地往前一推，飞行车呼的一声

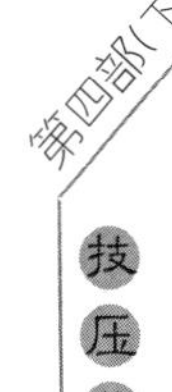

朝前疾进，瞬间便到了大船的近前。船上的人就觉眼前一花，高至善已将冰精照着甲板投下，众人一声惊呼尚来不及叫出口，便大张着嘴没有了气息。

兄弟俩随即落在甲板上，又带着冰精下到舱里转了转，直到确定船上再无一个活人。让两人感到惊奇的是，舱里竟摞满了大大小小的木箱，随便拆开几箱一看，却都是些崭新的飞行车零部件。两人收起冰精来到甲板上，大船已隐没在厚重的雾气之中。

高经纬道："时间一长，另外两艘船上的人非起疑不可，咱们必须趁热打铁，抓紧时间冲过去。"两人重又驾起飞行车，离开甲板冉冉升起。

越过迷雾，就见停在龙岛码头上的两艘大船此刻挤满了人，都伸长了脖子在向这边眺望，必是突然出现的大雾让他们感到不可思议。兄弟俩的飞行车一升起来，两艘船上的人都大叫了起来，一边还拚命朝这边招手，看意思是想把飞行车招呼过去，他们也好问个明白。

兄弟俩心道："你们就是不招手我们也会过去，这般迫不及待，不是死催的吗？"高经纬本想快速过去，如此一来却不着急了，在空中停了一会儿，这才佯作极不情愿地、慢慢悠悠地朝敌船驶了过去。飞到敌船的上空，高经纬瞅准一艘规模和人数都占优势的大船率先降了下去，待高至善将冰精丢下，又刻不容缓飞向另一艘船。高至善抽出宝剑对着下面便连连挥动起来，内力催动着寒气从剑身源源溢出，高经纬也拔出宝剑放在脚边，跟着就驾驶着飞行车在众人的头顶左盘右绕飞个不停。两艘船本就靠得很近，冰精的寒气早从邻船上不期而至，再加上兄弟俩宝剑上的寒气，使得船上的人尽皆动弹不得。

霍玉婵在高空看得真切，也一挺宝剑朝着冰精的所在疾掠而下，两艘船上登时便云遮雾罩起来。兄弟俩赶紧戴上夜视眼，找前甲板上一处无人的地方降了下去，然后手舞宝剑纵身而下，从前甲板一路舞向后甲板，偶有冻得不彻底，尚余一丝活气的人，在绵绵寒气的袭击下也都撒手归西。这时霍玉婵也将冰精捡起，先在船上一番疾驰，而后又下到舱里各处走了一遍，这才带着冰精，赶过来与兄弟俩会合，此时兄弟俩也由船舱走出，两艘船上

至此再也找不到一个活着的敌人。

三人收起宝剑和冰精，说起舱里的情况，却原来这两艘船上也载满了大小不一的木箱。三人重又下到舱里，经过开箱核实，这些木箱里装的也是飞行车上的各类零部件。

高经纬由此得出结论道："看来这些船不是前来打探消息的，而是专程为岛上送飞行车零部件的，这些零部件既可用来维修原有的飞行车，又可用来组装新的飞行车，他们使之探索山洞的飞行车就是临时装配起来的，这也说明飞行车必须经常维修或者更换新的。"

霍玉婵道："也就是说飞行车是有寿命的，难怪没怎么样齿轮上就有了裂纹。"高经纬道："齿轮上的裂纹虽说是咱们使用不当造成的，但即便正常使用，时间一长也难免要有磨损，其余部位也都一样，飞行车因为是在空中行驶，一旦出了故障跌落下去，就会车毁人亡，倭寇晓得厉害，所以才会运来这么多零部件，用来确保驾驶人员的安全，这也给咱们提了个醒，除了培训好驾驶人员，还须加强飞行车的保养和维修。"

高至善道："这么说倭寇还有一个制造飞行车的基地？"高经纬道："这一点是肯定的，根据海岛所处位置看，这基地就应设在东瀛国的本土，很可能就在它的沿海区域。"霍玉婵道："东瀛国本土不仅有飞行车制造基地，船舶制造基地也少不了，为了从根子上杜绝倭患，咱们就得把这些基地通通给它毁了。"

高至善道："潘大人给的地图里不就有一张东瀛国的吗？何不打开看看？也许那上面就有这方面的标注。"高经纬道："对呀，我怎么把它给忘了？"说着便将羊皮地图取出，打开东瀛国的一张一瞧，上面除了山川河流，就是城镇道路，并无其他方面的记载。

高至善有些大失所望道："这叫什么地图？一点有价值的线索都没有。"高经纬笑道："通常的地图都是这样，别小看它，在兵家眼里它可是个宝，据此兵家便可排兵布阵，攻城略地，能得到这么一张也就不容易了，你没听潘郡守说，为了得到它自己费了多大力气吗？"

霍玉婵道："再说上面就是有了标注，也只能作为参考，就像

那张画有龙虎岛的地图虽然注明了大本营，可是谁能想到这大本营却是建在山体里。”

高经纬道：“还不要说这些标注有欠缺，便是那些连人数都记得一清二楚的标注，实际情况也未必如此，这还要看具体标注时间，即便当时了解得丝毫不爽，时间一长也会发生变化，因此要想真正摸清敌人的情况，还得靠咱们自己亲身前往，实地考察，再说，消灭敌人咱们也要过去不是。”

霍玉婵看了一眼天色道：“再有一个时辰就是午时了，咱们可连早饭还没吃呢。”高经纬道：“这还不好解决？敌人的厨房里还能短了吃的？咱们只拣现成的填补一下就行。”

三人找到厨房，就见锅里的剩饭剩菜倒有不少，只是都已冻实，高经纬和霍玉婵便忙着生火热饭。高至善则翻开了周边的橱柜，翻到第三个橱柜时就听他嚷道：“先别忙着热饭，你们看这是什么？”高经纬和霍玉婵过来一瞧，竟是满满一橱柜寿司。由于橱柜的四壁较为厚实，柜门又封得很严，寿司都没有上冻。

兄妹仨只热了一点米粥，就着寿司一吃，不料这寿司风味独特，口感奇佳，三人一顿饭竟吃得十分惬意。吃过饭，三人就觉得浑身精力充沛，腿上更是活力无限，他们谁也没太在意，还以为是自身功力得以恢复之故。

三人先到龙岛山顶看了看，就见昨晚关好的洞口已经打开，果然船上的人曾到这里察看过。他们合上洞口，又回到虎岛的洞窟中，兄弟俩也脱去蓝衣蓝帽换上原来的服装。

三人合计了一会儿，觉得当务之急是将三艘大船运回釜山，于是骑上飞马，将三辆新车和三辆报废车都搬到山下船上。临了，三人还不忘将新殒命的六个倭寇尸体上的轻便靴剥下一并带走。到了船上，为了减轻船体的重量，高经纬提议把敌人的尸体都扔到海里，接下来三人便一齐动手，先后将三艘船上的尸体全部清理掉。

做完这些，高经纬道：“我说敌人为何就装配了三辆飞行车，却原来驾驶者只有那六个。”高至善道：“三艘船上的敌人加起来也不少，大哥怎么就敢肯定里面再没有会驾驶飞行车的人？”霍玉婵道：“这还不简单，如果还有会驾驶的人，看到他们的人迟迟

不下来，早就另派人上去了，何苦在下面傻等着？”

高经纬道：“这只是一个方面，但更为至关重要的是，你们有没有注意到，三艘船上余下的人着装都一律是黑衣，除了死在上面的六个，便再也找不到一个蓝衣蓝帽的人。”

高至善道：“大哥是说只有穿蓝衣蓝帽的人才会驾驶飞行车？可那些黑衣女子和白衣男童并没有穿戴蓝衣蓝帽，不也会驾驶吗？这又作何解释？”高经纬笑道：“我从未否认黑衣女子和白衣男童也会驾驶，但这船上并没有女子和男童啊。”

高至善正儿八经道：“大哥只是说船上剩下的都是黑衣人，并没强调里面没有女子，按大哥的说法，不知情的人听了，准以为黑衣女人也属于不会驾驶的范畴，不会想到她们恰恰相反，白衣男童尚且好说，在黑衣女人的问题上岂不就是误导？说话做事写文章，都要力求严谨，这是大哥在教我们读书时一再提倡的，怎么轮到自己就忘了呢？”

高经纬被他一阵抢白，竟弄得张口结舌，不知说什么好。霍玉婵气不过道：“那好，我来问你，你我算不算知情人？如果算，那么被大哥误导的人又在哪里？谅你也答不出来，我看你分明是在强词夺理，无理取闹，吃饱了撑的。”

高至善笑道：“我就知道你会跳出来帮着大哥，实话告诉你吧，我说大哥是假，想看你气急败坏是真。”霍玉婵点着他的鼻子道：“你就坏吧，等将来，瞧我不调唆小鹃妹子好好整治你。”

一提刘小鹃，就像捅到了高至善的软肋，他赶紧告饶道：“别价，师姐，小弟不过就是想逗你们开心，骨子里还不是想对你们好，没听说那句话吗？‘不说不笑不热闹’，这热闹热闹也有错？”霍玉婵道：“你就是会说，这次暂且不跟你计较，下次一定从重处罚。”

高经纬心道：“这两人成天在一起斗嘴，嘴皮上的功夫倒是见长。”想到这微微一笑道：“你们看这船怎么个运法好？”高至善道：“这还用说，还是老办法，从空中一艘一艘搬就是，横竖船上没有了那些尸体累赘，一下子轻了不少。”

霍玉婵道：“这样搬，行倒是行，就只怕此间有敌人来到这里，对尚未搬走的船动点歪脑筋，咱们好不容易到手的这些零部

件岂不要毁于一旦？”

高经纬摇摇头道：“自今以后，从空中搬运大船的事就算作罢，除了万不得已偶尔为之，但也不能搬这么远。我这不是小题大做，更非危言耸听，我仔细想过了，昨晚的事无异于给咱们敲了一次警钟，这种事绝不能再让它发生，再有这么一次，也许咱们就没有这么幸运了，说不定这一身功力就此毁掉，到那时欲哭无泪不说，还有那么多未竟的事如何去完成？为了一时的逞强好胜，引来无尽的悲哀，这实在是因小失大，太不值得了。”

高至善犯难道：“不这样搬又怎么让大船回釜山呢？”霍玉婵道：“我倒有个方法，不仅能让大船回去，而且是三艘同时上路。”高至善眼前一亮道：“你是说咱们乘飞马一人拉上一条船，将三艘船一道拖回去？”霍玉婵笑道：“你小子真是鬼精灵，一猜就中。”

高经纬道：“这要搁在从前倒也使得，可是眼下咱们功力刚刚恢复，怎么也得让它巩固一下。适才我已看过，这三艘船的驾驶舱都与鸭绿江的冰上大船如出一辙，此时刮的又恰巧是西南风，咱们何不扯起风帆驾船回去？”霍玉婵和高至善听了一乐道：“对呀，怎么把驾船这个茬给忘了？现在是在水里，应该比在冰上更容易驾驶。”

此时三人就在龙岛码头的一艘船上。为了重温一下驾船程序，高经纬将船锚起出后，三人一齐来到这艘船上的驾驶舱里。他们对轮舵和手柄的功能都还记得，只是操作起来尚显生疏。兄妹仨升起风帆将船驶离码头，在海上经过一番轮流演练，三人都能将船驾驶得有板有眼，像模像样。高经纬将船交给霍玉婵，又带着高至善去了相邻的一条船，待检查过驾驶舱里一切正常后，就由高至善操纵了起来，眼见高至善将船掌控得如鱼得水，来去自如，自己这才飞到虎岛的最后一艘船上。

不多时，兄弟俩就将船驶来，与霍玉婵会合，三人就地又各自行驶了一会儿，直到确定驾驶船只再无障碍时，方掉转船头，并驾齐驱，朝着釜山进发。

一百四十一　食寿司两腿着魔　寻根源用料考究

三艘大船在兄妹仨的操控下，一路上劈波斩浪鼓风而行，船速虽快却也比不得飞马迅捷，傍晚时分才驶回釜山城外。为了怕城上误以为是敌船，三人特地将飞马放在船首，并触亮了马眼。

李东哲和潘郡守此时都在南城楼，船驶到码头时，李东哲和潘郡守早已带着人马迎出城来。原来兄妹仨说是取报废的飞行车，却一宿未归，众人都忧心忡忡，唯恐他们出了事。潘郡守更是放心不下，一大早就跑到南城楼，和李东哲一起不停地向海上张望，瞭望了一天也不见兄妹仨的人影。

两人正自感到心焦，远远就见有三个白点在朝这边移来，潘郡守心里一喜道："是上仙回来了。"李东哲冷冷道："哪里来的上仙？分明是三艘大船。"说着便将手里的千里眼递给潘郡守。潘郡守赶忙举到眼前一看，果然瞧见三艘大船正如飞驶来，再往远处看，却不见其他船只的影子，脱口道："敌人好大的胆子，区区三艘船就敢来进犯？"李东哲道："倭寇再傻，也不会傻到只派三艘船来以卵击石，末将以为这三艘船仅是用来试探，后面一定还跟着大队船只，咱们千万别被他们的表象蒙蔽了，末将这就传下令去，让将士们做好战斗准备。"说罢转身就要离去。

潘郡守正从千里眼里目不转睛地盯着大船，突然发现有三个人从驾驶舱走出，细细一看竟是兄妹仨，心中一激动，忍不住大叫道："李将军且慢，上仙兄妹就在船上。"李东哲连忙接过千里眼，恰好看见兄妹仨将飞马移到前甲板，又顺手将马眼触亮，李东哲此时再无怀疑，欣喜欲狂道："真的是上仙兄妹，怪道这船敢直接驶来。”潘郡守兴高采烈道：“咱们也别在这装傻充愣了，赶紧下去迎接吧。”两人这才匆忙走下城楼。

兄妹仨把船靠上码头，降下船帆，又将铁锚投入水中。李东哲和潘郡守一行已迎了上来，双方刚寒暄了两句，就听城墙那边传来一阵嗡嗡之声。众人抬眼望去，却原来是金无争师徒带着新成立的飞车大队，驾着六十余辆脚踏飞行车闻讯赶来，他们将脚踏飞行车停在码头旁的空地上，黑压压一片倒也十分壮观。金无争师徒快步跑过来，其余人则跟着六个小队长待在原地。

高经纬给众人讲了缴获三只大船的经过，中间略去了三人体力透支，功力失而复得等项情由，只是说发现了敌船的行踪，以致延误了归来的时间，随后便领众人看了船上的飞行车零部件。

金无争师徒看着整箱整箱崭新的零部件兴奋得双目放光，道：“这真是天遂人愿，想啥来啥，这下再也不用为没零件替换发愁了。”两人告诉兄妹仨，他们仅用一个上午就将五百名飞车队员搞定。一听说要选拔飞车队员，整个城池都轰动了，前来报名的人十分踊跃，不光是武林人士，就连家传的习武者也来了不少。这五百名队员无一不是经过现场测试，认真比较，择优筛选出来的，从中又精益求精挑出一百二十名佼佼者，组成了现在的队伍，以应对临时情况。下午又各招了十名维修和制造工匠，两个作坊就算正式成立起来了。工匠们目前对飞行车的基本状况已有初步了解，就差解体一辆，对其内部结构做进一步观察，如今有了这些现成的零部件和报废的飞行车，实施起来就简便多了，不仅维修不在话下，要不了多久，说不定新的飞行车就能制造出来。讲完这些，师徒俩说要马上把这个好消息带给飞行大队所有成员，并尽快组织人手前来搬运，便匆忙离去。不多时就听飞行车那边传来一阵欢呼声，随之嗡嗡声再度响起，渐去渐远，终于声息全无。

潘郡守见兄妹仨一个人便驾回一艘大船，还以为是仙法所致，直到兄妹仨给他看了驾驶舱里的先进设施，这才恍然，连赞难得。

高经纬道：“盘踞在龙虎岛上的倭寇眼下已经彻底解决，接下来我们还要到东瀛沿海，将倭寇设在那里的基地、老巢逐个捣

毁，回过头再将其他岛上的倭寇统统荡平。但难保时间一长贼人不会卷土重来，另外海上也避免不了会有倭寇的残渣余孽出来兴风作浪，趁现在有这么多船只，咱们就应该招募水手，及早建立起一支强大的水师，以便经常出海巡弋，一方面保护商船和渔民不受打劫，一方面随时监视各岛屿的动向，发现倭寇有抬头迹象，就将他们消灭在萌芽之中。”

李东哲和潘郡守相视一笑道：“上仙与我们想到一起去了，今天末将与潘大人一边等候上仙归来，一边就在计议扩充兵力和筹办水师这两件事，最后商定由潘大人负责招兵买马，末将承担组建水师。招募陆军和招募水兵的通告已由潘大人拟好，并交给了手下人去誊写，估计连夜就会张贴出去。”高经纬听后甚为高兴，连连夸赞二人办事雷厉风行。

李东哲眼见暮色愈来愈重，遂道：“天色已然不早，就请上仙兄妹和潘大人到城上用餐。”高经纬猛然想起船舱里的寿司，连忙道：“船上的橱柜里还有许多寿司，味道好极了，待学生们取来给两位大人尝鲜。”李东哲道：“这等小事让手下人去拿好了，上仙只要指点一下在哪艘船上就行。”

高经纬一时倒忘了在哪艘船上，还是高至善记得清楚，一指右边的船道：“就在那艘船上的厨房里，进门左手第三个橱柜。”霍玉婵道：“你可真行，都快赶上贪嘴的猪八戒了，对吃的这般上心。”高至善道：“大哥你也不管管她，小弟好心替你回答，却招来她的无端羞辱。”高经纬道：“当姐姐的一点姐姐样没有，再要这样以大欺小，瞧我不老大耳光打过去。”说着举掌在霍玉婵面前轻轻一晃。霍玉婵往后一躲道：“好厉害的断魂掌，人家下次不敢了还不行吗？”

潘郡守咧嘴一笑，暗道：“上仙也喜欢开玩笑啊？”李东哲如何不明白他的心思，盯了他一眼，意思似道：“这有什么好奇怪的？再怎么说，上仙们也是孩子羽化，骨子里能没有一点童心吗？”

兄弟俩带上潘郡守和李东哲，一行五人降落在城头一艘大船上，还未等下马，一股煮肉的香气早已迎面扑来。兄妹仨就觉得这味道好熟悉，高经纬道：“如果学生没猜错的话，厨房里怕不是在煮狼肉吧？”李东哲道：“正是，上仙怎么连狼肉也吃过？”潘郡守道：“瞧李将军这话问的，既然是上仙，什么山珍海味能吃不到？”高经纬笑道：“吃狼肉纯属偶然。”边走，边给他们讲起了在两山夹道消灭狼群，以及顾家屯军民煮食狼肉的经过。

五人来到餐厅，就见餐厅里灯火辉煌，将士们都围坐在各自的桌子旁。把头有张桌子空着，五人走过去分宾主坐定，不多时，一盆盆热气腾腾的狼肉便流水价般端上了各桌。李东哲要过一盆清水净了净手，便将狼肉撕开布到各人的碗里，随后就有士兵斟上酒来。李东哲笑道：“这狼肉是潘大人为犒劳守城将士，特地派人从城外猎户手里购得的，比起狗肉来，无论肉质还是口感都更胜一筹，上仙们既然品尝过，就应该知道它的滋味。”说着，便做了一个举筷的手势。

兄妹仨各自夹起一块放进嘴里，心道：“上次李将军送的狗肉，可比顾家大院做的狼肉不知要好吃多少倍，这会儿又说狼肉比狗肉好吃，就是做法再不同，也不会差得如此悬殊，可李将军又不是一个说话不靠谱的人，真不知他葫芦里卖的什么药？”三人带着疑问，上下齿一咬，一股黏黏糊糊又香又辣的肉汁霎时充溢了口腔，满嘴就觉得说不出来的细腻鲜美，三人这才晓得李东哲所言，没有一点虚诳不实之处。

高经纬由衷叹道：“此肉虽闻起来尚不脱狼肉之气息，但吃到口里却与狼肉大相径庭。不瞒两位大人，学生以前所吃狼肉，不仅与这次无法相提并论，就是与李将军上次所赠狗肉相比，也颇有不如。看起来汉人尽管也仿照朝鲜人的做法，但所学皮毛耳。”

潘郡守赶紧咽下口中的狼肉，插话道：“上仙有所不知，就是一般的朝鲜人也做不出这种水平。下官无意中听李将军说起，他有一种独特的烹制狼肉的方法，可使狼肉成为少有的美味，所以才让人弄来这么多狼肉，不想做出来果然奇妙无比。”

李东哲笑道：“这做法末将也是跟一个猎户所学。那还是末将初到义州郡不久，一个妇女拦路为夫喊冤，末将当即接过诉状受理了这个案子，回去取过卷宗一核对，上面果然疑点重重，末将经过内查外调，终于弄清了这案子的始末缘由。

被告人是个猎户，同村有个财主因见其妻貌美，就想买来为

妾，上门与猎户一说，被其一阵痛斥轰出门去，遂怀恨在心设计陷害。不知怎么被他访得猎户家有一张珍贵的白老虎皮，不久有条商船在江中遭水匪打劫，报官后，失窃清单中恰好也有一张白老虎皮，这财主就到官府举报，说猎户勾结水匪打劫商船，只家中的白老虎皮便是罪证。末将的前任收了财主的好处，也不加详查，仅凭一张白老虎皮就定了猎户的死罪，只等秋后便开刀问斩。末将依律判定此案纯属冤案，当堂将猎户无罪开释，并返还那张白老虎皮，财主被以诬陷罪判处斩立决，前任也遭末将弹劾，被朝廷免了职，贬为庶民。

猎户夫妻对末将感恩戴德，非要以白老虎皮相赠，被末将断然拒绝。猎户夫妻心有不甘，便打了两只狼送到府中，并亲自下厨施展烹调技艺，将狼肉做得美味无比。阖府上下都吃得很开心，猎户夫妻见状又将烹调之法倾囊相授，末将又有回礼相送，自此两下便像亲戚一样往来不绝。后来这猎户入伍成了末将的手下，现在也来到了釜山城，诸位与他都不陌生。”

高经纬大悟道：“这人莫非就是朴勇男朴先生？”李东哲抚掌笑道：“不是他又是谁？”高经纬道：“想不到李将军和朴先生之间还有这样一番经历，传扬出去堪称佳话。”

霍玉婵道：“难怪这狼肉做得如此出神入化，却是李将军得了朴先生的真传。”李东哲含笑道：“末将充其量也只能算是纸上谈兵，论起真实本领尚不及朴勇男十之一成。他不仅做狼肉有手绝活，但凡肉类都做得有其独到之处，不要说今天这顿饭出自他手，就连上次送给上仙的狗肉也是他的杰作。”

高经纬道：“这么说朴先生也在这个船上？”李东哲道：“那还有假？自从收到潘大人送过来的狼肉后，末将就让朴勇男挨个城楼去传授做法，待教会了各船上的火头军后，末将就留他在这艘船上亲自掌厨。”潘郡守笑道：“原来李将军早有预谋请上仙们在此吃饭。”李东哲哈哈笑道：“当然其中也包括你潘大人了。”

几人正在说笑，兵士们已将寿司取回，李东哲随即让他们分发下去，将士们都把寿司当点心分而食之。厨房里又陆续上起了其他多种菜肴。酒过三巡，菜过五味，李东哲和潘郡守都说下半身突然有了股使不完的力道。

话音未落，便见厅里就餐的将士们也都嚷叫开来，说自己的两腿就像着了魔一样，非要活动不可，嚷着嚷着纷纷站起身，就在厅里跑了起来，跑的人一多，厅里有些容纳不下，这些人就向甲板跑去。李东哲和潘郡守开始还强自忍耐，终于控制不住，也随人流跑出了船舱。

兄妹仨见众人这等情况，均感到有些匪夷所思。高至善道："这些人大概是酒喝多了，在耍酒疯。"霍玉婵道："酒喝多了不是呕，就是吐，哪有这般跑起没完的，我看他们倒像是中了邪。"高经纬沉默了半晌道："我觉得他们还是吃了什么东西所致。"

霍玉婵道："那我们一样也没少吃，为何没事？"高至善道："他们也许是我们回来之前吃的，譬如中午。"高经纬眉头紧锁道："倘若是中午吃的，厨房的火头军却未见有人跑出，至于我们没事，那是因为我们身上有自发练功能力可以化解，没听他们都嚷嚷下半身力道突然增强，不发泄不行吗？"

霍玉婵道："既然你说厨房的人都没事，何不找他们核实一下？"高至善道："你是说他们在食物里捣了鬼？"霍玉婵道："捣什么鬼？朴先生就在厨房，谁有这个胆子？"高经纬道："何况这东西只是让人增强力道，跟下毒沾不上边，我倒忘了朴先生就在这掌厨，咱们正该去瞧瞧他。"

"不用上仙们费心，小人早就在这候着了。"兄妹仨一回头，就见朴勇男不知什么时候已站到了三人身后，此时正笑眯眯地瞧着他们，高经纬赶紧拉他坐下。

朴勇男道："小人也觉得事情透着蹊跷，若说有人投毒，小人一直都在厨房里，每种食品都亲口尝过，投毒断无是理，倒是这寿司……"说着一指兄妹仨面前的一盘寿司道："倒是这东西有些可疑。"

朴勇男这话提醒了高经纬，他突然记起自己三人吃过这寿司后也曾腿上有劲，浑身精力无限，当时还以为是内力恢复的结果，殊不知是自发练功能力已将寿司的作用化解，把这些和众人的表现联系起来，陡然让他想到了那些蓝衣蓝帽的飞行车驾驶者，眼前一亮道："敢莫这寿司是倭寇专为飞行车驾驶者准备的？"

把情况跟朴勇男一讲，朴勇男道：“事情极有可能如上仙所说，其实要想验证此事并不难，待小人尝过便知。”不等高经纬答允，他早已抓起两个，三口两口便吃进了肚里，不知是吃得口滑，还是觉得两块不够量，又抓起两块填进了口中，一抹嘴唇道：“这东西味道还真不赖。”高经纬笑道：“如果证实不是它的事，剩下的也都请朴先生笑纳。”

四人一边说话，一边等待朴勇男的变化。高经纬提起朴勇男烹制狼肉的绝活，恰似搔到了他的痒处，朴勇男登时变得口若悬河起来，如数家珍般地给兄妹仨介绍起了狼肉和狗肉的烹制方法。三人听得正在兴头，就见朴勇男猛地站起身，撂下一句“问题果然出在寿司上”，就在餐厅里跑了起来。

李东哲和潘郡守等一干人身上力道消耗得差不多，陆续回到餐厅拣原来的位置坐下，一见朴勇男兀自在地上奔跑个不停，都感到一头雾水。李东哲看着高经纬道：“我们这些人不知犯了什么毛病？身上莫名其妙地上来一股劲不说，不马上使出来还不行，这可是从来没有过的事。朴勇男这又是怎么了？难道这一切都与吃的东西有关？可朴勇男这些炊事人员，还未到他们进餐的时辰啊！”

潘郡守摇头道：“不对，如果是吃东西的缘故，上仙们为何不为动所？”他一着急，又将“不为所动”说成了“不为动所”。高至善一听忍不住咳嗽了一声，潘郡守立刻知道自己说错了，忙不迭更正道：“是不为所动，不是‘不为动所’。”

李东哲一笑道：“有什么不对？正因为是上仙，他们才不为所动，不然不就与咱们这些凡夫俗子没有分别了吗？”潘郡守一想也是这么个理，便道：“下官真是糊涂，倒忘了他们的上仙身份。”

高经纬语出惊人道：“李将军所言不错，这一切都是因寿司而起。”便把朴勇男怀疑寿司，并以身相试说了一遍。李东哲赞许道：“朴勇男是末将信得过的人，通常情况都会忠于职守，绝不会无故坏了规矩。”

潘郡守道：“朴先生的确可堪重任，将来论功行赏，下官还要向朝廷举荐他。”李东哲笑道：“此次有功人员不在少数，功劳簿上咱们可谁都不能漏掉。”潘郡守道：“李将军放心好了，下官心

里有数。”

李东哲道：“只是倭寇做这种寿司目的何在？总不至于是为了跑步锻炼吧？”高经纬就将自己认为是用于倭寇驾驶者身上的想法讲了出来，李东哲和潘郡守都深表赞成。李东哲道：“这东西要是咱们的飞车队员吃了，不也照样管用吗？”

霍玉婵道：“就是管用，谁又知道它都用了什么原料呢？起码不会和普通的寿司一样。”李东哲道：“这不还有剩下的吗？找一个熟悉寿司制作的大师傅解剖一下，还看不出来？”高经纬道：“这倒不失为一个好办法，实在不行，还可到那边船上的厨房搜上一搜，没准也能找到些线索。”

这时朴勇男也停下了脚步，大概是听到了众人的议论，就见他走过来拿起桌上的一个寿司掰成两半，凑到灯下仔细观察起来，又揪下一小块红色的东西放进嘴里品了品，然后道：“小人敢肯定这里面有一味珍珠参和一味樱花蜜，是一般寿司不常用的原料。”原来朴勇男人极聪明，什么东西都是一学就会，因此涉猎很广，不仅做过猎户，精于厨艺一道，也在鸭绿江上打过鱼，还出海捞过珍珠和海参，所以寿司里的东西自是逃不过他的眼睛。

高经纬好奇道：“学生平常就知道海参里有乌参、刺参、乌元参和梅花参，珍珠参却不曾听说过，不晓得这种参有何好处？”朴勇男道：“海参种类繁多，珍珠参也是其中的一种，因为其身殷红如血，上面又杂以滚圆的白点，倒像是一粒粒珍珠嵌于外表，故人们称之为珍珠参。一般海参以捕食海底小动物为生，珍珠参却性格迥异，勇猛好斗，常游到一种叫虎皮螺的海螺背后，趁其不备发动偷袭，一口咬住虎皮螺略似章鱼的软体，便绝不松开，直到吸食空虎皮螺的肉身后，才钻进它的外壳，将其占为己有，然后就在里面住上个十天半月，等到消耗光了攫取到的营养后，再出来物色下一个虎皮螺，这做法倒与寄居蟹有些相仿。虎皮螺顾名思义，是因螺壳外表带有虎皮状斑纹而得名。珍珠参不仅味道鲜美，而且形态昳丽，极具观赏价值，有些富贵人家常将它养在鱼缸之中以供赏玩，因此每只活着的珍珠参都价格不菲。”

高至善道：“这珍珠参大海里多吗？”朴勇男道：“数量极其稀少，据小人所知，只在祥云岛一带海域才有。”高经纬道：“那里

必是虎皮螺的产地？”朴勇男道：“产虎皮螺的地方不在少数，可有珍珠参的却只有这一处海岛。小人在入狱前曾几次去过那里，也捞到过四五只珍珠参，但都因途中保护不善，让它们死去了，小人只好吃掉了它们，这一吃便记忆深刻，至今不忘。后来为了报答李将军的救命之恩，小人再度去了祥云岛，本想捞回几只送给李将军，不料那里已被倭寇占领，连附近海域也被封锁，靠近不得，只能悻悻而归。”

他沉思了一会儿，又道：“寿司里隐隐还有一种味道，倒与蚱蜢一类的昆虫味道有些相似，不知是也不是？”高经纬道：“既然叫不准，咱们索性就到船上的厨房瞧瞧。”朴勇男迫不及待道：“那咱们这便过去。”李东哲道：“就是过去，也得让上仙把饭吃完啊。”朴勇男一拍脑袋道：“瞧小人这记性，倒把上仙们吃饭的大事给忘了。”说着赶忙跑回厨房，不大工夫，主食便流水价似的端上了各桌。

众人被刚才一阵乱跑折腾得已酒兴全无，三口两口就将主食吃下肚，放下筷子都起身回了寝室，剩下李、潘二人和兄妹仨也离开餐厅，准备直接去码头。五人前脚走到甲板，朴勇男后脚就追了出来，五人都劝他吃了饭再去码头不迟，可他非坚持先去船上看过后回头再吃，五人拗他不过，兄妹仨只好跨上飞马，驮起三人朝码头飞去。

码头上此时灯火通明，热火朝天，人来车往，一派繁忙，却是金无争师徒组织了大批人手来拉船上的木箱，为了尽快将木箱拉回，他们多数人晚饭也没顾得上吃。高经纬将师徒俩拉到一边，将寿司的事告诉了他们，金无争高兴道：“太好了，要是能把这东西仿制出来，每次战斗前给队员们吃下去，那可真是如虎添翼。”

高经纬道：“就怕这东西的原料不容易凑齐，目前尚不知晓的姑且不论，知道的仅珍珠参一种就不是轻易能到手的，另外这东西常给队员服食，也不清楚对身体有无损害？”金无争道：“只要对消灭倭寇有利，别的也就顾及不得了。”

朱新余道：“小侄也听说珍珠参产于祥云岛一带，要想采到它，就必须拿下该岛屿。”高经纬道：“本来我们还想到东瀛沿海去捣毁倭寇的一些基地，如此说来就暂时放一放，先把祥云岛攻下才是。”

金无争师徒对寿司一事高度重视，遂决定跟着高经纬一起去厨房查看。一行八人来到厨房，经过一番搜索，除了找到一大袋珍珠参和五罐樱花蜜外，还发现四坛灰褐色粉末。朴勇男抓起一把嗅了嗅，又用舌头舔了舔，肯定道：“那股昆虫的味道就来自这里。”说罢就把手伸到坛子里上下掏了掏，居然被他摸出几根细细的棒棒来，仔细一端详却是蚂蚱、蝈蝈和螳螂残缺不全的后腿。八人于是将四坛粉末统统倒出，从头至尾拨动一遍，又辨认出几根蚱蜢和蟋蟀的后腿来，最终确定这些粉末就是由蚂蚱、蝈蝈、螳螂、蚱蜢和蟋蟀五种昆虫后腿，经焙干研碎而成，那些残存的后腿自是研磨不彻底的产物。

李东哲感叹道：“这些昆虫无不后腿强悍，伸缩之间便蹦出老远，以它为食，难怪下肢力量陡增。”高经纬道：“再配以珍珠参，当使这种力道发挥到极致。”

朴勇男道：“只是这中间的量还不知晓如何搭配？尚需一点点试来。”霍玉婵根据自己配制中草药的经验道：“别的我不知道，我倒以为研磨粉末时，五种昆虫后腿的配比采用相同的重量即可。”金无争道：“朴先生要试验时，只管到飞车大队来好了，老夫和队员们随时愿意配合。”

李东哲和潘郡守当下决定，朴勇男从即日起，便调到飞车大队任副大队长，并掌管那里的伙食。八人将粉末盛回坛里，金无争便打发人将这里的东西装车，运往飞车大队。朴勇男怕人将东西弄乱，非要随车前往。

霍玉婵提醒道：“朴先生晚饭可还未吃呢。”金无争道：“那太巧了，我们这些人也都未吃，老夫已让人预备下酒菜，一会儿回去，老夫陪朴先生好好喝上几杯。”金无争又要邀请兄妹仨和李、潘二人，五人忙摆手说已吃过。

高经纬道：“我们也该启程了，趁此拿下祥云岛，为诸位打开珍珠参进货渠道。”潘郡守道：“下官也安排人着手收购五种昆虫后腿和樱花蜜。”李东哲摇头道：“末将不是给潘大人泼冷水，这个季节到哪里去找这些东西？”潘郡守一笑道：“下官也是昏了头，

倒忘了现在是冬季。”高经纬道：“学生以为，潘大人可以派人到倭寇各货栈再找找看，说不定倭寇曾为他们的人收集过。”潘郡守道：“上仙的话倒点醒了下官。”

兄妹仨辞别众人，连夜向祥云岛进发。三人朝着西南方一路飞去，霍玉婵道：“其实收集寿司原料的地方还有两个现成的去处。”高经纬眼睛一眨道：“你是说龙虎二岛的山体里？”高至善一听也道：“谁说不是，倭寇驾驶者的老巢这类东西还少得了？只是厨房都掩埋在地下，要将其凿通，咱们还得回家去取巨斧。”高经纬道：“眼下还顾不上这些，等把倭寇消灭得差不多了再说吧。”

霍玉婵道：“祥云岛是个大岛，没准倭寇在上面的布防比龙虎岛还厉害，咱们晚间前去，虽有夜色掩护，但敌人的陷阱机关也一定张网以待，稍不留神，咱们就将死无葬身之地。依我看，咱们不如暂且回去，休息一个晚上明日再来。”高至善道：“众人都知道咱们出来了，这样回去面子上须不好看。”霍玉婵道：“那咱们就去龙虎岛，像昨晚上那样过它一夜。”

高经纬沉默了半晌道：“咱们还是到祥云岛看看情况再说，真要如你所想那样凶险，索性就回趟家，反正咱们的宝石也该补充了。”霍玉婵和高至善一听可以回家，都来了精神，三人加快速度牧野流星般向前疾进，不久一座海岛便闯进了他们的视野。

高经纬打开羊皮地图两下一对照，确定这岛就是祥云岛。三人降低高度绕岛盘旋一周，不禁在心里赞叹道：“好一座得天独厚的大岛！”就见这岛面积很大，方圆不下数十里，中间山岭起伏，周遭平地环绕，是迄今为止他们看到的最大海岛。再一细看，这岛上的建筑也十分惊人。东南西北近海处各有一座城堡，城堡前均有一座码头。这还不算，沿海岸线还建有一圈高高的城墙，四座城堡被连在一起，对于整座海岛而言，倒相当于四座扩大了的城楼。城堡里楼宇成片，城堡外则分布着数十个村落。就中要数北边城堡最不平静，此时不仅城堡外的码头上船只云集，码头前的空场上更是灯火齐明，亮如白昼，正有数百人在连夜用木头赶搭一座高台。

高至善不解道：“敌人这是在搞什么名堂？”霍玉婵道：“瞧架

势倒像是要搞一场庆典。”高至善道：“就不会是要处决什么人？”霍玉婵道：“处决人随便搭个席棚就行，干啥要张灯结彩？”高至善这才注意到，台子上挂满了红红绿绿的彩带，果然一派喜庆气象。

高经纬心道：“台子搭在码头前，照理，不是迎接有功人员凯旋，就是欢送将士们出征，现在码头上停满了船只，看来应该是后者。”转念又一想：“这码头正对着的就是朝鲜的海岸线，倭寇该不会是要去攻打釜山吧？”把想法跟霍玉婵和高至善一说，两人也都认为敌人攻打釜山的可能性最大。

高至善道：“咱们现在就去把敌船毁了，看他们明天坐什么出征？”霍玉婵道：“咱们的目的主要是消灭敌人，光把船毁掉有什么意思？倒不如等明天敌人都上了船，驶离这里，咱们再一鼓作气连船带人一起收拾。倘若刻下先把船毁了，惊扰了敌人，让敌人有了防备，回头咱们还怎么能做到出奇制胜？”

高至善道：“就怕敌人已知道了釜山城外的惨败，不会老老实实等咱们用冰精筑起包围圈。”霍玉婵道：“那咱们就用末日之光。”高至善道：“末日之光一用，还不等于告诉敌人咱们来了，不照样会惊动敌人吗？”

霍玉婵见高经纬只顾沉思，便道：“大哥怎么半天不吭声？快说说你的想法。”高经纬道：“我在想冰精和宝剑一亮，乌云煤精就失去掩护作用，不然咱们就可靠近敌船，逐艘将船上之敌消灭于无形，由此倒让我想起一件事，可以弥补上述之不足。”高至善着急道：“大哥就别慢慢吞吞的，快说什么事。”

高经纬道：“你们还记得青花瓷瓶里的毒气吗？不要说现成的，光制毒原料咱们每样就有六麻袋，这东西与乌云煤精可不冲突，咱们何不拿出来使使？”两人拍手道：“就是，这东西放着也是放着，此次正可派上用场，就是对付城堡里的敌人，说不定也管用。”

高经纬扫了一眼祥云岛道：“咱们现在就打道回府，天明前赶回这里。”三人说走就走，认准西北方一路飞去，不久就回到拨云堡的上空。

一百四十二　绿松石别有妙用　鸡血石大显神通

高夫人和刘小鹃正在瞭望孔前闲聊，一见兄妹仨归来，立刻将堡顶打开，五人见面自有一番亲热。

高夫人和刘小鹃就要去厨房做饭，兄妹仨连忙表示已在外面吃过。高经纬还告诉高夫人他们是回来取东西的，拂晓前还要赶回去。高夫人忙问是什么？高经纬告诉她是装有毒气的瓷瓶，而且需要量很大，高夫人立刻明白他们是要将毒气原料装瓶。

刘小鹃眨动着长长的睫毛道："这些毒气莫非是用来对付倭寇的？"高经纬道："正是。"刘小鹃道："那么你们已经到了朝鲜？"高至善道："何止到了朝鲜，差一点就打到了倭寇的老家。"

高经纬从刘小鹃那渴望的眼神里，如何不晓得这母女俩此时的心情，便想将三人此番的经历扼要地介绍给她们，刚一开口就被高夫人打断道："先别急着讲，就冲你们这般来去匆匆，一定又积攒了不少惊心动魄的故事，岂是三言两语就能叙述完的？还不如咱们一起到怪兽室，一边将毒气原料装瓶，一边听你们细细道来。"

兄妹仨将包袱解下，把两只盛有鸡血石的玉匣、一张人蜕和几本武功秘籍都交给了高夫人。高夫人和刘小鹃待要打开玉匣来瞧，被高经纬伸手拦住道："既然你们对故事感兴趣，这里面的东西还是先不看为好，留给你们一点悬念，等我将所有的故事一一阐述明白，这东西的来龙去脉你们自然也就清楚了，到那时再打开，也许会给你们带来一份意外的惊喜。"

为了怕在装瓶时出现意外，五人还特地带上一罐药酒，随后五人便拿起五把高夫人做的小板凳，穿过通道，去了怪兽室旁边的作坊间。到了那里，霍玉婵唯恐高夫人和刘小鹃着凉，就想给室内升温，于是掏出自己的琥珀王和乌云煤精，一边调整两者间的距离，一边去试乌云煤精的温度。可是让她想不到的是，就这么简单的一点事，她却无论如何也做不好，乌云煤精干脆就热不起来，本来两者之间离得越近，乌云煤精应该越热才对，可是今天不知怎么了，她都将它们贴在一起了，乌云煤精还是一点也不热。

高经纬和高至善见了也觉得很奇怪，便也把自己的琥珀王和乌云煤精取出，结果也都不起作用，兄妹仨一头雾水，不明所以。高经纬沉吟道："昨天晚上在虎岛山洞里用时还好好的，怎么今天回到家里反倒不好使了呢？"高至善道："难道这些变化出来的宝物都有时效？时效一过，就又变回了凡品。"

霍玉婵正自瞅着地上的琥珀王和乌云煤精百思不得其解，一抬头，就见高夫人和刘小鹃都面带得色，颇有一点幸灾乐祸的感觉，内心疑云顿起。暗道："莫非这一切都与娘和小鹃有关？"遂一把搂住高夫人和刘小鹃，使话诈道："我说这些宝物怎么都失灵了，一定是娘和小妹做了手脚。"

就听高夫人和刘小鹃哈哈一笑，从腰间取出三个绿松石剑坠来，随即又掏出一个铅袋将剑坠装了进去。这时地上的乌云煤精一齐发起热来，作坊里登时酷热难耐，兄妹仨赶紧俯下身将琥珀王挪开，这才知道乌云煤精之所以失去作用，却是因为绿松石的缘故。

高夫人告诉他们，自己和刘小鹃有一次在乌云煤精旁翻倒一只盛珠宝的铁箱，忽然觉得眼前一片漆黑，接着大厅里一下子又冷了起来，两人赶忙戴上夜视眼，一查才发现乌云煤精已不再发热，而琥珀王却好端端地待在原地。经过反复验证，根子却是出在三个绿松石剑坠身上，原来绿松石竟是琥珀王的克星，只要绿松石一出，琥珀王对乌云煤精的作用便被阻断，乌云煤精就停止发热，自身的黑雾便又显现出来。另外两人还发现将绿松石装入铁箱或铅袋里，对琥珀王就构不成威胁。两人也不知这一发现于兄妹仨是否有用，但至少可以出其不意拿将出来，跟他们开个玩

笑，因此两人才偷偷搞了这么场恶作剧，以博大家一乐。

高夫人笑道："其实你们就知道怀疑宝物失灵，谁都没想起将夜视眼摘下，再来看过，不然早就被你们看出破绽来了。"几人顿时笑作一团。

高经纬却由这个发现联想到了变色衣，心道："过去只要琥珀王一出，乌云煤精便只会发热，不再有黑雾生成，而辨识变色衣又离不开琥珀王，因此二者不能兼顾，如今有了绿松石，二者就可同时拿出来用，只是不知琥珀王的辨识功能会不会受到影响？待会儿回到餐厅，可得想着试上一试，万一不受影响，将来便可带上绿松石，需要时三者往外一亮，再穿上变色衣，就可同时让两种掩护功能并存，那可就方便多了。"随后五人就坐上小木凳。

高经纬为了让瓶中的毒气达到最大限度，决定采用一两半比一两半的比例，往青花瓷瓶里装入两种原料。各人根据自己手掌的大小，确定了一把应该抓多少，接着便按一两半左右的分量，开始往青花瓷瓶里装入黄色颗粒。

其间，高经纬也将三人自离开拨云堡，如何到凤凰山结识惠兰夫妻，找到魏进财秘密老巢，如何知晓朝鲜密使李东绪即为李东哲之胞兄，如何携同李东哲到平壤入宫、见驾、除奸，如何出使到釜山城平定那里的倭患，如何与李道楷的师父金无争义结兄弟，如何金无争以镇门之宝相赠，如何捣毁倭寇的龙虎岛巢穴，并发现脚踏飞行车，直到这次从祥云岛归来诸般情节，都逐项娓娓道来，只把个母女俩听得心花怒放，喜悦无限。

刘小鹃道："要是能亲眼见识一下那个会动的铜人和飞行车就好了。"高至善信誓旦旦道："下次我一定记着将铜人带回来。"高经纬和霍玉婵也道："飞行车的事就包在我们身上了。"

五人说说笑笑中就将六麻袋黄色颗粒装完，上万只青花瓷瓶也所剩无几。兄妹仨又从怪兽室将六麻袋银灰色粉末搬来，为了安全起见，五人各自含上一口药酒，自此不再说话。仍按每瓶大约一两半的分量往里装进银灰色粉末，再盖上软木塞，摇晃一下放到一边。直到子时将尽，五人才将六麻袋银灰色粉末装空，偌多个青花瓷瓶也刚好装完，五人随即将青花瓷瓶装进袋中，恰好将十二只麻袋装满。更令他们高兴的是，在此期间竟无一丝毒气渗出。

他们将口中的药酒咽下，高夫人如释重负道："这些东西放在这里，都快成了我的一块心病，我总担心两样东西碰在一起，会给拨云堡带来灭顶之灾，这下好了，你们总算给它们派上了用场，我也再不用提心吊胆了。"霍玉婵道："娘，您干吗不早说？倘若早说出来，也能给我们提个醒，今天要不是大哥想起，我们早把它忘了。"

高夫人道："既然你们这么说了，为娘我还有一块心病，索性一发跟你们说了，那就是摞在后院库房下那些炸药，不知怎么了，每一想到那些木箱，我就忍不住一阵心惊肉跳。"霍玉婵一边把琥珀王和乌云煤精纳入怀里，一边道："这事好办，等到我们忙完这一阵，一回来立马将它们送给军营。"

兄妹仨随之一人提起两麻袋瓷瓶，五人一起返回拨云堡大厅，高至善还要回去搬剩下的六袋，高经纬道："我们这次出去暂时就先带上这六袋，剩下的六袋看情况再说，因此还是放在那边安全些。"三人找来网兜，往各自的马身上一系，又将两只麻袋往两边一搭。

刘小鹃一心想着那两块神奇的鸡血石，一见兄妹仨又是系网兜，又是搭麻袋，还以为兄妹仨马上就要赶路，急道："两只玉匣里的东西还没看，你们怎么就要走了？"高经纬笑道："怎么会呢？不满足小鹃妹妹的好奇心，我们哪也不去。"高夫人一把搂过她道："不让我的宝贝女儿满意了，我看他们哪个敢走？"

一行人来到餐厅里，高经纬道："在打开玉匣之前，还有一样东西要给娘和小鹃妹妹看。"刘小鹃道："我知道，是那件变色衣。"高经纬笑着点了点头，随即将变色衣取出给高至善穿上，高至善往墙上一靠，顿时消失得无影无踪。

刘小鹃鼓掌道："这东西真是太神奇了。"随之又有些遗憾道："这变色衣好是好，就是穿起来太麻烦，还须将外套换掉。"高至善道："现在就这一件，等将来每人都有了，平时就把它穿在里面，要用时，将外套一脱就行。"

刘小鹃道："这样做，身上还说得过去，可这头上、脸上呢？总不能一天到晚老戴着头罩吧？"高至善醒悟道："我倒忘了变色

衣还连着头罩，头上还好说，可使帽子遮挡，就是脸上有些不方便。”霍玉婵道：“何止不方便，简直是找罪受，咱们头上原本就戴着头套，好家伙，没怎么的再来上一层，如果偶尔戴戴还行，整天戴着，谁受得了？这样的馊主意，亏你想得出。”

他们的一番争论倒启发了高经纬，心想倘若头套也能变色，到时只需把头套翻转过来不就行了？由头套进而想到手套、脚套，不禁暗自道：“这鸡血石变衣物行，就是不知用在头套等物件身上能否也行得通？”

高至善见高经纬半天不作声，便道：“大哥精神如此专注，莫非又想出了什么好点子？”高经纬把想法一说，霍玉婵道：“光说有什么用？守着现成的宝物，咱们豁出一只脚套，试试不就知道了。”她觉得脚套最无足轻重，是以提出用脚套来试。

高夫人和刘小鹃那边已急不可待地将两只玉匣打开，高夫人什么样的鸡血石没见过？但面对这两块通体鲜红、娇艳欲滴的宝物也惊得目瞪口呆。刘小鹃道：“这块像镬一样的鸡血石必属釜山；而那块上面有白斑的鸡血石必属白头山无疑。难道这两块鸡血石的外形就真的与那两座山一般无二吗？”高经纬道：“白头山我们没去过，像到什么程度不好说，但釜山却是我们亲眼所见，与这块镬状鸡血石相比的确惟妙惟肖。”

兄弟俩将鸡血石取出摆到餐桌上，高至善又匆忙脱下一只脚套，放到釜山状鸡血石的釜口里。刘小鹃用手捅了他一下，小声道：“大哥大姐都没脱，你着的哪门子急？这么脏的脚套也不怕人笑话？”高至善这才意识到脚套已多天未洗，原来并未在意，此时经刘小鹃一说，他立刻嗅到一股汗臭味，脸上不由一红，忙不迭地要将脚套取回。

高经纬早已将釜山状鸡血石拿在手里，边调整与白头山状鸡血石的位置，边道：“都是自家人，谁在乎你这些？”说着，就将两块鸡血石隔开了二尺五寸多的距离。

在高夫人和刘小鹃惊异的目光里，白头山状鸡血石开始犹如火山喷发似的涌动起来，一切就跟兄妹仨在金无争宅邸大厅里看到的情景一模一样，最后也是一声轰鸣，釜口里便流光溢彩，霓虹闪耀。高经纬一把抓起脚套，就见脚套已由原来的皮肤颜色变成了白色。高至善接过去往墙上一贴，脚套当即与墙壁融成一体，忍不住欢呼道：“我们成功了。”

高经纬这边忙将鸡血石挪开，并叫他将脚套翻过来瞧瞧。高至善将脚套向外一翻，一股臭味直冲鼻端，这让他神情大窘，气急败坏道：“大哥，你这不是出我的洋相吗？”

高经纬也不跟他计较，一把夺过脚套，喜气洋洋道：“太好了，里面的颜色一点没变，还是皮肤颜色，先前我一直担心，就怕里面的颜色会有所变更，那样的话，只能算成功一半。”霍玉婵道：“我懂了，大哥的意思是将头套、手套和脚套一面照成变色的，另一面维持原状用来平时戴，需要变色时翻过来就行，这样既可以免去变色衣上的头罩累赘，又能如至善所说，将变色衣穿在身上。”

高至善道：“问题虽然看似解决了，但仍然存在美中不足之处，那就是一旦用起这些变色的东西，便无法戴头盔和穿靴子。”高经纬道：“既然头套之类的东西都可以照成变色的，头盔和靴子也应该不在话下。”

霍玉婵道：“如此说来，这套紧身变色衣也可弃之不用，我们完全可以将现有的衣服照成变色的，穿起来岂不更方便？”高至善道：“还现有的衣服干啥？干脆就将缁衣盔甲照成变色的得了，这样既可穿在里面，又能防身，还不容易磨损。”大家都觉得这主意不错。

高夫人道：“这办法既能行得通，那你们何不抓紧把身上的东西变它一变？这次出去也好增加一种保护不是。”

话虽如此，但缁衣盔甲毕竟不同于普通衣物，究竟效果如何？谁心里都没底。高经纬摘下自己的头盔往釜口里一塞，心情忐忑地将两块鸡血石按程序操作一遍，最后把头盔从釜口里取出，就见头盔的颜色已由黑色转成了白色，再往餐桌上一放，登时失去了踪迹，一颗悬着的心终于放下。他顺势在餐桌上一捞，将头盔抓起戴在头上。

高夫人笑道：“这些变色的东西将来往哪一放，还真不好找。”高经纬道：“这有何难？”说着便拿出了自己的琥珀王，又将头盔重新放到餐桌上，高夫人这下将头盔看得清清楚楚，恍然道：“莫

非琥珀王就是它的克星？”高经纬道：“光有琥珀王不行，还得有夜视眼，确切地说这两者合起来才是它的克星。”

高经纬又记起要试一试琥珀王、乌云煤精和绿松石三者一道亮出时，琥珀王对变色衣的分辨功能是否还在，就从高夫人手里要过铅袋，从中取出一个绿松石，连同身上的乌云煤精一起放在餐桌上，转头再去瞧桌上的头盔，就见头盔依然显露无遗。高经纬把想法一说，大家都很高兴。

高夫人神采奕奕道：“本以为这一发现没什么意义，想不到还有如此妙用，看来以后无论有什么发现，都不能等闲视之，这次的绿松石刚好有三个，待我再找来两个铅袋，你们便每人一个带上。”高经纬笑道：“娘，您不用费那个事，这绿松石蛮可以随便装进琥珀王或乌云煤精的铅袋里。”高夫人一想，旋即明白，笑道：“我差点忘了，这绿松石只是要割断两者的联系，不拘和哪个在一起，倒也无碍。”兄妹仨于是就各取过一个绿松石装进铅袋。

高经纬道：“现在就只差乌云煤精和冰精、宝剑还不能同时使用，如果这个问题也能解决，那就尽善尽美了。”高夫人道：“可惜你们不能将冰精和宝剑留下一样，不然，我和小鹃豁出时间查找，就不信找不出一种克制的物件来。”

高至善道：“这件事也许不用娘和小鹃操心，原本就是一件水到渠成的事。”大家忙问他此话怎讲？高至善道：“不知你们想过没有？绿松石既然能切断琥珀王和乌云煤精的联系，说不定也能切断冰精和乌云煤精的联系。”霍玉婵和刘小鹃都道：“哪有那么巧的事？”

高夫人也有些半信半疑，唯独高经纬眼前一亮道：“没试过，怎知不行？”说完揣起桌子上的琥珀王和乌云煤精，再抓起冰精口袋，拉上高至善，一溜烟朝冰窖跑去。

兄弟俩来到冰窖，关上石门，一股脑将绿松石、琥珀王和乌云煤精取出。高经纬又从人蜕口袋里小心翼翼地掏出冰精，满拟一出现电闪雷鸣，立刻再把冰精装回去，尽管理智告诉他乌云煤精、琥珀王和绿松石三者间不会产生热量，但冰精一加入进来，前三者的状态会不会被打破，他心里一点把握都没有。好在他担心的事并未发生，冰精取出后，冰窖里静如止水，高经纬轻轻地舒了口气。

而后两人各将一枚宝石别在胸口，这才将夜视眼摘下，两人闭上眼睛，在心里默默祈祷了一会儿，随之将两眼睁开，就见除胸前一点微弱的亮光外，四处乌黑一团，伸手不见五指。高至善兴奋地叫道：“大哥，咱们成功了。”高经纬也抑制不住内心的欢喜，道：“想不到这绿松石不仅能割断琥珀王与乌云煤精的联系，还能克制冰精对乌云煤精的作用，简直就是乌云煤精的保护神。”

两人戴上夜视眼，将一应东西收好，回到餐厅又将这一喜讯告诉了那母女仨，母女仨也都欣喜不已。

稍停，刘小鹃看着餐桌道：“大哥，这两块鸡血石怎么还放在原处？刚才不是一取出东西，马上就分开吗？”高经纬赶紧将一块鸡血石移到一边，道：“这次先是一心惦记鸡血石用在头盔身上灵不灵，后来又忙着去试绿松石等物，倒把这件事给忘了。”

刘小鹃不解道：“这鸡血石为何每次都要移开呢？不移开又会怎样？”高经纬道：“我也是见金大哥用过后，便急速将一块鸡血石收起，不过跟着效仿而已，其中缘由并不知晓，你这一问，倒问到了点子上，是啊，不移开又会怎样呢？”

高至善道：“刚才不就忘了移开，不是也没发生什么事吗？”高经纬道：“也许时间还短，显现不出来。”霍玉婵道：“这么长的时间，已经不算短了，只是谁也没想起好好观察一下，中间可有细微不同？这回再用的时候，咱们除了再多等一会儿，看它有无大的异常，还别忘了留意细节变化。”高经纬道：“那就从至善身上开始变起吧。”

高夫人和刘小鹃帮高至善脱去缁衣盔甲。高经纬先将琥珀王收起，随后取去头盔略一折叠放入釜口，接着将两只鸡血石移至规定距离，待轰的一声响过，立刻将变成白色的头盔拿出。这次谁也没去移动鸡血石，就让两块鸡血石待在原处。五人静静地瞧了老半天，就见白头山状鸡血石依然红光涌动，釜山状鸡血石照样瑞霭缭绕，却并无异常发生。

高经纬灵机一动，心道：“横竖等着也是等着，我何不再将一块衣物放入，看看情形如何？”霍玉婵大概看出了他的心思，当下将一块绿色手帕递到他手里。高经纬把手帕往釜口里一塞，就

见釜口里一瞬间光彩大盛，随即便趋于和缓，此后就维持原状。高经纬将手帕取出，定睛一瞧，绿手帕早已有一面成了白色，再将白色一面冲上，往餐桌上一铺，众目睽睽之下手帕已不知去向。高经纬趁机要过高至善的另一只脚套，又放到釜口里试了一次，情况如前。这次光彩一趋缓和，高经纬立马抓起脚套，与高至善先前的一只比了比，竟然分毫不差。

高经纬道："我明白了，两块鸡血石处于这种状态，非但没事，而且再要投放衣物，却省去了启动时间。至于金大哥为何要将白头山状鸡血石匆忙收起，那只是一个习惯动作，并无其他意思。这么多年他独自将鸡血石藏于隐秘之处，就连对徒弟都守口如瓶，一旦拿出，自然恨不得马上便将其藏起，可见此物在他心目中的分量，他能忍痛割爱，不顾师训，把此物送给我们，这中间透着他对我们多大的信任，我们切不可辜负了他。"

霍玉婵道："咱们给金大哥的东西，这次可得想着带走。"高经纬道："别的东西都好说，只怕琥珀王没有多余的，现去找又哪里来得及？"高夫人和刘小鹃都道："那就先把我们的拿走。"高经纬道："金大哥可是师徒三人，就是拿走你们的也不够，还是下次回来再说吧。"

高夫人道："这件事就交给我和小鹃好了，在此期间保证把东西给你们凑齐。"高经纬不放心道："你们还是先把琥珀找出，变化的事留待我们回来再说。"高夫人道："行，行，都听你的，时间不早了，快接着变你的东西吧。"

高经纬便拿起高至善的缁衣铠甲，先将上半身往釜口里放。由于铠甲太大，不论怎样折叠都无法全部放进，他只好让一部分裸露在外面。如此一来倒让五人将变化过程看得真切，就见裸露于外的铠甲逐渐明亮了起来，跟着便由青转蓝，由蓝转绿，由绿转黄，由黄转橙，再由橙转赤，进而由赤转紫，接下来七种颜色竞相变幻，越变越快，令人目不暇接，眼花缭乱，最后通体变得水晶般透明，突然一道彩虹波浪似的在上面一闪，彩虹过后，亮光熄灭，再看铠甲，已变成了不透明的乳白色。高夫人感叹道："原来变色衣就是这样形成的。"

高经纬将铠甲取出，验过效果后道："看来，再大的衣物要想

使其具有变色功能也不难，只要将其一部分放入釜中就行。”弄懂了这个道理，再变换起来就顺理成章，快多了，高经纬很快将高至善的缁衣盔甲和头套手套等物变换完。

在变换头套和手套时，他特地将其翻过来后放入釜中，高至善不解道：“先前放入脚套时，为何不翻过来呢？”刘小鹃戳了一下他额头道：“你犯傻怎么的？脚套有靴子遮挡，又不露在外面，直接变过就是，难道还非要自找麻烦，到时再脱下靴子现把脚套翻过不成？”

霍玉婵笑道：“他这是故意装傻充愣，其实人比猴精还聪明，真要辩论个什么事，别说我，就连大哥也不是他的对手。”刘小鹃道：“我看他有个毛病，遇事不爱动脑子，不假思索，张口就来。”高经纬道：“这你可说屈了他，远的不说，就拿刚才变换缁衣盔甲的事，不就是他先提出来的？”高夫人道：“有你们当哥哥姐姐的在身边，还用他做小弟的动脑筋吗？”

刘小鹃道：“我终于搞明白了，他这毛病是你们大家给惯出来的，反正我也不管你们怎么说，只要他还这样，瞧我理不理他？”高至善一听急了，赶紧冲着刘小鹃打躬作揖道：“你千万别生气，我下次改还不行吗？”刘小鹃板着脸道：“你可得记住了。”高至善连连称是，刘小鹃这才笑逐颜开，帮高至善穿起衣服来。

这时高夫人已帮霍玉婵脱下盔甲和头套等物，高经纬将其逐件变换完毕，他又从中摸索出，同类的东西，像手套和脚套，完全可以放在一起两两变换，轮到变换他自身物件时，速度更快。

兄妹仨将衣物穿好，高经纬又想给高夫人和刘小鹃也各变换一套，高夫人和刘小鹃都道她们自己会变，在此就不占用兄妹仨的宝贵时间了。

高至善又提出把脚上的轻便靴也变了，然后再找出三双靴子换上，变色靴就放进包裹以备万一，高经纬采纳了他的意见，并付诸实施。

高夫人又主张给飞马也各做一身变色衣，待三人再回来时交给他们，当即就和刘小鹃量了飞马身上的尺寸，其中也包括飞马的一双翅膀。

做完这些，母女仨就去厨房做饭，兄弟俩则跑到冰窖，又装

了三袋发光宝石放到马背上。不多时，母女仨将早饭做得，五人围坐在一起，吃了一顿团圆饭。饭后，高夫人给兄妹仨各准备了一罐药酒，挂在马鞍前，刘小鹃为了预防万一，又灌了三小瓷瓶药酒，让他们揣入怀里。高夫人听说怀表一事已得到朝鲜国王首肯，遂取出三块对好时辰，让他们带上。

高经纬见此刻已寅时过半，决定即刻启程。三人戴上夜视眼，正要跨上马去，刘小鹃突然道："方才百密一疏，竟忘了将夜视眼也照成变色的。"高经纬道："就怕这夜视眼变不了。"

高夫人道："变色衣一般都是白天用来掩人耳目，夜视眼完全可以不戴。"高经纬道："那怎么行？不戴夜视眼，我们相互间也不好辨识。"高夫人道："我倒忘了这码事。"

霍玉婵道："管它行不行，试过一个再说。"这时，刘小鹃已拿出自己的夜视眼放到了釜口里，待光彩恢复平静，取出来一瞧，还真的成了变色的，而且夜视功能照旧，五人心中别提多痛快了，立马将所戴夜视眼一股脑照成了变色的。

高至善受此启发，赶忙道："何不把宝剑也放里一试？若是能成，岂不就可佩在外面，省了好多麻烦？"高经纬道："宝剑里面变不变色倒也无所谓，关键是外边的手柄和剑鞘。"

霍玉婵道："还是先拿一把普通的剑来试稳妥些，宝剑得来不易，万一变砸了岂不可惜？"高至善从怀里掏出如意剑道："就用它来试好了。"说完，就将如意剑连鞘平放在釜口上。一阵光怪陆离的色彩变幻过后，一把如意剑的外观已变成了乳白色。高至善将它往餐桌上一放，立马影踪不见，再将剑身拔出仍然银光闪耀，锋锐逼人，接着，他又把自己所佩的龙泉剑连鞘往釜口上一放，转瞬间也有了变色功能。跟着高经纬和霍玉婵也将两人的雌雄二剑连鞘逐一放上去，很快也都成了变色剑。

高至善道："大哥何不将那把匕首也变了？"高经纬从靴中连鞘将匕首拔出，然后放到釜口上，本以为是顺理成章的事，谁料这次却一点变化也没有，他将匕首取下，停顿了一会儿，又再次放了上去，等了半晌，还是一点反应也无。高至善怀疑道："莫非这鸡血石失灵了？"为了验证这一点，高经纬和霍玉婵又分别用自己的如意剑做了实验，结果都成了变色剑，这就表明鸡血石并

未失灵，问题是出在匕首本身。

高经纬思忖了片刻道："若论这把匕首，鞘包括手柄，与如意剑和宝剑的不同之处，就在于如意剑鞘是犀牛皮所制，而三把宝剑鞘是青铜打造，唯独匕首鞘的取材却是黄金，看来鸡血石对黄金竟无能为力。"

霍玉婵道："能不能鸡血石对所有金属都不起作用？"高至善刚想说"宝剑鞘和手柄不就是青铜的，却为何好使？"猛然想起那外面还套着人蜕，便硬生生把已到嘴边的话又吞了回去，转而又到外面取了一把有着青铜外鞘和手柄的普通长剑来，放到釜口上一试，果然如霍玉婵所说，鸡血石对所有金属都不起作用。

刘小鹃道："要解决匕首变色的问题其实不难，给它做个布套不就行了。"高夫人道："谁说不是。"说着就拿过匕首量了量，随后把匕首交给高经纬道："等下次再回来，连飞马罩一并交给你们。"

霍玉婵趁机还将装冰精的水獭皮口袋和三个人的包袱皮也照成了变色的，三人这才动身启程。

兄妹仨飞回祥云岛上空时，天色依然一团漆黑，四座城堡有三座寂寂无声，唯独北边城堡却人喊马嘶灯火通明。

三人飞过去一瞧，就见城堡外广场上的高台已然搭好，高台面向城门通往码头道路一侧放了一排条桌，台面上铺着厚厚的地毯，桌面上覆着一层猩红的天鹅绒，这颜色还是霍玉婵摘去夜视眼后发现的。条桌后是一字排开的十几张藤椅，每个藤椅上都有一个圆圆的坐垫，有人正往条桌上摆着茶杯和茶壶等物品。

兄妹仨亮出乌云煤精，在马上打了个盹，忽然被一阵杂乱的马蹄声吵醒，向下一瞧，却是来了一群骑马挎倭刀的人。

此时天已放亮，兄妹仨头上刚好有片铅灰色的薄云，为了看清下面的色彩，三人纵马站上云端，赶紧收起乌云煤精，摘下夜视眼，透过云层的缝隙朝下俯视。

就见这些人来到高台后一起下马，簇拥着一个大腹便便挎着宝石刀鞘的家伙，由简易楼梯登上高台，而后这家伙在从人的引导下，往中间藤椅上一坐，跟着又有十二个挎金色刀鞘的家伙依次坐在了他的两边，剩下数十个挎银色刀鞘的家伙则站到了藤椅

的背后。

不移时，从城门里跑来一个骑着银色高头大马、身披黑色铠甲的人，这人来到台前翻身下马，毕恭毕敬对着台上一鞠躬，又朗声说了几句。大腹便便的家伙吼了一嗓子，又大剌剌地把手一挥，下面的人立马从怀里掏出一支响箭，抖手对空打了出去。随即，就听城楼上战鼓齐鸣，城堡里各个院落突然涌出好多全副武装的黑衣人，这些人立刻在各个街头巷尾列起阵来。

台下放响箭的人又从马背上取下一个木箱，由里拿出一枚信号弹点燃了，就见一道绿色光焰冲天而起，四座城楼上同时升起了绿色旗帜，战鼓声戛然而止。就听城堡里响起了有节奏的马蹄声，很快便有数千名骑兵从城门里列队走出。台上以大腹便便家伙为首的十三个人当即站起，在他们的注视下，马队迈着整齐的步伐通过高台，走向码头，登上战船。

放响箭的人眼看骑兵就要走完，又点燃了一枚黑色信号弹，四座城楼又用黑色大旗替换下绿色大旗。城门里随之又走出一队队步兵来，有的队伍手持挠钩长枪，有的挥舞弓弩倭刀，更多的则是高举火枪鸟铳。看着他们走过高台，奔向码头，高台上的家伙们无不面带微笑，频频挥手。

眼看一万多名步兵即将全部登船，放响箭的家伙又燃起了一枚黄色信号弹，城楼上旋即又升起了黄色大旗。倏忽间，四座城楼里一下子钻出数百名身穿飞行服的鸟人，他们按所在城楼的位置，依东南西北的顺序，相继飞到空中，排成各种队形，有一字形、人字形、三角形、四边形，或径直飞去，或盘旋起舞，或俯冲而下。兄妹仨发现这些鸟人，凡盘旋起舞的都肩背火绳枪，凡俯冲而下的都身负炸药箱，径直飞去的则两种情况都有。最后一组鸟人从高台前经过时，身上不仅有哨音发出，口中还喷出火来，惹得高台上的家伙们都欢呼起来。

霍玉婵一直盯着鸟人飞上战船，把嘴一撇不屑道：“这算啥？身下绑上鸽哨，口里含上假道士装神弄鬼的可燃物，不折不扣就是一场闹剧。”高经纬笑道：“在咱们看来像是一场闹剧，在敌人心目中却是一次正儿八经的大阅兵。”

高至善道：“倭寇也是，要出征就出征，干吗玩起了阅兵把戏？”高经纬道：“还不是炫耀自己兵力的强大。”高至善道：“这里又没有外人，他们炫耀给谁看？”高经纬道：“给自己人看也一样，阅兵的目的不外乎有两种，一种是震慑敌人，一种是鼓舞士气，倭寇这样做，显然是属于后者。”

霍玉婵道：“不知道你们可曾留意到？刚才骑兵通过的时候，台上的家伙竟然表现得异常冷漠，连手也不招一下，难道他们自己人也分三六九等？”高经纬道：“即便有这种想法，他们也不会表现得这般露骨，我想，他们不露声色可能是怕惊扰了骑兵的马匹。”高至善道：“那倭寇对待步兵和鸟人的态度也不一样，显见对鸟人更加情有独钟。”

高经纬道：“想不到在这里又瞧到了鸟人，看来鸟人就是岛上敌人主要仰仗的力量。”霍玉婵道：“难怪敌人如此看重鸟人，你们没见这鸟人比咱们原先见到的，不知强了多少，飞得又高又飘，都快赶上飞行车了。”高至善摇了摇头道：“鸟人尽管飞起来方便，但却无法在空中开枪和投掷炸药，除非找到一个落脚点方可，因此，把它与飞行车相提并论，实在让人无法苟同。”

霍玉婵道：“若论打枪和投炸药，鸟人在正常飞行时的确不行，可处于翱翔状态时，翅膀保持不动，手不就腾出来了，这时要开枪也不是做不到。”话一出口，旋即想到翅膀和手臂是连在一起的，手臂一动翅膀哪有不动的道理？不由自失地一笑道：“鸟人即使无法在空中开枪，可是投掷炸药也许行。”高至善道：“除非连人一起投下。”高经纬道：“那也腾不出手去点炸药引线啊！”高至善道：“就不许起飞前提前将引信点燃？”高经纬笑道：“我知道了，你们两个是无理也要搅三分，我还是甘拜下风吧。”三个人不约而同都笑了起来。

就在他们说笑的瞬间，放响箭的人又点燃了一枚红色信号弹，随着一道红色焰火升到空中，就听城堡里忽然传来一阵翅膀的扇动声。兄妹仨还以为又有鸟人飞出，低头一瞧，却是有数十只灰色信鸽腾空而起，越过北城门、高台、码头和战船向朝鲜大陆飞去。与此同时，四座城楼上又放起炮来，兄妹仨一数，恰是一十六响。炮声响过，就听码头上号角声响成一片，所有战船都撤去跳板，解去缆绳，扬起风帆，列队朝大海上驶去，城楼上的

战鼓又使劲擂动起来，战船便在催命的鼓点声里渐行渐远。这边高台上的倭寇们也开始走下楼梯，走在前面的依旧是那个大腹便便的家伙。

看着他们骑上马朝城堡而去，高经纬道：“就让他们多活一会儿，待解决掉那些战船，回头再来收拾他们。”

兄妹仨戴上夜视眼，亮出乌云煤精，一个起落便追上了那些大船。高经纬辨识了一下船行方向，忍不住咦了一声道：“釜山在东北方向，可这些船却在朝西北驶，他们这是要往哪去呢？”说罢就取出羊皮地图，指点着上面道：“这里正北是朝鲜大陆，西北可是我国领土，难道倭寇是要向我国进军？”霍玉婵道：“鸭绿江入海口也在西北方向，能不能是倭寇得知了那里的几个岛屿已被我们攻下，这是要前去报复啊？”高经纬一边将地图揣起，一边道：“管他们抱有什么目的，只要他们走得再远些，彻底脱离祥云岛的视线，咱们就动手。”

眼看敌人行驶了一程，就将航线转向了正北，兄弟俩都道霍玉婵所料不差，敌人果然是奔收复失陷的岛屿而去。只是在高经纬的脑海里还有一个疑问，那就是，此前倭寇放飞的信鸽又去了哪里？如果说，倭寇是为了通知那些盘踞在朝鲜沿海岛屿和陆地上的自己人，一起参加此次行动，一个是没有必要，再一个时间上也来不及。

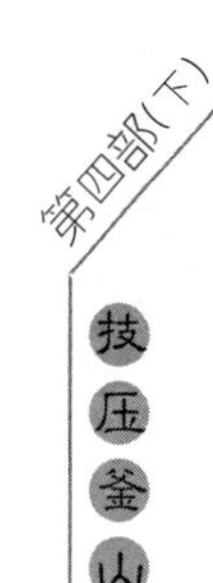

一百四十三　使毒气海上歼敌　得地图平壤除奸

三人又跟了一段路，高经纬这边还在沉思，就听高至善道：“敌船已经走得够远了，咱们此刻不下手还等什么？”高经纬回头一看，祥云岛早已从视线中消失，再瞧身下的海面，上百艘敌船也已分成四个方队，彼此间隔一里左右，正自浩浩荡荡地朝前挺进。

高至善道：“敌船分成四个方队，祥云岛恰有四座城堡，怕不是一个方队就来自一个城堡？”高经纬道：“情况极有可能就是这样，这些船只本来停靠在各自的码头上，是为了此次阅兵才临时聚集到一起的，现在行动起来，自是要恢复成原来的编制，分开来也更便于作战。”

霍玉婵道：“咱们从哪个方队下手较为有利？”高至善想也不想道：“当然是攻击最前面的，这样就能截住敌人，使敌人无法到达预定目标。”

高经纬分析道：“还是选择后面的更为合适，敌船都是朝前行驶，注意力自然都放在前边，后面的敌船即使出现变故，前面的敌船也未必能及时察觉，这样咱们便可由后到前各个击破，不但能将敌人消灭于不知不觉间，还能截断敌人的退路，更不用担心有敌船逃回祥云岛报信，对咱们回头收拾祥云岛之敌也大有益处。再者，前面到鸭绿江的入海口还有好长一段距离，敌船就是全速前进，短时间内也到达不了，因此更无须多虑。”霍玉婵和高至善都认为高经纬分析得在理。

高经纬又提出，具体落实到每个船队，应该由最后一排开始

依次向前推进，毒气瓶只拣敌船的驾驶舱、底舱口和甲板上人员密集的地方扔。三人各含上一口药酒，再将右侧麻袋的口解开，然后便飞到最后一个方队，最后一排船只的上方。

这个方队横向和纵向都是六艘船，兄妹仨从左往右各占据了一艘船，目光扫过甲板，却不见一个人影。原来海面上风高浪急，寒气逼人，敌人怕冷，都躲到了船舱里，再加上大船均为设施先进的驾驶舱，升降船帆，旋转樯桅，把握轮舵都可在驾驶舱里完成，更不需要人待在甲板上。

因此兄妹仨降低高度，微一用力，就将一只毒气瓶从驾驶舱顶打入，随即又用同样办法将五只毒气瓶打入船舱口。高经纬一挥手，三人又平向移到另外三艘船的上空，如法炮制一遍，再移到前一排战船，就这样，一个方队的三十六艘战船便很快都成了兄妹仨的囊中之物。

失去了驾驶人员的操控，这些船队形大乱，几乎都成了没头的苍蝇，杂乱无章地向四面驶去，如不采取措施使其停下，轻者不知驶往何处，重者就会相撞沉没。高经纬对霍玉婵和高至善朝下一指，又做了几个手势，两人立刻明白是让他们下到船上，降下船帆，抛下船锚，将船停下。两人一点头，三人一齐朝船上落去。

一到船上，三人立马嗅到一股强烈的苦杏仁味，只是三人都戴着夜视眼，却无法看到毒气的粉红色。再瞧驾驶舱里，三个驾驶人员均瘫倒在地，中毒而亡。船舱里更是毒气弥漫，声息全无。三人一阵忙活，终于将三十六只大船固定住。

兄妹仨又来到第二个方队上空，不费吹灰之力将这里的三十六艘大船也一一搞定，不移时，又把第三个方队的所有船只都锁定在海面上。事情出奇的顺利，这让三人心中窃喜不已。

三人难掩内心的喜悦，直奔最后一个方队，都以为这个方队还不是手到擒来？谁料兄妹仨刚来到方队的上空，就听中间一艘足有两个战船规模的座船上忽然响起一阵呜呜的号角声，不用说这是一艘指挥船，号角声响过，整个船队都降下船帆，停了下来。

兄妹仨知道，必是船上的人发现后面的船队半天没有跟上，是以起了疑心，因此要派船只回去查看。果然，就见座船上有个手持小旗的人面向船尾，将小旗上下左右一阵挥动，最后一排右边第一艘船就升起船帆，转舵向后驶去。高经纬一使眼色，兄妹仨便跟了过去。看看离座船已远，三人便瞅准下面的驾驶舱和船舱，将毒气瓶投出，眨眼间又落到船上，将这艘船固定住，一个起落，兄妹仨重又飞回最前一个方队的上空。

这里所有船只都静静地在等待后面船队的消息，原本空无一人的各船甲板上，此时都站满了黑压压的人群。霍玉婵咽下口中的药酒，为难道："当着这么多人的面，咱们一动手非被发现不可，万一敌人开起枪来，可不易抵挡，不如等等再说吧。"

高至善正要开口搭话，才发觉嘴里还含着药酒，赶忙一口吞下道："等不是办法，不是怕敌人开枪吗？咱们这回索性也不降那么低，趁敌人都在甲板上，只管将毒气瓶朝人多处扔下就是。"

高经纬扫了眼敌船，缓缓将药酒咽下，道："就按至善说的办，不过咱们首先要将敌人的座船解决掉，敌人没有了指挥，就更容易对付了。"

兄妹仨重新含上药酒，来到座船的上方，降到敌人开枪够不到的高度，便将毒气瓶朝座船打去。经过适才一番投掷，三人在准头和力度的把握上都已得心应手，再加上此时的目标就是甲板，便显得越发游刃有余，数十只毒气瓶投下，座船上顷刻间就横躺竖卧，死尸遍地。

其他船上的人但见座船上陡然间粉雾缭绕，船上之人霎时便没了声息，都感到上面的一团黑云来得蹊跷，纷纷举枪对着兄妹仨的方向便射。由于三人选择的高度合适，枪弹不等靠近就都炸裂开来。兄妹仨瞅着这些毫无威胁的枪弹鄙夷地一笑，就想照原来的做法从这个方队的最后一排开始，按部就班地全歼所有船只，但考虑到最后一排已少了一只战船，随即就改为由最前边的一排开始。

三人飞到最前排，各人占据了一艘敌船，刚刚将一瓶毒气投下，突然有枪弹在他们身边呼啸而过。高经纬往上一指，三人登时往高空中遁去，低头一瞧，却见有数十个鸟人已腾空而起，正在向他们原来的停留处逼近，这些人手里都端着枪，有的枪口还

冒着一股淡淡的青烟。

兄妹仨心道："怪不得枪弹能够到我们，却是这群鸟人从空中所射。"随之一个疑问涌上他们的心头："鸟人飞在空中，不是腾不出手来吗？那么他们这枪又是如何开的呢？"三人带着困惑，不约而同看向下边。通过仔细观察，这才发现，鸟人除了手臂上连着一双活动的翅膀，肩背部还有一对不动的双翼，瞧架势与风筝倒有几分相像，正是凭借这对不动的翅膀，鸟人才会轻而易举地悬在空中，不仅能腾出手来开枪射击，就是投掷炸药箱也是举手之劳，这却与兄妹仨先前对鸟人的判断截然不同。

霍玉婵和高至善都把目光转向高经纬，那眼神再清楚不过，是跟他讨要主意。高经纬暗道："鸟人手里有枪，自是靠近不得，剑术和拳掌功夫根本派不上用场，动用末日之光又犯不上，手头的这些毒气瓶也只能当暗器打，偌多的鸟人要想全歼灭那得耗费多少瓶毒气？一来浪费不说；二来打上也未必使其毙命；三来又不一定每瓶都能命中。"转念一想，心道："有了，我们何不拔去瓶塞再打向鸟人？毒气在空中一蔓延，管教鸟人有翅难逃。"

他伸手拿起一个毒气瓶，正要拔去软木塞抛向鸟人，做个示范给霍玉婵和高至善看，瞥眼间，就见各船又有不少鸟人飞向空中，如此一来，又让他改变了主意，心想："大船是这些鸟人的立足之本，他们总不能老这样在空中飞，终有飞累的时候，最后还得回到船上，我们管他做甚？有管他的工夫，还不如集中精力对付船上之敌，这样，一方面将船上倭寇置于死地，一方面又切断了鸟人的归路，诚可谓一箭双雕，一石二鸟，何乐而不为？"想到这，他脸上绽出一丝笑容，抖手就将毒气瓶打向下面的甲板。霍玉婵和高至善立即心领神会，便也不再理睬鸟人，而心无旁骛地将毒气瓶投向大船。

虽然兄妹仨此时仍处于高空，但毒气瓶微一着力，落在甲板上倒也不难，兄妹仨越投越顺，再加上不断变换位置，俄顷间，多半船只便都被毒气瓶击中。最可笑的是，三人在投掷过程里，目标本不是对着鸟人的，可毒气瓶一经投下，往往会无意间碰到一些来不及躲避的鸟人，而使其坠落下去，命丧黄泉。剩下的船只一见大势不妙，纷纷升起船帆四下逃窜，三人随后便追，敌船

跑得再快，怎比得上兄妹仨的飞马快？三人左冲右突往来穿梭，毒气瓶流星雨般地在敌船上落地开花，只一盏茶工夫，所有船只就都成了毒气泛滥的地方。

盘旋在空中的鸟人因有粉雾阻隔，尚不清楚船上的情况，又对兄妹仨的黑云无可奈何，就想落回船上，没想到刚一接近粉雾便一头栽下，别的鸟人一见，这才知道粉雾有毒，他们明白大船已无法落脚，互相大声招呼了几句，便一起朝着来时的方向飞去。

霍玉婵和高至善一瞧鸟人要飞回祥云岛，都有些着急，忙打手势表示要去追，高经纬笃定地摇了摇头，随即用手向下一指，霍玉婵和高至善立刻明白，是让他们不要计较那些鸟人，只管飞下去处理这些大船。三人当即飞到各艘船上，逐一降下船帆，抛下锚去，将它们一一固定住。

三人再飞回空中时，那些鸟人已经飞远，高经纬把手一挥，三人随后就追，追上最前边的鸟人时，这些鸟人已经越过中间的两个方队，飞到最后一批船队的停泊处。

鸟人们已没有了起飞时那股生龙活虎劲，尤其落在后面的，飞得既低又慢，飞行高度几乎连桅杆的一半都不到，只是使出了吃奶的力气勉强在飞。这帮家伙们参差不齐地盘旋在船队的头顶，一边兜着圈子，一边对着船上大喊个不停，那些飞得低的大概实在飞不动了，终于在得不到船上任何反应的情况下，还是忍不住落到了甲板上，其余的人见他们行动自如，什么事也没有，便也跟着纷纷降下，只有少数体魄强健的人尚怀着一分戒心，仍旧停留在空中，观察着下面的动静。

这些船虽不像最前边的船那样被明显的粉雾所笼罩，但由船舱里渗出的毒气却无所不在，降落在甲板上的人，尽管没有一个敢走进舱里，可时间一长，依然禁不住头晕眼花，瘫倒在地。悬在空中的鸟人一见，惊恐万状地大叫一声，旋即将挂在胸前的火绳枪解下，往甲板上一扔，然后离开船队上空，径朝祥云岛飞去。

高经纬见此情景，抽出如意剑向逃跑的鸟人一指，霍玉婵和高至善也将如意剑拔出，三人一纵马便追了上去。逃窜的鸟人有

二十个左右，虽然身体个个强壮，但经过这样一番折腾，也都成了强弩之末。兄妹仨冲到后边几个鸟人跟前，还未等动手，几个家伙就被黑雾搞得眼前一片漆黑，顿时迷失了方向，翅膀一歪，昏头昏脑便栽进了大海。兄妹仨一瞧这个办法倒不错，就依样画葫芦又追上其他鸟人，三人所到之处，鸟人纷纷坠入水中，一圈下来，空中已再无鸟人的踪迹。再瞧海面，只有十几个鸟人还在水上挣扎，其余的人不问可知，都已沉进了海里。

高至善一挺如意剑，就要去击杀这些人，高经纬忙朝他摆了摆手，意思是不要管他们，高至善随即也明白自己是多此一举，且不说这些鸟人游不游得动，就是这么冷的水，也非把他们冻个透心凉不可。

三人飞回最前面船队的上方，其他三个船队还好说，毒气瓶直接投进了船舱里，唯独这个船队让他们有些放心不下，因为毒气瓶都是对着甲板所发，万一毒气只停留在甲板上，并没有向下渗透，那么船舱里必然还会有漏网的敌人，因此兄妹仨准备逐个船只看个明白。

三人首先将飞马降落到那艘座船的甲板上，依高至善的意思，就想不管三七二十一把毒气瓶扔进舱口里再说，高经纬认为这样做太浪费毒气瓶，横竖他们也要下到舱里实地考察一番，倒不如用冰精和宝剑去对付漏网的敌人更便捷，于是摇手将他拦住，并指了指宝剑。

高至善则拍了拍身下马鞍，表示乌云煤精还要塞到鞍下掩护飞马。高经纬二话不说，摘下帽子和头盔，又将头套翻转过来戴上。霍玉婵和高至善立刻明白了他的意图，是要利用变色衣掩护自己，随后便也翻转了各自的头套和手套，除去了帽子和外罩，又从包袱里取出变色靴换上。三人将宝剑往腰上一挂，多余的物品朝马鞍上一放，顺手又将乌云煤精往马鞍下一塞，霍玉婵特地把冰精背在了铠甲外。为了彼此看得清楚，三人还将琥珀王亮出，这才一挺手中宝剑，小心翼翼向舱口走去。

别看这是艘座船，顶舱却只是一间不大的平房，而且和驾驶舱连在一起，形式就与鸭绿江的冰上大船十分相似，船舱主要是在甲板以下，这与中土的大船顶舱如高楼壁立迥然有异。兄妹仨对此最初也不理解，后来才搞清楚，这样的结构和布局自有它的道理，船在海上航行不同于江河湖泊，遭遇风浪好比家常便饭，因此建船就应以稳定不易倾覆为主，而要做到这一点，就应该把船设计得既大又矮，且吃水更深，只有这样的船才能有效地抵御风浪的侵袭，显然船舱置于甲板之下，也是基于这种需要。

三人走进顶舱，高经纬紧贴舱壁抢上一步，朝舱口探出头去，就见楼梯下横卧着一具尸体，看情形是上楼时中毒后跌下去的，此外尸体身后的过道上再无一个人影。高经纬伸出耳朵谛听了一会儿，就听隐隐似乎有人的喘息声，心道："必是有人埋伏在暗处，伺机开枪。"想到这，他从地上捡起一个木块朝下一扔，随之就听下面砰砰传来两声枪响，紧接着就飞来两颗枪弹，一颗打在楼梯的中部，一颗直奔高经纬打来，吓得他一缩头，枪弹不偏不倚就打在他探头的舱壁上，惊得他脊背上直冒凉气。霍玉婵和高至善也吃惊不小，一把拽过高经纬，上上下下瞧了个遍，确信一点没伤着，这才放心。

霍玉婵随即勃然大怒，取出冰精，玉牙一咬，顺着楼梯便丢进了底舱。过了片刻，高至善又到驾驶舱提过一具尸体，不由分说也扔了下去，就听嘭的一声，尸体落下，却半晌也不见下面有反应。

高经纬示意霍玉婵和高至善留在上面，自己一个人拾级而下。来到下面才发现，过道左侧，斜对着楼梯口有扇房门开了一道缝，细细一看，缝里一上一下竟各有一只眼睛在朝外窥视。高经纬走至近前，用手指分向两只眼睛作势一点，两只眼睛竟眨也不眨。他一推房门，就听咚咚两响倒地的声音，往里一瞅，却有两具冻僵的尸体，一前一后，仰面而卧，手里均攥着一支火绳枪，枪上的火绳还都未熄灭，其中一个人的双腿还蜷着，看架势倒地前，两个人一个是站姿，一个是跪姿，不用说，刚才的枪也是他们放的。

高经纬又打量了一眼房间，就见中间是两排并在一起的桌子，四周是一圈座椅，房间倒很像是会议室。再瞧两个倒地的家伙，每人的腰间还都挎着一把倭刀，蜷着腿的家伙刀鞘是银色的，另一个家伙的刀鞘为金色的，联想起阅兵台上的那群人，这

两个家伙必是船队的首领无疑，而且后者的权势更为显赫。

霍玉婵和高至善在上面哪里待得住？此时也顺着楼梯来到了房间里，高至善见有面舱壁上挂着一幅布帘，还以为后面是舷窗，谁料拉开布帘一瞧，后面挂着的却是一张大地图，他心中暗道：“乖乖不得了，这地图竟有恁般大。”因嘴里含着药酒无法说话，他只好一边跺脚，一边口中呜呜有声。高经纬和霍玉婵闻声赶忙过来观看，就见上面画着的是一幅朝鲜国地图。

为了看得更仔细，三人掏出发光宝石，摘下夜视眼，向地图上瞅去。只见都城平壤被一个红圈圈起，沿海陆上和岛上有数十处地方都涂着一面杏黄色小旗，每面小黄旗上都引出一个红色箭头指向平壤，就中要数从祥云岛引出的箭头最粗最长。

高经纬凝视着这些红色的箭头，再跟岛上阅兵时放飞的那些信鸽联系起来，脑海里不难得出如下结论：小黄旗所在位置为倭寇占领的据点，红色箭头所指，为他们此次进攻的目标，祥云岛出来的这些船队为此次行动的主力，而那些信鸽，则用来向各据点发布进攻命令。这样的结论不禁让他倒吸一口冷气，目前尽管来自祥云岛的倭寇主力已被歼灭，但其余各处的倭寇也不容忽视，一旦被他们聚集到平壤城下，城里的兵力岂能抵挡？朝鲜王室处境必然形同累卵，多亏至善发现这张地图，使我们能及时洞悉敌人的险恶动机，看来，当务之急是放下这里的一切，尽快赶赴平壤，全歼各路倭寇，确保都城平安。

霍玉婵和高至善见他面色严峻，眉头紧锁，只顾低头沉思，知道这张地图非同小可，两人便走上前将地图揭下，折叠好由高至善装入怀中。高经纬赞许地点点头，朝外一努嘴，三人便戴上夜视眼，收起宝石，走出房门，来到过道里。高经纬将冰精拾起，带着二人来到楼梯口，霍玉婵和高至善正要迈向下面的阶梯，被高经纬伸手拦住，随即就见他手持冰精，对着下面的舱口便连续发起功来，倏忽间银光匝地，寒潮犹如瀑布滚滚而下。霍玉婵和高至善只道高经纬是要对付下面的残敌，便也拔出宝剑跟着一阵横扫，眼见舱下寒风呼啸，壁间和阶梯上都有坚冰生成。高经纬转而又将冰精对准了所在的过道。他终究有些放心不下那些没去过的房间，一番挥洒过后，方领着二人回到甲板。

霍玉婵接过冰精放入囊里，三人又将乌云煤精从马鞍下取出收好，遂骑上飞马纵到高空。高至善一口吞下药酒，长出了一口气，道："再不说话都快憋死我了，说好了要对大船考察一番，大哥为何要中途变卦呢？"霍玉婵咽下药酒，抢着道："这还用问？必是跟墙上那张地图有关。"高经纬也咽下了药酒，道："这张地图至关重要，若不是至善及时发现，我们至今还蒙在鼓里，那可耽误了大事。"说着便把地图传达出来的信息讲给了他二人。

霍玉婵苦笑道："我还以为这些家伙是要去收复失陷的岛屿，没想到他们竟是奔着平壤而去，倭寇狼子野心，何其毒也？看来他们一心一意要吞并整个朝鲜，东瀛弹丸小国，胃口倒不小。"高至善道："这些家伙胃口再大，也不会大得想要吞掉大明吧？"高经纬道："这还真不好说，强盗们往往利令智昏，欲壑难填，不然就有'人心不足蛇吞象'的成语了？根据倭寇常到我国沿海一带骚扰来看，还实在不能排除他们有这样的企图。"高至善道："那咱们可得防着点。"高经纬道："这次咱们腾出手来，说什么也要把他们本土的一些基地毁掉不可。"

霍玉婵道："咱们现在是否就要起身去平壤？"高至善道："那剩下船里的敌人就听之任之了？万一咱们走后，他们把船驾跑怎么办？"高经纬沉吟了一下道："说不得只能浪费一些毒气瓶了。"霍玉婵道："大哥是说还像对付那几个船队一样，将毒气瓶直接投进船舱里？"高经纬道："现在要想争取时间，也只能这样做了。"

由于不用顾忌甲板上会有敌人，兄妹仨可以飞得很低，好多毒气瓶都是从船侧直接打进舱口，如此一来投掷效率高了不少。为了怕无意中吸入毒气，三人在每次低飞时都不忘屏住呼吸，时辰无多，所有船只都被他们投了个遍。

霍玉婵道："这下对船上的敌人是用不着介意了，可毒气一散，外面的人若是过来趁火打劫，那便如何是好？"高经纬道："说不得咱们还得筑起一道雾墙，保证咱们回来前让外人无法靠近。"

高至善四下里看了一眼道："冰精和宝剑一出，乌云煤精便失去作用，就不怕暴露咱们的行踪？"高经纬道："咱们都有变色衣掩护，外人充其量只能看到飞马，只要动作麻利点，雾气一起也

就没事了。”

霍玉婵道：“咱们不是已经有了绿松石，怎么还怕乌云煤精失去作用？”兄弟俩都自失地一笑道：“冰精、宝剑和乌云煤精抵触已久，我们都有些习以为常，刚到手的绿松石反倒不容易被想起。”三人于是取出绿松石、乌云煤精和冰精，又一齐抽出宝剑，绕着最前边的船队就是一通疾驰，船队登时隐没在浓浓的雾墙之中，海面上也结了一层厚厚的坚冰，兄妹仨的身周仍旧黑雾弥漫。

天空渐渐阴了上来，待到三人将后面的三个船队一一环绕完，空中已飘起了洁白的雪花，三人将冰精和宝剑收起，飞离了这片海域。

高经纬让高至善取出那张缴获的地图，又认真看了一遍，这才发现倭寇所标箭头，除了靠近平壤左近的据点是直接画向平壤的，其余的，哪怕是稍远一点陆地上的，也都是通过海上，绕道一个叫南浦的地方，方才登陆指向平壤。高经纬知道倭寇之所以这样做，就是为了避开来自朝鲜陆地方面的抵抗，从而使进攻更加顺畅。

他合上地图交给高至善收好，然后对二人道：“倭寇这次行动主要是以海上为主，然后从一个叫南浦的地方集中登陆，再直取平壤。这样无形中倒成全了咱们，在海上便可以将多数敌人吃掉。不过咱们还得先去平壤一趟，一方面通知国王做好迎敌准备，一方面万一有倭寇已兵临城下，咱们就一不做二不休，先消灭了他们再说。”

三人纵起云头一路往北飞驰，驰出数十里后，果然不断瞅见海面上有倭寇船只在向北行驶，三人对它们毫不理睬，继续北上。对照着地图来到江华湾，越过海州、沙里院，远远就望到了平壤的城池，见城池外并无倭寇的军队，三人才算放了心。

他们飞到王宫的头顶，在空中稍作停留，掩藏起变色衣等物件，恢复成原来的模样，这才收起乌云煤精，摘下夜视眼缓缓下降。

兄妹仨在宫中一现身，早有卫士进殿报告给了国王。国王正在朝堂上与大臣们议事，一听兄妹仨降临，赶忙带着众文武大臣迎出殿来。三人落到丹墀外，纵身下马，对着国王扑翻身形便拜，不料国王和大臣们也都跪倒在地，对着兄妹仨更是叩头不止，双方对拜了半天，这才相继起身。

国王执着高经纬的手一起走进殿来，他指着玉案上的一摞文书道："这是寡人今晨接到的李将军和潘郡守写来的报捷奏章，正与朝臣们议论此事，不想上仙们就驾到了。"

高经纬道："学生兄妹此来，实在有十万火急之军情要向王上奏报。"说着，就将得自祥云岛的地图摊开来往大殿的地上一铺，指着地图先讲了倭寇前来进攻的消息，又讲了此图的来历和祥云岛船队的覆亡，而后道："倭寇祥云岛的主力虽然被我等铲除，但其余部队正在向这里集结，常言道'百足之虫死而不僵'，倭寇的战斗力实在不可低估，学生兄妹深恐一个顾及不过来，致使有倭寇攻到城下，因此特来请王上调兵遣将，早做准备。学生兄妹还要赶着去剿灭敌人，无暇在此耽搁，这便要离去，还望王上恕过学生兄妹不敬之罪。"说罢，就将地图折起，恭恭敬敬地呈送给国王。头一低，一眼瞧见地图背面左下角有几行小小的褐色字体，字体里除了个别汉字，多数自己并不认识，这却是此前不曾看见的，不由一声惊呼道："王上，这上面有字！"

国王认出上面是东瀛文字，遂让一个懂得东瀛文字的大臣上来翻译。这大臣不仅通晓东瀛文字，对汉语也不陌生，当下便直译成汉语道："平壤城已有我方大批人员提前潜入，攻城之日只要点起三声号炮，他们就会群体出来响应。"众人一听京城之中居然有大批敌人混入，都吃惊不小。

高经纬暗骂自己粗心，这么重要的文字险些被自己疏忽，再一想这段文字记在地图背面，能够接触到地图背面时，自己已戴上了夜视眼，根本无法发现带颜色字体，倒并非自己观察不细，这样一想也便释然，当即道："王上，这些潜伏进来的倭寇如若不除，倒是心腹大患，不如趁敌人尚未攻到，先将其一网打尽。"国王道："不知上仙有何妙策？愿闻其详。"

高经纬道："学生以为可以采用将计就计之法，一方面派人到邻近城池调来一彪人马，装扮成倭寇的样子佯作攻城，并放起三声号炮引蛇出洞，一方面安排精兵强将秘密埋伏到城中的各处，

只待号炮一起，引出倭寇，便出来擒拿，学生兄妹则居中策应，管教倭寇尽灭。”高经纬此计一出，国王和众大臣都齐声称好，国王立刻吩咐四名武将依计而行。

考虑到从外城调兵目标太大，会引起城内敌人的警觉，国王决定城内伏兵的角色就由宫中的卫士担当。眼看卫士们换成了便服倾巢而出，国王便要带着大臣们去内城墙守御。高经纬频频摆手道：“这等区区小事何劳王上费心，王上只要让人将内城大门锁好就行，一切自有学生兄妹担待，王上和诸位大人只管在殿中静候佳音就是。”国王于是让十个贴身太监去关内城大门，并让他们将门后的铁闸也放下，然后不必回来，就到内城墙上巡视，听候兄妹仨的调遣，太监们领命而去。

兄妹仨也跨上飞马，亮出乌云煤精腾空而起。三人趼到高空，高至善道：“这样一搞，岂不影响了消灭海上之敌？”高经纬道：“为了京城的安危，这些也就顾不得了。”霍玉婵道：“在号炮响起之前，咱们还不如就近到海边瞧瞧，万一遇着登陆的倭寇，就让他有来无回，强似在这里傻等。”高经纬道：“这里的事丝毫马虎不得，号炮什么时候响，也不好把握，我看咱们还是哪都不要去，以免贻误战机，如嫌寂寞难耐，就在马上打个盹。”三人伏在马上，开始还都闭目养神，时间一长便都睡去。

不知过了多久，三声号炮将他们惊醒，三人睁眼一瞧，就见城池外，四座城楼前都停了一拨酷似倭寇的人马，北城门外上空硝烟尚未散尽，不用说号炮就是来自这里。但见他们吼声阵阵，喊杀连连，摆出一副攻城的架势，特别是西门和南门的两拨人马还各推出了一门火炮。

兄妹仨心道：“这些官兵假扮的倭寇把戏演到这个份上，连火炮都带来了，简直能以假乱真。”他们正自感到好笑，就听城中也响起一阵呐喊之声，随后就见不少院落里，突然涌出好多倭寇装束的人，这些人手持倭刀和火绳枪，一窝蜂般朝四座城门冲去。守城的将士早有准备，立刻与倭寇战在一起，接着又是一阵呐喊，却是城中的卫士伏兵一哄而出，从倭寇的背后掩杀过来。

兄妹仨神采飞扬地看着这一切，只觉得说不出来的痛快。这时城外的大炮却吼叫起来，兄妹仨暗道：“这些假扮的倭寇也是，

城内的倭寇已经动起手来，他们干吗还要开炮，这不是画蛇添足吗？”再一看这炮弹却不是对空虚放，而是每发都落在城头上，倒成了假戏真做。

三人越瞧越不对劲，高经纬的头脑里陡然冒出一个念头：“这些人该不会是真的倭寇吧？”转念又一想：“事情哪会有这般巧？我们这边有人冒充倭寇，真的倭寇就不期而至？但若不是倭寇，仅是自己人前来虚张声势，他们干啥要大动干戈将火炮带来？如果是为了将戏演得逼真，他们完全可以把炮弹打向身后或空中，没必要发发命中城头。”

他用目光扫过内城，见这边暂无危险，便让霍玉婵留下继续监视，自己带着高至善直飞西城门。这时西城门和南城门外的火炮并未停歇，还在一发发地往城上射来。城上的人大概也发觉下面情况不对，先是有人用朝鲜话高声冲城外喊话，见对方不予理睬后，也用火铳和弓箭朝下还击。

高经纬此刻已认准城外这两拨人马必是敌人无疑，想用宝剑和毒气瓶对付他们，又怕自己人从城中冲出会反受其害，想告诫自己人不要出城，却又苦于语言不通，权衡了一番，决定还是用如意剑稳妥，但考虑到敌人手里有火枪，情急之下会用火枪对抗，因此打算以迅雷不及掩耳之势，先收拾掉火炮周围的敌人，然后再将火炮搬走。对高至善一说，兄弟俩当即拔出如意剑，就拿西门外的敌人开刀。

两人对着火炮的所在疾掠而下，一阵剑光挥洒而出。兄弟俩惊异地发现，剑上的威力比以往大了不少，当时无暇细想，提起火炮的尾部就送上了城头。火炮附近的倭寇突然眼前一黑，不能视物，随之就觉身上一痛，便如同割麦子般地被扫倒一片。稍远处的倭寇但见一团黑云从天而降，不知所措中就听耳畔响起一阵惨嚎，待醒悟过来举枪欲对黑云射击时，黑云早已腾空而起，再看火炮左近，只留下四十几具尸体，火炮本身却已不翼而飞。

守城的将士早就知道己方有仙人相助，如今亲眼所见黑云过处倭寇伏尸一片的场面，明白黑云必是仙人所为，因此无不大受鼓舞。再加上城门内的倭寇奸细已悉数被歼，守城军士与宫中卫士两下一商量，留下一部分人守城，剩下的人打开城门往外便

冲。其间，兄弟俩又用同样方法，将南门外的火炮也一举夺下，南门内的守军和宫中卫士也联手杀出城来。

北门和东门两处城外的兵马都系假扮倭寇的朝鲜军队，一听西门和南门炮声不断，都觉情况不对，便分由左右两翼包抄过来。

两拨倭寇人马被兄妹仨搅得惊魂兀自未定，城中兵马又蜂拥而出，双方厮杀了一阵，朝鲜将士越战越勇，倭寇人马斗志全消，正欲落荒而逃，恰被包抄过来的朝鲜军队堵个正着。倭寇见大势已去，除了一些死硬派顽抗到底自取灭亡外，剩下的人尽皆缴械投降。官兵押着他们，连同先前俘获的倭寇奸细一起来到内城前，听候国王的处置。

国王带着众大臣在兄妹仨的护卫下登上内城墙，经过居高临下一番审讯，弄清了城外的两拨倭寇都来自平壤正西一带陆上的据点，今晨他们接到祥云岛总部的飞鸽传书，本拟到平壤城外围埋伏起来，一俟主力部队到达，便开始攻城，没想到他们刚一到这里，就看到了假扮的倭寇队伍，见对方摆出一副攻城的架势，还以为总部的命令有变，要提前发动进攻，他们不甘落后，见北门和东门都已有了自己人，便兵分两路去了南门和西门，也就有了适才攻城的一幕。

国王和众大臣一听己方的引蛇出洞之计，不但骗过了城内的奸细，就连城外的倭寇也大上其当，都禁不住乐得前仰后合，国王当即下令将俘虏一律收监，待倭寇彻底平定后再行发落。

兄妹仨随即就要向国王辞行，国王将他们拦住道：“寡人已让人准备下午膳，请上仙们务必用过再走。”兄妹仨不忍拂了国王的好意，又见天色已近正午，便随国王进入大殿，匆匆吃过午膳后告别离去。

[未完待续，请看第五部(上)《埠外奸细》、(下)《铁血庙堂》]